XEQUE MATE

EVELIN SOUSA

XEQUE MATE

1ª Edição, 2024

EDITORA EUPHORIA

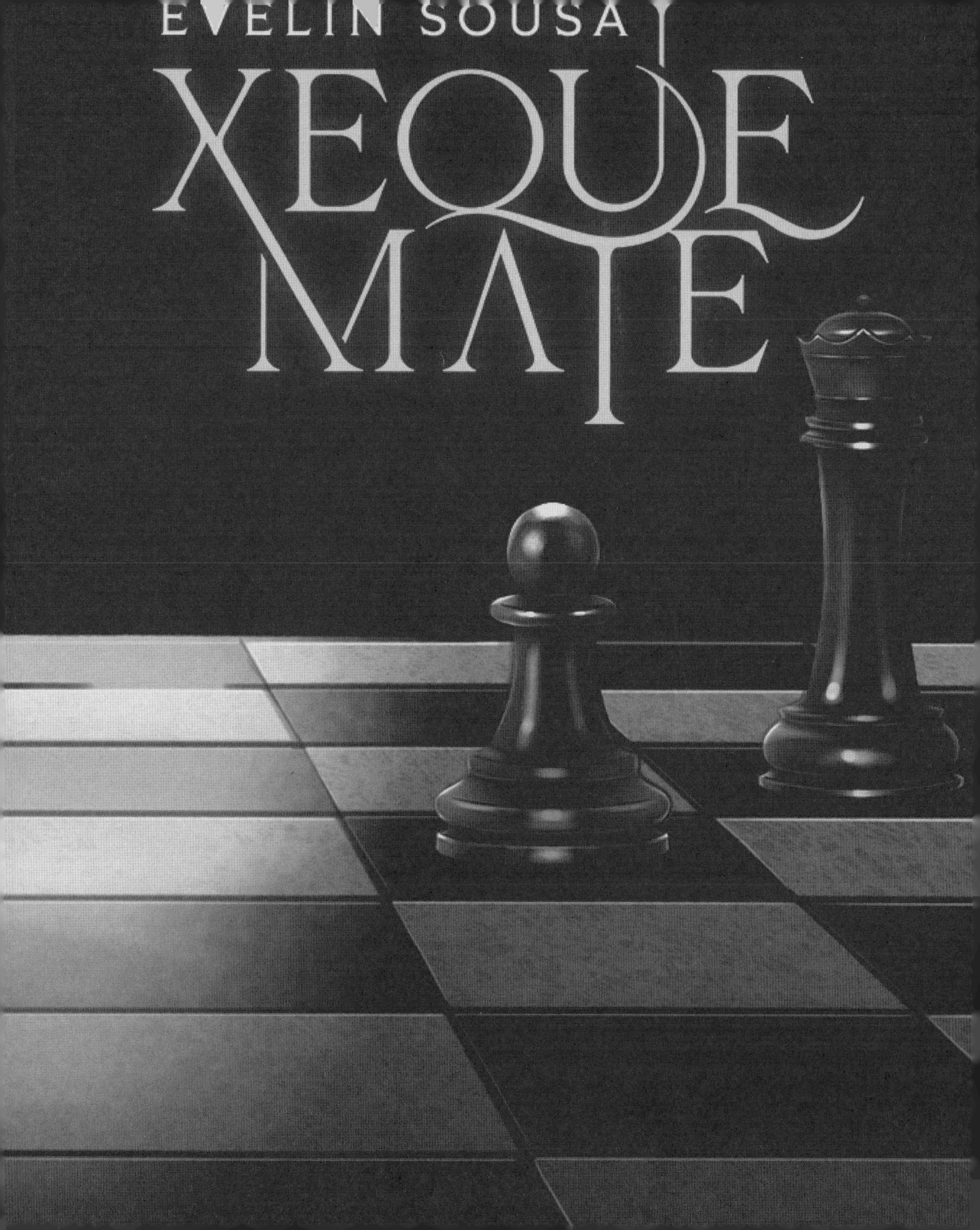
EVELIN SOUSA
XEQUE MATE

CAPA:
Ana Araújo
Maldição Art & Design
ILUSTRAÇÕES:
Ana Araújo
DIAGRAMAÇÃO:
Editora Euphoria

EDIÇÃO DE TEXTO:
Andrea Santos
Bianca Albuquerque de Araújo
Isabella Lazaroni
Jhessica Santana
Maria Victoria de Oliveira Lima
PRODUÇÃO EDITORIAL:
Nathalia Brandão
ASSISTENTE EDITORIAL:
Clarissa Rachid

CATALOGAÇÃO NA PUBLICAÇÃO (CIP)
(CÂMARA BRASILEIRA DO LIVRO) [2024]
Sousa, Evelin
Xeque-mate / Evelin Sousa. -- 1. ed. -- Rio de Janeiro :
Editora Euphoria, 2024.
ISBN 978-65-84923-29-4
1. Erotismo na literatura 2. LGBT - Siglas 3. Romance
brasileiro I. Título.
24-243532 CDD-B869.3
Índices para catálogo sistemático:
1. Romances : Literatura brasileira B869.3
Aline Graziele Benitez - Bibliotecária - CRB-1/3129

XEQUE-MATE, 1ª EDIÇÃO, EDITORA EUPHORIA, 2024
CNPJ: 39.317.627/0001-06
Contato: sac@editoraeuphoria.com.br
Site: editoraeuphoria.com.br
Rio de Janeiro — RJ

Sumário

ATENÇÃO!

Esta obra possui cenas de sexo explícito consensual, violência física e psicológica, uso indevido de drogas lícitas, assassinato e sequestro, o que pode gerar gatilhos em leitores mais sensíveis. Não é recomendada para menores de 18 anos.

CAPÍTULO
#01
Police Department
Rapids, Mich.

INÍCIO DO JOGO

A brisa fria daquela noite fez todos os pelos do meu corpo se eriçarem. Esfreguei as mãos, cobertas com luvas, sobre meus braços com veemência. Nem mesmo o casaco grosso era capaz de me manter aquecida. Era inverno. Todo o condado de Westchester, no estado de Nova Iorque, estava coberto por uma grossa camada de neve, contemplando alguns graus negativos, para alegria de uns e sofrimento de outros. Apesar de sentir meus dedos congelarem em alguns minutos ao ar livre, gostava daquela época do ano. O clima frio, de aparência acinzentada, de Mount Vernon me trazia a sensação de tranquilidade e calmaria, diferentemente do que causava ao grupo de crianças do outro lado da rua. Mesmo de longe, pude observar a movimentação frenética entre o grupo de garotos que brincavam de guerra de bolas de neve.

– Oi, Eloise! – gritou o mais novo.

Pietro era um pequeno amigo na vizinhança. Fazia questão de passar pela delegacia toda semana, em uma tentativa de vender todo seu estoque de biscoitos do clube de escoteiros, tendo como argumento que todos trabalhariam mais felizes e pegariam mais criminosos se estivessem satisfeitos. Não deixava de ser verdade. Frank, da viatura quatro, me lançava um sorriso esperançoso todas as manhãs, desde que o presenteei com uma caixa. O garoto acenou, animado, e eu devolvi com um sorriso. *Como poderia ter tanta energia?* Era a única coisa que eu conseguia pensar, enquanto o via arremessar uma sequência de bolas de neve sobre as costas de um garoto bem maior. Esperto.

– Agente Green?

Desviei a atenção das crianças ao fundo assim que ouvi a voz de Ruby.

– Sim, Foster?

– Deixei todos os casos organizados em sua mesa. A moça de hoje mais cedo, Marie, lembra? Está aqui novamente e deseja retirar a queixa de seu marido.

– Está brincando, não é? – indaguei em um tom de voz indignado.

Foster meneou com a cabeça, em um sinal negativo, enquanto se aproximava. Carregava uma expressão amena, em uma tentativa de dividir uma energia compreensiva – coisa que, com toda a certeza, eu não teria.

– Elo...

– Não, Ruby. Não há a menor chance de eu retirar essa documentação novamente. Da última vez, fiz e me arrependo amargamente. Ela pode chorar lágrimas de sangue, ele vai continuar preso – murmurei em revolta.

– Eu concordo com você. Só estou pedindo que se acalme e converse com ela amigavelmente, como sempre fez. Sabe que ela precisa de ajuda profissional.

– Sim, sabemos. E é exatamente por isso que vamos indicar um ótimo psicólogo para ela.

– Exatamente. Agora, respire um pouco, está vermelha. – Ruby acomodou-se ao meu lado, encostando o ombro no meu, e retirou um pequeno maço de cigarro do bolso de seu casaco, levando um até os lábios. O isqueiro trouxe uma pequena chama de calor, seguida pelo desenho da fumaça saindo por sua boca. – Por que está aqui? Algum problema?

– Não, só estou um pouco ansiosa.

– Me deixe adivinhar. – Ela fingiu pensar por alguns segundos, fazendo-me rir. – Nova Iorque?

Havia poucas pessoas que poderiam me conhecer tão bem e, com toda a certeza, Ruby Foster era uma delas. Não era à toa que éramos melhores amigas desde o colegial. Não havia uma parte de minha vida em que não estivéssemos totalmente conectadas. Ruby era uma parte segura de mim, como uma rocha na costa de um mar revolto. Conhecia meus pontos positivos e negativos, dos mais superficiais aos mais profundos, assim como eu conhecia os dela. Havia quem dissesse que ainda iríamos nos casar, mas sabíamos que dali só partia uma forte e eterna irmandade. Não que ela não fosse uma mulher incrivelmente bela e atraente, ela era. Ruby era dona de um corpo magro, mas bem definido. Seu rosto era delicado, com expressões doces e joviais. Seus cabelos eram castanhos, quase em tom de chocolate, ondulados e curtos sobre os ombros. Bonita como só ela poderia ser.

– Você e sua sede de grandes casos.

– Ruby, eu não aguento mais este lugar. Nós merecemos mais do que isso, você sabe.

– Gosto de viver aqui, Green.

Suspirei, descontente. Apesar de Ruby ser uma mulher extremamente comunicativa e adepta a conhecer novas pessoas e lugares, sair de Mount Vernon era sempre uma questão. Ela tinha medo de perder suas origens, afastar-se da vida pacata no interior. Afinal, estar ali era cômodo, seguro. Saber que ao fim do dia voltaria para o calor de seu apartamento, em um trajeto de menos de quinze minutos, no qual passaria por cada esquina que conhecia como a palma de sua mão, acenaria para os vizinhos curiosos, que a viram conquistar aquele lugar no início da juventude, e se lembraria de marcar um próximo almoço em família. Era fácil viver em Mount Vernon, confesso, mas não era o que eu queria para mim.

– Você vai mudar de ideia quando conhecer aquele lugar! – afirmei, animada. – Imagina um novo apartamento? Um tanto menor, mas moderno e sofisticado. Conheceríamos novas pessoas, iríamos a vários lugares. Teríamos casos importantes e televisionados. Nossos nomes em um noticiário nacional. – Afastei-me o suficiente e gesticulei como um âncora de telejornal. – "A investigadora Eloise Marie Green e a escrivã Ruby Foster foram responsáveis pela resolução do maior assassinato de Nova Iorque. Nenhuma outra equipe policial conseguiu chegar tão longe!"

– Não seja idiota! – ela respondeu, em meio às risadas. – Eu vou com você, satisfeita? Não irá se ver livre de mim, Green.

– Nunca.

– Nunca.

– É isso aí! Futuras moradoras da cidade de Nova Iorque. – Estendi a mão em sua direção, como se fizéssemos um trato. Ruby prontamente a apertou e me lançou um sorriso.

– O que acha de comemorarmos nosso acordo no bar do Jared? Ouvi dizer que hoje está lotado e terá apresentação.

– Eu adorei a ideia. Realmente preciso de algumas coisas para relaxar essa noite.

Ruby ergueu uma das sobrancelhas com um sorriso de canto.

– Com "algumas coisas" você quer dizer bebida e sexo?

– Está colocando palavras na minha boca, Foster. Sabe que não sou disso. – Fiz-me de rogada, enquanto caminhava para o interior da delegacia.

Ao fundo, pude ouvir a voz de Ruby exclamando um "safada!". Era quase sempre assim, quando estávamos sozinhas, é claro. Não poderíamos transparecer uma aura caótica para os outros funcionários, apenas uma para a outra, em especial naquele momento. Atravessei a recepção do prédio, avistando brevemente a policial novata. Ela me observava atenta, curiosa. Não fazia questão de ser discreta, queria ser descoberta, notada. E teve sucesso nisso. Lembro-me de admirar a beleza singular da ex-moradora do Texas em seus mínimos detalhes, desde sua pele levemente bronzeada, seus olhos marcantes, em tom de mel, até seu cabelo castanho, longo e liso, quase na altura de sua bunda.

– Ruby, qual é o nome da novata na recepção? – indaguei, assim que entramos em minha sala.

– Acho que se chama Kiara. Por quê? – respondeu de maneira despreocupada, enquanto despejava um pouco de café em sua caneca.

– Hm, nada – retruquei, pensativa.

– Você realmente não tem jeito.

– O que eu fiz?

– Está de olho na novata da recepção. Por Deus, Green! Quer jogar o seu charme pra cima dela?

– Que charme?

– Não se faça de desentendida. Você, sendo a própria deusa, com esses cabelos loiros, esses olhos verdes. Sem falar no corpo. Usa sua fama de delegada para partir o coração alheio.

– Eu não fiz nada! Ela que está de olho em mim, e não é pouco. Não tem mal algum, vai. Ela é muito bonita.

– Que ela é bonita, eu sei. Notei assim que pisou naquela recepção, mas não acha que pega mal?

– Não vou prometer nada, apenas uma ótima noite. É tudo que posso oferecer neste momento. – Ergui meu corpo da cadeira confortável e me aproximei de minha melhor amiga, roubando sua caneca de café quente.

Ela suspirou em derrota.

– Você falou o mesmo de Vivian. E eu me recordo muito bem dela quebrando um dos nossos copos na parede da sala. E me devolva o meu café. – Ela capturou a caneca de minhas mãos.

Fechei os olhos por alguns instantes, ao me lembrar do quão trágica havia sido aquela noite.

– Você faz escolhas erradas e as repete sempre.

Deixei que um suspiro derrotado abandonasse meus lábios. Ruby tinha razão; relações amorosas não eram o meu forte, e tudo bem, certo? Aquilo não era uma prioridade na minha vida, nunca foi. Apaixonar-me por alguém estava em último lugar na lista de coisas a fazer nesta vida. Ver-me livre de amarras e vulnerabilidade parecia ser o melhor dos mundos, e eu sabia muito bem como manter aquilo. Em trinta e dois anos de vida, podia dizer, com todas as letras, que nunca me apaixonei por alguém profundamente. Envolvi-me com algumas pessoas no decorrer da vida, mas nenhuma delas foi capaz de despertar algo mais intenso, arrebatador. Aquela loucura chamada amor, que faz de você um ser totalmente irracional. Por um tempo, pensei em procurar ajuda psicológica, afinal relações interpessoais faziam parte da vida de qualquer pessoa, principalmente a amorosa, certo? Talvez. Marquei algumas sessões, mas faltei a todas. Percebi que estava fazendo isso pelos outros e não por mim. Era quase um ritual. Familiares e amigos repetindo o discurso de que, em algum momento, eu precisaria derrubar os muros e me permitir sentir algo por alguém. Bobagem. Quem precisa disso? Ainda não havia nascido a mulher que me renderia daquela forma. Poderiam tentar em outra vida, talvez.

– Desta vez será diferente. Serei muito clara, ok?

– Tudo bem, vai que com essa você sossega.

– Não comece com isso. Eu não namoro e muito menos me apaixono. Você me conhece há anos e sabe muito bem.

– Eu ainda acredito que vá se apaixonar, e por Deus, quando isso acontecer, o mundo vai ruir. Quero estar viva para presenciar o momento da confissão. E eu direi "eu avisei" – Ruby quase gritou a última frase.

– Idiota. Não existe mulher que irá me colocar nos eixos.

– Não jogue essas palavras ao vento, ele pode trazer de volta.

Sete era o número de garrafas de cerveja para cada uma de nós naquela mesa. Bom para o início, concluí. Não foi difícil organizar aquela saída. Após solucionar o problema de Marie, naquela noite, Ruby e eu levamos Kiara rumo ao Jared's bar, para desfrutar das últimas horas daquela sexta-feira. O lugar estava lotado, com homens e mulheres espalhados por cada metro quadrado do ambiente, divididos entre as mesas e sofás, até o balcão grande no centro.

— Esse lugar é ótimo! — Kiara exclamou, após bebericar um pouco da cerveja.

— Eu adoro. É um dos mais movimentados da cidade e sempre está repleto de pessoas muito interessantes.

— Hm, então é daqui que você tira as suas conquistas, agente Green?

— Vai acreditar em mim se eu disser que não?

Ela negou com a cabeça, trazendo um sorriso divertido e encantador. Kiara, fora de seu horário de trabalho, era ainda mais extrovertida, tinha um bom papo, o que tornava a noite ainda mais agradável. Ela bebericava seu copo de cerveja maltada, enquanto contava suas aventuras durante a formação de policial.

— Foi um sufoco, eu juro!

— Felizmente, você conseguiu e agora faz parte da nossa equipe. Temos uma ótima policial em Mount Vernon.

— E uma delegada melhor ainda — retrucou, com os olhos fixos nos meus.

Pude vê-la umedecer os lábios lentamente, enquanto seus olhos encaravam os meus. Kiara fazia questão de manter um contato visual, como se pudesse expor seus desejos através das pupilas dilatadas. Ela queria que aquela noite terminasse do mesmo jeito que eu, não me restavam dúvidas. E nem poderia. Os flertes aconteciam de maneira natural, quase como se precisassem acontecer.

— Ainda bem que minha amiga chegou, não aguento mais ficar de vela para vocês — Ruby murmurou, ranzinza. — Vejo vocês depois, crianças. Tenham juízo.

Vi minha melhor amiga se despedir com um beijo lançado no ar, antes de atravessar o bar inteiro para se encontrar com uma ruiva que havia acabado de chegar. Era a mesma da semana anterior, lembrei. Foster estava saindo com ela há algumas semanas, mas ainda a apresentava como amiga. Talvez não fosse só eu a problemática com relações, certo?

— Será que ela ficou chateada?

— Ruby?

Kiara assentiu, com um semblante preocupado.

— Não, fique tranquila. Ruby não se incomoda com essas coisas. Ela faz o mesmo comigo frequentemente, garanto.

— Fico mais aliviada. Não quero arrumar um problema por roubar a delegada de alguém, muito menos da melhor amiga.

— É o que pretende fazer, agente Brown?

— Espero que não restem dúvidas disso — ela finalizou com um breve sussurro em meu ouvido.

— Estava pensando que poderíamos ir a outro lugar. O que acha?

— Eu adoro a ideia. Posso ir ao banheiro e, em seguida, vemos isso, pode ser?

Eu assenti brevemente, vendo-a se levantar logo em seguida. Kiara arrumou a barra de seu vestido, abaixando-o até o meio de suas coxas. Eu a observei caminhar entre o aglomerado de pessoas até o banheiro do outro lado do bar, notando o quão produzida ela estava essa noite. Era certo que passaria a sexta-feira aproveitando em algum lugar, mas será que pensou que seria comigo? Neguei com a cabeça e segui em direção ao bar central. Jared me avistou de longe e acenou de forma animada. Ele conversava com um grupo de pessoas, mas se afastou brevemente assim que me aproximei.

– Aonde pensa que está indo? Vou me apresentar agora, não aceito que saia sem ver uma música.

– Jared, eu estou acompanhada e...

– Você sempre está, isso não é desculpa! Você fica mais alguns minutos e depois vai aproveitar, ok?

– Tudo bem, eu fico...

Jared tinha uma banda local, até bem conhecida pelos moradores de Mount Vernon. Fazia aquilo por hobby, sua verdadeira paixão estava naquele lugar, rodeado de todas aquelas pessoas que se divertiam com algo feito por ele.

– Eu te amo, Green, entenda.

– Eu também te amo, mas você está bêbado?

Apesar do ar de *bad boy* oferecido pelos braços cobertos de tatuagens e o piercing no canto da boca, Jared mais parecia uma manteiga derretida. Era um homem gentil e doce. Sempre esteve ao meu lado nos melhores e nos piores momentos. Ruby, Jared e Eloise: nós éramos o trio perfeito.

– Estou feliz, apenas – afirmou, ao passar as mãos pelos cabelos escuros e ondulados. – Vem, quero te apresentar a algumas pessoas que acabei de conhecer. Você vai amar – ele cantarolou as últimas palavras de forma animada, fazendo-me perceber que estava aprontando algo. Eu encarei seu rosto, que logo me presenteou com um sorriso perverso.

– Jared...

– Você precisa ver. É um espetáculo.

– Não faça isso comigo.

– Se não vier comigo, vai cometer o maior erro da sua vida – foram as únicas palavras antes de me puxar para o meio do círculo de pessoas próximo a nós. – Pessoal, eu quero que conheçam minha melhor amiga, Eloise Green.

– Me desculpem, ele é um pouco... – as palavras se perderam em meus lábios no exato instante em que levei meus olhos a uma mulher.

Por Deus...

– Emocionado?

Ouvi a voz masculina de Patrick ao fundo, fazendo-me concordar quase maquinalmente.

– Eloise, essas são Lea e Maya Garcia.

– Muito prazer, Lea – cumprimentei rapidamente, antes de voltar minha atenção à outra.

— Prazer, Eloise. — Ela se aproximou devagar, com um sorriso contido nos lábios, que logo repousaram sobre um lado do meu rosto.

— Prazer — foi a única palavra que abandonou minha boca naquele momento. Eu respirei fundo, sentindo as doses de cerveja apresentarem um efeito mais agressivo do que eu estava acostumada.

— Elas estão de passagem em Mount Vernon. Patrick as encontrou e arrastou para o nosso show.

— Espero não me arrepender, garotos — Lea murmurou, com um sorriso de canto, bem direcionado ao homem ao meu lado.

Era claro que estava acontecendo algo entre Lea e Patrick, mas, honestamente, essa era a última coisa com que eu me importava. Naquele momento, permiti-me observar a dona dos olhos castanhos hipnotizantes à frente. Maya Garcia, como era chamada, tinha os cabelos escuros, longos e ondulados. Caíam, como uma cascata, sobre os ombros até sua cintura fina, moldando seu rosto milimetricamente desenhado, desde a linha delicada de seu nariz empinado até o contorno sinuoso de seus lábios carnudos e atraentes. Seus olhos carregavam um castanho-amendoado, mesclado à malícia presente em suas pupilas, que se evidenciavam pela maquiagem escura ao redor. Seus traços fortes e bem definidos deixavam-na ainda mais bela. Arriscava dizer que carregava sangue latino em si, sua beleza era diferente de todos ali. Se houvesse mesmo intervenção divina, ela era a primeira filha Dele ou daquele que caiu. A mulher usava uma calça jeans em um tom mais escuro de azul, e na parte superior, uma blusa de caimento justo, coberta por uma jaqueta de couro preta um pouco maior do que o necessário. Seu corpo ornava de maneira singular com todo o resto, tinha curvas bem definidas, mas sem parecer exagerada. Em seu pescoço, havia um colar dourado, e em seus dedos, alguns anéis da mesma cor. Suas unhas tinham um tom de vermelho-sangue. Era uma beleza quase brutal e impiedosa.

— Eu sei que não irei — ela afirmou, olhando diretamente para mim.

Jared sorriu de canto, percebendo o que estava acontecendo. Ele me lançou um breve olhar. Não precisava de palavras para saber o que dizia. *Fodeu*, foi a única coisa que consegui expressar para ele.

— Hey, Green! Estava procurando você.

Senti o toque suave em meu ombro esquerdo, que me arrancou daquele mundo paralelo. Encarei os olhos atentos de Kiara em minha direção, junto a um breve sorriso, mas nada muito satisfeito.

— Desculpe, eu... — Não consegui formular qualquer desculpa válida para dizer que simplesmente me esqueci da existência dela ao ver aquele diabo de mulher.

— Eu a roubei, desculpe. Você é... — Jared me salvou, colocando um dos braços ao redor do meu corpo.

— Kiara!

— Muito prazer, Kiara. Me chamo Jared.

— Prazer, Jared! Adorei o lugar — seu tom de voz foi animado, o que me transmitiu tranquilidade.

— Espero vê-la aqui mais vezes, temos diversas apresentações boas! Hoje, vou me apresentar. — Jared tratou de ser o mais gentil que poderia, enquanto recobrava a consciência. O que havia acontecido? Balancei a cabeça negativamente e tomei o último gole de cerveja da pequena garrafa em minha mão. De relance, meus olhos foram de encontro à Maya. Ela me observava. *Merda.* Maya não fez questão de esconder, pelo contrário, vi os seus lábios se contorcerem em um sorriso quase malicioso. Ela bebericou um pouco da cerveja, apenas o suficiente para molhar os lábios chamativos. Talvez eu tenha olhado mais tempo do que deveria.

— Não vamos agora?

— Jared pediu que eu ficasse mais um pouco. Podemos ver as primeiras músicas, o que acha?

Kiara relutou alguns segundos, mas assentiu. Vi seus olhos vasculharem o ambiente, parando em cima do motivo de meu caos interno. Ela perdeu alguns segundos, e eu poderia jurar ter visto ela sorrir.

— Você as conhece?

— Não, quer dizer... — Suspirei. — Conheci há alguns minutos.

— Eu as apresentei à Eloise. Vem, vou apresentar a você também — foi a vez do Jared falar.

Todos se cumprimentaram de forma gentil e amigável, trocaram uma breve conversa, antes que Jared e Patrick se dirigissem ao palco central do pequeno bar. Maya e Kiara murmuraram algo e sorriram, animadas. Estava tudo bem, certo? Eu não havia feito nada, nem faria. Terminaria aquela noite da maneira que havia pensado.

— Poderíamos pegar mais bebidas antes do show começar — Lea sugeriu, animando as outras ao redor.

— Eu pego! O que querem? — Maya se ofereceu rapidamente.

— Piña colada! — Lea respondeu.

— Para mim também — Kiara pediu.

— Você me ajuda, Eloise?

Os olhos de Lea e Kiara se voltaram para Maya, que não relutou, nem por um só segundo, em realizar o convite. Não que ela tivesse que relutar, ela poderia pedir para qualquer uma, mas confesso que a sensação de euforia me tomou por inteiro por ser escolhida.

— Claro. Ajudo, sim.

Maya abriu caminho entre o aglomerado de pessoas, e eu prontamente a segui até o bar central. Um barman logo se dispôs a nos atender, assim que observou Maya inclinar-se em direção ao balcão de madeira, e sorriu, galante, exibindo a fileira de dentes brancos, enquanto fazia malabarismo com as coqueteleiras em suas mãos. Queria impressioná-la, não o julgo. Se ela gostasse um pouco de homem, o que eu não sabia ao certo, iria se animar com ele. Era bonito.

— Duas cervejas e duas piñas coladas, por favor.

— Aqui estão as cervejas. Vou preparar os outros, ok?

Ela voltou a atenção para mim, entregando-me uma das garrafas.

— Como sabia que eu não queria uma piña colada?

— Observei você e acredito que você não faça o estilo de uma piña colada, pelo menos não nesse momento — ela falou próximo ao meu ouvido, por conta da música alta.

— Cerveja faz meu tipo, então?

— E um vinho — afirmou de maneira confiante.

Maya falava com os olhos fixados nos meus. E eu, por outro lado, alternava entre sua boca e aquela imensidão castanha amendoada. Havia algo diferente neles, algo que me prendia.

— Você é realmente boa nisso.

— Sou boa em muitas coisas, Eloise. Do que especificamente está falando? — perguntou com um sorriso sugestivo.

— Em decifrar pessoas.

— Nisso, eu realmente sou ótima.

Eu sorri abertamente, enquanto tentava me manter sã diante daquela mulher. Foi quando ouvi a voz masculina informando que os drinks estavam prontos. Maya se aproximou do balcão novamente e pegou as duas bebidas. Pela breve conversa, notei que o barman estava entregando um pequeno papel para ela. Esperto.

— Ganhou as bebidas, não é?

Ela assentiu, animada, fazendo-me rir.

— Você será encarregada de pegar bebida pelo restante da noite — cochichei em seu ouvido.

Perto demais, pensei, ao sentir o aroma delicioso de sua pele.

— Terei que ganhar algo para compensar o trabalho.

— E o que quer? — Eu devia mesmo ter perguntado isso? Talvez não tenha sido uma boa ideia.

— Melhor não perguntar isso, você não está livre para fazer — suas palavras vieram carregadas de segundas intenções. Não ousou disfarçar, foi direta, acertando-me precisamente.

Nós nos aproximamos das garotas, entregando as bebidas para, enfim, apreciarmos um pouco o show. Inicialmente, Maya e eu trocamos alguns olhares quase incontroláveis. Kiara notou todos, sem exceção. No entanto, em nenhum momento demonstrou desconforto, pelo contrário: aproximava-se cada vez mais dela, que não se afastou, entrou no embalo envolvente daquela jovem policial. Maya parecia desejar Kiara tanto quanto eu.

— Estão quase se engolindo.

Ouvi o sussurro de Kiara. Seus lábios tocaram lentamente a pele do meu pescoço, trazendo um arrepio quase automático.

— Como assim?

Ela sorriu, embriagada, empurrando-me devagar, fazendo-me sentir a parede gelada contra minhas costas.

— Não sou boba, Eloise. Ela é realmente muito boa, não é?

Encarei seus olhos, que buscavam por uma resposta sincera.

— Pode falar. Se for sincera, ainda ganhará um prêmio — havia malícia em seu tom de voz.

– Ela é, muito.
– Muito?
– Muito, assim como você – disse, ao puxá-la pela cintura, trazendo seu corpo para mais perto do meu.
– Você a quer?
– Quero, mas quero você também.
A resposta soou como música para seus ouvidos. Kiara abriu um sorriso ardiloso antes de se inclinar em minha direção. Senti contato de seus lábios macios contra os meus, provocando-me uma onda de calor iminente. Quando me propus a agarrar sua cintura, ela se desvencilhou de meus braços, afastando-se de uma só vez. A vi caminhar em direção à Maya, parando a poucos centímetros. Elas se encararam fixamente por longos instantes, que me fizeram estremecer. Kiara inclinou a cabeça e murmurou algo no ouvido daquela desconhecida. Um sorriso perverso cresceu em seus lábios.

Que porra estava acontecendo?

Elas se entreolharam mais uma vez, e para minha surpresa, não havia o que temer. Kiara se aproximou devagar e tomou os lábios carnudos de Maya nos seus. Aquela cena parecia acontecer em câmera lenta. O encaixe entre elas me fez suspirar pesadamente, senti meu corpo inteiro aquecer somente por vê-las tão entregues àquele contato. Beijavam-se com a malícia certa para me atingir. Maya abriu os olhos, em meio ao beijo, e me encarou fixamente, como se quisesse ter certeza de que meus olhos estavam sobre elas. Como se pudesse ser diferente. Ela encerrou o beijo lento, puxando o lábio inferior de Kiara bem devagar. Tudo parecia mais intenso, pesado. Talvez fosse o efeito do álcool, misturado às luzes e à música envolvente naquele lugar. Fechei meus olhos por alguns segundos, que foram suficientes para ter Maya parada à minha frente. O par de olhos maliciosos me sugaram a alma, eu não poderia evitar. Eu a queria.

– Hoje é sua noite de sorte, Green – disse ela, como se pudesse ler meus pensamentos.
– Ou a sua, Maya.

Maya estava sentada sobre suas pernas no centro da cama, usando apenas uma lingerie preta, rendada. Seus cabelos volumosos e ondulados caíam em um de seus ombros, e do outro lado, Kiara beijava devagar a lateral de seu pescoço. Observei aquela cena por instantes suficientes, que me fizeram apertar as pernas de pura excitação. Estávamos em um quarto de hotel no centro de Mount Vernon – um dos melhores, diga-se de passagem. Depois do beijo que iniciou tudo, decidimos que não precisávamos escolher quando poderíamos gozar daquela vontade juntas.

– Vai ficar apenas olhando? – Maya indagou, com um sorriso sensual, enquanto se livrava das últimas peças que cobriam seu corpo seminu.

Senti os olhos de ambas as mulheres queimarem sobre minha pele, enquanto me despia. Maya me analisava minuciosamente. Sua respiração era pesada – notava-se facilmente pela maneira como seu peito subia e descia, à medida que eu me aproximava. Subi na cama e me coloquei entre as duas. Eu permaneci com os olhos fechados, sentindo Kiara deslizar a língua por minha clavícula, subindo pelo pescoço em direção ao meu queixo, o qual mordeu delicadamente. Eu soltei um riso cínico para a mulher que, com seus olhos embriagados, me fitava com desejo. Até que senti as delicadas mãos de Maya apertarem minha cintura. A mulher colou seu corpo nu ao meu, dando-me a chance de sentir sua pele quente em contato com a minha.

– Você é tão gostosa – sussurrou roucamente, enquanto a ponta de sua língua deslizava pela minha orelha, provocando-me um arrepio imediato.

Ergui uma das mãos para trás, deixando que meus dedos alcançassem os fios dos cabelos ondulados de Maya, em uma tentativa de mantê-la rente a mim. Naquele exato instante, eu estava sendo rodeada por duas belas e sensuais mulheres, que mantinham suas mãos e suas bocas em meu corpo, instigando todos meus sentidos mais selvagens.

Maya lentamente afastou os lábios de minha pele, para aproximar seu rosto do meu. Seus olhos castanhos tão profundos se conectaram aos meus, transmitindo uma energia puramente sexual. Eu não sabia como expressar o que aquela mulher tinha, mas tudo nela era atrativo: seus olhos intensos, seus lábios carnudos e delicados, seu corpo perfeitamente desenhado. Eu a desejava com cada maldita célula de meu corpo.

Voltei minha atenção à Kiara, puxando seu rosto em direção ao meu, para, logo em seguida, tomar seus lábios macios em um beijo quente. Ela correspondeu da maneira que eu mais ansiava, deixando-me em um estado irreversível. Interrompi o nosso contato depois de alguns segundos, para dar a vez à outra, que me devorava. Ao redor dos cabelos de Maya, eu apertei os dedos com mais força, como se, com ela, tudo precisasse ser mais forte e ardente. Ela riu diabolicamente, deixando a boca entreaberta, para que seguidas lufadas de ar pudessem escapar. Sua língua deslizou por seus lábios, umedecendo-os de forma provocante. Eu não pude me conter: puxei seu rosto, tomando a boca daquela mulher em um beijo quase desesperado.

No exato instante em que senti os lábios de Maya colidirem contra os meus, uma espécie de arrepio percorreu por toda extensão de meu corpo, acompanhado de uma onda de calor avassaladora. Ela entreabriu os lábios, dando-me rapidamente a chance de serpentear minha língua sobre a sua. O toque macio e ávido de sua língua contra a minha enviou uma pontada certa para onde eu mais a queria. Aquela mulher estava me deixando louca. Eu mantive os olhos fechados, sentindo sua língua macia se esfregar sobre a minha, em um contato constante e delicioso. Eu poderia ficar ali por horas, tinha certeza, mas deveríamos continuar. Agora, as duas permaneciam à minha frente, sendo agarradas pelos cabelos de forma firme. Maya sorriu, provocante, o que, consequentemente, Kiara também fez. Devagar, induzi Maya a beijar os lábios da mulher à sua frente, da forma mais sexual que aquela ocasião poderia oferecer.

– Vocês vão me deixar louca – soltei os cabelos de Kiara, deixando que minha mão deslizasse pelas costas lisas da mulher, parando delicadamente sobre sua bunda, a qual apertei com força, cravando minhas unhas na pele alva. Ela gemeu baixinho, apertando-me contra si.

– Isso é tão gostoso.

Com a outra mão, soltei os cabelos de Maya, descendo até seus seios. Ela se afastou dos lábios de Kiara e mordeu os seus, em um impulso involuntário, assim que seu mamilo foi pressionado por meus dedos. Eu pude ouvi-la arfar pesadamente, enquanto lançava um olhar carregado de luxúria para mim. Deixei meus olhos conectados aos dela, como se fosse algo impossível de parar. Desci minha mão de seu seio, arrastando-a por seu abdômen definido até seu sexo molhado. Eu pude sentir meus dedos serem melados pela umidade evidente daquela região. Seu olhar ainda permanecia fixo no meu que, hora ou outra, alternava de seus olhos para sua boca. Kiara colocou as mãos nos seios de Maya, apertando com vontade, antes de virar a cabeça em minha direção para receber um longo beijo. A mão que estava repousada sobre a bunda de Kiara desceu mais um pouco, a ponto de tocar na intimidade quente da mulher. Eu tinha as duas na minha mão.

– Por Deus... – Kiara murmurou, perdida em desejo.

Esfreguei meus dedos nos sexos de ambas as mulheres que arfavam em meio às carícias. Em um ato de puro tesão, retirei os dedos da intimidade quente e úmida de Maya para levá-los até sua boca que, sem vergonha, abriu-se, recebendo-os melados.

– Porra, Maya...

Ela fechou os lábios ao redor dos dois dedos que se encontravam em sua boca e os chupou do começo ao fim por algumas vezes, o suficiente para saborear seu próprio gosto. Com um sorriso provocante, ela os deixou, permitindo-me voltar ao lugar de início. Maya moveu seu quadril, em busca de um contato maior, fazendo-me senti-la ainda mais quente e molhada. Não era diferente de mim: os gemidos, o contato e as respirações me deixavam completamente molhada.

Retirei os dedos da intimidade da mulher e levei até minha boca. Senti, na ponta da língua, como ela era deliciosa. Eu, devagar, deslizei minha língua por meus dedos, retirando qualquer resquício que poderia ter. Maya me fitava como se estivesse hipnotizada com a cena, seu par de olhos castanhos flamejantes me comiam por inteira.

Aquelas duas mulheres sugaram de mim tudo que puderam. Minhas energias sexuais foram tomadas pelo fogo evidente em minha cama. Kiara era linda, mas não chegava aos pés de Maya.

— Eu vou gozar para você — gemeu, enquanto inclinava seu quadril para frente e para trás, à medida que meus dedos deslizavam por seu sexo. Foram suas palavras finais, ao gozar de forma tão gostosa em meus dedos.

Nossas respirações ofegantes se confundiam, em meio ao silêncio que agora se fazia presente. Eu retirei delicadamente os dedos de Maya, deixando que ela caísse sobre o colchão, próxima à Kiara, que também havia aproveitado tudo aquilo até o final.

Eu me remexi sobre a cama, deixando que minha pele nua deslizasse sobre os lençóis macios. Um incômodo clarão vinha de encontro aos meus olhos, acompanhado de uma brisa fria. Resmunguei quase inconscientemente, enquanto lutava para permanecer de olhos fechados, mas era impossível. Cocei ao redor dos olhos, sentindo minhas pálpebras pesadas, por causa das poucas horas dormidas, e movi meu pescoço de um lado para o outro, com a tentativa de tirar aquela tensão de meus ombros. Eu estava simplesmente exausta. Eu abri os olhos com certa dificuldade, vendo o corpo da bela oficial deitada sobre a cama. Kiara ainda se encontrava completamente nua, e eu não pude deixar de notar o quanto ela era gostosa. Mas onde estaria Maya? Soltei um sorriso de canto ao me lembrar da mulher. Não era exagero eu dizer que ela havia sido a melhor transa de toda minha vida, certo?

— Maya? — Arrastei-me para a beira da cama, enquanto meus olhos vasculhavam por toda a suíte. Nem um sinal da mulher. Foi quando avistei, sobre a mesa de cabeceira, um pequeno bilhete. Estiquei-me para pegar o pequeno pedaço de papel, no qual observei as letras bem desenhadas.

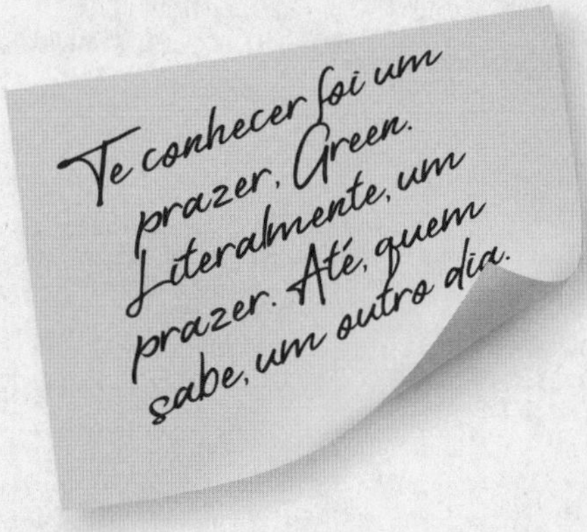

O sorriso abandonou meus lábios no exato instante em que terminei a leitura.

Maldita mulher.

CAPÍTULO #02

BEM-VINDAS À NOVA IORQUE

Eu assenti, pela décima vez em menos de cinco minutos, para a senhora que relatava os fatos do possível roubo em sua casa. Comecei a cogitar que, pela idade, ela precisava de alguma emoção em sua vida, e relatar os fatos de um furto em sua residência seria a solução. Em menos de um mês, ela já havia comparecido à delegacia quatro vezes e, todas as vezes, ela havia apenas entregado o objeto que acreditava ter sido roubado para alguém. No entanto, ela narrava os acontecimentos com tanta veemência que eu poderia acreditar ser real, quando, na verdade, era apenas uma ficção criada por sua mente desocupada. Inclinei meu corpo lentamente, deixando minha coluna totalmente ereta. Ficar sentada por muito tempo me deixava incrivelmente preguiçosa.

— E eu vi quando ele pulou minha cerca — afirmou a mulher de cabelos grisalhos.

— A senhora o viu pular a cerca? — indaguei, completamente incrédula.

— Sim, delegada.

Soltei uma lufada de ar, deixando que meu corpo encostasse na poltrona. Dona Dolores, como era chamada, havia chegado à delegacia nesta manhã, informando que sua televisão *tele king* havia sumido de sua casa e que, ao se sentar em seu sofá antigo, para assistir ao seu programa matinal de culinária, notou que ela já não estava mais lá.

— Dona Dolores, com todo respeito, onde está seu filho? Ele sabe que a senhora saiu de casa sozinha?

— Ele saiu para consertar o pneu de nosso carro, delegada.

— Você tem o número de telefone dele? Podemos ligar para ele nos ajudar a resolver este problema.

Ela assentiu, pegando seu celular de dentro da pequena bolsa marrom, que permanecia em seu colo, e com os dedos vacilantes, ela digitou o número do filho para, então, iniciar a ligação. Assim que o homem atendeu, a senhora estendeu o aparelho em minha direção, para que eu falasse com ele. A voz rouca do outro lado da linha se desculpou pelo incômodo e informou que, em poucos minutos, estava chegando para solucionar o problema.

— Prontinho. O seu filho está a caminho — informei, devolvendo o aparelho para ela.

— Mas e minha televisão, delegada?

Suspirei, trocando um rápido olhar com Ruby, que se encontrava na mesa ao fundo, segurando uma risada divertida. A senhora me fitava, aflita, esperando uma solução.

— Nós a localizamos, está na sala de sua casa.

De onde ela nunca saiu.

– Ah, que maravilha! Fico muito aliviada, minha filha. Essa televisão foi um presente do meu marido, tem um valor sentimental enorme para mim.

– Eu imagino que sim! Mas não precisa mais se preocupar, está tudo certinho com ela.

Aquele tipo de situação normalmente me deixaria um tanto irritada – perder horas em um caso que nem sequer existia era algo maçante –, mas como servidora do estado, nada poderia fazer, a não ser atender àquela contadora de histórias. Por sorte, hoje meu foco estava unicamente no resultado de minha transferência para a cidade de Nova Iorque. Estava com os nervos à flor da pele ao imaginar a possível mudança em minha vida.

– Com licença, delegada – Josh murmurou ao entrar em minha sala. – O filho dessa senhora está na recepção, veio buscá-la.

– Agradeço a informação, Joshua – respondi, aliviada. – Dolores, vou acompanhá-la até a porta, está bem?

Caminhamos, juntas, pelos corredores da delegacia, enquanto ela agradecia constantemente por tê-la ajudado. De longe, pude ver seu filho parado ao lado do balcão, com um sorriso fraco, um tanto envergonhado.

– Mãe...

– Minha televisão foi roubada, meu filho.

– Sinto muito, delegada. Eu não sabia que ela havia saído assim.

Mark era um homem maduro, devia estar na faixa dos seus quarenta e poucos anos. Tinha um porte físico forte, mas nada musculoso, seu cabelo era cortado no estilo militar, acompanhado de uma barba por fazer. Pelas poucas vezes que eu o vi, ele parecia ser bem cuidadoso com Dolores, sempre a tirando de situações inusitadas.

– Está tudo bem, não se preocupe. Só a leve para casa.

– Obrigado mais uma vez, delegada. – O homem gentilmente conduziu a senhora para fora da delegacia, enquanto murmurava algumas coisas, na tentativa de fazê-la não sair de casa sem ele. Dolores nem sequer dava atenção, quase como se não o ouvisse.

– Resolvendo todos os casos.

Ouvi a voz de Kiara ao fundo, o que me fez sorrir. Encarei seus olhos encantadores e me aproximei do balcão.

– Não tantos como gostaria, mas tudo bem.

– Lembrei que hoje teremos o resultado da sua transferência, não é?

Kiara estava muito bonita aquela manhã, como de costume, é claro. Apesar do uniforme de polícia, ela ainda se destacava por ali.

– Sim, estou à espera da resposta do comissário.

– Quero muito que dê certo para você, mas confesso que vou sentir saudade das nossas noites.

Sorri para ela de maneira discreta. Não poderia dar indícios que algo acontecia entre nós. Eu tinha uma imagem a zelar, e por incrível que pareça, eu conseguia manter tudo às escondidas. Kiara e eu estávamos saindo juntas há dois meses desde aquela noite. Havíamos encaixado de maneira gostosa, o que me fazia querer continuar com nossos encontros casuais, mesmo que a primeira noite não tenha sido especificamente sobre ela. Por alguns segundos, me veio à mente a imagem daquela mulher misteriosa. Onde diabos ela poderia estar?

– Green!

Ouvi a voz animada de Ruby ao fundo. Ela trazia um sorriso nos lábios. Encarei seu rosto e, em seguida, as suas mãos, que carregavam um envelope.

– Chegou.

Naquele momento, meu corpo inteiro tremeu. Minha frequência de batimentos cardíacos, com toda certeza, estava bem longe do normal. Aproximei-me de Ruby, com os olhos um tanto arregalados.

– Você leu?

Ela nada falou, apenas me puxou em direção à nossa sala. Um silêncio brutal tomou conta do ambiente, como se uma de nós fosse morrer a qualquer instante.

– Eu estou muito nervosa, pegue.

Capturei os envelopes em sua mão. Havia dois, o meu e o dela.

– Comece pelo seu!

Prezada Srta. Green.

Venho, através desta, informar que recebemos sua solicitação de transferência para a delegacia da cidade de Nova Iorque. E através da análise minuciosa de seu histórico policial, verificamos que está devidamente enquadrada nos requisitos solicitados para o cargo. Se ainda for de seu interesse, entre em contato com nossa base.

Atenciosamente,
Roger Brandon

– Ruby...

– Sim? – indagou, com um largo sorriso.

Eu respirei pausadamente, sem acreditar no que havia acabado de ler. As palavras pareciam desconexas em minha cabeça, como se estivesse escrito em um idioma no qual eu não era fluente.

– Eu... eu fui...

– Sim, Eloise! Você foi aceita! – Comemorou de maneira animada.

– Oh, meu Deus! Eu fui aceita, porra!

As pessoas fora da sala iriam pensar que eu estava tendo alguma espécie de surto psicótico, mas era apenas felicidade. A oportunidade da minha vida estava, agora, em minhas mãos, em um pequeno pedaço de papel. Eu abracei Ruby, que retribuiu de forma animada.

– Espera, e a sua?

– Então, nós precisamos realmente falar sobre isso – seu tom de voz se transformou, assim como sua expressão.

– Não vai me dizer que...

– Que eu não fui aceita? É claro que fui. Está achando que eu iria deixar você pegar as mulheres de Nova Iorque sozinha?

Um suspiro aliviado deixou meus lábios, e logo a tomei em um abraço apertado. Ter Ruby ao meu lado tornava tudo aquilo ainda mais inacreditável.

– Você me assustou!

– Não irá se livrar de mim tão facilmente, Green.

– Não quero mesmo.

Arrumar as malas nunca foi meu forte. Eu estava, agora, rodeada de coisas espalhadas pelo meu quarto: desde roupas, sapatos, objetos pessoais e todos os itens indispensáveis para minha ida para Nova Iorque. Havia se passado uma semana desde o recebimento da carta de aceitação pelo delegado Roger, e minha mudança para a capital já estava marcada para o dia seguinte. Eu me encontrava incrivelmente ansiosa, afinal, aquele sempre foi meu sonho na carreira policial, e conseguir isso estava sendo maravilhoso.

– Não pode esquecer nada – meu pai falou, ao entrar no quarto.

Malcom Green estava com um sorriso largo, mas com os olhos tristes. Desde o momento em que informei sobre minha transferência, pude notar sua clara mudança de humor. Claro que ele havia ficado feliz com minha realização profissional, mas me ter saindo de casa naquela altura do campeonato não estava em seus planejamentos.

– Eu estou olhando tudo, não quero esquecer nada – falei, enquanto dobrava algumas peças de roupa, para depositar na mala.

Ele caminhou cuidadosamente, para não pisar em nada que estava espalhado pelo chão, sentou-se na beira de minha cama, bem próximo de onde eu estava, e me fitou.

– O que houve?

– Nada, só quero ficar com você aqui – seu tom de voz transmitia melancolia.

– Pai, eu não quero vê-lo assim – disse ao me aproximar dele.

Sua tristeza estava evidente naquele momento. Malcom e eu criamos uma relação muito bonita entre pai e filha, visto que, desde muito nova, ele e minha irmã, Justine, foram as únicas figuras de família para mim. Aos 12 anos de idade, eu tive a enorme infelicidade de perder minha mãe em um dos conflitos policiais. Emma, assim como Malcom, seguia carreira policial, sendo investigadora, e ele, prontamente delegado. Em uma das operações da polícia, a minha mãe foi brutalmente baleada por um grupo de homens que tentava assaltar o Banco Central de Nova Iorque. Havia algumas pessoas mantidas como reféns, e ela, em um ato heroico para libertá-los, acabou dando sua vida em troca da deles. Pelas vagas lembranças de minha juventude, eu ainda tinha a imagem de meu pai chorando de forma descontrolada sobre o túmulo de minha mãe.

– Você vai poder me visitar, pai.

— Eu sei, Elo. Eu só tenho receio, você vai assumir um cargo importante em Nova Iorque. Tudo lá é mil vezes pior do que aqui — seu semblante preocupado ficava evidente a cada palavra que saía de sua boca.

— Eu preciso disso, você sabe que sempre foi meu sonho crescer como policial.

Ele rolou os olhos, soltando uma lufada de ar.

— Você poderia ficar aqui, este é seu lugar.

— Não, pai. Este não é o meu lugar, você sabe disso.

Fitamo-nos por alguns instantes que pareciam ser intermináveis. Eu sabia que o medo dele era que as coisas voltassem a acontecer. Depois da morte de minha mãe, Malcom resolveu largar a vida policial para assumir uma oficina de carros no centro da cidade. Ele nunca negou a vontade que sentia de voltar a entrar em ação, mas sabia as consequências que aquilo poderia causar.

— Só tenho medo de perder você, Eloise. Não quero passar por tudo aquilo mais uma vez.

Encarei o homem sentado à minha frente; sua expressão melancólica me trazia um aperto no peito. Ele ainda sentia falta dela todos os dias. A ausência de minha mãe foi uma das coisas mais difíceis com que tivemos que lidar. Por mais forte que ele pudesse ser, não a ter ao seu lado era devastador em certos momentos. No entanto, ele havia aprendido a lidar com aquilo, mesmo que ainda não tivesse conseguido achar um novo amor.

— Vai ficar tudo bem, eu prometo. Esse é o sonho da minha vida, pai. Não quero me arrepender todos os dias por não ter tentado.

— Você está certa. Só estou sendo um velho medroso. Você é uma mulher adulta e independente, merece seguir o seu caminho.

— Obrigada por me apoiar, é muito importante para mim.

Ele deu um sorriso fraco e me puxou para um abraço apertado. Ficamos ali por incontáveis segundos, suficientes para me fazer perceber como sentiria falta daquela rotina em Nova Iorque.

— Que clima melancólico é esse?

Ouvi a voz de Justine ao fundo, fazendo-me sorrir.

— Seu pai está aqui, cheio de lágrimas — falei, enquanto secava aquelas que teimaram em sair.

— Sem choro, pai, iremos passar o Natal com Eloise, ela querendo ou não. — Justine se sentou entre nós, encarando-nos com uma expressão engraçada. Ela não queria aprofundar aquele clima, mesmo sentindo por minha partida. Lembro-me de todas as vezes que conversamos sobre aquela possibilidade, e sempre recebi o seu apoio. Apesar de ser dez anos mais nova, minha irmã caçula possuía uma sabedoria sem igual. Tinha orgulho do que ela havia se tornado, mesmo com a ausência de minha mãe. Malcom havia criado uma mulher incrível.

— Não consigo me livrar de vocês, não é?

— Não mesmo! Somos sua família, e irá nos aguentar para sempre — ela respondeu, com um sorriso. — Preparei um jantar incrível e quero os dois na mesa agora.

— Acho melhor a gente obedecer, ela não parece estar para brincadeiras, sr. Green.

Malcom deu um sorriso mais tranquilo, antes de se levantar para seguir em direção à sala de jantar.

— Se você não nos ligar toda semana, garanto que trago você de volta — Justine sussurrou séria, me fazendo rir.

— É óbvio que irei ligar, não consigo viver sem os seus conselhos.

Nós nos encaramos por alguns instantes, como se nos despedíssemos sem palavras. Justine era parte de mim, uma parte esperançosa e leal. Nossa cumplicidade era singular, nos conectávamos e nos entendíamos de um jeito que jamais poderíamos explicar.

— Eu amo você, Elo.

— Eu também amo você, garota — disse, ao abraçá-la bem forte.

Nova Iorque era exatamente como nos filmes e livros: um aglomerado de pessoas eufóricas e cansadas por todos os lados, movimentando-se de um lado para outro, perdidas em seus aparelhos celulares, entre ligações e mensagens de texto. O fluxo de carros, buzinas, pessoas falando, comendo e turistando eram a paisagem entre os prédios incrivelmente gigantes e imponentes. Ruby e eu estávamos dentro de um táxi, a caminho de nosso novo apartamento no Brooklyn. Nossas economias desde a época da faculdade foram de muito proveito agora.

— Finalmente! — ela exclamou, exausta, assim que o motorista parou em frente ao nosso novo lar.

O prédio era ótimo, bem conservado, no padrão americano. Tijolos avermelhados, grandes janelas de vidro e uma pequena escadaria, que terminava em uma calçada bem-cuidada, com algumas árvores que traziam um frescor. Ficamos na extensão do Brooklyn mais próxima de Manhattan. Ficaria mais viável, por causa do trajeto até a delegacia principal de Nova Iorque. Nosso novo apartamento não era tão grande, mas o suficiente para duas ou até três pessoas. Tínhamos uma vizinhança tranquila, sem muito alvoroço.

— Escolhemos um bom lugar — murmurei.

O interior do apartamento era incrivelmente aconchegante. As paredes eram intercaladas entre um cinza-claro e tijolos queimados. O piso amadeirado e os móveis industriais espalhados traziam um contraste para o ambiente. O sofá de couro marrom era confortável e grande, perfeito para a enorme TV estacionada à frente. Os armários extensos iriam receber nossos livros, porta-retratos e objetos decorativos, tornando aquele ambiente um pouco mais nosso. Tudo nele foi pensado com atenção, desde a sala despojada, a cozinha organizada e elegante, até os quartos espaçosos e confortáveis.

— Esse apartamento é perfeito! — Ruby murmurou, animada, enquanto circulava pelo lugar inteiro.

Sorri, feliz, percebendo que tudo aquilo era real. Nós realmente estávamos nos tornando moradoras daquele lugar.

— Esse, com certeza, será o meu quarto! — ela gritou, contente. — O banheiro é enorme.

— Que injusto! Não me deixou escolher — resmunguei alto, enquanto me acomodava no sofá.

Ruby caminhou até a sala e me encarou de maneira convencida, empinando aquele nariz.

— Conheço você o suficiente para saber que o outro quarto é ideal para você. Tem uma varanda bonita e a decoração mais séria, bem do seu jeitinho.

— Conhece meu jeitinho, não é?

— Muitos anos convivendo com sua chatice, Green! — Ela se sentou ao meu lado, deixando que seu corpo afundasse no estofado macio.

— Engraçadinha. — Deitei-me com a cabeça em seu colo, recebendo suas mãos em meus cabelos.

— Isso não parece um sonho?

— Confesso que ainda não consigo acreditar. Olha esse lugar! Essas pessoas! E pensar que amanhã mesmo entraremos em nosso novo emprego é simplesmente bizarro.

As palavras de Ruby fizeram meu corpo inteiro tremer de pura euforia. E foi com aquela mesma sensação que caminhei em direção à entrada principal da delegacia de Nova Iorque no dia seguinte. Seríamos atendidas pelo comissário geral da unidade, Roger Brandon. De acordo com as informações repassadas antes de nossa pré-admissão, dois agentes do departamento estavam deixando a unidade para se aposentar da vida policial. Dereck Lancaster, o detetive da unidade, deixou o cargo com uma lista de grandes casos solucionados, tornando a pressão daquele lugar ainda mais avassaladora. Saí de uma cidadezinha do subúrbio de Nova Iorque para tomar conta de um departamento das maiores unidades de polícia do todo o país. Era o grande sonho da minha vida, mas não podia desconsiderar como aquilo era assustador. Eu realmente estava preparada? Era a única coisa na qual conseguia pensar, enquanto me aproximava do início do meu futuro.

— Eu estou nervosa.

— Vai dar tudo certo — Ruby murmurou, tremendo em suas próprias pernas.

— Bom dia! Vocês são as agentes Green e Foster? — Um dos policiais, devidamente fardado, se aproximou de maneira educada, cumprimentando-nos rapidamente.

— Sim, somos nós. Estamos à procura do comissário Brandon.

— Muito prazer, sou o soldado William. Ele me encarregou de recebê-las inicialmente; ele irá conversar com vocês em breve.

— Agradeço, soldado — respondi, com um breve sorriso, na tentativa de passar tranquilidade.

O departamento era enorme, um prédio de quatro andares, com uma grande extensão de salas por todos os lados, sem falar no fluxo de pessoas circulando constantemente. Uma realidade muito distinta de Mount Vernon e seus trinta agentes, mas não era para menos, levando em consideração a responsabilidade que aquelas pessoas tinham diante de todo o estado. Se a intenção era movimentar minha vida profissional, aquele, com certeza, era o lugar certo.

– Vamos?

Assentimos brevemente e caminhamos para o elevador. O soldado William nos deixou no último andar, diante da sala do comissário de polícia. Encarei os olhos ansiosos de Foster, enquanto pensava se eu estava passando aquela mesma energia caótica. Tínhamos tudo para dar certo, mas não poderíamos deixar de pensar na possibilidade de errar nos últimos instantes. Havíamos sido pré-admitidas em todas as etapas anteriores, e conversar com o principal responsável pela unidade do estado era a última delas.

– Olá, senhoras. – O comissário nos recebeu com um sorriso gentil, nos cumprimentou educadamente.

Brandon era um homem bem mais velho, provavelmente estava na faixa de seus sessenta e tantos anos, tinha os cabelos grisalhos e algumas rugas em suas expressões faciais, para comprovar tal fato. Seu uniforme era diferenciado: as insígnias brilhavam em seu peito, como um sinal claro de sua patente. Ele era a figura de maior autoridade no local.

– Vou entrevistar as duas separadamente. Quem deseja começar?

– Pode ser eu? – Ruby indagou, com os olhos em minha direção.

– Claro, pode sim!

A entrevista de Ruby durou alguns longos minutos, tempo suficiente para me deixar cada vez mais ansiosa. E se ele não gostasse de mim? E se eu fosse fraca para aquele cargo? Milhares de situações passaram pela minha cabeça, e nenhuma delas era animadora. *Maldita autossabotagem*, pensei. Talvez a terapia não fosse tão ruim assim.

– Agradeço por isso, agente Foster. Você pode seguir para o setor de RH, no primeiro andar – o homem murmurou, assim que saíram de sua sala.

– Eu que agradeço, comissário. Estou muito feliz de ter sido aceita.

– Não poderia ser diferente, Foster. Você será de grande serventia em nossa equipe.

Ruby me lançou um olhar animado e encorajador. Havia dado certo para ela, e eu não poderia ficar mais feliz. Sabia o quão competente aquela mulher poderia ser e não tinha dúvidas de tudo que ela poderia acrescentar àquele lugar.

– Agente Green?

Caminhei em direção à sua sala, sendo recebida da maneira mais educada e formal que poderia. O homem indicou o lugar para que eu me sentasse, enquanto se acomodava em sua poltrona confortável, do outro lado da mesa. Encarei as fotografias na parede ao fundo, acompanhadas dos certificados e medalhas de honra por todo trabalho prestado.

– Fico contente que tenham chegado. Está há muito tempo em Nova Iorque?

— Não, senhor. Chegamos ontem, organizamos tudo para vir até aqui hoje. O processo de mudança é um tanto trabalhoso, mas nada que não consiga ser resolvido.

— Com certeza. Recebi ótimas indicações e creio que a resolução de problemas é com vocês mesmo — ele comentou, com um breve sorriso, enquanto analisava os papéis repousados sobre sua mesa. Pude notar rapidamente nossas fotos pequenas no canto de cada arquivo, ou seja, nossos históricos policiais.

— Bom, quer um café? Temos muito o que conversar hoje.

Nos primeiros minutos, conversamos sobre todo meu histórico policial. O comissário parecia ter uma vasta experiência na área. Os casos contados e a maneira como explicava evidenciavam isso; seus cabelos grisalhos revelavam o bom tempo de casa dentro daquele departamento. Soube de seu interesse em se aposentar do cargo em um futuro bem próximo e de sua vontade de colocar alguém tão competente em seu posto. O homem me surpreendeu ao revelar que já havia trabalhado com minha mãe e que a considerava uma das melhores agentes de todo o estado.

— Ela era esperançosa e determinada, nenhum caso ficava em aberto. Emma trabalhou como detetive, mas seu dom estava na linha de frente. Gostava do combate e ação.

— Realmente, todas as experiências, que ela nos contava, eram de operações grandes e muito movimentadas — comentei ao recordar das palavras de minha mãe.

— Temos muito orgulho de ter tido a sua mãe em nossa equipe.

— Ela foi uma mulher incrível.

— Assim como temos certeza de que você será também, Green. Seu sangue não nega a vocação policial.

— Agradeço o voto de confiança, comissário. Meu sonho sempre foi crescer dentro da polícia, e esta oportunidade está sendo o início de tudo isso. Garanto dar o meu melhor.

— Eu sei que dará, agente Green. Sei também que veio de uma patente diferenciada em Mount Vernon, que você desempenhou com muito êxito. E esse é o motivo de ter recebido sua indicação. Como deve saber, dois de nossos melhores agentes se aposentaram, deixando em aberto a vaga de detetive e inspetor assistente. Como delegada, você tem uma visão ampla do funcionamento das investigações, mas agora você cuidará mais a fundo e trabalhará com casos três vezes maiores do que estava acostumada.

— Estou aqui para isso, comissário. Pode contar com o meu apoio e total empenho.

— Perfeito. — Ele ergueu seu corpo da poltrona confortável e estendeu uma das mãos em minha direção. — Seja bem-vinda ao departamento de polícia de Nova Iorque, agente Green!

Aquelas últimas palavras vieram acompanhadas de uma sensação de alívio e felicidade imediata. Eu fui aceita, aquilo era mesmo real. Eu era responsável pela unidade de grandes casos do departamento de polícia de Nova York.

– Detetive Green – murmurei para mim mesma, enquanto caminhava em direção ao elevador.

Desci até o primeiro andar, sentindo minhas mãos formigarem. Precisava ligar para minha família e contar aquela boa notícia, mas antes deveria passar no RH, para deixar toda a documentação necessária. Enquanto Ruby estava na sala do departamento pessoal, eu estava no corredor, à sua espera. No pouco tempo em que vistoriei o lugar, pude notar que todos pareciam bem focados em seus determinados serviços, tirando aqueles tipos encostados que estavam ali apenas para esbanjar seus distintivos e o traje policial.

– Novata? – um dos policiais indagou, curioso, com um sorrisinho debochado nos cantos dos lábios.

– Sim, estou entrando na equipe hoje.

– Estava com o comissário?

– Sim – respondi, seca.

Ele me encarou dos pés à cabeça, como se analisasse por inteiro. O homem, de barriga avantajada, coçou a barba grande e escura, enquanto mascava algo que esperava ser um chiclete.

– Desculpe, você é...?

– Félix, soldado da divisão 7, responsável pela viatura 935. E você, linda?

Respirei fundo, ignorando a maneira pela qual havia sido chamada. Não iria criar confusão no meu primeiro dia na delegacia, pois não queria ser demitida antes mesmo de entrar, certo? Encarei os olhos de cobiça à minha frente com uma expressão séria.

– Sou Eloise Green, agente responsável pelo departamento de grandes casos.

A expressão do policial mudou em segundos. Ele pigarreou, um tanto nervoso, tentando trazer uma postura séria, em uma tentativa de mudar o seu comportamento anterior.

– Bem-vinda, detetive.

– Espero que o soldado não o esteja importunando.

Virei-me em direção àquela voz familiar e encarei aquele rosto conhecido. Félix aproveitou o momento para se retirar rapidamente, antes que tivesse que se explicar.

– Oliver? Não acredito!

Oliver me encarou com os olhos arregalados e um sorriso contente no rosto.

– Green! – exclamou, animada, abrindo os braços em minha direção.

Oliver foi uma das primeiras pessoas que conheci na academia de polícia. Lembro-me do seu olhar receoso diante de toda a turma, enquanto se apresentava, no primeiro dia. Não era para menos, pois oitenta por cento daquele lugar era repleto de homens ignorantes e extremamente desagradáveis. Fazíamos parte do grupo seleto de seis mulheres que aguentaram mais do que deveriam, e nem todas suportaram até o fim. A carreira policial era um sonho para mim e para inúmeras outras, mas entrar e conviver dentro dela passava longe disso.

– O que faz aqui?

— Roubei um carro. A vida não está das melhores — brinquei.

— Não seja idiota! Fala sério — disse ela, ao esbarrar com um dos ombros no meu.

— Se você trabalha aqui integralmente, sou sua mais nova colega de trabalho.

— Não brinca! Você é a responsável por grandes casos?

Assenti de maneira animada, recebendo outro abraço. Oliver era uma mulher de pouco mais de um metro e meio de puro carinho e alegria. Eu poderia dizer que era um dos seres mais doces e gentis que pude conhecer. Sua voz branda se encaixava bem com seu temperamento tranquilo. Era difícil tirá-la do sério, até mesmo aqueles que imploravam por aquilo. Ela tinha os cabelos lisos e compridos em um tom de castanho, quase puxando para loiro. Era natural, diferentemente do meu, que havia passado por alguns procedimentos para chegar àquela coloração.

— Você será incrível nisso, não tenho dúvidas!

— Assim espero. Acabei de conversar com o comissário. Ele parece confiar em mim, e eu não quero desapontá-lo.

— Ele é muito exigente e parece escolher as pessoas a dedo. Se ele optou por você para um cargo importante como esse, creio que não vai se arrepender.

— Obrigada, Oliver. Estou feliz de ter mais uma pessoa conhecida por aqui.

— Mais uma?

— Sim, minha melhor amiga trabalhará aqui também. Ruby Foster.

— Ah, creio ter falado com ela há alguns minutos.

— Falando nela...

Ruby deixou a sala do RH e se aproximou com uma empolgação contagiante. Apresentei-as entre si, e elas, aparentemente, se deram muito bem. Combinamos que, ao fim do expediente, sairíamos para comemorar nossas admissões e o novo rumo de nossas vidas. E assim fizemos.

A noite de ontem foi realmente bem agitada. A ideia de Ruby se concretizou, e Oliver nos levou a um dos melhores bares de Nova Iorque. Eu não aproveitei da maneira que realmente queria, afinal chegar de ressaca em meu primeiro dia de trabalho não estava em meus planos. Já era bem cedo, e por incrível que parecesse, eu estava bem animada para chegar à delegacia. Foster, por sua vez, resmungava de uma boa enxaqueca, em consequência das boas doses de tequila na noite anterior.

— Eu disse para você não beber além da conta.

— Sem sermão, Green. Por favor — murmurou, enquanto massageava as têmporas com as pontas dos dedos. — Minha cabeça está explodindo.

— Quer uma dose de tequila? — zombei.

— Odeio você, lembre-se disso — ela resmungou, fazendo-me rir.

Descemos do carro, em frente à delegacia, despedindo-nos do motorista animado que nos guiou aquela manhã.

— Pontualidade, seu primeiro ponto.

Ouvi a voz de Roger Brandon ecoar pelo ambiente assim que entrei na recepção. O homem se aproximou com um sorriso no rosto, mantendo as mãos nos bolsos de sua calça marrom surrada. Diferente de todo o restante, o departamento de grandes casos não usava o uniforme policial, tínhamos liberdade para escolher aquilo. E como normalmente se tratava de uma investigação mais privada, infiltrar-se era o ideal a se fazer.

– Bom dia, comissário – Ruby e eu falamos quase em coro.

– Olá, meninas, que bom que chegaram! Temos muitas coisas para fazer hoje – afirmou, ao acenar para um dos soldados ao fundo. – Agente Torres! Leve Foster até a sala dela.

Ruby assentiu e se retirou rapidamente.

– E você... vem comigo, temos o seu primeiro caso.

Não havia se passado nem cinco minutos do meu primeiro dia e eu já tinha um caso para solucionar? Engoli em seco aquela informação, tentando parecer totalmente serena. Não iria transparecer desespero para o comissário de polícia, iria? Eu era uma mulher preparada.

– Sou detetive – sussurrei para mim mesma.

– Você é mesmo, Green — ele afirmou, enquanto abria a porta do carro para mim.

– Desculpe, comissário. Um caso é sinal de que tudo mudou mesmo — meu tom de voz foi um pouco vacilante, quase receoso. Não queria ter passado aquela insegurança para ele. O que iria pensar de mim? Por Deus.

Ele se acomodou no banco de trás, ao meu lado, enquanto dois policiais ocupavam o banco da frente do veículo.

– Não se preocupe, agente. O primeiro dia é sempre difícil, mas vou pedir que tenha muita atenção, estamos a caminho de um caso importante. A pessoa a quem vamos prestar serviço é de muito poder.

– Vou direcioná-la inicialmente, como seu mentor. E depois você tomará as rédeas sozinha.

– Agradeço a sua ajuda, senhor. Posso perguntar do que se trata esse caso?

– Claro! Veja.

Brandon me entregou uma pasta com a papelada. Aparentemente, se tratava de um possível desvio de verba de uma das maiores empresas de petróleo do mundo, a Collins Enterprise. Alguns levantamentos apontavam um grande rombo no processo financeiro da matriz, localizada na cidade de Nova Iorque, e era para lá que estávamos indo. O comissário parecia empenhado em resolver aquele problema. Não era em todos os casos que a maior autoridade dentro da delegacia se colocava à disposição para resolver. Christopher Collins, como era chamado o CEO, tinha um poder sem igual.

– Chegamos.

– Nossa! – foi a única coisa que consegui pronunciar diante daqueles prédios: três edifícios enormes e luxuosos, quase monumentais. Suas fachadas eram revestidas de vidro maciço em um tom de verde refletivo, com o letreiro de molduras finas e sofisticadas: Collins Enterprise.

– Eu também fiquei assim quando vim aqui pela primeira vez.

Ouvi a voz do comissário ao fundo, enquanto me permitia analisar aquele lugar. Nosso carro parou na entrada principal, sendo brevemente observado pelos seguranças engravatados em cada canto. Três homens de corpos avantajados, como daqueles lutadores de MMA, encararam-nos de maneira sutil, fazendo um breve aceno com a cabeça, antes de entrarmos no prédio. Se por fora aquele lugar parecia grandioso, por dentro era muito mais. O aspecto futurista e sofisticado dava a sensação dos prédios em Dubai. Aproximamo-nos do balcão extenso, em mármore branco, para falar com uma das recepcionistas bem-postas.

– Bom dia!

– Bom dia! Sejam bem-vindos à Collins Enterprise. Como posso ajudá-los?

– Tenho uma reunião com o sr. Collins.

– Um momento, por gentileza – respondeu, com um sorriso educado, antes de voltar a atenção à tela do computador. Provavelmente, estava certificando-se daquela informação antes de permitir nossa entrada.

– Perfeito. Sr. Roger Brandon, certo?

– Sim, sou eu mesmo.

– Vou liberar os cartões de acesso ao senhor. Peço apenas que encare essa câmera aqui.

Ninguém adentrava aquele lugar sem se identificar. Estávamos falando de uma das maiores empresas dos Estados Unidos ou até do mundo. O comissário apenas se identificou pela foto e assinou o protocolo, para receber o cartão utilizado nas roletas mais à frente. Fiz exatamente o mesmo, com alguns detalhes a mais, por se tratar de uma primeira visita. A mulher sorriu, educada, e nos conduziu até as roletas, em direção aos elevadores. O pátio central da Collins Enterprise era gigantesco e dava acesso aos outros dois das laterais. No centro, em frente aos elevadores disponíveis, havia um imenso telão com informações, que eu acreditava serem pertinentes ao funcionamento e sucesso da indústria. *Um tanto exibido*, pensei. Subimos até o último andar, que era no topo daquele prédio em que estava o tão poderoso sr. Collins.

– Bom dia, srta. Clarice!

– Comissário, bom dia! – a mulher o cumprimentou cordialmente, até colocar os olhos sobre mim.

Senti que aquilo durou mais do que o normal, e não reclamaria disso, afinal ela era belíssima.

– Essa é minha nova detetive. Eloise Green.

– Muito prazer, Eloise.

– O prazer é meu.

Ela sorriu de canto e voltou a atenção à sua mesa.

– Vou apenas informar ao sr. Collins que estão esperando, ok?

Nós assentimos e esperamos apenas alguns minutos, até recebermos a autorização para entrarmos. Confesso que me sentia um pouco nervosa, mas tentava controlar tudo em minha mente. Collins era um homem poderoso, e algo me dizia que o caso que o envolvia não seria nada fácil de resolver. Não que eu não quisesse um bom desafio, mas dar de cara com o primeiro era assustador.

— Brandon! — a voz rouca, em tom animado, tomou o ambiente.

— Christopher, que bom ver você!

— Gostaria que fosse em situações melhores, mas estou contente que esteja aqui para solucionar o meu problema.

— Com certeza. E para isso, trouxe minha melhor agente, Eloise Green.

— Seja bem-vinda, Eloise.

— Obrigada, sr. Collins.

Christopher Collins era um dos homens mais bonitos e elegantes que pude conhecer. Tratava-se de um sujeito de um metro e noventa, de músculos bem definidos, sem exageros, apenas o suficiente para notar por baixo do terno azul-marinho que usava. Seu rosto quadrado, de feições marcantes e a barba por fazer, ornavam com seu par de olhos azuis intensos e o seu cabelo escuro levemente desgrenhado. Ele possuía uma expressão séria, sedutora, tal como seu tom de voz. Poderíamos tirá-lo facilmente de uma capa de revista para moda masculina ou de modelos da Dolce & Gabbana.

— Sentem-se, por favor.

Nós nos sentamos nas poltronas em frente à sua mesa grande. Collins tinha uma sala extensa e bem decorada, poderia até considerar alguns toques femininos pelo lugar, como as flores e o porta-retratos, que não me atrevi a bisbilhotar. Pela aliança em seu dedo, pude concluir que era casado.

— Meu advogado não pôde estar presente no momento, mas deixou algumas papeladas para vocês. Estamos totalmente certos de que fomos roubados. Perdemos uma quantia milionária no último mês, sem um motivo aparente.

— Teremos que analisar tudo minuciosamente, sr. Collins. Mas garantimos o esforço para pegar o culpado.

— Imagino que sim. Você não ousaria me deixar na mão, não é?

Os homens se olharam por uma fração de segundos, tempo suficiente para pesar a aura daquele lugar em quilos. Poderia ser apenas impressão, mas Collins e Brandon pareciam se conhecer muito bem.

— Jamais, sr. Collins. Exatamente por isso que temos Eloise aqui.

— Acha que será o suficiente? — sua pergunta me trouxe certa revolta.

Apesar de ter sido gentil no primeiro contato, não poderia negar que falávamos de um monstro dos negócios. Christopher não era um bom moço, era? A maneira como se portava diante de nós falava muito de quem poderia ser: prepotente e arrogante. Sinal de que beleza e dinheiro, naquele caso, não eram tudo.

— Certeza que sim.

— Espero que esteja certo — completou, antes de ouvirmos batidas à porta.

Acomodei-me melhor na poltrona, enquanto ouvia atentamente algumas instruções do comissário. Christopher encarou a pessoa que bateu em sua porta com um sorriso largo no rosto.

— Meu amor! Que bom vê-la aqui, entre.

— Precisava dar uma passadinha aqui antes de ir para a galeria, não vi você sair de casa, querido.

Fechei os olhos por alguns segundos, com a sensação de ter ouvido aquela voz antes. Era doce e aveludada, mas agora em um tom amoroso. Neguei com a cabeça discretamente, tentando afastar da minha cabeça aquela possibilidade. Não seria possível, seria?

— Me desculpe, tive que sair mais cedo, meu amor.

— Atrapalho?

— Não, de forma alguma. Vem aqui, quero lhe apresentar.

Não ousei olhar para trás, confesso que estava com medo do que poderia encarar. Aquela maldita sensação de familiaridade arrepiava-me por completo. Ouvi o barulho ritmado de seus saltos sobre o piso, aproximando-se gradativamente, fazendo com que meu coração acelerasse cada vez mais. O que diabos estava acontecendo? Meu subconsciente parecia gritar, alarmado pelo caos que estava prestes a começar, como se pudesse sentir em cada célula do meu corpo.

— Eloise Green, essa é minha esposa...

Senti todo o sangue do meu corpo parar no exato instante em que nossos olhos se cruzaram. Era ela: a mulher que havia atormentado meus pensamentos desde a última vez no bar do Jared. O sorriso que enfeitava seus lábios desapareceu no mesmo instante.

— Maya Collins.

Meu Deus!

— Bom vê-la novamente, sra. Collins! — Brandon murmurou educadamente, ao cumprimentá-la com um aperto de mão.

Ela sorriu para ele, mas seus olhos estavam sobre mim. Aquele maldito par de olhos castanhos intensos me fitavam, atônitos. Ergui meu corpo da poltrona e me aproximei para cumprimentá-la em seguida. Minha respiração estava pesada, quase vacilante. Diferentemente dos primeiros segundos, sua expressão havia mudado, não existia mais surpresa, pelo contrário: ela parecia totalmente à vontade em me ver, quase satisfeita.

— Muito prazer, sra. Collins — minha voz foi incerta.

Aquele largo sorriso voltou à sua boca quando pronunciei seu sobrenome, fazendo-me ter certeza de que minha presença não lhe afetou em nada. Maya transparecia firmeza, e eu poderia arriscar um pouco de malícia. Ela deu um passo à frente, deixando os homens que conversavam ao fundo.

— Prazer... — ela respondeu, antes de se aproximar para depositar um beijo na lateral de meu rosto e sussurrar rapidamente. — Sinto até hoje quando lembro — seu tom de voz e o toque dos seus lábios em minha pele me deixaram completamente arrepiada.

Não tive reação alguma diante das suas palavras; por outro lado, Maya sorriu gentilmente e caminhou em direção ao seu marido, que prontamente repousou a mão em sua cintura.

— Alguém deseja me explicar o motivo de termos policiais por aqui? — brincou.

– O comissário e a agente Green estão aqui para iniciar uma investigação no processo financeiro da nossa empresa. John e eu acreditamos que estamos sendo roubados.

– Como assim? Temos o melhor processo de segurança do mundo – ela indagou, confusa.

– Talvez não seja tão bom assim, querida. Mas não se preocupe, logo mais descobriremos quem está por trás disso – Collins afirmou, em um tom protetor, enquanto acariciava os braços da mulher. – Brandon e Eloise estão aqui para isso.

– Fico mais aliviada. O comissário é alguém de sua confiança e creio que tenha escolhido a agente Green com muita sabedoria para cuidar disso. Afinal, você será a nossa detetive, certo?

Era simplesmente surpreendente como aquela mulher conseguia lidar com a situação de maneira tranquila. Nada nela expressava qualquer tipo de receio. Será que ela não considerava a ideia de que eu poderia contar a todos o que havia acontecido entre nós? Duvido muito. Ela sabia que eu não arriscaria perder aquele caso, Maya era esperta.

– Sim, serei a responsável por resolver toda essa situação.

– Estou apostando minhas fichas em você, agente Green – foi a vez de Brandon pronunciar-se.

– Darei o melhor de mim, senhor.

– Algo me diz que o melhor de você é o suficiente – Maya disse. Por mais brando que o seu tom de voz fosse, seu olhar indicava o contrário. Ela estava flertando comigo na frente do marido?

– Acha mesmo que uma oficial novata irá conseguir lidar com isso, Brandon?

Semicerrei os olhos em sua direção, sentindo um incômodo por suas palavras em tom sarcástico. Collins era um homem poderoso, egocêntrico e puramente arrogante. Isso se notava em poucos minutos em sua presença, mas não ousaria rebater da mesma forma. Infelizmente, precisava dele para concluir os meus planos profissionais.

– Sim, Christopher. Eloise era delegada e tem uma vasta experiência, não irá se arrepender.

– Pois bem! Confio em seu trabalho, Comissário – Christopher falou, ao estender a mão, que logo foi apertada por Brandon. – Vou apresentar alguns setores da Collins Enterprise a vocês.

– Isso será ótimo!

– Me acompanha, Maya?

Pedi a céus e terra que ela negasse o convite. Era meu primeiro caso, e eu havia dormido com a mulher da vítima. Como aquilo poderia ser pior? Não, não jogaria aquelas palavras ao vento, afinal tudo poderia piorar.

– Claro, aceito, sim, querido. Já tem um tempinho que não ando por aqui.

Ela era inacreditável.

Maya se pôs ao lado de seu marido que, gentilmente, colocou a mão em sua cintura, enquanto caminhávamos para fora da sala. O comissário e eu prontamente seguimos os passos do casal, que iniciaram nosso trajeto pelo interior da Collins Enterprise.

– Inicialmente, iremos aos setores principais. Depois, ambos terão liberdade para conhecer os detalhes e ramificações – Christopher murmurou.

– Está ótimo dessa maneira, sr. Collins. Logo mais, Eloise e eu iremos conhecer tudo.

Caminhamos pelos corredores, enquanto o homem desandava a falar de alguns feitos de sua empresa. Brandon, como bom servidor, escutava e concordava com tudo. Maya, por sua vez, mantinha nosso contato visual sempre que possível, fazendo-me sentir quase despida sobre seu olhar tão profundo. Eu engoli em seco, tentando controlar aquela tensão que havia se instalado entre nós, mas tudo parecia se intensificar cada vez mais. Maya possuía um ar misterioso, sexy e imponente que me hipnotizava. Tentei manter a sanidade, olhando para todos os cantos possíveis longe daquela mulher. Collins apertou um dos botões do painel de controle que nos levaria ao primeiro setor visitado. O elevador ficava no centro da Collins Enterprise, e pela parede de vidro maciço, poderíamos ter uma ampla visão de quase todos os andares daquele lugar. O movimento de funcionários devidamente uniformizados mostrava o quão organizada aquela empresa poderia ser.

– É um belo prédio, sr. Collins – o comissário murmurou.

– É maravilhoso, não é? Neste elevador, temos um jogo de espelhos. Conseguimos ver tudo do lado de fora, mas ninguém nos vê aqui dentro.

– Interessante.

Tentei manter minha atenção em tudo que poderia enxergar do elevador, que descia lentamente pelas dezenas de andares, quando senti a mão de Maya repousar sobre meu ombro.

– Pode me dar uma ajudinha, agente Green? – indagou, com os olhos fixos em mim.

– Claro, senhora – respondi, enquanto ela arrumava o detalhe de seu salto alto.

Sentir o toque de sua pele junto à minha me fez recordar momentos que não seriam bem-vindos em meu pensamento naquele instante. Algo em mim alertava que a mulher sabia exatamente o que se passava em meus pensamentos, como se pudesse ler cada um deles. Maya tirou os olhos de seus saltos e os colocou sobre mim, trazendo um breve e malicioso sorriso em sua boca carnuda. Ela umedeceu os lábios lentamente, com a ponta da língua, antes de retomar uma posição ereta, encostando-se à parede de aço atrás de si. Deixei que meus olhos caíssem sobre seu corpo, analisando aquelas curvas que tanto me enlouqueceram. Ela usava um vestido preto com mangas e caimento justo. O tecido leve se moldava perfeitamente bem nas curvas que aquela mulher possuía. Ela pareceu notar meu olhar quase faminto, pois sorriu cinicamente, antes de retirar suas madeixas escuras que repousavam sobre seu busto, deixando o decote extremamente visível para mim.

Ela só poderia estar brincando comigo.

Desviei meu olhar, em uma tentativa de manter a sanidade. Encará-la por mais tempo tornaria as lembranças de meses atrás algo mais vivo, e não era isso que eu precisava naquele momento. E como se Deus pudesse ouvir minhas súplicas internas, as portas do elevador se abriram, dando a chance de sair daquele maldito lugar.

– Este é o andar de faturamento e venda, toda movimentação de entrada de receita é feita por esta equipe – Christopher explicou, enquanto caminhava pelo ambiente extenso.

Naquele andar, havia uma generosa quantidade de funcionários. Todos bem uniformizados e postos em suas mesas perfeitamente divididas pelas baias de vidro grosso, dando uma visão ampla do serviço alheio. O ambiente era sofisticado e organizado, tudo de alta qualidade e tecnologia.

– Logo mais, irei apresentar o responsável por cada setor. Por enquanto, vamos ao andar de finanças e de programação. Creio que serão os mais importantes nesta investigação – o dono completou de maneira séria.

Seguimos caminho para o maldito elevador. Aquilo realmente estava sendo um teste? Neguei com a cabeça, fazendo questão de ficar o mais longe possível daquela mulher. O que não seria possível, visto que entraríamos naquele cubículo mais uma vez, e para minha grande "sorte" ele estava lotado.

– Vamos ter que nos apertar um pouquinho – Brandon murmurou.

– Odeio elevadores lotados – Collins resmungou.

– Eu também odeio – Maya pronunciou a frase antes de se posicionar à minha frente, perto o suficiente para me fazer suspirar.

Collins entrou por último, fazendo com que a esposa desse um passo para trás, chocando seu corpo no meu. Em um impulso, segurei em sua cintura. Um erro. Senti seu corpo ficar ereto e relaxar no minuto seguinte. Maya se moveu devagar, roçando sua bunda contra mim discretamente. O que diabos ela queria? Enlouquecer-me? Fechei os olhos, pedindo aos céus que aquelas portas se abrissem, mas ele parecia se mover lentamente, em uma tortura instigante. Vi seu rosto de perfil e um breve olhar em minha direção, enquanto sua mão delicada afastava os cabelos longos – agora lisos – para um de seus ombros, oferecendo sua nuca, que emanava o mesmo perfume da primeira vez. Aquele aroma me trouxe lembranças que eu estava lutando para esquecer.

Controle-se, Green.

– Chegamos ao setor financeiro – Collins murmurou, assim que o bipe do elevador indicou a abertura das portas.

Movi-me rapidamente para fora do ascensor, ficando o mais longe que poderia daquela mulher. Brandon semicerrou os olhos em minha direção, um tanto perdido, e deixou que o casal caminhasse à frente para, então, perguntar:

– Está tudo bem, agente Green?

– Sim, senhor. Só estou com um pouco de calor.

Ele assentiu devagar e voltou a ouvir as explicações desnecessárias de Christopher. Nenhuma informação dada pelo homem, até o presente momento, foi de grande relevância. Teríamos tempo suficiente para analisar todos os indícios daquele possível roubo. Fingi prestar atenção em cada palavra, pois não ousaria ignorar o homem que iniciaria minha carreira. Mas tudo que eu conseguia ver, naquele instante, era como aquele casal parecia ser harmônico. Maya e Christopher pareciam ter saído de uma capa de revista. *Forbes*, talvez. Bonitos e extremamente elegantes, eles se conectavam de uma forma singular, mas não como um casal clichê de comercial de margarina; havia uma energia diferente, densa. Longe de ser ruim, apenas diferente. Isso me fazia questionar há quanto tempo estavam casados. Será que Maya o traiu? Ou apenas deixou a vida de solteira após Mount Vernon?

– Acredito que aqui vocês vão ter um pouco mais de trabalho. A área de programação e segurança foi totalmente inútil, mesmo possuindo um sistema de valor exorbitante, como a Extremear. Me venderam esse sistema interno como o mais seguro do mundo, e veja só... – ele murmurava, em pura revolta. – Há milhões saindo da minha conta.

– Se acalme, querido. Tudo será recuperado – Maya murmurou, enquanto acariciava um dos braços do homem, em puro conforto.

– Assim espero. Não falo apenas pelo dinheiro, mas pela minha dignidade. O que meus sócios vão achar? Que tudo isso aqui é um castelo de papel pronto para cair.

Christopher tinha a veia da testa saltada, de puro ódio. Quem quer que fosse, havia tocado no ponto fraco daquele homem. Seu império havia sido invadido, e era minha responsabilidade encontrar o culpado.

– Todo processo financeiro é monitorado por essas pessoas. Eles possuem a liberdade de fazer operações, mas apenas o meu acesso tem passe livre para qualquer coisa.

– Cada um tem permissões específicas?

– Sim. Todos possuem um acesso pessoal registrado com a impressão digital. Dessa forma, conseguimos monitorar quem faz o quê, entende?

Assenti para o homem, enquanto observava todos naquela sala. Havia inúmeros monitores, gráficos, papéis e pessoas atentas aos seus devidos trabalhos. Os números corriam por aquelas telas, evidenciando o fluxo intenso e bilionário da Collins Enterprise. Falávamos de uma das maiores empresas do ramo petrolífero do mundo.

– Sim. E o sistema alertou quanto à movimentação suspeita?

Ele assentiu.

– Desculpe, mas de quanto estamos falando? – foi a vez do Brandon perguntar.

– Oitocentos milhões de dólares.

Meus olhos se arregalaram quase que instantaneamente, assim como os de Maya e Brandon. Oitocentos milhões de dólares haviam saído de sua conta, e ele ainda parecia são? Nem mesmo trabalhando por toda a eternidade conseguiria arrecadar aquele valor.

– Uau, realmente não esperava tanto.

– Brandon, você sabe muito bem quanto dinheiro circula em minhas empresas. Eles não arriscariam menos, não com a possibilidade de serem pegos.

Depois de mais alguns minutos de conversa, seguimos novamente para a sala de Collins. Lá, fizemos um leve planejamento sobre minhas necessidades em relação ao caso. O homem prometeu deixar qualquer um de seus funcionários à disposição para me ajudar a colher o máximo de informações possíveis.

– Foi bom recebê-los aqui. Espero que consigam resolver o meu problema o quanto antes – seu tom de voz era mais como uma ordem do que um pedido de ajuda.

Brandon não parecia conter as vontades do empresário, e não era eu que iria fazer isso naquele momento.

– Iremos dar o melhor de nós a essa investigação, senhor. Amanhã mesmo, estarei aqui para conversar com algumas pessoas, recolher alguns relatórios e iniciar a investigação.

– Perfeito. Deixarei meu diretor à sua espera, ele cuidará de acompanhá-la no que precisar, agente.

– Agradeço a colaboração, sr. Collins.

– Bom, tenho algumas reuniões agora. Se me permitem.

– Claro, estamos de saída! – Brandon respondeu.

– Irei para a galeria também. Tenho alguns contratos para analisar – foi a vez de Maya murmurar rapidamente, desvencilhando-se dos braços de seu esposo.

– Nós a acompanhamos, sra. Collins – Brandon, como sempre, falando demais.

– Obrigada!

Trocamos um breve cumprimento, em despedida, e saímos da sala com a promessa de voltar no dia seguinte. Aguardamos pela saída de Maya, que logo foi conduzida por seu marido até o elevador. Tentei não os encarar. Não queria parecer curiosa, por mais que minha cabeça estivesse sendo consumida pelas inúmeras teorias a respeito daquele casal. Respirei fundo e encarei o visor do meu celular, quando a vi aproximar-se. Entramos no elevador novamente, agora vazio, em puro silêncio.

– Bom revê-la, sra. Collins. Lembro-me de tê-la visto no ano passado, na festa de aniversário de seu marido.

– Sim! Lembro-me bem de você. Estava com sua equipe de segurança, não é?

– Exatamente! Cuidei de deixá-los seguros.

Semicerrei os olhos e neguei com a cabeça discretamente. Maya estava casada há mais de um ano, deixando claro que fidelidade não era o seu forte, levando em conta que estava em minha cama há alguns meses.

– Fez um ótimo trabalho, apesar de todo aquele caos no fim. – Ela resfolegou. – Você está há quanto tempo na equipe do comissário, agente Green?

Encarei seu olhar castanho despreocupado. Nada parecia afetar aquela mulher.

– Entrei na equipe do comissário essa semana. Me mudei para Nova Iorque recentemente.

– Seja bem-vinda, Green. Você vai amar este lugar, eu garanto.

– Espero que sim. Nova Iorque parece caótico, diferente de minha cidade natal. Mount Vernon, conhece?

Maya umedeceu os lábios sutilmente, com um breve sorriso desenhado neles, e encarou o rosto do comissário, que observava aquele papo descontraído para, em seguida, voltar ao meu.

– Creio ter passado por lá em alguma de minhas viagens. Faço algumas para visitar galerias e exposições, mas não tenho certeza – foram suas palavras, antes de chegarmos à área central do prédio.

Passamos pelas catracas de saída, registrando nossos cartões de visita, e ela o de proprietária, é claro. Maya se despediu gentilmente e caminhou em direção ao seu carro, do lado de fora. Vi seu olhar pela última vez, antes de repousar os óculos escuros em seu rosto e adentrar um Bentley preto e brilhante. O motorista fechou a porta e ocupou seu lugar, antes de levar a mulher dali.

– Você está brincando?

– Gostaria mesmo de estar, mas não. Ela é a mulher dele.

– Por Deus, Eloise! – Ruby exclamou, chocada, enquanto parava sua maquiagem em frente ao espelho.

– O que você quer que eu faça? Isso aconteceu há meses, eu não sabia.

De todos os casos possíveis em Nova Iorque, eu havia recebido o único no qual ela estava presente. Aquilo só poderia ser alguma prova de fogo ou pegadinha de Deus. Não era possível! Com tantas mulheres neste mundo, Christopher Collins tinha mesmo que ter casado com ela? Não que fosse culpa do homem tal situação, mas quanta ironia do destino.

– Pela primeira vez, você não tem culpa mesmo, ela que é a casada – a última frase saiu mais baixinha. Ruby estava concentrada em seu delineado. – Acredito que essa mulher vá ficar quieta, visto que uma das amantes está trabalhando para o marido. É um risco muito grande.

– Primeiro, eu não sou amante. Foi apenas uma noite – afirmei, ao me encostar à bancada do banheiro. – Segundo, ela não recuou, Ruby. Maya é totalmente maluca.

– Como assim?

– Ela flertou comigo em todos os momentos possíveis naquele lugar.

– Não é possível. Essa mulher é uma safada ou você está ficando maluca.

– Garanto que pode ser as duas coisas. Ela pareceu surpresa inicialmente, mas em alguns minutinhos, isso mudou. Parecia ter gostado de me ver.

– Gostou do sexo com você, Green... – Sua risada preencheu todo o ambiente, deixando-me estranhamente desconcertada.

– Estou tentando não pensar nisso.

Ruby finalizou sua maquiagem com um sorriso satisfeito e voltou seus olhos para a minha direção.

– Foca o seu trabalho, está bem? Essa é a sua primeira investigação e, pelo que parece, é uma das maiores do departamento. Brandon está confiando em você. Você está fodida com essa mulher...

– Ah, obrigada pelo incentivo! – murmurei, irônica.

– Me deixe terminar!

Recebi um tapa no braço esquerdo.

– Mas você pode lidar com isso, ficando com ela ou não.

– Não vou ficar com ela.

– Que seja! Só mantenha o foco e resolva o caso. É a sua única missão, Green.

Respirei fundo, ainda com aquele par de olhos em minha direção. Apesar de toda brincadeira entre nós, Ruby sabia o momento em que eu precisava de uma luz.

– Farei isso, prometo.

– Ótimo, agora vou terminar de me arrumar. – Ela saiu andando para o quarto. – Tenho um encontro esta noite.

– Mas já? Chegamos não tem uma semana, e você está pegando alguém da delegacia? – zombei, fazendo com que ela aparecesse na porta do banheiro outra vez.

– Pelo menos, não vou pegar a mulher da vítima, não é? – falou em meio a uma risada.

– Vai se foder.

Ouvi sua risada divertida, enquanto se afastava em direção ao quarto. Neguei com a cabeça e segui para meu quarto. Sentia-me cansada, havia recebido mais informações do que poderia processar naquele dia. Tudo que precisava naquele momento era repousar em minha cama e me preparar para o dia seguinte. Havia muito o que investigar para encontrar o culpado no caso Collins.

– Estou indo, está bem? Volto mais tarde!

– Não esqueça que amanhã preciso de você bem cedo. Temos que ir à Collins Enterprise.

Ela assentiu e bateu continência, brincando.

– Sonhe com a sua casada, Green.

– Vai logo, por Deus! – resmunguei, recebendo um beijo no ar.

O apartamento ficou em completo silêncio. Ruby havia saído, e tudo que eu tinha agora era o barulho de meus pensamentos. Remexi-me entre as cobertas frias por instantes suficientes para perceber que o sono não estava presente, liguei o abajur sobre a mesa de cabeceira e capturei um livro para passar o tempo, sem sucesso. Meus pensamentos me sabotavam, ela era tudo que eu conseguia pensar naquela noite. Eu não sentia nada por Maya, mas a maneira como ela se portava diferente de todas as outras pessoas, com que me envolvi, deixava-me curiosa. Não tinha medo nem mesmo receio em suas atitudes, ela fazia o que queria sempre.

– Você faz tão gostoso, por Deus! – suas palavras saíram trêmulas entre os gemidos e as investidas de meus dedos em sua boceta.

Maya rebolava com vontade, à procura de prazer. Sentia meus dedos completamente molhados, deslizando do início ao fim, em um movimento ritmado e constante, causando um som muito singular. O tesão que a dominava a fazia implorar por mim, como se precisasse daquilo para viver. Sua urgência e necessidade estavam me deixando completamente perdida, meu corpo inteiro respondia às reações dela instantaneamente. Sentia-me quente, entregue. Eu só precisava senti-la em tudo que poderia. Espalmei uma das mãos em sua bunda, com um tapa forte. Ela resfolegou e sorriu de maneira cafajeste, mordendo os lábios em provocação.

– Sabe que eu vou gozar, não é? — ela murmurou com dificuldade, enquanto suas unhas se fincavam nos lençóis da cama, fechou os olhos e abafou os gemidos contra o travesseiro, sem deixar que seus movimentos desacelerassem.

– Então faça, goze para mim, Maya.

– Eu vou... continue assim.

CAPÍTULO #03

Collins Enterprises

O barulho estridente do meu celular me fez despertar, tirando-me daquele sonho. Maldito sonho. Esfreguei meus olhos devagar, evitando encarar os feixes de luz que adentravam o quarto pelos pequenos espaços entre as cortinas acinzentadas. Meu dia seria cheio e, por alguns instantes, me perguntei quantas horas faltavam para voltar ao descanso. Eram muitas horas. Enrolei o máximo que pude, até o despertador me expulsar da cama mais uma vez. Realizei toda minha higiene matinal e, em seguida, escolhi o que iria usar naquele dia: optei por calça jeans escura, uma blusa preta lisa e uma jaqueta de couro da mesma cor. Prendi o cabelo em um rabo no topo da cabeça, usei uma maquiagem leve, apenas o suficiente para esconder as olheiras de uma noite maldormida, e segui para a cozinha, sentindo o aroma fresco do café recém-passado.

— Bom dia, senhorita — Ruby murmurou, bem-humorada. — Pronta para começar sua investigação?

— Nossa investigação, não é? — Peguei uma das canecas sobre o balcão e me servi de uma generosa dose de café, enquanto Ruby se deliciava com alguns pedaços de pizza do dia anterior. O líquido quente e forte me deu um ânimo a mais para aquele dia.

— Nossa, é claro! Vou conhecer a Collins Enterprise hoje?

— Sim, Brandon me encaminhou a lista de pessoas responsáveis pelos setores. Vamos inicialmente entender como é o funcionamento da empresa. Com isso, iremos filtrar quem deverá ser interrogado.

— Perfeito. Então, vamos apenas fazer um mapeamento da área para iniciar?

— Isso mesmo. Depois, vamos organizar os possíveis envolvidos e partir para a extração de provas e depoimentos.

— Confesso que estou ansiosa para isso — ela comentou, enquanto capturava outro pedaço de pizza.

— Eu também, Ruby. Sei que você leu o relatório do caso, mas quando você entra naquela empresa e os conhece, percebe como são poderosos, entende? Não lidaremos com um roubo na vizinhança, mas com homens que possuem negociações pelo mundo inteiro. É bizarro e incrível ao mesmo tempo.

— Somos incríveis, Green. Resolveremos esse caso, não tenho dúvidas.

— Sua confiança é inspiradora — murmurei, ao tomar mais um gole do café.

— Aprendi com você, Eloise.

Em menos de uma hora, estávamos estacionando o Dodge Avenger preto na área reservada da Collins Enterprise. Por ordens restritas de Christopher, não deveríamos utilizar viaturas da polícia durante a investigação, pois evitar qualquer alarde para a empresa, naquele momento, era sua prioridade. De acordo com algumas informações, Collins estava em negociação com uma das maiores empresas de petróleo da Arábia Saudita, e ter uma investigação policial evidente no meio desse processo poderia atrapalhar os seus planos.

– Nossa! Isso aqui é absurdamente grande.

Ouvi a voz de Ruby ao fundo, me fazendo sorrir.

– Pensei exatamente o mesmo quando cheguei. É tudo tão...

– Poderoso – ela completou.

Trocamos um breve olhar antes de seguirmos em direção à recepção da empresa. Um dos funcionários nos atendeu de forma gentil e logo nos encaminhou para uma sala de espera, onde aguardaríamos a chegada de outra pessoa, que cuidaria do nosso dia pela Collins Enterprise. Chequei novamente os nomes dos responsáveis de cada setor, que cuidariam de nos esclarecer sobre todo funcionamento daquele lugar, além de entregar todos os relatórios necessários para aquela investigação. Confesso que estava um pouco ansiosa, não queria parecer novata em toda aquela situação. Passar a imagem de uma policial experiente inibiria a facilidade das pessoas em mentir, isso era fato.

– Que demora – resmungou Ruby, um tanto impaciente.

Observei o lado de fora da sala pela parede de vidro. Alguns funcionários pareciam movimentar-se com mais agilidade, quando o garoto que havia nos atendido inicialmente adentrou a sala.

– Srta. Green, gostaria de me desculpar pela demora. Josh teve um pequeno problema familiar e não pode comparecer para acompanhá-la hoje, mas peço que aguarde mais alguns instantes, pois outra pessoa irá fazer isso.

– Sem problemas, eu aguardo.

– Sabe nos dizer quem vai nos acompanhar? – foi a vez de Ruby perguntar.

– Sim, senhora. Será a...

– Dylan, pode vir aqui, por favor?

Ele fez um breve gesto, para que aguardássemos, e eu apenas assenti. O garoto parecia estar um pouco perdido naquela manhã, como se ainda não estivesse acostumado com aquele lugar. Ele escutou atentamente as instruções da secretária do sr. Collins, antes de retornar para perto de nós.

– Desculpe mais uma vez. Vou levá-las à sala presidencial.

Franzi o cenho, um pouco confusa, mas nada falei. Ruby e eu cuidamos de seguir o garoto até o último andar da empresa. Não trocamos uma palavra desde então. Voltamos a aguardar em frente à sala presidencial, enquanto observava a secretária em frente ao computador. Eu poderia estar maluca, mas algo em mim dizia que ela também me observava discretamente.

– Não comece, Green – Ruby sussurrou, fazendo-me rir baixinho. Neguei com a cabeça e a encarei por alguns instantes. – Você não tem jeito.

– Eu não fiz nada – sussurrei em afirmação. Ela negou com a cabeça e resmungou alguma coisa que não pude identificar.

Olhei novamente para a secretaria de Christopher, que ouvia atentamente algumas instruções pelo telefone. Ela assentiu, como se o seu interlocutor pudesse ver, e anotou algumas coisas no pequeno caderno amarelo sobre a mesa.

– Senhoras, vocês podem entrar, por gentileza.

– Chegou a nossa vez! – Sorri de maneira educada e adentrei a sala de Christopher.

Sabíamos que a Collins Enterprise tinha uma estrutura colossal e extremamente sofisticada, por isso a sala presidencial não poderia ser diferente. No último andar daquele prédio, tínhamos um cômodo amplo e bem decorado, com uma visão panorâmica de Manhattan. Uma visão privilegiada, com toda a certeza.

– Bom dia! – Ruby cumprimentou educadamente, fazendo a cadeira presidencial, no centro daquela paisagem, mover-se devagar, trazendo o que eu não poderia lidar.

– Sejam bem-vindas, agentes – Maya respondeu com um sorriso satisfeito que me fez suspirar. – Peço desculpas pela demora, tivemos um pequeno imprevisto com o nosso diretor geral, mas vou cuidar de apresentar a CE com detalhes para vocês hoje.

– Não há o que desculpar, sra. Collins – respondi automaticamente, antes de retomar minha consciência. – Essa é Ruby Foster, investigadora e escrivã da delegacia de polícia de Nova Iorque.

Maya ergueu seu corpo da cadeira e logo se aproximou para cumprimentar minha parceira de trabalho. Por uma fração de segundos, senti os olhos de Foster encontrarem os meus, como se quisesse uma confirmação de que era aquela mulher o motivo de minha tão recente insônia.

– Prazer, Ruby.

– O prazer é meu, sra. Collins.

– Fico contente em ver que duas mulheres são responsáveis por este caso, não é algo tão simples, mas creio que são totalmente capacitadas para encontrar o culpado – seu tom de voz era tranquilo, como se minha presença não a afetasse em nada. O contrário da sua para mim, é claro.

– Agradeço o voto de confiança. Queremos mesmo solucionar isso o quanto antes, para encontrar o culpado.

– Não tenho dúvidas que vão conseguir. Tenho ótimas considerações a seu respeito, agente Green – disse ela, ao fixar os olhos castanhos sobre mim.

– É ótimo que tenha uma boa impressão de mim. Não gostaria de desapontá-la.

– Não faria isso.

O clima na sala era denso. Mesmo com a presença de Ruby, Maya não escondia seu olhar aguçado, observava os pequenos detalhes, medindo-me dos pés à cabeça.

– Bom, vou levá-las até o financeiro. Jeremih irá fornecer os extratos bancários e movimentações dos últimos trinta dias.

Maya caminhou à frente, dando-me a maldita visão da parte traseira de seu corpo. Não tinha a menor possibilidade de concentração com aquela mulher no mesmo ambiente que eu. Por mais que eu tentasse não a desejar, minha mente me conduzia para o caminho contrário, como se o simples fato de estar em sua presença causasse reações involuntárias em meu corpo. Respirei fundo e pedi a mim mesma um pouco de concentração. Maya pressionou o botão do elevador que nos deixaria no andar financeiro da CE. Naqueles instantes, ela travou uma conversa trivial com Ruby, que parecia abismada com a mulher.

– Prontinho!

Ruby e eu fomos recebidas por um grupo de pessoas que iriam auxiliar durante o recolhimento de relatórios e balanços da empresa. Maya, para meu alívio, retirou-se por alguns minutos da sala, deixando-me em paz o suficiente para me concentrar. A movimentação financeira da Collins foi quase sempre linear, até o bruto rompimento com a falta de oitocentos milhões de dólares. Seja lá quem roubou, não estava preocupado com o enorme buraco deixado em todos os relatórios. A quantia foi devidamente retirada sem qualquer rastro de destino, a conta para a qual foi transferida se encontrava inexistente para o sistema, impossibilitando o rastreamento de dados.

– Sutil como uma bazuca – Ruby murmurou, bem-humorada.

– Foi o que pensei quando vi. O que me impressiona é a forma descarada como esse roubo foi feito. Não houve uma sequência de retiradas para alcançar esse montante. Ele simplesmente arrancou oitocentos milhões de dólares a seco – comentei, enquanto folheava os extratos bancários.

– Não fizeram questão de esconder, como se quisessem ser vistos. Mas foram espertos o suficiente para apagar o destino. Quer ser visto, mas não descoberto – Ruby afirmou, ao apontar o caixa negativo em uma das folhas.

– Como um problema pessoal.

Nós nos entreolhamos por alguns instantes, trazendo aquela ideia como uma forte possibilidade. Christopher era um homem poderoso e muito conhecido, possuía negócios com inúmeras pessoas ao redor do mundo. Para todo seu poder econômico, com certeza, havia algumas desavenças.

– Quero levar a matriz do sistema para a delegacia, vou entregar para nossa equipe de tecnologia analisar minuciosamente. Não há chance de uma quantia como essa sair sem destino. Nada some assim! Apenas se o sistema for corrompido.

– Isso causaria danos ao fabricante, é uma possibilidade. – Organizei os relatórios dentro da pasta, observando os funcionários, um tanto curiosos, ao fundo. Sabiam que existia uma investigação criminal e não faziam questão de esconder a apreensão e a curiosidade.

– Há muitas possibilidades. – Acenei brevemente para o responsável pelo setor, e o homem de mais idade se aproximou, à espera de uma ordem. – Vamos levar esses relatórios e gostaríamos de ir até a central de tecnologia da CE.

– Eu as acompanho, Patrick. Não se preocupe! – Maya comentou ao fundo, atraindo minha atenção.

Ela estava recostada na soleira da porta, com um olhar tranquilo. Patrick assentiu rapidamente, atendendo à ordem. Fomos acompanhadas por Maya e um dos técnicos até a sala de controle central. Lá, Ruby e eu tivemos acesso às configurações do sistema e a todas as informações pertinentes.

– Esse programa é um dos melhores do país, me assusta não aparecer o destino do dinheiro – o técnico comentou, enquanto vasculhava as movimentações pelos monitores iluminados. – Eu trabalhei com ele antes e, sinceramente, estou surpreso que ele não detectou essa movimentação. É como se o autor do crime decodificasse o sistema inteiro, criando uma interface diferente.

– Não há uma quebra de acessos e nem um usuário novo. Isso é uma loucura.

Eu não era a pessoa mais experiente em crimes cibernéticos, mas do pouco que recebi de conhecimento, o sistema parecia rodar totalmente normal, como se nenhum corpo estranho tivesse adentrado.

– Gostaria de criar um usuário com permissão livre para visualizar todos os setores. Isso é possível? – indaguei, recebendo o olhar atento do garoto.

– Sim, só vou precisar levá-la até outra sala, para documentar tudo e liberar o seu cartão de acesso. Você poderá visualizar tudo, mas sem alterar nada.

– Sem problemas!

– Pode me entregar seus documentos?

Assenti e entreguei toda minha documentação ao rapaz.

– Eu o acompanho. Você vem?

– Não, vou ficar por aqui mesmo – falei, antes de perceber o meu erro. – Ruby!

Já era tarde demais. Ela havia saído da sala, deixando-me completamente sozinha com Maya Collins. Ela os observou caminhar para longe, antes de caminhar para o interior da sala em que eu estava.

– Está indo bem, agente Green?

Ouvi o barulho dos seus saltos sobre o piso, indicando que ela se aproximava lentamente, e mantive-me firme, com os olhos em direção a um relatório que eu havia analisado três vezes, quatro com essa.

– É um caso difícil, mas não impossível de ser desvendado – falei, tentando manter minha atenção no programa do computador.

– Eu imagino que sim, mas você me parece muito competente no que faz.

– Pareço? – perguntei, fitando-a.

Ela rodeou a mesa devagar, fitando-me fixamente, como um felino pronto para capturar uma presa. Só parou quando se pôs ao meu lado, encostando-se à mesa em que eu estava.

– Sim, muito. – Maya, que antes me olhava, ergueu a cabeça, fitando a vidraça atrás de mim. – A agente Foster também me parece uma ótima policial.

– Ela realmente é, uma das melhores.

– Temos uma ótima equipe para desvendar esse caso, então – ela murmurou tranquilamente, antes de erguer seu corpo o suficiente para sentar-se sobre a mesa.

Por alguns instantes de fraqueza, me permiti observá-la. Maya cruzou as pernas, deixando que uma de suas coxas ficassem totalmente à mostra pela fenda extensa de seu vestido. Engoli em seco, ao me recordar dos momentos em que pude tocá-la de maneira tão íntima e prazerosa. Malditos pensamentos que me empurravam para ela.

– Esta sala está quente.

– Eu também estou achando – Maya murmurou.

Maya arqueou a cabeça, deixando que suas madeixas escuras caíssem para trás, libertando seus ombros e sua nuca. Meus olhos se fixaram em sua clavícula e subiram em direção ao seu pescoço. Poderia ser loucura, mas aquilo parecia acontecer em câmera lenta.

– Não quer ligar o ar-condicionado? – indaguei, um pouco perdida.

Avistei o controle do aparelho sobre a mesa e, quando me movimentei para capturá-lo, recebi sua mão de encontro à minha. Nós nos encaramos imediatamente, como se nenhuma das duas soubesse o que fazer. Maya respirou fundo e sorriu em minha direção.

– Ele não está funcionando. Comentei com Christopher sobre isso ontem, mas creio que ele tenha se esquecido de informar à equipe de manutenção do prédio.

Assenti para ela e me afastei da maneira mais rápida e sutil que poderia. Ficar perto daquela mulher era um sério problema, e eu sabia o quanto precisava evitar. Não que eu fosse fraca para resistir àquelas tentações, mas Maya era forte o bastante para me persuadir.

– Vou abrir a janela, vai entrar um ar fresco – disse, tentando abrir a janela que, por puro azar, estava emperrada. – Está emperrada. – Forcei o suporte de ferro das laterais e nada aconteceu. Dei uma última batida, mas continuou emperrada. Como diabos uma empresa de estrutura tão nova estava assim? Suspirei, derrotada e nervosa o suficiente por estar em um ambiente muito promissor para meus pensamentos mais selvagens.

Tudo certo, você consegue. Não é tão fraca assim, né? É apenas uma mulher, como as outras.

Virei-me de frente para Maya, tendo a visão que desmontaria todo aquele pensamento. Maya ainda estava sentada sobre a mesa, com as pernas longas e torneadas cruzadas. Ela delicadamente assoprava o vale entre seus seios, que ficavam evidentes por causa do decote descarado de seu vestido que, naquele precioso instante, estava sendo puxado para frente, em uma tentativa de se refrescar.

– Como as outras... – repeti baixinho.

– Algum problema, Eloise?

– Não, de forma alguma, sra. Collins.

– Tem certeza? – indagou, ao sair da mesa e se aproximar. – Você me parece um pouco receosa.

– Por que acha isso?

— Eu sinto — respondeu, ao parar a poucos centímetros do meu corpo.

— Creio que esteja sentindo errado, sra. Garcia — meu tom de voz trouxe um sarcasmo evidente. — Esse é mesmo o seu sobrenome ou...?

Nós nos encaramos de igual para igual, sem recuar. Não poderia continuar dando o gostinho de vitória às suas investidas, ela parecia gostar de me deixar nervosa e totalmente sem saída. Vi um sorriso se abrir em sua boca quase que de imediato.

— Sim, é meu sobrenome de solteira. Está achando que uso nomes falsos por aí, agente?

Dei um passo para trás, neguei com a cabeça, deixando que uma risada sarcástica escapasse, e voltei meus olhos aos dela, recebendo as pupilas escuras em minha direção.

— De forma alguma, sra. Collins. Como eu poderia pensar isso?

— Como você me pareceu curiosa, posso contar sem problemas. — Ela suspirou de maneira divertida. — Me chamava Maya Garcia, mas como me casei, assumi o sobrenome de meu marido desde então. Não usei identidade falsa e nem menti para você naquela noite.

— Compreendo perfeitamente, senhora. Falo porque algumas pessoas, às vezes, usam desses métodos para sair um pouco da própria realidade — respondi, com um sorrisinho no canto dos lábios. — Não me leve a mal, não estou dizendo que você não gosta do que tem. Afinal, aqui você tem muita coisa.

— Gosto de muitas coisas, esse é o problema. — Maya deu um passo à frente e tocou delicadamente a barra de meu casaco com as pontas dos dedos. Encarei aquele movimento e, em seguida, a maneira como seus olhos me analisavam. — Não se preocupe, agente Green. Não tenho uma vida dupla ou algo do tipo. O que eu poderia esconder? Que durante as noites sou uma stripper?

Minha respiração falhou por uma fração de segundos que a fez sorrir. Recebi o castanho de seus olhos novamente, provocativos e intensos, como se pudessem sugar minha alma. Não sabia o que aquela mulher possuía, mas tinha certeza de que pureza não era uma das características de sua personalidade. Maya passava longe de tudo que era calmo e inocente.

— Está na história errada, Eloise. Sou Maya Collins aqui.

Segurei em sua mão e a tirei delicadamente, afastando-me daquela mulher para uma distância segura.

— O que quer com isso?

— Como assim?

— O que quer de mim, Maya?

Ela deu alguns passos à frente e ocupou a cadeira atrás da mesa que nos separava. Ela não falou nada inicialmente, parecia pensar em uma resposta ou fingir que estava pensando.

— Quero que solucione o caso do meu marido.

Inacreditável. Ela ainda é inacreditável.

— Consegui o que precisava!

Ouvi a voz de Ruby ao fundo, trazendo-me de volta à realidade.

– Estou atrapalhando alguma coisa?

– Não.

– Maravilha! – Maya exclamou, animada.

Olhei para minha amiga, ainda desatenta, e ela ergueu os papéis, como se quisesse reforçar a informação.

– Ótimo, podemos ir embora. Foi um prazer, sra. Collins.

– Imagina, agente. Se precisarem de qualquer coisa, estou à disposição.

Ruby assentiu, com um sorriso educado, e nada falei, apenas caminhei em direção à porta, quando ouvi a voz de Maya exclamando meu nome. Interrompi os passos e voltei em direção a ela.

– Poderia me fazer a gentileza de pegar esse controle na cadeira? – Ela indicou o lugar e eu apenas assenti, antes de entregá-lo em suas mãos. Recebi um sorriso, em agradecimento, e antes que eu pudesse sair totalmente da sala, ouvi o bipe sutil do ar-condicionado em perfeito funcionamento. Neguei com a cabeça e deixei que um sorriso sacana e totalmente involuntário saísse de meus lábios. Retirei-me da sala acompanhada de Ruby, que parecia não entender muito bem a situação.

– Aconteceu alguma coisa? – Ruby perguntou de maneira confusa.

Meus pensamentos vagaram pela imagem sensual de Maya sobre a mesa, assoprando o maldito e delicioso decote. Meneei a cabeça negativamente, afastando tais ideias da minha cabeça.

– Não, não aconteceu nada – respondi, enquanto clicava no botão do elevador.

– Mesmo? Parece um pouco perdida.

– Sim, estou apenas pensando sobre o caso. É mais difícil do que imaginei.

Ruby assentiu, enquanto arrumava as papeladas no interior da pasta em suas mãos.

– Mantenha a concentração no que realmente importa, Eloise. No final, tudo vai dar certo.

Olhei em sua direção, com a certeza de que ela entendia muito bem a situação. Ruby me conhecia o suficiente para saber o quanto Maya poderia me afetar mentalmente, e me alertar era a única coisa que ela poderia fazer naquele momento. O caminho de volta à delegacia foi tranquilo, nos trancamos na nossa sala e espalhamos todas as documentações sobre a mesa. Não sei por quantas horas ficamos ali, analisando detalhe por detalhe daqueles relatórios e balancetes. Ruby abriu um chamado, para recebermos um oficial devidamente especializado na área de crimes cibernéticos. Collins possuía um dos sistemas internos mais caros e seguros do mundo e, ainda assim, havia sido roubado. Precisávamos de todo aparato para recolher as melhores e precisas informações.

– Esses números estão me deixando com dor de cabeça.

– Tudo está normal. Não consigo entender – murmurei, ainda com os olhos presos no balancete daquela semana. – Conseguiu contato com a central da Extremear?

– Sim. Estão com o processo aberto e dispostos a colaborar com as investigações. Reforçaram quanto à segurança do sistema e deram ênfase ao fato de que uma única pessoa pode ter acesso ao programa livremente.

– Claro, mas eles, como programadores, também têm seu método.

– Eu li o contrato e não sei se seria interessante para Extremear. A penalidade por invasão, nesses casos, é de uma multa milionária, além da possibilidade de devolver o valor retirado.

Franzi o cenho e encarei os olhos tranquilos de Foster. Ela tinha uma aparência cansada. Exausta, melhor dizendo.

– Isso é interessante.

– Por quê?

– A que ponto Collins tem uma empresa totalmente estável?

– Está sugerindo que ele pode ser... – Ruby não terminou a frase. Olhou para o vidro da sala, avistando Brandon sair ao fundo.

– É só uma possibilidade. Vamos considerar tudo, ok? Sabemos que pessoas como Christopher nunca estão satisfeitas.

Ela apenas assentiu, após um bocejo.

– Agora, vá para casa, está bem?

– Fico aqui com você, não se preocupe.

– Não precisa, Foster. Não temos mais o que fazer hoje, só quero organizar alguns pontos. Você pode ir, logo mais vou também.

– Tem certeza?

– Sim!

Ela agradeceu e logo se retirou. Fiquei por mais algumas horas entre anotações e pesquisas, e até momento, ambas as empresas possuíam um histórico transparente quanto às ações tomadas no âmbito dos negócios. A Collins Enterprise passou a utilizar o sistema há cerca de dois anos, e nenhuma infiltração foi detectada até o momento do roubo. Larguei os papéis e ergui meu corpo da poltrona, para me alongar. Já passava das 23h00, provavelmente eu era a única policial presente naquele andar da delegacia. Não era para menos, é claro, tratava-se do primeiro e mais importante caso de minha carreira. Tudo que desse de mim, ainda seria pouco. Estiquei os braços, sentindo minhas costas arderem de dor. Pensei em tomar outra dose de café, mas recusei a ideia ao pensar no meu dia seguinte. Eu precisava de algumas horas de sono, afinal a Collins Enterprise me aguardava novamente.

E foi exatamente o que aconteceu: às 07h00 me encontrava no interior daquele prédio. Dessa vez, eu não teria uma visita específica com Christopher, muito menos com sua esposa, Maya. O recolhimento de informações seria feito dos funcionários, tudo muito burocrático. Foster e eu conversamos com alguns colaboradores do setor financeiro, e de acordo com eles, nunca havia acontecido algo igual. Todos os valores altos eram devidamente transferidos com autorização de Christopher e seu microchip de liberação do sistema, que algumas vezes era usado por John, seu diretor geral.

— John utiliza o acesso geral com frequência?

— Não, senhora. Apenas em casos específicos, com autorização do sr. Collins.

— Há quanto tempo ele trabalha aqui?

— Creio que há cerca de três ou quatro anos — o homem comentou, um tanto pensativo. — Mas, detetive, não acredito que ele tenha feito algo.

— Não o estou culpando. Só preciso recolher todas as informações. Até o momento, todos podem ser suspeitos, inclusive você — finalizei com um breve sorriso amarelo.

Ao fundo, pude ver Foster arregalar os olhos, em repreensão. Confesso que os últimos dias estavam sendo mais pesados do que poderia suportar. Meu humor não estava dos melhores, as noites maldormidas tinham graves consequências.

— Terminamos por hoje, obrigada.

O homem de cabelos loiros assentiu, receoso, e se retirou. Esfreguei os olhos e tomei outro gole de café. Sete pessoas faltavam ser interrogadas.

— Me deixe fazer isso um pouco. Tome um ar. — Ela apertou meu ombro e me encarou. Seus olhos eram compreensivos, quase acolhedores. Suspirei, cansada, e sorri antes de dar o meu lugar a ela.

— Vou dar uma volta pela empresa. Volto em alguns minutos.

Caminhei pelo extenso corredor da Collins Enterprise, observando a movimentação frenética por todos os setores aos quais tive acesso pelo caminho. Era nítido a alta circulação de dinheiro por aquele lugar. Christopher Collins era um magnata em Nova Iorque, ter o que ele tinha não era para qualquer um. Admito que ficava surpresa como um homem relativamente novo poderia ter construído um império tão grande como aquele, mas não poderíamos descartar que algumas pessoas possuíam o dom dos negócios. Em passos lentos, cheguei ao pátio central onde havia uma enorme tela de LED, na qual era transmitida uma sequência de imagens da CE.

Os vídeos exibidos mostravam alguns processos de extração do petróleo e fechamento de parcerias que tinham o poderoso dono como protagonista. Christopher aparecia com sua aparência impecável no centro de uma mesa enorme, sendo cercado de outros homens que julguei serem sócios. Em outra imagem, ele cumprimentava um senhor de idade para, na sequência, ser ilustrado um pequeno texto, informando os grandes contratos que a Collins Enterprise estava fazendo naquele ano. E por último, havia sua imagem imponente, ao lado de sua esposa, na página inicial do *The New York Times*.

"O Rei do Petróleo" era a manchete principal. Meus olhos se fixaram exclusivamente sobre Maya, que carregava uma postura superior e empoderada, quase desafiadora. Eu não sabia explicar o que aquela mulher tinha, mas algo nela era tentador demais para resistir. Suspirei, afastando aqueles pensamentos, quando vi um homem bem-arrumado, de cabelos loiros, em uma breve discussão na portaria.

– Você não pode tentar me impedir de entrar. Tem ideia de quem eu sou? – ele esbravejou, furioso.

– Senhor, por favor, não quero usar de força para tirá-lo daqui.

O segurança tentou contê-lo sem usar de força bruta, mas ele se desvencilhou dos braços fortes e atravessou a roleta de entrada. Empurrou algumas pessoas que estavam em sua frente e caminhou em direção ao elevador central. Pela movimentação, não era alguém desconhecido, e apesar do grande alvoroço, todos o tratavam com o máximo de respeito. Permaneci apenas observando de longe, não tomaria as rédeas da situação quando ela poderia ser esclarecedora. Pelo visor de LED pude ver que ele se encaminhava em direção ao último andar: a presidência. Apertei o pequeno botão rapidamente, como se o elevador fosse descer mais depressa para mim. Por algum motivo, eu sentia que deveria saber quem era aquele homem e o porquê de ele estar ali, tão transtornado. Fechei os olhos por breves instantes, quando o bipe indicou a abertura das portas, e mesmo ainda distante, pude ouvir as vozes graves e altas vindo da sala de Collins.

– Você acha que pode proibir minha entrada aqui? Eu tenho parte em tudo isso, Christopher!

– Parte? Quantas vezes eu tenho que dizer que você não tem mais nada aqui dentro, Heitor?! – Collins falou em tom de indignação.

Pela porta entreaberta, pude observar a postura defensiva de ambos. Christopher estava atrás de sua mesa, encarando o homem cujo nome era Heitor. Sua expressão furiosa indicava o quão desagradável era a presença do loiro.

– Você é um desgraçado! Sempre tive parte em tudo isto.

– Teve, não tem mais. Agora, saia da minha empresa.

– Seu filho da puta, esta empresa é minha!

O homem, carregado de fúria, avançou sobre Christopher, acertando seu rosto com força. Os seguranças rapidamente tomaram partido para segurar o loiro que esbravejava, furioso. Aproximei-me ainda mais da coluna de concreto que ficava próxima à porta e, pela fresta, pude ver o rosto do sr. Collins com um leve corte nos lábios.

– Você vai se arrepender disso, Heitor – falou, ao limpar o canto dos lábios, que estava sujo de sangue.

– Você que vai se arrepender, eu já estou tomando providências. Eu vou acabar com você, Collins!

– Você não se meteria comigo! – disse em tom sarcástico.

– Quem você acha que é? Deus? Eu vou tirar tudo que é seu! Até sua vida, se possível! Mas você vai me pagar pelo que fez – gritou o homem, completamente enfurecido.

Christopher levou um lenço até o canto dos lábios e retirou os resquícios de sangue que pingavam em sua camisa, antes de caminhar em direção ao homem, que permaneceu imobilizado pelos seguranças. Aguardei, por um tempo, um ato mais abrupto, para interrompê-los, mas não aconteceu. Collins apenas se aproximou de Heitor e murmurou algo que quase não pude identificar.

– Não se meta comigo, Martinez. Você não faz ideia do que sou capaz.

– Eu sei exatamente o que um verme como você é capaz de fazer, mas eu posso ser muito pior. – Heitor resmungou, antes de cuspir no rosto de Christopher.

– Tirem ele daqui! Agora!

Collins limpou o rosto e caminhou para o fundo da sala quando os seguranças retiraram Heitor à força. Pude ver a maneira agressiva como conduziram-no para dentro do elevador e, por alguns instantes, pensei em segui-los, mas algo em mim alertava que eu não poderia me expor. Precisava saber quem era Heitor Martinez e qual era sua ligação com Christopher Collins. Dei uma última olhada para o interior da sala, e Christopher apoiava-se em sua mesa, enquanto falava ao telefone. Seu tom de voz era baixo demais para identificar, então cuidei de voltar ao meu trabalho antes que ele pudesse me reconhecer.

– Onde você estava? Fiquei te procurando por um tempão!

– *Shhh*, vem comigo. – Puxei Ruby pela mão, em passos apressados, até a saída da Collins Enterprise. Tinha esperança de encontrar Heitor ao lado de fora, mas sem sucesso. Ele havia sumido.

– Merda!

– Pode me explicar o que está acontecendo?

– Presenciei uma discussão muito acalorada entre um homem chamado Heitor Martinez e Christopher Collins. Pareciam sócios e brigavam pela empresa. O homem estava furioso e foi tirado à força da sala presidencial.

– Você interrompeu?

– Não, eu apenas observei.

– Eloise! Christopher recebeu ameaças e você não fez nada? – indagou, incrédula.

– Eu preciso saber o que houve, Ruby. Não posso espantar nenhum dos dois. E Christopher não se fez de rogado, ameaçou o homem da mesma maneira.

– Ainda acho que você deveria ter se posicionado. Se Brandon descobre que você viu tudo isso e não fez nada, estamos na rua.

– Eu sei o que estou fazendo. Vem comigo, preciso saber quem é Heitor Martinez.

– Você precisa relaxar, Eloise. Vai ficar maluca desse jeito.

Ouvi Ruby resmungar da cozinha. O cheiro emanado de lá era bom, bom o suficiente para fazer meu estômago roncar. Viver à base de café não era o mais saudável, mas, em uma rotina corrida, era o que enganava a fome.

– Pode pegar outra cerveja para mim?

– Claro! – Abri outra garrafa de cerveja e deixei sobre o balcão, dando uma breve olhada nas panelas sobre o fogão. *Massa pronta, molho quase lá*, pensei. – Posso provar?

— Não, só quando estiver pronto — respondeu séria, antes de provar um pouco do molho na palma da mão.

— Você pode, e eu não?

— Óbvio, eu estou cozinhando.

Revirei os olhos, ocupei um lugar em frente ao balcão da ilha, beberiquei a cerveja e me senti aliviada no mesmo instante. Como aquele líquido poderia ser tão revigorante?

— Achou alguma coisa? — Ruby perguntou, enquanto enxugava as mãos no pano de prato sobre a pia. Ela tinha um dom especial para cozinha, e mesmo que eu me propusesse a tentar, ela cuidava de tomar a frente.

— Apenas o básico. Heitor Martinez, nascido e criado em Washington DC, porém com residência atual e permanente em Nova Iorque. Ex-sócio da Collins Enterprise, sem antecedentes criminais — disse, ao largar o papel sobre a bancada.

— Acha que ele pode ser um suspeito?

— É mais uma possibilidade. Se Heitor foi passado para trás nos negócios, creio que há uma grande chance de querer se vingar. E apertar onde mais dói é um bom caminho.

— Vou levantar a vida dele mais a fundo amanhã. Podemos encontrar algo melhor — Ruby afirmou, pensativa. — Mas agora largue isso, vamos comer. Estou faminta, e isso aqui ficou incrível.

Adiantei-me em arrumar as louças sobre a mesa, enquanto Ruby despejava a massa em um refratário, finalizando com seus toques finais. Dei uma breve olhada em meu celular, quando avistei a notificação do e-mail da delegacia. A seleção de oficiais especializados em crimes cibernéticos havia sido finalizada, e um nome estava escalado como principal opção: Madson Carter.

— Chega de trabalho, Green!

— Já acabei! Estava apenas vendo que provavelmente teremos um novo membro para nossa equipe.

Ruby franziu o cenho, sentou-se à minha frente, largou o celular de lado e voltou a me encarar, como se aguardasse por uma continuação.

— Não quer que eu trabalhe, mas está curiosa, não é?

— Claro, você começou e agora tem que terminar. Quem é esse novo membro?

— Não a conheço, mas, de acordo com o agente Lancaster, é uma das melhores oficiais do ramo cibernético.

— Pelo menos é uma mulher, temos uma vitória esta noite.

— Ruby, sem dar em cima dela, por favor.

Ela arregalou os olhos, fingindo espanto.

— Como pode falar de mim assim? É você quem mistura o profissional com o pessoal.

— Só não vou te responder à altura porque você fez um jantar incrível. E eu estou faminta! — murmurei, enquanto me servia de uma boa quantidade de massa e daquele molho incrível.

Foster apenas riu baixinho e fez o mesmo.

– Vi o clima entre vocês no outro dia. Ela parece querer bastante só pela maneira como te olha – disse ela, antes de uma garfada.

– Ela é maluca, isso sim!

– Pode ser, mas que ela é incrivelmente bonita, isso não podemos negar.

Não poderíamos mesmo, Maya era absurdamente bonita. E como se a beleza física não fosse o suficiente, ela conseguia ser extremamente atraente e persuasiva. Existia uma energia singular emanada por aquela mulher, tornando a missão de não a notar algo impossível.

– Terra chamando Eloise, câmbio! Chega de pensar na casada.

Rolei os olhos e afastei aquelas imagens de minha mente. Não daria poder àquela mulher, havia sido apenas um caso de uma noite, e ela havia terminado.

– Não estou pensando nela. – Mentira. – Lembrei que o comissário quer falar comigo amanhã cedo, só isso. – Isso era verdade, mas não era naquele homem que meu pensamento estava.

CAPÍTULO
#04

SACRIFÍCIOS

Na manhã seguinte, passei longas horas presa a todo histórico que possuíamos sobre Heitor Martinez. Ele era casado, sem filhos e dono de alguns imóveis à venda pela cidade. Não tinha mais um grande círculo de amigos. O afastamento da Collins Enterprise fez com que alguns âmbitos de sua vida pessoal tivessem um declínio considerável, como se Christopher fosse uma espécie de termômetro social. Ao seu lado, tudo parecia incrível, mas contra ele não era bem assim.

O que você fez, Heitor?

Rolei o cursor por todo o histórico na tela do meu computador, notando, nas diversas fotografias, a parceria inigualável entre Heitor e Collins. Pareciam irmãos esperançosos com um projeto futuro que mal sabiam que os levaria ao caos. No fundo de uma delas, encontrei o comissário Brandon devidamente parado ao lado de Christopher, como um fiel escudeiro, o que me fez questionar há quanto tempo se conheciam e qual era o grau de amizade e profissionalismo que os dois estabeleciam. Collins era um homem importante no mundo inteiro, e ter um comissário de polícia a seu favor era algo benéfico até demais.

– Green?

Despertei de todos os meus devaneios e encarei o rosto do homem parado na soleira da porta. Em um ato discreto, fechei o arquivo e sorri para ele tranquilamente.

– Entre, comissário!

– Vim apresentar a agente Carter, nova integrante da nossa equipe. Ela foi escolhida ontem pelo oficial Lancaster.

Ouvimos algumas batidas leves à porta e, após a autorização, recebemos a nova contratada do departamento. Madson Carter adentrou a sala, devidamente fardada com os trajes da polícia de Nova Iorque, nos oferecendo um sorriso contido e educado. Tratava-se de uma mulher preta, extremamente bonita, com seus quase um metro e setenta de altura. Seus cabelos escuros e longos estavam trançados na raiz e presos em um rabo, evidenciando seu rosto perfeitamente desenhado, com cílios longos e lábios carnudos. Eu poderia dizer que seus olhos eram castanho-escuros, se não tivesse prestado mais atenção em sua ótima forma física. Sorri de maneira sutil, tentando não a encarar além da conta. Era incrível a capacidade de tombar com mulheres tão bonitas nos últimos tempos. *Tempos de sorte*, pensei.

– Agente Carter, essa é a nossa detetive: Eloise Green.

– Muito prazer, agente Green! Sou Madson Carter – disse ela, em um cumprimento sutil.

— Bem-vinda, Carter — respondi imediatamente, ao segurar em uma mão. — Fico contente em recebê-la na nossa equipe. Estamos realmente precisando de uma especialista.

— Isso é ótimo, garanto que vou trazer uma boa ajuda na resolução do seu caso.

— Tenho certeza que sim!

— Agente Carter, você pode seguir até a sala ao lado e falar com o oficial Dereck. Ele vai cuidar de algumas documentações do seu enquadramento no departamento. Depois, a agente Green irá conversar com você mais fundo e introduzir o caso em questão.

— Claro, com certeza. — Ela assentiu rapidamente. — Mais uma vez, gostaria de agradecer a oportunidade.

— Dê o seu melhor, e nós seremos gratos!

Ela sorriu, animada, e se dirigiu até a sala indicada por Brandon.

— Ela irá contribuir muito na resolução do caso Collins, tenho certeza de que vai ajudá-la a solucionar essa investigação.

— Assim espero, comissário. Estou com pontos importantes em vista e agora quero organizá-los para focar — comentei tranquilamente, fazendo um breve gesto para que ele se sentasse.

Brandon ocupou a poltrona à frente, com um sorriso ameno, enquanto mexia em seus cabelos grisalhos. Estavam mais curtos naquela manhã, alguém havia perdido algumas horas em uma barbearia.

— Green, tenho um assunto importante para tratar com você.

— Algum problema?

— Não exatamente. Não podemos chamar de problema se somos a solução, certo?

Eu apenas assenti para ele, aguardando que concluísse o pensamento.

— Recebi um relato de Christopher que, na manhã de ontem, a CE foi invadida por um antigo sócio, que o agrediu e o ameaçou de morte. Você presenciou esse acontecimento?

Remexi-me devagar sobre a poltrona e neguei com a cabeça tranquilamente, temendo que o comissário tivesse conhecimento sobre minha ida até a empresa. Brandon nada falou, pareceu acreditar de cara.

— Ele está bem?

— Sim, está tudo bem. Teve apenas alguns pequenos ferimentos na região do rosto. No entanto, o sr. Collins reconhece que o agressor é um homem de influência e capaz de causar mais danos a ele e à sua esposa.

— Imagino que sim. Ele deve ter cuidado, principalmente agora, com os furtos acontecendo.

— Exatamente! E com isso, me pediu um favor especial. — Brandon ergueu seu corpo da cadeira e caminhou em direção à bancada no canto da sala, servindo-se de um pouco de café. — Christopher solicitou que eu designasse uma equipe dos melhores oficiais para cobrir a segurança dele e de sua esposa.

– Você quer que eu ajude a recrutar essas pessoas? Posso fazer, claro. Tenho uma lista aqui, em algum lugar – murmurei, distraída, enquanto vasculhava a mesa com os olhos.

– Não, Green. Tenho a lista certa para isso e apresentei a ele.

– Ele não gostou?

– Gostou, foram contratados, mas para a esposa solicitou alguém especial. – O comissário fez uma breve pausa, degustando de outra dose de café. – Esse alguém é você.

Continuei encarando o rosto de Brandon, sem esboçar qualquer tipo de reação. Ele tombou a cabeça para o lado, esperando por uma resposta que não veio.

– Entendeu o que eu quis dizer, agente Green?

– Está me pedindo para ser uma espécie de segurança particular?

– Momentaneamente.

Respirei fundo e desviei de seus olhos avaliativos. Aquela informação pareceu cair como uma bomba sobre meu colo. Eu não poderia largar uma carreira de delegada ou detetive para cobrir segurança particular de alguém. Não que eu me opusesse ao trabalho – nunca foi um problema para mim –, mas descer a tal nível tornaria minha caminhada de todos esses anos nula.

– O senhor vai me desculpar, comissário, mas não posso aceitar. Estou no meio de uma investigação do próprio Collins, preciso de tempo e concentração para resolver – contive o tom de voz para não parecer completamente revoltada, mesmo estando. – E isso nem se encaixaria em meu trabalho.

– Eloise, entendo que esse não seja o seu trabalho e que está muito longe de ser. Você é uma mulher estudada e tem uma carreira policial em ascensão, mas estamos iniciando sua jornada em um grande departamento agora. – O comissário se aproximou, em uma tentativa de parecer mais íntimo. – No início, precisamos nos sacrificar para alcançarmos novos patamares. Acha que eu não tive que realizar trabalhos contra minha vontade?

– Comissário, eu...

– Fiz inúmeros e, por isso, estou aqui, como comissário do maior departamento de polícia do país. – Ele se sentou novamente e me encarou com um ar autoritário.

– Entendo, senhor. E creio que tenha percebido que não sou de fugir do trabalho, mas estou no início de uma grande investigação. Irei me ausentar em inúmeros momentos, por realizar um papel comum.

– Pelo contrário, agente Green. Como segurança particular do casal Collins, você estará no centro da investigação, podendo colher qualquer informação que precise para o seu caso.

Respirei fundo e procurei compreender melhor aquela ideia. Não era totalmente sem fundamento. De fato, estar presente na rotina dos Collins me faria entender melhor quem eram aquelas pessoas e o que seriam capazes de fazer, assim como todos aqueles que o rodeavam. Meu maior problema tinha nome e um poder de persuasão assustador, além de, por ironia do destino, ser exatamente quem precisava dos meus serviços.

– Você não vai perder o seu posto, Green. Isso, eu garanto.

O comissário parecia empenhado em me fazer aceitar. Era uma ordem expressa do empresário, e ir contra não era uma opção. Ficou muito claro a influência que Collins possuía sobre Brandon, o pacto traçado entre ambos corria muito além do ramo profissional. Arriscaria dizer que seria financeiro, talvez? Afinal de contas, era comum empresários como Christopher Collins ter livre acesso a poderes que facilitariam sua vida, e a polícia era um dos mais importantes deles.

– Tudo bem, farei isso.

– Sabia que poderia contar com você, agente Green.

– Claro que pode.

Os portões exagerados com a letra C gigante indicavam que eu havia chegado. Pensei em procurar por algum interfone, mas logo o acesso foi permitido, dando-me passagem para adentrar aquele reino. E mesmo com aquela piadinha mental, a mansão Collins poderia chegar bem perto disso. No fim daquele pequeno trajeto, havia uma mansão quase monumental, de arquitetura mais conservadora e imponente, cercada por um jardim extenso e muito bem-cuidado. Tentei não parecer tão impressionada, mas não era todo dia que tinha acesso a uma realidade tão distinta assim. Parei o carro no primeiro pátio, e tão logo um homem se aproximou.

– Boa tarde, srta. Green!

– Boa tarde! Estou aqui para falar com a sra. Collins.

– Estávamos à sua espera. Me permite estacionar o seu carro?

Assenti e entreguei a chave para o mordomo, que aguardava de maneira atenciosa. Ele conduziu o veículo para o estacionamento, enquanto outra funcionária cuidava de se apresentar.

– Olá, srta. Green. Me chamo Eliza. – Ela sorriu com gentileza.

– Muito prazer, Eliza. Sabe me informar se a sra. Collins se encontra?

– Ela está, sim! Está no meio de uma aula de tênis, mas pediu que eu lhe avisasse quando a senhora chegasse. Não quer entrar para aguardar?

– Posso aguardar aqui?

– Claro! Pode, sim, mas me deixe conduzi-la a um melhor lugar do jardim.

Na área frontal daquele casarão, havia uma piscina com algumas mesas e cadeiras de fibra sintética ao redor. Sentei-me em uma delas, enquanto Eliza cuidava de informar minha chegada à Maya. Não demorou e um dos empregados me serviu suco e algumas guloseimas. Observei o jardineiro de certa idade, que cuidava de eliminar todo e qualquer resquício de galhos e folhas que sobressaiam o desenho linear dos arbustos. Aquilo parecia dar um trabalho enorme. Nunca cuidei de plantas, mas sabia que cuidar de uma delegacia poderia ser mais fácil. Isso quem dizia era minha mãe.

– Perdida, agente Green? – a voz de Maya soprou no canto de meu ouvido, fazendo-me arrepiar instantaneamente.

Larguei o copo de suco sobre a mesa de vidro e voltei meus olhos para ela. Maldita a hora que o fiz!

– Maya... – falei rápido, negando com a cabeça logo em seguida. – Quer dizer, sra. Collins.

Um sorriso largo se instalou em seu rosto, fazendo-me ter certeza de que tudo nela poderia me afetar. E como não afetar, não é? Naquela manhã ensolarada, Maya usava um top de faixa preto e um short curto e soltinho da mesma cor. Seus cabelos estavam presos em um rabo de cavalo, deixando seu rosto e busto totalmente livres.

– Desculpe a demora, estava no meio de minha aula de tênis.

– Sem problemas, posso aguardar você terminar.

– De forma alguma, você é o meu compromisso hoje, Eloise. – Suspirou, fitando-me sem hesitar. – Não quer entrar? Está calor aqui fora – ela murmurou, enquanto deslizava a pequena toalha sobre seu peito, retirando as gotículas de suor que escorriam em sua pele.

Maya notou a maneira como meus olhos seguiram seus movimentos, e isso ficou claro no exato instante em que seus lábios se curvaram em outro sorriso, agora um pouco mais cínico. Praguejei mil vezes, em pensamento, por ser tão impulsiva. Talvez eu não fosse tanto, não é? Qualquer pessoa se permitiria olhá-la.

– Vem comigo. Você pode aguardar no escritório de meu marido, enquanto tomo um banho e troco de roupa. Creio que você tenha algumas coisas a falar.

– Tudo bem. Estou aqui para tratarmos de como vamos organizar as agendas para cobrir sua segurança.

– Claro, imaginei que fosse por isso.

– Sim, seu marido me escolheu, então estou aqui por enquanto.

Maya franziu o cenho e se aproximou, capturando algumas uvas do pote sobre a mesa e levando-as até a boca, mastigando-as devagar.

– Por enquanto?

– Sim, até que consigam outro policial para fazer esse papel.

– E acha que isso será rápido?

– O comissário está empenhado em conseguir alguém competente para você.

Ela nada falou, apenas deu uma risadinha antes de caminhar em direção à casa.

– Mas enquanto isso, posso realizar o trabalho.

– Creio que não tenha gostado.

– Não foi por isso que me mudei, senhora.

– Você pode não me chamar de senhora? Me sinto dez anos mais velha e acredito que você não me veja dessa maneira, não é?

Deixei que meus olhos abandonassem os seus para me perder brevemente pelo seu corpo. Maya estava longe, muito longe de aparentar alguém de muita idade. Pelo contrário, estava no auge de sua estrutura física.

– Acredito que seu marido prefira dessa maneira.

– Você sabe o que eu prefiro – ela reiterou seu pedido. – Mas se você se sente melhor, pode continuar assim na frente dele. E quando estiver a sós comigo, sou Maya. Agora, vamos, preciso de um banho.

Eu apenas assenti, antes de segui-la. A mansão de Maya era simplesmente impecável. Todos os móveis e objetos decorativos revelavam o quão grandioso e luxuoso aquele lugar poderia ser. Olhei discretamente o ambiente, notando alguns detalhes, como quadros e objetos artísticos espalhados por alguns cantos – nada exagerado ou brega, pelo contrário, tudo ali parecia ser de muito bom gosto. Os cômodos eram bem divididos e espaçosos. Naquele pequeno trajeto, passamos pelo hall, sala de estar e, ao fundo, um cômodo particular com portas grandes de correr. Eliza se aproximou, abrindo-as de uma só vez.

– Pode entrar, senhora. Fique à vontade! – Ela gesticulou. – Deseja alguma coisa?

– Não, Eliza. Obrigada.

– Certeza? Posso servir um café.

– Um café, eu aceito.

A empregada se retirou, deixando-me sozinha naquela sala. Caminhei pelo cômodo extenso, sendo atraída por alguns retratos que se encontravam na parte superior da lareira. Eram fotos do casal. Na maioria delas, Maya estava ao lado de Collins com um sorriso largo, típico dela. Os dois pareciam feitos um para o outro, encaixavam-se de uma maneira quase anormal. Confesso que desde que pus meus olhos na mulher outra vez e descobri que ela era a esposa de Christopher, a curiosidade por saber o motivo de sua pulada de cerca me atormentava. Será que Collins não era tão bom assim? Ou Maya tinha um desejo maior por mulheres? Meneei a cabeça, tentando afastar aquelas ideias da minha cabeça. Afinal, não era da minha conta os motivos que a levaram a deitar em uma cama comigo.

– Com licença, senhora. Aqui está o seu café. – Eliza retirou a xícara da bandeja e a colocou sobre a mesa de centro, com os potes de açúcar e adoçante.

– Obrigada, Eliza.

Ela deu um sorriso fraco e guardou a bandeja sobre o peito. Parecia curiosa com minha presença.

– Posso perguntar uma coisa?

– Claro, pergunte.

– A senhora irá trabalhar aqui?

– Por enquanto, sim. Serei segurança particular de sua chefe.

– O senhor e a senhora Collins estão em perigo?

– Não exatamente. São pessoas influentes e com um poder aquisitivo muito grande, é sempre bom ter um reforço – completei com meias-verdades.

Ela deu de ombros e arqueou as sobrancelhas, como se estivesse amadurecendo aquela ideia.

– Entendi, obrigada. Se precisar de mais alguma coisa, pode tocar esse botão aqui.

Eu sorri para ela, que devolveu da mesma maneira, antes de se retirar. Sentei-me no sofá macio e espaçoso, enquanto aguardava. Havia passado bons minutos, e nenhum sinal de Maya. Eu estava começando a me cansar de esperar. Inclinei-me um pouco para frente, deixando que meus cotovelos descansassem sobre minhas coxas, tomei o restante do café e, em seguida, depositei a xícara pequena sobre a mesa de centro à minha frente. Sobre ela, pude ver um tabuleiro de xadrez, com peças de vidro devidamente postas em suas casas de origem. Como uma boa curiosa, observei o objeto por alguns instantes, antes de capturar delicadamente uma das peças, a qual analisei em seus mínimos detalhes, antes de devolvê-la ao lugar inicial.

— Gosta de xadrez, Eloise?

Em um solavanco, desviei a atenção do tabuleiro para encarar a mulher encostada na soleira da porta. Maya tinha os braços cruzados, como se estivesse ali me observando por um tempinho.

— Não sei jogar.

Maya abriu um sorriso de canto e caminhou em direção à bancada posicionada no final do escritório. Estava incrivelmente bonita, como de costume. Mesmo de costas para mim, notei que ela serviu duas taças. Não era muito cedo para beber? Encarei os números em meu relógio, e era quase meio-dia. Era hora.

— Xadrez é um ótimo jogo, arrisco dizer que é o meu favorito — comentou, servindo ambas as taças com uma bebida transparente. — Quer saber o porquê?

— Quero, sim.

— Precisamos ser bem astutas se quisermos ganhar. Devemos usar nossas melhores estratégias contra os nossos adversários. Isso requer paciência e um calculismo singular, além de algumas trocas de olhares — ela terminou a frase me encarando com uma das sobrancelhas arqueadas, o que me fez rir no mesmo instante. — Prontinho.

— Eu não posso beber, estou em horário de trabalho.

Vi a mulher inclinar a cabeça para o lado, com um olhar de reprovação. Maya se aproximou com duas taças de algo que julguei ser Martini, por conta da cereja reluzente no interior. Honestamente, tomaria uma boa e clássica cerveja, mas aquilo ajudaria.

— Não vai fazer essa desfeita, vai?

Encarei seus olhos castanhos persuasivos por alguns instantes que foram suficientes para me convencer. Suspirei e assenti antes de pegar a taça de sua mão. Maya me lançou um sorriso, agora satisfeito, antes de se sentar ao meu lado. *Perto demais*, pensei, mas não ousei me afastar.

— Posso te ensinar a jogar. O que acha? Garanto que até o fim de sua investigação será tão boa quanto eu — ela falou, ao tomar uma boa quantidade da bebida em sua taça. — O xadrez basicamente se resume em deixar o rei oponente sem qualquer possibilidade de fuga, entende? Você precisa armar as melhores estratégias, analisar muito bem o seu adversário, em uma tentativa de prever o que ele irá fazer a cada casa avançada.

— Parece tedioso — murmurei, olhando para as peças que Maya tocava sutilmente.

Ela segurou a peça da rainha, a deixou ao lado do rei e, em seguida, capturou o peão e o colocou entre os dois. Observei seus movimentos e, em seguida, as pupilas escuras de seus olhos.

— Depende do que está em jogo, Green. Tudo aqui pode ser extremamente interessante — afirmou ela, tomando mais um gole de sua bebida.

— Não vamos ter tempo para isso — respondi rapidamente, fazendo-a franzir o cenho.

Maya assentiu, com um sorriso nos lábios. Ela sabia do que eu havia falado. Por uma fração de segundos, me permiti encarar cada mínimo detalhe daquela mulher. Linda, fodidamente linda.

— Não? — seu tom de voz era provocador.

Continuei encarando seu rosto, mais precisamente aquela imensidão castanha. Eu poderia me perder nela, sem dúvida.

— Não, há muito trabalho.

— Trabalho? — indagou, com um último olhar. Naquele momento, o clima dentro do escritório se intensificou. Tudo por causa da maneira como ela me olhava e falava.

— Sim, sra. Collins. Estou aqui com um único objetivo.

Sua boca se contorceu em um sorriso de canto, quase como se duvidasse de minhas palavras. Ela mergulhou o dedo indicador no interior do recipiente e girou a fruta avermelhada por alguns segundos, antes de levá-la até a boca. Maya chupou do início ao fim, retirando qualquer resquício do Martini presente em sua pele e, logo em seguida, da taça. Fodida: era como eu iria ficar. Levantei-me rapidamente do sofá, caminhando para bem longe daquela mulher.

— Como isso vai funcionar? Vai andar comigo por todo lugar? — Maya encostou no canto do sofá, cruzando suas belas pernas, quase totalmente livres. — Iremos ficar o tempo todo juntas?

— Sim, basicamente estarei ao seu lado em todos os momentos necessários.

— Isso me parece interessante. Vai ficar por aqui também?

— Creio que eu não precise, não é? Há muitos seguranças em sua casa, e eu tenho uma investigação em andamento. Acredito que nos momentos que sair de casa serão suficientes.

— Não se preocupe com isso, você pode utilizar o escritório do meu marido para sua investigação, mas prometo analisar isso com carinho. Afinal, sou eu quem decide, não é?

Respirei fundo e virei a bebida de uma só vez, sentindo o líquido aquecer minha garganta quase que instantaneamente.

— Sim, é você.

— Gosto desta ideia, sabia? Não tenho dúvidas do quanto você é boa no que faz, Green. E poder ditar quando precisarei dos seus serviços é bem interessante.

— Estarei apenas quando necessário, sra. Collins — afirmei da maneira mais profissional que poderia.

Ela nada respondeu, apenas ergueu seu corpo do sofá e caminhou lentamente em minha direção. Não movi nem sequer um músculo, mantive-me firme, com a mesma postura. Não poderia continuar dando munições ao inimigo. Seu semblante que, até poucos segundos, era indecifrável, mudou. Ela não parecia irritada, mas também não sorria como de costume. Maya transparecia confiança, firmeza. Era notável até mesmo em sua expressão corporal. Ela se aproximou o suficiente para ficar a poucos centímetros de distância do meu corpo.

— Quando eu achar necessário, agente Green — foram suas palavras, antes de capturar a cereja solitária no interior de minha taça e levá-la até a boca. Meus olhos gravaram os mínimos detalhes daquela cena, desde o movimento suave de sua boca entreabrindo até a pequena gota de Martini que escorria pela cereja até seus lábios.

— Não é bem assim que as coisas funcionam, Maya. — Engoli em seco e suspirei pesadamente, afastando-me subitamente daquela mulher. Em seguida, de canto, notei que ela meneou a cabeça negativamente, com um sorriso cínico nos lábios.

— Por que eu tenho a sensação de que você foge de mim, Eloise?

— Está enganada, não estou fugindo de você. Não tenho motivos para isso. — Virei-me de frente para ela, que tão logo se aproximou mais uma vez, fazendo-me encostar na bancada de bebidas.

— Não? Tem certeza? Está me evitando desde o momento em que cruzou comigo na sala de meu marido. Eu chego perto e você se afasta imediatamente.

— Sim, sra. Collins. Não há motivos para fugir e tampouco para permanecer tão perto. Mantenho uma distância bem profissional — concluí, dando alguns passos em direção à janela.

— Só quer algo profissional?

— É o que temos.

— Não foi bem assim no início, não é? Você me quis bem perto. Agora, parece uma criancinha com medo do lobo mau — seu tom de voz irônico me trouxe algumas lufadas de ar. — Tem medo de ser fraca?

— Não sou fraca. — Meneei a cabeça em sinal negativo, sem encará-la. Não iria me irritar com suas palavras, não mais do que já estava.

— Já vi que sim. Uma bela covarde — a última palavra me fez parar no meio do caminho.

Ela havia me chamado de covarde?

— O que disse? — indaguei, voltando meu corpo em sua direção.

— Bela covarde — repetiu, com um sorriso.

— Não sou covarde, Maya. Nunca fui.

— Não? — Ela deu alguns passos à frente, encurralando-me diante de uma estante de livros. — Então, por que não começa a aceitar suas vontades?

— Não há vontade alguma. Do que está falando?

Ela respirou fundo, como se procurasse as melhores palavras para aquele momento. Estava perto demais, o suficiente para me fazer sentir o aroma de seu perfume. Era o mesmo de nosso primeiro encontro. Inconfundível. Maya umedeceu os lábios e dedilhou o distintivo sobre meu peito devagar, linha por linha.

– Suas vontades de mim, Green. – Somente naquele momento seus olhos encontraram os meus outra vez. Suas pupilas estavam dilatadas e intensas, mesclavam-se ao castanho que as rodeava. – Eu sei que existem, consigo sentir somente pela maneira como me olha. Você me engole inteira a cada segundo que me observa. Não seja medrosa e admita.

Sustentei seu olhar com o meu e segurei em sua mão, impedindo que ela continuasse a me tocar. Maya não resistiu, muito menos afastou sua mão da minha, apenas permaneceu imóvel. Estávamos tão próximas que eu pude sentir uma lufada de ar quente contra meu rosto.

– Não vou admitir algo que não existe. E muito menos cair nas suas provocações. Estou aqui para falar de trabalho, apenas isso – foram minhas palavras, antes de me desvencilhar dela.

Maya permaneceu de costas por alguns segundos, fazendo-me questionar se havia sido grossa demais. Não era a intenção, mas precisava fazer o que estava ao meu alcance para conseguir me manter longe daquela mulher, mesmo que mentir descaradamente fosse a solução. A esposa de Christopher era um furacão que poderia facilmente virar minha vida do avesso.

– Sei de coisas que você é muito boa, Eloise. E mentir não é uma delas. – Ela se virou de frente para mim, mas não se aproximou. – Se quer manter o papel bobo de mulher certinha neste momento, não irei questioná-la, mas não tenho dúvidas que irá voltar atrás – a seriedade em seu rosto transparecia a firmeza em suas palavras. Ela sabia exatamente o que se passava em minha cabeça, como se pudesse ler meus pensamentos mais profundos.

– Você é muito confiante, sra. Collins – falei, com um toque suave de provocação, trazendo um risinho sarcástico e sem humor de sua parte.

– Saiba ler o seu adversário, agente Green. É uma ótima técnica de xadrez – assegurou ela. – Espero você amanhã – foram suas palavras antes de sair da sala.

CAPÍTULO #05

NOVA ORDEM

Olhos hipnotizantes, lábios atrativos, corpo sensual, voz macia e aveludada: tudo estava ali, vivo e resplandecente em minha cabeça, desde o momento em que pisei fora daquele lugar. Lutar contra meus desejos era uma tarefa árdua, e Maya era dona de um poder que me assustava. Como uma noite de sexo poderia trazer tanto caos assim?

Suspirei pesadamente e esfreguei os olhos, antes de voltar minha atenção ao relatório sobre minha mesa. Era a quarta tentativa desde o momento em que cheguei à delegacia, e em todas ela meus pensamentos vagavam sobre o corpo daquela mulher.

— Terra chamando Eloise, câmbio — a voz de Ruby me despertou. Encarei os olhos semicerrados em minha direção, quase em tom acusativo. Ela tinha as mãos na cintura, como se me analisasse por completo. Droga! — Aconteceu alguma coisa. Está aérea desde que voltou da mansão Collins.

— Não aconteceu nada, Ruby — menti, ou não. De fato, não havia acontecido nada entre nós.

— Se não aconteceu nada e você voltou aérea dessa maneira, com certeza devo me preocupar quando acontecer — disse, ao ocupar o lugar em frente à minha mesa. — É a esposa do Collins?

Nada respondi. Era inútil tentar negar.

— Me irrita não ter controle sobre meus pensamentos.

— Ai, Eloise, essa mulher vai te deixar maluca.

— Não vai, só é difícil separar as coisas inicialmente. Não aconteceu nada entre nós, mesmo ela tentando.

— O que ela tentou? — sua pergunta veio acompanhada de uma expressão curiosa e divertida. Poderia ver o brilho de animação em suas pupilas.

— Ela não tem medo, Ruby. Maya vem como se não houvesse mais ninguém para impedir. E com "ninguém" eu digo um marido bilionário que pode acabar com a minha carreira em minutos.

Ela desanimou, mordeu o canto dos lábios de maneira pensativa.

— Realmente, ele pode fazer isso em um estalar de dedos. Ainda mais se souber que você continua querendo...

— Ruby! — exclamei, recebendo uma gargalhada.

— Vai dizer que não? Vocês se comem com os olhos, Green. É notável a tensão sexual que rola entre vocês. E honestamente, não sei até quando vão se segurar.

Eu também não. Negar as investidas daquela mulher era uma das tarefas mais difíceis para mim. Maya conseguia mexer com cada maldita célula de meu corpo somente com um olhar. Sentia-me quente, vulnerável e exposta. Meu desejo era tocar, beijar e me deliciar de cada canto de seu corpo como da primeira vez. Um maldito desejo infernal.

Filha da puta.

— Vai durar muito, pois tenho um caso para desvendar. E ele, sim, é minha prioridade — afirmei, entregando alguns papéis a ela. — E você, deixe de fofoca, vamos focar o que viemos fazer neste lugar, sim?

— Ah, não seja rabugenta – resmungou. — Sua vida pessoal também importa. E ela está animada como a de uma personagem de séries de TV. Eu acredito que isso só vai passar depois que você se permitir.

Rolei os olhos para ela, ouvindo duas batidas à porta. Pela persiana, notei a presença de Madson, que sorriu brevemente, entrando na sala logo após meu sinal. A oficial cumprimentou Ruby educadamente e sentou-se ao seu lado.

— Temos alguma novidade?

— Passei todas as coordenadas para Madson, ela está ciente do andamento do caso e sugeriu alguns pontos importantes — Foster comentou, ao abrir seu bloco de notas. — Programa de monitoramento do FBI, não é?

— Isso mesmo. Em conversa com a agente Foster, notamos que o programa utilizado pelo nosso departamento não seria bom o suficiente para monitorar os possíveis desvios dentro da Collins Enterprise. Como passei um período prestando serviço para eles, tenho alguns conhecidos que podem nos ajudar — concluiu a mulher.

A agente Carter parecia ter bons contatos, além de ser uma mulher extremamente inteligente. Seu histórico policial deixava claro sua carreira em ascensão. Era importante ter alguém com sede de trabalho ao meu lado.

– Eu gosto da ideia, mas gostaria ainda mais se apenas nós soubéssemos disso.

Madson e Ruby me encaravam de maneira confusa.

– Entendem que todos ali são suspeitos, certo? Desde os funcionários mais simples até o dono de todo aquele dinheiro. Monitorar o sistema interno da empresa pode nos dar uma boa vantagem, mas se souberem que estamos fazendo isso, terão chances sobre nós.

– E como faríamos isso sem deixar que ninguém descubra?

– Podemos infiltrar alguém. E com "alguém", eu quero dizer você, Madson.

– Eu? – Seus olhos se arregalaram.

– Sim, você é nova no departamento. Christopher não a conhece e se sairia muito bem disfarçada na Collins Enterprise – expliquei à mulher, que parecia ouvir atentamente.

– Como colocaríamos ela lá? – Ruby indagou.

– Teremos acesso ao sistema interno da empresa, creio que não seja difícil modificar algumas coisas no RH, correto? Não há senhas de proteção para dados nesse nível. Poderíamos incluir as informações da Madson como a melhor opção a ser contratada e excluir alguns outros. Com o furto, Collins está substituindo alguns funcionários em todos os setores possíveis. Este é o nosso melhor momento.

– Eu gosto da ideia. Me infiltrar será um novo desafio para mim.

Sorri para ela de maneira animada, enquanto Ruby parecia temerosa.

— Vocês esquecem que Brandon conhece Christopher. Há grande possibilidade de encontrar com a agente Carter pelos corredores da CE.

— Ela não vai precisar ficar por muito tempo. Além de que nós somos a linha de frente do caso Collins, Brandon não tem motivos para visitar a empresa. Vamos conseguir manter o controle, confie em mim.

— Bom, se você diz... — A mais nova deu de ombros e assentiu. — Vamos nessa!

— Maravilha! Criem uma espécie de documento de apresentação, com todas as informações pertinentes. E, Madson, não deixe de falar com o seu contato no FBI. Vamos infiltrar você na CE, custe o que custar.

— Nós vamos conseguir, agente Green.

— Eu sei que sim!

— Vou conseguir o contato e o programa. Ainda hoje retorno com informações — ela afirmou, confiante. — Com licença, meninas.

Vi a mulher retirar-se de minha sala com suas anotações mais importantes. Com o próximo passo do caso, teríamos grandes chances de filtrar a lista de culpados e até mesmo encontrar o que tanto estávamos procurando.

— Infiltrar a Madson foi uma ótima ideia, mas creio que você também seja uma ótima peça para conseguir mais informações — Ruby murmurava cautelosamente, enquanto seguia para sua mesa do outro lado da sala.

Continuei ouvindo seus comentários, enquanto analisava a ficha de Heitor Martinez. Algumas informações chegariam à tarde, para complementar o histórico do sócio de Christopher.

— Se está cogitando a ideia de eu me envolver com Maya para conseguir informações, esqueça.

— Quem melhor do que ela para saber sobre aquela empresa?

— Não é uma opção — afirmei, vendo Ruby rolar os olhos de maneira impaciente.

— Você perde as oportunidades que aparecem na sua vida.

— Isso não é uma oportunidade, é o meu fim. Não vou ferrar com o primeiro caso importante da nossa carreira por dormir com a mulher da vítima — concluí firmemente, agora sem encará-la. — Sei de outra pessoa que pode nos ajudar nesse sentido.

Ruby semicerrou os olhos em minha direção, em uma careta engraçada. Era a mesma sempre que ficava abismada com alguma informação.

— Quem seria essa outra opção que você não me contou? Nossa amizade já foi melhor, Green — resmungou, descontente. — Eu conto tudo da minha vida para você.

— Por Deus, mulher! Considerei essa opção hoje, após você comentar sobre Maya.

Ela parecia não acreditar em minhas palavras, pois continuou me encarando com a mesma cara emburrada. Levantei-me da poltrona e caminhei até sua mesa, na qual me recostei devagar, antes de erguer meu celular em sua direção.

– Clarice.

– Você é muito espertinha, Green.

– Ela pode ser uma ótima fonte de informações, além de ser muito bonita. Não será nenhum sacrifício sair com ela para conversar um pouco. – Dei de ombros antes de me afastar.

– Pelo que você falou, ela pareceu interessada em você.

Sorri de canto ao me lembrar de todas as vezes que ela me encarou pelos corredores da Collins Enterprise. Não havíamos trocado mais do que meia dúzia de palavras, mas sentia que algo poderia acontecer. Clarice possuía uma beleza doce, seus cabelos eram ruivos e destacavam-se diante da pele alva. Seu rosto, mais cheinho, com lábios desenhados e olhos azuis, poderiam facilmente encantar qualquer pessoa.

– Não foi exatamente isso que eu falei. Ela só me olhou muitas vezes durante as nossas visitas à CE. Não sei se por curiosidade ou se de fato se sentiu atraída de alguma maneira.

– E você, como boa moça, irá descobrir o sentido da coisa.

– Isso é ruim?

– Você está usando-a para conseguir informações, então sim.

– Não exatamente. Me interessei fisicamente por ela, só estou aproveitando o cargo que possui para conhecer um pouco melhor do nosso investigado. Se ela não estiver interessada em mim, não vou forçar nada.

– Está tentando me convencer ou se convencer disso? – indagou, fazendo-me rolar os olhos.

– É verdade. Você apoia com a mulher da vítima, mas com a Clarice, que é uma mulher solteira, não?

– É que não restam dúvidas que Maya é a mulher pela qual você tem um interesse verdadeiro.

– Não é um interesse. Ela só é boa no que faz.

Muito boa, diga-se de passagem.

– Você fala tanto dessa mulher, que estou incrivelmente tentada a conhecer.

Encarei os olhos castanhos de minha melhor amiga, tentando decifrar se aquilo era uma espécie de brincadeira ou se ela estava mesmo cogitando a ideia de dar em cima de Maya. Não que fosse de minha conta, é claro, mas aquilo era um absurdo aos meus ouvidos. Era Maya. E Maya era casada.

– Nem pense nessa besteira.

Seus olhos se arregalaram, e um sorriso irritante enfeitou sua boca. Ruby ergueu seu corpo da cadeira e caminhou em direção à minha mesa de maneira animada.

– Está com ciúmes, Eloise?

– O quê? Claro que não.

– E por que eu não posso conhecer o dom de Maya Collins na cama?

– Porque estamos fugindo de problemas, e essa mulher é O problema.

Ela assentiu, mesmo que desacreditada com minhas palavras.

– Está me dizendo que, se não fosse por isso, tudo bem eu dormir com ela?

As palavras, por alguns breves segundos, sumiram de minha boca. Fechei os olhos e meneei a cabeça antes de responder.

— Sim, claro! Por que haveria um problema?
— Você é péssima mentindo. Alguém já disse isso?
Sim. Maya.
— Não enche, Ru! Você pode fazer o que quiser, não tem problema. Maya não é minha — respondi rapidamente, em uma tentativa de encerrar o assunto de uma vez.

Ela apenas riu baixinho e nada retrucou. Ruby sabia que me incomodava e estava fazendo aquilo exclusivamente pelo prazer de estar certa. Minhas reações sobre o assunto Maya eram uma verdadeira incógnita em minha mente. Por mais que eu tentasse agir normalmente, tudo parecia sair do controle quando se tratava dela. E como se pudesse ler meus pensamentos, seu nome reluziu na tela do celular sobre a mesa. Cliquei sobre a notificação para ver sua mensagem:

Maya Collins
Vou precisar de você em minha casa amanhã às 7h.
Tenho um compromisso importante e não posso cancelar.

Rolei os olhos e travei o aparelho, como se pudesse fazê-la sumir da face da Terra.
— Maldita mulher!

Às 06h50 de sábado, estacionei meu carro na garagem da mansão Collins, observando a sequência de carros que preenchiam aquele lugar. Collins possuía um verdadeiro arsenal de automóveis luxuosos, desde Volvos, Mercedes e Rolls-Royces até uma Ferrari. *Ter tanto dinheiro devia ser incrível*, foi a única coisa que consegui pensar. Caminhei pelo jardim, seguindo em direção à entrada principal da casa, avistando a figura de Eliza à minha espera.
— Bom dia, srta. Green. Entre, por favor.
— Bom dia, Eliza. Agradeço, mas prefiro aguardar aqui fora.
— Tem certeza? Posso servi-la de algo.
— Tenho, sim. Obrigada.
— Tudo bem. A senhora Collins está descendo, pediu que aguardasse mais dez minutos.

Eu apenas assenti, com um sorriso, vendo-a se afastar. Eliza devia estar na faixa de seus quarenta e tantos anos. Era mulher madura, com expressões marcadas e bem-vividas. Tinha os cabelos loiros devidamente presos em um coque. Sua vestimenta formal indicava como tudo funcionava no interior da mansão. Era educada e gentil. E diferente das outras funcionárias, era ela quem cuidava dos desejos de Maya.
— Que pontual — Maya brincou, atraindo minha atenção para ela, desceu as escadas e se aproximou de mim. — Bom dia, agente Green.

– Bom dia, sra. Collins – respondi no mesmo tom, trazendo um ar mais leve àquela manhã.

Ela assentiu, com um ar de riso, e caminhou à minha frente, exibindo o seu bom humor matinal. Naquela manhã de sol, Maya usava um vestido em tom de azul-claro, estampado com pequenas flores brancas e que possuía um caimento leve até um pouco acima dos joelhos, trazendo um ar jovial. Seus cabelos estavam soltos e levemente ondulados sobre seus ombros. Linda, como de costume.

– Vamos ao clube. Tenho um café da manhã com algumas amigas, e depois iremos almoçar com meu marido. Ele estará em uma reunião de negócios e pediu minha presença.

– Claro, como quiser – respondi, caminhando em direção ao meu carro.

– Aonde você vai?

– Pegar o carro.

– Não vamos no seu, vamos no meu.

– Qual problema de irmos no meu carro? – indaguei, com as sobrancelhas arqueadas.

Maya sorriu de canto e caminhou para o interior do estacionamento, parando diante de uma Ferrari cinza-chumbo.

– Porque esse é o meu carro.

– Está brincando?

Ela sorriu novamente e ocupou o lugar do passageiro, repousando a bolsa sobre o colo e baixando os óculos de sol em seu rosto.

– Não, Green. Este é o meu carro. Agora, vem, vamos nos atrasar.

Mordi o canto dos lábios e ocupei o lugar de motorista, ainda sem acreditar que, dentre todos os carros parados naquele lugar, este era o dela.

– Só porque sou a mulherzinha de um homem rico preciso ter um carro de madame?

Sua indagação me arrancou um risinho sincero. Ela parecia um tanto indignada.

– Sabe que é machismo pensar assim, não é?

– Não, não penso assim. Sei que mulheres podem ter carros esportivos e luxuosos, só não achei que você fosse esse tipo.

– E que tipo acha que eu sou, Eloise? – Ela ergueu os óculos e os colocou no topo de sua cabeça, trazendo aqueles olhos castanhos em minha direção.

– Que tem motorista particular e que odeia dirigir.

– Você não é tão ruim ao analisar as pessoas – comentou tranquilamente, fazendo-me rir mais uma vez. Ela não falou mais nada, apenas ligou o som do carro, dando-me a deixa para seguir caminho para o clube.

Para minha surpresa, a manhã transcorreu tranquilamente. Maya ocupou-se de algumas partidas de tênis entre amigos, sendo vitoriosa em grande parte delas. Seu preparo físico lhe permitia uma boa movimentação em quadra, tendo ótimas rebatidas sobre os adversários. Ela comemorou, animada, no centro da quadra, sendo abraçada pela parceira de equipe, enquanto o casal de amigos resmungava algo que não consegui decifrar.

Dei um leve risinho ao presenciar a situação. Eles pareciam realmente chateados com a derrota, mas nada tirava o bom humor de Maya. Ela os cumprimentou com um sorriso e se afastou com a raquete na mão.

– Vou me trocar e encontro vocês na varanda! – ela exclamou para os amigos e caminhou para fora da quadra, em minha direção.

– Meus parabéns.

– Gostou de me ver jogando? – perguntou, enquanto pegava a garrafa de água em sua mochila.

– Sim, você é realmente boa nisso. Não tinha possibilidade da outra equipe virar, e acho que eles ficaram chateados.

Ela sorriu, animada, e tomou alguns bons goles de água. Estava quente aquela manhã, e ela parecia ferver, mesmo com aquelas roupas curtas e brancas.

– Sou muito competitiva, e algumas pessoas não sabem lidar com isso. Mas se eu entro em qualquer jogo, meu único objetivo é ganhar.

– Nada de *o que vale é se divertir*?

Ela meneou a cabeça em um sinal negativo, dando um leve risinho em minha direção.

– Não sei como aceitam você aqui – brinquei.

– Eles precisam me ter aqui, Green. É a regra do dinheiro. – Ela deu de ombros, sem se importar. – Você pode me acompanhar até o vestiário com essas bolsas?

– Posso, sim.

O vestiário daquele lugar mais parecia o interior de uma mansão de luxo. Um vasto espaço, com espelhos, armários e uma ótima iluminação, com paredes em tons de pastel. Maya largou uma das mochilas sobre a bancada de mármore, enquanto retirava as coisas que precisava para um bom banho.

– Eu acho que posso esperar lá fora – comentei, um pouco deslocada.

– Fique. É climatizado, lá fora está um calor infernal.

Aquilo foi mais como uma ordem do que um pedido, e não ousei ir contra. A mulher encarava seu reflexo diante do espelho, enquanto arrumava o cabelo em um coque no topo da cabeça, deixando seu rosto, pescoço e ombros livres. Eu me permiti observá-la naqueles instantes, notando como seu perfil era milimetricamente perfeito, desde o traço marcado de sua mandíbula até a linha sutil de seu nariz delicado e empinado.

– Se continuar me olhando dessa maneira, vou ter que voltar a dar em cima de você. E eu prometi que não faria isso até você querer.

– Prometeu?

– Sim, eu quero ter o prazer de ver você querendo primeiro. Quer dizer, você tomando a iniciativa.

Maya me lançou um último olhar, antes de caminhar para as cabines de chuveiro do outro lado do vestiário. Pelo reflexo do espelho, pude vê-la se despindo das peças de roupas gradativamente, ficando completamente nua, para tomar sua tão esperada ducha. Vi-me presa naquela cena até o momento em que recobrei minha consciência, situando-me sobre a nossa realidade. Eu era uma simples segurança particular, não tinha o menor direito de observá-la de maneira tão íntima assim. Não tínhamos nada, mesmo sabendo da possibilidade de ser algo proposital da parte dela. Praguejei, em pensamento, incontáveis vezes antes de resolver sair daquele lugar.

O que você está fazendo, Eloise? Onde está seu controle?

Fechei os olhos e respirei fundo. Tudo que preenchia meus pensamentos era o corpo daquela mulher, desde sua pele macia e bronzeada até as curvas bem-acentuadas que eu conhecia tão bem. Nossos momentos em Mount Vernon bombardearam minha cabeça em flashes intermináveis, aumentando aquele desejo que eu tanto lutava para sanar. Por uma fração de segundos, cogitei a possibilidade de entrar naquele vestiário mais uma vez e dizer que ela estava certa, que eu a desejava com todas as malditas células do meu corpo, mas, para minha sorte, o celular me tirou daquele devaneio. Ouvi a voz animada de Ruby do outro lado da linha, com a novidade de que Madson havia sido chamada para uma entrevista na Collins Enterprise no início da semana. Tudo estava correndo como imaginávamos. Com Carter transitando pelos corredores e monitorando o sistema interno da CE, teríamos mais chance de encontrar o culpado. Ruby me atualizou de mais alguns detalhes da investigação, perguntou sobre meu dia com Maya e, em seguida, desligou. Era fofoqueira como ninguém.

– Aí está você! – Maya exclamou, ao sair do vestiário.

– Desculpe, eu tive que atender a uma ligação.

– Sem problemas. Vou me despedir dos meus amigos e vamos ao almoço com meu marido, ok?

E assim fizemos: ela se despediu rapidamente de todos e seguimos caminho para Collins Enterprise. Especialmente hoje, Christopher estava em uma reunião de negócios com um possível investidor vindo do Canadá e, para manter um bom relacionamento, convidou-o para almoçar em um dos melhores restaurantes de Manhattan. Para minha sorte, ao chegarmos ao andar presidencial da empresa, avistei Clarice, a secretária pessoal de Christopher. E era dela que eu precisava para seguir com a minha parte da investigação. Maya foi educadamente recebida pela mulher e conduzida ao interior da sala. Mantive-me ao lado de fora, apenas observando a movimentação interna pelos pequenos espaços fornecidos pela persiana. Christopher se colocou ao lado da esposa e aparentemente a apresentou ao homem à sua frente. Pareciam animados, talvez os negócios estivessem dando certo. Tirei minha atenção do grupo no interior da sala quando Clarice retornou à sua mesa.

– Olá, senhora Green – murmurou, educada.

– Não me chame de senhora, por favor. Me sinto com 60 anos! – exclamei, fingindo estar ofendida.

– Sinto muito, estou tão acostumada a tratar todos aqui dessa maneira que nem percebo.

– Entendo, mas não precisa disso comigo. Sou uma funcionária como você.

– Um pouquinho diferente, mas... – Ela deu de ombros.

– Costuma trabalhar sempre nos fins de semana? – perguntei para iniciar uma conversa.

– Não, normalmente trabalho apenas de segunda a sexta. Hoje, tivemos a visita do sr. Thomaz, então tive que estar presente. Como se trata de uma reunião importante, o senhor Collins solicitou que eu estivesse aqui.

– Claro, você como secretária pessoal dele não poderia ficar de fora.

– Sim, preciso organizar tudo! Ele me pede qualquer coisa – comentou de maneira despreocupada. – Ouvi dizer que você é detetive e segurança particular da senhora Collins. Isso não é um pouco confuso? Sei que os trabalhos são totalmente diferentes.

Dei de ombros e me aproximei um pouco mais, encostando-me à bancada próxima de sua mesa.

– Realmente, mas o seu chefe solicitou uma mulher de confiança para o cargo. E aparentemente, sou ela. Ele não gostaria de ter um homem acompanhando sua esposa.

– Claro que não... – o tom de voz de Clarice soava um tanto incomodado, quase como uma alfinetada, o que me fez pensar se ela não gostava de Maya ou se gostava demais do Christopher.

– Logo, isso irá mudar e outra irá ocupar o meu lugar.

– Ainda vai continuar circulando pelos corredores da CE? – indagou, com os olhos fixos nos meus, e apoiou os braços sobre a mesa, virando-se em minha direção.

– Se não for um incômodo para você, quero continuar, sim.

– Está longe de ser um incômodo, Eloise.

– Longe? E o que poderia ser?

Ela suspirou, oferecendo um sorrisinho de canto. Aparentemente, ela também gostava de mulheres, e isso era ótimo para mim. Clarice pareceu pensar sobre a resposta, e quando ousou se pronunciar, a porta do escritório se abriu, trazendo falatório e algumas risadas animadas.

– Você vai adorar esse restaurante, não tenho dúvidas! – Christopher comentou, sorridente, enquanto se aproximava com o possível investidor.

Thomaz era um homem de muita idade, e as rugas e os poucos cabelos brancos em sua cabeça deixavam isso evidente.

– Tenho certeza que sim. Você parece ter um bom gosto para tudo! – sua frase foi acompanhada de um olhar direto à Maya, que sorriu sem qualquer tipo de humor.

Seus olhos castanhos desviaram dos homens à sua frente e repousaram sobre mim, para, logo em seguida, paralisarem sobre Clarice. Em uma reação totalmente instintiva, a vi franzir as sobrancelhas, confusa, como se buscasse entender aquele cenário. Seu peito inflou, em uma respiração forte, e um sorriso voltou a estampar sua boca.

– Christopher sempre acerta em tudo, sr. Thomaz. Eles são especialistas em frutos do mar, o senhor irá adorar.

– Se sua esposa está dizendo, eu vou acreditar, Christopher.

Observei aquela situação de longe, vendo como Maya contribuía diretamente na imagem de Collins, quase como se fossem uma coisa só.

Ele segurou em sua cintura, trazendo o corpo da mulher para perto do seu, demonstrando estar no controle de toda a situação. E ela prontamente fez o que deveria: serviu de boa conversa e sorrisos simpáticos ao investidor, que parecia completamente encantado. Neguei com a cabeça e escutei o barulho ao fundo, trazendo o olhar atento de todos. Nervosa, Clarice recolhia rapidamente os objetos que havia deixado cair.

– Eu ajudo você. – Abaixei-me ao lado da mulher e recolhi os objetos e papéis que estavam sobre o carpete.

– Está tudo bem, Clarice? – Collins indagou.

– Sim, senhor. Me desculpe, preciso chamar os técnicos da infra para esconderem esses fios! – murmurou, envergonhada.

– Sem problemas, tome cuidado.

– Melhor ter cuidado mesmo, Clarice. Algumas situações e você se machuca — o tom de voz de Maya não foi gentil como o de Christopher, mas nada arrogante ou grosseiro. Maya trazia uma postura incomodada, quase irritada.

– Terei, sra. Collins. Pode deixar!

– Clarice, nós vamos almoçar. Então, você pode ir para casa – Collins ordenou tranquilamente. – E você também, Eloise. Os meus seguranças vão cobrir. Então, se não for um problema para você, peço que leve o carro de volta, para que consiga pegar o seu.

– Claro, sr. Collins. Sem problemas!

– Ah, dê uma carona à Clarice.

– Com todo prazer! – respondi, com um sorriso em direção a ela.

– Vamos logo? – indagou Maya, com um ar sério.

– Claro, querida. – Ele segurou em sua cintura. – Sr. Thomaz, vamos?

– Claro!

– Até logo, meninas – Collins se despediu, antes de seguir, com o homem de mais idade, em direção ao elevador.

Maya me lançou um olhar avaliativo, mas nada falou, nem mesmo se despediu, apenas seguiu os passos do marido em direção ao elevador. Ela parou ao lado dele e delicadamente acariciou seu ombro, recebendo um sorriso em resposta. Respirei fundo e rolei os olhos com a cena de maneira quase automática.

– Tudo bem aí? – Clarice indagou, curiosa.

– Tudo ótimo! Vamos?

Passamos o caminho até sua casa em uma conversa entretida e animada. Clarice era espontânea e bem-humorada, então não foi um sacrifício ter sua companhia para entender melhor sobre o funcionamento da Collins Enterprise. No entanto, os passos em minha investigação pessoal, naquele dia, haviam sido lentos. Eu precisava primeiramente criar um ar de intimidade para, somente depois, buscar as informações relevantes ao caso. Inicialmente, perguntei apenas sobre ela. Descobri que Clarice morava com a irmã mais velha e um gato de estimação, estava em Nova Iorque há três anos e meio – o mesmo tempo de casa na Collins Enterprise – e seus lugares favoritos em Nova Iorque se restringiam a alguns parques e livrarias, mas ultimamente tinha se permitido aproveitar algumas baladas. O último relacionamento durou quase um ano, com um bibliotecário do Queens, que partiu seu coração após trocá-la pela moça que tirava cópias no departamento do primeiro andar. Ela ainda parecia realmente magoada com a situação, pois repetia frequentemente que tudo que precisava naquele momento era aproveitar a vida.

— Nós poderíamos marcar de sair. Eu não conheço tantas coisas em Nova Iorque ainda e creio que, agora que você está decidida a conhecer as noites desse lugar, seja a parceira ideal.

Ela sorriu, arrumando o cabelo atrás de sua orelha, antes de pegar a bolsa que repousava em seu colo. Havíamos acabado de chegar em frente ao seu prédio.

— Eu vou adorar, Eloise.

— Então, vejo você em breve, ok? Me passe o seu contato, assim marcamos melhor.

Clarice pegou meu telefone e digitou os números de seu celular. *Tudo estava indo perfeitamente bem*, pensei. Ela se inclinou e depositou um beijo na lateral de meu rosto rapidamente, antes de abrir a porta do carro de Maya e sair.

— Vejo você na semana que vem! — exclamou através da janela.

— Prontinho, aqui está o seu — Ruby murmurou, ao depositar um cappuccino e dois *donuts* com cobertura de chocolate sobre a mesa. Ela se manteve com um chá gelado e algumas torradas com geleia de framboesa — era o seu café da manhã de quase todos os dias desde que chegamos a Nova Iorque. Todas as manhãs, parávamos na cafeteria na esquina de nosso bairro e pedíamos para viagem, mas hoje nos permitimos aproveitar o lugar. Sentamo-nos em uma mesa na área externa, vendo o movimento de pessoas correndo no parque do outro lado da rua.

— Obrigada.

— Que cara é essa? Sei que a segunda-feira é difícil, mas estamos em um trabalho novo.

— Não estou chateada, só um pouco confusa.

Ela me encarou e sugou uma boa quantidade de chá pelo canudo, como se aguardasse por uma continuação.

— Acabei de receber uma ligação de uma das funcionárias de Maya, com o recado de que ela não vai precisar de meus “serviços” hoje.

— E isso é ruim?

— Não. Só fiquei confusa, pois havíamos feito uma espécie de cronograma, e hoje ela tinha alguns compromissos. Me programo inteira para ela desfazer tudo de uma hora para outra? — resmunguei, fazendo Ruby me encarar. — Ela não se deu ao trabalho de ligar para informar, mandou alguém fazer isso.

— Ah, então é isso.

— O quê? — indaguei, ao abocanhar um dos *donuts*.

– Está irritada por ela não ter falado com você.

– Claro que não! Pouco me importo se ela fala ou não – afirmei, antes de dar outra mordida no doce. – Na verdade, melhor que fique longe, assim tenho tempo para focar aquilo que realmente importa.

– Que seria?

– O caso Collins.

– Claro, é a única coisa que importa para você no momento. Isso está muito claro – ela disse em um visível tom de deboche, o qual resolvi ignorar. – Mas, enfim, conseguiu falar com Clarice novamente?

– Quem?

– Clarice, secretária do Christopher.

– Ah, sim! Vamos esta semana. Eu acho que, com um pouquinho mais de conversa, posso conseguir o que preciso. Obter informações sobre Collins e Heitor através dela pode ser algo muito importante para a investigação, mas confesso que em alguns momentos me sinto culpada por usá-la dessa maneira.

– Não parecia culpada quando estava dando em cima dela dentro da Ferrari da sra. Collins, não é? Falando nisso, imaginar aquela mulher em uma Ferrari é de matar qualquer um.

– Foster...

– Ok! Ok! Não está mais aqui quem falou.

– Estou falando sério e você continua me perturbando com aquela mulher. O foco agora é como estou me sentindo culpada por Clarice.

– Entendo, mas você pode ser clara em dizer que não quer nada sério. Apenas sair e curtir, entende? Não está pedindo em namoro e muito menos prometendo casamento – Ruby ponderou sabiamente. – E honestamente? Ela deve estar querendo apenas uma boa noite de sexo com você. Você mesma disse que ela voltou a ser solteira recentemente.

– Sim, ela disse que não está com cabeça para nada agora. Só precisa aproveitar o momento.

– Ela vai aproveitar o momento com você, e iremos aproveitar as informações dela.

– Quando você se tornou tão fria, Foster? – indaguei em um tom de brincadeira.

– Estou aprendendo com você, coraçãozinho de gelo. – Ela tocou em meu queixo com a ponta do indicador e fez uma careta. – Cuidado, viu? O fogo da senhora Collins pode derretê-lo.

Rolei os olhos e tomei um gole de meu cappuccino.

– Não comece. Ninguém conseguiu isso, e não é Maya que vai realizar tal feito.

– Estou começando a achar que essa mulher tem mais poder do que imaginamos. E estou falando sobre você.

– Pode parar?

Ela ergueu as mãos, como se estivesse se rendendo. Suspirei e desviei de seu olhar, encarando qualquer coisa do outro lado da rua. Eu não tinha sentimentos amorosos por Maya, mas me atormentava a ideia de não conseguir me desvencilhar do magnetismo que me prendia a ela. Talvez o primeiro problema não estivesse nela, e sim em mim. Eu sabia que ela poderia me manipular e, mesmo contra minhas razões, eu queria.

— Madson acabou de mandar uma mensagem, está a caminho da Collins Enterprise para a entrevista de emprego.

— Peça para ela nos manter atualizada do processo, por favor. — Tomei o último gole do cappuccino. — Pelo que parece, funcionários de mais destaque têm a resposta no mesmo dia.

— Mas passam pelo Christopher.

— Não vejo dificuldade em passar por ele. Collins é esperto até certo ponto, e disso sabemos bem — zombei.

— Você é suja — ela murmurou, me fazendo rir.

— O quê? Vai dizer que ele é um gênio?

— Ou ela pode ser muito boa — Ruby comentou, fazendo-me analisar melhor. De fato, Maya poderia ser muito melhor em mascarar suas puladas de cerca.

— Enfim, o ponto é que Madson vai conseguir. Vamos entrar naquela empresa sem que ninguém saiba.

E ela conseguiu. No fim daquele dia, nos encontramos no Nachos de Monterrey, um restaurante mexicano a dois quarteirões do nosso prédio. Madson carregava um sorriso animado, e seus olhos escuros brilhavam pela conquista daquela manhã. Pedimos uma única dose de tequila para comemorar sua admissão como membro da equipe de finanças da Collins Enterprise. Ela contou em detalhes como ocorreu o processo e como Christopher ficou impressionado com o seu currículo, teceu elogios e a admitiu, com a esperança de que ela fosse a grande promessa do setor. Nada poderia sair melhor do que isso, a confiança do homem tornava tudo mais tranquilo. Ainda naquela semana teríamos acesso ao sistema de vigilância do FBI, que nos daria possibilidade de fiscalizar toda a movimentação suspeita dentro do sistema interno da CE sem ser identificado pela central da Extremear.

— Parabéns, Madson. Você se saiu muito bem hoje, estou feliz de tê-la na minha equipe — disse ao apertar sua mão antes repousada sobre a mesa.

— Obrigada, senhora.

— Pode me chamar de Eloise fora do departamento, por favor.

— Estou muito animada com a nossa investigação. Sinto que as coisas vão começar a fluir. Quero outro brinde! — sugeriu, animada.

Entreolhamo-nos de maneira esperançosa, quando Ruby ergueu seu copo no centro da mesa, fazendo com que Madson e eu repetíssemos o mesmo movimento. *Um brinde à resolução do caso Collins:* foram nossas palavras assim que os copos de cerveja se chocaram. Mesmo sendo uma segunda-feira, nos permitimos ficar por mais algumas horas — tempo suficiente para ver Ruby dançar com a garçonete no centro do salão, enquanto os mariachis tocavam, eufóricos.

Depois daquele festejo, despedimo-nos da agente Carter e seguimos trocando as pernas até o nosso prédio. Deixei minha melhor amiga, devidamente banhada, em seu quarto e segui em direção ao meu, onde finalmente pude tomar um banho quente e colocar roupas leves. Debrucei-me sobre a cama, sentindo os lençóis frios e macios que me trouxeram uma satisfação sem igual. Olhei o visor do meu celular pela milésima vez naquele dia, e nenhum sinal dela.

A semana transcorreu da mesma forma, sem qualquer indício de Maya Collins. Isso apenas reforçava a ideia de que me ter como segurança particular nada mais era do que um capricho de uma mulher mimada. Ela continuava saindo para todos os lugares, devidamente acompanhada pelos seguranças do marido. O que me deixava inquieta eram as inúmeras possibilidades para sua ausência. Eu poderia imaginar diversos cenários caóticos para isso, quando, no fim, ela podia apenas não querer me ver. E por mais difícil que fosse admitir, aquilo iria me incomodar ainda mais.

Maldito ego.

– Nossa, como está bonita!

Encarei o rosto de Ruby pelo reflexo no espelho, enquanto terminava de colocar o par de brincos em minhas orelhas. Era quinta-feira à noite, e eu me arrumava para encontrar Clarice. Estava na hora de seguir com a investigação e me divertir um pouco. Encarei meu reflexo no espelho mais uma vez e fiquei contente com o resultado. Naquela noite, eu usava um vestido preto de gola alta, manga longa e caimento justo até o meio das coxas. Meu cabelo loiro estava levemente ondulado, caindo, sobre os ombros, até a altura de meus seios.

– Obrigada! – respondi, com um sorriso satisfeito. – Pode me ajudar com isso? – indaguei, com a pequena bolsa de maquiagens.

– Sim, claro!

Ela finalizou aquilo em alguns minutos, o suficiente para me fazer perceber que provavelmente sozinha eu levaria horas. Despedi-me da minha melhor amiga, enquanto pegava as chaves de casa e a minha arma na mesa de cabeceira.

– Aproveite a noite e descubra muitas coisas!

– Deixe comigo, Foster! Amanhã, teremos mais informações.

Quinze minutos: esse era o tempo de espera em frente ao prédio de Clarice. Assim que estacionei o carro, mandei uma mensagem, informando sobre minha chegada, e ela prontamente pediu mais alguns minutinhos. Eu só não sabia que seriam tantos. Eu poderia estar sendo chata, mas esperar realmente me deixava completamente impaciente. Suspirei pesadamente e liguei a multimídia do carro, deixando que uma música preenchesse o ambiente. Olhei, uma última vez, no retrovisor do carro, os detalhes da maquiagem em meus olhos, quando algumas batidas no vidro chamaram minha atenção. Clarice sorriu e acenou sutilmente, fazendo-me destravar as portas.

– Me desculpe a demora, Eloise.

– Sem problemas, foi rapidinho! – menti.

Ela se inclinou para frente e depositou um beijo na lateral de meu rosto, fazendo-me sentir o aroma doce de seu perfume. Clarice estava especialmente bonita, seus cabelos ruivos estavam presos em um rabo no topo da cabeça, deixando seu rosto livre. Ela usava um macacão de alfaiataria creme com alças grossas e um generoso decote, e em seus pés havia um par de sandálias de tira com salto sutil.

– Já sabe aonde vamos?

– Sim, recebi entradas muito especiais do sr. Collins para o Sky Room – disse, ao mostrar a tela do celular com as entradas digitais.

– Ele costuma dar presentes assim?

– Sim. Ele ganha muitos passes livres e, quando não vai, distribui para os mais próximos. Semana passada, John ganhou duas entradas para o jogo dos Jets – ela murmurou tranquilamente. – E dessa vez, eu fui a premiada.

– Isso é ótimo! Deve ser muito bom trabalhar na Collins Enterprise – murmurei de maneira despreocupada, enquanto ligava o carro.

Ela fez uma careta sutil e riu baixinho.

– Não é?

– Não tanto quanto parece. – Deu um suspiro. – É bom, mas ultimamente as coisas estão mais tensas. Depois do roubo e a perseguição do sr. Heitor Martinez, o clima pesou mais um pouco.

– Isso está acontecendo há muito tempo?

– A briga deles, sim. O roubo, você sabe dizer melhor do que eu. – Ela riu e me encarou. – Mas não vamos falar de trabalho, vai. Quero aproveitar.

– Se quiser falar sobre, não será um problema para mim.

Eu sabia que falar sobre trabalho em um encontro não era a melhor das opções, mas eu não poderia esquecer, nem sequer por um segundo, o real motivo de eu estar com ela aquela noite. Clarice era uma mulher bela e atraente, mas meu foco era outro.

– Melhor não.

Eu assenti e continuei com a atenção no trajeto em que seguíamos. Nova Iorque era literalmente a cidade que nunca dormia. As ruas continuavam extremamente movimentadas, com pessoas circulando de um lado para o outro, em trajetos aleatórios e, ao mesmo tempo, em comum. Estávamos no meio de Manhattan, perto da Time Square. O aglomerado de pessoas que circulava me fez repensar a ideia de seguir de carro, então estacionei o veículo em uma vaga livre e pedi para que a mulher ao meu lado me acompanhasse. O Sky Room não ficava tão distante, o caminho seria curto e agradável.

– Imagino que a movimentação de Manhattan não chegue perto da sua antiga cidade, não é? – Clarice perguntou, enquanto atravessávamos pela faixa de pedestre.

– Realmente, aposto que tem mais gente na Time Square do que em Mount Vernon inteira.

Ela riu, divertida, deixando que sua atenção fosse roubada pelas imagens reluzentes nos telões da Time Square. Uma sequência de modelos da Victoria's Secret abria caminho para a mais popular delas: uma morena, de cabelos longos e ondulados, desfilava pela enorme passarela do evento, banhada pelos flashes famintos em sua direção. Encarei aquela imagem por alguns instantes, e por mais louco que parecesse ser, os olhos dela lembravam os de Maya. *Maldita.* Estava presente em todos os lugares.

– Está gostando daqui?

– Sim, era exatamente como imaginei. – Afastei a mulher de meus pensamentos e voltei meus olhos à Clarice.

Paramos em frente ao hotel Fairfield Inn and Suites, local onde o Sky Room tinha funcionamento. Repousei a mão na cintura dela, conduzindo-a ao interior do hotel. O saguão era espaçoso e bem decorado. Notava-se facilmente que se tratava de um lugar caro e de pouco acesso a uma boa parte da população. Vistoriei o ambiente e a puxei devagar para o elevador. Não demorou nada e estávamos no trigésimo terceiro andar, ganhando a cobertura do prédio.

O Sky Room era um dos melhores bares de Nova Iorque – isso quem dizia era as matérias mais conceituadas do The New York Times. O lugar possuía dois tipos de ambiente: uma cobertura mais íntima, com a presença de mesas e cadeiras e um palco mais centralizado, onde uma banda de Jazz envolvia os clientes em um clima animado, e uma área aberta, com a visão dos prédios gigantes e luminosos e alguns sofás tornando o contato entre as pessoas mais próximo.

– Onde quer se sentar?

– Podemos nos sentar em um lugar mais reservado – sugeri, recebendo um olhar sugestivo.

– Podemos ficar um pouco naquelas mesas perto do palco e, em seguida, procuramos um lugar mais calmo.

A mulher me puxou pela mão até as mesas da frente. O lugar estava lotado e muito animado. Sentamo-nos na área mais próxima do palco, para aproveitar mais um pouco do show que a banda de jazz proporcionava. Clarice se divertia, enquanto se deliciava com bons drinks. Por outro lado, eu segurava a quantidade de álcool, pois não podia me dar o luxo de me embebedar durante uma investigação. Desse modo, ficamos por um bom tempo em uma conversa animada e muitos flertes. Clarice era uma mulher bonita e muito interessante, e passar aquele tempo em sua companhia poderia ser mais fácil do que imaginei. Depois de um longo tempo, notei que ela estava parcialmente embriagada. Foi quando resolvi tirá-la do meio daquele amontoado de pessoas e conduzi-la à área externa do bar.

– Está com medo de que eu passe mal, Green?

– Um pouquinho – confessei.

Ela riu baixinho e pegou a garrafa de água que compramos no caminho.

– Podemos relaxar um pouquinho aqui.

Iniciamos uma conversa trivial, o suficiente para conseguir voltar ao que realmente me interessava.

– Então, você está em Nova Iorque esse tempo inteiro trabalhando para o sr. Collins?

– Sim, três anos e meio. E isso é muito, pois ninguém dura tanto tempo naquele lugar.

– Por quê? A empresa parece um lugar muito bem estruturado e sólido.

– Eu não sei dizer, mas sei que os mais antigos, além do Sr. Collins, obviamente, são Heitor e John – ela suspirou. – Mas o sr. Martinez deixou a CE há alguns meses.

– Apenas deixou? Ou foi tirado? – indaguei em um tom de voz baixo e despreocupado, enquanto acariciava seu braço sutilmente.

– Ele saiu porque não tinha mais como ficar. Pelo que sei, Christopher tinha um grande projeto para a CE, mas precisava do voto do Sr. Martinez para ser aprovado diante dos outros acionistas. Heitor preferiu apoiar outro, pois, se apoiasse o sr. Collins, teria cada vez menos espaço no conselho. Isso foi apenas o início da briga entre eles – Clarice falou, enquanto se acomodava mais perto de mim. – Em outro momento, Heitor investiu em uma empresa fantasma e teve suas ações perdidas. Hoje em dia, ele acusa o Sr. Collins.

– Empresa fantasma?

– Sim! Se tivesse apoiado o sr. Collins, talvez tudo pudesse ser diferente. No fim das contas, ele perdeu tudo. O homem era um picareta e levou todo o dinheiro.

– E nunca fizeram nada?

– Não, Heitor investiu por fora dos projetos da Collins Enterprise, não queria participação do sr. Collins. Lembro que o clima pesou muito naquele lugar. Pensei que daria certo, mas, semanas depois, Heitor ficou transtornado quando descobriu que tinha perdido tudo.

– Christopher não o ajudou? – indaguei, recebendo uma risada espontânea.

– Ajuda não é o forte dele, entende? Christopher é poderoso e muito rico, o que o torna completamente soberbo e esnobe.

– Por que está há tanto tempo com ele?

Clarice suspirou e tomou outro gole da água.

– Preciso do emprego. Ele pode ser o que for, mas oferece empregos com ótimos salários e uma boa assistência.

– E a esposa? – a pergunta veio em um tom mais tranquilo. Não queria trazer um clima de interrogatório, mesmo parecendo.

– A megera não gosta de lá. Aparece uma vez ou outra – seus olhos rolaram, impacientes. – E ainda bem, não aguentaria mais três anos aturando a presença dela.

Maya também não era uma pessoa querida – isso havia ficado muito claro pela expressão desgostosa de Clarice, ao mencioná-la. Confesso que segurei uma risadinha, ao ouvir a maneira como ela era chamada. Era de se notar que a postura autoritária e imponente da mulher pudesse desagradar a alguns, mesmo quando aquilo tinha uma pontinha atraente para mim.

– Nossa! Ela é tão ruim assim?

– Não tive tanto contato com ela. Ela é educada, mas sinto que não é totalmente verdadeira, sabe? Está, a todo instante, com aquele nariz em pé, isso me irrita – ela desabafou, irritada. – Mas, pelo que parece, ninguém percebe isso. Ela é a Miss Encanto, e todos ficam aos seus pés.

Daquela eu não poderia escapar, por mais que eu tentasse. Clarice poderia não entender, mas evitar aquela mulher era mais difícil do que imaginavam.

– Eu imagino – foi a única coisa que consegui dizer.

– Mas chega de falar dessas pessoas, acho que temos coisas melhores para fazer.

Vi um sorriso nascer no canto de seus lábios, quando ela se inclinou em minha direção. Não demorou nada e sua boca macia veio de encontro à minha, em um beijo delicado. Senti as mãos da ruiva subirem pela lateral de meu pescoço, entrelaçando os dedos em meu cabelo, em uma tentativa de me fazer ficar. Eu não desejaria ir, não naquele momento. Clarice tinha um beijo bom, delicado e doce, mas não o suficiente para ser desanimador. Ela tinha algo mais quente, que me provocava algumas sensações.

– Gostei disso – ela murmurou contra meus lábios, assim que finalizamos o beijo. – Acho que posso querer muito mais esta noite.

– Basta querer – foram minhas palavras antes de puxá-la para outro beijo.

Não sei por quantos minutos ficamos ali, entre beijos e algumas carícias, nada muito exagerado. Demonstrar afeto em público era válido até certo ponto. E não era exatamente afeto que sentíamos uma pela outra naquele momento.

– Vou pegar outra bebida, quer uma água?

– Não vai me deixar beber outra coisa agora, não é?

Eu meneei a cabeça negativamente, arrancando uma risadinha divertida dela. Em seguida, sorri, capturei meu celular, que estava sobre a bancada, e encarei a tela do aparelho, vendo as inúmeras notificações de Ruby. Ela estava ansiosa para saber o andar da investigação e sobre a possível existência de uma fofoca mais picante. Mais parecia uma idosa de cidade pequena, que o único trabalho era saber em qual página estava o casamento do vizinho ao lado.

– Já volto!

Digitei algumas mensagens para Ruby, com um breve resumo sobre o que Clarice havia falado. Ela pareceu animada pelos detalhes – isso porque estava em casa, assistindo a algum programa entediante na TV aberta, enquanto se enchia de comida chinesa e pintava as unhas dos pés. As das mãos estavam secando nesse momento, eu tinha quase certeza. Entrei na área interna do Sky Room, percebendo que o lugar ainda estava lotado, passei pelas mesas e cadeiras até o bar do outro lado e pedi ao barman dois *cosmopolitan*. Ele sorriu gentilmente e pediu que eu aguardasse alguns minutos, pois havia outros na minha frente. Usei aquele tempinho para correr ao banheiro que, por sorte, estava sem fila. Encarei meu reflexo no espelho, percebendo que estava quase tudo em ordem, exceto pela ausência do batom em meus lábios. Os beijos com Clarice haviam se intensificado e isso explicava muita coisa por ali. Neguei com a cabeça, peguei o batom no interior da pequena bolsa que carregava, o abri e o deslizei lentamente sobre os meus lábios, quando ouvi aquela risada familiar preenchendo o ambiente.

Aquilo só poderia ser brincadeira.

— Eloise?! O que você... — Maya tentou pronunciar qualquer frase, mas parecia surpresa demais para terminar. Ela sorriu e negou com a cabeça, ao caminhar para mais perto de mim. A maldita estava absurdamente bonita aquela noite: usava uma calça de perna reta em um tipo de couro preto e um *cropped* do mesmo material, e seus cabelos estavam soltos e ondulados, caindo, como uma cascata, em seus ombros.

— Não esperava encontrá-la hoje, muito menos aqui.

— Posso dizer exatamente o mesmo, sra. Collins.

— Você e suas formalidades... — ela murmurou, antes de voltar sua atenção ao próprio reflexo no espelho. — Como você está?

— Bem, e você?

— Estou ótima! Uma noite de *mojitos* sempre me anima — disse ela, com um sorriso largo, um tanto provocante.

— Eu imagino que sim. Só não sabia que o sr. Collins também era adepto a lugares como este, ainda mais de *mojitos* — zombei.

— Ele não está aqui, Christopher saiu com os amigos esta noite. Jets está na final do campeonato, então não posso contar com a presença dele — ela comentou, enquanto limpava, com a ponta do dedo, a lateral do cílio.

— Está sozinha?

Maya tirou a atenção do espelho e voltou seus olhos castanhos em minha direção, analisando-me profundamente. Ela sempre fazia isso, como se pudesse ler meus pensamentos somente pelo olhar.

— Com uma amiga.

Eu poderia quase sentir o tom de provocação naquela pequena frase. Ela trazia espaços suficientes para muitas interpretações. Seria apenas uma amiga ou...? Ela me colocaria na categoria de amiga, caso fosse perguntada por outras pessoas? Muito provavelmente sim, afinal de contas ela era casada. *Merda!* Por que eu estava me preocupando com isso? Não importava com quem Maya passava a noite, quem deveria se preocupar não estava presente.

— Sem segurança? — indaguei rapidamente, recebendo uma reluta na resposta.

— Os seguranças de Christopher estão lá embaixo.

— Vejo que não precisa mais dos meus serviços — suspirei, com um falso sorriso. — Está sendo muito bem atendida. Isso é ótimo, Maya! Tenha uma ótima noite — minhas palavras soaram mais firmes do que deveria.

Odiava ser tão transparente em alguns momentos. Fechei os olhos brevemente, percebendo que não havia mais o que fazer, apenas capturei minha bolsa sobre a bancada e me pus a caminhar para fora daquele lugar, quando senti sua mão envolver meu punho, impedindo-me de seguir. Recebi seu olhar novamente, agora um pouco confuso.

— Não consigo entender, Eloise — ela suspirou. — Você nunca quis ser minha segurança particular, e quando resolvo utilizar pessoas específicas para isso, você parece não gostar.

As palavras sumiram por longos e torturantes segundos. Eu apenas encarei seus olhos curiosos e, em seguida, sua mão em contato com minha pele. Maya se deu conta de que ainda me segurava e tão logo cortou aquele contato.

– Não se trata disso.

– E do que se trata?

– Podemos falar disso em outro momento?

– Não, eu quero saber agora.

– Fiz um planejamento para atender ao seu capricho, e você simplesmente resolve que não quer mais? Acha que sou um brinquedo?

– Está mesmo irritada por isso? Ou pelo simples fato de que não gosta da ideia de que eu não te queira por perto?

– E você não quer?

Uma risada fraca abandonou sua boca, fazendo-me praguejar internamente pela maldita pergunta. Maya deu um passo à frente, diminuindo drasticamente o espaço entre nós e murmurou:

– Vou deixar você imaginar a resposta, ok? – essas foram suas últimas palavras, antes de recuar um passo e abandonar o lugar, deixando-me completamente sozinha.

Fechei os olhos e me apoiei na bancada, enquanto amargurava cada minuto daquela conversa. Maya sabia que me tinha nas mãos, isso não poderia ficar assim. Voltei ao salão principal do Sky Room, enquanto pensava em uma ótima desculpa para minha demora, Clarice devia estar impaciente.

Merda!

Maya me observava de longe, enquanto mantinha uma conversa animada com um casal. Tantos lugares naquela cidade e ela tinha mesmo que estar aqui? Bufei, irritada, enquanto caminhava em direção ao bar. O barman de minutos atrás ergueu os copos de *cosmopolitan* de maneira animada, como se estivesse me alertando sobre o pedido. Paguei pelas bebidas e capturei os copos, para passar em meio ao amontoado de pessoas que dançava no salão. Com todo o cuidado que poderia ter, desviei de pessoas, mesas e cadeiras até alcançar a área externa. Clarice permanecia sentada, enquanto mexia no celular de maneira impaciente.

– Problemas no bar? – Ela ergueu as sobrancelhas a contragosto.

– Um pouco lotado.

Entreguei o copo a ela com um breve sorriso. Tudo que passava na minha cabeça, naquele momento, era o que Maya estava pensando ao observar aquela cena. Pensar na possibilidade de incomodá-la com a situação me animava.

– Está se sentindo melhor?

– Sim, ar fresco e água fizeram um ótimo trabalho – ela sorriu, agora mais tranquila. – Quer ir lá para dentro?

– Acho que podemos ficar mais aqui.

Sentei-me ao lado dela, recebendo um olhar sugestivo. A ruiva repousou a mão em minha coxa, acariciando levemente, fazendo-me sentir as pontas dos seus dedos deslizarem por toda a extensão. Tomei um gole da bebida em meu copo e olhei brevemente para o interior do Sky Room, em uma vaga esperança de encontrar os olhos castanhos.

— Quer ir para outro lugar? — Clarice indagou em um sussurro.

— Eu quero, sim.

— Perfeito. Vou ao banheiro e, em seguida, vamos, está bem?

Eu assenti em resposta, recebendo um breve beijo nos lábios. Clarice deslizou as mãos pelas roupas, recompondo-se para encarar a pequena multidão. Coloquei seu casaco em meu antebraço e caminhei, com nossos copos, até o parapeito mais afastado do prédio. O bar tinha uma vista privilegiada dos arranha-céus de Manhattan. Imponentes e exuberantes eram os prédios que o rodeavam. Peguei-me observando aquela vista por incontáveis minutos, até ouvir aquela voz outra vez.

— É sério o que eu acabei de ver?

Deixei que um sorriso fraco abandonasse meus lábios, mas nada que ela pudesse perceber, e virei-me em sua direção, entregando-lhe a expressão mais confusa que poderia fingir.

— Do que está falando?

— Não se faça de sonsa, Green. Vai mesmo dormir com ela?

— Creio que eu não tenha obrigação de lhe responder sobre a minha vida pessoal, não é?

Maya riu baixo, sem um pingo de humor. Seus olhos castanhos se fixaram sobre mim, por trás daquela máscara de cílios escuros. Vi a mulher umedecer os lábios lentamente, antes de se aproximar de meu corpo.

— Me custa acreditar que anda me recusando por isso — seu tom de voz era firme, mas sem irritação. — Logo quando você, mais do que ninguém, sabe o que consigo oferecer.

— Sabe que eu nem lembro mais? — zombei, arrancando um sorriso provocativo dela.

— Duvido.

— Por quê?

— Porque o tesão que sinto quando estou na sua presença é o mesmo que você sente por mim — suas palavras me acertaram além do que eu poderia suportar.

Em puro instinto, apertei as coxas, em uma tentativa de conter o que aquele demônio de mulher me causava. Nós nos encaramos fixamente, perto o suficiente, para quem quer que visse, pudesse ter certeza de nosso envolvimento.

— Você sabe o que poderia ter esta noite, mas está escolhendo errado. — Uma de suas mãos foi de encontro à alça de meu vestido, em uma carícia sutil e quente o suficiente para me fazer suspirar.

— Posso? Se eu me lembro bem, você está acompanhada.

— Isso pode ser facilmente resolvido.

— Tudo é muito fácil para você, não?

— Não deveria? Eu lido bem com os meus desejos, Eloise. Resta saber se você lida bem com os seus.

— E qual é o seu desejo?

— Dar para você.

— Maya...

— Você não quer?

Sua pupila escura e dilatada me engolia em um desejo ardente. O ar entre nós parecia quente, escasso. Seu peito subia e descia em uma respiração pesada, perfeitamente sincronizada com a minha. Eu levei a mão em seu rosto, segurando sua mandíbula com firmeza, recebendo uma Maya entregue. Ela interrompeu nosso contato visual, como se aguardasse pelo próximo passo. Naquele momento, me senti quente, molhada e incrivelmente perdida no tesão que ela me causava. Seus lábios carnudos, agora úmidos por sua língua, estavam próximos o suficiente para sentir o hálito quente — uma mistura atrativa de álcool e menta. Minha mente passeou entre as inúmeras possibilidades de tê-la inteiramente para mim naquele momento, em qualquer maldito canto daquele lugar. Era meu único desejo.

— Não sente saudade de me ter na sua cama?

Eu a queria, queria mais do que poderia suportar. Não sei por quantos segundos permaneci diante dos seus olhos, em uma briga interna com o desejo que consumia cada célula de meu corpo. Desejei que tudo ao redor não existisse, para tê-la sem quaisquer resquícios de culpa, mas não era assim. Não poderia arriscar minha carreira por puro desejo carnal. Resfolguei, buscando forças, antes de soltar seu rosto e me afastar.

— Desculpe, essa noite estou acompanhada — respondi com o mesmo tom de voz que ela havia usado há minutos.

— Está se vingando? — ela indagou, tentando se recompor. — Não sabia que era rancorosa — seu tom de voz tinha uma pontinha de desdém, quase como revolta por ser recusada. Ela arqueou uma das sobrancelhas e me lançou um sorriso de canto.

— Há muitas coisas que você não sabe sobre mim, sra. Collins. Espero que tenha uma ótima noite com a sua amiga.

Mantive os passos firmes até o interior do bar, enquanto avistava Clarice caminhar em minha direção. Assim que nos aproximamos, ela sorriu e se inclinou para depositar um beijo em meus lábios. Por alguns instantes, me vi recusando o ato por puro instinto sobre o que Maya iria achar. Talvez, ela estivesse mais viva em minha mente do que eu imaginava. Respirei fundo e retribuí o carinho, com a certeza de que os olhos castanhos estavam em algum lugar, me observando. Mas não havia nada que ela pudesse fazer, certo? Eram minhas escolhas, e só me restava lidar com as consequências.

CAPÍTULO
#06

PUNIÇÃO

O aroma do café quente me trazia ânimo para permanecer acordada depois de poucas horas dormidas. Festejar em plena quinta-feira havia sido fácil um dia, em minha adolescência, quem sabe. Esfreguei os olhos, enquanto remexia os cubos de açúcar que se desfaziam rapidamente no fundo da caneca. O primeiro gole me fez feliz, não tinha dúvidas. Tomei o restante enquanto verificava as notificações em meu celular: Ruby com mais perguntas, Clarice agradecendo à nossa longa e prazerosa noite e Maya com ordens expressas para que eu estivesse presente na sede da Collins Enterprise às 08h00. Sorri ao pensar no exato instante em que a mensagem foi digitada, às 03h04. Alguém não estava conseguindo dormir. Fechei os olhos e recordei os momentos da noite anterior, a maneira como nos encontramos e tudo que falamos uma para a outra. Nossa briga de ego crescia a cada encontro, mas, até o momento, o embate da noite anterior estava mais próximo de um caos. Lembro-me da confusão nítida dos olhos castanhos quando me afastei, deixando-a completamente sozinha com suas investidas pesadas. Só eu sabia o quanto me segurei para não ceder à maldita fraqueza que era desejar Maya. Pela primeira vez, havia saído por cima, e confesso que a sensação era ótima.

O caminho até a Collins Enterprise foi tranquilo. O trânsito em Nova Iorque estava se tornando parte da minha rotina diária, quase como uma obrigação de minhas manhãs. Respirei fundo, notando as olheiras de uma noite maldormida através do espelho retrovisor. Eu estava acabada. Liguei o aparelho de som, ouvi uma música qualquer, até avistar os letreiros majestosos da CE. Hoje seria um longo dia.

— Bom dia, agente Green.

— Bom dia, Dylan! Os Collins chegaram?

— Não, senhora. Creio que não devem demorar — comentou, enquanto organizava os papéis em sua bancada. — Posso ajudar com alguma coisa?

— Não, estou no aguardo da sra. Collins.

— Falando nela...

Olhei para a entrada principal, avistando-a a passos firmes. Odiava como ela poderia ser incrivelmente bela às 08h00, como se estivesse saindo de um dia de beleza em um SPA. Seus cabelos escuros e ondulados moviam-se, graciosos, a cada passo dado com seus saltos de tiras. Ela estava toda de preto: usava vestido de gola canoa, com caimento justo até a altura dos joelhos. Ao fundo, pude notar a presença de Christopher, devidamente trajado em um terno com tons de azul-marinho. *O casal perfeito, eu diria.*

— Agente, Green! Bom dia — ele murmurou, animado. — Quanto tempo sem vê-la.

– Bom dia! – respondi aos dois. – Estive bastante ocupada com a investigação, e a senhora Collins não precisou dos meus serviços.

Ele assentiu e gesticulou para que caminhássemos em direção ao elevador.

– Creio que suas pequenas férias tenham acabado. Minha esposa comentou que voltará a utilizar os seus serviços, não é, amor?

– Sim, querido. A agente Green sabe como lidar comigo, diferente dos seus seguranças – respondeu ela com os olhos fixos em mim, para, no fim, encarar seu marido, que carregava um sorriso de ponta a ponta.

– Viu como é? Hoje, ela acordou decidida a tomar algumas decisões na CE. E confesso que não quero me meter.

– Chris... – ela o repreendeu.

– Decisões? – indaguei, verdadeiramente confusa.

O bipe do elevador nos distraiu. Saímos no andar presidencial, rumo à sala de Collins. Ele realmente parecia feliz aquela manhã, e eu nem queria pensar nos motivos para isso, visto que os Jets perderam na noite anterior. Eles pareciam mais próximos, isso era um fato. Eu só não sabia se eram assim sempre ou se Maya estava resolvendo me castigar.

– Viu? Eu disse – Maya comentou, convencida, ao se apoiar na mesa de Clarice.

Christopher deu de ombros e entrou em sua sala, como se houvesse um assunto interno muito importante. Nós trocamos um breve olhar, e ela sorriu de canto. Olhei para a mesa da secretária, notando que tudo estava devidamente arrumado – sinal de que ainda não havia chegado. O relógio marcava 08h37, então ela estava atrasada. Pensei em mandar uma mensagem de texto, quando o elevador soou um bipe estridente. Era ela. Clarice respirou fundo, um tanto nervosa, enquanto cuidava de caminhar apressadamente para sua mesa, equilibrando sua bolsa e algumas pastas em seus braços.

– Bom dia! – ela disse, com um sorriso largo. Eu tinha quase certeza de que ela havia acordado há pouco mais de trinta minutos.

– Veja só quem chegou! – Maya murmurou, entusiasmada, ao se colocar para fora da sala de seu marido. – Bom dia, Clarice.

– Bom dia, senhora. Desculpe a demora, eu tive um imprevisto.

– Um imprevisto? – Ela encarou a secretaria fixamente e depois voltou seus olhos castanhos em minha direção rapidamente.

– Sim, senhora. Eu...

– Entre na sala de Christopher, ele tem um assunto importante para tratar com você.

O silêncio que se instalou no lugar me trouxe um arrepio na nuca. Minha cabeça passeou pelas possibilidades diante daquela conversa, e tenho certeza de que a de Clarice também, que assentiu e caminhou para o interior da sala, passando por Maya, que permaneceu parada no mesmo lugar.

– Quer entrar, Green?

– Por que eu deveria?

— Para você entender como funciona.

Semicerrei os olhos em sua direção, e quando pensei em tentar questioná-la, Maya voltou para o interior da sala presidencial. Os minutos daquela conversa pareceram durar uma eternidade, mesmo quando, em tempo real, só houvesse se passado vinte minutos. Caminhei de um lado para o outro, completamente impaciente, até que, enfim, a porta se abriu. A secretária deixou o lugar com os olhos marejados, completamente abalada. E antes que pudesse fechar a porta, tive a imagem de Christopher sentado em sua cadeira presidencial, e ao seu lado, com uma das mãos em seu ombro, estava sua esposa, em uma postura imbatível.

— O que aconteceu?

— Fui demitida.

Arregalei os olhos, vendo a mulher se movimentar diante da mesa, enquanto recolhia todos os seus pertences, com as mãos trêmulas.

— Como assim? Por qual motivo?

— De acordo com eles, não precisam mais dos meus serviços, mas sei que foi por outra coisa.

— Pelo quê?

O barulho da porta abrindo novamente nos fez ficar em silêncio, Christopher abandonou a sala, percebendo o estado de Clarice.

— Lamento que tenha recebido a notícia assim, mas não se preocupe, irei indicá-la a um amigo que, com toda certeza, precisará dos seus serviços.

— Agradeço a gentileza, senhor.

Ele estendeu a mão, em um cumprimento gentil, antes de se retirar daquele andar. Clarice sentou-se em sua cadeira e deixou que as lágrimas abandonassem seus olhos, sem relutar. Aproximei-me dela e repousei a mão em suas costas, em um afago lento e carinhoso.

— Tente se acalmar, vai ficar tudo bem.

— Eu nunca fiz nada que me levasse a isso — ela murmurou, entre lágrimas. — Eu tenho certeza de que a culpa é totalmente dela! Aquela...

— Dela quem?

Fechei os olhos por breves segundos, assim que a voz de Maya tomou o ambiente. Vi Clarice respirar fundo e erguer seu olhar em direção à mulher parada na soleira da porta. Ela parecia feliz, quase satisfeita com a situação. Como não estaria? Não restavam dúvidas de que o desligamento de Clarice havia sido arquitetado pela mulher. Maya não estava acostumada a perder e não se daria por vencida tão facilmente. Usaria de todas as suas armas para me provar como era poderosa.

O próprio diabo.

— Sua! Você escolheu me demitir, não é?

Clarice ergueu seu corpo da cadeira, adotando uma postura firme e corajosa, limpou as lágrimas que escorriam em seu rosto com o dorso da mão e encarou aquela que a tinha demitido.

— As demissões na Collins Enterprise só acontecem quando o funcionário não colabora. Você sabe disso muito bem, Clarice — a voz de Maya possuía um tom de sarcasmo. — Se está fora, o mérito é todo seu.

– Não seja sonsa! Ele jamais me demitiria, você colocou isso na cabeça dele.

– Clarice... – murmurei, em uma tentativa de fazê-la parar.

Não era segredo que as ordens haviam partido de Maya, mas afrontá-la no interior da empresa de seu marido não era a melhor opção. Aproximei-me de ambas as mulheres, recebendo um olhar avaliativo por parte de Maya. Aquilo era um teste? Por que eu não estava impressionada com o que ela poderia fazer? O sentimento de indignação que crescia em mim era alimentado pelo remorso. Clarice estava sem emprego e, querendo ou não, a culpa era minha.

– Deixe-a falar, Green. Quero ver as garras da nossa garota.

– Você é uma megera. Dissimulada!

– Está descendo o nível. Se continuar dessa maneira, terei que pedir à agente Green que retire você daqui. E acredito que você não queira passar essa vergonha, não é?

– Clarice, por favor! – Tentei contê-la. – Maya...

– Você não está vendo? Ela é a culpada! – Clarice esbravejou.

– Eu não estou fazendo nada. – Maya ergueu as mãos, em rendimento, em puro sinal de brincadeira.

– Esqueça isso, não vale a pena.

– Escute ela, Clarice. É melhor não tentar medir forças comigo – Maya respondeu, séria.

– Eu não tenho mais nada a perder. Você é uma cretina que acha que é dona do mundo – Clarice quase gritou.

Maya respirou fundo e inclinou a cabeça de um lado para o outro lentamente, como se buscasse forças para se acalmar.

– Posso não ser do mundo, mas desta empresa, sim. Então, pare de encher minha paciência, pegue suas coisas e dê o fora daqui.

Antes que Clarice pudesse continuar a esbravejar ofensas sobre Maya, segurei sua mão, em uma tentativa de trazê-la de volta. Ela engoliu em seco e tratou de arrumar suas coisas em uma caixa encontrada na lateral de sua mesa.

– Irei para a galeria, encontro você lá.

– Não vai esperar? – indaguei, vendo-a caminhar em direção ao elevador.

– Creio que você tenha assuntos a tratar.

Maya e eu nos entreolhamos por tempo suficiente para perceber o divertimento em seu olhar. Ela me deu as costas e caminhou graciosamente para longe de nós.

– Eu a odeio!

Eu adoraria poder dizer o mesmo.

– Vai ficar tudo bem, ok? Posso levar você até sua casa.

– Não precisa, a megera te deu ordens – resmungou, arremessando seu porta-lápis no interior da caixa. – Podemos nos encontrar mais tarde?

Olhei em seus olhos brilhantes por causa das lágrimas, e assenti devagar, enquanto segurava suas mãos trêmulas. Ela esperou por alguns instantes, como se aguardasse por um ato de minha parte. Talvez um beijo? Respirei desconfortavelmente e me inclinei para depositar um beijo rápido em sua testa. Era o máximo que eu poderia oferecer naquele instante. Demonstrar afeto na ausência de intimidade me deixava completamente desconfortável. Como expressar algo sem vontade? Talvez fosse uma boa ideia voltar às minhas sessões de terapia com a Dra. Meredith. Meu bloqueio emocional era um problema sério.

– Vejo você depois!

O caminho até a galeria foi rápido, porque ela ficava apenas algumas quadras da Collins Enterprise. O prédio tinha uma estrutura mediana, com uma fachada moderna e elitizada, vidros em toda a sua área frontal e, no topo, um letreiro extenso: "The Gallery Garcia". Fiquei surpresa ao perceber que os negócios de Maya possuíam seu nome, afinal de contas usar o sobrenome Collins seria uma grande vantagem no ramo dos negócios. Estacionei meu carro na primeira vaga que encontrei e me dirigi ao interior daquele lugar. Tratava-se de um galpão amplo, perfeitamente climatizado e iluminado, com demarcações feitas pelas paredes móveis repletas de quadros com cores berrantes, que atraíam a atenção do grupo de pessoas distribuídas por lá. Todos pareciam bem entendidos de arte moderna, pois designavam longos minutos a obras que mais pareciam um borrão de tinta. Dei de ombros, à procura de alguém que pudesse me levar à Maya, até que avistei uma mulher, ao fundo, que parecia ser funcionária do lugar.

– Olá, bom dia!

– Olá! Como eu posso ajudá-la?

– Eu me chamo Eloise Green, trabalho para a sra. Collins. Gostaria muito de falar com ela.

– Prazer, Eloise – disse ela, ao estender a mão, em um cumprimento. – Me chamo Sofia Becker, sou sócia de Maya aqui na galeria.

– Muito prazer, sra. Becker – retribuí seu cumprimento gentilmente. – Não queria atrapalhar, ela só pediu que eu viesse, e como nunca estive aqui antes, não sei como encontrá-la.

– Ela comentou que logo mais você chegaria, não se preocupe.

Ela sorriu de canto, de um jeito um tanto amigável demais. Será que ela sabia de algo? Se fossem próximas o suficiente, haveria uma grande possibilidade. Sofia me parecia familiar, poderia quase jurar tê-la visto na noite anterior. Era quase impossível não a notar, pois Becker era uma mulher absurdamente bonita, com os seus um metro e oitenta de altura e um corpo robusto e atraente, sem falar nos cabelos loiros e cacheados que moldavam seu rosto com expressões tão marcantes.

– Você pode subir aquelas escadas ao fundo, vai chegar ao segundo andar da galeria. E ao fundo, há um corredor à direita, que permite acesso aos escritórios. O maior é o dela.

– Muito obrigada, Sofia.

Ela sorriu, educada, e pediu licença para atender a um chamado, deixando-me livre para encontrar aquele diabo de mulher. Fiz todo o trajeto indicado pela loira e, enfim, encontrei a sala principal. Após três leves batidas à porta, a voz doce ordenou que eu entrasse. Maya estava sentada em sua cadeira, no centro da sala, enquanto folheava alguns papéis repousados em sua mesa de vidro maciço. Assim que coloquei os pés dentro do ambiente, seu rosto se ergueu e seus olhos castanhos repousaram sobre mim, trazendo um sorriso maldoso como boas-vindas.

— Por que fez isso?

— Isso o quê, Green? — Ela se fez de desentendida ao voltar sua atenção às folhas em suas mãos.

Rolei os olhos e cruzei a sala em passos ligeiros. O escritório de Maya era grande e muito bem decorado. Sua mesa de vidro estava centralizada, diante da parede de vidro, que lhe permitia uma bela visão da avenida movimentada ao lado de fora. Nas paredes brancas, existia alguns quadros grandes que, em harmonia com os móveis do ambiente, traziam o contraste perfeito.

— Não seja cínica, você sabe exatamente do que estou falando.

Maya ergueu seu rosto novamente, encarando-me com paciência.

— Você a demitiu.

— Não fui eu, foi Christopher.

— Com ordens suas! — afirmei, irritada.

— Isso quem diz é a sua namoradinha e, pelo visto, você está acreditando. — Ela deu de ombros. — Se quer me culpar, tudo bem.

— Você não tinha esse direito! — Espalmei as mãos sobre sua mesa, diminuindo o espaço entre nós. — Ela dependia daquilo.

— Posso fazer o que eu quiser, assim como fiz — disse, erguendo-se de sua cadeira. — E não sei por que tanto drama, Christopher tem outro emprego para oferecer. Ela só não servia mais lá.

Maya cruzou a sala para organizar as papeladas em uma estante de mogno recostada na parede. Ela agia com uma naturalidade assustadora. Realmente não tinha peso na consciência por seus atos?

— Ela trabalhou lá por anos, e só agora viu que não servia? — perguntei em um tom irônico.

Ela fechou as portas da estante e virou em minha direção, com um sorriso — aquele sorriso. Em passos calculados, ela se aproximou, rodeando-me devagar, com um olhar cínico.

— Ok, Green! Você é bem espertinha para saber o motivo pelo qual eu a fiz ser demitida, não é?

— Eu não sei como ainda tive esperança de você negar — murmurei, incrédula, agora encarando seus olhos. — Você não vale nada.

— E isso nunca foi um segredo para você.

— Realmente, eu sempre soube, desde aquele maldito bar. — Engoli em seco, furiosa.

— Se pensa que isso me ofende, está enganada. Eu sempre fui muito clara com você, Green. — Seu olhar fixo e sua respiração pesada me renderam um arrepio na nuca. — Não pode me culpar. Você sabe do que sou capaz, e gosta disso.

Eu me sentia à beira de um abismo na presença daquela mulher. Era como se, a qualquer instante, Maya pudesse me empurrar, fazendo-me perder completamente a razão. E o pior de tudo? Eu gostava. Gostava da maldita sensação de perigo, de me sentir tão tentada por ela. Tão viva e... *excitada*.

— Acha que me tem nas mãos, não é? — indaguei, tentando me manter firme.

— E não tenho?

— Não foi com você que dormi noite passada.

— Mas fui eu quem você desejou.

Um riso sarcástico abandonou meus lábios, enquanto me afastava devagar. Maya permaneceu parada, fitando-me fixamente. Seus olhos castanhos carregavam uma energia sexual quase palpável.

— Você realmente acha que é a melhor sempre?

— Eu não acho, Eloise. — Ela umedeceu os lábios e me entregou um sorriso de canto, ao se afastar da mesa e caminhar em minha direção. — Eu sou. Talvez você tenha esquecido, mas não me incomodo em fazer você lembrar.

Antes que eu pudesse pronunciar qualquer palavra, senti as mãos de Maya em minha cintura, ao mesmo tempo que seus lábios se uniram aos meus. Minhas costas foram de encontro à porta do armário, enquanto ela me prendia com seu corpo. Por uma fração de segundos, eu tentei não querer, tentei recusá-la, mas nenhum ser humano conseguiria evitar. Maya deslizou a ponta da língua por meu lábio inferior antes de colocá-la dentro de minha boca, e eu suspirei, levando uma das mãos até seus cabelos. E com as madeixas enroladas em alguns dedos, puxei com certa força, obrigando-a a soltar meus lábios. Seus olhos se abriram, dando-me a chance de fitar o tom castanho intenso que me engolia com pura malícia. Seus lábios estavam entreabertos, avermelhados e perdidamente chamativos. Sua respiração alvoroçada fazia com que as lufadas de ar viessem de encontro ao meu rosto. Ela apertou os dedos envolta de minha cintura e puxou meu corpo com força, então eu a beijei com toda a maldita vontade que me devorava.

— É isso que você deseja, Green — ela murmurou entre nossos beijos.

Voltei minha atenção à boca carnuda de Maya, enquanto a guiava para o sofá daquela sala. Em passos lentos e desajeitados, caí sobre o estofado macio, recebendo a mulher, que tão logo se posicionou em meu colo, com uma perna de cada lado de minhas coxas. Naquele momento, não me importava mais com as consequências, nem com o que viria depois daquilo. Eu queria aquela mulher, queria sentir seu corpo, seu gosto. Estar com Maya era como colocar-me à prova de qualquer perigo, era sentir a corrente de adrenalina dominar meu corpo de ponta a ponta. Fechei os olhos e arfei no exato instante em que senti sua língua quente e macia em meu pescoço, fazendo-me fechar as mãos em suas coxas, apertando com força. Ela tinha uma das mãos em meus cabelos, puxando na medida certa.

— Você é um inferno.

Senti as mãos ágeis de Maya adentrarem minha camiseta e apertarem meus seios, enquanto seus lábios rosados deslizavam por minha clavícula. Segurei firmemente em seu quadril, movimentando seu corpo, causando um atrito desesperador entre nós. Seu vestido agora estava em sua cintura, dando-me a chance de tocar sua calcinha rendada. Ela ergueu minha camiseta totalmente, e seus olhos contemplaram-me, famintos. Eu estava usando um sutiã cor de vinho que se destacava em minha pele, que foi lambida pela mulher, como uma felina, desde o vale entre meus seios até a ponta de meu queixo.

– Tinha me esquecido de como você é gostosa – disse ela, completamente perdida.

Ela moveu seu quadril uma, duas, três vezes, o que foi o suficiente para piorar minha situação. O tecido grosso de meus jeans deixava-me presa, mas ao mesmo tempo, intensificava aquela sensação. Eu levei as mãos até seu vestido, que tirei de uma só vez. Os cabelos dela repousaram, desgrenhados, trazendo um ar sexy àquela visão. Maya estava sentada em meu colo, usando um sutiã rendado na cor preta, deixando seus seios medianos apertados por trás do tecido. Ela mordeu os lábios, e eu levei os meus até sua pele. Maya arqueou a cabeça para trás assim que eu comecei a beijar da sua clavícula até a parte superior de seus seios. Eu queria mais contato, eu queria senti-la. Ela se esfregava em mim com força, enquanto minha língua buscava por mais. Minhas mãos subiram por suas costas, tocando a pele quente e macia, até chegar ao fecho de seu sutiã, que desabotoei rapidamente. Abri meus olhos a tempo de ver a delicada peça deixar seu corpo, dando-me a visão de seus seios durinhos.

Eram lindos.

Maya arfou pesadamente ao sentir minha língua deslizar sobre um de seus mamilos, em um beijo lento e molhado. Sua respiração pesada, acompanhada dos gemidos baixos, me deixavam completamente louca. Agarrei sua cintura, forçando a mulher a manter o corpo junto ao meu. Não queria soltá-la por um só segundo.

– Você não faz ideia de como estou agora – a voz baixa e embriagada de prazer me arrepiou por completo.

Encarei seus olhos castanhos, percebendo todo o desejo e a luxúria que carregava, Maya poderia me devorar apenas com os olhos, disso eu tinha certeza. Seus lábios rosados foram umedecidos pela ponta de sua língua, deixando que a respiração pesada viesse logo em seguida.

– Me sinta.

Minhas mãos deslizaram lentamente por sua pele macia, como se pudesse saborear cada mínimo detalhe. Deixei que meus dedos brincassem com a lateral de sua calcinha de renda, para, em seguida, descer em direção à sua virilha – tudo sobre o olhar faminto daquela mulher. Maya observou cada movimento que eu fazia, aguardando ansiosamente para que eu a tocasse onde ela mais desejava. E assim eu fiz. Seus olhos se fecharam, e o som abafado de um gemido incontrolável escapou por sua garganta. Nada poderia ser suficiente para explicar o que senti ao ouvi-la daquela maneira outra vez. Como alguém poderia provocar tantas reações em mim? Como se uma onda quente fosse enviada diretamente ao meu sexo, agora úmido. Apertei as pernas, sentindo aquela sensação se espalhar depressa, trazendo um calor iminente por todo o corpo. Esfreguei os dedos em seu sexo, em um movimento constante e firme, sentindo a umidade ultrapassar a fina camada de sua calcinha.

— Eu estava com saudade de você assim, Green... — ela sussurrou em meu ouvido, permitindo que as lufadas de ar me deixassem cada vez mais perdida de tesão. — Queria tanto.

— Você está me deixando maluca, Maya.

Minhas mãos subiram até sua cintura, e eu a puxei para mim, como se pudesse fundir seu corpo ao meu. Eu estava louca por ela, louca por seu beijo, seu corpo, seus gemidos sussurrados em meu ouvido. Não existia nada no mundo que eu quisesse mais do que a ter naquele exato instante. Mas como boa jogada do destino, as batidas à porta nos despertaram daquele mundo paralelo de prazer.

— Maya!

— Merda! — ela murmurou, irritada, sem se afastar de mim. — Não quero sair daqui.

— E se alguém entrar? Estamos ferradas!

— Maya? Está aí? Os quadros chegaram, preciso de você — era a voz de Sofia, tinha quase certeza.

Maya fechou os olhos, ainda seminua sobre mim. Talvez estivesse desejando que tudo aquilo não passasse de um pesadelo. Não tudo, é claro.

— Eu já vou, me dê uns minutos!

— O que vão pensar de nós agora? — indaguei, preocupada, vendo Maya sair de meu colo devagar, em meio a uma risadinha divertida.

Ela estava mesmo rindo da situação? Encarei sua expressão divertida, enquanto buscava por minha camiseta rapidamente. Sofia estava do lado de fora, aguardando, diante de uma porta que não estava trancada, enquanto procurávamos nossas roupas espalhadas pelo chão.

— Do que está rindo?

— De você com medo de ser pega no flagra — respondeu, ainda com um sorriso, enquanto deslizava as mãos em seu vestido, em uma tentativa de esconder os amassados.

— E você não tem?

Maya se aproximou e sorriu, maliciosa, como só ela poderia ser. Respirei fundo com a nossa proximidade, quando senti seus dedos tocarem o dorso de minha mão lentamente. Seus olhos se mantinham firmes diante dos meus, sem relutar nem por um só segundo. Sentia-me nua sempre que ela me fitava daquela maneira. Maya segurou minha mão, erguendo-a até a altura de seu rosto, e em uma ousadia fora do comum, colocou dois de meus dedos na boca — os mesmos que eu havia levado até seu sexo há poucos minutos — e os chupou. Meu queixo caiu com aquela cena. Ela os chupou até o final e, ao soltá-los, sorriu novamente, depositando um selinho rápido em meus lábios. Logo, afastou-se em direção à porta, abrindo-a e dando passagem para Sofia entrar.

– Finalmente chegaram! Desculpe, eu estava em uma reunião.

Cinismo não era mais a palavra adequada para Maya, ela estava muito além daquilo. Eu jamais, em toda minha vida, havia visto uma mulher como ela.

– Atrapalhei alguma coisa? Se sim, eu posso voltar em outro momento. Só precisava falar com você, pois amanhã iremos organizar a nova exposição e a de hoje precisa ser finalizada.

– Claro que não! A agente Green e eu estávamos acertando algumas coisas na programação das nossas rotinas.

Sofia parecia não ter acreditado, mas não pareceu se importar. Ela me fitou e sorriu educadamente, trazendo certo alívio para minha cabeça. Talvez Sofia e Maya fossem próximas a ponto de dividirem segredos e, com certeza, eu era um deles.

– Agente Green, essa é minha melhor amiga e sócia, Sofia Becker.

– Nós nos conhecemos há alguns minutos – murmurei, sem jeito.

– Sim, eu informei à agente Green que você estava aqui. Afinal de contas, a senhora não mostrou a galeria para ela – Sofia respondeu em um tom de brincadeira.

– Prometo mostrar a galeria inteira muito em breve, Eloise.

Nós nos encaramos por alguns instantes, traçando uma conexão de algo só nosso. Respirei fundo, antes de voltar meus olhos para Sofia, que guardava um sorriso travesso nos lábios. Ela sabia.

– Bom, vou lá fora fazer algumas ligações. – Gesticulei exageradamente, diante do nervosismo que sentia. – Se precisar de mim, é só chamar – foi a última coisa que falei antes de seguir em direção à porta.

– Eloise! – Sofia exclamou, fazendo-me estagnar os passos. Virei-me em sua direção, e ela estendeu a mão com o meu aparelho celular. – É bom levar isso, vai precisar.

Suspirei, envergonhada, vendo Maya sorrir largamente ao fundo. Aproximei-me de Sofia, pegando o celular de sua mão.

– Claro! Obrigada.

Eu precisava de ar ou de algo que me acalmasse. Maya ainda iria me deixar louca, disso eu não tinha dúvidas. Desci as escadarias para o salão principal, ainda sem acreditar no que havia acontecido ali. Como ela conseguia agir tão naturalmente? Recebi um olhar curioso do senhor que estava limpando o lugar, mas não me importei. Estava agindo como culpada e, de fato, eu era, mas não precisava mostrar para todos ao redor. Em passos apressados, saí do prédio, recebendo um pouco de ar livre. Recostei-me no carro de Maya, quando meu celular tocou.

– *Olá, vadia!* – Ruby exclamou, animada.

– O respeito está morto nesta amizade, não é? – murmurei, ouvindo sua risadinha ao fundo. – O que houve?

– *Estou ligando para informar que o nosso plano entrou em ação.*

– Qual parte dele?

— Madson instalou o programa de vigilância do FBI na Collins Enterprise. Agora, estamos monitorando toda a movimentação da empresa em tempo real.

Aquela informação me arrancou um sorriso. Finalmente, as coisas começaram a caminhar da maneira que eu tanto almejava. Iniciar uma investigação era difícil quando havia inúmeros suspeitos, mas eu sentia que logo as coisas iriam se estreitar.

— Me informe sobre qualquer movimentação anormal, ok? Por favor.

— Sim, chefe! Deixe comigo, agora me deixe ir. Brandon está me gritando aqui.

— Obrigada, Ruby — disse ao desligar.

Olhei para o prédio em minha frente, percebendo a magnitude daquele lugar. Tudo que envolvia aquelas pessoas era grande e luxuoso, não tinha como exigir um caso menor. Eu tinha em mãos um mistério de milhões de dólares, e eu iria solucionar, custe o que custar.

Ponto de vista secreto

Pisei mais uma vez no acelerador do carro, que se moveu poucos metros para frente. O trânsito em Nova Iorque estava, como sempre, um caos. A fileira de carros à minha frente tirava toda e qualquer vontade de cruzar a cidade para visitar meu lugar favorito.

Girei o pequeno botão do aparelho de som acoplado ao painel, ouvindo a música se estender por todo o interior do automóvel. Os ruídos dos carros e as reclamações do lado de fora foram cessando gradativamente com o andar dos veículos. Encostei a testa sobre o volante ao notar a luz vermelha acender no semáforo. O som estridente das buzinas à minha volta me fez perceber que o sinal verde já havia sido dado. Levei o carro até a próxima esquina, parando em uma das melhores cafeterias do bairro, bem perto de onde sempre costumava ir: Collins Enterprise.

Estacionei meu carro, um Toyota Rav4, na primeira vaga bem ao lado da porta de entrada e olhei por todo o interior do veículo, antes de pegar a mochila preta que estava repousada no banco do carona. Depois de ligar o alarme, caminhei em passos lentos até a entrada da cafeteria. Algumas pessoas, que passavam pela entrada, soltaram um sorriso gentil e logo se retiraram. O lugar era sofisticado e aconchegante. Contava com uma decoração retrô, com móveis e objetos que hoje em dia pareciam não ter valor, mas ali se enquadravam bem.

Segui caminho até a última mesa, sentando-me no banco em frente a todos que ali estavam, e larguei a mochila ao meu lado quando percebi a presença de uma das garçonetes bem próxima.

— Bom dia! O que deseja? — uma moça ruiva, com sardas no rosto, perguntou. Ela tinha um bloco de notas e uma pequena caneta azul nas mãos. Levei os olhos ao cardápio, antes de escolher uma das primeiras opções.

— Um expresso duplo, por favor.

— Mais alguma coisa? — indagou, enquanto terminava de anotar meu pedido em seu bloco de papel.

— Por enquanto, não.

Ela sorriu gentilmente e se retirou. Puxei a mochila que estava no banco, capturei meu notebook, digitei a senha e tão logo o acesso foi liberado. O ícone da Extremear estava reluzente no centro da tela, aguardando por um login e uma senha. Antes de fazer qualquer tentativa de entrar no sistema digital da Collins Enterprise, tratei de ativar o mascarador de IP e desativar qualquer possibilidade de rastreamento. Afinal de contas, alguma espécie de investigação estava sendo feita, e ter meu computador como referência não estava em meus planos.

Digitei o login e a sequência numérica para senha, e um pop-up surgiu no centro da tela, informando que o acesso havia sido negado.

estreitei os olhos e digitei as mesmas informações novamente, agora com tranquilidade, para não errar, e nada de diferente aconteceu.

Droga!

A terceira tentativa bloquearia o acesso, e instantaneamente, uma mensagem de alerta seria enviada à central do sistema. Eu respirei fundo, quando a garçonete ruiva se aproximou.

— Aqui está seu expresso duplo.

— Agradeço.

Aspirei o aroma que se propagava da fumaça emanada pelo líquido quente, antes de bebericar um gole do copo. Depositei-o sobre a mesa de madeira e voltei os olhos atentos à tela daquela máquina, incluindo um novo login de acesso, mas novamente a tentativa havia sido falha. Pelo que parecia, o sistema da Collins Enterprise havia bloqueado qualquer tipo de usuário inconstante.

— Você não vai me impedir, Christopher.

Abri o zíper da mochila repousada no banco ao meu lado, capturando o telefone celular, e destravei a tela de bloqueio, seguindo diretamente para minha lista de contatos. Em poucos instantes, consegui achar o número e o nome de quem me importava. Depois de três chamadas, a ligação foi atendida.

— Alô?

— Eu estou na cafeteria Dom Valentim neste exato instante e estou precisando de seus serviços.

— Não acredito que vai me fazer sair de casa — murmurou, zangado.

— Está precisando de dinheiro ou não?

Ouvi um suspiro forte, pelo telefone, e um barulho, como se estivesse se levantando e caminhando para algum lugar.

— Te vejo em vinte minutos.

Os vinte minutos pareceram se arrastar diante de meus olhos. O sistema da Collins Enterprise reluzia na tela do meu computador, com um enorme aviso de acesso negado. Christopher parecia estar tomando certas precauções nos últimos tempos. Maldito. Ele não queria que absolutamente ninguém tivesse acesso às informações financeiras de seu patrimônio, mas digamos que, para mim, tais informações eram de total relevância, e eu não ficaria sem elas. Levei o copo até meus lábios, tomando o restante do café que lá estava, quando o barulho da porta me tirou a atenção para notar que minha solução havia acabado de chegar. Com uma cara amassada e cabelos bagunçados.

— Vou cobrar por me tirar da cama a esta hora.

— São 11h00 — murmurei, enquanto revirava os olhos. — Isso não é hora de estar na cama.

— Estou de ressaca, então isso é muito cedo — disse ele, ao largar sua mochila e ocupar o banco à minha frente.

— Perdido — resmunguei. — O que quer comer?

— Rosquinhas de chocolate e morango e um chá gelado.

Acenei para a garçonete que rapidamente se moveu até nós, passamos o seu pedido e ela prontamente voltou para prepará-lo.

— Então, para que me chamou aqui com tanta urgência?

— Eu quero que entre no sistema da Collins Enterprise, preciso de todo e qualquer acesso às informações — afirmei, encarando seus olhos confusos. Talvez ele esperasse por uma mudança de ideia.

— Isso é loucura, falamos sobre isso da última vez. Há uma enorme chance de a máquina ser localizada. — Ele franziu o cenho. — É muito perigoso.

— Não estou pedindo sua opinião, estou ordenando que faça.

O garoto mordeu os lábios, em um sinal claro de nervosismo. Rolei os olhos de maneira impaciente e me inclinei em sua direção.

— Se não fizer, há outros que podem. Você só perderá uma enorme chance de ganhar uma grana. O que há de errado com você? Virou um bandidinho medroso?

— Não quero ser preso.

— Então, faça um bom trabalho e não será. — Empurrei o computador em sua direção, recebendo um suspiro derrotado.

— Não sei se consigo acesso a tudo outra vez. Pelo que parece, o sistema foi reconfigurado, há chaves em cada movimentação.

— Dê um jeito!

— O pagamento desta vez será dobrado. — Bufei, peguei a mochila novamente, abrindo um pequeno bolso do lado esquerdo, do qual retirei uma boa quantidade de dólares, e joguei sobre a mesa, atraindo a atenção do homem. Seus olhos fitaram as cédulas esverdeadas sobre a mesa com atenção, antes de ele esticar a mão e capturar o bolo de dinheiro.

— Faça.

Ficamos por cerca de duas horas naquele lugar. A garçonete que nos atendia a qualquer momento nos colocaria para fora. A cafeteria estava lotada: agora, uma maior quantidade de pessoas estava devidamente espalhada pelo lugar, em conversas entretidas e irrelevantes. A impaciência tomava conta de mim. O trabalho parecia árduo demais para conseguir acesso a algo que eu tanto desejava. A ideia de desistir já rondava minha cabeça pelos últimos quinze minutos sem qualquer tipo de solução. Apenas erros e mais erros.

— Se não tem capacidade para isso, fale de uma vez.

Pela parte superior do visor do notebook, pude ver os olhos do rapaz se moverem rapidamente e, por fim, comprimirem-se, por causa do sorriso que se instalou em seu rosto.

— Sempre dou conta!

O slogan da Collins Enterprise apareceu na parte superior da tela, e logo abaixo, todos os campos de possível acesso do programa. Um sorriso involuntário cresceu em meus lábios. Estava tudo ali, livre para mim, mais uma vez.

CAPÍTULO
#07
Police Department
Rapids, Mich.
NAME
ALIAS
RIGHT THUMB
LEFT THUMB
MEASUREMENTS
TRUNK
MIDDLE
RIGHT RING
LEFT RING
Date
Classification
Age

EXPOSIÇÃO

5

Observei o movimento frenético no primeiro andar através da parede de vidro na sala de Maya. Ela havia permitido que eu trabalhasse ali, enquanto se ocupava de organizar tudo para a grande exposição que aconteceria em sua galeria naquela noite. Maya fiscalizava cada mínimo detalhe da arrumação dos quadros que seriam expostos, tudo com auxílio de sua melhor amiga. As duas circulavam pelo salão extenso, agora abarrotado de caixas de madeira grossa, que continham as obras de um artista contemporâneo de grande importância na atualidade. Uma boa equipe de funcionários acomodava os objetos nos pontos que ambas as mulheres ordenavam. De acordo com elas, tudo precisava ficar do gosto do público e do artista.

— Mais um pouco para a esquerda! Vamos colocar o outro quadro em direção àquela coluna — Maya ordenou a dois homens, que agora estavam pendurados em escadas de alumínio bem à sua frente.

Notei que uma das características mais fortes de Maya era o perfeccionismo. Ela ordenava tudo com firmeza, sendo obedecida em questão de segundos. Permiti-me observá-la por um longo tempo. Gostava de como ela conduzia todos ao seu redor, como se eles se movessem em sincronia com os seus gestos e palavras. Tudo parecia se encaixar perfeitamente, ela realmente tinha um dom para aquele lugar. Maya vistoriou o salão de ponta a ponta e, em seguida, parou seus olhos castanhos em minha direção. Um sorriso de canto nasceu em seus lábios, demonstrando que algo passava em sua mente. Sustentei seu olhar até receber um gesto em sinal de beijo, dei um sorriso fraco e voltei minha atenção ao computador. Não queria estender nosso contato. Da última vez que o fizemos, nos deparamos seminuas em seu sofá. Uma tarefa árdua, principalmente quando ela se produzia daquela maneira. Hoje, Maya abusava do branco: trajava uma saia longa e leve, com uma expressiva fenda na perna direita, e na parte superior, usava um *cropped* da mesma cor, com alças finas e decote em "v" até um pouco contido. Em seus pés, um par de sandálias de salto alto com tiras em nude. Simples e perfeita. Neguei com a cabeça, tentando afastar aqueles pensamentos, quando meu celular tocou, exibindo o nome de Madson no visor.

– *Agente Green?*

– Oi, Madson. O que houve?

– *Acabei de receber um alerta do programa. O sistema da Collins Enterprise está sendo invadido neste exato instante.*

– O quê? – Arregalei os olhos, completamente surpresa. – Excelente! Faça um relatório completo! Eu quero todas as informações possíveis. Você consegue ver o endereço agora?

— Só um instante.

Eu podia ouvir o suave barulho do teclado do computador.

— Eles estão usando o mascarador — informou. *— Isso vai levar mais alguns minutos.*

— Certo! Eu vou dar um jeito de sair daqui, ligo para você em alguns minutos — murmurei, apressada, enquanto recolhia os papéis espalhados na mesa. Madson concordou e desligou.

Empurrei meu computador e todos os relatórios no interior de minha mochila com urgência e vistoriei o lugar, antes de descer as escadas em busca de Maya. Ela estava retirando uma boa quantidade de plástico bolha de uma das esculturas, no centro da galeria, e assim que colocou os olhos em mim, franziu a sobrancelha, com uma careta confusa.

— Algum problema? — ela perguntou em um tom de voz mais baixo.

— Não, eu só vou precisar dar uma saidinha. Se importa?

— Não, sem problemas. Eu só vou sair daqui no fim do dia.

— Me espere, ok?

Maya assentiu tranquilamente, antes de ser chamada por Sofia. Senti o toque suave de seus dedos em meu braço, como um sinal de licença, antes que ela pudesse se afastar para vistoriar o posicionamento do quadro. Segui para fora da galeria em passos apressados, quando meu telefone tocou mais uma vez.

— Oi Mad.

— Eloise, mesmo com a mudança de IP, eu consegui identificar. Estão na West 57th Street, esquina com a Av. of the Americas. O número é 182.

Gravei a informação, enquanto adentrava meu carro rapidamente. O ronco da primeira acelerada indicava quanta pressa eu tinha naquele momento. Estar tão perto do culpado deixava-me eufórica e muito nervosa. Era o primeiro caso importante da minha carreira, nada poderia dar errado.

— Estou no carro, indo para lá agora mesmo.

— Tome cuidado, por favor.

— Fique tranquila, Madson. Eu só preciso vê-lo. Afinal de contas, neste momento, não tivemos nenhuma retirada, correto? — indaguei, enquanto aguardava o semáforo trocar de cor. Maldita demora.

— De acordo com as informações, o sistema foi violado, com um acesso fora dos padrões restritos pela Collins. O usuário é totalmente desconhecido. A mudança de IP fez com que a localização aparecesse em Miami, mas com o programa, pude identificar que está sendo operado aqui, em Nova Iorque mesmo.

— Eu quero que retire todas as informações. Se possível, até o modelo do aparelho utilizado. Temos como saber em nome de quem está?

— Temos, sim. Cada aparelho vendido tem um protocolo. Vai levar um tempinho, mas eu consigo — Madson afirmou com confiança.

Eu suspirei, pisando no acelerador do carro, que corria a uma velocidade absurda, em meio às ultrapassagens na avenida, parando somente nos sinais de trânsito, que me faziam bufar.

— Droga!

Ouvi a mulher exclamar, irritada.

– *O usuário sumiu. Desconectou.*

– Merda! – Bati com a mão no volante do carro. – Tem certeza?

– *Infelizmente, sim. O sistema está estável novamente.*

– Conseguiu pegar algumas informações? – indaguei, irritada.

– *Sim, senhora. Vou oficializar em um relatório e encaminhar para Ruby analisar.*

– Perfeito. Encontro ela na delegacia e vou ao endereço que você me informou.

Desliguei a ligação com Madson, praguejando céu e terra pelo corte da conexão. Não seria fácil encontrar a pessoa que havia invadido o sistema, muito menos rápido, mas não impossível. Tudo era questão de paciência e muita cautela. Pisei no acelerador do carro, fazendo o motor roncar alto. O caminho estava livre, a grande fileira de carros agora já havia se dispersado. Entrei na rua indicada por Madson, automaticamente diminuindo a velocidade, e deixei meus olhos atentos às numerações indicadas em cada estabelecimento.

Dom Valentim: dizia o letreiro gigante sobre o telhado. Estacionei meu carro na segunda vaga, bem ao lado de um Toyota Rav4. O lugar era simples e moderno, ficava localizado no centro da cidade, próximo à Collins Enterprise. Sentei-me próximo ao balcão, ganhando uma ampla visão do ambiente. Estava lotado, inúmeras pessoas se encontravam distribuídas entre mesas e cadeiras, acompanhadas de seus aparelhos eletrônicos, tornando tudo ainda mais difícil.

– No que posso ajudar?

– Um cappuccino, por favor. – Respirei fundo, sentindo o ar escapar de meus pulmões rapidamente, e olhei mesa por mesa, buscando ao menos um sinal do que eu procurava.

Não esperava encontrar o invasor tão facilmente, mas tinha esperança de colher alguma pista relevante para capturá-lo. A garçonete se aproximou novamente, repousando a pequena xícara com cappuccino sobre o balcão. Parecia muito bom. Agradeci com um sorriso, antes que ela pudesse se retirar. Minha atenção foi atraída pelo noticiário, que relatava a queda na bolsa de valores, enquanto bebericava um gole do cappuccino, até que uma voz familiar se destacou entre aquelas pessoas. Clarice.

Ela estava sozinha, entretida em seu notebook e em uma pequena xícara de algo. Fiz um sinal para a garçonete, informando que estaria na mesa ao fundo, e a ruiva apenas assentiu.

– Veja só quem encontrei por aqui – usei um tom de voz animado, recebendo um olhar surpreso.

– Eloise!

– Posso me sentar aqui com você?

– Claro, pode sim. Que surpresa vê-la aqui – ela murmurou, enquanto abaixava a tela de seu notebook discretamente.

Observei o movimento sutil, mas nada falei, apenas ocupei o lugar à sua frente.

— Com o trabalho, acabei conhecendo este lugar. E é ótimo, sempre muito lotado.

— Sim, eu adoro. Vinha muito aqui enquanto estava trabalhando na Collins Enterprise.

— Fica um pouco longe da sua casa, não é? Deve gostar mesmo, para fazer esse caminho todo.

Ela sorriu, sem jeito, e tomou um gole de sua bebida quente.

— Ah, eu tive que pegar algumas coisas que esqueci na empresa e aproveitei para vir aqui. Me despedir, não é?

— Claro, imagino que deva encontrar com uma boa parte dos seus antigos colegas de trabalho aqui.

— Sim, encontrei com alguns mais cedo, mas você foi uma surpresa boa. Esperei sua ligação, viu?

Suspirei rapidamente, sendo pega de surpresa pela pequena alfinetada.

— Desculpe. Com a investigação e o trabalho direto com os Collins, as coisas estão mais corridas.

— Eu entendo. Lidar com Maya Collins não deve ser fácil.

As imagens de Maya sentada em meu colo, em sua sala, me vieram à mente, fazendo-me concordar com Clarice. Não necessariamente da maneira que ela imaginava, mas não concordar seria mentira.

— Acho que, com o tempo, eu pego o jeito. — Dei de ombros, com um sorriso de canto.

— Ela parece aceitar você muito bem, tem sorte.

— Aceitar?

— Sim. Maya Collins parece viver em uma bolha, e você foi aceita no mundinho dela.

— Só estou fazendo o meu trabalho, Clarice.

— Sei que sim, Green. Acompanho tudo — seu tom de voz firme me fez franzir as sobrancelhas em uma careta. — Acompanhava, melhor dizendo.

Fechei os olhos por breves segundos, tentando acalmar o furacão de ideias que rondavam meus pensamentos naquele momento, quando senti o toque suave em meu braço.

— Tudo bem?

— Sim. Conseguiu uma entrevista?

— Sim, farei amanhã. Se eu conseguir, quero sair para comemorar. Está convidada.

— Convite aceito! Só me ligar e eu vou.

— Você mente bem — brincou.

Nós nos encaramos por alguns instantes e eu nada falei. Não poderia negar, muito menos confirmar. Eu não tinha interesse em Clarice. A noite com ela havia sido boa, mas nada que me prendesse o suficiente para querer continuar. Mulheres descomplicadas não eram o meu forte.

— Eu queria continuar, mas realmente tenho um compromisso e preciso adiantar algumas coisas — murmurei tranquilamente.

— Entendo, sem problemas, Green. Me liga para marcar alguma coisa?

— Ligo, sim! Nos vemos por aí.

Soltei um sorriso ligeiro e me afastei, seguindo em direção ao balcão novamente. Em seguida, tirei alguns dólares do bolso, colocando debaixo da xícara de cappuccino que eu havia tomado, e dei uma última olhada para Clarice, que me fitava, atenta, ao fundo. Ela acenou brevemente, com um sorriso reprimido. Eu não esperava encontrá-la ali. Não que algo a incriminasse, mas ter sua presença em um lugar suspeito era apenas mais um ponto, entre milhares, nessa investigação.

Horas mais tarde, eu terminava de encontrar uma roupa adequada para o evento da Galeria Garcia.

Um artista importante da Europa estava realizando sua primeira exposição nos Estados Unidos, um feito exclusivo de Maya. E para aquela ocasião, nada mais justo que um grande evento dos Collins. A imprensa americana estaria em peso para cobrir um dos maiores eventos de arte contemporânea do ano, na Galeria Garcia. Maya fez absoluta questão dos meus serviços, mesmo com uma equipe de segurança reforçada por parte de seu marido.

Devidamente pronta, estacionei meu carro novamente em frente à Galeria Garcia. O prédio contava com um estacionamento lotado. Em seu interior, a boa iluminação revelava parcialmente a quantidade de pessoas que ali já estavam. Olhei-me, pela última vez, no espelho retrovisor, deslizando as pontas dos dedos pelo contorno de meus lábios, para, em seguida, arrumar sutilmente meus cabelos loiros, que caíam sobre meus ombros em ondulações suaves. Hoje, o evento seria diferente, exigia uma vestimenta elegante e sofisticada. Optei por um macacão de alfaiataria de caimento longo e leve, com um decote parcialmente trançado, em formato de um V, na cor azul- esverdeado. Ele estava acompanhado de saltos com tiras finas e algumas joias.

– Vamos lá, então. – Peguei a bolsa preta de mão, que estava repousada sobre o banco do passageiro, e verifiquei, pela última vez, a pistola armazenada no interior, ao lado de alguns itens necessários.

Caminhei em passadas lentas até a entrada da galeria, onde os seguranças permaneciam parados diante da porta, permitindo a passagem de todos os convidados. O lugar contava com um público de classe alta. Isso se notava facilmente, por causa das pessoas que saíam de seus carros de luxo, acompanhadas de gente tão esnobe quanto os donos da festa.

Ao entrar no ambiente de temperatura mais agradável, notei a presença de Sofia. Ela estava muito bem-arrumada, usando um vestido longo e elegante. Conversava com um casal e, assim que me viu, lançou um sorriso largo.

– Eloise!

– Oi, Sofia, como está?

– Eu estou ótima, muito animada. Estamos lotados! – seu tom de voz indicava como tudo estava correndo conforme planejado.

– Está tudo muito lindo! Maya chegou?

– Ainda não, mas sei que está chegando. Liguei para ela, há alguns minutos, e soube que está lindíssima – comentou, enquanto acenava para dois homens que passavam por nós.

– Não duvido – falei por impulso, recebendo um sorrisinho.

– Nem eu. Maya gosta de ser o centro e consegue na maioria das vezes.

– Você a conhece muito bem, não é?

– Maya é como uma irmã, sei absolutamente tudo da vida dela.

Engoli em seco, recebendo sua indireta certeira. Sofia sabia sobre Maya e eu, não restava dúvidas. Não que seu jeito tão simpático e espontâneo fosse uma consequência disso; ela realmente parecia ser alguém facilmente amigável.

– Hoje, você veio querendo matar alguém, não é?

– O quê? – indaguei, confusa.

– Quis dizer que está muito bonita e atraente.

– Obrigada – respondi, com um sorriso. – Você também está incrível.

– Muito obrigada! – disse ela, ao virar todo o champanhe em sua boca. – Acho que ela chegou...

Troquei um breve olhar com Sofia, que virou de frente para a entrada principal da galeria. A movimentação dos jornalistas e fotógrafos que, até poucos minutos, estava espalhada pelo salão, concentrou-se no arco central, por onde todos os convidados passaram. Os flashes das câmeras começaram, em uma onda luminosa que banhava o corpo de Maya. Não que precisasse, claro, Maya Collins era como o Sol. O astro de maior poder e luz.

Ela só poderia estar brincando.

Meus olhos se concentraram na mulher que adentrava o salão naquele instante. Maya, diferentemente de hoje mais cedo, estava toda de vermelho. Usava um vestido longo, de tecido leve e caimento justo, com um decote quadrado, que evidenciava o colar milionário que carregava em seu pescoço. Mas o que atraía mesmo a atenção de todos ao redor, além do seu visível poder aquisitivo, era a fenda ousada que surgia do início de sua coxa direita até o fim do traje. Ela tinha os cabelos longos e lisos, trazendo um ar mais sério e sensual, que se harmonizava perfeitamente com a maquiagem em seu rosto. Estava incrivelmente linda, mais do que eu poderia descrever. Se eu pudesse descrevê-la naquele instante, seria magnificamente perfeita.

Levei a taça de champanhe até os lábios, para tomar até a última gota quando, enfim, notei a presença de Christopher ao lado da esposa. Ele não ficava para trás em suas vestimentas. Naquela noite, o homem trajava uma camisa preta de gola alta e, por cima, um terno cor de vinho, com detalhes pretos na lapela. Seus cabelos estavam devidamente cortados e arrumados, sem quaisquer resquícios de uma barba malfeita. O casal Collins era a sensação do momento, as lentes das câmeras os reverenciavam como um rei e sua rainha. Tudo isso ao lado de Victor Ford e Sofia Becker.

– Agradeço a oportunidade, Maya. É um prazer expor minhas obras em sua galeria – o artista disse, com um sorriso.

– O prazer é todo meu, Ford.

Sofia, Maya e Victor se uniram no centro do salão, recebendo os flashes, que provavelmente estampariam os tabloides na manhã seguinte. E no meio de toda aquela atenção recebida, vi os olhos de Maya vasculharem o ambiente inteiro até, por fim, repousarem sobre mim, trazendo um sorriso cínico no canto de seus lábios.

Ela não me perdia de vista?

Neguei com a cabeça e capturei outra taça da bebida. Eu precisaria daquilo para suportar aquela noite sem cometer qualquer loucura. Permaneci observando o ambiente que, até o momento, não representava qualquer tipo de perigo à mulher. Christopher fez absoluta questão de reforçar toda a equipe. Minha presença ali seria quase inútil, mas não para ela. Permiti-me passear por todo salão e observar os quadros ali expostos. Todos eram muito ousados e hipnotizantes. Não era nada abstrato e impossível de entender, tratavam de pinturas realistas de partes dos corpos humanos. Observei, por longos instantes, um quadro de um beijo, com duas bocas que julguei serem femininas.

— Quadro interessante, não? — a voz de Maya provocou um arrepio, que percorreu a linha de minha coluna até a nuca. Fechei os olhos por breves segundos, antes de me virar de frente para ela.

Próxima demais.

— Pensei que não viria, agente Green.

Em segundos vacilantes, meus olhos correram por seus lábios, agora pintados de um vermelho sangue, e desceram por seu corpo. Ela sorriu, maldosa. Havia notado. Eu engoli em seco, quando o garçom se aproximou novamente e Maya pegou a taça de minha mão, colocando-a sobre a bandeja, para, em seguida, me entregar uma cheia.

— Eu não costumo faltar aos meus compromissos de trabalho, senhora Collins.

— Não duvido, você é competente demais para isso — ela disse, após tomar um gole da bebida. — Gostou do meu evento, Eloise? — seu tom de voz indicava uma segunda intenção.

Com Maya era sempre assim, um jogo constante. Desviei de seu olhar e beberiquei um pouco do champanhe em minha taça, antes de lhe responder da forma mais tranquila que poderia fingir. Estar perto dela me trazia uma sensação constante de euforia e tensão.

— Sim, está tudo incrível. Confesso que estou impressionada, você é realmente boa no que faz.

— Fico feliz que tenha gostado. — Ela deu um sorriso e encarou o quadro à frente.

Por alguns instantes, cogitei a possibilidade de ela ter ficado envergonhada. Mas era Maya, aquilo era impossível.

— Você sabe que sempre busco dar o melhor.

— Eu sei bem — respondi rápido o suficiente para trazer seu olhar de volta a mim e deixei que um sorriso escapasse de minha boca, fazendo-a suspirar ao lado. Maya olhou discretamente para as pessoas em volta e se aproximou mais, agora encostando seu braço no meu.

– Se me permite dizer, você está deliciosa essa noite. Nunca vi você tão linda como hoje.

Um suspiro abandonou meus lábios instantaneamente, quando senti aquele calor se alastrar por meu corpo. Ela não precisava de muito e sabia disso. Quando pensei em lhe responder, a voz grave nos arrancou daquele mundo.

– Meninas!

– Oi, amor – seu tom de voz mudou: serena e amorosa eram sua nova versão.

– Senhor Collins – cumprimentei-o educadamente, recebendo o mesmo gesto em resposta.

– Estava aqui, falando sobre o evento com Eloise, e ela adorou – disse, animada.

– Isso é ótimo. Agora, que trabalha para nós, terá oportunidade de frequentar muitos outros como este. Confesso que não tenho paciência, mas faço isso por ela – comentou, com um sorriso, ao repousar uma de suas mãos na cintura da esposa.

– Eu imagino que sim.

Tomei o restante do champanhe de uma só vez, percebendo que aquela deveria ser minha terceira taça em menos de uma hora. Eu teria que começar a segurar a onda do álcool, se não quisesse chegar à metade daquela noite completamente bêbada. Entreguei a taça para um dos garçons que se aproximou, enquanto Christopher conversava com dois homens.

O evento correu tranquilamente. Eu me mantive atenta a todo tipo de movimentação, mas nada estava fora do padrão. Sofia não tinha errado em dizer que Maya seria o centro do evento, porque, apesar de Victor Ford ser o grande artista da ocasião, as câmeras namoravam a dona da galeria. Sua beleza singular e seu jeito envolvente atraíam as lentes das câmeras para si sem muito esforço, e ela parecia adorar tudo aquilo. Entre sorrisos e olhares penetrantes, Maya se dirigia de pessoa a pessoa, em uma conversa gentil e atenciosa, deixando todos à sua volta completamente rendidos. Horas foram se passando, e diferentemente de Maya, Christopher não parecia tão animado por ainda estar presente. Talvez aquela fosse a décima vez que ele encarava o relógio em seu punho, enquanto alternava com o aparelho celular na outra mão. Maya, de longe, o observou e se aproximou sem pressa, ao lado de sua melhor amiga.

– Querida, podemos ir embora? Algumas pessoas já foram.

Franzi o cenho discretamente para o seu pedido, notando que a galeria ainda estava lotada. Maya deu um suspiro fraco, trocando um breve olhar com Sofia, que não fez questão de esconder sua reação indignada. Fingi que não estava por dentro da situação. Não queria parecer invasiva, mas confesso que o comportamento e o pedido do homem me fizeram revirar os olhos de maneira tediosa.

– A galeria ainda está cheia, eu não posso simplesmente ir embora. – Ela gesticulou sutilmente sobre todos ao redor. – Sofia e eu planejamos este evento por meses.

— Eu sei, mas tive um dia exaustivo. Quero muito ir para casa, não aguento mais essas pessoas — ele murmurou mais baixo, enquanto disfarçava, diante dos olhares curiosos ao nosso redor.

— Fique mais um pouco, Christopher. Maya sempre o acompanha nos eventos, não é? Creio que, como um bom marido, vai fazer o mesmo — o tom de voz que Sofia usava, naquele momento, não era amigável, mas longe de ser grosseiro. Ela estava sendo mais sonsa do que poderia, era quase palpável a antipatia entre os dois.

— Adoraria continuar fazendo as vontades de minha esposa, Sofia. Mas tenho um compromisso amanhã.

— Ok, Chris! Aguente mais alguns minutos e vamos embora, está bem?

— Obrigada, querida. — Ele sorriu, com os olhos fixados em Sofia, que o ignorou.

— Vou ao escritório. Me esperem aqui, por favor.

Mantivemos uma conversa aleatória, enquanto Maya não voltava do segundo andar. Sofia falava mais comigo do que com Christopher, que parecia impaciente e estressado, tornando sua companhia insuportável. Deixamos o tempo passar entre um assunto e outro, quando, enfim, notamos a presença da mulher no salão mais uma vez. Ela se despedia de cada um ali. Parecia grata pela noite e, com isso, distribuía seu melhor sorriso. Maya podia ser extremamente simpática quando queria. Naquele ambiente, ela parecia diferente, e talvez realmente fosse.

— Me despedi de todos, agora podemos ir.

— Finalmente — resmungou, caminhando em direção à saída.

— Você pode ficar até o final por mim? Eu sinto muito mesmo — Maya murmurou, desgostosa.

— Claro que posso. Vou acompanhar todos até o fim, não se preocupe — Sofia respondeu, com um sorriso. — Vá com aquele insuportável do seu marido.

— Sofia...

— Não se preocupe, Eloise percebeu como ele é chato e extremamente inconveniente. Eu não falei nada, não é?

— Eu prefiro não me meter. — Dei de ombros, com um sorriso, para as mulheres.

— Educada, gosto dela — Sofia completou, olhando para Maya, deixando-me completamente sem jeito. Ela sabia de muito.

Despedimo-nos de Sofia e, em seguida, caminhamos em direção à saída da galeria. No trajeto até a porta, trombamos com um dos garçons, fazendo com que a mulher pegasse mais uma taça de champanhe.

— Toma outra comigo?

— Acho que bebi demais para quem está em horário de trabalho.

— Mesmo se eu permitir? — indagou, com os olhos fixos nos meus.

— Mesmo assim. Melhor nos apressarmos, seu marido está aguardando há um tempo.

Ela suspirou com desgosto, quase a vi rolar os olhos. Maya não parecia contente em deixar a galeria naquele momento, muito pelo contrário. Se ela não fosse tão boa em mascarar suas verdadeiras emoções, poderíamos facilmente notar o grau de irritação naquele instante. Mas se tratava de Maya, não é? E tudo com ela era milimetricamente pensado. Passamos pelos arcos na entrada do prédio e nos aproximamos do empresário recostado em uma pilastra.

– Agente Green, você está liberada, pode ir para casa – o homem falou, assim que nos aproximamos.

– De forma alguma – protestou Maya. – Ela vai conosco.

– Não vejo necessidade.

– Estamos sem segurança, Christopher. Os seus não estão presentes, certo?

– Não, porque você pediu que todos estivessem aqui, na galeria – sua resposta foi como uma alfinetada.

– Posso acompanhá-los até sua casa e depois vou para minha.

Maya voltou seus olhos castanhos em minha direção, enquanto tomava um pequeno gole da bebida em sua taça.

– Está tarde, pode dormir em nossa casa hoje e voltar amanhã.

– Senhora...

– Eu não vejo necessidade para tanto – o homem interferiu, um pouco incomodado.

– Pois eu, sim. Eloise nos leva em casa e volta para a casa dela amanhã.

– Como quiser, Maya. Estou cansado demais para relutar. – Ele bufou, irritado. – Espero que não seja um problema para você, agente Green.

– Não, senhor.

Descemos a pequena escadaria da frente, caminhando em direção ao Rolls-Royce Phantom preto que estava à nossa espera. A cada passo dado em direção àquele carro, sentia meus pensamentos borbulharem. Maya não dava ponto sem nó. Por trás de sua simples ideia, havia alguma coisa, disso eu tinha certeza, só me restava saber o quê. Assim que chegamos ao lado do carro, um jovem rapaz se aproximou, cumprimentando o empresário, que gentilmente lhe atendeu.

– Boa noite, senhoras – disse o motorista, ao lado da porta.

Respondemos ao cumprimento e nos acomodamos no interior do veículo luxuoso e confortável. Maya ocupou o centro do banco, nos deixando mais próximas do que o habitual. Eu mantive uma postura firme e natural, nada que a fizesse perceber como cada mínimo detalhe em seu comportamento poderia me afetar. Olhei para o homem do lado de fora, desejando que finalizasse aquela conversa e entrasse no carro imediatamente, mas ele parecia incrivelmente entretido com o garoto. Suspirei, quando, em meio àquele silêncio, um chiado sutil me chamou a atenção. Mesmo com a penumbra do ambiente, notei que o barulho estava na taça que Maya girava graciosamente.

– Não beba isso! – alertei rapidamente, quando um sorriso malicioso nasceu lentamente em seus lábios, fazendo-me estagnar instantaneamente. – O que está fazendo?

– Não se preocupe, só estou garantindo que você tenha uma ótima noite.

Franzi o cenho, completamente confusa, e antes que eu pudesse questionar, a porta do carro abriu. Christopher se acomodou no interior do carro, desculpando-se pela demora.

– Esses garotos sempre querendo emprego.

– Claro! Você é um homem muito importante, querido. Todos querem ser um pouquinho do que é hoje – Maya respondeu, amorosa, antes de depositar um beijo em seu rosto. O que ela estava aprontando? Olhei para o lado de fora, antes de voltar minha atenção para o casal ao lado. – Tome, termine esse champanhe para mim. Não aguento mais.

Meus olhos se arregalaram, e quanto tomei impulso para impedi-lo, senti o toque firme de sua mão em minha coxa. Maya respirou fundo e movimentou os dedos sutilmente em minha pele, por tempo suficiente para ver seu marido tomar o champanhe até a última maldita gota. Ela olhou para ele e, em seguida, para mim com um brilho inigualável.

Police Departm
Rapids, Mich.
CAPÍTULO
#08

RENDIÇÃO

O Rolls-Royce Phantom passou pelos enormes portões da casa lentamente, sendo devidamente revistado pelos seguranças na portaria. Christopher repousou a mão sobre a coxa de Maya, em um carinho suave, enquanto bocejava pela quarta vez em menos de dez minutos. Saber o motivo de seu sono excessivo deixava-me nervosa e extremamente pensativa sobre o que Maya era capaz de fazer. Afinal de contas, precisava ter coragem para dopar seu próprio marido na frente de uma policial, não é?

— Chegamos!

O motorista abandonou seu assento e caminhou apressadamente para abrir a porta do carro para Christopher, que foi seguido por mim e por Maya. Em seguida, subimos as escadarias da mansão Collins, adentrando o interior da casa silenciosa.

— Bom, acho que vou embora — foi a única coisa que consegui dizer.

— Creio que não seja uma boa ideia, agente Green. Está tarde, pode ir amanhã. Maya pode providenciar um dos quartos de hóspede, não se preocupe.

— Senhor Collins, não há necessidade.

— Eu faço questão, Eloise — Maya interrompeu. — Você tem sido muito gentil em renunciar o seu trabalho inicial para nos ajudar, acho que é o mínimo que posso fazer.

Encarei a expressão falsamente doce de Maya e assenti, derrotada.

— Ótimo, então tenha uma boa noite, Green — Collins falou em minha direção, enquanto retirava seu blazer vinho. — Espero você lá em cima, querida.

Maya assentiu tranquilamente e depositou um beijo nos lábios de seu marido, que brevemente sumiu no alto das escadas. Nós nos encaramos, em um completo silêncio, e diferentemente de minutos atrás, Maya parecia nervosa. Sua respiração levemente descompassada entregava isso.

— Eu vou embora.

— Você não precisa ir... — ela falou, ao repousar a mão em meu antebraço. — Tem tanto medo de mim assim?

Pessoas normais teriam, após vê-la dopar o marido com tamanha facilidade, mas, ainda assim, algo me dizia que Maya só havia feito aquilo com um propósito, e eu sabia exatamente qual.

— Eu não tenho medo, quantas vezes preciso repetir?

— Prove que não e fique.

Sussurrávamos tão próximas uma da outra, que eu podia sentir sua respiração em minha pele. Maya engoliu em seco e deu um passo para trás, dando uma breve olhada no topo da escada.

– Tudo bem, senhora Collins.

Minha resposta trouxe um sorriso animado ao rosto de Maya. Subimos para o segundo andar, percorrendo um corredor extenso até o quarto de hóspedes. Maya informou que havia vários quartos na casa, mas apenas um estava recentemente arrumado, quase admitindo que esperava pela minha presença naquela noite.

Observei o ambiente rapidamente, notando como tudo naquela casa era absurdamente luxuoso. Se o quarto de hóspedes ostentava uma qualidade como essa, pouco conseguia imaginar a suíte principal. Tratava-se de um cômodo espaçoso, com paredes em um tom de creme e outras em uma espécie de marrom. Elas se harmonizavam com os móveis novos e caros, tal como uma TV gigante posicionada em frente a uma cama *king size* perfeitamente arrumada, com suas infinidades de travesseiros e colchas. Notava-se o toque especial de Maya nos quadros e objetos decorativos espalhados sobre os aparadores e mesas de cabeceiras, tudo de muito bom gosto.

– Está bom para você?

– Sim, está ótimo.

– Que bom, assim pode dormir aqui todas as vezes que desejar.

Iria contestar sua frase, mas Maya se adiantou a caminhar pelo quarto, enquanto explicava tudo que eu precisava saber.

– Nos armários do banheiro, você tem toalhas, roupões, sais de banho e todos os produtos que precisa. – Ela indicou as portas assim que entramos no banheiro. – Tudo que você precisa, esta noite, está neste quarto – sua última frase veio acompanhada de um olhar intenso, refletido no espelho grande à nossa frente.

Por uma fração de segundos, nos observei lado a lado, percebendo como nos encaixávamos bem. Era um contraste harmonioso de personalidades e traços completamente distintos.

– Absolutamente tudo – ela reforçou, virando-se de frente para mim.

– Maya...

– Fale.

– Não vai acontecer nada entre a gente.

Ela torceu o canto dos lábios em um sorriso perverso e cínico, enquanto tocava com as pontas dos dedos a pele de meu braço.

– Eu não disse que aconteceria, Eloise. – Ela umedeceu os lábios vermelhos pelo batom e ergueu o olhar para o meu mais uma vez. – Só estou garantindo que você tenha tudo que deseja em minha casa.

Esse era o problema.

– Vou para ao quarto, se precisar de algo é só me chamar. Boa noite, Green.

Recostei-me na bancada do banheiro, vendo-a caminhar para longe. Resistir estava se tornando cada vez mais difícil. Respirei fundo e olhei para o relógio na tela do meu celular. Era tarde. Adiantei-me a tomar um banho morno e relaxante, enquanto tentava afastar a ideia de que a mulher estava a apenas alguns quartos de distância.

Ao terminar, esfreguei a toalha pequena em minha cabeça, tendo meu corpo coberto por um roupão grosso e branco. O quarto de hóspedes da mansão Collins mais parecia uma suíte de luxo em um hotel caro. Olhei para a enorme cama de casal no centro do quarto, e a imagem de Maya deitada sobre ela tomou meus pensamentos. Eu neguei com a cabeça rapidamente, tentando afastar aquela visão tão...

Não, Eloise.

Larguei a toalha sobre uma cadeira de madeira no canto do quarto, enquanto aguardava alguns minutos para secar o cabelo. Eu não tiraria o roupão, estava sem nada por baixo, não estava preparada para ficar longe de casa aquela noite. Caminhei até a porta do quarto para trancá-la, quando notei que ela não tinha chaves. Por alguns segundos, meus pensamentos vagaram na cena de Maya girando uma chave pequena na maçaneta para abrir o quarto de hóspedes, e agora o objeto não estava mais ali.

Maldita.

— Você é forte. — Tentei me convencer.

Abri a porta, olhando para os dois lados. Tudo estava silencioso e calmo, não havia qualquer sinal de movimentação. Caminhei pelo corredor, sentindo o porcelanato frio contra meus pés. Precisava de água, e encontrar a cozinha em uma casa tão grande como essa não seria uma tarefa fácil. Desci as escadas e encontrei os cômodos parcialmente mergulhados na escuridão. Tudo que conseguia enxergar se devia às minúsculas frestas de luzes emanadas do jardim lá fora. Fiz uma breve retrospectiva do lugar, antes de escolher o caminho que me levaria ao destino esperado e, por sorte, encontrei.

Tentei ser o mais ágil possível em meio a toda aquela dificuldade. Enchi um dos copos com água fria e o tomei até o fim. Os efeitos do álcool estavam aparecendo. Eu me sentia estranha estando ali, como se um lado meu dissesse para ir embora, mas o outro lado gritava para que eu ficasse. O motivo?

— Com sede, Eloise? — perguntou o motivo principal.

Senti meu coração explodir em batimentos descontrolados, assim que aquela voz preencheu aquele lugar. Fechei os olhos e respirei fundo, antes de abandonar o copo sobre a bancada à minha frente. Os passos sutis ao fundo indicavam que ela ainda estava distante, parecendo procurar por algo. Perguntei-me se era seguro encará-la, mas algo dizia que não. Expor-me ao perigo dos olhos castanhos poderia ser fatal.

— Me desculpe, não queria assustá-la. Desci porque estou sem sono — sua frase soou como um sussurro aveludado, acompanhado do barulho ritmado dos seus saltos sobre o piso de madeira.

Mantive-me imóvel até sentir sua presença a poucos centímetros do meu corpo. Ela resfolegou tranquilamente, quando, enfim, me virei em sua direção. Um sorriso vitorioso nasceu em seus lábios no exato instante em que meus olhos pousaram, completamente entregues, sobre seu corpo. Maya estava pronta para me fazer cair, isso era um fato. Um fato escrachado em cada mínimo detalhe exposto naquela mulher, seja em seus olhos brilhantes de desejo, em sua boca coberta pelo batom vermelho ou no robe de seda preto, que evidenciava a lingerie rendada no interior.

– Bebe comigo? – Ela estendeu uma taça de champanhe em minha direção. – Esse não está com nada, pode confiar. – Ela sorriu, como quem estivesse se divertindo com minha desconfiança.

Peguei a taça de sua mão e observei o interior, que nada parecia ter. As bolhas de champanhe subiam gradativamente.

– Como posso ter certeza?

Maya soltou um riso nasal, antes de pegar o morango que estava na borda de minha taça e, com os olhos fixos nos meus, mergulhou a fruta lentamente no recipiente, para, em seguida, levar até a boca, em um movimento perfeitamente calculado. A cena pareceu acontecer em câmera lenta diante de meus olhos. Eu podia ver a fruta suculenta liberar as gotas de álcool, que deslizavam por seus lábios macios, enquanto ela se deliciava com a oportunidade de me enlouquecer. Suspirei fraco, sentindo minha respiração mais pesada.

– Coma – ordenou, ao erguer o restante em minha direção.

Nós ainda nos encarávamos como se, a qualquer instante, fossemos nos consumir por inteiro, tal como fogo e gasolina. Olhei para o pedaço entre seus dedos, recebendo uma insistência silenciosa para que eu comesse, então prontamente obedeci e abri a boca devagar para recebê-la, em um gesto simples e intenso.

– Eu não tenho o menor interesse que você durma essa noite, Eloise – disse, ao chupar o dedo indicador e o polegar, retirando qualquer resquício da mistura deliciosa que ela havia preparado. – Isso eu posso garantir.

– E qual seria o seu interesse? – indaguei, ao tomar um grande gole da bebida.

– Quer mesmo que eu diga? – Ela abriu o robe, dando-me a visão de seu corpo coberto apenas pela lingerie de renda preta.

Tê-la daquela maneira fazia-me questionar se precisava mesmo de tanto controle. Estava cansada de tentar aniquilar a vontade crescente em mim. Evitar Maya era um martírio, quando tudo que eu desejava era possuí-la de uma vez.

– Preciso ser mais clara?

– Você não entende que não podemos?! – esbravejei, fazendo ela suspirar, impaciente. – Eu queria, mas não podemos – disse, com um fio de sanidade.

– Podemos. – Ela repousou suas mãos em meu roupão, puxando-me para mais perto, o suficiente para me fazer encaixar entre suas pernas. – Nós queremos, Eloise – sussurrou, com os lábios em minha pele, em um deslizar sutil e malicioso.

– Maya...

– E nós iremos fazer.

Senti o toque suave de seus lábios na pele do meu pescoço, acompanhado do ar quente emanado por sua boca.

— A não ser que você queira ficar aqui, comendo morango e tomando champanhe comigo. — Ela se inclinou para trás, afastando o contato que havíamos alcançado, para fitar minha expressão, enquanto tomava outro gole do álcool em sua taça. — Mas eu sei exatamente que não é o morango que você quer comer essa noite — sua voz carregava um tom divertido e provocante.

— E o que eu quero? — as minhas palavras trouxeram um brilho diferente a seus olhos amendoados, quase como uma confissão de meu desejo.

Maya levou as mãos até o fio de seu robe e desatou o pequeno nó, para entregar-me a visão de seu corpo seminu sobre a bancada da cozinha. Não restava mais nada, além da pequena lingerie de renda preta, que se contrastava perfeitamente com sua pele bronzeada.

— Isso — foi a única palavra que abandonou sua boca, antes de ela me puxar para um beijo.

Eu quase suspirei de alívio ao sentir o toque macio de seus lábios contra os meus. Eles se moviam com pressão, desejo e lentidão. Uma mistura perfeita para me enlouquecer, como tudo que existia naquela mulher. Senti as mãos de Maya agarrarem os fios de cabelo da minha nuca com um pouco mais de força, antes de serpentear sua língua lentamente sobre a minha. Fechei as pernas quase imediatamente após aquele contato, em uma tentativa de controlar aquele calor que se concentrava em meu sexo. Ofeguei contra seus lábios, sem abandoná-los. Não queria largá-la, precisava de mais, de tudo que ela poderia me oferecer naquela noite. Maya era um vício impossível de esquecer. Sentia-me presa, totalmente rendida a qualquer coisa que a envolvia, desde seu cheiro viciante à sua pele bronzeada e macia e seu beijo delirante. Eu poderia dizer, sem sombras de dúvida, que era o melhor de toda minha vida. Ela suspirou, manhosa, quando interrompi o contato entre nossas bocas. Deixei seus lábios para traçar um caminho por seu maxilar bem definido até o pescoço, para, em seguida, subir em direção ao lóbulo da orelha, que mordi e chupei devagar.

Um gemido baixo e gostoso abandonou sua boca, dando-me impulso para buscar por mais. Maya reclinou o corpo para trás, recebendo meus lábios sobre seus seios medianos. Ela assistia a tudo sem piscar. Seus olhos castanho-amendoados pareciam hipnotizados por cada movimento meu.

— Não sabe o quanto eu queria você, Eloise.

Encarei seu rosto fixamente, recebendo os suspiros e as mordidas no lábio inferior, à medida que meus beijos desciam por seu corpo. Maya movia-se sutilmente, quase como uma resposta instintiva de seu corpo ao meu toque. Sua respiração descompassada indicava toda a euforia que percorria seu corpo naquele momento. Deslizei os lábios, em uma linha reta, até a renda de sua calcinha preta. Havia um brilho diferente em seus olhos, o mesmo que encontrei em nosso primeiro contato.

— Me diga o quanto — ordenei, enquanto roçava meus lábios pela parte interna de suas coxas bem devagar, e subi com uma das mãos pelo seu calcanhar, passando pela panturrilha, até estacionar em sua coxa, a qual apertei com pressão, para abri-la.

– Muito... – Ela arfou, em meio a um gemido baixo, quando pressionei meus lábios em seu sexo quente e úmido, coberto pela fina camada do tecido.

Sua reação me trouxe um desejo desmedido por mais, como se pudesse sentir exatamente o mesmo prazer que ela ao receber minha boca. Senti suas coxas se abrindo, dando-me passagem para continuar. Seu peito subia e descia com urgência, enquanto seu quadril se contorcia, ansioso por minha língua.

– Você vai me deixar louca.

Maya estava sentada sobre a bancada de mármore da cozinha, suplicando por mim, enquanto seu marido ou qualquer outra pessoa presente naquela casa dormia, sem imaginar o que podia estar acontecendo. Confesso que a possibilidade de sermos flagradas a qualquer momento tornava tudo ainda mais excitante. Não que precisássemos daquele bônus para embalar nossa noite. Nosso contato era sempre incontrolável, explosivo, como se pudéssemos nos consumir em questão de segundos. Beijei a parte interna de suas coxas, deixando um rastro, com minha língua, até sua boceta. Ela arfou, fazendo-me sorrir. Era delicioso senti-la tão perdida, como se não pudesse conter o prazer que a consumia. Maya era sempre controladora, calculista e segura de seu poder, mas, naquele momento, iniciávamos uma partida de igual para igual. Inclinei para frente e depositei outro beijo, agora rápido e forte, antes de erguer meu corpo e encarar seu rosto.

– Filha da puta – ela xingou, ofegante, desesperada.

Encaramo-nos por segundos, que foram o suficiente para sentir meu sexo pulsar mais uma vez. Tomei seus lábios em um beijo, permitindo que ela sentisse seu gosto em minha língua. O contato afoito de nossos corpos estava me enlouquecendo, Maya resfolegou contra meus lábios quando minha mão desceu em direção a seu sexo, dando-me a chance de senti-la quente, úmida e pulsante. Seus braços repousaram ao redor de meu pescoço, aproximando-me mais de si. Por uma fração de segundos, mergulhei em seus olhos castanhos hipnotizantes, que transbordavam desejo e luxúria.

Ela desceu da bancada e me conduziu para fora; seu toque firme me arrastava pelos corredores sombrios. O silêncio era absoluto, quebrado apenas pelo som de nossas respirações entrecortadas. Envolvi-a por trás, beijando seu pescoço com gana, enquanto deslizava minhas mãos por sua cintura. Ela se virou, e seus lábios encontraram os meus, em um beijo ardente e desesperado. Com esforço, a morena se libertou dos meus braços e me guiou para dentro de uma sala. A escuridão impossibilitava qualquer visão de onde estávamos, mas em questão de poucos segundos, uma luz se acendeu, dando uma visão parcial do ambiente: era uma sala de lazer.

O lustre oval projetava seu brilho sobre uma mesa de sinuca, destacando-a na penumbra do espaço. Mesmo com a luz fraca, pude distinguir os contornos do lugar. Maya girou sobre os calcanhares, antes de ir em direção à mesa de sinuca. Cada passo era uma dança lenta e sedutora.

Meus olhos percorreram cada curva do corpo perfeito que ela exibia em sua lingerie e saltos altos. Ao se aproximar da mesa, sentou-se sobre ela, exibindo um olhar penetrante e um sorriso travesso nos lábios e, com mãos ágeis, desfez o fecho de seu sutiã, mantendo os olhos fixos nos meus.

— Lembrei-me de quando nos encontramos. Eu vi o quanto você me desejou desde o primeiro instante. Aposto que pensou que eu seria mais uma boba que levaria para cama — sussurrou, com um sorriso maldoso.

Meus olhos permaneciam fixos em cada gesto seu. Agora, ela deslizava as mãos até a lateral de sua calcinha, começando a retirá-la lentamente.

— Mas não imaginou que eu pudesse ser tão boa a ponto de te enlouquecer, não é? — A calcinha estava passando por seus joelhos. — Que eu poderia te prender assim.

Um nó se formou em minha garganta quando a calcinha finalmente cedeu e deixou seu corpo por completo. Um sorriso diabólico curvou os lábios de Maya, ao mesmo tempo que ela lançava a pequena peça de renda em minha direção. Eu a segurei, sentindo a leveza do tecido em minhas mãos, enquanto um sorriso se formava em meu rosto. Com um movimento gracioso, ela recuou um pouco, revelando seu corpo nu deitado sobre a mesa de sinuca, banhado pelo único foco de luz naquela sala.

Inspirei profundamente e dei passos em direção a ela, absorvendo a visão magnífica que se desdobrava diante dos meus olhos. Com seu corpo esculpido, Maya repousava delicadamente sobre a mesa, com os cabelos longos e escuros espalhados sobre o tecido verde. Meus dedos roçaram levemente sua pele, traçando caminhos lentos, enquanto circulava a mesa. Um suspiro escapou dos lábios de Maya ao sentir meu toque, mas ela permaneceu em silêncio, apenas observando cada movimento meu com seus olhos intensos. Ao retornar ao ponto de partida, a encarei. Com determinação, desfiz o laço do meu roupão, observando o peito de Maya subir e descer, em uma respiração acelerada. Um gemido escapou de seus lábios quando o tecido finalmente abandonou meu corpo, caindo no chão. Agora, eu estava nua, completamente nua.

— Vem... — seu tom de voz soou rouco.

Eu me aproximei, agora subindo sobre a mesa de sinuca, e movendo-me na direção de Maya, me acomodei sobre seu corpo, enquanto suas pernas se abriam para me receber entre elas. Um suspiro escapou de meus lábios, ao sentir o calor da sua pele se fundir com a minha. Logo, seus lábios encontraram os meus, em um beijo ardente, enquanto suas mãos se perdiam entre os meus cabelos e as pontas das unhas roçavam delicadamente minha cabeça. O lugar estava quente, nossos movimentos cada vez mais intensos. Uma mistura perfeita de perigo, tesão e desejo. Deslizei meus lábios pelo contorno do seu rosto, do maxilar até o lóbulo da orelha, provocando arrepios em sua pele, enquanto minha língua traçava um caminho sensual. Suas mãos encontraram meu corpo e suas unhas cravaram em minha pele.

— Eloise...

Maya inclinou ligeiramente a cabeça para trás, oferecendo seu pescoço de forma irresistível. Minha língua deslizou pela sua pele, enquanto nossos corpos se moviam em um ritmo frenético, gerando um atrito que nos consumia de prazer. Cada gemido dela ecoava em meus ouvidos, incentivando-me a prosseguir. Num instante de impulso, meus dentes marcaram sua carne, seguidos por uma suave sucção que deixou uma marca avermelhada em seu pescoço. Em resposta, Maya arranhou minhas costas.

— Você não pode me marcar!

Eu sorri, me acomodei melhor, agora tendo seus seios apertados contra os meus, e beijei aquela boca carnuda, agora borrada com o batom. De repente, Maya me virou, colocando-se por cima de mim na mesa. Seus lábios se curvaram em um sorriso cínico, enquanto ela se erguia parcialmente, sentando-se sobre mim. O lustre pendia alto sobre nós, mas sua altura agora permitia que ela o tocasse com as mãos, se assim desejasse. Por um instante fugaz, permiti-me admirá-la em detalhes, absorvendo cada aspecto de Maya, enquanto ela repousava nua sobre mim. Ela levou uma das mãos até os cabelos, virando boa parte para um lado, com um gesto que adicionava um toque ainda mais sexy à cena. Seu lábio inferior era mordido com um misto de desejo, enquanto seus olhos ardentes permaneciam fixos em mim.

— Eu adoro como você me olha.

Ela manteve sua coluna ereta, como se exibisse seu corpo para mim. Lentamente, a latina começou a mover seu quadril, friccionando seu sexo sobre o meu, fazendo-me fechar os olhos instintivamente. Ela intensificou os movimentos, impulsionando seu corpo contra o meu. Eu podia sentir sua boceta quente e molhada roçando em mim — uma sensação deliciosa que me envolvia por completo. Com minhas mãos em sua cintura, a ajudei a se mover, enquanto ela buscava manter o contato íntimo entre nossos sexos a todo custo. Eu me entregava ao prazer que ela me proporcionava, meu corpo ansiava por cada sensação que ela poderia provocar.

Maya ergueu parcialmente uma de minhas pernas, para acomodar melhor meu sexo com o dela. Gemidos ecoavam pela sala silenciosa, acompanhados pelas nossas respirações entrecortadas e pelo som da fricção intensa de nossos corpos. Cada movimento dela acelerava meu coração, provocando ondas de prazer que me consumiam por completo. Seu suor se misturava ao brilho da pele, e alguns fios de cabelo grudavam em seu corpo, à medida que se moviam. A cena era simplesmente linda e sensual. Em êxtase, fechei os olhos e arqueei a cabeça para trás. Num impulso, minhas mãos encontraram meus seios, apertando-os com firmeza, em sincronia com os movimentos sensuais que Maya executava sobre mim.

— Maya... Eu vou...

Maya intensificou seus movimentos, como se desejasse me levar ao ápice em questão de segundos, e foi exatamente o que aconteceu. Uma onda avassaladora de prazer tomou conta do meu corpo, provocando tremores e contrações concentradas em meu sexo. Cada fibra de meu ser vibrava, com uma sensação indescritível, enquanto gemidos roucos escapavam dos meus lábios, em resposta a tudo que ela estava me fazendo sentir.

— Sobe.

Os olhos da latina tinham um brilho intenso e quente. Um sorriso malicioso brincou em seus lábios, enquanto ela se aproximava delicadamente da minha cabeça. Ela se posicionou, com um joelho de cada lado da minha cabeça, ainda usando seus saltos altos. Ela exalava uma sensualidade irresistível. A luz brilhava sobre nós, como se nos destacasse como as únicas protagonistas daquela sala. Encarando-me fixamente, ela abaixou seu corpo, guiando minha boca em direção ao seu sexo. Um gemido escapou de seus lábios quando minha língua encontrou sua intimidade, ecoando pelo ambiente e intensificando o calor que nos envolvia.

— Porra, Green.

Maya moveu seu quadril devagar sobre minha boca, fazendo com que minha língua deslizasse com um pouco de pressão. Mantive meus olhos abertos, absorvendo cada detalhe que a penumbra permitia. Com a ponta da língua, explorei a entrada molhada de seu sexo, saboreando seu líquido quente que inundava minha boca. Seus gemidos ecoavam pelo ambiente, enquanto seu corpo respondia a cada movimento da minha língua. Ela desceu uma das mãos até sua intimidade, abrindo os lábios maiores e expondo seu clitóris para mim. Senti meu sexo pulsar com suas ações ousadas. Nossos olhares se encontraram por um instante, como se houvesse uma conexão única entre nós. Ergui um pouco a cabeça, mantendo nossos olhos presos, enquanto minha língua acariciava, em movimentos circulares e sincronizados. O quadril de Maya se moveu com urgência, buscando um contato mais intenso. Maya ainda estava com os dois dedos em sua boceta, enquanto se esfregava em minha boca. Não resisti e levei minhas mãos até sua bunda, apertando-a com firmeza, em resposta ao êxtase que compartilhávamos.

Minha língua dançava freneticamente de um lado para o outro, em movimentos rápidos e ávidos. A cada instante, Maya se esfregava mais intensamente em mim, oferecendo-se por completo, em busca daquele momento de êxtase. Apesar de seus esforços para conter os gemidos, era inevitável, estava entregue ao prazer que eu lhe proporcionava. Um forte tapa em sua bunda arrancou xingamentos obscenos de seus lábios, enquanto seu corpo estremecia sob o impacto. Ela intensificou os movimentos do quadril, pressionando contra minha língua, que saboreava cada momento daquele delicioso orgasmo que a consumia.

— Você nunca mais vai se livrar de mim, Green — disse, em meio a uma respiração ofegante.

Mantive meus olhos fechados, enquanto Maya distribuía pequenos beijos pela extensão de meu abdômen. Já devia ser o quarto orgasmo daquela noite, e eu me encontrava fodidamente exausta. Isso ficava evidente na maneira como meu peito subia e descia, em uma respiração ofegante e descompassada. Maya acomodou seu corpo sobre o meu, fazendo-me sentir o toque delicado de sua pele suada. Abri os olhos para encarar aquele par de olhos castanhos em minha direção, acompanhados daquele sorriso largo. Estávamos deitadas sobre o tapete da sala de lazer, completamente nuas, como se não houvesse a menor chance de sermos pegas. Estiquei meu braço, deixando que minha mão deslizasse pelas costas de Maya, acompanhando a linha de sua coluna, até chegar à sua nuca. Ela levou uma das mãos até seu cabelo, virando-o para um lado, deixando o outro totalmente livre. A pouca iluminação, que banhava seu corpo, realçava seus traços mais marcantes.

– Tinha me esquecido de como você é tão boa, Maya.

Ela sorriu e, em seguida, mordeu o lábio inferior.

– Posso dizer o mesmo, Eloise. – Maya ergueu um pouco seu corpo, apoiando seus braços ao redor de minha cabeça, ficando com o rosto na mesma direção do meu.

— Claro que pode. Eu sou ótima — soltei, convencida.

– Somos uma bela combinação na cama.

– Eu não deveria, mas tenho que concordar.

– Claro que tem. Sou a melhor que você já teve, Green.

– Como pode ser tão convencida?

– Eu sou realista, é diferente. – Maya inclinou a cabeça para a frente, aproximando sua boca da minha lentamente, como se a qualquer instante fosse me beijar.

Tomei impulso para selar meus lábios aos dela, mas ela se afastou, com aquele sorriso cafajeste estampado no rosto. Franzi o cenho, com uma cara de poucos amigos, o que rendeu uma expressão divertida de Maya. Virei nossos corpos sobre o tapete, invertendo as posições. Agora, eu estava sobre ela.

– Isso não vale! – exclamou, quando segurei seus punhos com as mãos.

– Vale tudo entre nós – foi o que disse ao beijá-la.

As imagens dessa madrugada inundavam meus pensamentos, como se nada mais pudesse ocupar minhas lembranças. Fechei os olhos, sentindo a água morna escorrer pelo meu corpo inteiro. Já havia amanhecido e, neste momento, Maya estava dormindo, exausta, ao lado de seu marido dopado. Demorei alguns minutos para estar devidamente pronta, após aquele banho, deixei o quarto de hóspedes da mansão Collins, caminhei pelo corredor até a sala central e, para minha infeliz surpresa, encontrei quem eu menos queria.

– Bom dia, agente Green! – Collins desceu as escadas tranquilamente.

O homem agora estava bem diferente do que eu estava acostumada a ver: Christopher vestia uma calça de moletom cinza e uma camiseta branca, e seus cabelos estavam úmidos e bem penteados. Mesmo de longe, eu podia sentir o cheiro de loção pós-barba misturado ao perfume amadeirado.

– Bom dia, senhor Collins.

– Dormiu bem essa noite?

Encarei os olhos azuis despreocupados, certificando-me de que aquilo não era uma brincadeira de mau gosto, e realmente não era. Então, apenas suspirei e assenti, com um sorriso fraco. O que eu poderia dizer? Sim, foi ótimo dormir com a sua esposa. Nem mesmo minha carreira policial me salvaria da morte.

— Vejo que está de saída. Não quer tomar um café antes?

— Não, senhor. Realmente não há necessidade.

— Faço questão, Eloise — insistiu ele, ao parar ao meu lado. — Apenas um café, e você pode ir.

Assenti mais uma vez, vendo-o gesticular para que eu seguisse em direção à mesa de café da manhã. Caminhamos lado a lado, em um silêncio desconfortável. Não tínhamos assuntos em comum, nada que pudéssemos papear para conter aquela sensação de estranheza. Ele sorriu de canto e apontou para meu lugar à mesa, bem ao seu lado e de frente para sua esposa.

— Fique à vontade, ok? Eliza preparou um café bem farto hoje, estou até surpreso — comentou, animado, ao repousar o guardanapo sobre a perna. — Vou começar com uma boa dose de café, me sinto exausto — no mesmo instante em que ele terminou a frase, veio à minha mente a imagem de Maya girando a taça para dissolver o calmante que o apagou.

Neguei com a cabeça sutilmente, em uma tentativa ineficaz de esquecer aquele acontecimento.

— Creio que o trabalho e o estresse dos últimos tempos o tenham deixado dessa maneira.

Passar tempo demais com Maya estava me fazendo mudar. Mentir tão descaradamente nunca foi tão fácil.

— Com certeza. Tenho trabalhado demais, e os últimos problemas envolvendo a CE estão me atormentando — murmurou, ao bebericar um gole do café. — Aliás, como anda a investigação?

— Estamos com alguns métodos especiais, creio que em breve teremos ótimas informações.

Os olhos azuis permaneceram em minha direção. Havia algo indecifrável ali. Ele assentiu devagar, um tanto pensativo.

— Espero que consiga solucionar isso o quanto antes.

— Eu irei.

Ficamos em silêncio por alguns segundos que, para mim, se arrastaram como uma eternidade. Eu me encontrava confusa e, ao mesmo tempo, nervosa. Era, no mínimo, estranho demais tomar café da manhã ao lado do marido da mulher com quem você passou a noite. Nunca me importei com status das relações alheias, já havia transado com outras mulheres casadas, mas nunca tive que conviver com seus devidos maridos. Afinal de contas, meus "relacionamentos" nunca passaram de uma única noite, não até Maya chegar. E falando no Diabo...

— Bom dia! — cumprimentou, um tanto surpresa e animada.

— Bom dia, querida — o homem falou, ao repousar a xícara sobre a mesa.

– Senhora Collins – foi a única coisa que consegui pronunciar em sua presença.

Maya sorriu em resposta. Parecia incrivelmente animada aquela manhã, e por alguns instantes, me senti satisfeita com isso. Ela ocupou o lugar à minha frente, enquanto puxava a manga de sua blusa até o meio do antebraço. Especialmente hoje, ela havia optado por um *cropped* de manga longa e gola alta, em um tom de marfim. Havia algumas coisas que precisava esconder. Na parte de baixo, usava um jeans de caimento reto e cintura alta, finalizando com um tênis branco para completar. Simplesmente linda, como de costume.

– Não imaginei que a encontraria aqui, Green. Parecia tão apressada para ir para casa.

– E realmente estou, mas o senhor Collins pediu que eu o acompanhasse no café da manhã.

Maya ergueu as sobrancelhas em surpresa, ao mesmo tempo que se servia de um copo de suco de laranja.

– Você vai sair? – indagou ele.

– Sim, preciso me despedir de Victor. Sofia marcou um almoço para lhe agradecer a oportunidade. Será algo tranquilo, iremos ao clube. Quer ir?

– Não, acho que ele não se deu muito bem comigo.

– Você não foi muito gentil com ele, não é?

Mais uma vez, eu me fazia de surda para os assuntos do casal. Por Deus, como aquilo era constrangedor.

– Estava cansado, eu disse.

– Eu pensei que estava com muita energia ontem, mas confesso que dormi completamente exausta e satisfeita – Maya comentou tranquilamente, fazendo-me fitá-la. – A exposição foi incrível, não poderia ficar mais feliz com meu trabalho.

Fechei os olhos brevemente e engoli o nó que se formou no meio de minha garganta. Ela apertou os lábios, como se estivesse reprimindo um sorriso.

– Bom, eu realmente preciso me retirar. Estou louca para trocar essa roupa.

Collins ergueu o olhar em minha direção, analisando-me por completo, sem expressar qualquer reação, mantendo-se como há segundos, tranquilo. E por alguns instantes, perguntei-me se ele fazia o tipo cafajeste. Não que devêssemos esperar uma boa atitude do sexo masculino, mas Collins não parecia fazer do tipo infiel. Esse cargo já estava preenchido naquela relação.

– Levo você. Seu carro ficou na galeria, não? – sugeriu Maya.

– Sim, ele ficou lá.

– Pois bem. – Ela ergueu seu corpo da cadeira e depositou um pequeno beijo no rosto de seu marido. E em um único ato, Christopher a segurou pelo braço, fazendo com que seu corpo voltasse para perto dele.

– Assim que se despede de seu marido?

Ela respirou fundo e lhe lançou um sorriso de canto, antes de selar os lábios aos dele. Desviei os olhos daquela cena e caminhei em direção à saída. Nada poderia ser mais constrangedor do que aquele milésimo de segundos.

— Volto mais tarde.

Acomodamo-nos no interior de seu carro — uma Mercedes GLS preta, com bancos de couro marrom e um painel futurístico.

— Novo?

— Sim, chegou essa semana — ela falou tranquilamente, enquanto colocava o cinto de segurança e se concentrava em escolher uma boa playlist na mídia do painel do automóvel.

Ter aquela proporção de dinheiro realmente devia ser algo incrível para pessoas normais, mas, para ela, era, no mínimo, normal. Ela sorriu, satisfeita, assim que encontrou o que queria.

— Juro que fiquei surpresa ao te ver na mesa de café da manhã. Não imaginei que iria me esperar para isso também — seu tom de voz provocador e debochado me fez rolar os olhos.

— Tive a infelicidade de encontrar o seu marido descendo as escadas, e ele não me deu muitas escolhas.

— Nossa, pensei que tinha sido por mim. Tivemos uma noite maravilhosa, e você não cogitou?

— Como consegue? — Encarei seu rosto assim que paramos no primeiro semáforo da avenida.

Ela compartilhava um olhar indignado.

— O quê?

— Agir naturalmente, Maya. Tudo parece fácil e normal para você.

Ela respirou fundo e, de maneira paciente, deslizou o indicador na tela, para diminuir um pouco o volume da música, demonstrando interesse em nossa conversa.

— Eu tenho que ser assim, Eloise — respondeu, fitando qualquer coisa do lado de fora do carro, para, somente em seguida, voltar seus olhos em minha direção. — As pessoas vão ver o que eu quero que elas vejam, dessa maneira, você sempre tem o controle.

— Comigo não é assim, eu vejo você — afirmei, diante de seu olhar divertido.

— Você tem de mim o que eu quero que tenha, agente. E ultimamente, tem muitas coisas... — Maya terminou a frase inclinando seu corpo em minha direção.

Olhei de relance, percebendo que seu cinto de segurança estava desatado, e senti a respiração quente na pele do meu pescoço, arrancando-me um arrepio instantâneo.

— Você pode ficar quieta?

— Não consigo — sussurrou em meu ouvido.

— Tente, se não quiser que eu bata com seu carro novo.

Maya parecia se divertir com a situação. Notava-se facilmente pela expressão cínica e provocadora em seu rosto. Ela se remexeu lentamente no banco, ao som da música que deixava o alto-falante da Mercedes, enquanto eu fazia todo o possível para me manter concentrada no trajeto até a galeria. Quando ele havia se tornado tão longo?

– Eu adoro como você fica nervosa, sabia? – disse ela, ao repousar uma de suas mãos em minha coxa.

– Maya... – repreendi, ainda com os olhos concentrados na fileira de carros à nossa frente.

– Eu não vou fazer nada! – exclamou, risonha.

– Não confio em você – respondi rápido, arrancando outra risada divertida de sua boca. Ela realmente adorava me ver em apuros.

– Está com uma péssima imagem de mim. Eu posso ser um amor, Green.

– Um demônio, melhor dizendo – afirmei, assim que chegamos ao estacionamento da galeria Garcia.

– Ai, essa doeu – disse, ao fingir chateação. Parei o carro e me virei em sua direção, com uma das sobrancelhas arqueadas. – Você deveria ser um pouco romântica comigo, me chamar de demônio não é nada carinhoso, viu?

Não pude conter o riso que escapou, ao assistir ao seu pequeno teatro. Maya também tinha um lado engraçadinho e provocador, sabia exatamente como utilizá-lo para me entreter. Era uma verdadeira caixinha de surpresas, o que me fazia crer cada vez mais no quanto estava longe de desvendá-la por completo.

– Mas como sou boazinha, vou te perdoar.

– Ah, vai?

– Claro. – Ela acomodou uma mexa de meu cabelo atrás da orelha e voltou seu corpo para a minha direção, inclinando-se sutilmente. – Viu como posso ser boa?

– Muito boa – concordei, séria.

Por um momento, fixei meus olhos nos dela e, em seguida, mirei os seus lábios bem desenhados, que se entreabriram para liberar uma respiração levemente descompassada. Sua expressão divertida nos abandonou, deixando uma intensidade quase tateável no momento em que levei uma de minhas mãos até sua nuca. Deslizei os dedos entre os fios de seus cabelos e a puxei para mais perto, sentindo o roçar de seus lábios. Beijar aquela mulher poderia se tornar um vício que eu não faria questão de conter. Depois de nossa última noite, qualquer maldito contato seria intenso e incontrolável. Ela resfolegou, extasiada, dando-me a chance de puxá-la de uma só vez para vir de encontro a mim. Senti meu corpo inteiro vibrar no momento em que entreabri a boca para receber sua língua. Nossos movimentos não eram rápidos, tampouco desesperados, mas passavam longe de serem calmos e sutis. Nós nos beijávamos com tanta vontade, que até mesmo nossas respirações, agora ofegantes, encontravam-se sincronizadas. Maya suspirou contra minha boca, e eu a soltei devagar, para descer com os beijos por seu pescoço. Com toda a certeza, aquele pequeno espaço estava ficando mais quente do que deveria.

— Melhor não continuar fazendo isso... — foi quase uma súplica de sua parte.

— Não gosta? — sussurrei em seu ouvido.

— Gosto, esse é o problema.

Maya não demorou a se mover. Com cuidado, ela se colocou sentada em meu colo, deixando uma perna de cada lado de minhas coxas. Senti suas mãos em meu rosto, enquanto me encarava com aquele par de olhos castanhos flamejantes. Nós ficamos mais alguns bons minutos dentro daquele carro, entre beijos e amassos intensos, apenas isso. Maya ainda estava em meu colo, agora sem blusa e com belas marcas perto de seus seios e pescoço. Estávamos suadas e completamente excitadas com aquele momento, mas não passaríamos dos limites. Não hoje.

— Eu tenho que entrar, estamos há quase meia hora aqui dentro. Sofia vai me matar — justificou, enquanto me apertava contra si.

— Tudo bem, eu também preciso ir.

Ela assentiu antes de deixar meu colo. Olhei para o espelho retrovisor, com a imagem de uma Eloise um tanto descabelada, com lábios inchados e vermelhos.

— Olha o estado que você me deixa.

— Te deixo sexy e muito satisfeita. — Ela deu um risinho, enquanto arrumava os cabelos diante do pequeno espelho retrovisor. — Prontinho!

— Ótimo, então vamos.

Saímos juntas do carro, observando como tudo estava calmo. Segurei a pequena bolsa de mão, que tinha minha pistola, enquanto caminhava em direção ao meu carro, que estava estacionado do outro lado, próximo a um Volvo C40.

— Ligue, caso precise de algo.

— Eu vou ligar, pode deixar. — Maya piscou para mim e caminhou graciosamente até a entrada de sua galeria.

Destravei meu carro e me acomodei no interior do veículo, enquanto retirava aqueles saltos de meus pés doloridos. Quem inventou o salto alto realmente queria nos castigar, não tinha dúvidas. Olhei mais uma vez para o prédio, notando que Maya havia chegado à sua sala. As paredes de vidro maciço, agora descobertas, davam uma visão ampla.

— Você só piorou tudo, Eloise — sussurrei para mim mesma, enquanto ligava o carro.

Ponto de vista secreto

Cruzei a vasta extensão da sala, ouvindo o barulho de meus passos sobre o assoalho desgastado daquele galpão abandonado. Tentei enxergar, com clareza, a movimentação do lado de fora, mas havia muita sujeira incrustada nos vidros quadriculados. Esfreguei com o dorso da mão, abrindo uma passagem.

O movimento quase nulo de pessoas do lado de fora indicava o quão distante do centro estava naquele momento. Fitei meu relógio pela quarta vez em menos de vinte minutos. Os ponteiros pareciam se mover mais lentamente do que o normal ou talvez fosse apenas a ansiedade atacando outra vez. Não importava quantas vezes eu fizesse aquilo, sentia sempre as batidas agressivas em meu coração.

Já passava das 02h00, quando a luz de um farol me chamou a atenção, e um carro, mais do que conhecido por mim, estacionou bem à frente da porta lateral do galpão. Seus faróis se apagaram, fazendo o carro preto quase se perder em meio à escuridão da noite. Afastei-me da janela e caminhei em direção a uma das mesas que havia ali, servindo-me de uma boa quantidade de uísque depositada em uma bela e refinada garrafa. Movi o líquido de um lado para o outro, antes de erguer até meus lábios, para tomar um considerável gole de coragem.

— Desculpe a demora, tive que pegar alguém no caminho.

Virei em direção a quem havia acabado de entrar e abaixei o copo devagar sobre a mesa de madeira, fazendo com que o líquido se movesse suavemente no interior do recipiente.

— Alguém? Do que está falando? — indaguei em tom de surpresa.

— Se acalme, eu posso explicar.

— É melhor que explique, rápido.

Ouvi o suspiro pesado, enquanto ainda se aproximava de mim. O lugar vago na frente da mesa grande foi ocupado logo em seguida.

— Bom... — iniciou em um tom receoso. — Você sabe que da última vez que tentamos não deu muito certo, lembra?

Nada respondi, apenas ergui o copo de uísque novamente até os lábios, que tão logo foram molhados pelo álcool de aroma forte. Um gole apenas.

— Ok, pensei que precisaríamos de mais alguém para nos ajudar, caso quiséssemos chegar até o fim do nosso plano. E tratei de procurar alguém de confiança que se unisse a nós. — Outro suspiro. — E, bom, eu encontrei.

Fechei os olhos por alguns segundos, deixando que aquelas palavras se organizassem da melhor maneira para que eu não fizesse algo inapropriado.

— Está me dizendo que contou tudo sobre nós a alguém? E trouxe essa pessoa até aqui? — a indignação estava presente em cada palavra vociferada por mim. — Tem ideia do quão perigoso isso pode ser?

— Era a melhor escolha.

— Poderia ao menos ter me perguntando! Como tomou uma decisão sem mim?

— Você iria negar, mas eu sei que é a melhor saída.

— Que seja! Deveria ter me comunicado antes de tomar uma decisão tão arriscada como essa! — esbravejei.

Ergui meu corpo da poltrona, caminhei em direção à janela de vidro novamente e respirei fundo, tentando manter a calma, para não explodir naquele momento. Invadir o sistema da Collins Enterprise e ter aquele dinheiro era uma questão de honra, e eu não poderia deixar que nada, absolutamente nada, desse errado.

— Eu resolvi o nosso problema, a solução é perfeita e totalmente confiável. Não sairá nada daqui — afirmou com precisão.

— Como eu posso ter certeza?

Eu vi seu peito subir e descer em uma respiração forte, como se estivesse tomando forças para manter sua decisão firme. Não era tão fácil lidar com situações como aquela, estávamos falando sobre um dos planos mais arriscados de nossas vidas.

— Dou a minha palavra. Se algo der errado, assumo a culpa — seu tom de voz saiu confiante, como o de um rei.

Ficamos em silêncio por alguns segundos, como se estivéssemos selando um novo acordo. Suspirei pesadamente e, apesar de ser totalmente contra, aceitei, com um breve aceno com a cabeça. Um voto de confiança para alguém que sempre confiou em mim.

— Mande entrar.

Um sorriso vitorioso e aliviado deixou seus lábios, após um breve suspiro. Eu meneei a cabeça em sinal negativo, temendo por aqueles novos passos, que poderiam nos alavancar ou nos derrubar de uma vez.

— Apresento a você o nosso bispo.

Meus olhos se estreitaram na direção daquela pessoa, que me analisou minuciosamente. Por uma fração de segundos, eu senti aquela insegurança tomar conta de mim. Ter uma nova peça naquele jogo não era tão simples quanto parecia ser. A atenção agora seria redobrada.

— Bispo?

— Isso mesmo! Pelo que sabemos, o bispo é uma peça de agilidade. Com o caminho livre, pode ser muito útil — disse em um tom de voz confiante. Havia uma troca de olhar ali. — E para melhorar, o bispo não pula por cima de outra peça e só segue na sequência de casas da mesma cor, ou seja, a nossa cor.

— Você concorda com essa teoria, Bispo*? — a última palavra teve certa evidência em meu tom de voz.*

— Sim, estou aqui para completar a equipe. Entendo que ainda não confie em mim, mas vou mostrar que posso ser uma ótima peça para chegar à vitória.

— Não confio mesmo, mas acho que está bem clara a nossa situação. Eu costumo ter uma generosidade imensa com quem realmente está do meu lado, muito diferente do Collins. Porém, tenho algo em comum com ele — falei calmamente, enquanto me aproximava daqueles olhos curiosos.

— E o que seria?

— Sei como resolver problemas que me pareçam perigosos. E garanto que não é de uma maneira gentil — soltei cada palavra com a precisão exata.

— Eu sei muito bem, tive uma ótima instrução antes de aceitar tudo isso — disse, antes de engolir em seco. — Não vou decepcionar.

— Perfeito. Estou lhe dando as boas-vindas.

— Isso poderia ter sido mais gentil — disse a Torre, enquanto se sentava na cadeira à frente da mesa. — Sabe disso, não é?

— Já fui muito gentil, e a volta nunca é boa.

Suas sobrancelhas se ergueram em uma expressão desgostosa, mas nada falou, apenas gesticulou para que o Bispo se sentasse próximo a nós.

— Vamos ao trabalho, sim? Tenho uma fortuna para tomar.

O tempo pareceu se mover mais lentamente do que o normal. Caminhei incessantemente de um lado para o outro naquele piso de tabuas de madeira corrida, enquanto minha torre e meu bispo permaneciam, há mais de uma hora, diante da tela daquele maldito computador. O clima de tensão e ansiedade começava a nos incomodar — notava-se facilmente pelo semblante de cada um.

Depois de algumas invasões, a Extremear renovou o pacote de segurança, aumentando nossa margem de erro na movimentação. Tudo por receio de receber uma multa bilionária causada pelo fracasso do sistema interno implementado em uma das maiores empresas do país. Malditos! Respirei fundo, parando novamente diante dos monitores que exibiam uma grande sequência de números e letras, que se contrastavam pela pouca luminosidade do ambiente. Os olhos do Bispo brilhavam, enquanto seus dedos se moviam, frenéticos, no teclado barulhento. Havia concentração e foco em conseguir, e aquilo podia ser admirável.

— Consegui! Temos que agir rápido, o sistema está congelado — murmurou em um tom eufórico.

— Deixe comigo!

Estávamos em uma conexão tripla, cada máquina tinha um trabalho a fazer. O Bispo estava encarregado de abrir o caminho, para que pudéssemos entrar livremente no sistema e retirar a nossa recompensa. Já a Torre, aguardava ansiosamente pela quantia, que seria transferida para uma conta fora do país. Realizei todo o processo o mais rápido que poderia, ditando o quanto teríamos do reinado Collins naquela noite.

— Não temos muito tempo — avisou de maneira nervosa.

— Estou quase lá...

Eu podia ouvir as batidas frenéticas do meu coração se misturarem ao ruído do teclado de molas. Digitei o último número e cliquei no pequeno botão à esquerda, quando uma nova janela se abriu na tela, informando que o acesso estava liberado.

— Atenção, por favor. Vou fazer a retirada agora mesmo.

A grande sequência de dígitos na conta bancária da Collins Enterprise reluzia no canto direito da tela. Você não sabe com quem se meteu, Collins. Digitei o valor desejado, seguido por todos os dados necessários para a saída abrupta do valor.

— O tempo — alertou o Bispo.

A adrenalina e o sentimento de vingança eram as únicas coisas que me moviam naquele momento. Na caixa de contorno cinza, incluí o valor da segunda retirada, que aumentaria minha vantagem contra o rei. O prazer que me consumia, ao ver a tarja verde sendo preenchida, para finalizar nossa operação, era simplesmente indescritível.

Operação concluída.

— Avançamos mais algumas casas! — murmurei, com tom de satisfação.

CAPÍTULO
#09

CONSEQUÊNCIAS

Um maldito barulho perturbava meu sono. Remexi-me sobre a cama, em meio aos lençóis macios de algodão, e coloquei os dois travesseiros sobre a cabeça, em uma tentativa de fazer o ruído parar, mas não tive sucesso. Então, abri os olhos com certa dificuldade, sentindo minhas pálpebras mais pesadas que o normal. As poucas horas dormidas na casa de Maya estavam sendo descontadas agora ou, ao menos, eu estava tentando fazer isso.

O barulho voltou novamente, quando me dei conta de que se tratava do meu celular. Ele tocava insistentemente, enquanto trepidava sobre a mesa de cabeceira. Com os olhos fechados, tateei a mesa, à procura do aparelho, que tão logo veio de encontro ao meu ouvido.

— Alô?

— *Eloise...*

— Eu espero que você tenha um ótimo motivo para me ligar a essa hora, Ruby.

— *Preciso que corra até a delegacia agora* — seu tom de voz indicava uma única coisa: problema.

— O que aconteceu?

Sentei-me na cama, abrindo os olhos sem qualquer dificuldade e, por um segundo, senti um arrepio percorrer todo meu corpo apenas com a possibilidade do que iria ouvir.

— *A Collins Enterprise...* — Ruby resfolegou. — *Foi roubada outra vez* — *ess*as palavras me pegaram em cheio, como se eu tivesse recebido um soco forte no estômago.

Engoli em seco, em uma espécie de transe que não me permitia reagir.

— *Eloise? Está aí?*

Era o fim da minha carreira.

— Chego em alguns minutos. — Desliguei.

Não demorei nem sequer meia hora; poucos minutos depois, meu carro estava entrando no estacionamento da delegacia de Nova Iorque. Talvez eu tivesse passado absolutamente todos os sinais de trânsito possíveis naquele trajeto, apenas talvez. Recebi alguns olhares curiosos no corredor principal. Provavelmente, imaginavam que algo de muito ruim havia acontecido, pois interromper uma das minhas poucas folgas, desde que mudei para aquela unidade, não era algo comum. Subi as escadas, em passadas largas, até alcançar minha sala, deparando-me com o olhar decepcionado de Ruby, que estava sentada no canto.

— Desculpe a demora, eu vim o mais rápido que pude — murmurei, ofegante, ao abandonar alguns pertences sobre a mesa. O barulho do meu celular contra a mesa de madeira me fez perceber o quão atormentada estava.

— Tudo bem.

— Me passe o relatório do ocorrido. Chamou as outras também?

— Sim, estão a caminho — sua voz mais parecia um sussurro.

— O relatório, Ruby.

— Eu não fiz, não tenho as informações.

Ergui a cabeça para encará-la, mas os olhos de Ruby fitavam o chão fixamente, como se houvesse algo muito importante ali.

— Como assim não tem? O sistema fornece os dados — respondi, incrédula.

— Eu não abri o programa — sua voz soou aflita. — Quer dizer, abri, mas tive que fechar, pois alguns oficiais vieram aqui na sala. E acabei não iniciando outra vez.

— Não... — Ri, sem um pingo de humor — Você está brincando comigo, não é?

Ruby nada falou, apenas desviou os olhos dos meus, totalmente envergonhada.

— Eu não acredito nisso...

— Me desculpe.

— Você acha mesmo que te desculpar vai resolver a porra do problema? — indaguei, furiosa.

Eu sentia minha cabeça girar, enquanto aquele desconforto se instalava em meu estômago. Engoli em seco e segui até o computador central da investigação. O sistema do FBI alertava sobre a invasão, mas um pop-up no canto superior direito exibia "Sem dados atuais", tornando meu problema ainda maior. Não bastava a Collins Enterprise ter sido roubada novamente, eu não tinha nenhum dado para encontrar o culpado.

— Cuide para que Madson chegue o quanto antes. Ela deve saber como solucionar o problema.

— Sim, agente.

Ouvi o barulho da porta sendo fechada, trazendo aquele silêncio perturbador para minha mente. Naquele momento, tudo que eu conseguia pensar era em quantas maneiras possíveis Christopher Collins seria capaz de escorraçar. Respirei fundo, buscando toda calma e racionalidade que ainda me restava naquele instante, enquanto buscava por algo que pudesse me ajudar. Minutos depois, ouvi os murmúrios preocupados de Madson e Oliver no corredor, quando, por fim, adentraram a sala, ao lado de Ruby.

— Vim o mais rápido que pude — disse Madson Carter, um tanto ofegante.

— Finalmente! Preciso muito que você desvende esse sistema.

Ela assentiu rapidamente e tratou de ocupar seu lugar na frente da tela do computador. Caminhei de um lado para o outro, completamente impaciente, enquanto Carter cuidava de encontrar qualquer vestígio do crime daquela noite. Precisava de algo, por menor que fosse.

— Consegui algumas informações. — Ela suspirou. — O roubo aconteceu há uma hora e vinte e dois minutos. Temos uma grande quantidade de localizações do processo, creio que seja uma maneira de despistar.

— Pode extrair os dados de todos? Assim, podemos descartar os mais improváveis.

— Claro! Posso, sim.

— Oliver, pegue esses dados e faça uma varredura em endereços reais ou não. Deixe uma lista com os mais prováveis, iremos investigar um por um.

— Sim, senhora.

— De quanto se trata a retirada? — perguntei, temerosa.

De repente, ficamos todas em silêncio, em uma espera torturante por uma resposta. Madson encarou a tela do computador novamente e compartilhou a informação com a voz baixa, quase inaudível.

— Um bilhão de dólares.

— Oh, Deus! Esse é o fim da minha carreira! — exclamei, nervosa.

— Eu posso assumir toda culpa, Green — Ruby sugeriu imediatamente, mas nada que ela pudesse fazer naquele momento aliviaria minha ansiedade e raiva.

— Eu estou no comando da operação, Ruby. Nada que faça vai resolver! — esbravejei. — Só se conseguir encontrar o desgraçado que está roubando, o que eu acho muito difícil, mediante a falta de pistas.

— Eloise, por favor, se acalme. Vou pegar um copo de água para você. — Oliver se adiantou. — Estou fazendo a análise dos endereços.

— Faça, por favor. Vamos entrar em campo no endereço mais provável. Precisamos de provas mais concretas.

Ainda era madrugada quando Oliver terminou a verificação. Da lista de cinquenta e quatro localizações capitalizadas pelo sistema, encontramos uma na cidade. E como em minha cabeça, o roubo da Collins Enterprise não se tratava de uma aleatoriedade da vida, era nele que eu viraria a noite.

— Vou com você — minha melhor amiga murmurou.

— Não precisa, posso ir sozinha.

— Eu vou, Eloise.

Com as coordenadas de Oliver, seguimos para bem longe das ruas movimentadas do centro de Nova Iorque. O caminho se estendeu em um silêncio sepulcral, tornando o clima ainda mais tenso, quase palpável. Eu estava irritada, talvez até mesmo decepcionada. O descuido de Ruby poderia jogar todos os meus dias e noites de esforços desmedidos pela minha carreira no ralo, apenas com um estalar de dedos de um dos empresários mais influentes do país. Falávamos de um bilhão de dólares, não de um furtozinho em uma vizinhança qualquer.

— Eloise, eu...

— Podemos não falar agora? Por favor.

Ela respirou fundo e assentiu no banco do passageiro, quando o som do rádio da polícia chamou nossa atenção.

— *Agente Green, na escuta?*

— Na escuta, Oliver.

— Fiz uma varredura pelo local nas últimas horas e encontrei rastros de sinal telefônico. Não houve ligação pelas informações do satélite, mas creio que acesso à SMS. Vou atualizar suas coordenadas.

Em alguns segundos, o visor do meu celular ascendeu, com novas mensagens. Tínhamos algo mais fixo, por mais abrangentes que aquelas informações parecessem ser. Pisei no acelerador, ouvindo o motor do carro roncar mais alto, em busca de velocidade, enquanto o GPS no painel indicava o nosso caminho. Chegamos a uma área mais deserta, quase abandonada. A antiga região portuária contava com uma sequência de galpões gigantes, nos quais as embarcações deixavam toda matéria-prima importada de países afora.

— Pelo que parece, nós chegamos...

Desliguei o carro e encarei o prédio antigo e descuidado. Suas paredes, em cor de tijolo queimado, estavam cobertas por uma camada de sujeira esverdeada, quase cinza, enquanto as barras de ferro se deterioravam com a oxidação. Aquilo poderia cair em nossa cabeça a qualquer instante, o que não parecia tão ruim agora. Apaguei os faróis, mergulhando na escuridão daquele lugar logo em seguida.

— Vamos vistoriar o ambiente ao redor. Em seguida, procuramos uma entrada — sussurrei para ela, que tão logo assentiu.

Saquei a pistola do coldre com uma das mãos e, com a outra, segurei uma pequena lanterna, para iluminar o local. Seguimos em passos lentos e cuidadosos pela lateral do prédio, evitando a possibilidade de sermos descobertas, mesmo sabendo que era quase impossível ainda encontrar alguém naquele lugar. Pelo menos, não as pessoas que nós procurávamos. Fiz um breve sinal com as mãos, indicando que deveríamos entrar no galpão na próxima entrada. Ruby assentiu, cobriu meus passos até o portão de ferro entreaberto e, com os ombros, empurrou devagar, ouvindo o ranger do material cortar o ar.

— Merda! — exclamou.

— Não tem muito o que fazer, vamos.

O barulho da porta foi alto o suficiente para fazer alguma movimentação no interior do prédio. Pelo som, alguns morcegos faziam daquele lugar o seu lar.

— Ah, não... — Ruby estagnou os passos, encolhendo-se em seguida.

— O quê?

— Morcegos.

— Ruby... — Encarei seu rosto, e ela deu um sorriso amarelo, voltando a caminhar para o interior do ambiente parcialmente escuro.

Respirei fundo, apontando a lanterna para os possíveis caminhos. O lugar servia de armazém para materiais portuários, peças de barcos, motores e até esqueletos de lanchas. Tudo coberto por uma grossa camada de poeira e teias de aranhas, que cruzavam os corredores entre um barco e outro. O silêncio era quase predominante, exceto pelo barulho agudo de algum animal — talvez ratos ou morcegos, era difícil distinguir. Olhei para trás, notando que Ruby caminhava com os olhos arregalados. Não sei se por medo, atenção ou dificuldade para enxergar. O galpão era parcialmente iluminado pela luz da lua cheia do lado de fora, e os raios de luz emanados pelas janelas sujas e quebradas traziam uma aura macabra, como uma cena de assassinato ou história de terror.

No fundo, notei uma escadaria que dava acesso ao segundo andar do prédio e uma sala de metal instalada, com uma grande parede de vidro em nossa direção. Fiz um breve aceno, indicando que iríamos subir, e ela prontamente assentiu, reerguendo sua pistola para frente. Quando nos aproximamos, ouvimos um ruído alto no segundo andar, fazendo-me acelerar os passos em direção à escada. O barulho pesado dos passos era o que menos importava. Pulei degraus para chegar mais rápido, quando ouvi o grito assustado de Ruby.

– Porra! – exclamou, ao cair nas escadas.

Empurrei a porta de uma só vez, enxergando o movimento de ratos correndo no interior da sala. Não era nada. Respirei fundo e voltei para as escadas, vendo a mulher se levantar.

– Você só pode estar brincando comigo hoje!

– Desculpe! Eu caí na porra deste degrau – ela falou completamente ofegante, enquanto limpava toda a sujeira de sua roupa. – Achou alguma coisa?

– Não. E ainda bem, não é? Se tivesse alguém lá dentro, eu seria recebida com tiros após o seu berro.

– Já pedi desculpa, Elo.

Olhei para ela e respirei fundo novamente. Era um teste, só podia ser.

– Está tudo bem?

– Sim.

Voltei à sala de controle no segundo andar, e diferente de todo restante do prédio, ela estava menos deteriorada. Iluminei uma parte da parede até encontrar um interruptor que, por sorte, estava funcionando. A luz forte e amarela revelou que o lugar havia sido recentemente utilizado. Havia uma mesa ao fundo, cercada por quatro cadeiras de couro marrom ressecado, sem qualquer vestígio de poeira, e um cinzeiro de vidro com cinzas novas e leves, sem as bitucas dos cigarros. Nas laterais, próximo à janela de vidros quadriculados, existiam armários industriais, seguidos por um sofá velho e remendado. Ruby se aproximou, à procura de algo que pudesse nos ajudar, enquanto eu vistoriava toda a extensão da pequena sala.

– Não tem nada – disse ela, ao fechar os armários.

Olhei pela janela embaçada. Os musgos se alastravam pelas laterais do lado de fora. Observei nosso carro parado e os galpões do outro lado da rua, todos escuros e vazios e, pelo reflexo ruim, notei uma porta estreita do outro lado da sala, do lado oposto da porta de entrada. Forcei a maçaneta, mas estava trancada.

– Posso abrir, me deixe achar algo – Ruby se adiantou a falar, enquanto procurava por algo que pudesse destrancar.

Sem muita demora, retirei a pistola do coldre e mirei na trava da porta. Um tiro foi o suficiente.

— Ou você pode foder ela inteira — resmungou ao fundo.

— Mais rápido.

Abri a porta de uma só vez, e nada mais era do que um pequeno banheiro. Passei a mão pelo interruptor, mas nenhum sinal da lâmpada, então liguei a lanterna e foquei todos os cantos possíveis, enquanto Ruby vasculhava o pequeno armário.

— Que inferno! Não tem nada aqui também.

— Espera...

Olhei para o chão, encarando a poça de água que estava formada sobre nossos pés. Encarei o chuveiro no canto, seguido pela pia e, por último, pelo vaso sanitário, que transbordava pelas laterais, e ergui a tampa, encarando a água extremamente transparente.

— Eloise, não...

— Tem algo no fundo.

— Sim, tem e sabemos exatamente o que é.

— Não creio que seja o que está pensando — murmurei, ao iluminar o fundo.

— E o que mais poderia ser?

Encarei os olhos de Ruby, sentindo um pouco de ânsia pelo que estava prestes a fazer. Era nojento, mas necessário. Engoli em seco, antes de tirar o casaco e dobrar a manga de minha camisa até o cotovelo.

— Não, pelo amor de Deus!

Mergulhei uma das mãos no interior da privada de porcelana e busquei por algo que não fosse o que imaginávamos. Pelo duto interno, toquei em algo que impedia o fluxo da água.

— Eu quero vomitar. — Ruby resfolegou, enquanto segurava a ânsia.

— Encontrei algo.

O barulho do vômito veio mais uma vez, obrigando-me a fechar os olhos, para não embarcar na mesma. Inclinei o braço mais um pouco e, com as pontas dos dedos, puxei um objeto pequeno e rígido.

— Porra! — exclamei, ao encarar o pequeno telefone. — Eu sabia! — Sacudi a mão molhada com o telefone, pedindo aos céus que ele ainda apresentasse qualquer sinal de vida.

Ruby ainda estava debruçada sobre a pia, contendo o vômito que escapou de sua boca.

— Graças a Deus... — Seus olhos lacrimejavam, enquanto limpava a boca, agora lavada, com o dorso da mão.

— Você é péssima para ação. Me lembre de deixá-la sempre no administrativo — resmunguei, ao sair do banheiro.

— Você meteu a mão em uma privada!

— E encontrei algo importante.

Tratava-se de um aparelho descartável, nada muito tecnológico, com teclas e uma tela minúscula. Pressionei um dos botões, na esperança que ainda funcionasse e, para minha sorte, o visor acendeu, fazendo meu coração palpitar forte. Mas como nem tudo são flores, a imagem inicial trepidou por instantes e apagou.

— Droga!

— Deixe desligado, vamos levar para que Oliver ou Madson verifiquem.

— É melhor, precisamos que ele funcione. Se tiveram a preocupação de escondê-lo dessa maneira, algo podemos achar aqui.

— Isso mesmo. Agora, vamos, você precisa lavar essa mão.

O caminho foi rápido. Dessa vez, Ruby havia assumido o volante. Ainda estava em completo silêncio, enquanto guiava o carro até o departamento de polícia. O clima entre nós estava mais leve. Depois de nossas interações no galpão, ela se sentiu menos acuada, e eu, irritada. Não conseguia passar tanto tempo com raiva dela, não na mesma proporção. Naquele momento, eu só conseguia pensar no que havia naquele maldito celular. Não esperava descobrir algo extraordinário, mas ele era minha única esperança para encontrar um vestígio qualquer do criminoso.

— Essa não...

Assim que o nosso carro adentrou o estacionamento, tivemos a visão clara do Rolls-Royce azul-marinho estacionado próximo à entrada. Ele estava lá, provavelmente furioso, aguardando ansiosamente para destruir minha existência, após perder mais uma parte da sua fortuna. Fechei os olhos e me debrucei contra o painel do carro, buscando forças para entrar naquele prédio e encarar todos os problemas que cairiam em minhas costas.

— Eu posso falar com eles — Ruby quase sussurrou.

Respirei fundo por longos segundos, como se o oxigênio pudesse me dar um pouco mais de coragem. — Eu faço isso, não se preocupe.

O interior da delegacia parecia movimentado demais para aquela madrugada. Na recepção, recebi alguns olhares curiosos, acompanhados de cochichos nada sutis. Todos pareciam a par do caos que o meu caso havia se tornado e pareciam se divertir com isso. Era óbvio, afinal de contas eu não havia sido muito bem-aceita até o momento. Isso porque caí de paraquedas em um dos cargos mais disputados pelos veteranos do departamento, ganhando um dos maiores casos nos primeiros dias de trabalho. Eu também me odiaria.

— Agente Green! — Oliver acenou ao fundo. — Conseguiu alguma coisa?

Conduzi-a para o interior da sala de reunião rapidamente, longe dos olhares curiosos. Ela franziu o cenho, um pouco confusa, mas nada falou.

— Encontrei isso. — Ergui o aparelho celular, que estava dentro de um pequeno saco de provas. Oliver arregalou os olhos e exibiu um sorriso largo.

— Isso é ótimo!

— Espero que seja. Não faz ideia de onde tive que meter a mão para tirar isso.

Ela fez uma careta e pegou o saco com as pontas dos dedos.

— O Collins está aqui com a mulher. E recebi ordens para informá-la assim que chegasse à delegacia.

— Onde ele está?

— Na sala do comissário.

— Se eu for tirada desse caso, espero que uma de vocês assumam.

— Não fale besteira. Isso é a nossa salvação — disse ela, ao erguer o celular. — Vou levar à sala de provas. Madson e eu vamos conseguir algo, prometo.

— Tente qualquer coisa. O aparelho ficou muito tempo na água, não sei o quão danificado está.

— Deixe comigo — disse com confiança.

— Bom, eu vou enfrentar a fera lá em cima.

— Boa sorte.

O caminho até a sala de Brandon foi um martírio. Ensaiei inúmeros discursos para amansar as feras que enfrentaria, mas nada parecia bom o bastante para um roubo de um bilhão de dólares. O que dizer? "Sinto muito, posso resolver isso". Não era assim que as coisas funcionavam, não em Nova Iorque. O elevador soou, com um bipe sutil, abrindo as portas metálicas para meu Inferno. De longe, pude ouvir a voz grave e enfurecida de Christopher, que fez meu estômago embrulhar por inteiro. *Força, Eloise*. Repeti para mim mesma, em um mantra contra a ansiedade, mas que de nada serviu quando ouvi o empresário.

— Eu não quero saber, Brandon! Dê um jeito! Essa mulher não está servindo. É uma incompetente!

— Christopher, a detetive é totalmente capaz de desvendar o caso. E está avançando cada vez mais. Eu não posso simplesmente tirá-la.

— Avançando com o meu dinheiro para a conta do criminoso, não é? Um bilhão de dólares, Brandon. Você sabe o que é isso? Aposto que não. Não ganharia isso com esse emprego de merda!

— Chris, por favor. Se acalme. Eloise está avançando com a investigação, confie em Brandon.

— Você não sabe de nada, Maya! Você a está defendendo porque está virando amiguinha dela. Deveria ter dó de mim, que estou perdendo minha fortuna, porque essa mulher não sabe o que faz.

Fechei os olhos e respirei fundo diante da porta, preparando-me para entrar a qualquer instante.

— Se acha que é tão fácil, deveria se candidatar ao posto de detetive. O que acha? — foi a vez de Maya indagar, completamente irritada.

Pela primeira vez, ouvi Maya se posicionar de maneira tão firme diante de seu marido. Um silêncio se instalou logo em seguida. Talvez o clima tenha esquentado além da conta. Peguei-me pensando, por instantes, na maneira como a mulher havia me defendido. Por um momento, senti-me mais acolhida. Engoli em seco o nó que se formava em minha garganta e dei três leves batidas à porta.

— Quem é?

— Agente Green.

— Entre, Eloise — Brandon disse, ao abrir a porta.

— Ah! Veja só quem chegou... — o tom debochado do empresário me trouxe algumas novas sensações.

Encarei os olhos azuis do homem e, em seguida, o rosto apreensivo de Maya. Ela permanecia ao fundo, a uma distância considerável de seu marido.

– Me diga que temos alguma informação, agente – Brandon suplicou.

– Não temos nada exato ainda. Estamos apurando novas provas que conseguimos na última busca após o roubo.

– Estão vendo o que estou falando? Ela não serve para o meu caso! – As veias de sua testa saltavam, enquanto seus olhos pareciam chamas.

– Christopher! – Maya o repreendeu.

– Não, Maya! Ela precisa entender que, se quer ser uma policial importante, precisa trabalhar mais. Se depender do desempenho atual, não servirá nem para investigar o roubo de um botequim.

– Você não vai desrespeitar uma oficial dentro da minha delegacia! – Brandon interveio rapidamente.

Collins resfolegou, afastando-se alguns passos para bem longe de mim. Suas mãos deslizavam por seus cabelos ondulados de maneira afoita, demonstrando o estado de nervos em que se encontrava naquele momento. Eu sabia que poderia agir contra ele, mas também tinha certeza de que ele conseguiria se safar no final. Então, como boa entendedora que sou, apenas engoli todas as palavras proferidas por aquele homem.

– Incrível como vocês defendem esse descaso comigo. Porque isso é um descaso com a minha investigação. Minha empresa está perdendo todos os lucros com um criminoso que sequer fazemos ideia de quem seja, porque a nossa detetive não consegue encontrar nada de útil.

– Senhor Collins, entendo sua irritação, mas gostaria de deixar claro que temos, sim, grandes suspeitos, mas não podemos fazer nada até ter provas concretas. Estou trabalhando diariamente para desvendar tudo isso.

O empresário se aproximou, parando a poucos centímetros de mim. Seus olhos se fixaram sobre os meus, como se quisesse me intimidar de alguma maneira. Seu maxilar trincado, seu rosto vermelho e as gotas de suor, que escorriam pela sua testa, indicavam a fúria que explodia em seu interior.

– É melhor conseguir alguma coisa. Ou eu prometo que vou fazer todo possível para acabar com a sua carreira de detetive – ele sussurrou firmemente, fazendo-me estremecer de raiva.

Naquele momento, não era mais frustração que me dominava. Eu sentia raiva, ódio ou qualquer tipo de sentimento negativo por aquele homem. Se eu não tivesse sido treinada pelos piores e mais carrascos agentes de polícia, com toda a certeza teria partido para cima daquele maldito prepotente de merda. Mas como boa oficial, mantive a postura e apenas assenti, em concordância. Ele soltou o ar de seus pulmões, afastando-se mais uma vez. Não ousei demonstrar qualquer sentimento, me mantive indecifrável no interior daquela sala, mesmo quando a voz mais perversa da minha mente clamava por um castigo para Collins.

– Agente Green, vá para sua sala. Depois, vamos conversar melhor, ok? – Brandon murmurou.

– Sim, senhor. – Fechei a porta em minhas costas e me permiti ouvi-los por mais alguns instantes. Primeiro, um silêncio raivoso, seguido por passos pesados.

— Eu vou precisar viajar por alguns dias, tenho que consertar o maldito problema que a falta desse dinheiro vai trazer. Tenho sócios para lidar e, diferente de mim, eles não se contentam com "estou resolvendo". Por isso, assim que eu voltar, quero que tenham resolvido algo, entendeu?

— Teremos algo para entregar, pode ficar tranquilo.

— Acho bom, porque não vou ficar aturando a incompetência da sua equipe por muito tempo, Brandon. E muito menos a sua.

Era claro o poder que Christopher exercia sobre o comissário. Algo muito delicado mantinha aquela relação viva, eu só precisava descobrir o quê.

— Você pode se acalmar?

— Pare de me pedir calma, Maya. Não foi você quem trabalhou a porra da vida inteira para construir tudo isso.

— Isso não te dá o direito de humilhar as pessoas, Christopher.

— Você não entende nada. Então, por favor, fique quieta. Não vai mudar o meu pensamento a respeito daquela imprestável.

Fechei as mãos em punhos, por puro instinto, ao ouvir aquelas palavras.

— Vamos embora.

Assim que ouvi os passos no interior da sala, adiantei-me a caminhar para o elevador, pois não queria ser flagrada espionando aqueles três. Entrei, cliquei no botão para descer até o andar de minha sala e, antes que as portas pudessem fechar por completo, avistei o olhar de Maya em minha direção. Suspirei, cansada. Minha cabeça estava fervendo com todos os acontecimentos das últimas horas. Confesso que, naquele momento, gostaria de não ser Eloise Green, mas como querer não é poder, a única opção que me restava era entrar naquela maldita sala e solucionar o caso.

— Encontramos alguma coisa? — indaguei, ao abrir a porta.

Madson e Oliver me fitaram rapidamente, trazendo um olhar descontente, seguido por alguns suspiros cansados.

— Ainda não. O aparelho entrou em curto por conta de toda água, mas estou tentando salvar as placas que precisamos, para montar novamente — Oliver murmurou e coçou a cabeça, em sinal de confusão.

— Não sei se será possível, ainda mais se tratando de um celular descartável — foi a vez de Madson.

— Já fiz isso antes, não com um celular descartável, mas, se funcionou com o normal, pode ser que funcione com esse aqui também.

Respirei fundo e assenti, desacreditada. Não que eu não tivesse confiança no trabalho da minha equipe, mas acontece que agora, mais do que nunca, eu precisava de uma luz. Não conseguir um avanço no caso, após aquele roubo, seria confirmar todas as ofensas de Collins contra mim.

— Vocês precisam de algum recurso extra?

— Não, apenas de sorte.

Fiquei ao lado das policiais, enquanto tentavam reconstruir o maldito celular. Ruby focava analisar o sistema do FBI e os dados informados pelo sistema da Collins Enterprise. A invasão silenciosa só reafirmava que não estávamos lidando com amadores, muito pelo contrário: o preparo tecnológico e intelectual era tão alto como o que tínhamos em nossa base, o que me deixava ainda mais frustrada. As palavras de Christopher ecoavam pela minha cabeça repetidas vezes, atormentando meus pensamentos com a verdade. Eu estava fazendo um péssimo trabalho, ele tinha razão.

Perdi a conta de quantas canecas de café ingeri desde a última madrugada. Toda a equipe revezou os turnos, para que em nenhum momento a investigação fosse pausada, exceto por mim. Era noite mais uma vez, e Madson e eu analisávamos todo material conquistado até o momento, com o intuito de encontrar qualquer resquício de informação não identificada anteriormente, mas depois de tantas horas acordada, eu sentia minhas pálpebras pesadas. As letras menores pareciam se misturar nas folhas de papel espalhadas em minha mesa.

– Você devia descansar. Não vai conseguir encontrar nada dessa maneira.

– Não posso, preciso de algo.

– Eloise, eu entendo seu desespero, mas está fazendo todo o possível. Não se culpe tanto, é um caso muito difícil.

– Não tem como, Mad. Tenho os principais suspeitos, mas nada suficiente para interrogá-los. Eu preciso de algo concreto e sinto que esse telefone pode nos ajudar. – Levantei-me da poltrona e caminhei até a mesa no fundo da sala, onde observei o aparelho totalmente desmontado. – Acho que podemos montar novamente – eu sugeri.

– Pode deixar que faremos isso — Oliver afirmou, ao entrar na sala, ao lado de Ruby. Ambas haviam descansado durante a manhã, para seguirem com o processo no turno da noite.

– Vá descansar, Eloise! Nós seguimos daqui.

– Eu prefiro ficar.

– Não vai conseguir ajudar neste estado. Você está com uma cara horrível. Precisa de um banho e ao menos trinta minutos de sono – minha melhor amiga comentou. – Logo mais, receberemos o aparelho do mesmo lote que você solicitou e, com o auxílio do técnico da empresa de telefonia, iremos montar cada detalhe do aparelho.

– Não sei...

– Green, vá.

Suspirei, exausta, e assenti para todas. Eu realmente estava precisando de um banho e algumas horas de descanso, mas não demoraria a voltar. Não queria perder um só momento do avanço da investigação.

– Tudo bem, eu vou, mas não demoro a voltar.

– Sem problemas, chefe! Cuidamos de tudo aqui – Oliver disse, sorridente.

Entrei em meu apartamento e larguei as chaves dentro do cesto, no aparador próximo à porta, enquanto retirava os sapatos dos pés. A sensação de pisar no chão sem algo apertando era tão boa quanto tomar um banho morno após um dia cheio, e foi exatamente o que fiz. Com o secador, retirei toda a umidade de meu cabelo, ao mesmo tempo que observei a televisão através do espelho. Um seriado qualquer passava ao fundo, enquanto buscava maneiras de desligar minha mente do caso Collins ou de qualquer coisa que envolvesse aquele maldito homem.

Havia um grande defeito em mim: eu não era boa ao lidar com opiniões negativas a respeito do meu trabalho. Eu poderia ser elogiada, condecorada uma das melhores policiais do país que, ainda assim, a voz de Christopher se repetiria em um mantra diabólico em minha cabeça. Quem ele achava que era? Um dos maiores empresários do mundo? Sim, era exatamente o título que ele possuía. O poderoso Collins possuía tudo que queria, menos... o desejo dela.

Um sorriso malicioso se formou em meus lábios, ao me lembrar de todas as vezes que Maya repetiu como estava louca por mim e o quão boa eu poderia ser. Seus olhos castanhos intensos evidenciavam toda a verdade por trás daquelas palavras, fazendo-me pensar se, em algum momento, o empresário a teve com tanta entrega. Não que o passado importasse, isso não era uma questão para mim, mas, naquele momento, cogitar a ideia de ser melhor que ele me trazia a sensação de poder e vitória. *Sou boa em muitas coisas, Collins, mas vou deixar que sua esposa diga isso.*

Eu:
Preciso vê-la esta noite

Digitei e enviei para ela. Poucos minutos depois, recebi sua resposta.

Maya:
Saudades, Green? Christopher
está viajando, venha me ver

Eu:
Em uma hora estou aí.

Maya:
Te espero.

Na hora combinada, parei o carro diante dos portões da mansão Collins, sendo brevemente cumprimentada pelos seguranças.

– Boa noite, Eloise! Não sabia que viria hoje.

– Boa noite, Philip! Como você está? Fui escalada pela senhora Collins, não tenho como escapar – brinquei.

– Eu imagino! Agora que o senhor Collins está viajando, ela vai mesmo precisar dos seus serviços.

– Exatamente por isso que estou aqui.

– Claro! Vou deixar você entrar, depois anoto tudo aqui. Bom trabalho, agente Green.

– Obrigada! – Estacionei meu carro em uma das primeiras vagas e segui para a entrada principal. Depois de dois toques na campainha, a porta abriu, dando-me a visão do que eu mais precisava naquela noite.

Maya repousou aquele par de olhos castanhos sobre mim, entregando-me seu melhor sorriso. – Pontual.

– Sempre.

Maya parecia ter saído do banho há pouco tempo. Seus cabelos estavam amarrados em um coque malfeito, deixando soltos alguns fios, levemente úmidos, perto da sua nuca. Seu corpo estava devidamente coberto por um robe de cor vinho, com caimento longo, suficiente para ir até seus pés. Estava linda e extremamente cheirosa. Eu podia sentir o aroma de seu perfume invadir minhas narinas, como um feitiço só seu.

– Entra – disse, ao abrir espaço. – Eu confesso que fiquei surpresa com a sua mensagem.

– Achou ruim? – indaguei, ao retirar o casaco.

– Não, óbvio que não. Eu gostei bastante, só não esperava.

Encaramo-nos por alguns instantes que me fizeram perceber a confusão em seus olhos. Maya estava acostumada a conduzir o jogo, seus passos eram devidamente calculados para que tudo saísse a seu favor. Não que minhas atitudes fossem algo negativo para ela, mas passava longe de ter sido algo orquestrado por si.

– Achou que não iria me ver depois do que aconteceu na delegacia?

– Sim. Christopher foi um tremendo...

– Filho da puta – concluí, fazendo-a sorrir de canto.

– Posso concordar com você, mas precisa ser um segredo – seu tom de voz foi diminuindo à medida que a frase terminava.

– Vou guardar o seu segredo. – Aproximei-me devagar, sem me importar se havia alguém naquela casa. O ódio por Christopher e o desejo por Maya me fizeram perder a sanidade.

– Você é boa nisso?

– Sou boa em muitas coisas – minhas palavras foram acompanhadas de minhas mãos, que repousaram na cintura dela, puxando-a lentamente para mais perto de mim.

Maya suspirou, sem tirar os olhos dos meus. Pela primeira vez, senti o gosto de estar no controle total da situação, e confesso ter adorado.

– Que coisas seriam essas? – perguntou, fazendo-me sorrir de canto. – O quê?

– É, no mínimo, interessante ver você dessa maneira, sabia?

– De que maneira?

– Fora do controle.

Ela sorriu, como se encostasse a ponta da língua no céu da boca. Sua expressão provocante e contrariada me trouxe mais energia para continuar, mas ela sabia como resolver aquele problema. Senti seus braços envolverem meu pescoço, ignorando todas as possibilidades de sermos flagradas a qualquer momento. Se é que havia alguém naquela casa.

– Você ainda não me viu fora do controle, Green.

— Será que ainda vou ver?

— Espero que não — sua resposta foi doce e enigmática.

Encaramo-nos por longos instantes, até que ela resolveu se desvencilhar de meus braços, como se buscasse interromper um contato diferente.

— Preparei algo para você.

Franzi o cenho de maneira confusa, sem deixar de seguir seus passos. A casa estava mergulhada em silêncio, por isso concluí que estávamos completamente sozinhas. Ao menos, não havíamos encontrado ninguém ao atravessarmos os cômodos daquele lugar. Pelos corredores que ela me conduziu, percebi que estávamos a caminho da cozinha e, assim que nos aproximamos mais, ouvi o som de uma música suave, acompanhado do aroma delicioso.

— Estava quase terminando quando chegou, então vou pedir que você se sente e aguarde, ok? — disse, ao parar em frente ao *cooktop*, que estava coberto por algumas panelas que pareciam ter sido usadas pela primeira vez.

— Eu não sabia que você cozinhava — falei, ao ocupar um lugar em frente à bancada de mármore que nos separava. — Estou muito surpresa.

— Sou muito boa na cozinha, viu? Mas realmente não sou adepta a ocupar este lugar muitas vezes — respondeu, ao bebericar o vinho tinto em sua taça, antes de se virar em minha direção.

— Por que não?

— Eu faço para relaxar ou em ocasiões especiais — disse calmamente, enquanto enchia outra taça com o vinho tinto.

Era, no mínimo, curioso vê-la daquela maneira. Maya não fazia muito o estilo de mulher que levava jeito para afazeres domésticos. Não que ela precisasse, porque tinha dinheiro suficiente para nem sequer pisar em uma cozinha com o intuito de cozinhar seu próprio alimento.

— E hoje quer relaxar?

— Vamos ficar na dúvida — ela brincou, virando-se em direção às panelas, que liberavam vapor e um aroma incrível.

— Certo. E o que você está preparando? — Tomei um gole do vinho — era suave e levemente adocicado — e inclinei-me para a frente, apoiando-me na bancada, em uma tentativa de descobrir o que havia naquelas panelas.

— Um risoto de camarão com ervas.

Ergui as sobrancelhas em surpresa, enquanto ela moía alguns temperos sobre a frigideira quente.

— Está com um cheiro ótimo!

— O sabor está melhor ainda, eu garanto — respondeu, ao provar um pouco com uma pequena colher. — Pode pegar as louças? Está nesse armário atrás de você.

— Quer ir para a sala de jantar?

— Não, acho que podemos comer aqui, na bancada mesmo. — Maya remexia as panelas, enquanto eu arrumava, na bancada, todos os itens que iríamos usar. Ela parecia realmente empenhada em sua aventura na cozinha nessa noite, dedicando toda atenção e delicadeza na finalização de seu risoto, enquanto eu apenas aguardava. – Prontinho – ela disse, ao posicionar nossos pratos no *sousplat* cinza.

– Nossa, isso está digno de um restaurante caro. Se eu não estivesse aqui, observando você cozinhar, diria que pediu em algum lugar. Não pediu pré-pronto, não é? – brinquei, fazendo-a abrir a boca, completamente pasma.

– Como ousa, Green? – indagou, ao colocar as mãos na cintura, com uma expressão carrancuda. – Continua desacreditando de mim, e nunca mais cozinho para você, viu? – Ela se sentou ao meu lado, fingindo revolta. Suas sobrancelhas quase se uniam no meio da testa, fazendo-me rir.

– Desculpe, não foi a intenção.

Ela sorriu, desfazendo sua falsa cara emburrada, antes de encarar minha mão sobre a sua. Aquele contato durou segundos.

– Prove, eu quero saber se está bom – disse, ao interromper nosso contato de maneira sutil.

– Com prazer, mas antes de comer, preciso perguntar uma coisa importante – falei, séria, recebendo uma careta.

– Faça – disse, receosa.

– Não há nenhuma espécie de calmante nessa comida, não é?

– Vou deixar você adivinhar – disse, em uma brincadeira sarcástica.

– Maya...

– Deixei todos eles guardados essa noite, você ainda não me deu motivos para usá-los.

– Era isso que eu precisava ouvir – respondi com o mesmo tom, fazendo-a rir baixinho.

Com um garfo comprido e dourado, levei uma pequena quantidade de risoto e camarão até a boca, tudo sobre o olhar avaliativo e esperançoso da mulher ao meu lado. Ela parecia realmente ansiosa para saber o meu veredito. Mastiguei lentamente, trazendo a expressão mais indecifrável que poderia. Maya se remexeu de maneira inquieta, levando por água abaixo toda a intenção de continuar fingindo.

– Hmmm... – murmurei.

– Diga alguma coisa ou eu nunca mais cozinho na vida!

– Está divino, Maya – afirmei, ao capturar mais um pouco do risoto.

– Está admitindo que cozinho bem?

– Se foi você mesma quem cozinhou isso do início ao fim, o que acho muito duvidoso, posso, sim, admitir que tem ótimas mãos para cozinha também.

Ela terminou de mastigar, fazendo isso de maneira lenta e elegante, enquanto me encarava fixamente com aquele par de olhos amendoados e intrigantes, que pareciam brincar comigo. Tal como um gato brinca com um rato.

– Também? Para o que mais tenho boas mãos?

– Para o que vamos fazer após este jantar.

Maya sorriu, agora um tanto... ruborizada? Isso era mesmo possível? Só reforçava a ideia de que ela não sabia lidar com surpresas, não tão bem como com suas atitudes devidamente planejadas. Ela nada respondeu, deixou que o silêncio nos conduzisse de maneira leve, enquanto aproveitávamos a comida. O tempo parecia correr aquela noite. Entre conversas, risadas e algumas boas taças de vinho, íamos noite adentro, sem nos preocuparmos com nada. Não havia investigação, casamento ou roubo que nos atormentasse durante aquelas horas.

— Você também é envolvida com arte ou apenas administra a galeria?

— Eu sempre apreciei bastante, gosto da maneira que os artistas têm de se expressar. Eu, particularmente, não tenho dom para pintar quadros, mas posso ser boa com fotografias. Só tem um tempinho desde a última vez que me dediquei a isso — ela disse, com um sorriso de canto. Havia saudade nele. — Parei antes de me casar. Depois, só foquei a área administrativa, o que me rendeu ótimos frutos.

— Por que não volta? Você parece gostar.

— Não tive inspiração nos últimos anos. Preciso estar muito conectada comigo mesma para ter um bom resultado, entende? Tenho fotografias incríveis guardadas em algum lugar, posso te mostrar tudo depois — disse, animada. — Quem sabe, eu tire algumas suas — completou, com um sorriso e um olhar penetrante que me fez arfar.

— Minhas?

— Sim. Você é muito bonita e tem traços marcantes. Eu faria um ótimo trabalho, garanto.

— Você parece muito empenhada em tudo que faz, não tenho dúvidas do quão boa essas fotos ficariam.

— Fico feliz que acredite no meu potencial, Green. Não é algo muito comum por aqui — ela deixou escapar. — Mas me diz: o que te fez querer ser policial?

— Minha família. Meu pai foi xerife em minha cidade natal e minha mãe trabalhou no departamento que estou hoje.

— E eles são aposentados?

— Meu pai, sim. Hoje, ele tem uma grande oficina de carros no centro da cidade e faz isso por paixão. Já minha mãe faleceu em uma operação policial há alguns anos.

— Desculpe, eu não sabia.

— Está tudo bem, Maya. Faz muito anos, me acostumei com isso. — Tentei tranquilizá-la. — Ela foi um exemplo de força e determinação para que eu seguisse com o sonho de ser uma grande policial. E é por isso que estou nesta cidade, com um dos maiores casos no meu colo. Só não sei se posso ser tão boa como ela foi um dia. — Virei a taça de vinho até a última gota, em um brinde silencioso à minha mãe.

Maya permaneceu calada por alguns instantes, antes de acariciar minhas costas devagar.

— Tenho certeza de que você é tão boa quanto ela, Eloise. Não estaria aqui se não fosse. Se ocupa o lugar dela atualmente, é por mérito exclusivo seu.

— Não é isso que o seu marido acha. — Dei de ombros.

— Basta você ter certeza disso e será suficiente, mas se serve de alguma coisa, eu acho você uma ótima profissional — afirmou com entusiasmo.

— Obrigada.

— Não tem que agradecer.

Levantamos dos bancos e retiramos nossas louças da bancada, organizando dentro da máquina que lavaria tudo, enquanto ainda nos deliciávamos com a segunda garrafa de vinho. Àquela altura, sentia-me leve e estranhamente feliz, como não imaginei que me sentiria durante aquele furacão desastroso que estava minha vida profissional.

— Posso fazer uma pergunta?

— Pode.

— O que estava fazendo em Mount Vernon naquela noite?

Maya bebia uma boa quantidade de vinho, quando abriu um sorriso largo, fazendo seus olhos serem comprimidos.

— Eu estava em uma viagem a trabalho. Tinha alguns artistas bons na cidade vizinha, e queríamos muito na nossa galeria. E em uma das noites, resolvemos sair para nos divertir um pouquinho.

— E o seu conceito de diversão é fazer um ménage com duas desconhecidas? — minha indagação a fez rir.

Ficamos frente a frente, com ela encostada em uma bancada e na direção oposta.

— Em minha defesa, não era isso que eu havia planejado para aquela noite, mas você queria muito, e a sua namoradinha não largaria do seu pé, então não tive alternativa — zombou de maneira convencida.

— Como pode ser tão convencida, Collins?

— É a verdade. Eu tenho uma enorme facilidade de desvendar pessoas, pode ser pela maneira que me olham... — Ela me encarou dos pés à cabeça. — Ou como se comportam diante de mim. — Maya não desviou o olhar, pelo contrário, sustentou com veracidade.

O clima agora havia ficado mais denso, talvez pelas inúmeras taças de vinho ou pelo desejo que sempre nos rondava. Eu podia ver sua respiração se alterando à medida que seus ombros subiam e desciam sutilmente.

— Vai dizer que é mentira?

Mordi o canto dos lábios e neguei com a cabeça, trazendo um sorriso convencido para o rosto de Maya.

— Eu a desejei desde o maldito instante em que coloquei meus olhos em você.

— Fica muito melhor quando admite, Eloise.

Uma espécie de magnetismo nos aproximava, tornando quase impossível me manter longe. Respirei fundo e mexi o restante do vinho em minha taça, antes de engolir até a última gota. Maya deu dois passos, parando na minha frente.

— Eu posso admitir também que fiz todo o possível para manter seus olhos em mim — confessou, arrancando-me um sorriso presunçoso. — Maya rolou os olhos.

Eu a puxei pela cintura, prendendo seu corpo ao meu. Com aquele simples contato, senti minha pele aquecer, seguido pela necessidade de ter um pouco mais, como se eu precisasse daquela mulher para não enlouquecer. Talvez fosse o efeito das garrafas de vinho ou o maldito desejo desmedido que ela me provocava.

– Como se precisasse de muito esforço... – Uma de minhas mãos subiu de sua cintura até o seu pescoço, repousando entre os fios de seus cabelos escuros.

– Não preciso?

– Sabe que não – foram minhas palavras, antes de tomar seus lábios em um beijo.

Ela tinha lábios cheios e macios, que se moviam em uma dança viciante contra os meus. Sua língua atrevida deslizou sobre a minha com fome, mas sem pressa. Nosso beijo começou de um jeito lento e intenso, os movimentos carregavam uma sincronia singular, um encaixe só nosso, como se buscássemos sentir todas as sensações que aquele contato podia nos proporcionar, antes de tudo que estava por vir. E quanto mais tínhamos, mais queríamos. Isso se tornava evidente pela maneira como sentia suas mãos ávidas me conduzirem por todo seu corpo, ditando todos os lugares em que gostaria de ser tocada. Agora, tínhamos pressa, desejo e tesão.

Maya me conduziu ao segundo andar, enquanto nos agarrávamos sempre que possível. Nossas respirações pesadas acompanhavam a urgência que carregávamos uma da outra. Sentia-me completamente perdida por aquela mulher e por tudo que ela poderia me proporcionar naquela noite.

– Quero você aqui esta noite.

Entrei no cômodo que mais parecia uma suíte de um hotel de luxo. Era o quarto dela com o marido, concluí. De uma maneira singular, Maya sabia exatamente o que eu precisava, quase como se pudesse ler meus pensamentos. Encarei seus olhos maliciosos e sua boca avermelhada, enquanto ela me conduzia até a cama grande no centro do quarto, e recebi um empurrão que me fez cair sobre os lençóis macios. Ela permaneceu parada, diante da cama, enquanto desatava o nó de seu robe.

– Vou fazer você lembrar como é boa em tudo que faz, Eloise.

Eu podia ouvir aquela voz suave ao fundo, mas não conseguia compreender absolutamente nada do que era dito. Encontrava-me completamente sonolenta e exausta. Remexi meu corpo devagar sobre os lençóis macios da cama de Collins, sentindo o toque suave do tecido frio em minha pele nua. Uma sensação relaxante e prazerosa. Como eu poderia me manter de olhos abertos daquela maneira? Minhas pálpebras pareciam carregar toneladas. Com muito esforço, notei a presença de Maya parada na varanda. Ela usava um roupão branco felpudo, que pegamos após o nosso banho, e estava inclinada, apoiando seu antebraço no parapeito, enquanto parecia observar algo lá fora. Não consegui identificar muito bem, pois minha visão estava embaçada, e meu raciocínio, nada veloz, depois de nossa noite movimentada. Será que ela conversava com alguém? Não, era madrugada. O sol nem sequer havia dado as caras. Tentei buscar forças para despertar, mas meu corpo não parecia obedecer. Precisava de descanso, era tudo que ele me ordenava.

— Me desculpe, eu acordei você? — Maya murmurou tranquilamente, enquanto deixava um pequeno objeto sobre a cômoda, no canto do quarto.

— Estava falando com alguém?

Ela assentiu com a cabeça e engatinhou sobre a cama, até se acomodar em meu corpo.

— Sim. Christopher está em outro país e tem zero noção sobre o descanso alheio. Por isso, tive que atender rapidamente, mas não queria interromper o seu sono.

— Não tem problema. Eu consigo dormir novamente sem problema algum.

— Eu estou vendo que sim, está caindo de sono.

Maya estava de lado, apoiando a cabeça na palma da mão, enquanto fincava seu cotovelo no colchão macio. Observava-me serenamente com aquele par de olhos castanhos brilhantes e um leve sorriso no canto da boca.

— Você não?

— Sou um pouco noturna, então demoro um pouquinho a dormir novamente — disse ela, enquanto me acariciava com as pontas dos dedos.

— Posso te fazer companhia até que sinta sono outra vez.

— Pode dormir, Green. Fico aqui, quietinha, do seu lado.

Sorri, em resposta, e me aconcheguei mais próximo do seu corpo, para adormecer logo em seguida. Horas depois, acordei com o barulho estridente do meu telefone. O aparelho vibrava sobre o colchão insistentemente. Remexi-me sobre a cama e, com certa dificuldade, abri os olhos, enxergando o nome de Ruby no visor. Aquela cena parecia se repetir. Será que a Collins Enterprise havia sido roubada de novo? Quando peguei o aparelho, a ligação havia terminado. *Merda!* Olhei para o lado e recebi a imagem de Maya debruçada sobre os lençóis brancos, completamente nua. Seu rosto transmitia serenidade, assim como sua respiração leve e compassada. Permiti-me observá-la por alguns instantes, notando cada mínimo detalhe seu, desde as pintinhas minúsculas em suas costas lisas até a curva saliente entre a cintura e a bunda. *Era um belo contraste*. Peguei-me sorrindo, e isso não parecia um bom sinal, mas antes que eu pudesse começar com as paranoias em minha cabeça, o telefone voltou a tocar. Levantei-me da cama com cuidado e vesti um roupão, enquanto atendia à ligação.

— Diga, Ru.

— Até que enfim! Pensei que tinha morrido.

— Estava dormindo.

— Eloise, são 10h00.

— Eu estava cansada — murmurei. — O que aconteceu?

— Tenho ótimas notícias!

— Ótimas? É isso mesmo que ouvi?

— Sim! Oliver e Madson conseguiram montar o aparelho, e ele está funcionando. O problema é que os dados foram excluídos, mas solicitamos à empresa de telefonia, e hoje mesmo vamos receber todo o relatório de movimentação de rede: ligações, SMS e possíveis acessos à internet.

— Isso é incrível! Estou indo para delegacia agora mesmo.

— Esperamos você.

Desliguei e voltei para o quarto rapidamente. Maya estava sentada sobre a cama, com as cobertas em seu colo, enquanto esfregava os olhos com as mãos. Ela parecia confusa e ainda muito cansada.

— Aonde você está indo?

— Preciso ir para delegacia, estou muito atrasada.

— Aconteceu alguma coisa?

— Não tenho muitas informações, mas parece que temos algo bom para o caso do seu marido. Estou indo pra lá para analisar melhor.

Ela ergueu as sobrancelhas de maneira surpresa, enquanto assentia com a cabeça.

— Eu sabia que você iria conseguir! — suas palavras soaram tranquilas e sinceras.

Olhei para seu rosto, deixando que um sorriso enfeitasse meus lábios, aproximei-me da cama e segurei seu queixo com suavidade.

— Obrigada por ontem — sussurrei e depositei um beijo rápido em seus lábios. — Ligo para você depois, ok?

— Ok, bom trabalho, Green!

Depois de um rápido banho, troquei de roupa e segui para a delegacia o mais rápido que pude. A notícia de que, em breve, receberíamos todas as movimentações feitas por aquele aparelho celular havia me animado outra vez. Não que eu ainda estivesse na pior, pois Maya havia feito um trabalho extraordinário na noite anterior. E eu não me referia somente ao sexo incrível que fizemos madrugada a fora, mas especialmente aos momentos mais íntimos que tivemos. Suspirei, satisfeita, ao recordar. Era instigante conhecê-la daquela maneira.

— Bom dia, detetive! — um dos policiais me cumprimentou assim que entrei na delegacia.

— Bom dia!

Diferentemente do outro dia, eu não recebi uma multidão de olhares pelo corredor. Todo mundo parecia concentrado demais em seus próprios problemas. Desse modo, segui em passos apressados até o elevador e pressionei o botão do meu andar três vezes mais do que o necessário. Minha calmaria estava indo embora, dando espaço à ansiedade.

— Cheguei!

— Finalmente! — Ruby e Madson falaram em coro.

— Conseguiram mais alguma coisa?

— Oliver foi buscar os relatórios e...

O barulho da porta abrindo me assustou. Arregalei os olhos e encarei a cara animada de Oliver próximo à porta. Ela tinha um HD externo contra o peito, abraçando-o como se fosse um tesouro, e talvez realmente fosse.

Respirei fundo, peguei o objeto que ela estendeu em minha direção e senteime em minha poltrona, recebendo três olhares atentos sobre mim. Liguei meu computador e pluguei o dispositivo na lateral, fazendo com que uma janela se abrisse no centro da tela.

— Vou entregar um pouco a cada uma, assim verificamos mais rápido.

Ficamos, as quatro, sentadas em frente aos computadores, revisando arquivos, pastas, telefonemas e mensagens por cerca de cinquenta minutos, quando Ruby berrou alto.

— Encontrei!

Ergui meu corpo da poltrona, em um solavanco, e me aproximei da mulher. Madson e Oliver se posicionaram ao meu lado, com olhares curiosos.

— Foram as únicas mensagens válidas de um número real para outro.

Encarei as breves mensagens na tela. Uma delas indicava o endereço para um ponto de encontro, com as coordenadas exatas do galpão que investigamos na noite anterior.

— Depois dessa, só encontrei essas outras, com números aleatórios. — Ruby torceu o lábio, um pouco confusa.

— Madson, tente rastrear o número do remetente, por favor — solicitei, sem tirar os olhos das mensagens espalhadas na tela. Havia algo de importante ali, eu tinha certeza. — Oliver, você pode imprimir essas mensagens? Me traga tudo, vou tentar estudar melhor.

— Claro!

— Terminando isso, podem ir para casa. Estão exaustas e merecem um banho após esse trunfo.

— Nós podemos ficar — Madson sugeriu.

— Não há necessidade, fiquem tranquilas. Eu consegui descansar, então vou ter melhor disposição.

Quase uma hora depois, eu me encontrava sozinha no interior daquela sala, diante de um amontoado de papéis. Encarei as mensagens de texto, tentando decifrar algo que pudesse nos direcionar. Tudo parecia um enorme quebra-cabeça quase impossível de se completar. Oliver havia feito a tentativa de rastrear o número de envio, mas partia de outro celular descartável, tornando mais difícil a procura por dados.

Tudo que me restava, naquele momento, era uma sequência de vinte e um caracteres, sendo distribuídos em pares aleatórios nas mensagens de texto. Eu precisava encontrar o que aquilo significava. Algo muito importante estava naquele celular, só isso explicava o fim trágico que alguém tentou dar a ele. Respirei fundo e encarei aquelas mensagens mais uma vez. *Pense, Eloise. Pense.* Peguei um bloco de anotações e transcrevi todos aqueles números e letras em uma sequência qualquer. E agora, olhando com mais atenção, deime conta do que se tratava. Por alguns instantes, senti meu coração acelerar, somente com a possibilidade de ter descoberto algo. Reformulei a ordem, reescrevendo pouco a pouco.

CH 00762...

Dados da transferência. *Era isso! As mensagens de texto no celular tratavam-se do destino do roubo.* Um maldito anagrama de um código IBAN.

– Porra!

Fui para frente de um dos computadores e, com as mãos trêmulas, procurei por todos os códigos dos países, arrastando o mouse pela coluna com siglas: BR, US, SE, SC e CH.

CH. Suíça.

Em outra aba, fiz uma rápida pesquisa por todas as agências da Suíça. Um documento de três páginas surgiu na tela, trazendo dados de todas as agências bancárias do país. Pelo visto, eu teria muito trabalho pelas próximas horas, mas não faria isso aqui. Algo me dizia que aquele lugar não era tão seguro assim. Quase uma hora depois, estava em meu apartamento, encarando o quadro onde montaria minha investigação.

Com a pasta repleta de documentos e informações importantes, fiz uma breve separação de tudo que poderia ser relevante, anotei, em um pequeno bloco de notas, tópicos que facilitariam a linha de raciocínio do caso e, assim, iniciei a montagem do meu organograma. Na parte inferior do quadro, colei fotografias dos suspeitos menos importantes, com pouca relevância, mas que, ainda assim, eram suspeitos. Em seguida, os intermediários, que traziam certa proximidade com a situação, mas não carregavam histórico suficiente para levar a culpa. E no topo, estavam as estrelas do caso, aqueles que possuíam todos os motivos mais lógicos para serem acusados.

Encarei as fotografias por alguns instantes, antes de identificar e demarcar todos os suspeitos e suas possíveis ligações com o roubo milionário da Collins Enterprise. Os rostos, agora conhecidos por mim, me faziam imaginar como cada um poderia agir e o que os levaria até ali. Com isso, enumerei, em pequenos papéis adesivos, as especulações e as provas que me aproximariam do culpado, para colocar assim que possível. Tudo estava tomando forma, e isso me deixava mais confiante, mesmo sabendo que, àquela altura, tudo ainda era uma grande hipótese. Qualquer um presente, naquele quadro, poderia ser proprietário da conta milionária na Suíça, e eu iria descobrir.

– Falta só você... – falei comigo mesma, escrevendo no bloco as numerações das contas.

Nas últimas horas, havia mandado mensagem a um conhecido que tinha um vasto histórico profissional na Reserva Federal. Precisava diminuir todas as probabilidades, caso quisesse mesmo chegar ao número correto. E como se ele pudesse ler minha mente, o bipe, com sua mensagem de texto, soou ao fundo.

F. Carter:
Me deve uma, Green.

Escreveu ele em cima do anexo com as dez possíveis contas.

Agora, minha única tarefa era descobrir o nome do proprietário de cada uma delas. Sentei-me na poltrona, ainda com os olhos naquele quadro quase pronto, enquanto bebericava outro gole de café. Talvez aquela fosse minha oitava caneca das últimas horas – era o que eu precisava para me manter acordada e focada. Porém, mesmo com toda aquela cafeína, sentia-me cansada, ou melhor, exausta de todas as maneiras que alguém poderia estar. Encarei o visor do celular. Passava das 21h00? Arregalei os olhos, percebendo que estava, há horas, perdida naquela investigação, quando, ao fundo, ouvi o barulho sutil da campainha. Saí da pequena sala, encostando a porta logo atrás de mim, para, em seguida, caminhar até a porta de entrada.

– Olá, Green – Maya disse, com um sorriso.

– O que está fazendo aqui? – indaguei, incrédula.

– Que grossa! Só é gentil comigo quando quer me...

– Não fale bobagem. Entre, por favor – disse, dando espaço para que ela entrasse rapidamente. – Está saindo sem segurança?

Ela meneou a cabeça em um sinal negativo, enquanto observava todo o apartamento com aqueles olhos curiosos. Maya estava muito bonita, como de costume. Usava uma calça de alfaiataria escura e uma blusa de seda creme, com alças finas e um decote um tanto sugestivo. Seus cabelos estavam presos em um rabo, deixando finas mechas nas laterais de seu rosto delicado.

– Não exatamente. Eles me trouxeram até aqui, mas eu os dispensei.

– E eles foram? Sabe que isso é proibido, não é?

– Eles sabem que você mora aqui, então eu estou em segurança.

Franzi o cenho e concordei com seu argumento, mas quando me dei conta da sua frase, algo me veio à mente.

– Como você descobriu meu endereço?

– Quantas perguntas, Eloise. Faço uma visita e sou recebida dessa maneira?

Suspirei, vencida, e me aproximei em passos lentos, logo após fechar a porta de entrada.

– Desculpe, só estou muito tempo no modo detetive – disse, antes de ocupar um espaço no sofá macio. – A que devo a honra da sua visita? Isso é saudade? – indaguei, com um sorriso convencido.

– Não exatamente – respondeu tranquilamente, sentando-se ao meu lado. – Vim para conversar com você.

Franzi o cenho mais uma vez, totalmente confusa com aquelas palavras. O que Maya queria comigo, além de um bom sexo?

– Está brincando comigo?

– Não! Por que eu estaria? Estou aqui, pois ouvi algumas coisas e creio que o assunto seja do seu interesse.

Permaneci com os olhos em sua direção, em um sinal silencioso para que ela continuasse a falar, e como boa entendedora, ela continuou.

– Brandon esteve em minha casa essa tarde, foi pegar algumas coisas a mando de Christopher, e eu os ouvi em uma ligação. O assunto era basicamente sobre o andamento da investigação, e o comissário informou que ainda estavam na mesma. Eu não interrompi para dizer que você teve boas notícias, pois nem sequer sei ao certo – ela ponderou. – Mas percebi que Chris está muito irritado, e prometeu tirar você do caso.

– Ele não pode! – exclamei, imediatamente irritada.

– Brandon pode, Eloise. E sabemos que eles têm uma parceria de longos anos.

– Seu marido é um filho da puta – murmurei, irritada, quando me dei conta de com quem eu falava. – Desculpe, eu só...

– Tudo bem. Eu entendo sua revolta, só estou avisando, pois sei que ele tem alguém de confiança para colocar no seu lugar.

Ergui meu corpo do sofá, enquanto bufava de puro ódio.

– Christopher não pode colocar alguém. O detetive precisa ser imparcial!

– Brandon.

Revirei os olhos, impaciente. O círculo estava se fechando, e eu precisava adiantar aquela investigação, se não quisesse perdê-la de vez. Minha cabeça agora estava fervilhando.

– Quando ele volta?

– Em uma semana. – Ela se levantou, agora me encarando frente a frente. – Você precisa conseguir algo muito bom.

Fechei os olhos, assenti devagar e senti o toque suave de sua mão em meu antebraço, fazendo um carinho sutil, que me fez encará-la.

– Posso fazer uma pergunta? – indaguei, recebendo um breve aceno positivo com a cabeça. – Por que você está me ajudando?

Ela ficou calada por alguns segundos, enquanto nossos olhares se mantiveram fixos um no outro. Notei que ela rompeu nosso contato e engoliu em seco.

– Eu não sei, Eloise. Eu só achei que merecia saber.

Maya era um enigma, uma caixinha secreta com códigos quase humanamente indecifráveis. Seus olhos castanhos tão intensos estavam fixos em minha direção, com a imensidão de segredos que eu sabia que existiam.

– Tem certeza de que não sabe?

– Tenho – disse, firme. – Sei o quanto este caso é importante para sua carreira e confio no seu potencial. Você é uma ótima detetive, e ninguém melhor do que você para pegar o verdadeiro culpado.

O silêncio reinou por alguns longos segundos, que se transformaram em uma eternidade diante daquela mulher.

– Você me confunde – soltei sem pensar.

– Por quê?

– Nada. – Dei alguns passos para trás – não era seguro toda aquela proximidade – e a senti me observar de longe, sem emitir nem uma palavra sequer.

– Você está sozinha?

– Não, Ruby deve estar dormindo no quarto.

– E ela sabe de nós? – Maya agora estava a um passo de distância. Sua pergunta e seu tom de voz me fizeram arrepiar por inteiro.

– Sabe.

Um sorriso largo nasceu nos lábios, como uma criança vendo seu brinquedo favorito. Ela se aproximou manhosa, colocando seus braços ao redor de meu pescoço.

— Contou sobre nós para sua melhor amiga?

— Ruby sabe tudo sobre mim e é ótima guardando meus segredos — adiantei-me.

— Nossos — sussurrou, roçando os lábios nos meus.

Segurei em sua cintura, trazendo seu corpo para mais perto. Maya fechou os olhos e roçou a ponta de seu nariz pela maçã do meu rosto, deixando-me sentir sua pele macia contra a minha. Fechei os olhos, permitindo-me sentir aquele contato. O apartamento estava mergulhado em um silêncio profundo, dando-me a oportunidade de ouvir apenas nossas respirações se alterando gradativamente. Senti os lábios macios de Maya se arrastarem pela linha de meu maxilar, indo em direção ao meu queixo. Os dentes de Maya apertaram devagar aquela região, em uma mordida sutil, e por impulso, levei minha mão até sua nuca, deixando que meus dedos adentrassem os seus cabelos. Nós abrimos os olhos no mesmo instante, e aquela corrente elétrica parecia ter se intensificado mais. Não falamos absolutamente nada, ficamos em um silêncio constante, apenas nos encarando.

— Acha que ela vai acordar agora? — seu tom de voz era baixo e arrastado.

— Não, ela deve estar muito cansada.

Vi um sorriso malicioso nascer naquela boca quase imediatamente.

— Então, creio que ela não vai se importar se eu te fizer companhia, certo? — perguntou ela, ao depositar um pequeno beijo molhado em meu pescoço.

Maya continuou com aqueles carinhos lentos. Seus lábios carnudos moviam-se devagar, por toda a extensão de meu pescoço, desde o início até perto de minha orelha. Eu podia sentir as lufadas de ar contra meu ouvido, fazendo meu corpo inteiro estremecer. Ela não parecia ter pressa, era como se quisesse aproveitar cada segundo. Delicadamente, ela abaixou a fina alça de minha blusa e beijou meu ombro direito, seguindo em direção à minha clavícula, fazendo-me suspirar. Eu já sentia meu sexo úmido com aquele simples contato. Ela, de forma habilidosa, lambeu do começo de meu pescoço até meu queixo, como uma felina. Naquele instante, minhas mãos subiram até sua cintura, apertando com um pouco mais de força. Maya suspirou, surpresa, e aproximou seus lábios de minha orelha.

— Se continuar me apertando dessa maneira, não vou responder por mim — sussurrou, com a respiração ofegante.

— Não quero que responda. — Com uma das mãos em sua nuca, puxei seu rosto para um beijo carregado de desejo.

Apertávamo-nos uma contra a outra, como se fôssemos nos fundir a qualquer instante. As mãos de Maya adentraram minha blusa, deixando que suas unhas se arrastassem pela minha pele. Eu sentia sua língua macia deslizar sobre a minha, em chupadas lentas e, ao mesmo tempo, intensas. Quando pensei em avançar mais um pouco, ouvi a voz de Ruby.

— Eloise?

— Droga!

Afastamo-nos rapidamente.

— Oi, Ruby! O que quer?! — quase gritei de onde estava.

— Está com alguém aí?

Fechei os olhos, um pouco nervosa, e assenti, como se ela pudesse me ver. Maya riu baixinho da situação, enquanto limpava os lábios borrados de batom.

— Estou.

— Ah... — Um minuto de silêncio. — Pode me trazer um pouco de água?

— Posso, claro! Fique aí, por favor.

— Pode deixar, estou aqui, deitadinha! — ela gritou de volta.

Suspirei forte, notando a expressão divertida no rosto da latina. Ela realmente adorava as situações em que poderíamos ser pegas a qualquer instante.

— Posso ir embora se quiser.

— Não quero — respondi firmemente. — Vou levar um copo de água para ela. Me espere aqui, ou melhor, me espere no quarto.

Estava no corredor, voltando do quarto de Ruby, que desandou a perguntar sobre Maya, quando me dei conta da besteira que havia feito. Era a primeira vez de Maya em meu apartamento e ela não saberia qual porta daria para meu quarto. Fechei os olhos por uma fração de segundos, torcendo internamente que ela não estivesse onde eu imaginava. No entanto, algo alertava que minhas preces não seriam ouvidas, não aquela noite.

— Então, quer dizer que eu sou uma das principais suspeitas? — seu tom de voz irritadiço me trouxe certo nervosismo. Maya respirou fundo e largou sua fotografia sobre a mesa, antes de abandonar o pequeno escritório particular em passadas largas e firmes.

Mantive-me tranquila, não iria esboçar qualquer reação que demonstrasse descontrole. Estava tudo certo, eu iria contornar aquilo.

— Sim, assim como inúmeras outras pessoas.

Ela estreitou os olhos, completamente abismada com a minha afirmação.

— E fala com essa naturalidade?

Dei mais alguns passos à frente, parando a poucos centímetros do seu corpo, e soltei um sorriso de canto, enquanto erguia uma das mãos até o rosto de Maya.

— Todos são suspeitos, Maya. Você é muito esperta para ficar de fora. Deveria ficar feliz em ver a sua fotografia ali.

Ela soltou um riso nasal e negou com a cabeça, completamente incrédula.

— E mesmo com essas suspeitas, ainda tem coragem de se envolver comigo? Pela sua lógica, eu posso estar roubando.

— Eu tenho um grande problema, Maya, não consigo evitar você — respondi, enquanto arrumava uma pequena mecha de cabelo atrás de sua orelha. — Posso estar fodendo com aquela que me quebra a cabeça.

— Perigoso — retrucou em um tom cínico.

— E inevitável. — Minhas mãos desceram de encontro à sua cintura, a qual puxei devagar, obrigando seu corpo a grudar no meu.

Ela suspirou fraco, vencida. Sorri de canto com sua reação e me inclinei para depositar alguns beijos na linha de seu pescoço.

— Te dou as informações e ainda sou acusada — resmungou. — Se você não fosse tão boa de cama, estaria te mandando para bem longe, Green.

Segurei uma risada, pois não queria irritá-la mais ainda, e continuei a distribuir beijos sutis por seu pescoço, enquanto sentia o aroma levemente adocicado em sua pele. Ela começou a relaxar, estava desmontando sua armadura raivosa.

— Vi uma sequência numérica no quadro. Do que se trata? — indagou tranquilamente, fazendo-me encará-la.

— Não posso abrir informações do caso assim, mas como desejo me redimir, posso dizer que é uma conta bancária na Suíça.

— E você acha que o dinheiro está nela? — indagou, e eu prontamente assenti. — E o que falta para descobrir o nome do proprietário? Isso pode ser a salvação do seu caso! — seu tom de voz revelava empolgação.

— Não temos jurisdição em outro país. Eu precisaria abrir a investigação para a polícia de lá, e esse processo é um pouco demorado. Fora que pode ser que a conta não exista ou que não tenha nada.

— E ir até lá não seria uma boa solução? — Ela caminhou de um lado para outro, com as mãos na cintura, enquanto trazia uma expressão pensativa.

— Faço sua segurança particular, senhora Collins. Não posso simplesmente abandoná-la aqui. Além de que, não gostaria que muitas pessoas soubessem.

— Eu posso ajudar você.

Franzi o cenho e me inclinei para frente, ainda a observando.

— Como?

— É simples, vamos à Suíça.

CAPÍTULO
#10

SUÍÇA

Abri os olhos assim que a voz do comandante soou através das caixas de som daquele jatinho. Sua mensagem dizia que, em poucos minutos, pousaríamos em solo suíço e que deveríamos manter os cintos afivelados, para termos um bom pouso. Olhei para o lado e observei a latina mergulhada em um sono profundo. Ela parecia exausta após tantas horas de voo. Maya preparou tudo de última hora, nossa programação de viagem inteira estava em sua pequena agenda cinza. Não que ela fosse enfrentar tamanha dificuldade, afinal, com a quantidade de dinheiro que possuía, bastava algumas ligações e tudo estaria em suas mãos.

No primeiro momento, pensei em recusar a proposta, entretanto a sede por mais informações me consumia, tornando atrativa a ideia de conseguir quaisquer informações por meios, tecnicamente, ilícitos. No processo comum, eu deveria encaminhar uma petição para o departamento de polícia da Suíça, solicitando que entrassem em contato com o banco indicado, à procura de informações precisas do proprietário da conta sobre investigação. Porém, abrir o caso para muitas pessoas poderia trazer mais dificuldade no processo de resolução, e eu não tinha mais tempo para lidar com atrasos. Era isso ou nada.

Assim que as rodas da aeronave entraram em contato com a pista de pouso, Maya remexeu-se no assento do lado, despertando, em meio a um bocejo.

— Chegamos, senhora Collins.

— Garcia, Eloise. Aqui sou Garcia.

— Como quiser, Maya.

Ela nada falou, apenas sorriu. Em poucos minutos, a aeronave parou no local indicado para nossa descida. Assim que a porta do jatinho foi aberta, pude observar a movimentação de funcionários em terra.

— Sejam bem-vindas a Zurique, senhoras — o homem falou educadamente, ao colocarmos os pés para fora da aeronave.

— Obrigada — falamos juntas.

A brisa fria veio de encontro ao meu rosto, fazendo todos os pelos do meu corpo se eriçarem. Zurique estava no meio do inverno, tudo ali estava coberto por uma grossa camada de neve, deixando seu cenário um tanto monótono e opaco. Não estávamos enfrentando um frio extremo, mas nada ameno o suficiente para abandonar bons agasalhos. Pelo contrário, Maya e eu estávamos devidamente trajadas com casacos grossos, calças e botas nos pés.

— O carro está pronto, à sua espera, madame.

Olhei por cima do ombro daquele homem, avistando a Mercedes-Benz Classe E estacionada ao fundo. Maya tinha certa adoração por carros luxuosos. Não que eu esperasse qualquer lata-velha vindo dela, mas sempre estávamos com um lançamento. Ela sorriu em resposta, e caminhou rapidamente para o interior do veículo, enquanto alguns funcionários organizavam nossas bagagens no porta-malas.

– Estou congelando, por Deus! – exclamou, enquanto esfregava as mãos uma na outra.

– Vou ligar o aquecedor, senhora – o motorista falou tranquilamente.

– Vem cá, me deixe ajudar.

Maya se aproximou rapidamente, dando-me a oportunidade de segurar em suas mãos, para esfregá-las junto às minhas. Em seguida, assoprei uma lufada de ar quente entre as mãos de Maya, que buscava por calor. Seus olhos castanhos me fitaram por alguns segundos, que sustentei por uma razão desconhecida. Naquele curto espaço de tempo, encaramo-nos com uma energia diferente. Seus olhos não expressavam imponência, muito menos cinismo, pelo contrário, eu poderia jurar que foram doces e sutis. Ela piscou mais vezes do que deveria e logo tirou suas mãos de perto das minhas, acomodando-se no seu lado do banco.

– Obrigada.

Foi a única coisa que ouvi. Desviei meu olhar, encarando a paisagem lá fora. Estávamos saindo do aeroporto internacional de Zurique. A arquitetura do lugar era bem diferente da selva de pedra que era Nova Iorque. A cidade tinha um aspecto colonial, seus edifícios basicamente tinham um limite padrão de altura, como se quisessem deixar uma paisagem linear. Ela já havia sido uma cidade imperial, por isso se notava a forte ligação com a arte, e apesar de seu aspecto antigo, que lhe acarretava um charme a mais, seu lado urbano e moderno se fazia presente. Zurique claramente era uma cidade antiga, mas a evolução urbana não a deixava obsoleta.

– Eu adoro esse lugar.

– É realmente lindo.

– Espero que você aproveite a nossa estadia aqui – ela disse, ainda com os olhos conectados às paisagens de fora.

– Não sei, tenho muito o que fazer.

– Tem mesmo, muitas coisas – seu tom de voz foi sugestivo e me fez sorrir.

O trajeto até o hotel escolhido por Maya foi tranquilo, nada demorado. Nosso carro estacionou em frente à fachada principal do edifício de aparência tão luxuosa, e um dos funcionários, perfeitamente uniformizado, aproximou-se para, educadamente, abrir a porta.

– Sejam bem-vindas ao Baur Au Lac – o homem falou com seu sotaque alemão.

– Muito obrigada!

Entramos no prédio iluminado, com uma temperatura bem mais agradável, graças aos aquecedores por todas as partes. O interior daquele lugar era ainda melhor. O Baur Au Lac cuidava para manter a essência da cidade, e sua aparência antiga e elegante nos levava à outra era, com alguns toques modernos da atualidade. Tudo se encaixava muito bem, trazendo uma harmonia singular. Os móveis antigos estavam bem conservados, como se tivessem acabado de sair da loja, mesmo sabendo que aquilo poderia ter bons anos de história. Eles acompanhavam a mesma linha dos quadros, estátuas, lustres e cristais. Era quase como estar no interior do Titanic, com tamanha sofisticação e luxúria de quase dois séculos.

— Espere um instante. — Maya se aproximou da recepção e conversou brevemente com um dos funcionários.

Ele sorriu gentilmente e lhe entregou alguns pequenos papéis, antes de gesticular para que outros se movimentassem com as bagagens.

— Deu tudo certo com as reservas?

— Tudo perfeito, Eloise. Vamos?

Assenti rapidamente e segui os passos de Maya em direção ao elevador. Ficamos no último andar, pelo menos, era o que indicava o painel luminoso. Assim que as portas abriram, ganhamos a visão de um corredor largo, com paredes em um tom de creme e um carpete estampado em vinho. Maya olhou para o cartão nas mãos, procurando pelo quarto indicado, enquanto andávamos na direção das portas.

— 212! Chegamos.

Parei diante da porta, vendo Maya deslizar o cartão magnético no sensor, para que ela abrisse. De relance, então, olhei brevemente para o interior do quarto e aguardei ali mesmo, vendo-a entrar.

— Onde está o meu cartão? Vou guardar minhas coisas.

— Claro! Que boba estou sendo. — Ela vasculhou entre os papéis em suas mãos e o estendeu em minha direção.

Assim que o peguei de sua mão, notei os números estampados na parte frontal: 212.

— Espera, mas esse é do mesmo quarto.

Ela expandiu os lábios em um sorriso sacana, quase perverso, e caminhou para fora do quarto, parando a poucos centímetros de mim. Nossos corpos ficaram frente a frente, dando-me a chance de sentir sua respiração perfeitamente controlada.

— Achou mesmo que iríamos dormir em quartos separados neste lugar?

— Maya...

— Vai dormir na cama comigo — afirmou, antes de girar e seguir para o interior do quarto.

Dirigi pelas ruas cobertas de neve, seguindo o caminho indicado pelo GPS no painel do carro. Maya havia deixado um veículo disponível para que eu usasse, enquanto trabalhava — um gesto gentil para quem a colocava como culpada. Naquele momento, ela deveria estar em um restaurante, em uma reunião de negócios com alguns conhecidos do ramo artístico. De forma educada, a mulher havia me feito o convite para acompanhá-la, mas não tive alternativa a não ser recusar, levando em conta o curto espaço de tempo que teria para focar os motivos que me fizeram chegar até lá. Não tinha como desperdiçar.

Olhei para os prédios das avenidas de Zurique, enquanto algumas pessoas caminhavam apressadamente, com seus agasalhos grossos e quentes, pelas calçadas frias. De longe, notei o prédio grandioso do UBS, United Bank of Switzerland, um dos maiores bancos com impacto global da Suíça. E era justamente o detentor do dinheiro retirado da Collins Enterprise.

– Boa tarde, senhora. – Um dos recepcionistas me cumprimentou em meu idioma. Será que eu tinha algum aspecto diferente dos suíços?

– Boa tarde! Gostaria de falar com o diretor geral desta unidade, por favor.

O homem me fitou como se eu fosse de outro planeta. Seus olhos azuis transmitiam certa superioridade.

– Você é americana?

– Sim.

– Desculpe, senhora. Ele não atende dessa maneira, apenas com horário marcado e com a credencial de utilização do banco – disse educadamente. – Posso passar o contato de telefone, para que agende uma visita? Ou deseja abrir uma conta?

– Acho que você não entendeu. Eu só preciso falar com um diretor ou gerente, não desejo abrir uma conta. Trata-se de um assunto importante — tentei explicar, enquanto ele mantinha os olhos e as mãos no computador à sua frente. Qualquer coisa que estivesse fazendo era bem mais significante que a minha presença. Respirei fundo e aguardei que ele terminasse o serviço.

– Posso ajudá-la em algo mais? – indagou, ignorando tudo que havia falado anteriormente.

– Escute aqui, senhor... – ao falar, olhei para o crachá em seu peito – Lambert, quero falar com o seu diretor.

– Preciso de uma credencial de conta Premium.

– Essa credencial serve? – perguntei, erguendo meu distintivo.

– Ah! Sinto muito, senhora – ele respondeu, um tanto desconcertado. – Pode me fornecer seus documentos? E informar o motivo da sua visita? Vou falar com o nosso diretor agora mesmo.

– Sou Eloise Green, detetive do Departamento de Grandes Casos de Nova Iorque. Estou em uma investigação internacional.

– Agradeço, detetive Green. Peço-lhe que se sente e aguarde um momento.

– Obrigada.

Não demorou nada, e ao fundo, pude ver o recepcionista voltando em minha direção. Diferente de minutos atrás, ele transparecia gentileza e bom humor.

– Senhora Green, me acompanhe, por favor.

Um homem relativamente calvo, com cabelos grisalhos e uma barriga avantajada se aproximou, sorrindo abertamente, à medida que eu adentrava a sala. Ele estava devidamente trajado com um terno cinza-escuro e uma gravata azul-marinho. Seus sapatos sociais eram brilhantes, como se os tivesse engraxado há poucas horas.

— Você deve ser a detetive americana. Como se chama? — perguntou, ao estender a mão, em um cumprimento gentil.

— Eloise Green.

— Bem-vinda ao UBS, senhora Green. Eu sou Calton Tomaz, o diretor sênior desta agência. Sente-se, por favor.

Ocupei o espaço de uma poltrona à frente de sua mesa, enquanto ele tratava de sentar-se em sua cadeira presidencial. Calton devia ter sessenta e tantos anos e, pelo cargo que possuía, muitos deles foram aqui. Observei sua sala discretamente e, pela quantidade de porta-retratos, notei como era, aparentemente, apegado à sua família. Conversamos brevemente sobre assuntos aleatórios, até que, enfim, pude abrir meu interesse.

— Como posso ajudá-la, Eloise?

— Bom, senhor Tomaz, pelo que deve imaginar, estou aqui por conta de uma investigação policial. Tenho um caso de furto bilionário nas mãos, e as provas indicam que o valor foi transferido para uma conta na sua agência.

Seu semblante bem-humorado desapareceu, dando espaço a um semblante preocupado.

— Tenho aqui alguns números de contas e preciso das informações de cada um deles.

— Desculpe, senhora Green — ao falar, ele pigarreou —, não posso fornecer dados pessoais de meus clientes. Você é conhecedora da lei e sabe muito bem que aqui temos uma política séria de sigilo bancário.

— Sim, estou ciente. Mas você deve saber também que, para fins investigativos, esse sigilo pode ser quebrado, correto? Estou aqui com toda a documentação necessária. — Naquele momento, entreguei a papelada em suas mãos.

O homem me encarou e, em seguida, deixou que seus olhos fossem de encontro aos papéis, passando a analisar os documentos calmamente. Confesso estar impaciente, porque a ordem judicial havia sido um favor de um conhecido e havia grandes possibilidades de não ser aceita.

— Qual a possibilidade de termos problemas com isso? — Calton perguntou um tanto nervoso. — Não que eu tenha feito algo, mas meu emprego está por um fio neste lugar. Não posso dar margens a um escândalo.

— Há muitas possibilidades, senhor Thomaz. Estamos falando de mais de um bilhão de dólares.

Ele fechou os olhos e deslizou o dorso da mão em sua testa. Estava visivelmente abalado. Seja lá o que Calton Thomaz tenha feito, era óbvio que não queria que fosse descoberto.

— Se me fornecer os dados, posso simplesmente me esquecer da sua existência.

– Tudo bem, deixe esses dados comigo. Irei recolher todos os nomes para você. Só não consigo entregar isso hoje, precisa me dar alguns dias.

– Quantos?

– Dois serão suficientes.

– Tudo bem, volto aqui em dois dias, para pegar tudo que preciso.

Depois de deixar todos os meus dados, agora eu só precisava esperar dois dias e, então, teria a ficha completa do proprietário da conta no UBS. Despedi-me de Calton educadamente, antes de me retirar daquele lugar. O homem não poderia fazer qualquer movimentação na conta, muito menos repassar informações ao proprietário. Ele sabia que abrir o sigilo era um problema, mas desde que não soubessem que havia sido por ele, tudo estava certo.

Voltei para o hotel e notei que não havia nem sequer um sinal de Maya. Tomei um banho quente e resolvi descansar, enquanto assistia a um filme qualquer na TV a cabo. Mesmo o filme possuindo um enredo totalmente chamativo, minha cabeça estava bem longe daquele cenário, estava mais precisamente no possível nome presente naquela ficha. O gerente poderia muito bem ter dito, mas preferiu fazer de acordo com as normas do banco. Eu precisava de dois dias a mais na Suíça, e só quem poderia me possibilitar aquilo, nesse momento, era Maya. E falando nela...

– Olha só quem chegou! – ela falou, animada, enquanto adentrava o quarto com diversas sacolas nos braços.

– Não estava em reunião?

– Sim, depois aproveitei para comprar umas coisinhas. Tem cada coisa incrível nas lojas daqui.

Sorri ao vê-la eufórica. Ela realmente parecia ter se divertido bastante.

– Imagino que sim.

– É sério! Comprei chocolate e vinho suíço para você. – Maya retirou duas caixinhas douradas do interior de uma das sacolas, além de uma garrafa de vinho tinto. – Viu? Para não dizer que sou uma chefe ruim. – Ela sorriu. – E como foi seu dia?

– Acho que foi bom. Tive um avanço.

– Não senti tanta confiança. Não conseguiu o que precisava?

– Estou conseguindo, só estou cansada mesmo – murmurei, na tentativa de encerrar aquele assunto.

– Se você diz.

– Pode acreditar, senhora Collins.

– Eu não acredito que estamos na Suíça, vamos dormir na mesma cama e você ainda está me chamando assim – disse, enquanto retirava o casaco com flocos de neve. – Eu deveria te castigar, e você sabe muito bem como.

– Você não conseguiria – retruquei de forma convencida, ao me levantar da cama.

– Você tem razão, não vou me fazer de difícil agora. Vou entrar naquele período em breve e tenho que aproveitar antes disso. – Maya parou na minha frente e deslizou as mãos por meus braços de baixo para cima.

— Me sinto um objeto sexual com você falando dessa maneira.

— Quer uma mulherzinha romântica? — seu tom de voz foi irônico, quase sarcástico, e ela inclinou a cabeça para a frente, dando um beijo suave em meu pescoço. — Eu posso ser.

— Maya... — minha voz soou como um sussurro. — Precisamos conversar.

Ela interrompeu nosso contato, para voltar seus olhos na direção dos meus, e com um semblante curioso, indagou:

— Algum problema?

— Não exatamente. Eu preciso de um favor seu.

Maya franziu o cenho e nada falou, apenas aguardou que eu continuasse.

— Mas podemos falar sobre isso depois.

— Tem certeza? Parece algo importante.

— Tenho.

— Certo, eu vou tomar um banho e, assim que eu sair, podemos falar sobre, está bem?

— Ótimo.

— Pode ligar e pedir algo para a gente jantar? Logo saio do banho.

Finalizei o pedido do nosso jantar e me acomodei entre as cobertas espalhadas pela cama espaçosa. Apesar dos aquecedores estarem trabalhando intensamente, ainda sentia meu corpo tremer em meio ao frio daquele lugar. Enquanto Maya perdia alguns minutos no banho, cuidei de organizar minhas ideias, formulando a maneira mais inteligente de pedir para que ficássemos mais alguns dias naquele lugar. Eu sabia que havia uma grande possibilidade de meu pedido ser negado, visto que Christopher não demoraria a voltar para Nova Iorque e, quando o fizesse, Maya deveria estar em casa. Porém, mesmo com o risco de receber um não como resposta, arriscaria a pedir. Eu só voltaria para os Estados Unidos com o nome do proprietário da conta em mãos. Suspirei, tentando me manter tranquila, quando senti o aparelho celular vibrar sobre o travesseiro. Era Ruby.

— *Como pode sumir assim, Green?* — seu tom de voz indicava preocupação.

— Desculpe! Eu estava ocupada!

— *Espero que esteja ocupada, tentando resolver o caso e não transando.*

— Eu estava no banco a tarde inteira, não fale bobagens — resmunguei, ao me afastar do quarto, indo em direção à sacada.

— *E como foi lá? Conseguiu algo?*

— Entreguei a ordem judicial, mas só consigo os dados em dois dias. — Esfreguei as mãos em meus braços, enquanto apoiava o celular entre o ombro e minha cabeça. — Como se trata de uma investigação, precisamos dos dados mais completos.

— *Pensei que voltaria amanhã.*

— Tenho que ficar, só preciso ver como vou fazer.

– *Só pedir à sua mulherzinha* – zombou, com uma risada, do outro lado da ligação.

– Ruby...

– *O quê? Você está em uma viagem com ela, Elo!*

– É pela investigação! Você acha que ela aceita ficar mais dois dias?

– *Tenho certeza* – afirmou tranquilamente, antes de elevar o tom de voz. – *E que merda de quadro é aquele no escritório? Você a tem como uma das principais suspeitas e ainda dorme com ela? E se ela te matar?*

– Não fala bobagens – murmurei, antes de olhar para os lados, verificando se Maya havia saído do banho. – Todos são suspeitos, inclusive o próprio Collins.

– *Você está ficando maluca. Pode estar dando prazer à bandida da história.*

– Isso daria um ótimo livro. – Ri baixinho, quando ouvi alguns ruídos no interior do quarto. Talvez Maya finalmente tivesse terminado seu banho. – Acho que ela terminou o banho.

– *Espera...* – Ruby ria do outro lado. – *Estão no mesmo quarto?*

Meu silêncio foi a resposta que ela aguardava.

– *Como o marido consegue passar pelas portas?*

– Por Deus, fica quieta! Eu preciso desligar, nos falamos depois.

– *Boa noite, destruidora de casamentos!*

Despedi-me rapidamente e voltei para o interior do quarto. Maya estava usando apenas um roupão branco e grosso, e seus cabelos estavam presos em um coque malfeito, deixando que algumas mechas ficassem levemente umedecidas em sua nuca. Ficar sozinha com Maya era sempre uma linha de perigo e sedução. Tínhamos uma espécie de tensão sexual constante, uma vibração em um patamar só nosso. Sentei-me na beirada da cama, enquanto ela se aproximava devagar.

– Se importa se eu ficar de roupão?

– Não está com frio?

– Não, nem um pouco – disse, parando na minha frente. – Eu estava me lembrando daquele seu organograma. Como pode desconfiar de mim e dormir no mesmo quarto que eu? – Suas mãos foram de encontro aos meus ombros, empurrando-me contra o colchão macio.

Deitei-me confortavelmente, para que Maya subisse sobre meu corpo, sentando-se em meu quadril. Naquele momento, senti meu coração errar a batida, só por imaginar que, por baixo daquele roupão, ela poderia estar completamente nua.

– Devemos manter os inimigos bem próximos.

Ela sorriu, cínica, mordendo seu lábio inferior. Suas mãos foram de encontro ao lençol da cama, com uma de cada lado de minha cabeça, para, em seguida, irem até o seu cabelo, soltando os fios sedosos com aroma tão doce. Seus olhos castanhos agora me fitavam intensamente, alternando entre meus olhos e minha boca. Com a ponta da língua, umedeci meus lábios, sentindo-me um pouco ansiosa.

– Você tem muita coragem. Eu posso ser quem você procura. – Ela lambeu do início de minha clavícula até o lóbulo de minha orelha.

Senti aquele calor tomar conta de meu corpo, fazendo totalmente desnecessária a presença dos aquecedores no quarto. Maya moveu seu quadril bem devagar sobre o meu, pressionando seu corpo contra mim. Minhas mãos foram de encontro à sua cintura, pressionando meus dedos contra aquela região.

– Posso dizer o mesmo. Tem muita coragem, porque se for quem eu procuro, está se envolvendo com o fim da sua vida.

Ela expandiu seus lábios carnudos em um sorriso quase diabólico. Eu adorava quando ela sorria daquela maneira, sentia-me profundamente desafiada, tentada a possuí-la.

– Mas se eu não for, vai ter que me pedir desculpas de joelho no final disso tudo – disse ela, gesticulando com o dedo indicador.

– Nem morta!

– Você vai, sim, senhora. Teve coragem de me colocar como suspeita, terá que arcar com as consequências. Você me prenderia, Green?

– Ainda tem dúvidas?

– Duvido! Como poderia prender alguém que te faz tão feliz na cama? – perguntou, ao levar suas pequenas mãos até o cinto que amarrava o roupão. – Que te deixa tão louca?

Meus olhos acompanhavam cada movimento que Maya fazia. Ela ainda estava sentada sobre meu quadril, agora desamarrando o pequeno nó de seu roupão branco, enquanto seus olhos me engoliam. Maya reprimiu um sorriso malicioso no canto de seus lábios. Era notável como ela se divertia com a maneira fascinada com que eu a fitava. Seus cabelos ondulados caíam sobre seus ombros, moldando seu rosto composto de traços latinos marcantes, e seus olhos brilhavam, destacando a coloração castanha. Eu adorava como eles podiam ser intensos.

– Seria ainda mais excitante por isso.

– Então, gosta da ideia de me ter presa? – seu tom de voz rouco arrastou as palavras de maneira provocante.

Sentia-me nervosa diante de sua imagem tão atraente. Maya mantinha seus olhos sobre mim, enquanto permitia que o tecido grosso do roupão abandonasse seu corpo, para exibir a bela extensão de pele bronzeada. Ela estava completamente nua. Eu apreciei cada mínimo canto de seu corpo magro e esbelto. Era notável como Maya perdia algumas horas de seu dia para manter tudo bem definido, mas sem qualquer tipo de exagero.

– Não posso negar o quanto é atraente.

– Isso está parecendo uma fantasia... – ela se inclinou e sussurrou em meu ouvido. – Não os fatos.

Fechei meus olhos, quando os lábios macios tocaram a pele do meu pescoço, e seus dedos se entrelaçaram aos meus, no exato instante que ela cravou seus dentes lentamente naquela região. Eu movi meu corpo abaixo do seu, esfregando-me nela. As mãos de Maya adentraram meu moletom, frias, fazendo-me arrepiar. Por baixo daquela peça, eu usava apenas uma camiseta fina de algodão. Suas unhas se arrastaram por meu abdômen, subindo em direção aos meus seios, os quais apertou com maestria. Um suspiro manhoso abandonou meus lábios, fazendo com que Maya retirasse a peça mais grossa, seguida pela camiseta, deixando-me com o tronco nu. Ela perdeu alguns minutos me observando, como se admirasse cada mínimo detalhe, deixando meu corpo em chamas, mesmo diante de toda aquela brisa fria. Minha respiração se tornava cada vez mais descompassada, nada me fazia recuar as sensações que aquela mulher provocava.

– E não gosta dela?

– Talvez até queira.

Encaramo-nos por segundos, antes de selar nossos lábios um no outro. Não importava quantas vezes aquilo havia acontecido, nunca poderia explicar como seu beijo me tirava de órbita. Ele era apenas o pontapé inicial para me render àquela mulher.

– Maya... – sussurrei contra seus lábios, enquanto ela se movimentava sobre mim cada vez mais rápido. Sentir a fricção de nossos corpos de maneira tão urgente estava me colocando à beira da loucura, mesmo quando o tecido de minha calça de moletom nos impedia de um contato maior. Ela sabia exatamente onde tocava e o que me causava. A parte boa era que ela sentia o mesmo e parecia se deliciar com aquilo. Estava evidente em seus olhos, sua boca entreaberta, sua respiração descompassada e os gemidos baixos que, uma vez ou outra, abandonavam sua boca.

– Tira isso – ordenou, ao olhar para minha calça.

– Tiro.

Maya se afastou apressadamente, e quando ousou retirar as peças que me faltavam, ouvimos o barulho de batidas à porta. Eu arregalei os olhos, sentindo a indignação tomar conta de mim.

– Não, deixa baterem – ordenei, e ela pareceu aceitar, pois voltou com o corpo por cima do meu. Mas para nossa infelicidade, quem quer que fosse do outro lado da porta era insistente o suficiente para não desistir.

– Vou atender... – murmurou, derrotada.

– Inferno.

Maya ergueu seu corpo da cama, afastando-se de mim, e rolei os olhos de forma impaciente, fazendo-a rir baixinho. Ela procurou por uma calcinha e, em seguida, vestiu o meu moletom, para, só então, seguir em direção à porta. Ela me observou rapidamente, talvez se certificando de que eu estivesse vestida outra vez, e só assim atendeu ao infeliz que nos interrompeu.

Assim que a porta foi aberta, notei a expressão desacreditada do rapaz parado diante dela. Ele arregalou os olhos, de maneira surpresa e abobalhada, para Maya, que usava apenas um largo moletom em seu corpo. Maya transparecia exatamente o que estava prestes a fazer – pelo menos, seus cabelos revoltos e seus lábios avermelhados acusavam-na disso.

– Ser-serviço de quarto – gaguejou.

Mesmo com a raiva e indignação que tomava conta de mim, ver o nervosismo do garoto, por ver uma mulher como Maya, era cômico.

— A senhora deseja mais alguma coisa? — indagou, desconcertado.

— Eu estava desejando, mas você me interrompeu. — Ela inclinou a cabeça, como se estivesse fazendo questão que ele me visse ao fundo.

Assim que o rapaz me encarou, pediu desculpas de maneira desconcertada, fazendo-me rir.

— Você não está merecendo, mas eu sou muito boazinha. Então, aqui está sua gorjeta!

O rapaz assentiu mais vezes do que deveria e, então, se retirou, como um raio, daquele lugar. Maya fechou a porta, em meio a uma risada divertida, sabendo exatamente como o havia deixado.

— Isso foi perverso — disse, vendo-a se aproximar com o carrinho.

Maya o posicionou ao lado da mesa, e eu prontamente caminhei em sua direção.

— Tadinho, vai sonhar com a gente esta noite.

— Vai mesmo, principalmente com você dessa maneira.

Maya deu um passo à frente, colocando seus braços ao redor de meu pescoço. Envolvi sua cintura, prendendo seu corpo ao meu. Maya era apenas alguns poucos centímetros mais baixa, nada exagerado. Ela inclinou sua cabeça para frente, selando seus lábios com os meus. E como de costume, algo que deveria ser rápido e simples começou a se intensificar.

— É melhor a gente comer, antes que esfrie...

— Tem razão.

Eu estava ofegante, excitada e, sobretudo, faminta. Maya parecia estar da mesma maneira, pois tratou de organizar todos os pratos na mesa rapidamente. Sentamo-nos para degustar aquela comida, que estava simplesmente deliciosa, enquanto conversávamos sobre curiosidades daquele lugar.

— Mudando de assunto, você comentou que precisava conversar comigo. Algum problema? — Ela limpou o canto dos lábios com um guardanapo, assim que terminou de comer.

— Não seria exatamente um problema. Quer dizer... — Engoli o restante da sobremesa e a fitei. — Preciso ficar mais dois dias aqui.

— Deu algo errado?

— Não, eu só preciso de mais tempo para recolher todas as informações que preciso. E por isso, queria conversar com você, para saber se...

— Se podemos ficar mais um pouco — ela concluiu tranquilamente, ao roubar uma uva do pote na mesa.

— Exato.

Maya ficou em silêncio, parecendo pensar na possibilidade. Eu sabia que tínhamos pouco tempo, não poderia abusar da boa vontade daquela mulher.

— Se é tão necessário, podemos ficar. Você só precisa me ajudar a pensar em uma boa desculpa, pois chegaremos a Nova Iorque no mesmo dia que meu marido. E comentar que viajávamos para a Suíça não seria uma boa ideia.

— Claro, eu ajudo. Mas se for possível, ok? Não quero abusar.

– Não se preocupe, está tudo bem. Eu aceito a sua proposta, mas eu tenho uma condição.

– Qual?

Maya ergueu seu corpo da cadeira, com um sorriso de canto, parecendo animada com a sua própria ideia, caminhou até mim e se sentou em meu colo com cuidado.

– Já que precisa ficar mais uns dias, apenas esperando algumas informações, nós poderíamos aproveitar a viagem com coisas diferentes... – ela sugeriu, e permaneci calada, dando a chance para que ela continuasse. – Não precisa ficar exatamente em Zurique, certo?

– Certo. Só preciso ficar por perto, caso eu seja chamada.

– Então, poderíamos ir à outra cidade que conheço – falou, animada, enquanto depositava os braços ao redor de meu pescoço. – Ela é bem menor e mais calma, mas garanto que não irá se arrepender.

– Por que não quer ficar aqui?

– É um lugar especial e estou precisando de algo diferente nos últimos tempos.

Levei uma de minhas mãos até seu rosto, colocando uma pequena mecha de seu cabelo atrás de sua orelha.

– Eu vou adorar.

Zurique era uma cidade muito bela, e o inverno a havia deixado ainda mais charmosa. Seus prédios cobertos pela camada de neve davam um ar elegante ao lugar. Fiquei, por alguns minutos, na sacada do hotel, apenas observando o tráfego suave de carros e a movimentação de pessoas ao redor, enquanto Maya terminava de se arrumar. Estávamos nos preparando para seguir caminho para Saint Moritz, uma pequena cidade que, de acordo com Maya, ficava cerca de duas horas e meia dali. Nós não poderíamos nos afastar tanto, eu ainda tinha assuntos a tratar com o UBS. A ansiedade por finalmente descobrir o nome do proprietário da conta estava me consumindo, meu cérebro parecia trabalhar o tempo inteiro com as probabilidades existentes naquela resposta. Os únicos minutos que meus pensamentos não estavam afundados na investigação eram quando eles se perdiam pela mulher que me acompanhava. Esfreguei meus braços com as mãos, em busca de calor, quando voltei para o interior do quarto. Em frente ao espelho, encontrei-a retocando os últimos detalhes de sua maquiagem leve.

Eu a observei por alguns instantes. Hoje, ela usava uma blusa branca, de gola alta, com mangas longas, uma calça de alfaiataria preta, com suspensórios delicados, e nos pés, botas escuras. Seus cabelos ondulados se distribuíam perfeitamente sobre os ombros. Estava linda como sempre.

– Estou quase acabando.

Finalizando, ela vestiu o sobretudo preto que estava no cabide, no canto, e em seguida, pegou o cachecol nude e caminhou em minha direção. Com delicadeza, depositou a peça ao redor de meu pescoço e sorriu.

– Prontinho! Vamos?

Fechamos nossa estadia no hotel, enquanto um dos funcionários colocava nossas malas no carro. Maya parecia empolgada com a ideia de ir para outra cidade – seus sorrisos largos e gentis denunciavam isso. O clima entre nós não era provocador, muito menos sexual, pelo contrário, tudo estava calmo.

– Onde está o motorista? – perguntei, quando nos aproximamos do veículo.

– Desta vez, seremos apenas você e eu, Green.

O caminho foi longo e lento, porque não tínhamos tanto conhecimento da estrada, fazendo com que tivéssemos a atenção redobrada no trajeto. Para ajudar, Maya cuidava de manter uma conversa casual, enquanto me auxiliava com as indicações do GPS. Estávamos chegando a Saint Moritz, e como ela havia mencionado, o lugar era bem menor que Zurique. Nem sequer parecia uma cidade, poderíamos até mesmo considerar um vilarejo charmoso e aconchegante. Os poucos prédios tinham uma grande estrutura horizontal, acompanhando a baixa estatura das casas ao redor, trazendo um grande contraste com os alpes suíços ao fundo.

Maya estava visivelmente distraída com a paisagem, seus olhos se mantiveram fixos por longos instantes. Hoje, diferentemente dos outros dias, ela me parecia diferente. Poderia ser loucura, mas naqueles instantes, ela havia perdido seu ar superior e o seu cinismo descarado. Tirei os olhos, por breves segundos, da estrada retilínea e os repousei sobre a mulher. E como se eu não pudesse conter, uma única palavra deixou meus lábios.

– Linda.

Eu arregalei os olhos no mesmo instante que notei a burrada que havia feito, e praguejei-me centenas de vezes, por ter pensado alto demais. Estava pedindo aos céus que Maya não tivesse escutado, mas como nem tudo era como queríamos, ela virou em minha direção e sorriu.

– A paisagem é linda mesmo.

Eu apenas assenti, com um sorriso amarelo. Eu não sabia se ela havia feito aquilo para evitar qualquer clima tenso entre nós ou se realmente acreditava que eu me referia à paisagem do lugar, que também não deixava de ter uma beleza radiante. Eu não ousei tocar no assunto novamente, depois do incidente, apenas me calei até chegarmos ao hotel indicado por Maya. E assim como o hotel de Zurique, esse era grandioso. Chamava-se Carlton Hotel St. Moritz e era um dos maiores prédios da pequena cidade, ganhando destaque entre as casas ao seu redor.

– Finalmente! Minhas costas estão me matando.

– Posso dizer o mesmo. Preciso de um banho quente e uma boa cama.

– Vai ter isso hoje, aproveite para descansar esses dias – disse tranquilamente, deixando-me confusa.

– Por que está sendo tão boazinha?

Ela soltou uma risada nasal e negou com a cabeça.

– Não deveria reclamar dos meus momentos de doçura, Green. Aproveite, são raros. E a propósito, você também é linda – disse ela, ao sair do carro.

Sorri e neguei com a cabeça para, em seguida, realizar o mesmo caminho que Maya. O hotel era simplesmente magnífico, tão grande e luxuoso como o anterior, no entanto carregava um charme a mais, por apresentar um aspecto bem original do lugar, com a predominância de móveis de madeira e tijolos queimados, assim como peças e paredes de vidro. Um rústico moderno, poderia assim dizer. Eu estava realmente encantada com o pouco que vi de Saint Moritz, e diferentemente de Zurique, eu tive certa curiosidade em conhecer.

O quarto daquele hotel aparentava o interior de um chalé, com direito à lareira, paredes de madeira e concreto, alguns tapetes, armários com livros e um sofá bem perto da mesinha de centro. Caminhei em direção ao outro cômodo lentamente, vendo a cama grande do lado oposto à parede de vidro, que apresentava uma paisagem maravilhosa dos alpes suíços cobertos pela neve.

– Gostou? – ela perguntou, largando a bolsa sobre o aparador, no canto do quarto.

– É incrível.

– É mesmo! Eu amo este lugar.

– Vem aqui com frequência?

– Não, tem um bom tempo desde a minha última vez aqui.

– Por quê?

– Ainda é cedo para você saber.

O dia transcorreu tranquilamente, e usei o restante do tempo para descansar da longa viagem da manhã. Maya fez exatamente o mesmo, mas diferentemente de mim, usou os benefícios oferecidos pelo hotel, como sauna e SPA. Nós nem sequer almoçamos juntas, pois ela optou por ficar no restaurante, e eu, no quarto. E mesmo com as escolhas diferentes, nada afetou o bom clima que se instalou entre nós.

– Voltei, Green! – sua voz tinha uma animação contagiante.

– Feliz?

– Muito, eu estava precisando de um dia tão relaxante como esse! – Maya sentou-se sobre o colchão, encolhendo as pernas. – Eles fazem umas massagens ótimas aqui. Você deveria ter ido.

– Não estava muito disposta a sair do quarto. Então, tomei um longo banho de hidromassagem e depois me deitei para ler.

– E o que está lendo?

– Um romance policial – brinquei, fazendo-a sorrir de canto. Maya não acreditou, mas eu realmente estava.

– Você está muito quieta, Eloise. Esse lugar é pequeno, mas tem coisas boas para fazer.

– Eu estou cansada...

— Não aceito um "não" como resposta. Deixei você descansar o dia inteiro, até sem a minha doce companhia. — Ela se aproximou, sentando-se ao meu lado. — Agora, você pode fazer algo por mim.

Suspirei, vencida, diante de seu olhar convincente. Ela não usou seus métodos, pelo contrário, foi sutil.

— E o que você quer fazer esta noite? — minha pergunta trouxe um sorriso maldoso à sua boca.

— Muitas coisas! Mas a primeira delas seria sair para jantar. Conheço um restaurante ótimo no centro da cidade, e tem muitos anos que não vou.

— Tudo bem, acho totalmente justo.

— Acha?

— Sim, está sendo tão gentil comigo. Confesso que estou muito surpresa com essa versão. É muito diferente da que conheço e convivo normalmente.

— Sou uma caixinha de surpresas.

— Estou vendo, Maya. Mas, enfim, vamos?

— Vamos!

Por volta de uma hora depois, Maya e eu estávamos caminhando pelo centro de Saint Moritz. Havíamos optado por deixar o carro em um estacionamento próximo, para que pudéssemos aproveitar uma caminhada até o restaurante escolhido pela mulher. A cidade era bem tranquila, mas a presença de muitos turistas era notável. A movimentação era relativamente grande, como se pela noite as pessoas saíssem nas ruas para curtir um pouco a cidade coberta pela neve. Não demorou muito até que chegássemos ao nosso destino.

— Sejam bem-vindas, senhoras! — O maître, devidamente uniformizado, nos cumprimentou. — Mesa para dois?

— Sim, por favor.

— Me acompanhem, por gentileza. — O homem de terno escuro nos guiou para o segundo andar, nos colocando em uma mesa com uma bela visão do parque do outro lado da rua.

Maya tirou seu sobretudo marrom, dando-me a oportunidade de ver como estava incrivelmente linda aquela noite. Trajava um vestido preto, de gola alta e caimento solto até o meio de suas coxas. Nos pés, ela tinha um par de botas da mesma cor, que subiam até um pouco acima dos joelhos, completando sua vestimenta elegante e noturna. Seus cabelos permaneciam soltos e ondulados, como de costume. Já eu, havia optado por uma blusa de mangas compridas e gola alta, na mesma cor do vestido de minha acompanhante, e para a parte inferior, escolhi uma calça de alfaiataria em um tom de vinho. Tudo por debaixo de um sobretudo preto.

— Volto em breve para verificar seus pedidos.

Meus olhos vagaram por todo o ambiente de temperatura agradável. O lugar era tão aconchegante quanto a cidade que o comportava. Suas paredes de tijolos se contrastavam com os móveis de madeira, as mesas estavam arrumadas com taças de cristal e talheres de prata, tudo repousado sobre o tecido branco que a cobria. O restaurante estava parcialmente cheio, nada que pudesse ser incômodo. Ele trazia um clima acolhedor, talvez fosse a iluminação baixa e amarelada, vinda das luminárias distribuídas pelas paredes, ou a presença de velas em seus castiçais únicos sobre as mesas. Era tudo muito delicado, caloroso e bonito.

— Você tem um bom gosto para escolher lugares.

Maya expandiu os lábios, mostrando seu sorriso branco e iluminado. Talvez tudo estivesse colaborando para enaltecer a sua beleza tão marcante. Ela não tinha abusado da maquiagem, pelo contrário, estava quase natural, se não fosse por seus lábios e seus olhos.

— Eu tenho um bom gosto para tudo, Eloise.

— Vou levar como um elogio.

Ela estreitou seus olhos, que se comprimiram à medida que seu sorriso cresceu.

— Pode levar, é sincero.

Ergui as sobrancelhas, em uma expressão convencida, fazendo-a menear a cabeça negativamente. Maya deixou sua atenção presa, por alguns minutos, no que iria pedir, e me ocupei em fazer o mesmo.

— Você pode trazer um vinho?

— Tem alguma preferência, senhora?

— Vou deixar em suas mãos, me traga o melhor que tiver.

Ele assentiu, com um sorriso no rosto, e não demorou nada a trazer o melhor vinho daquele lugar.

— Você me parece muito familiarizada com tudo aqui.

— Estive aqui muitas vezes antes de me casar, sou apaixonada pela calmaria deste lugar. Gosto de vir aqui para me reconectar.

— Parece um lugar ótimo para isso.

— E é, eu garanto. Se tivéssemos mais tempo, te mostraria lugares incríveis — afirmou, animada. — Sinto até saudade.

— Desculpe a pergunta, mas, se gostou tanto deste lugar, por qual motivo nunca trouxe Christopher aqui?

Seus olhos escuros desviavam dos meus, à medida que ela bebericava um gole do vinho.

— Eu... — Maya respirou fundo, como se buscasse palavras para se expressar. — Eu só não senti que deveria. E Christopher não gosta de lugares assim, seria uma perda de tempo.

— Não seria, se você gosta. Ele deveria ficar feliz com isso — retruquei.

Ela sorriu em resposta. Sabia que eu estava certa, mas parecia não querer lutar contra isso. Talvez estivesse cansada. Desse modo, ainda com um sorriso de canto, ela esticou uma das mãos sobre a mesa e, com as pontas dos dedos, tocou sobre a minha.

— Eu estou aqui agora e me sinto feliz, é o que importa.

— Me sinto feliz também.

Naquele momento, o clima entre nós era diferente. Por uma fração de segundos, senti aquele maldito frio na barriga tomar conta de mim. Eu simplesmente não sabia como evitar, e o pior, era bom. Nós nos encaramos por mais alguns segundos, antes de sermos interrompidas pelo garçom. E eu não sabia dizer se aquilo havia sido bom ou ruim.

– Bom apetite, senhoras.

A comida daquele lugar era simplesmente magnífica, agora sabia por que ela gostava tanto. Degustamos nossos pratos, em meio a uma conversa descontraída e alguns goles de vinho. Não sabia há quanto tempo estávamos naquele lugar, mas as horas pareciam voar. Agora, em nossa segunda garrafa, ríamos de coisas idiotas, como o fato de a latina fazer parte do grupo de garotos na escola.

– Não, não consigo imaginar você assim. Todo mundo diria que você foi a garota mais popular do colégio.

– Pois acredite, eu passava longe disso. Elas eram insuportáveis, minha vontade era de acertar todas com um soco, mas eram muitas, e eu, pequena demais – confessou, fazendo-me rir. – Não ria da minha desgraça, Green. Sofri no início, mas se me vissem hoje, iriam ficar com inveja.

– Com certeza, iriam.

Seus olhos vieram de encontro ao meu, assim que ouviu minha resposta.

– Você acha?

– Sim, você é uma mulher e tem tudo que quer.

– Ter tudo que quero é um dom, sabia? – brincou, fingindo um olhar misterioso.

– Um dom que só você tem.

– Exatamente. E falando nisso, eu gostaria de ir a outro lugar.

– Outro lugar? – Franzi o cenho em sua direção, duvidando de suas intenções.

Maya soltou uma risada e negou com a cabeça.

– Ainda não é sexo que eu quero, Eloise. Isso fica para mais tarde.

– E o que você quer?

– Quero ir a outro lugar. Nós podemos... dançar?

Pagamos a conta do restaurante e seguimos para uma das poucas casas noturnas existentes em Saint Moritz. Ela não chegava nem perto das que havia frequentado anteriormente, mas não era ruim, pelo contrário, carregava a aparência de um pub modernizado, com show e uma área reservada para as pessoas dançarem. O lugar estava cheio, pessoas de estilos ecléticos circulavam de um lado para o outro, enquanto bebiam, conversavam e dançavam animadamente. A temperatura do lugar era bem mais quente do que do lado de fora, tornando totalmente desnecessária a presença de nossos sobretudos.

– Vamos procurar um bom lugar para ficar.

– Acho que não vamos conseguir uma mesa, o lugar está lotado.

– Hm, vem comigo! – Ela entrelaçou os dedos nos meus e me puxou, em meio ao amontoado de pessoas. Entre pedidos de licença e algumas desculpas, alcançamos o balcão principal. Não havia bancos disponíveis, mas um espaço para conseguir bebidas ela havia conseguido.

– Garcia? – O barman estreitou os olhos em nossa direção, como se precisasse de certezas.

– Peter?! Não acredito! – Maya falou, animada, tentando abraçar o rapaz por cima da bancada.

– Quanto tempo! Você está absurda de tão linda.

– O tempo me fez muito bem! – afirmou, girando com os calcanhares, para que ele a visse melhor.

Eu observei a situação e, por segundos mínimos, senti uma pontada estranha.

– Você sempre foi maravilhosa.

– Quem vê você falando assim até acredita – disse ela, em meio a uma risada. – Peter, eu quero que conheça a Eloise Green. Ela é minha... – de repente, as palavras sumiram de sua boca e da minha também. Entreolhamo-nos rapidamente, em uma tentativa de normalizar aquela situação.

– Já sei, já sei! Não precisam falar mais nada. Muito prazer, Elo. Espero que esteja gostando de Saint Moritz, é um ótimo refúgio para nossa garota aí.

– É tudo muito lindo por aqui. Estou adorando.

– Vai adorar mais ainda depois que conhecer tudo. Leve ela, ok? – Peter ordenou, em um falso tom autoritário. – Vou preparar duas bebidas para vocês por minha conta.

– Obrigada, meu amor! – Maya agora estava muito mais animada. Seus olhos castanhos brilhavam, por causa do álcool e da felicidade. Estava radiante como nunca. Ver o barman havia deixado sua noite mais completa.

– Peter é um anjo em minha vida. Eu o conheci em minha primeira viagem para Saint Moritz. Sofia e eu quase nos perdemos, e ele nos ajudou e aproveitou para nos mostrar a cidade inteira.

– Entendi, vocês foram... – tentei perguntar por alguma razão desconhecida, o que a fez rir.

– Peter é gay, Green. Não precisa ficar com ciúmes.

– Eu não estou com...

– As bebidas, menina! – Peter exclamou, ao depositar dois belos copos sobre o balcão. – Aproveitem a noite.

Maya jogou um beijo no ar para o homem, que sorriu abertamente, e em seguida, estendeu um dos copos em minha direção e ergueu sutilmente o outro, em um brinde.

– Um brinde à nossa viagem.

– À nossa viagem.

Um sorriso largo enfeitou seus lábios, trazendo um encanto que só aquela mulher poderia ter. O maldito sangue latino vibrava em cada detalhe de seu corpo. Ela nunca poderia ser confundida. Seus cabelos ondulados, seus olhos vibrantes, sua boca carnuda, assim como o nariz afilado e o maxilar marcado, tudo milimetricamente desenhado para enfeitiçar qualquer pobre mortal. Incluindo, eu.

– Por que está me olhando assim, Green?

– Assim como?

– Assim, diferente.

Sorri de canto e neguei com a cabeça, antes de tomar outro gole da bebida.

— Você está diferente, Maya. Diferente de todas as outras versões.

— Acha que tenho muitas?

— Conheço, no mínimo, umas três — brinquei. — Essa é a melhor.

Ela assentiu devagar e olhou para os lados, como se buscasse se certificar de algo antes de se aproximar. Sua boca, de hálito quente, veio de encontro ao meu ouvido, trazendo um arrepio por todo meu corpo.

— Essa é a minha favorita também. Então, aproveita, porque ela quase nunca vem. — Soltou um suspiro, acompanhado de um riso nasal. — E se ela está aqui hoje, é exclusivamente para você.

Encaramo-nos por intermináveis instantes, até que pude ver um leve rubor sobre suas bochechas. Maya sorriu sem jeito com o que suas próprias palavras causaram entre nós.

— Vamos dançar? — perguntou, mudando de assunto.

— Eu não sou muito de dançar.

— Não vou aceitar "não" como resposta. Se não vier comigo, vou dançar com outra.

Eu franzi o cenho em sua direção, repugnando a ideia de vê-la com outra, e neguei com a cabeça rapidamente, tomando um último gole, antes de largar o copo sobre o balcão. Maya pediu gentilmente que o barman guardasse nossos pertences, e o rapaz assim o fez. Senti sua mão agarrar a minha, entrelaçando nossos dedos, para me puxar para o meio do aglomerado de pessoas que dançavam animadamente. Paramos quase no meio da pequena pista, Maya virou-se de frente para mim e começou a se movimentar. Não poderia deixar de notar como ela possuía habilidade para isso, seu corpo parecia estar em perfeita sincronia com a música, o que atraía diversos olhares ao seu redor. O meu era o primeiro deles.

— Você é boa nisso.

— Sou boa em muitas coisas.

Encaramo-nos rapidamente, antes que ela pudesse virar de costas para mim e continuar a dançar. Diferentemente de alguns segundos atrás, seu corpo estava colado no meu, movimentando-se de um lado para o outro, provocando um atrito perturbador entre nós. Fechei os olhos por breves instantes e desci com as mãos até sua cintura, como se pudesse guiar seus movimentos. Como resposta, ela delicadamente afastou os cabelos para o lado, deixando sua nuca livre para mim. Trocamos um olhar intenso, sem interromper os movimentos e a tensão que nos envolvia. Inclinei a cabeça um pouco para frente, deixando que a ponta do meu nariz deslizasse pela pele de sua nuca, inalando o cheiro delicioso e inebriante que ela tinha. Maya era sutilmente doce e marcante.

— Eu sei, nunca duvidei disso.

— Nunca?

Agarrei em sua cintura com mais força, e de forma provocante, ela rebolou, incitando-me cada vez mais. Maya se afastou, virando-se de frente para mim. Seus braços repousaram ao redor de meu pescoço, e no mesmo instante, agarrei sua cintura, puxando-a para mais perto. Ela suspirou, surpresa, e através da máscara longa de cílios, recebi seu olhar provocante.

– Nunca.

Encaramo-nos por um tempo que não pude contabilizar, apenas ficamos ali, paradas, com os olhos fixos uma na outra. Seus olhos castanhos embriagados tinham um brilho diferente, intenso. Era notável a sua respiração descompassada. Com a ponta da língua, Maya umedeceu o seu lábio inferior lentamente, obrigando meus olhos a analisarem cada segundo.

– Quer ir embora daqui?

– Quero muito.

Recuperamos nossos pertences com o amigo de Maya e saímos do bar apressadamente, ganhando a noite fria e o céu estrelado de Saint Moritz. Maya ria por ter esbarrado acidentalmente em uma garota na saída, e eu apenas tentava tirá-la o mais rápido possível, antes que arrumássemos uma pequena confusão.

– Ela ficou irritada? – perguntou, em meio às risadas.

– Acho que sim! Quase derrubamos a bebida dela. Então, ande rápido! – exclamei, ao puxá-la pela mão.

Maya riu, divertida, enquanto corria, ao meu lado, para o outro lado da rua. Descemos as escadarias de um parque, ganhando um longo caminho pela frente.

– Se ela viesse atrás de nós, teríamos sérios problemas – brinquei.

– Não teríamos nada. Você é uma ótima policial, basta puxar sua arma e pronto.

Neguei com a cabeça e ri baixinho, enquanto ela se mantinha firme em sua ideia destemida.

– Acha que é assim que resolve as coisas, senhorita?

– É uma maneira emocionante! Agora, vem, vamos caminhar. – Ela segurou em minha mão, permitindo que seus dedos se entrelaçassem aos meus naturalmente. Por alguma razão, não interrompi aquele contato, mesmo não sendo algo comum entre nós, permiti-me aproveitar a sensação que aquele momento me proporcionava. Permanecemos em silêncio, apenas observando o movimento de pessoas na pista de gelo, no centro do parque. Havia casais, famílias, crianças. Todos pareciam se divertir em meio a todo aquele gelo.

– Eu tive uma ideia! – exclamou, animada, interrompendo seus passos.

– Qual?

– O que acha de a gente patinar?

Franzi o cenho em sua direção, aguardando pelo momento em que ela, enfim, diria que estava brincando, mas ele não chegou.

– Está falando sério?

– Claro! Sou uma ótima patinadora.

Comprimi os lábios, na tentativa de conter uma risada.

– Você está bêbada, vamos embora – disse, ao tentar segurar sua mão novamente.

– Não, não quero. Eu quero patinar.

– Não quer, não. Já imaginou o tombo que iria levar? Fora que eu estou me sentindo um pouco tonta, iríamos para o chão – afirmei de maneira séria. – Agora, vem.

Maya rolou os olhos, impaciente, bufando de indignação. Eu poderia rir de sua teimosia, mas me controlei para não a deixar ainda mais irritada. Afinal, sabia que aquilo nada mais era que o efeito do álcool misturado à sua personalidade forte.

– Você não vem comigo? – indaguei.

– Não, eu quero patinar.

Assenti sutilmente, olhando para as pessoas que patinavam sobre o gelo de maneira tranquila. O que seria muito diferente de nós, no estado embriagado em que nos encontrávamos.

– Tudo bem, senhora Collins. Você vai ficar aí sozinha, porque eu vou para o hotel. – Fingi não ligar, apenas para provocá-la.

– O quê?

– É isso mesmo. Você vem ou prefere ficar sozinha?

– Não pode me deixar sozinha. – Sua expressão descrente me divertia.

– Posso e vou, se continuar fazendo birra como uma criança.

– Você não é louca, Green.

– Quer ver?

Ela não respondeu, apenas assentiu, com um ar superior, enquanto permanecia parada no mesmo lugar. Soltei um sorriso cínico, antes de virar de costas e caminhar para longe de Maya.

– Eloise Green! – exclamou um pouco mais alto. – Você não pode fazer isso!

Meus lábios se expandiram, em meio a uma risada contida. Eu coloquei as mãos nos bolsos de meu sobretudo e continuei minha caminhada lenta para longe da mulher.

– Green, não brinca comigo! Eu vou contar de um até três para você parar! – ela continuou a gritar. – Está me ouvindo?

Continuei com passos lentos, observando até onde a teimosia de Maya iria.

– Um!

Eu a sentia mais perto, talvez ela estivesse dando pequenos passos em minha direção.

– Dois! Eloise Marie Green, eu vou falar o três. Não vai parar?

Sem estagnar os passos, a ouvi resmungar, e logo em seguida, um silêncio tomou conta. Franzi o cenho de maneira confusa, tentando decifrar o que ela estaria aprontando, e quando pensei em descobrir, ouvi sua voz ecoar.

– Três! – o grito trouxe consigo o impacto de uma massa pesada e fria contra minhas costas.

Fechei os olhos por instinto e, quando me permiti abrir, encarei uma Maya boquiaberta, totalmente chocada com a própria atitude. No momento em que seus lábios se fecharam, um olhar divertido tomou conta de seu rosto.

— Você não fez isso... — minha voz era ameaçadora.

— Eloise... calma, vamos conversar. — Ela deu alguns passos para trás, enquanto erguia as mãos como um verdadeiro culpado.

Eu neguei com a cabeça, completamente indignada, enquanto ela se esforçava para não gargalhar.

— Conversar? Você vai me pagar por isso. — Abaixei-me para capturar uma boa quantidade de neve e, em um movimento rápido, formei uma pequena bola em minhas mãos, para, em seguida, arremessá-la em direção à Maya que, por sorte, conseguiu desviar.

— Não, por favor! — exclamou em meio a uma risada descontrolada. — Pare!

— Não vai fugir, Collins!

A segunda bola acertou em seu braço, provocando ainda mais as suas risadas. Abaixei-me para pegar outra bola de neve e, quando me levantei para acertá-la, fui atingida em cheio, mais uma vez, por ela. Maya se aproximou rapidamente, com uma gargalhada contagiante.

— Eu também sou boa de mira, Green — disse, ao me puxar pela gola do sobretudo.

Franzi a testa em uma careta, fazendo-a me fitar com um sorriso largo. Eu tinha que concordar, atirar bolas de neve nunca havia sido meu forte, desde a infância. Maya bateu em minha mão, derrubando os resquícios gelados que ainda estavam ali. Olhei para seu rosto, vendo um sorriso feliz e descontraído. Seus braços envolveram meu pescoço e, por instinto, apertei os meus ao redor de sua cintura.

— Empate?

— Acho que eu ganhei dessa vez — ela murmurou, com uma careta engraçada. — Espero que seja mais rápida com armas — zombou.

— Engraçadinha.

Ela fixou seus olhos castanhos sobre mim, causando aquele misto de sensações que me deixavam completamente nervosa. Sustentei seu olhar com o meu, enquanto percebia sua respiração se alterar. Ela suspirou em meio a um sorriso fraco, fazendo-me perceber que estávamos da mesma forma. Maya cortou nosso contato visual, por um pequeno espaço de tempo, para fitar minha boca que, a todo instante, liberava pequenas lufadas de ar frio. Deixei que uma das minhas mãos fosse de encontro ao seu rosto e a toquei suavemente com as pontas dos dedos. Ela fechou os olhos, como se se permitisse sentir mais daquele contato que fazia seu coração acelerar. Eu respirei fundo, tentando não transparecer toda aquela sensação que me dominava. Pela primeira vez, senti-me completamente fora de controle diante dos meus sentimentos por Maya.

— Maya... — sussurrei, nervosa, fazendo-a abrir os olhos em minha direção. — Eu acho que vou te beijar agora — sussurrei em um fio de voz.

Sua resposta não veio em palavras, seu olhar de aprovação se encarregou disso. Os lábios macios e delicados entraram em contato com os meus, fazendo-me suspirar com uma sensação próxima a alívio. Naquele momento, sentia meu corpo inteiro reagir àquele contato, como se cada centímetro de minha pele vibrasse por tê-la em meus braços. Algo em mim alertava que, pela primeira vez, nosso beijo não era só desejo, e por uma razão desconhecida, aquilo não me assustava.

Entramos em nosso quarto de hotel sem desgrudar nossos corpos. Eu não queria soltá-la por um só minuto. Maya segurava meu rosto com suas pequenas mãos, enquanto sua língua quente e macia adentrava minha boca, deslizando sobre a minha com uma habilidade incrível. Empurrei a porta atrás de mim com o pé e avancei em passos desajeitados, com Maya presa a mim.

— Por Deus... — ela murmurou contra meus lábios, antes de voltar a me beijar.

Livramo-nos dos casacos, que se perderam no meio do caminho até o sofá, posicionado em frente à lareira. Deitei Maya sobre o estofado confortável e repousei meu corpo sobre o dela, ganhando a extensão da pele de seu pescoço para beijar. Minha mão subiu por sua coxa, em um carinho mais intenso, que a fez suspirar ofegante.

— Espera... — Ela me fez parar automaticamente com os beijos em seu pescoço.

— Algum problema?

— Não, eu só queria pedir uma coisa.

— Claro, pode pedir — murmurei, ofegante, enquanto a fitava sem entender.

— Eu queria que a gente fizesse diferente dessa vez.

Franzi o cenho de maneira confusa, sem entender. Talvez eu estivesse excitada e eufórica demais para compreender o que se passava. Desviei os olhos dos seus, em uma tentativa de buscar na memória algo que pudesse me ajudar, sem tornar aquele momento constrangedor. Foi quando ela desandou a falar.

— Quer dizer, se você quiser... Eu não sei se seria ruim para você, só pensei e... — Maya sorriu de canto, dando-me a chance de vê-la corar.

Foi quando um estalo me fez perceber a que ela se referia. Fechei os olhos, praguejando-me por não ter entendido no primeiro momento.

— Eu quero — interrompi rapidamente.

Ela engoliu em seco, ainda com os olhos sobre mim. Ergui meu corpo e gentilmente estendi a mão em sua direção, para que ela pudesse levantar. Caminhamos em direção ao outro lado do quarto, próximo à cama king size devidamente arrumada com cobertas grossas e brancas. O quarto estava em silêncio, exceto pelo barulho sutil da lareira que queimava ao fundo. Maya nada falou, apenas observou os movimentos, enquanto eu reduzia a luminosidade do quarto para tornar o ambiente mais agradável.

Havia um nervosismo juvenil entre nós, como se nem sequer tivéssemos nos tocado alguma vez. E pensando mais a fundo, aquele momento era uma primeira vez para mim e para ela. Maya fechou os olhos e movimentou a cabeça, como se buscasse relaxar. Eu podia ver sua respiração forte e espaçada pela forma como seus ombros subiam e desciam gradativamente. Parei a poucos centímetros dela e, com as mãos, afastei seus cabelos para um lado, deixando sua nuca totalmente exposta para mim. O toque suave de meus lábios em sua pele trouxe um arrepio por todo seu corpo. Senti, quando deslizei as mãos por seus braços, e desci até suas coxas, agarrando delicadamente a barra de seu vestido. Ela suspirou pesado, com olhos fechados, enquanto me permitia continuar. Subi seu vestido lentamente, fazendo com que ela erguesse os braços, para que a peça saísse por completo, dando-me a visão de seu corpo coberto apenas por uma lingerie delicada de cor azulada. O silêncio tomava conta do ambiente, fazendo-nos ouvir apenas o barulho de nossas respirações vacilantes. Meus lábios roçaram a pele de sua nuca, enquanto minhas mãos passeavam por sua cintura, indo em direção ao seu abdômen, até estacionar sobre seus seios.

– Eloise...

Eu me sentia inebriada com seu corpo, sua pele e seu cheiro sutilmente doce. Apertei seu corpo contra mim, recebendo sua mão em meus cabelos, enquanto meus lábios percorriam por seu pescoço mais uma vez. Eu virei a mulher de frente para mim, em um movimento rápido, que a fez suspirar, surpresa. Conectamo-nos de uma forma intensa assim que nossos olhares entraram no mesmo campo. Eu a puxei e tomei seus lábios em um beijo carregado de desejo e vontade. Vontade dela. Maya não tardou a retirar minha blusa e, em sequência, minha calça, deixando-me no mesmo estado em que ela se encontrava. Eu a deitei sobre a cama macia, vendo seu corpo tão belo derramado sobre os lençóis brancos.

– Vem... – sua voz rouca e arrastada me fez estremecer.

Juntei meu corpo ao dela, sentindo o contato de nossas peles quentes, que ardiam pelo desejo que se espalhava entre nós. Diferentemente das outras vezes, Maya parecia sugar mais de mim, como se pudesse absorver minhas energias vitais. Minha língua dançava, em movimentos perfeitos, com a dela, nosso beijo possuía um encaixe único, só nosso. Suas mãos passeavam por minhas costas do início ao fim, enquanto suas unhas se esfregavam por minha pele a cada movimento que meu corpo fazia sobre o seu. Sentia-me perdida em um milhão de sensações que me levavam em direção a uma única pessoa. Sentei-me sobre o seu quadril delicadamente, enquanto levava suas mãos acima de sua cabeça, prendendo-a sobre o colchão macio. Ela expandiu seus lábios em um sorriso, mantendo nossos olhares conectados. Eu sorri para Maya e uni minhas mãos às dela, entrelaçando nossos dedos.

– Você é linda.

– Você também, Eloise.

Inclinei minha cabeça ansiosamente, sentindo a pressão de seus lábios contra os meus, em um beijo inicialmente lento, mas cheio de desejo.

Nossos movimentos eram sincronizados e intensos, como se pudéssemos nos consumir em um único ato. Deixei sua boca e segui um rastro de beijos em sua pele, descendo pelo pescoço, até alcançar o lóbulo de sua orelha. Ouvi um suspiro, seguido por um gemido baixo, quando minha língua tocou aquela região. Seu corpo se contorceu por baixo do meu, fazendo-me gemer de volta, por causa do atrito que aquilo nos causou. Soltei suas mãos e voltei com a trilha de beijos em sua pele, descendo, por sua clavícula, até os seios. Meus olhos se abriram para fitar os olhos castanhos e flamejantes de Maya, que me encarava, perdida. Deslizei a ponta de minha língua sobre os lábios e aproximei minha boca sobre um dos mamilos rígidos. Ela mordeu seus lábios ao sentir a primeira sucção em seu seio direito. Eu movimentava minha língua com a pressão exata sobre sua pele sensível, tornando quase impossível controlar os impulsos de seu corpo. Ela inclinou seu quadril para cima, forçando-o contra meu sexo que, vez ou outra, se esfregava sobre o dela.

– Olhe para mim – ordenei. – Continue olhando para mim.

Eu acariciei suavemente seu seio e tracei um caminho de beijos ao longo de seu abdômen. Eu sentia vontade de beijá-la por completo, sentir sua pele macia com meus lábios até cansar. Maya me deixava em estado de frenesi constante, como se fosse a razão da minha existência naquele momento. Beijei seu ventre algumas vezes, chegando perto de seu sexo, enquanto seus olhos quentes e penetrantes me observavam, e retirei sua calcinha de renda fina e cara, exibindo seu corpo por completo. Antes de voltar a acomodar meu corpo sobre o dela, me desfiz das peças que faltavam, permitindo que uma de minhas coxas se posicionasse entre as dela, fazendo com que nossos sexos tivessem um contato forte um contra o outro. Eu beijei sua boca e mordi seu lábio inferior, enquanto movimentava meu corpo sobre o dela, obrigando seu sexo a roçar em mim.

– Isso é tão gostoso... – sua voz rouca se arrastou. – Você gosta, não é?

– Muito. Você me deixa louca, Maya – sussurrei, meus lábios roçando os dela, ao mesmo tempo que movia meus quadris contra os seus.

Sentia a boceta se esfregar em mim, cada vez mais rápido. Estávamos suando, nossos corpos estavam em um atrito intenso, nossas respirações se misturavam a cada beijo trocado. Eu repousei minha testa sobre a dela e apoiei meus braços sobre o colchão, agora movendo meu corpo mais rápido, roçando com mais força. Ela tentava controlar seus gemidos, que rasgavam sua garganta incontrolavelmente. Meu corpo, a cada segundo que se passava, pedia por mais, pedia por ela e pelo ápice. Maya, por puro impulso, levou a mão até minha nuca, segurando em meus cabelos, obrigando-me a assistir-lhe sentir prazer.

Ela gemia com vontade, apenas multiplicando a sensação que explodia em mim. Meu corpo inteiro estava ali, para ela, com todas as forças que ela poderia ansiar de alguém. Ela arranhou minha nuca levemente e, em seguida, me puxou para um beijo desesperado. Nossos lábios moviam-se com ganância, com fome uma da outra. Eu ergui meu corpo e, com habilidade, segurei uma das pernas de Maya, sentindo o encaixe ainda mais preciso de nossas intimidades. Ela fincou as unhas nos lençóis da cama assim que comecei a me movimentar sobre ela outra vez. Meus olhos se perderam em seu corpo, agora parcialmente iluminado pelo abajur, e era possível ver o suor escorrendo por seu pescoço, no qual as veias pulsavam, em evidência. Maya gemia cada vez mais, como se não pudesse segurar o prazer que estava sentindo. Sua mão deixou o lençol da cama e parou sobre minha cintura, forçando-me contra ela, à medida que nossos movimentos ficavam mais intensos. Fechei os olhos e arqueei a cabeça para trás, sentindo-me cada vez mais próxima do ápice.

— Porra... — sussurrou entre gemidos perdidos. — Eu vou gozar.

Nossas mãos se encontraram, e nossos dedos se entrelaçaram mais uma vez. Maya me encarou, completamente entregue ao prazer que nos consumia. Sua respiração pesada fazia seu peito subir e descer com urgência. Estávamos à beira do que desejávamos.

— Goze comigo.

Ela nada falou, não estava em condições de mencionar nem sequer uma palavra naquele momento. Apenas movimentou a cabeça em um sinal positivo, enquanto aquela onda de prazer nos tomava. Nossos corpos suados e desesperados se esfregavam depressa, como se fosse impossível parar. Deliciamo-nos com aquela sensação até o último instante. Ela, só agora, fechou os olhos, enquanto sua boca entreaberta deixava sua respiração ofegante escapar. Eu sentia sua boceta pulsar contra minha pele, deixando-me notar o quão intenso aquilo havia sido. Com cuidado, eu me acomodei sobre seu corpo suado, repousando minha cabeça sobre seu busto. Eu poderia ouvir seu coração bater freneticamente ali.

— Essa, com certeza, foi uma das melhores. — Ela riu, com a respiração ofegante.

Ergui o corpo para encará-la, notando sua expressão serena e satisfeita. Não pude evitar o sorriso que se formou em meus lábios. Essa noite havia sido diferente de todas as outras e, pela primeira vez, senti que não éramos um equívoco.

A sensação de seus lábios acariciando minhas costas era maravilhosa. Remexi-me devagar, preguiçosa, enquanto ela subia em direção à minha nuca. Sua boca estacionou próximo ao meu ouvido, fazendo-me sentir um arrepio por toda a pele.

— Bom dia, Green — sussurrou, carinhosa, depositando um beijo na lateral do meu pescoço. — Não podemos dormir o dia todo.

— Hm, acho que podemos, sim... — resmunguei, mantendo os olhos fechados, e ouvi sua risada divertida, antes de sentir o peso de seu corpo sobre minhas costas. Seus cabelos longos roçaram pela minha cintura, provocando outro arrepio em minha pele nua.

— Ah, não! O dia está lindo, e eu quero muito aproveitar.

Eu suspirei pesado ao me lembrar de que teríamos que voltar. Tudo que é bom dura pouco, não é? Abri um dos olhos com certa dificuldade, o que fez Maya soltar uma risada contagiante. Ela não parecia cansada, pelo contrário, estava mais esperta e animada do que no dia anterior.

— Acorde, vai! — disse, sentando-se na cama. — Eu vou tomar um banho e espero ter a senhorita muito bem acordada quando sair.

Assim que percebi que ela se afastava, abri os olhos para espioná-la. Maya exibia seu corpo nu pelo quarto, enquanto procurava por suas peças de roupas pelo chão. Sorri pela cara que ela fez, ao ver a bagunça que havíamos feito na noite anterior. Ela virou em minha direção e ergueu as sobrancelhas, ao me pegar no flagra.

— Está me espionando esse tempo todo?

— Sim, não vou me eximir dessa culpa. É um pouco difícil não olhar — disse, ao encará-la dos pés à cabeça.

— Pode fazer mais coisas se quiser. É só vir para o banho comigo — as palavras de Maya foram o suficiente para me fazer despertar.

Sentei-me e esfreguei os olhos com o dorso da mão, enquanto buscava algo para me cobrir. Com o lençol enrolado em meu corpo, levantei-me no momento em que ouvi o som das notificações de meu celular. Por alguns segundos, encarei o quarto bagunçado, à procura do aparelho, vendo-o no canto do sofá. O visor acendeu assim que encarei a tela, exibindo uma dezena de notificações, mas apenas uma delas me fez suspirar.

Calton Tomaz — UBS

Naquele momento, meu corpo inteiro paralisou. Um sopro interno me fez engolir em seco, e uma espécie de filme passou em minha cabeça. Sentei-me no sofá e respirei fundo, antes de clicar sobre a notificação. O e-mail endereçado por Calton se expandiu na tela, e letras formais e um texto generoso foram passados com meu dedo vacilante, até alcançar o anexo no fim. Meu coração palpitou forte assim que o documento se abriu, dando-me exatamente o que procurava naquele lugar.

Eu sabia.

— Eloise, você não vem para o banho comigo?

Meus olhos abandonaram o aparelho em minhas mãos para, enfim, encarar a mulher à minha frente.

Ponto de vista secreto

A fumaça emanada da xícara espalhava o aroma delicioso do café. Apenas isso para manter alguém acordado naquela madrugada. Beberiquei o primeiro gole, sentindo o líquido queimar a ponta da minha língua.

– Merda!

– Vá com calma aí.

– Só quero terminar isso de uma vez, antes que algo dê errado.

– Eu ainda acho isso uma péssima ideia, você sabe, não é?

– Você acha a minha ideia péssima? Tem certeza? Estamos a ponto de perder tudo por conta dessa investigação.

– Recebemos uma ordem, e acredito que o melhor seja cumprir.

Rolei os olhos de maneira impaciente, enquanto voltava a atenção para a tela do computador. O site do UBS abriu rapidamente, exibindo tudo que havíamos conquistado até aquele momento. Um sorriso satisfeito se formou em meus lábios, como uma espécie de conforto por saber que nada estava perdido. Ainda havia milhões à nossa espera, e só isso importava.

– Está tudo certo?

– Parece tudo normal por aqui.

– E vai mesmo continuar?

– Vou, esse dinheiro também é nosso.

Iniciei toda a operação de transferência de uma parte do dinheiro, quando a pop-up expandiu no centro da tela, com letras vermelhas e vibrantes.

"Conta temporariamente bloqueada."

– Não pode ser! Isso só pode ser um pesadelo.

– O que houve?

– Ela conseguiu! A policial conseguiu. Estamos com o dinheiro totalmente retido. – Ergui meu corpo da cadeira, sentindo meu corpo inteiro ferver de raiva. – Foi um tremendo trabalho à toa! Que inferno!

– Calma! Nós sabíamos que isso iria acabar acontecendo, uma hora ou outra.

– Sabe que deveríamos ter ignorado a porra dessa ordem, não é?

– Você, melhor do que eu, sabe que não funciona assim – respondeu, em uma tentativa de me acalmar.

– Está tudo perdido.

CAPÍTULO
#11
Police Departm
Rapids, Mich.
NAME
ALIAS
CONFIDENTIA

FIM DO JOGO?

Desembarcamos no aeroporto internacional de Nova Iorque após quase dez horas de voo. Nem mesmo a primeira classe foi o suficiente para combater todo o cansaço que sentíamos. Voltar à rotina podia ser cruel. Todas as peças estavam voltando às posições anteriores naquele tabuleiro. Maya, ou melhor dizendo, a senhora Collins, caminhou graciosamente até o carro que estava à sua espera. E eu prontamente a segui, fazendo meu trabalho como segurança particular. Seu motorista abriu a porta e aguardou até que nós duas estivéssemos devidamente acomodadas no interior do veículo.

– Vou acompanhar você até a sua casa e pegar o meu carro, tudo bem?

– Vai para sua casa descansar?

– Vou para a delegacia, não vou conseguir descansar antes de entregar tudo isso.

– Você não dormiu nada durante o voo, Eloise – disse de maneira preocupada.

Eu a encarei, notando como a Suíça havia mostrado outro lado daquela mulher. Ela não havia deixado de ser cínica e fodidamente sensual, mas agora havia um lado descontraído e natural que aparentemente poucos tinham acesso.

– Não se preocupe, estou bem.

– Tem certeza?

– Sim, senhora.

O caminho não foi longo, quando me dei conta, estávamos adentrando os aposentos da mansão Collins. E como em uma dança sincronizada, os funcionários se aproximaram para servi-la. Um abriu a porta, outro cuidou das malas e outro apenas desejou boas-vindas. Era bom ser recebida daquela maneira, não poderia negar. Agradecemos quase em um coro, finalizado com um sorriso cúmplice.

– Seu carro está na garagem do subsolo?

– Sim, vou buscá-lo. Volto em alguns minutos.

O sensor de movimento acendeu todas as luzes, assim que pisei na garagem central. Os carros luxuosos brilharam diante das lâmpadas de LED no teto e nas paredes. No fundo, avistei meu parceiro. Não era como os outros, mas estava longe de ser ruim. Abri o porta-malas, posicionando minhas duas bagagens no interior e, ao fechar, me deparei com os olhos avaliativos de Maya.

– Por Deus!

– Desculpe. – Ela riu ao se recostar em meu carro. Em um movimento sutil, ela retirou os óculos escuros e me fitou por alguns instantes. – Acho que a nossa festinha chegou ao fim.

– Sim, sua folga de mulher casada terminou. – Parei à sua frente, encostando no carro ao lado do meu. Ela negou com a cabeça, ainda com aquele maldito sorriso nos lábios.

– Não tem problema.

– Não?

– Não, eu tinha você antes da Suíça... – Ela deu dois passos à frente. – Isso não vai mudar.

Olhei rapidamente para a entrada da garagem, certificando-me de que não havia ninguém além de nós. Estávamos completamente sozinhas, e isso me permitia aproveitar os últimos minutos, por isso segurei em sua cintura e a puxei contra mim. Ela suspirou, surpresa. Talvez não estivesse esperando por aquela atitude.

– Me tinha?

– Desde o primeiro instante em que coloquei meus olhos em você, Green.

– Acho que você está projetando. Quem parece presa a mim é você – disse, apertando mais sua cintura.

Ela franziu o cenho, quase confusa, como se estivesse analisando minhas palavras, e em seguida, negou com a cabeça e tentou se afastar.

– Você está sonhando!

Segurei uma risada e a puxei de volta para mim, prendendo seu corpo com meus braços.

– Você precisa aceitar, Garcia, está caidinha por mim.

Ela arqueou a cabeça para trás, soltando uma sonora e divertida gargalhada. Eu poderia até sentir o deboche e o sarcasmo naquele momento.

– Você está completamente louca, Eloise.

– Tem certeza? Porque eu me lembro exatamente do momento em que pediu para fazer amor comigo.

Seu queixo caiu assim que terminei aquela frase. Ela resfolegou e tentou se livrar dos meus braços, em meio a um riso revoltado. Eu havia acertado em um lugarzinho especial: seu ego.

– Quietinha! – respondi em meio a uma risada. – Fique aqui comigo.

– Me larga, sua cachorra! – Ela deu dois passos para trás, mas eu a acompanhei, para colar meu corpo contra o dela. – Eu estava bêbada, ok? Já você, estava sóbria o suficiente para aceitar e fazer amor gostosinho comigo, não é?

Confesso que, naquele instante, meus argumentos para provocá-la caíram por terra. Rolei os olhos em resposta, a fazendo rir, satisfeita.

– Apenas fiz o que você queria, Maya. Sou boa nisso.

– Você é boa em muitas coisas, Green. E a primeira delas é fazer o que tem vontade. E foi exatamente o que você fez em Saint Moritz.

Odiava a maneira como ela conseguia virar o jogo a seu favor tão facilmente. Disputar o comando com a latina era sempre uma tarefa árdua, afinal ela sabia me ler como poucos. Eu não precisava falar, ela conseguia me decifrar apenas com o olhar.

– Você também quis.

Ela fingiu concordar, de maneira manhosa e provocante, enquanto repousava os braços ao redor de meu pescoço. Senti os lábios macios roçarem contra os meus suavemente, fazendo com que minhas mãos automaticamente repousassem em sua cintura.

– Já disse que odeio você? – sussurrei, fraca.

– Você me adora, Green. Precisa começar a aceitar isso.

Nada falei, apenas suspirei, a contragosto, antes de receber os lábios de Maya sobre os meus. Nosso beijo tinha uma intensidade diferente agora, como se nos consumíssemos cada vez mais. Aquele beijo durou o suficiente para sermos flagradas, mas, por sorte, o universo estava conspirando a nosso favor. Soltamo-nos, entre pequenos beijos, até que nossos olhos se encontrassem de novo.

– Agora, vai, precisa resolver o seu caso – disse ao se afastar.

– Eu vou.

Encaramo-nos uma última vez, sem saber o que fazer. Daríamos outro beijo? Apenas um aceno? *Droga, pare de pensar tanto, Eloise.* Neguei com a cabeça e me acomodei no banco do motorista. O ronco do motor fez com que ela desse um passo à frente.

– Mande notícias.

– Mando, sim. Não morra de saudade, tá? – brinquei, soltando uma piscadela para ela.

– Idiota.

Eu acenei brevemente antes de sair daquele lugar. Mesmo com a confusão que rondava meus pensamentos, eu estava incrivelmente relaxada depois desses dias ao lado de Maya. Eu poderia dizer que estava com as energias recarregadas para resolver aquele caso até o final, ainda mais agora, que tudo parecia estar próximo ao fim. Eu segui pelas avenidas movimentadas de Nova Iorque em direção à delegacia, com o nome do proprietário da conta milionária em mãos. Eu simplesmente não poderia acreditar que finalmente havia conseguido saber quem era, o único trabalho agora era fechar o inquérito, pegar o suspeito e esperar a sentença.

– O brilho no olhar de quem transou muito nos últimos dias é realmente diferenciado! – Ruby exclamou, com um sorriso largo.

– Ruby...

Ela ergueu as mãos, em rendição, antes de me envolver em um abraço.

– Não pode dizer que estou mentindo. Você está radiante, mas prometo ficar calada — ela sussurrou o fim da frase, assim que a porta abriu novamente.

– Licença, meninas. Nancy informou que você havia chegado e pediu que viéssemos correndo até a sua sala. E como estou curiosa pelas informações, não demorei um minuto – Oliver murmurou ao sentar-se na cadeira à minha frente.

– Juro que estou roendo as unhas, e isso é um absurdo, Green – foi a vez de Madson falar.

Sorri para todas, gesticulei com o dedo, pedindo que elas aguardassem um minuto, e com o celular em mãos, enviei todos os papéis para a impressora barulhenta no canto da sala.

— Ela quer nos matar do coração.

— Não quero, Ruby. Preciso de todas muito fortes para que a gente consiga finalizar todo este caso — disse, pegando os papéis quentes, que saíam na bandeja. — Preciso de uma ordem de prisão em nome de Heitor James Martinez, pois a conta que recebeu o dinheiro do furto é dele.

— Eu sabia! — Madson exclamou ao pegar os papéis.

— Sinto que vou infartar a qualquer momento.

— Heitor era um dos aliados de Christopher e, pelas informações, os dois tiveram um forte atrito, visto que Heitor não apoiou o projeto de Collins. Eu me lembro da discussão inflamada que os dois tiveram na empresa. Heitor prometeu que se vingaria, e o que seria melhor do que recuperar o seu dinheiro? — Suspirei, enquanto elas analisavam os documentos. — É a coisa mais importante na vida de Christopher.

Ruby ergueu os olhos, entendendo o que eu queria dizer.

— E o dinheiro está lá, isso é prova suficiente — Oliver completou.

— Bendito seja aquele maldito celular. Obrigada por ter metido a mão naquela privada, Green.

Ri baixinho e neguei com a cabeça.

— Eu preciso fechar o inquérito policial e entregar ao meu superior. Isso vai ser encaminhado para o tribunal de justiça, mas antes temos que pegar o Heitor.

— Nós vamos fazer isso. Pode vir comigo, Mad?

— Claro! Vemos vocês daqui a pouco.

Assim que as policiais deixaram a sala, Ruby se aproximou.

— O que houve? Está pensativa e parece menos animada do que todas nós.

— Se Heitor é mesmo o nosso cara, me faz pensar em tudo que há por trás disso.

— Como assim?

— Ruby, estamos lidando com bilionários. Foi um roubo agressivo, e claramente há um tom de vingança em tudo isso. O que me leva a pensar: o que Christopher Collins fez para passar por isso?

— Ele não tem cara de inocente, isso é um fato — murmurou, pensativa.

— Talvez não seja.

— Não acha que pode estar criando rivalidade com ele por conta da toda poderosa?

Rolei os olhos de maneira impaciente, antes de encará-la mais uma vez.

— São coisas diferentes, ok? Eu sei separar as coisas.

— Sabe? — Sua sobrancelha se ergueu, em um ar desacreditado.

— Sim! Eu só tenho a clara sensação de que esse jogo não terminou. Muito pelo contrário, ele começou agora.

Após algumas horas, subi todas as informações ao comissário, explicando, com exceção de alguns meios ilícitos, como havia conseguido todas as informações para encontrar nosso culpado. Brandon estava radiante, como se eu tivesse lhe entregado um pote de ouro no fim do arco-íris. O que, de fato, poderia ser, afinal Collins molharia suas mãos por causa da resolução do meu caso. Como se ele tivesse feito algo além de babar o ovo daquele otário. O que não vem ao caso, pois estava feliz demais para pensar naqueles detalhes. Ter o nome do culpado em mãos era gratificante, por mais que eu soubesse que aquilo era mais complicado do que eu imaginava.

– Christopher está a caminho.

– O quê? Pensei que iríamos pegar o Heitor antes.

– Não creio que seja bom ocultar essa parte da investigação, Eloise. Você deveria ser a primeira a querer contar. Ele vai ficar impressionado com seu trabalho.

– Desculpe, comissário. Mas não me importo com o que o senhor Collins acha de mim ou não, eu só quero que isso dê certo.

O homem de cabelos grisalhos sorriu de canto e meneou a cabeça em um sinal negativo.

– Você é como sua mãe, não gosta de abaixar a cabeça – disse, tocando em meu ombro. – Mas precisa entender como as coisas funcionam na cidade grande. Há gente mais poderosa que nós, e são eles que nos fazem crescer. Não é ruim fazer um agrado, Eloise.

– Pensei que o trabalho nos fizesse crescer.

– Deveria ser, mas infelizmente não é assim. Nós temos que recorrer a alguns meios para conseguir o que queremos em certos momentos.

Pensei em lhe responder, mas sabia que aquela conversa não chegaria a lugar algum. Brandon era um homem com idade avançada, possuía ideais formados e crenças feitas. Não o via aceitando conselhos de uma mera iniciante na carreira. Ainda mais quando esses conselhos o fariam perder o que há de mais atrativo para todos nós: *dinheiro*. Desse modo, eu apenas me calei e o vi caminhar de um lado para o outro da sala, completamente entusiasmado em dar as boas novas ao rei.

– Ele vem até a delegacia. Disse que em trinta minutos está aqui. Então, chamo você para apresentar a finalização do caso.

– Mas não pegamos Heitor ainda.

– Vamos pegar, Green.

Não, não vamos. Em menos de trinta minutos, recebemos a informação que Heitor Martinez havia fugido e que não havia qualquer indício de seu paradeiro.

– E qual é a última notícia que temos?

– Os últimos registros nas câmeras do prédio foram há dois dias – Madson relatou, com o celular em mãos.

No vídeo, Heitor caminhava em passos apressados pelo estacionamento, enquanto olhava de um lado para o outro, quase como se estivesse com a sensação de ser perseguido. Ele entrou em seu carro e arrancou dali como um piloto de Fórmula 1.

– Merda! Abra um alerta em todos os postos da cidade e da redondeza, ok? Inclua documentação e placa do carro. Preciso do máximo de informações possíveis.

– Pode deixar, agente Green.

– E Oliver, procure todos os familiares e amigos de Heitor. Vamos observar se ele procura por algum deles.

– Vou fazer isso agora mesmo – disse, antes de se retirar.

Assim que me acomodei em minha cadeira, ouvi a porta sendo aberta sem qualquer tipo de aviso prévio.

– Boa noite, agente Green – a voz grave e o tom esnobe eram facilmente reconhecíveis. Collins caminhou graciosamente até o centro da sala, acompanhado de sua bela esposa.

– Boa noite, senhor Collins – eu lhe respondi cordialmente, enquanto meus olhos passeavam pela presença de Maya, parando sobre o contato carinhoso entre ambos. Ela trocou o peso de uma perna para outra assim que me viu observar as mãos entrelaçadas.

– Boa noite para você também, senhora Collins.

– Agente Green – foi a única coisa que abandonou seus lábios.

Com a presença de Brandon, iniciei abordando os pontos necessários para o conhecimento de Christopher. Ele estava ciente sobre a conta na Suíça e sobre o sumiço de Heitor. A expressão vitoriosa, em sua chegada, deu lugar a um semblante irritado.

– Esse maldito precisa ser encontrado. Não pode sair impune depois de se meter comigo.

– Colocamos alertas pela cidade inteira. Qualquer rastro do Heitor será identificado – o comissário explicou.

– Fique calmo, Chris. Eles estão cuidando disso – Maya murmurou, tocou levemente sobre os ombros do marido e, em seguida, me encarou.

Talvez aquela troca de olhares tenha durado mais do que o aceitável. Ela engoliu em seco, visivelmente desconcertada. Por mais que eu tentasse, era inevitável não a encarar. Sua presença me tirava o foco, ainda mais quando bancava a boa esposa, depois de passar dias ao meu lado. Não que isso pudesse mudar algo, eu sabia que nada seria diferente, mas não conseguia evitar a sensação de desconforto diante daquelas cenas. Era, no mínimo, constrangedor.

– Não tem como ficar calmo quando aquele desgraçado está solto. Se eu o encontrar, juro que mato.

– Se não quiser apodrecer atrás das grades, sugiro que me ligue – disse, com um sorriso de canto.

Ele rolou os olhos de maneira impaciente, após bufar como uma criança.

– Tentou contato com pessoas próximas? – Maya indagou.

– Heitor é divorciado, não tem filhos. Estamos buscando informações com amigos e com a ex-mulher. Se soubermos de algo, iremos informar.

— É melhor que o ache, detetive. Não podemos mais perder tempo, concorda?

Christopher não perdia uma única oportunidade para me alfinetar. Era como se a todo instante quisesse provar sua superioridade em relação a mim, assim como fazia com Brandon. Mas diferentemente do comissário, eu não bajularia o empresário a troco de moedas.

— Com isso, você não precisa se preocupar, Christopher. Dei a minha palavra que encontraríamos o culpado, e assim eu fiz. Você me conhece pouco, mas garanto que faço tudo muito benfeito, e há quem tenha ótimos elogios sobre mim. Eu vou solucionar o caso Collins, custe o que custar.

— Pela primeira vez, senti uma real confiança em você, Eloise. E estou sendo sincero para o seu bem. É importante ouvir a verdade quando estamos começando — disse o empresário. — Você pode ganhar muito ficando do meu lado. Um sorriso sem humor enfeitou meus lábios, enquanto o fitava fixamente. Seu ar prepotente me causava ânsia.

— Agradeço, senhor Collins. É bom ter o meu trabalho reconhecido por alguém tão... — pausei, engoli em seco e falei a primeira coisa positiva que me veio à mente — ... importante, mas não pretendo ganhar nada além do que é meu por direito. Um bom histórico policial e uma vida estável são suficientes.

Ele riu, desacreditado, enquanto puxava sua esposa pela cintura.

— Precisa ter mais gana, Green. É o que nos move.

— Concordo, só precisamos nos mover para o lado certo.

O silêncio que se instalou na sala trouxe um peso a mais ao clima. Collins semicerrou os olhos em minha direção, como se tentasse me decifrar. Ele não parecia ter gostado nada do meu comentário, mas, àquela altura, eu não me importava. Recebi um olhar de reprovação do comissário e outro surpreso de Maya. Parece que todos haviam sentido algo com minhas simples palavras.

— Bom, eu não tenho mais informações para fornecer no momento. Tenho muito trabalho a fazer, então vou pedir licença para me retirar.

— Me atualize sobre as buscas — Brandon ordenou.

— Sim, senhor.

— Eloise? — a voz de Maya me fez estagnar os passos.

Voltei meus olhos e encarei a mulher ao lado de seu marido.

— Lembre-se de que vou precisar de você amanhã. Espero que não seja um problema para sua agenda.

— Estarei lá, senhora. Boa noite!

O cheiro de ovos e bacon fazia meu estômago roncar. Ruby parecia incrivelmente animada aquela manhã, cantarolava aos ventos, enquanto preparava o nosso café. O avanço no caso Collins trouxe boas energias à equipe, mesmo com Heitor foragido. O que eu tinha certeza de que não iria durar muito tempo. Havia alertas por toda Nova Iorque.

Encarei meu reflexo no espelho, notando que as olheiras das últimas semanas estavam sumindo. O tempo na Suíça e as boas notícias realmente fizeram milagres. Fiz uma maquiagem leve, o suficiente para não parecer pálida e sem vida, prendi meus cabelos loiros em um rabo, sentindo o aroma sutil do shampoo que usei aquela manhã, e por último, vesti uma jaqueta bomber cor de vinho por cima do conjunto de roupas pretas.

– Elo, quer suco ou café?

Adiantei os passos para encontrá-la diante do fogão, remexendo a mistura de ovos no interior da frigideira.

– Suco, por favor. – Sentei-me na bancada, diante de um dos pratos. – O cheiro está ótimo.

– Eu mando muito bem, sabemos – disse, convencida, enquanto colocava os ovos mexidos em meu prato.

Ainda era cedo, então nos permitimos tomar um café da manhã com calma. Ruby me atualizou sobre as últimas fofocas da delegacia e, pelos poucos dias que passei fora, muita coisa parecia ter acontecido.

– E você? Quando vai me contar como foi as coisas na Suíça?

– Você realmente não desiste, não é?

– Pensei que me conhecesse o suficiente para ter certeza disso.

Sua expressão divertida me fez rir. Neguei com a cabeça, garfei o último pedaço de bacon em seu prato e, antes que ela pudesse xingar, enfiei tudo na boca.

– Agora, você vai ter que me contar mesmo. Minha comida é valiosa, você sabe – afirmou, ao apontar o garfo em minha direção.

– Calminha, é só um bacon.

– Meu bacon, Green!

– Ok! Eu conto tudo que quiser.

O cenho franzido se transformou em um sorriso largo. Seus olhos me fitaram, quase brilhantes, por causa da fofoca particular.

– O que exatamente você quer saber?

– Tudo! Quero saber tudo que aconteceu com a casada. – Ela abriu espaço na bancada para que pudesse apoiar os cotovelos. Ruby parecia uma criança pronta para escutar sua história favorita.

– Ela se chama Maya, Ruby.

– Ok, me conte tudo o que aconteceu entre você e a Maya. Transaram muito, acertei?

– Não tanto quanto você imagina. Acho que acabamos fazendo outras coisas.

– Outras coisas? Vocês estavam se sentindo bem? – indagou, completamente confusa.

– Sim, ótimas. Por quê?

– Como por quê? Desde o início, vocês vivem entre provocações e sexo e, quando têm a oportunidade, fazem outras coisas? Isso é bem estranho.

Os momentos com Maya bombardearam minha mente imediatamente, fazendo-me recordar da sensação boa de simplesmente ter sua companhia. Todos os momentos em que brincamos, conversamos e nos tocamos pareciam ficar cada vez mais vivos em minha memória. O quão ruim aquilo poderia ser?

– Não tem nada de estranho. Foi uma viagem de trabalho. Nos primeiros dias, foquei a investigação; em outros, descansei, e por último, nós...

– Nós...

– Nós saímos! Jantamos, dançamos, aproveitamos o lugar. Só isso! Qualquer pessoa faz isso, não é?

– Sem sexo, cinismo e provocações?

– Nós transamos, ok? Muito! Só que aproveitamos para fazer outras coisas também.

Ruby assentiu, enquanto amarrava os cabelos ondulados em um coque. Ela parecia analisar meus argumentos, porém sua cara nada expressava.

– Eu sabia que isso iria acontecer – seu tom de voz era convencido.

– Isso o quê?

– Isso, Green. Você está apaixonada pela toda poderosa.

– O quê?! Você está maluca! – afirmei mais rápido do que gostaria. – Eu? Apaixonada? Por Deus!

Minha melhor amiga pressionava os lábios, como quem estivesse reprimindo uma risada. Estava se divertindo com a minha reação.

– Seu nervosismo não está te ajudando.

– Você sabe que eu não gosto quando afirma algo sobre mim.

– Se eu afirmo, é porque conheço você. Sou sua melhor amiga há anos! E pela primeira vez, estou sentindo algo diferente em você.

– Isso se chama problemas, Ruby! Tenho uma investigação bilionária em mãos, ninguém pode ser totalmente normal com isso. – Levantei-me da cadeira, pegando todas as louças para colocar na pia.

Ela rolou os olhos de puro tédio.

– Você sabe que isso nada tem a ver com a investigação. Estou falando de Maya e seu envolvimento com ela.

– É só sexo! – Minha falta de habilidade em manter a calma nesse momento tornava meus argumentos fracos.

Ruby ainda me encarava com aquele maldito sorriso brincalhão na boca.

– Não sentiu absolutamente nada de diferente nos últimos dias?

– Não! – menti, virei de costas para ela e organizei as louças no interior da máquina. Não queria encará-la, Ruby me conhecia como ninguém. Eu não queria admitir que ela estava certa, até porque nem mesmo eu sabia o que estava acontecendo. Havia acontecido algo diferente entre nós, eu só não sabia exatamente o quê.

– Tudo bem, senhora sem coração. Não está mais aqui quem jogou as verdades na sua cara.

– Chega desse papo, ok? Estamos atrasadas. Pegue suas coisas, vou te deixar na delegacia.

– Não vai ficar lá hoje?

– Não, eu tenho que ir até a casa dos Collins.

– Ver o amor? – zombou, ao sair correndo.

– Vai se foder.

Após deixar minha melhor amiga na delegacia, segui caminho em direção à galeria. Minha conversa daquela manhã com Ruby se repetia, como uma espécie de tortura psicológica, deixando-me à beira de um colapso. Eu não estava apaixonada, eu não me apaixonava. E eu poderia dizer exatamente o mesmo sobre Maya. Pelo menos, algo tínhamos em comum: tudo era apenas sexo. Busquei afastar meus pensamentos daquele assunto. Havia inúmeras outras coisas acontecendo e, nelas, eu iria focar a minha atenção.

Assim que estacionei diante do prédio, dei uma última olhada em minhas notificações. Nenhum sinal de Heitor. Mesmo com equipes e sinais de alerta, o homem se encontrava desaparecido, como se a terra o tivesse tragado. Digitei uma última mensagem para Madson, reforçando minha urgência sobre informações, antes de abandonar meu carro, em direção à entrada da galeria Garcia. Naquela manhã, aconteceria uma pequena exposição. Pessoas circulavam de um lado para o outro, entre as fotografias e uma conversa casual e, no meio de um pequeno aglomerado de visitantes, eu a encontrei.

– Droga! – sussurrei para mim mesma.

Um sorriso nasceu em seus lábios assim que seus olhos me encontraram. Mesmo rodeada de pessoas, Maya tratou de acenar sutilmente em minha direção. Ela estava incrivelmente bonita e sofisticada naquela manhã, como de costume. Trajava um vestido tubinho preto, de gola alta, sem mangas, com caimento até um pouco abaixo dos joelhos, dando ênfase à fenda mediana na coxa direita. E diferentemente do habitual, hoje a latina tinha os cabelos lisos e uma maquiagem mais evidente. Os brincos e a pulseira de diamante brilhavam à distância. Maya estava digna de uma mulher fatal.

– Estava começando a achar que não viria – ela disse assim que se aproximou.

– E estava triste com isso?

Ela não respondeu, apenas me fitou, e o contorno de sua boca se contorceu em um sorriso tímido.

– Maldita hora que dei confiança a você.

– Desculpe! Às vezes, esqueço que você é minha chefe.

– Quase sempre, não é?

Dei de ombros e observei novamente a multidão de convidados. Maya, ao lado de Sofia e do renomado fotógrafo, continuava a atender a todos com a habilidade de uma anfitriã exemplar. O magnetismo da mulher era surpreendente, parecia exercer um poder hipnotizante sobre aqueles que se aproximavam dela. Todos buscavam um pouco da atenção que Maya oferecia, e era fascinante testemunhar como ela conseguia cativá-los com tanta facilidade. Entre algumas taças de champanhe aqui e outras ali, ela se aproximou mais uma vez.

– Esse trabalho parece bom – brinquei ao apontar para a taça quase vazia em sua mão.

– Parece, não é? Mas acredite em mim quando eu digo que gostaria de estar bem longe dessas pessoas agora.

– Quer tomar um ar?

Maya tomou o último gole de seu champanhe e sorriu para mim.

– Quero um beijo seu. É possível? – sua pergunta inusitada me fez suspirar, surpresa.

Nós nos encaramos por tempo suficiente para que alguém pudesse perceber que algo acontecia entre nós.

– Diga que sim. Estou te olhando desde o momento que chegou e segurando esta vontade.

– Acha que os seus convidados vão notar o seu sumiço?

Ela sorriu, satisfeita com minha aprovação, e olhou em volta, antes de fazer um breve aceno com a cabeça, pedindo para que eu a seguisse. Maya caminhou graciosamente em direção às escadas, seguindo rumo à sua sala no segundo andar. Olhei em volta e segui seus passos à distância. Todos pareciam entretidos demais para perceberem. O corredor até a sala principal estava vazio, ouvia-se apenas o falatório no andar de baixo. Empurrei a porta devagar e a vi encostada em sua mesa. Maya expandiu os lábios em um sorriso sacana assim que entrei na sala.

– Vem aqui.

Parei na sua frente, perto o suficiente para sentir que ela podia me agarrar.

– Eu adoro como você é obediente, Green – disse, com as mãos em meu casaco, e me puxou para mais perto, unindo nossos corpos quase em um só. Nós nos encaramos por alguns segundos, e eu pude ver o olhar doce e levemente embriagado da mulher.

– Não me provoque.

– Você gosta, vai.

Eu gostava, mas nunca admitiria isso. O que era uma completa loucura, pois sempre odiei receber ordens fora do trabalho, principalmente de algum interesse amoroso. O problema é que, agora, as ordens eram dadas por ela e, de alguma maneira, Maya tornava prazeroso obedecer-lhe. Se houvesse mesmo a existência de vidas passadas, eu tinha certeza de que Maya Collins havia sido uma rainha, daquelas que fazem uma nação inteira se curvar aos seus pés e agradecer todos os dias por isso.

– Está enganada, senhora Collins – brinquei, me afastando dela.

Maya, no mesmo instante, me puxou de volta.

– Sei que não estou. É gostoso me obedecer, sempre recompenso muito bem.

– Por isso, Collins sempre faz suas vontades, não é?

– Sim, é uma ótima maneira de conseguir o que eu quero.

Rolei os olhos, impaciente, vendo-a sorrir de canto. Seus braços rodearam meu pescoço, aproximando-me mais.

– Ciúmes, Eloise?

– O quê? Eu? Claro que não! – minha voz soou esganiçada. Pigarreei duas vezes e a encarei.

– Tem certeza?

– Absoluta, Maya. Não tenho motivos para ter ciúmes – minha péssima dicção, ao pronunciar aquela frase, tornou meu argumento inválido. Eu realmente não tinha motivos para ter ciúme de Maya, mas isso não quer dizer que eu não tenha sentido. Ciúme era quase sempre irracional. E era exatamente isso que eu estava sendo quando se tratava daquela mulher.

– Algo me diz que você está mentindo.

– Está enganada. – Afastei-me, ficando agora em frente à sua mesa, fingindo observar as revistas empilhadas no canto.

Maya rapidamente grudou seu corpo em minhas costas, fazendo-me sentir suas mãos correrem por minha cintura.

– Vai dizer que não sente nada ao pensar nele me tocando como você faz? Não se incomoda nem um pouco com a ideia de que alguém me tenha? – perguntou, deixando-me sentir seu hálito quente no pé do ouvido.

– Maya... – Senti o arrepio percorrer minha nuca, fazendo-me fechar os olhos automaticamente. Sua mão que, até então, estava em meu abdômen, desceu sutilmente em direção ao meu sexo.

– Fala, vai – ordenou, pressionando os dedos.

– Odeio. Odeio pensar nisso... – confessei, ainda com os olhos fechados.

– Eu sei que odeia. – Maya interrompeu o nosso contato, e eu me virei em sua direção. Ela tinha um sorriso vitorioso nos lábios, como se tivesse ganhado aquela pequena batalha.

– Eu vi nos seus olhos ontem.

– Já dormiu com ele depois que voltamos?

Eu sabia que poderia me arrepender daquela pergunta, mas a dúvida me corria por dentro. Eles eram casados, o que eu poderia esperar? Quanta idiotice, Eloise! E o pior era me prestar àquele papel.

– O que você acha?

– Apenas responda – ordenei.

Ela ficou em silêncio nos primeiros segundos, e depois, respondeu que sim com a cabeça, fazendo-me revirar os olhos no mesmo instante.

Por que eu fui perguntar isso? Inferno!

– Eu amo sua cara de ciúmes, Green. – Ela me puxou pela barra do casaco, abrindo um sorriso largo e divertido. – Mas pode desfazer, eu não transei com ninguém.

Franzi o cenho da maneira confusa, recebendo seus braços ao redor de meu pescoço. Ela parecia se divertir com minha demonstração de ciúme.

– Mas ele até tentou, viu? Eu que não quis.

– E posso saber por que você não quis? – indaguei, erguendo uma das sobrancelhas, e envolvi sua cintura com meus braços, obrigando seu corpo a ficar colado ao meu.

– Porque... – Maya franziu o cenho e negou com a cabeça. Estava inventando uma desculpa. – Eu estou nos meus dias e não gosto assim.

– Está mentindo. Esteve nos seus dias semana passada.

– Não! – ela negou rápido demais, fazendo-me ter certeza de que havia respondido a primeira coisa que lhe veio à mente. Ela estava mentindo. Não em não ter transado, mas o motivo pelo qual não transou. – Não faça essa cara convencida, ok?

– Eu? Não estou fazendo cara nenhuma – disse, com o tom de voz mais cínico que poderia. – Eu só acho que você não transou, pois não era exatamente com ele que você gostaria.

– Não se engane tanto, Green.

– Admita, Maya. – Apertei mais seu corpo contra o meu, recebendo um suspiro, acompanhado de um olhar intenso. – Admita que anda pensando em mim.

– Você está louca.

– Vai mesmo negar?

– Sempre.

Não pude conter o sorriso que se formou em meus lábios, ao notar a maneira sorrateira com que ela se livrou do assunto. Por mais perigoso e irracional que aquilo fosse, estar com Maya estava se tornando cada vez melhor.

– Acho que podemos aproveitar um pouquinho antes de você me levar ao almoço com meu marido, não é?

– Eu concordo.

Após alguns minutos entre beijos e alguns amassos, descemos para o salão central. Maya se despediu de todos gentilmente, recebendo abraços e agradecimentos encantados. O almoço transcorreu de maneira lenta e torturante. Maya e eu mantínhamos uma conversa trivial, enquanto Christopher continuava grudado ao celular, alternando entre algumas garfadas de sua massa italiana. O homem parecia tentar se dividir em um exército para tomar conta de tantos assuntos aparentemente importantes. Depois de alguns pedidos insistentes da esposa, Collins abandonou o aparelho e terminou sua refeição.

– Podemos ir embora, querida? – perguntou, após limpar o canto dos lábios com o lenço.

– Claro, meu bem.

Christopher estava sem seu segurança particular naquele dia. De acordo com as informações internas da equipe de segurança, Dylan precisou se ausentar por problemas familiares, dando-me a tarefa árdua de cobrir a segurança do casal.

– Vamos passar na delegacia no caminho. Recebi uma mensagem de Brandon, ele encontrou um substituto.

– Maravilha! – Maya disse, animada, recebendo um olhar curioso. – Assim, Eloise pode me levar de volta à galeria – explicou-se, fazendo-me rir baixinho.

Assim que colocamos os pés fora do restaurante, o motorista de Collins abriu a porta do Rolls-Royce Phantom, sendo rapidamente cumprimentado pelo casal e, em seguida, por mim. Eles ocuparam o banco traseiro, e eu prontamente me sentei no banco do carona, ao lado do motorista. Entramos na avenida com a promessa de um trânsito enlouquecedor – pelo menos, era o que indicava o GPS do veículo e a fileira de carros à nossa frente. Buzinas e algumas reclamações de Christopher era tudo que se ouvia nos últimos dez minutos, desde a saída do restaurante. Como ele podia ser tão insuportável? Neguei com a cabeça e observei toda a movimentação do lado de fora. Uma van cinza-chumbo interrompia todo o campo de visão e tornava nossa movimentação cada vez mais lenta.

– Patrick, pegue um atalho, pelo amor de Deus. Tenho uma reunião importante! Entre na próxima rua, veja uma rota mais rápida.

– Sim, senhor. – Patrick seguiu a ordem, enfiando-se entre os carros até a próxima saída da extensa avenida, entrando em ruas menores e menos movimentadas, andando com mais velocidade.

Com atenção na estrada mais deserta, percebi que seguíamos por um bairro bem menos movimentado. O número de prédios comerciais era menor, dando espaço a galpões e armazéns descuidados. Não havia movimentação de operários, muito menos de moradores. Patrick suspirou, talvez se perguntando se havia sido mesmo uma boa ideia abandonar a movimentação de carros.

Pelo espelho retrovisor central, observei o semblante mal-humorado de Christopher e o semblante tranquilo de Maya. Ela parecia entretida demais em seu Ipad para reclamar do trânsito. Desviei o olhar dela, assim que uma movimentação se fez presente. Pelo espelho, notei que uma van cinza seguia o mesmo trajeto, o que era aceitável, levando em consideração o desespero para sair daquele caos. Entretanto, algo nela era familiar, então continuei a observá-la atentamente quando, enfim, me dei conta. Era ela: a van parada em frente ao restaurante, no trajeto pela avenida e aqui.

Estávamos sendo seguidos.

– Patrick, acelere – ordenei.

– O quê?

– Quero todos calmos, nós estamos sendo seguidos – falei, retirando a pistola do coldre axilar.

O motorista me lançou um olhar vacilante e pisou fundo no acelerador do carro. Christopher olhou para o mesmo ponto que atraía minha atenção para, logo em seguida, capturar seu telefone celular. A van aumentou a velocidade, como se tivesse a certeza de que havíamos descoberto.

– Oh, meu Deus! – Maya exclamou, com os olhos arregalados em minha direção.

– Vai ficar tudo bem, ok? Só tente ficar calma.

Maya assentiu rapidamente, visivelmente nervosa. Nosso carro corria em uma velocidade assustadora, mas não o suficiente para que eles nos perdessem de vista.

– Merda! Fiquem abaixados! – exclamei assim que notei que um dos homens apontava um revólver em nossa direção.

Os disparos na lataria trouxeram um grito desesperado de Maya no interior. Por segurança, o carro de Collins era blindado, mas isso não nos livrava totalmente do perigo. Patrick mantinha a velocidade, enquanto se dividia entre o caminho à sua frente e qualquer possibilidade de fuga indicada no GPS.

– Entre em alguma rua, imbecil! – Christopher gritou.

– Não há outra saída por aqui, senhor.

Apertei o botão para abaixar o vidro do carro, acomodando meu braço na janela ao meu lado, mirei a pistola em direção à van e apertei o gatilho, disparando contra os perseguidores. O carro ao fundo movimentou-se de um lado para o outro, na tentativa de desviar dos disparos que acertaram a lataria. Foi quando senti o forte impacto de meu corpo batendo contra o painel. Os pneus do Rolls-Royce cantaram sobre o asfalto, enquanto ele parecia rodopiar sobre a pista.

– Estão todos bem? – indaguei, vendo uma fina linha de sangue escorrer na testa de Maya.

Ela parecia assustada, assim como seu marido. Respirei fundo, segurando minha arma com mais atenção. Pelo espelho retrovisor, pude notar a presença de cinco homens encapuzados, todos portando armas nas mãos, sendo uma delas uma metralhadora.

– Nós vamos morrer... – Maya choramingou.

– Não vamos – sussurrei, ofegante.

– Saiam do carro agora! – um deles gritou. – E é melhor não atirarem, garanto que vai haver consequências.

– Droga! Culpa desse imbecil!

– Eu sinto muito, senhor. – Patrick se desculpou, completamente nervoso.

– Saiam da porra do carro se não quiserem morrer! – o homem esbravejou novamente, agora disparando duas vezes em nossa direção.

Maya encolheu-se no banco traseiro, enquanto Christopher tapava os ouvidos, completamente perdido. Um dos homens se aproximou rapidamente, abrindo a porta de uma só vez.

– Aqui está ele! – disse, puxando-o para fora do veículo e atirando-o no chão.

– Chris! Não! – o grito de Maya trouxe mais um dos criminosos em nossa direção.

Ele segurou o braço dela com força, fazendo-me ter o reflexo instintivo de atirar contra ele. O disparo ecoou pelo interior do carro, acertando o ombro do homem, que se chocou contra a porta e caiu no chão.

– Sua puta! – ele gritou de dor, aumentando a movimentação do lado de fora.

– Largue a arma ou vamos matar ele!

Olhei, através do vidro do carro, a imagem de Christopher completamente rendido. O cano de um revólver apontado em direção à sua cabeça me fez perder toda e qualquer possibilidade de salvá-los. Esbravejei, furiosa, quando um dos homens puxou Maya para o lado de fora.

– Largue ela! – gritei, vendo-a se debater nos braços do homem encapuzado.

– Largue essa arma!

Respirei fundo, coloquei a pistola no chão e a chutei para longe, mas não o suficiente para perdê-la de vista.

– Se você fizer mais alguma coisa, eu mato um deles, entendeu? – disse o criminoso que segurava Maya.

– Chega! Coloquem todos eles na van! E segurem essa mulher – ordenou o homem que apontava a arma para a cabeça do Collins. Ele parecia ser o mandante, pois tratava de dar ordens aos outros que estavam ao nosso redor.

– Mas antes de levar o nosso rei, trate de fazê-lo dormir. Conheço alguém que está ansioso para conversar com ele – a voz rouca carregava um tom sarcástico, dando-nos a certeza de que aquilo não se tratava de um roubo qualquer.

Havia uma ordem expressa para capturar Christopher. Maya e eu estávamos ali como meras peças daquele jogo maldoso. Suspirei pesado, tentando pensar em algo que pudesse fazer para nos salvar, mas não havia muitas saídas que não colocassem a vida deles em perigo. Cinco contra uma parecia uma luta desigual.

– Levante, infeliz! – vociferou o criminoso, ao puxar o empresário com força.

– Filho da puta! – Christopher reagiu, recebendo uma forte pancada na cabeça com o cabo do revólver, e grunhiu de dor.

– E ainda ousa me desafiar? Se acha poderoso demais, Collins! – o criminoso soltou firmemente, enquanto se aproximava do homem, que agora tinha um corte ensanguentado na cabeça.

Collins o encarou frente a frente e, mesmo tendo suas mãos presas por outro homem, cuspiu no rosto daquele que o ameaçava. E em uma resposta quase imediata, levou outra coronhada com o cabo da arma. Maya gritou, nervosa, ao ver o corpo do marido cair no chão.

– Leve esse merda para o carro.

Christopher foi arrastado em direção à van, totalmente desacordado, fazendo com que a atenção do mandante se voltasse em direção à Maya, que chorava ao fundo.

– E você é a mulherzinha dele, não é? Vejo que ele tem bom gosto para essas vadias – soltou com escárnio, ao se aproximar dela com uma risada nojenta. – É bom não fazer escândalo se não quiser que eu mate você, entendeu? Claro, depois de aproveitar um pouco.

Maya fechou os olhos com força, no momento em que ele segurou seu rosto com firmeza. Eu podia ver as lágrimas escorrendo entre os dedos do criminoso, que parecia se deliciar com o aroma emanado pelos cabelos dela.

– Não chore, querida. Eu sei tratar uma mulher muito bem.

Nada poderia explicar a mistura de sentimentos que me preencheu naquele momento. Eu sentia raiva, revolta e impotência por não poder salvá-la. Minhas mãos permaneciam fechadas em punhos, como se aquilo pudesse aliviar a tensão que se acumulava em todos os meus músculos.

Cada inspiração parecia carregar um peso extra, tornando o ato de respirar uma tarefa árdua. Eu estava à beira do desespero.

Na maioria dos casos como policial, eu era treinada para exercer o meu papel em relação à proteção e ao bem-estar de um bem coletivo ou de um indivíduo qualquer que se encontre em apuros. Essa tarefa, embora desafiadora, trazia certo ar de conforto, pois era esse o meu papel. Entretanto, não importava quão bem treinada eu fosse, não havia protocolo ou diretriz policial que suavizasse a sensação de ver alguém importante em perigo.

– Largue ela, seu filho da puta! – vociferei, girando meu corpo, deixando que um de meus cotovelos acertasse o rosto do bandido que me segurava.

O estalar, seguido pelo grito de dor, assustou todos em volta, dando-me a oportunidade de resgatar minha arma rapidamente. Ergui o punho armado em direção ao mandante ao lado de Maya, enquanto os outros apontavam suas pistolas em minha direção, tornando o campo uma guerra desigual.

– Essa mulher é o Diabo! – Gemeu o homem, com o nariz ensanguentado.

Aproximei-me dele, puxei-o pelo casaco, obrigando-o a se levantar, e fiz dele um escudo humano.

– Larga ela! Agora! – gritei, com a pistola em direção ao chefe deles.

A risada sarcástica soou alta e tenebrosa. Respirei fundo, tentando me manter firme, mesmo quando meu corpo parecia querer desabar. Em um ato agressivo, o mandante segurou Maya pelos cabelos e a obrigou a se ajoelhar.

– Percebi que ela te tira dos eixos, agente. Quer nos contar alguma coisa? – zombou calmamente, enquanto puxava o cano da pistola em sua mão. – É melhor largar essa arma, antes de continuar me atrapalhando! Ou eu prometo que mato esta mulher na sua frente, está entendendo? – ele gritava, enquanto pressionava o cano da arma na cabeça de Maya.

– Eloise... – ela choramingou. – Por favor!

As palavras suplicantes de Maya me fizeram repensar minha decisão.

Apesar da intensa vontade de resgatá-la a qualquer custo, compreendi que não poderia escolher abordagens extremas que colocassem em risco não apenas a vida dela, mas também a minha. Respirei fundo, antes de depositar a pistola no chão mais uma vez.

– Amarrem essa mulher antes que ela mate alguém! – ordenou o mandante.

Dois dos bandidos me seguraram com firmeza, um deles sendo aquele que eu tinha acabado de golpear. Minhas mãos foram amarradas, e fui lançada com violência para o interior da van, para o canto oposto ao que Christopher estava posicionado. Logo em seguida, Maya foi colocada no centro do espaço confinado, com suas mãos cruelmente amarradas, impossibilitando qualquer tipo de fuga. Recebi seu olhar vacilante e temeroso, que foi rapidamente interrompido pela escuridão que nos impuseram, após o fechamento das portas. O silêncio tomou conta do interior do carro, até que o senti entrar em movimento. Eu estava deitada de bruços, com as mãos amarradas nas costas, da mesma maneira que Christopher. Maya choramingava baixinho entre nós.

— Eu não quero morrer, Eloise — seu tom de voz me fez suspirar.

— Eu vou tirar você desta. Eu prometo, Maya.

O barulho do lado de fora me fez ficar alerta. Não sei por quanto tempo ficamos presos naquele carro, mas, com certeza, o suficiente para estar bem longe do centro da cidade. Assim que as portas da van cinza abriram, fomos retirados abruptamente, para adentrarmos uma espécie de galpão abandonado. O lugar parecia ter sido esquecido do mundo e, pela ausência de barulhos externos, estávamos completamente à parte da sociedade.

— Coloque eles na sala dois — o mandante ordenou, apontando para Christopher e eu.

— Por favor, não os mate! — exclamou Maya. — Nós podemos dar todo dinheiro que precisa.

— É melhor ter muito dinheiro, madame. Senão, irá precisar pagar de outras formas — disse, maldoso, puxando-a pelo braço.

— Não toque nela, desgraçado!

Ele a soltou, aproximando-se de mim em passadas largas. Seus olhos escuros me fitaram, furiosos.

— Está me dando inúmeros motivos para matá-la, policial. E garanto que estou me esforçando para não fazer.

Em um impulso de raiva, cuspi em seu rosto, deixando-o completamente atônito.

— Como ousa?! — foram suas palavras antes de acertar meu rosto com um tapa.

— Eloise?! Largue ela!

O zumbido em meu ouvido acompanhava a ardência em meu rosto. Os gritos de Maya soavam abafados, como se estivesse a longos metros de distância.

— Apaguem elas!

Antes que eu pudesse me recuperar, um dos homens pressionou uma espécie de pano contra meu nariz, e por mais que eu tentasse, nada me faria escapar. Minha visão que, até poucos minutos, estava nítida, transformou-se em um grande borrão. A imagem de Maya sendo levada para longe se perdia lentamente entre uma piscada e outra. E mesmo, no caminho na inconsciência, me lembro de ter jurado uma única coisa:

Eu salvaria Maya.

CAPÍTULO #12

XEQUE

Maya Collins

O lugar era grande, mal iluminado e completamente afastado da cidade – a escolha perfeita para a execução de meu plano. Tudo foi minuciosamente pensado, trabalhado e executado, para que nada pudesse atrapalhar aquela jogada. Afinal, aquilo não se tratava de um mero jogo de azar. Só os melhores e mais fortes jogadores sobreviviam na selva desigual daquele tabuleiro da vida real. E eu mostraria que minha entrada naquela partida tinha um único objetivo: *Ganhar*.

— Os coloque na sala!

Ouvi a voz grossa e masculina gritar ao fundo, ecoando pelo espaço extenso do galpão abandonado. Avancei devagar em direção a uma das salas, notando que estava mais organizada do que aquela em que as vítimas de minha pequena brincadeirinha ficariam. No cômodo, havia uma mesa com três poltronas, um pequeno sofá de couro preto e uma bancada com uma cafeteira elétrica e garrafas de bebidas alcoólicas. A sala tinha cheiro de limpeza. Acredito que tenha sido o melhor que conseguiram fazer para me trazer o mínimo de conforto durante aqueles momentos.

– Me desamarre – ordenei.

O homem, agora com o rosto livre do pano preto que o cobria, assentiu rapidamente, aproximando-se para finalmente desatar o nó na corda que rodeava meus punhos. Aquela merda estava me deixando com marcas vermelhas na pele.

– Rainha – murmurou o outro, antes de depositar a maleta escura sobre a mesa.

– Podem sair.

Esfreguei as manchas vermelhas em minha pele, antes de voltar meus olhos em direção ao meu reflexo no espelho ao fundo. Uma linha de sangue escorria pela lateral de meu rosto, fazendo-me praguejar internamente. Aproximei-me da bancada, servindo-me de uma pequena dose de uísque, tomando em apenas um gole. Em seguida, capturei a pequena maleta de primeiros socorros, para fazer toda a limpeza necessária no pequeno corte. Retoquei a maquiagem afetada pelas falsas lágrimas de horas atrás, ficando devidamente recomposta. Encarei meu reflexo novamente, agora completamente satisfeita. Sorri para mim mesma, avistei a caixa preta no centro da mesa, aproximei-me dela e girei os polegares sobre as travas, erguendo a tampa, o que me fez avistar um de meus bens preciosos. Sobre o veludo preto, reluziu o cromado dourado de uma pistola: uma Colt 1911 banhada em ouro dezoito quilates, com talas e gatilho preto fosco. Extravagante e sofisticada, tal como aquela que possuía.

— Que saudade de você.

Não pude evitar o sorriso perverso que nasceu em meus lábios ao segurá-la outra vez. Ela trazia consigo um gosto perigoso e viciante pelo poder, como se nada nem ninguém fosse capaz de me derrotar. Tudo se resumia a uma eletrizante sensação de ascensão, fazendo de Maya Collins Garcia a rainha mais poderosa daquele jogo.

— Senhora, com licença — Rupert murmurou ao adentrar a sala. Seus olhos se arregalaram no instante que viu o objeto em uma das minhas mãos.

— O que quer?

Ele engoliu em seco, alternando os olhos entre a arma e meu rosto. Não parecia muito confortável com aquela situação.

— Estão todos nas posições ordenadas.

— Vou descer.

— Sim, senhora — disse, seguindo em direção à porta rapidamente.

— Rupert?! — chamei, fazendo com que ele estagnasse um pouco antes de cruzar a soleira da porta. Seu corpo se voltou lentamente para a minha direção, dando-me a chance de ver seu peito subir e descer, em um suspiro receoso, por baixo daquela camisa de algodão cinza.

— Está fugindo de mim?

— Não, senhora.

Caminhei graciosamente até o homem, parando a poucos centímetros de distância. Ele estava suando, notava-se facilmente as gotículas se formando em sua testa.

— Está com medo?

— Não, senhora.

— Tem certeza? — Um sorriso satisfeito surgiu em meus lábios diante do seu silêncio, e apenas um suspiro carregado alcançou meus ouvidos. — É bom que tenha, mostra que sabe exatamente com quem está lidando, não é?

Ele consentiu com um gesto.

— Saia.

Ele acelerou os passos, distanciando-se na maior velocidade que seu corpo pudesse proporcionar. Balancei a cabeça em um sinal negativo e o segui pelos corredores do armazém. A baixa luminosidade, originada por uma lâmpada amarela no final do corredor, trazia um aspecto sombrio àquele lugar, assim como a aparência suja e deteriorada das paredes e do chão, que pareciam ter sido palco de acontecimentos pavorosos.

— Rainha — cumprimentou-me pelo codinome.

— Olá, Boris. — Fixei meu olhar no homem alto e moreno, dono de um físico robusto.

Provavelmente, estava na casa dos trinta anos, exibindo cabelos meticulosamente aparados, tão escuros quanto seus olhos. Era uma figura familiar, alguém que jamais recusava executar tarefas em troca de uma boa quantia como recompensa.

— Onde estão?

— Estão naquela sala. — Apontou para o outro lado. — Mas antes que vá vê-los, gostaria de conversar com você.

– Pode falar.

Boris olhou sutilmente ao redor, certificando-se de que seus capangas estivessem longe o suficiente.

– Meus homens não estão satisfeitos com a quantia final, Maya – sua voz soou baixa, quase inaudível.

– Posso saber o motivo?

– O plano parecia mais fácil quando combinamos. Só não esperávamos que um deles fosse baleado e o outro tivesse o nariz quebrado por aquela policial.

Um discreto sorriso se formou em meus lábios ao recordar aquele momento. Eloise não hesitou nem por um segundo em me defender.

– Boris, eu não tenho culpa se você escolheu os homens errados. Foram lentos e desorganizados. Eu estou te oferecendo uma fortuna por esse trabalho! – exclamei, séria. – E honestamente, foi muito ruim.

– Maya... não é fácil conseguir pessoas qualificadas para isso.

– Poderia ter me dito antes, não?

Ele nada falou, apenas concordou, com um balançar de cabeça.

– Ótimo.

Afastei-me do mandante, seguindo em direção à sala indicada anteriormente, e empurrei o portão enferrujado, ouvindo-o ranger forte para, só então, ganhar a visão do interior do cárcere. E por coincidência do destino, testemunhei o momento exato em que um dos homens chutava o corpo de Eloise, que permanecia desacordada no chão. Em uma súbita revolta, avancei contra o homem, empurrando-o firmemente contra a parede. Ele xingou e arregalou os olhos surpresos assim que me encarou.

– O que diabos está fazendo?! – indaguei, erguendo o cano da pistola em direção ao seu queixo, enquanto o segurava pela gola da camisa.

Nenhum outro companheiro ousou se aproximar para impedir aquele momento. Trinquei a mandíbula e pressionei a ponta do cano da arma com força em sua cabeça, sentindo meu corpo inteiro tremer de pura raiva. O fato de termos a mesma altura fazia com que eu pudesse encarar seus olhos receosos frente a frente. A ausência de qualquer resposta, acompanhada da respiração pesada, me fazia ter certeza de que ele sabia com quem estava lidando. Era o mesmo homem que havia recebido a pancada no nariz.

– Se você encostar em um fio de cabelo dela outra vez, eu prometo que vou descarregar tudo isso aqui em você. – Pressionei o cano com força em seu nariz. – Entendeu bem?

Ele piscou mais vezes do que deveria, assentindo rapidamente em resposta. Respirei fundo e o empurrei novamente, antes de soltá-lo.

– Saiam todos! – gritei.

Os homens acataram as minhas ordens e saíram da sala rapidamente. Assim que a porta se fechou, aproximei-me do corpo de Eloise, ajoelhando-me ao seu lado, cuidadosamente depositei minha pistola no chão frio e acomodei-me da melhor forma possível, puxando-a para mais perto. Seu semblante era tranquilo, como se estivesse segura e descansada, embora a realidade fosse completamente distinta.

– Me desculpe por isso, mas eu não posso mais voltar atrás – sussurrei, enquanto acariciava seu rosto sutilmente. – Você não estava nos meus planos, Eloise. – Meus dedos percorreram as sobrancelhas clarinhas, descendo por seu nariz afilado, até o contorno delicado de seus lábios. – Talvez você seja a única capaz de me fazer cair. – Um sorriso sem humor se formou. – Mas vou fazer todo possível para que não aconteça. Então, por favor, colabore comigo. – Olhei para ela, desacordada e completamente alheia a tudo que eu estava falando. Neguei, com a cabeça, minha própria loucura antes de fitar o corpo de Christopher sobre um colchão velho. Aproximei-me do homem e o virei, obrigando-o a cair sobre o chão frio e úmido, puxei o colchão para o outro lado e, com dificuldade, posicionei o corpo de Eloise sobre o objeto, oferecendo o mínimo de conforto possível.

– Melhor assim – disse ao fitá-la. – Não vou deixar que ninguém machuque você outra vez, ok? Pode confiar em mim. Em breve, você sairá daqui – foram minhas palavras ao depositar um beijo em seu rosto. Capturei minha pistola do chão e me aproximei daquele que eu chamava de marido.

– E você, querido...– Segurei no colarinho de sua camisa e o puxei com força, obrigando-o a ficar sentado. Como ele permanecia completamente desacordado, sua cabeça tombou para frente, fazendo-me revirar os olhos, entediada.

Imprestável.

Abaixei-me e segurei as mechas curtas de seu cabelo escuro, obrigando-o a erguer o rosto em minha direção, como se pudesse me encarar.

– Está gostando da minha brincadeirinha, Rei? – A satisfação por vê-lo daquela maneira me fez sorrir. – Aposto que sim. Você sempre teve um gosto peculiar para jogos intensos.

O cano da arma desceu de suas têmporas até o contorno de seus lábios rosados. Estavam um tanto ressecados agora, mas nada que tirasse sua beleza. Olhei para o objeto em minha mão e depois para o rosto do homem.

– Quer saber o meu segredo? Eu acho que é um bom momento para compartilhar com você. – Segurei um pouco mais firme em seus cabelos e, com a outra mão, ergui a pistola dourada, para deslizá-la suavemente pelas linhas de seu rosto.

Christopher não tinha uma expressão serena, mesmo desacordado, seu semblante transparecia desconforto e raiva, como se estivesse no meio de um pesadelo.

– Eu sou a Rainha, Collins. E ao contrário do que imagina, o Rei é a peça mais fraca desse jogo. – Larguei seu cabelo, deixando que sua cabeça tombasse para frente outra vez. – Foi tão fácil manipular você. Realmente me custa acreditar que tenham medo do que consiga fazer – declarei, enquanto me levantava, esticando o vestido, agora amarrotado. – Mas tudo bem, você é bom em fingir, só não é melhor do que eu – um sorriso abandonou meus lábios ao proferir a última frase.

O sabor da verdade não era tão ruim, não quando tudo acontecia como eu queria.

– Sabe, querido, hoje é um dos dias mais felizes do nosso casamento. Não tivemos muitos, mas estou esperançosa pelos próximos. O melhor deles será quando eu finalmente puder me livrar de você. – Suspirei, esperançosa. – Aturá-lo, durante todos esses anos, não tem sido uma tarefa fácil. Honestamente, eu espero ser reconhecida por esse esforço. – Gesticulei com as mãos e caminhei de um lado para o outro devagar, como se aquilo se tratasse de um diálogo. – Tem ideia de como é sufocante bancar a esposa perfeita? Posar e sorrir ao seu lado, na frente de todos aqueles velhos medíocres, é uma merda. – Rolei os olhos, em meio a uma careta. – E no final, ainda preciso aguentar o sexo horrível que você se esforça para me dar. Eu acho que agora que estou sendo sincera, posso dizer... Você fode muito mal, meu amor. – Respirei fundo, como se aquela fosse uma conversa difícil, aproximei-me dele novamente, abaixando-me para ficar à sua altura, segurei seu cabelo e ergui seu rosto outra vez. – Aposto que está curioso para saber o porquê de tudo isso, não é? Mas não se preocupe, esse momento ainda vai chegar – disse, antes de depositar um beijo em sua face. – Se eu não matar você primeiro, é claro.

Aquela ideia me trouxe um sorriso quase diabólico nos lábios. O prazer de acabar com Christopher Collins parecia tentador.

– Já pensou em como vai morrer, Christopher? – indaguei, com um tom cínico na voz, e depositei um beijo no cano da pistola reluzente, antes de mirar no centro de sua cabeça. – *Pow, pow* – imitei o barulho de disparos, em meio a uma risada baixa.

Quatro anos antes

Caminhei entre o aglomerado de pessoas espalhadas pelo salão, sem tirar os olhos do moreno de olhos claros ao fundo. Ele conversava casualmente com um grupo de homens engravatados, com quase o dobro de sua idade. E mesmo destoando em diversos aspectos, ele parecia se encaixar muito bem no assunto.

– Senhorita – chamou o garçom, que me estendeu uma taça de espumante.

– Creio que tenha sido um engano, eu não...

– Ele mandou para a senhora.

Christopher desviou sua atenção dos amigos e me encarou com um sorriso galante nos lábios. Não se podia negar a beleza estonteante do homem; ele era sofisticado e elegante. Eu segurei a delicada taça de cristal e lhe lancei um sorriso. Ele retribuiu o sorriso e ergueu a que estava em sua mão.

– Obrigada.

O garoto se retirou rapidamente e eu voltei meus olhos para meu alvo principal que, agora, caminhava em minha direção. Engoli em seco, sentindo meu coração palpitar cada vez mais forte.

Respira, Maya. Você consegue.

– Espero que tenha gostado do espumante – disse educadamente.

– Eu adorei – respondi, entregando um de meus melhores sorrisos.

– Posso saber o seu nome?

– Eu me chamo Maya Garcia.

Christopher estendeu a mão para mim, como um bom cavalheiro, e eu rapidamente repousei a minha sobre a dele, recebendo o toque suave de seus lábios, em um cumprimento galante.

– Sou Christopher Collins, muito prazer.

– O prazer é todo meu.

Primeira casa conquistada. O início da partida havia sido lançado naquele precioso instante, as peças estavam em movimento e não me restavam alternativas, além de continuar. Eu sabia o longo caminho que me aguardava, mas cruzar o tabuleiro e me tornar a Grande Rainha era meu maior objetivo.

Dois anos antes

– Você está me deixando nervosa.

Estávamos no restaurante favorito de Christopher. Ele só frequentava aquele lugar quando desejava comemorar um feito extremamente importante. Em nossa última visita, comemoramos sua tão sonhada conquista como um dos empresários mais influentes do ramo petrolífero no mundo. Eu poderia dizer que aquilo não me importava em nada, mas como boa namorada, fingi uma felicidade sem igual. Christopher e eu tínhamos uma relação estável. Depois de nossa primeira conversa naquele salão de festas, nos encontrávamos sempre que possível, entre sexo casual e momentos românticos. Ele parecia gostar de mim, e a confirmação veio com seu pedido de namoro após quatro meses. Depois dali, tornei-me a mulher que todo homem egocêntrico e imbecil, como Christopher, adoraria ter: uma perfeita submissa às suas vontades, independentemente de quais fossem. Eu me propus aquilo e iria até o fim por um único objetivo.

– Eu também estou muito nervoso, mas quero muito fazer isso. – Seu peito subia e descia, em uma respiração descompassada.

– Fazer o quê, amor?

Eu sabia exatamente o que estava prestes a acontecer, e confesso que estava nervosa, quase tanto quanto ele, só não pelas mesmas razões.

– Isso. – Ele abriu a pequena caixa de veludo preto, exibindo um valioso anel de diamante. – Todos sabem que sou completamente louco por você, Maya. Nenhuma outra mulher havia me transformado dessa maneira. Não consigo imaginar uma vida sem você ao meu lado. E por isso, estou aqui pedindo... – Ele respirou fundo, engolindo em seco o nó em sua garganta, antes de encarar meus olhos. – Você quer se casar comigo? – ele perguntou, e meus olhos marejados foram o suficiente para transformar sua expressão receosa em um semblante esperançoso.

— É claro que eu quero! — foram minhas palavras antes de abraçá-lo bem forte.

Um sorriso amplo iluminou seu rosto, enquanto ele retirava o delicado anel da caixa. Seus olhos cintilantes me observavam com satisfação, ao mesmo tempo que ele deslizava o pequeno objeto por meu dedo anelar. Encarei o anel brilhante e, em seguida, fitei os olhos encantados de Christopher, permitindo-me saborear mais uma conquista. Faltava muito pouco para alcançar o outro lado daquele tabuleiro.

— Vou fazer de você a mulher mais feliz deste mundo — prometeu, segurando minhas mãos.

Você é melhor nesse jogo do que imagina, Maya.

— Eu sei que vai, querido. E eu prometo que darei a vida que você merece.

Tempo atual

— Está gostando da vida que merece? — indaguei, soltando-o outra vez, e me distanciei dele, observando seu corpo cair, completamente inerte, para o lado. Voltei meu olhar para Eloise, que ainda estava na mesma condição, e foi então que percebi batidas à porta.

— Com licença, senhora. Estão à sua espera.

— Diga que estou a caminho.

Ele se retirou, deixando-me sozinha outra vez. Encarei o corpo de Christopher em um canto, enquanto no outro, estava Eloise. Aproximei dela, certificando-me de que estava bem.

— Vou resolver algumas coisas, mas não se preocupe, ok? Eu estou aqui para proteger você.

Ergui-me mais uma vez, ajeitei o vestido ao redor do meu corpo, deslizei uma das mãos pelos meus cabelos, segui para fora daquela sala e, lá embaixo, avistei os homens envolvidos em uma conversa no primeiro andar, antes de voltar ao cômodo em que havia começado. Ao adentrar minha sala, deparei-me com quem me aguardava.

Torre.

Bispo.

— Estava visitando seus encarcerados? — Sofia indagou em meio a uma risadinha.

Revirei os olhos com impaciência, dirigindo-me à mesa que estava reservada para mim, deixei minha pistola sobre ela e segui em direção à bancada compacta de bebidas, na qual me servi de uma pequena dose de uísque.

— Estão atrasadas.

— Eu disse à Sofia que deveríamos vir antes, mas ela nunca me escuta — Madson murmurou, ao se sentar ao lado de sua namorada.

Quando recebemos a notícia de que Eloise Green havia se juntado à investigação do roubo na Collins Enterprise, fomos forçadas a tomar decisões mais estratégicas, para fortalecermos nossa posição e evitarmos qualquer descoberta. A entrada de Madson foi algo completamente inesperado para mim, apesar de estar ciente de seu relacionamento com Sofia. Era, no mínimo, surpreendente considerar que ela se submeteria às vontades de Sofia e nos auxiliaria em um plano tão arriscado.

Madson estava construindo uma promissora carreira policial, com um histórico notável, e ainda assim, concordou em se infiltrar na operação de Eloise que, por coincidência, estava em busca de novos agentes. Madson Carter se tornou nossos olhos e ouvidos dentro daquele lugar, mantendo-nos constantemente informadas, para estarmos sempre um passo à frente.

O Bispo não pula por cima de outra peça e só segue na sequência de casas da mesma cor, ou seja, a nossa cor – completou, ao tomar um gole do álcool. – Eu sou a Torre e consegui um bispo para você – a voz de Sofia ecoou pela minha mente.

– Sofia anda um pouco rebelde nos últimos tempos.

Já havia algumas semanas que minha relação com Sofia estava um tanto fragilizada. Nas últimas vezes que nos encontramos, qualquer assunto se resumia em como nosso plano poderia dar errado com minhas decisões. Tudo aquilo era causado pela ideia de que meu envolvimento com Eloise fosse colocar tudo a perder.

– E não sou só eu, não é Maya? – Ela se levantou, com um sorriso sarcástico no rosto. – Anda trabalhando sozinha ultimamente.

Fechei os olhos e respirei fundo, pedindo aos céus, ou a quem quer que fosse, um pouco de calma. Levei o copo de uísque até os lábios e tomei um único gole.

– Nenhuma das minhas decisões foram executadas sem seu conhecimento. Todas passaram por você, Sofia.

Ela riu de maneira debochada. – Tenho que concordar, mas não podemos esquecer que você não me deu direito de revogá-las.

– Não precisavam ser revogadas. Elas tinham que ser assim. Não deu nada errado, deu?

Nós nos encaramos por tempo suficiente para tornar o clima naquela sala um tanto quanto insuportável. Havia um conflito de opiniões entre nós, e nós nos conhecíamos o bastante para sabermos que nada se resolveria tão facilmente.

– Tinham? Nós tínhamos mesmo que perder um bilhão de dólares por conta do seu romancezinho?

Algumas semanas antes

Minha consciência pesou assim que testemunhei a maneira como Eloise havia sido humilhada por Christopher, após o roubo de um bilhão de dólares. Não pelo que eu estava fazendo, porque aquilo realmente não me importava mais. Eu realmente gostaria de tirar até o último dígito de sua conta bancária. No entanto, fazê-lo às custas da derrota e da humilhação da detetive começou a parecer questionável. Quer dizer, eu poderia acabar com ele e, ainda assim, fazer a mulher uma grande heroína, não é?

Respirei fundo e encarei brevemente o corpo sonolento da mulher em minha cama. Ela dormia relaxadamente após nossas boas horas de sexo e um jantar incrível.

– Olha o que está fazendo Maya... – murmurei baixinho para mim mesma e balancei a cabeça em um sinal negativo, tentando encontrar uma saída mais fácil para aquele desafio, mas nada parecia bom o bastante para colocar as peças nos eixos corretos. Permitir que Eloise avançasse nas investigações, superando os argumentos inúteis de Christopher, resultaria em um retrocesso considerável em meus planos, um retrocesso que envolvia cifras astronômicas – um bilhão de dólares, para ser exata. Havia sido a maior quantia retirada desde o início do plano Collins, nosso maior trunfo até o momento.

– Merda... – Suspirei, completamente perdida, antes de clicar sobre o contato de Sofia em meu telefone.

– *Nossa, pela hora aconteceu algo grave.*

– Sim, eu preciso que faça uma coisa importante – sussurrei.

– *O que é tão importante que não pode ser contado amanhã?*

– Não vamos retirar o dinheiro da conta na Suíça.

Uma pausa breve se instalou durante a chamada, e Sofia soltou um suspiro profundo. Isso me fez questionar se ela havia adormecido ou até mesmo sofrido um infarto do outro lado da linha.

– *Está ficando louca?* – perguntou, incrédula. – *Você sabe que essa conta é só uma passagem, logo vamos dividir as quantias para nossas contas no exterior.*

– Eu sei, Sofia... – fiz uma breve pausa. – Só que eu quero que ele continue lá. E quero que diga para Madson recuperar o software do celular que Eloise encontrou.

– *Você está bêbada, não está? Ela ter encontrado aquele celular foi um erro nosso! Madson bloqueou para que ela não pudesse tirar informações dele.*

– Eu estou ciente de tudo, o suficiente para ordenar que ele seja desbloqueado! – falei pausadamente, ao mesmo tempo que observava a mulher na cama ao fundo.

– *Você está ficando maluca. Vamos perder todo o dinheiro.*

– E vamos recuperar depois – retruquei, irritada.

– *As coisas não são assim, Maya. Somos uma equipe, lembra?* – seu tom de voz indicava toda sua indignação.

Sofia estava comigo há anos e sabia a importância de nosso plano. Não poderia julgá-la por ter uma reação como essa, era até compreensível e aceitável, mas nada me faria mudar de opinião naquele momento.

– Eu prometo que teremos muito mais, ok? Só faça o que estou falando – pedi tranquilamente.

– *Está fazendo isso por ela, não é?*

– Não seja idiota, é claro que não! Só estamos indo muito rápido, temos que recuar um pouco – disse, tentando manter o tom de voz mais convincente que podia.

– *Você acha mesmo que me engana? Está fazendo tudo isso por aquela mulher. Não está percebendo o erro que está cometendo? Vai colocar tudo a perder por um maldito caso.*

Fechei os olhos, respirando fundo para manter a conversa em um nível saudável. Ninguém mais do que eu sabia o quão arriscada aquela decisão poderia ser, afinal de contas era minha cabeça o primeiro alvo.

– Sofia, eu quero esse celular desbloqueado antes do amanhecer.

– *Eu não vou fazer isso, Maya.*

– Sim, você vai – ordenei firmemente. – Eu dou as ordens, lembra?! Mantenha o dinheiro na conta e recupere o software do telefone. Nos falamos em outro momento. – Desliguei assim que Eloise se remexeu sobre a cama, virando-se de um lado para o outro, e aproximei-me lentamente, depositando o celular sobre a mesa de cabeceira.

– Me desculpe, eu acordei você?

– Estava falando com alguém? – ela indagou em meio a um bocejo.

Concordei com a cabeça e engatinhei sobre a cama, até me acomodar ao seu lado.

– Sim. Christopher está em outro país e tem zero noção sobre o descanso alheio, por isso tive que atender rapidamente, mas não queria interromper o seu sono.

– Não tem problema. Eu consigo dormir novamente sem problema algum.

– Eu estou vendo que sim, está caindo de sono.

Eloise semicerrou os olhos, lutando contra o sono de um jeito tão engraçado que um sorriso se formou em meus lábios. Era evidente como ela batalhava para se manter acordada, o que apenas amplificava o aspecto cômico daquela situação. Permiti-me observá-la por aqueles breves segundos, e era irritante como, mesmo com os cabelos bagunçados e a sonolência visível, aquela mulher continuava incrivelmente bonita. Eloise Green possuía uma beleza que tirava o fôlego, mesmo que suas características físicas já se encaixassem em um padrão quase universal de beleza. Seus cabelos ostentavam um tom de loiro dourado, com mechas mais escuras, que harmonizavam perfeitamente com sua pele. Seu rosto meticulosamente esculpido exibia lábios rosados, um nariz fino e olhos verdes penetrantes. Talvez as sobrancelhas retas acrescentassem um toque de seriedade ao seu olhar, o que, sinceramente, poderia intimidar qualquer pessoa que cruzasse o seu caminho. No entanto, era a fusão de sua maldita personalidade com sua beleza que a tornava quase irresistível.

– Você não? – ela perguntou.

– Sou um pouco noturna, então demoro um pouquinho para dormir novamente – disse, antes de acariciar sua pele com as pontas dos dedos.

– Posso te fazer companhia até que sinta sono outra vez.

– Pode dormir, Green. Fico aqui quietinha do seu lado.

Tempo atual

— O grande problema de tudo é que você não consegue ver a realidade agora — Sofia murmurou.

Tentei me manter calma, para não entrar em uma nova discussão com minha melhor amiga. Nós costumávamos ter desentendimentos às vezes, o que era normal para personalidades tão distintas, mas, no final, sempre ficávamos bem. Éramos como irmãs, cuidávamos uma da outra da maneira mais pura e bela, mesmo não tendo um laço sanguíneo. No entanto, isso não mudava o fato de que, muitas vezes, eu sentia vontade de esganá-la.

— E qual é a realidade agora? — minha voz ecoou pelo cômodo, atraindo o olhar de Madson, que permaneceu calada, apenas ouvindo a discussão.

— A realidade é que você se apaixonou pela mulher que pode acabar com a sua vida.

— Não fale bobagens! — exclamei, tomando outro gole da minha bebida.

— Maya, me escuta... — Sofia se levantou e espalmou as mãos sobre minha mesa, inclinando-se para me encarar. — Essa mulher é um erro na sua vida, não tem a menor possibilidade de dar certo.

Permaneci de costas para ela, em uma tentativa de mostrar que aquela conversa não me interessava.

— Por Deus, não há nada demais no que eu tenho com ela.

— Nada demais? — indagou, completamente incrédula. — Nós perdemos um bilhão de dólares para fazer a sua namoradinha feliz. Entregamos nosso maior trunfo! Você a levou diretamente à Suíça. Como pode dizer que não há nada demais?! — ela quase gritou. — A Maya de meses atrás nunca faria isso.

— Sofia, por favor... — Madson murmurou calmamente.

Becker tinha razão, todas as minhas últimas decisões carregavam um risco iminente para acabar com o plano de uma vida. Mas eu não poderia fazer diferente, não poderia simplesmente deixar que tudo desmoronasse sobre as costas de Eloise. Não por minha causa. Não queria ser culpada por um fracasso que não estava em suas mãos. Fechei os olhos e respirei fundo, antes de me voltar em sua direção.

— Seu problema é dinheiro? Eu darei a você.

A mulher semicerrou os olhos em minha direção, completamente confusa.

— Do que está falando?

— Madson, eu preciso que você volte para a delegacia. Irei devolver o Peter para o mesmo lugar do sequestro. E em seguida, vou libertar Christopher e Eloise do outro lado da cidade. Não vai demorar até que liguem, pedindo ajuda.

— O que pensa que está fazendo?

– O seu grande problema não é o dinheiro? – indaguei em um tom ríspido. – Vou cobrar uma recompensa pelo meu resgate. E com Christopher preso, não conseguiríamos muita coisa.

– Não era essa a ordem das coisas.

– Não importa! É assim que vamos fazer. – Tomei o último gole, recebendo o olhar misterioso de ambas. – Mas, antes, vamos ver o nosso terceiro encarcerado.

O barulho de nossos saltos ressoava, em sintonia, pela extensão do corredor vazio. Caminhei na frente, seguida pelo casal ao fundo. Um dos capangas nos acompanhou, para cumprir as tarefas que tínhamos solicitado. Parei diante da porta robusta de metal, olhei para as duas mulheres, que assentiram de forma breve, e em seguida, dirigi meu olhar para o jovem rapaz que nos acompanhava.

– Pode abrir.

Ele retirou o molho de chaves do bolso e, com a primeira delas, destrancou a porta. O rangido do ferro ecoou pelo corredor, avisando sobre nossa chegada.

– Aguarde aqui, caso eu precise de você.

– Sim, senhora.

Becker adentrou a sala escura, seguida por Madson e depois por mim. Ela estava incrivelmente bela para aquela situação, como se para a minha melhor amiga aquele plano também fosse um ato para ser comemorado e apreciado da melhor maneira possível. Ela gesticulou com o dedo indicador, em meio à penumbra do lugar, sinalizando que deveríamos fazer silêncio. Eu assenti lentamente e caminhei para o centro da sala. Madson se aproximou da parede, próximo a uma caixa de controle. A mulher abriu a tampa e, de forma delicada, girou o interruptor, acendendo o foco de luz sobre o corpo do homem preso a uma cadeira de ferro, no centro daquela sala fria.

Heitor.

O homem estava devidamente amarrado, com suas mãos presas atrás das costas, e seus olhos estavam cobertos por um pedaço de pano. Ele talvez estivesse inconsciente, já que seu corpo pendia para frente, sem qualquer tipo de reação. Um sorriso de satisfação brotou em meus lábios no exato momento em que me deparei com aquela visão. Avancei com passos deliberados, permitindo que o som dos meus saltos ecoasse como o único ruído naquele ambiente.

– Vamos acordá-lo – Madson murmurou, recebendo um aceno positivo de sua namorada.

Elas seriam as únicas vozes naquele momento, e eu seria mera espectadora, como alguém que assiste atentamente ao seu programa de TV favorito. Não poderia me dar ao luxo de participar, embora a vontade fosse intensa. Com calma, puxei outra cadeira, a posicionei de frente para ele, mantendo alguns metros de distância, e me acomodei na cadeira, cruzando as pernas com delicadeza, enquanto a pistola dourada repousava em meu colo.

– Está na hora de acordar, querido – Sofia ordenou de maneira sarcástica, ao puxar os cabelos loiros de Heitor. – Precisamos bater um papinho.

Assim que as mãos de Sofia deixaram os cabelos claros do homem, sua cabeça pendeu para frente, ainda desacordado. Madson me lançou um olhar intenso e depois caminhou até o outro lado da sala, talvez em direção ao banheiro. Permiti-me analisar o corpo do homem à frente. Ele estava lá há alguns dias, mais precisamente desde o momento em que deixei a Suíça acompanhada de Eloise.

– O infeliz está completamente apagado! – esbravejou a mais nova.

– Péssima vilã, Becker – zombei, com um sorrisinho de canto.

Sofia me lançou o dedo do meio e gesticulou para que eu permanecesse em silêncio. Antes que eu pudesse protestar aquela ordem, Madson cruzou a sala e despejou um balde de água fria sobre a cabeça de Heitor. O homem despertou, assustado, em meio a uma crise de tosse.

– Acabou o descanso – ordenou Carter em um tom de voz firme.

Sofia arregalou os olhos surpresos e Madson apenas sorriu de canto e lhe lançou um beijo no ar. Ergui as sobrancelhas, deixando que uma risada baixinha se fizesse presente, e gesticulei para a loira, como se dissesse: *é assim que se faz*. E ela apenas resmungou algo que não pude compreender.

– Quem são vocês?! – seu grito tinha gosto de desespero. – O que querem? Eu posso pagar todo dinheiro que quiserem! Me soltem, por favor.

Becker gargalhou ao rodear a cadeira em que ele estava sentado. Sua risada soou alta, quase diabólica. Sorri com aquela cena. Era, no mínimo, fascinante toda aquela situação.

– Que dinheiro, Heitor? Você não tem mais nada.

– Eu tenho algumas economias, por favor. Eu prometo conseguir!

– Suas economias não me servem de nada. Não seja ridículo!

– Por Deus, não façam nada comigo – suplicou, desesperado. Sua respiração ofegante deixava tudo ainda mais dramático. – Eu não quero morrer.

Sofia se aproximou dele novamente, agarrando seus cabelos úmidos com força. Heitor arqueou a cabeça para trás, deparando-se com a lâmina brilhante e afiada do canivete que ela tinha nas mãos. Em uma brincadeira maldosa, ela deslizou o objeto cortante pela pele delicada de seu pescoço, pressionando suavemente, sem necessariamente cortá-lo.

– A morte pode ser a melhor solução.

– Por favor...

– Sabe, Heitor... você não me parece tão poderoso agora. – Ela passeava com a lâmina por cima das veias de seu pescoço. – Tenho uma vaga lembrança de como você e Christopher se sentiam os donos do mundo. Pena que ele traiu você, não é? Veja só que bela amizade.

Sua respiração descompassada, fazia seu peito subir e descer rapidamente. Mesmo de longe, eu podia ver as gotas de água e suor escorrerem pelas maçãs de seu rosto.

– Não somos amigos.

– Ótimo. Isso é um ponto positivo para você. Sendo assim, pode pensar melhor na proposta que tenho. — Ela o soltou e caminhou para a frente dele.

– Qual seria a proposta?

– Eu quero que me entregue tudo que tem sobre a Cooper Enterprise. Todos os documentos e movimentações antes da falência.

– Eu não sei do que você está falando.

Sofia optou por fechar seus olhos por um momento, inspirando profundamente, como se estivesse em busca de paciência. A satisfação que, antes, refletia em sua face, enquanto o atormentava, agora tinha dado lugar a uma clara irritação.

– É melhor não mentir para mim, se não quiser que eu mate você.

Ele nada falou. Tudo que se ouvia naquela sala era o ruído de sua respiração ofegante. Sua teimosia estava começando a me irritar, e isso não era um bom sinal. Inspirei fundo, tamborilei, com as pontas dos dedos, sobre a pistola repousada em meu colo, em um movimento quase involuntário de ansiedade.

– Onde estão os documentos? — Sofia se aproximou dele, ficando a poucos centímetros do seu rosto. Suas palavras vieram em um tom baixo e ameaçador, mas o silêncio ainda era tudo que tínhamos. – Onde está a porra dos documentos?! – ela gritou, e ele nada respondeu.

– Eu não vou falar nada! Foda-se! – ele respondeu em um surto.

Num gesto repentino, ergui-me da cadeira, alimentada pela fúria e adrenalina que percorriam minhas veias e, sem hesitação, acertei a cabeça do homem com o cabo da pistola, lançando-o ao chão com um baque surdo. O cenário à minha volta parecia distorcer-se, focando apenas a imagem de Heitor no chão, com um corte evidente na cabeça. Com a arma apontada, contive o dedo trêmulo no gatilho, optando por disparar um tiro a poucos centímetros de seu corpo. O grito estridente que escapou de seus lábios foi uma sinfonia para meus ouvidos.

– O que disse, Heitor?

– Eu falo! Eu falo tudo!

Trocamos um breve olhar ao ouvirmos sua resposta arrependida. Madson gesticulou, pedindo calma a mim. Respirei fundo e assenti antes de me afastar.

– Você e aquele desgraçado afundaram aquela empresa, não é? Roubaram tudo.

– A ideia foi de Christopher, estava tudo planejado quando aceitei.

– Claro... você não fez nada, não é? Pobre e inocente Heitor. Roubou e matou sem querer! – ela vociferou, ao chutá-lo com força, e ele se encolheu no chão úmido, em meio a um grunhido de dor.

– Eu não queria que a situação chegasse àquele ponto. Eu nunca quis que ele morresse... – a voz trêmula e suplicante trazia certo tom de remorso, um arrependimento que fez meu estômago embrulhar. Não havia desculpas ou arrependimentos que pudessem mudar os acontecimentos passados e nos fazer parar. O mal estava feito, e não restava nada, além de colher os frutos podres daquilo.

— Mas chegou, e você é tão culpado quanto ele! — ela soltou um grito de fúria. Os cabelos dourados pareciam faíscas no ar, enquanto desferia chutes sem fim.

Heitor contorcia-se em agonia. Cada golpe da mulher o atingia como um martelo. Era evidente que Sofia estava em um estado de frenesi, desconectada de tudo ao seu redor.

— Não, por favor... — Ele tossiu, fraco. — Não queria matá-lo.

— Desgraçado! — Ela o golpeou pela última vez, arrancando gotas de sangue, que se espalharam pelo chão.

Madson se aproximou devagar, tocando-lhe os ombros com calma. Seus olhos escuros carregavam um ar sombrio, como nunca visto. Sofia resfolegou, buscando se recompor, após o ataque fúria.

— Só dei uma pequena amostra grátis do que você terá se não contribuir. Eu quero os documentos originais da Cooper Enterprise, com todas as provas contra Christopher Collins. Meus homens irão acompanhá-lo, para ter certeza de que está cumprindo com as ordens.

— Como posso ter certeza de que não vai me matar depois de entregar?

Rolei os olhos e ergui meu corpo da cadeira, caminhando em direção à saída, ao lado de Madson.

— Talvez você precise viver com essa incerteza, Heitor.

— Eu sei que tem mais de duas pessoas aqui. Quem é você?

Estagnei os passos e voltei meus olhos para o corpo do homem no chão. Por uma fração de segundos, cogitei a possibilidade de revelar minha identidade, como prova de que sempre estivemos um passo à frente, mas sabia que aquele não era o momento. Eu não colocaria tudo a perder por ego.

— Não vale a pena, vem comigo — Madson murmurou, abrindo a porta para que saíssemos.

Paramos ao lado de fora da sala, buscando nos recompor de tudo que havia acontecido lá dentro. Apesar de ter me preparado para tudo que pudesse acontecer, viver aquelas coisas poderia ser bem diferente.

— Está tudo bem? — Madson perguntou, nos encarando com um semblante preocupado.

— Sim, vamos seguir com o plano.

— Maya?!

Um calafrio percorreu todo o meu corpo, em um susto genuíno, ao imaginar a possibilidade de ser identificada por ela. Fiquei ali, encarando-as com os olhos arregalados, completamente estática.

— Onde está Maya? Infelizes! Se tocarem nela, mato todos vocês!

Uma onda de alívio tomou conta de mim, trazendo de volta o fôlego aos meus pulmões. Eloise ainda permanecia completamente alheia a qualquer informação, apenas esbravejava, furiosa, em uma busca desesperada por respostas. O som dos golpes repetidos contra a porta de metal ressoava ao longo do corredor, em uma percussão agressiva e inquietante.

— Filhos da puta!

— Ela está realmente preocupada, coitadinha – Sofia murmurou, com um risinho de canto.

Lancei um olhar de reprovação, fazendo com que ela erguesse as mãos, em um sinal de rendição. Um dos homens se aproximou da sala, encarando-me discretamente, como se aguardasse por um direcionamento.

— Entre e apague ela – ordenei, recebendo olhares temerosos à minha volta. – E veja bem como vai fazer isso, lembre-se do que eu prometi a você.

O homem concordou, com um gesto rápido, e seguiu, com dois parceiros, para adentrar a sala. Os grunhidos raivosos e desesperados de Eloise ecoaram em meus ouvidos, causando um arrepio involuntário em minha pele. O remorso por expô-la àquela situação se tornava cada vez mais sufocante, cada maldito momento que nos aproximava tornava minha tarefa muito mais árdua. Não restava dúvidas: envolver-me com Eloise Green era um erro. Um erro que poderia custar minha vida.

— O que fizeram com ela? Falem! Se afastem.

— Quieta, querida. Você precisa apenas dormir – um dos homens falou com cinismo.

Aproximei-me da porta de metal que nos separava, como se pudesse senti-la do outro lado. Um suspiro pesado abandonou meus lábios ao ouvi-la relutar contra as investidas ordenadas por mim. Ela lutou até que tudo, enfim, ficou em silêncio. Afastei-me lentamente, recebendo o olhar de ambas as mulheres que me encaravam como se eu estivesse caminhando para o precipício.

— Vamos seguir com o plano.

Maya
Madson
Sofia

CAPÍTULO #13

O RESGATE

Eloise Green

Movi-me lentamente, sentindo meu corpo inteiro doer, como se cada músculo tivesse sido cruelmente castigado. Meus olhos se abriram com dificuldade, capturando uma visão embaçada do céu aberto e ensolarado. Eu sentia meu corpo pesado, como se meu cérebro não estivesse mandando as coordenações exatas para que ele se movesse. Uma sede intensa se instalou; minha garganta estava seca, e meus lábios, completamente ressecados. Passei a ponta da língua sobre eles, percebendo o gosto parcial de areia.

Com esforço, me sentei, sentindo um ardor nas costas, fechei os olhos por um momento e depois os abri, numa tentativa de melhorar a visão. E aos poucos, a imagem pareceu se ajustar. À medida que minha consciência se restabelecia, a confusão se fazia presente. Olhei ao redor, deparando-me com uma vasta extensão de um campo aberto. Encontrava-me literalmente no meio do nada, sem sinal de qualquer construção nas proximidades, exceto por um casebre de madeira abandonado à distância. Mesmo com as dores, levantei-me do chão, cambaleando, para finalmente me manter em pé, e foi assim que avistei o corpo.

— Collins? — chamei ao me aproximar.

Por um momento, um arrepio percorreu minha nuca, ao cogitar a possibilidade de ele estar morto. Com esforço, virei seu corpo e toquei a lateral de seu pescoço com dois dedos, certificando-me de que ainda existiam sinais vitais, e lá estavam eles. Suspirei, aliviada, encarando seu rosto. Os hematomas salpicavam sua pele, concentrando-se perto de sua boca e nas maçãs, agora sombreadas de roxo. Por alguma razão desconhecida ou, talvez, por sorte, os capangas se abstiveram de me machucar, deixando-me sem marcas visíveis. Minhas dores eram resultado das horas que passei amarrada e caída no chão.

— Vamos lá, Christopher, acorde. — Dei alguns pequenos tapas em seu rosto, em uma tentativa de trazê-lo de volta. — Christopher! — Balancei seu corpo devagar, aguardando por qualquer sinal, enquanto o chamava repetidas vezes. — Inferno. Acorde, infeliz! — Larguei seu corpo no chão, colocando-me de pé outra vez.

O sol era intenso o suficiente para me obrigar a semicerrar os olhos, caso quisesse enxergar algo mais à frente. Eu buscava por qualquer indício de civilização que pudesse nos socorrer, mas sem sucesso. Os criminosos, que nos largaram ali, sabiam exatamente o esforço que precisaríamos fazer, se quiséssemos nos manter vivos. *Que maravilha!*

Percebi um murmúrio abafado, acompanhado por um gemido de dor. Meu olhar se fixou sobre Christopher, que agora tossia incessantemente.

– Finalmente!

– Onde estamos? – indagou em meio a um gemido de dor.

– Eu não faço ideia. Por isso, preciso que tente se recompor, para que a gente consiga procurar ajuda.

– Onde está minha esposa? Maya?

– Ela não está aqui.

– Como não? – indagou, nervoso. – Temos que achá-la.

– Sim, temos. Por isso, eu preciso que você se levante – disse categoricamente.

– E se a mataram?

– Por Deus, não fale bobagens! – exclamei, nervosa. – Se ela ficou lá, há um objetivo importante, e é o que precisamos descobrir.

Ele parecia ter dificuldades em se colocar de pé, então me aproximei e estendi a mão para ajudá-lo. Christopher esforçou-se, erguendo o corpo e ficando ao meu lado. Juntos, começamos a andar em direção ao casebre de madeira, que se encontrava a uma boa distância de onde havíamos despertado. Entretanto, ao chegarmos lá, ficou claro que o lugar não tinha muito a nos oferecer naquele momento. Estava em um estado deplorável, havia teias de aranha, poeira e paredes esburacadas, e o lugar abrigava apenas objetos antigos e sem valor.

– Inferno! – exclamou o homem, ao chutar o primeiro objeto que viu pela frente. – Vou acabar com esses cretinos assim que tiver a chance.

– Minha vontade é exatamente a mesma.

Caminhamos pela estrada de areia por horas a fio. Minhas pernas doíam, minha garganta estava cada vez mais seca. Meu corpo parecia responder com relutância aos meus comandos, e para piorar, Christopher persistia em resmungar sobre suas dores e os ataques sofridos pelas mãos dos criminosos. Havia perdido a conta de quantos suspiros foram necessários para me manter calma, quando a vontade de socá-lo era mil vezes maior, tamanha era a raiva que me consumia. Mas minha mente focava as possibilidades do paradeiro de Maya e o que eles poderiam ter feito com ela. Isso me atormentava, aumentando minha fúria e, de maneira estranha, minha preocupação. No entanto, essa sensação funcionava como um combustível, para perseguir a busca para libertá-la.

– Será que não há uma equipe de buscas? Eu não acredito que aquele infeliz do Brandon não tenha notado nada de estranho.

Respirei fundo, contando de um até cem em meus pensamentos, numa tentativa de fazer meu cérebro bloquear qualquer som de Christopher ao meu lado. O homem desandou a se queixar de tudo desde o momento em que o levantei do chão. Se eu soubesse da tormenta mental que isso me causaria, o teria deixado caído lá mesmo.

– Uma equipe totalmente incompetente, despreparada.

Levantei a cabeça e, ao longe, pude ver a poeira da estrada se erguendo. Estreitei os olhos, com um fio de esperança começando a surgir. Um carro, possivelmente uma caminhonete, vinha em nossa direção.

– Eu vou marcar uma reunião para fazer uma reclama...

– Você consegue ficar quieto por um maldito minuto?! – gritei, fazendo-o olhar para mim com olhos arregalados. – Tem um carro se aproximando. Grite para chamar a atenção!

Christopher me lançou um olhar enfurecido, mas não retrucou. Gritamos e acenamos para o carro que se aproximava, e um senhor de cabelos grisalhos parou o veículo, abaixando o vidro da caminhonete cautelosamente. Ele nos observou assustado, talvez pelo estado deplorável de nossas roupas e os hematomas no rosto do homem ao meu lado. Nós pedimos ajuda, e de forma compreensiva e gentil, ele nos deu carona até um estabelecimento mais próximo. No caminho, consegui contato com Ruby. Seu suspiro aliviado, do outro lado da linha, foi um sinal claro de como tudo poderia estar do avesso naquele lugar.

E realmente estava.

A movimentação pelos corredores do Departamento de Polícia era grande. Mantive-me sentada em uma maca hospitalar, enquanto um dos médicos finalizava o exame de reflexo pupilar.

– Eu estou bem – disse pela quinta vez.

– Fique quieta e deixe a doutora terminar – Ruby ordenou. – Já acionei todo o departamento sobre o caso, estamos com equipes à procura dela.

Ela me lançou um olhar firme, como se quisesse me tranquilizar. Ruby me conhecia o suficiente para saber o que realmente me preocupava naquele momento, e sabia que eu não descansaria até encontrá-la.

– Como Christopher está?

– Ele está no hospital. Teve muitos hematomas, então precisou de mais exames – a doutora respondeu calmamente. – Apesar de todo trauma emocional, você está bem fisicamente. Parece que teve sorte – completou em um tom surpreso e aliviado.

– Viu? Eu estou bem.

Ruby rolou os olhos, e a médica sorriu de canto, enquanto anotava algumas observações na prancheta.

– De todo modo, vou usar as amostras de sangue para realizar mais exames, agente Green. É importante ter certeza de que nada aconteceu com você. Enquanto isso, recomendo boas horas de repouso e esses medicamentos para dores musculares – completou, entregando uma folha de papel.

– Repouso... Como se Eloise conhecesse isso.

– É melhor conhecer, não queremos alguém parando no hospital por exaustão.

– Não leve em consideração as coisas que Ruby fala, doutora. Eu vou descansar, sim. No momento certo.

– Espero que seja logo – a mulher retrucou, como sugestão. – Vou me retirar, meninas. Qualquer coisa, falem comigo.

Assim que ela se retirou, Ruby se aproximou, ocupando o lugar ao meu lado na maca.

– Quer ir para casa? Posso pedir para alguém levar você.

– Não, preciso que pegue roupas para mim. Preciso voltar ao trabalho, quero assumir as buscas por Maya.

– Eloise, você não precisa fazer isso, estamos com uma equipe enorme nesse caso. Ela é uma Collins, Brandon vai mover o mundo para encontrá-la.

– Preciso, eu não vou conseguir descansar até ter certeza de que ela está bem. Ela estava desesperada, e eu não pude fazer nada.

– Você fez o que estava ao seu alcance, eu tenho certeza.

– Não foi o suficiente.

Encaramo-nos por tempo suficiente para que ela percebesse que nenhum argumento me faria mudar de ideia, então recebi um suspiro derrotado, com um semblante descontente. Ruby levantou-se, caminhou em direção à porta e parou para me fitar.

– Essa mulher está virando sua cabeça.

– É só o meu trabalho.

– É melhor começar a aceitar a realidade, Green. Maya está além disso, só você não quer ver – foram suas palavras antes de sair.

Aceitar aquela realidade seria um atestado de minha insanidade, e eu sabia que faltava pouco para que isso acontecesse. Por isso, reuniria todas as minhas forças para retardar ao máximo aquele momento. Suspirei pesado, sentindo as dores surgirem em alguns pontos do meu corpo. Descansar realmente parecia algo atrativo, se minha mente não estivesse completamente fissurada na ideia de encontrar aquela mulher. Imaginar as inúmeras possibilidades sobre o que aqueles homens poderiam fazer me deixava completamente perturbada. As imagens de todo o sequestro se repetiam em minha cabeça, como uma espécie de tortura psicológica. As vozes, os barulhos de tiros, as lágrimas e gritos de Maya, tudo em uma sequência de flashes sombrios e revoltantes.

Meus pensamentos oscilavam entre o medo e a determinação. O tempo parecia passar mais devagar do que nunca, enquanto eu traçava mentalmente planos para toda a equipe. Encarei o telefone sobre a mesa, como se, a qualquer instante, ela pudesse ligar, mas havia trinta e duas horas desde o momento em que acordei naquele campo, e nenhum sinal dela.

– Com licença – Madson murmurou ao entrar em minha sala. – Apenas para avisar que as escutas foram plantadas nos telefones da casa Collins, assim como na linha pessoal dele.

– Ótimo, eles devem entrar em contato em breve. Se Maya ficou lá, é por um motivo, e não me restam dúvidas que se trata de dinheiro.

– Com certeza, essa é a primeira opção. Seria bom que o marido deixasse o banco preparado.

– Pelas informações do comissário, ele deixou. Está disposto a desembolsar qualquer valor para tê-la de volta. É o mínimo que ele pode fazer.

Madson estreitou os olhos e sutilmente se sentou à minha frente.

– Por que não vai para casa? Nós estamos aqui.

– Preciso resolver isso.

– Eu sei que você tem um enorme senso de responsabilidade, principalmente por ela, mas não há nada que consiga fazer agora, Eloise. Você se esforçou ao máximo quando pôde.

– E não foi suficiente – retruquei.

– Não tinha como ser, e você sabe disso, não se culpe. Olhe para mim... – pediu, atraindo meu olhar em sua direção. – Ela vai ficar bem, acredite em mim.

Madson carregava um olhar carinhoso, e seu tom de voz era doce e reconfortante. Todos ao meu redor pareciam se compadecer com meu estado atual. Sorri sem humor e neguei com a cabeça, sentindo aquele maldito nó apertar minha garganta. Pela primeira vez em anos, estava completamente exausta em todos os sentidos imagináveis. Minha vida profissional estava em um turbilhão, um caso bilionário estava incompleto e minha protegida havia sido sequestrada. E para complicar ainda mais, ela era a mulher que atormentava meus pensamentos, tornando meus sentimentos uma mistura inexplicável. Minha única vontade naquele momento era chorar. Chorar de exaustão, chorar pela confusão, apenas chorar copiosamente, como se aquilo pudesse aliviar o peso que estava sobre minhas costas.

– Eloise? – Madson chamou, buscando minha atenção.

– Eu estou bem, Mad. Só preciso ir para casa e tomar um banho – menti. Eu não estava bem, mas não poderia bancar a pobre garota fácil agora, não na frente de uma oficial sob meus comandos.

– Faça isso, e eu prometo que será a primeira a saber sobre qualquer movimentação, ok?

– Eu espero que seja assim ou alguém será demitida – brinquei ao me levantar.

Madson riu e negou com a cabeça.

– Não pode demitir uma das suas melhores agentes, Green.

– Não mesmo, preciso de você para solucionar este caso.

– E nós vamos.

Coloquei o casaco da polícia no cabideiro ao lado da porta, arremessei o molho de chaves no recipiente sobre o aparador e segui, em passos lentos, até a cozinha, servindo-me de um copo d'água, enquanto olhava as notificações do meu celular. Nenhum sinal dela. O apartamento estava mergulhado em um silêncio perturbador, como se o mundo lá fora tivesse parado no tempo. Liguei a TV, em uma tentativa de me sentir menos sozinha com meus pensamentos, enquanto me permitia tomar um banho quente. Não sei por quanto tempo fiquei no chuveiro, mas pela aparência de meus dedos enrugados, com certeza, havia sido mais do que o suficiente. Retirei o excesso de água dos meus cabelos com uma toalha pequena, que usei para abrir o campo de visão no espelho embaçado pelo vapor.

Eu estava horrível!

Foi a primeira coisa que pensei, ao notar as olheiras expressivas e o semblante cansado em meu rosto. Talvez fosse por isso que todos na delegacia estavam me mandando ir para casa. Ninguém gostaria de conviver com uma réplica real de um zumbi de *The Walking Dead* pelos corredores. Caminhei em direção ao closet, no canto do quarto, no qual optei por uma camisa larga e uma calcinha. Era tudo que eu precisava para tentar descansar. Os lençóis macios quase me provocaram um suspiro de satisfação. Acomodei-me entre os travesseiros e as cobertas lentamente, em busca da posição perfeita para me fazer dormir. Olhei para o celular mais uma vez, na esperança de encontrar alguma notificação do departamento, mas não havia nada. Mesmo no meio daquela exaustão, meu cérebro reservava um pouco de energia para me fazer pensar nela. O que Maya estava passando, enquanto eu estava no conforto do meu apartamento? O sentimento de culpa se acomodou espaçosamente em minha cabeça, trazendo uma dificuldade ainda maior para a simples tarefa de dormir.

Virei meu corpo de lado e agarrei a coberta grossa contra meu corpo, enquanto aquela maldita agonia crescia em meu peito, como se uma forte corrente de ar fosse de encontro ao meu coração. Respirei fundo. Uma, duas, três vezes, à medida que minhas mãos se fechavam em punhos, quase como uma resposta inconsciente. As imagens de uma Maya desesperada se repetiam constantemente, em uma tortura particular, fazendo crescer aquela vontade avassaladora de chorar. Agora, sem forças para lutar, deixei que aquela sensação me dominasse. As lágrimas quentes desceram por minha face, enquanto os ruídos de meus soluços preencheram aquele quarto. Meu choro durou tempo suficiente para me levar à inconsciência.

Antes de sair de meu carro, olhei brevemente pelo espelho retrovisor, notando a necessidade extrema de óculos escuros naquela manhã. Se alguém estivesse esperançoso em me ver com uma aparência melhor, com certeza, eu ficaria devendo. Amarrei o cabelo em um rabo e coloquei os óculos estilo aviador em meu rosto, antes de abandonar o carro, para seguir até o interior da delegacia.

– Óculos escuros? – Ruby indagou, assim que pisei em nossa sala.

– Vai por mim, você não quer ver o que está por trás disso.

Ela ergueu as sobrancelhas em uma careta.

– Alguma notícia?

– Não, até o momento não conseguimos nada de concreto.

– Verificaram as câmeras de trânsito?

– Sim, elas nos direcionam à região norte, mas em determinado momento da estrada, não temos sinais ou câmeras, fica muito afastado do centro.

– E Christopher?

– Ele saiu do hospital ontem e, pelas informações, vem hoje aqui. Tem algumas coisas importantes para falar com o comissário.

— Vem atrapalhar, é só isso que ele sabe fazer — disse, ao me sentar atrás de minha mesa.

— Falando na fera...

Pelas brechas da persiana, tive a imagem de Christopher Collins pelos corredores, ao lado de Brandon. Rolei os olhos de maneira impaciente, enquanto recebia um olhar de repreensão.

— Com licença, meninas — Brandon se adiantou ao abrir a porta.

— Senhor Collins. — Ruby cumprimentou, assim que o homem adentrou a sala.

Ele não lhe respondeu, manteve-se sério ao lado do comissário, que me encarou por alguns segundos — talvez pelos óculos escuros em um ambiente como aquele —, mas nenhum comentário foi lançado.

— Nós temos alguma atualização?

— Não, senhor.

— Claro que não tem — Collins retrucou, em deboche.

— O que disse?

— Claro que você não tem atualizações. É muito difícil para uma policial incompetente como você resolver qualquer coisa.

— Collins! — Brandon repreendeu.

— Não, Brandon! Estou cansado disso! — ele gritou. — Se Maya está com aqueles homens agora, a culpa é dela!

— Minha? — indaguei, ao me aproximar dele. — Você tem certeza de que é minha?

— O que está sugerindo? — seu tom de voz e a veia saltada em sua testa revelavam uma indignação furiosa.

Ficamos frente a frente, encarando-nos com todo o ódio e a antipatia que sentíamos um pelo outro.

— Se você estivesse com a porra dos seus seguranças, Maya estaria segura! Porque eu me encarregaria dela, mas não! Tive que abrir mão dela para tentar salvá-lo. Afinal de contas, eles queriam você, não é? Tudo de ruim gira em torno de você!

— Eloise, por favor... — Ruby tocou em meu braço, em uma tentativa de me afastar.

— Quando você aprender que um homem poderoso como eu tem muitos inimigos, talvez sua carreira comece a decolar. Enquanto isso, vai continuar sendo essa policial medíocre! Eu vou fazer você sair deste caso, entendeu?

— Vai? Com o seu dinheiro? Porque esse é o seu poder. Só tome cuidado, porque, pelo visto, ele está acabando.

— Como ousa falar assim comigo?! Tem ideia de quem eu sou?

Uma risada cínica enfeitou meus lábios, ao recordar quem ele era quando Maya estava comigo.

— Você não passa de uma...

— De uma o quê? Fala! — indaguei, furiosa.

— Uma policial de merda! É isso que você é! Não consegue solucionar o caso, estou sendo roubado o tempo inteiro.

— Seu infeliz! Sua esposa foi sequestrada, e a única coisa que se importa é com o seu dinheiro?

— Claro que não!

— Não é o que parece — retruquei.

— Você não tem que achar nada, agente. — Ele deu um passo à frente, ficando a centímetros do meu rosto. — E você? Parece se importar além da conta com a minha esposa.

— O telefone! São eles! — Ruby exclamou, atraindo nossa atenção. Madson estava do lado de fora, com o telefone contra o ouvido. Em um impulso, deixei todos e me aproximei da mulher, que ouvia tudo atentamente.

— Querem falar com você.

Com o alto-falante ligado, ouvi alguns murmúrios do outro lado da linha.

— Como ela está? Me deixe falar com Maya — disse em uma falsa calmaria.

— *Primeiro, você vai me escutar. Tire o telefone do alto-falante.*

Soltei um suspiro tenso, enquanto sentia o olhar cauteloso e desconfiado de todos ao meu redor. Christopher resfolegou, impaciente, e murmurou algo que não pude decifrar. Não que fosse de meu interesse naquele momento. Sentei-me na frente do computador e conectei o telefone, para rastrear a chamada, enquanto o retirava do alto-falante.

— Pronto.

— *Muito bem. Você é esperta o suficiente para saber o motivo de termos ficado com ela, não é? Sabemos como ela pode ser valiosa.*

— O que você precisa?

— *Dinheiro! O que mais seria? Consiga vinte e cinco milhões de dólares, e eu solto essa vagabunda.*

— *Eloise! Me ajude!*

Ouvir a voz desesperada de Maya fez meu corpo inteiro tremer. Por alguns instantes, senti minha pele esfriar, no mesmo momento em que meu coração deu solavancos no peito.

— Me deixe falar com ela, por favor. Eu prometo que vamos conseguir todo o dinheiro que quiser.

Uma risada debochada soou do outro lado da linha.

— *Não vai ter nada dela até que eu receba todo esse dinheiro, entendeu? Então, é bom que você seja ágil o suficiente, não sou um homem paciente.*

— *Me tire daqui! Eloise! Christopher!*

— Por favor, apenas um minuto.

— *Faça essa vadia calar a boca!* — ele gritou, transformando os gritos de Maya em ruídos abafados, como se alguém estivesse tapando sua boca.

Fechei os olhos, apertando o aparelho celular com mais força. Sentia-me impotente, não havia nada que eu pudesse fazer para tê-la naquele instante. Tudo precisava acontecer de acordo com o jogo deles.

— Não faça nada com ela se quiser o seu dinheiro! — ameacei.

— *Você tem oito horas para conseguir essa grana. Quero em espécie, nada de transferência. E você precisa vir sozinha.*

Pude ouvir sua respiração pesada do outro lado da linha.

— Se eu apenas sonhar que há outros com você, ela morre. E eu prometo que, antes de ela morrer, eu me aproveitarei dela.

Antes que eu pudesse responder, os bipes indicaram o fim da ligação.

— Merda!

— O que eles falaram? — Christopher se aproximou, alvoroçado, encarando-me com um semblante assustado.

— Querem vinte e cinco milhões para soltá-la.

— Que filhos da puta! — esbravejou, furioso. — Querem me tirar tudo...

— Conseguiu rastrear a ligação? — foi a vez de Ruby indagar.

— Não, há um interceptor que impediu o processo. Estamos lidando com pessoas grandes e perigosas, um passo em falso e colocamos a vida da Maya em risco. — Levantei-me e encarei o empresário. — Você precisa conseguir o dinheiro. Precisamos de vinte e cinco milhões em espécie até o fim do dia.

— Vou entrar em contato com o meu banco.

— Ótimo.

— Eu vou com você — Brandon murmurou, ao acompanhá-lo para fora da sala.

Ruby me encarou com um olhar receoso, antes de me envolver em um abraço apertado.

— Vai ficar tudo bem, você vai conseguir.

— E se eu não conseguir?

Foster se desvencilhou de meu abraço para segurar meu rosto e me encarar com aquele par de olhos castanhos.

— Você vai conseguir, Green. Você é a melhor policial deste departamento, entendeu? Eu sei que teremos Maya de volta, sã e salva, até o fim do dia.

— Vamos, sim!

— É assim que se fala! — disse, puxando-me para outro abraço.

As horas seguintes pareciam se arrastar, como se o tempo estivesse passando em câmera lenta. O Departamento de Grandes Casos se encontrava em estado de alerta. Telefones, celulares, computadores e qualquer meio de comunicação estavam sendo expressamente vigiados. Toda nossa equipe estava empenhada em encontrar Maya Collins. Era quase como uma operação de Estado, o que me fazia ter certeza de como o dinheiro era a chave central para tudo. Não que eu não acreditasse no trabalho da corporação, acreditava tanto que fazia parte dele, mas eu sabia que, se fosse alguém qualquer, como um simples vendedor de sorvetes do centro da cidade, tudo aqui estaria em plena calmaria. Éramos hipócritas e não escondíamos mais isso. Havia uns piores do que outros, mas todos fazíamos parte do mesmo bolo.

— Recebemos o endereço! — Madson alertou.

Aproximei-me de sua mesa, encarando as coordenadas encaminhadas pelos criminosos através de um SMS. Era um lugar no meio do nada, completamente afastado de qualquer civilização possível, assim como o lugar em que Christopher e eu despertamos há dois dias.

– Vou mapear toda área. Mesmo que você vá sozinha, vamos colocar equipes pelas redondezas. Não podemos deixá-la sem reforços, nunca se sabe o que pode acontecer — Madson disse.

– Tudo bem, coloque apenas duas equipes – eu disse, dando um breve toque em seu ombro.

Madson assentiu rapidamente e voltou sua atenção à tela do computador.

– Alguém tem notícia de Christopher?

– Ele conseguiu o dinheiro! Está saindo do banco, com a nossa equipe de policiais, e pelo rastreamento, estará aqui em menos de quarenta minutos – Oliver pontuou.

– Tudo está correndo bem.

– Vai dar tudo certo, agente Green – disse, com um sorriso.

– É isso! Quero todos em alerta sobre qualquer atualização, ok? Eu vou me preparar. Temos um pouco mais de uma hora.

Aquela maldita uma hora, diferentemente de todas as anteriores, pareceu correr. Eu estava suando, com os nervos à flor da pele. Foi então que me lembrei de alguns exercícios de respiração para me acalmar. Inspirei e expirei lentamente uma, duas, três vezes, e nada parecia suficiente. Meu cérebro parecia me boicotar, pois criava inúmeras possibilidades de como aquele momento poderia acontecer, e nem todos eles tinham um final feliz.

– Green?

– Sim? – respondi, confusa.

– Trouxe sua escuta – Ruby disse, ao estender uma pequena caixinha. – Não se preocupe, essa é das menores que temos. Será imperceptível.

Eu assenti para ela, enquanto fechava o colete à prova de balas em meu peito. Vesti uma camisa cinza e um casaco por cima, amarrei os cabelos em um rabo e coloquei a pequena escuta no ouvido. Assim, poderia receber qualquer informação do departamento.

– Christopher chegou com o dinheiro. Está na hora de salvar a sua namoradinha – disse em um tom de brincadeira, como se quisesse me tranquilizar.

– Se alguém ouvir você falando isso... — Olhei pelas divisórias de vidro, certificando-me de que não havia ninguém por perto.

– Não ligou sua escuta, não é?

– Como eu conheço você, sei que só posso ligar quando eu estiver sozinha.

Ruby riu e me puxou para um abraço. Era bom tê-la comigo em um momento como aquele. Sempre estivemos unidas em casos menores e sem emoção, não poderia ser diferente agora.

– Confio em você, Eloise. Não há ninguém melhor para trazer Maya Collins de volta.

– Obrigada por tudo!

– Agora vai, temos uma missão para finalizar.

Assim que saí de minha sala, avistei Christopher no fim do corredor. Ele estava acompanhado de Brandon e mais dois policiais. Pareciam manter uma conversa longa e séria, que foi rapidamente interrompida quando ele notou minha presença.

– Agente Green! – Brandon chamou, e eu prontamente me aproximei. – Está pronta?

– Sim, senhor.

– Ótimo – Collins respondeu. – Consegui todo o dinheiro, como pode ver. Então, faça o possível para salvar minha esposa – completou, visivelmente preocupado.

Havia um clima pesado entre nós, e nossa última discussão foi mais acalorada do que de costume, o que me impossibilitava de ter qualquer sentimento de compaixão com ele. Eu estava preocupada e ansiosa, sim, mas tudo por Maya.

– Você precisa ir – Brandon afirmou.

Entre palavras de apoio, despedi-me de todos, no interior da delegacia, e entrei no meu carro, colocando as diversas malas com o dinheiro nos bancos e porta-malas, enquanto o GPS do painel calculava minha rota. O trajeto duraria cerca de quarenta minutos, talvez um pouco mais, devido ao temporal que se formava no céu. O clarão dos raios e o barulho dos trovões tornavam tudo ainda mais tenso. Não é que eu tivesse medo da chuva, mas nada contribuía para um alívio naquele dia. Eu estava começando a me afastar da cidade, e de repente, os prédios e casas começaram a ficar para trás, revelando uma longa e solitária rodovia no meio do nada, coberta por nuvens escuras e carregadas. Olhei, pelo retrovisor central, para o brilho de dois faróis ao fundo e, por um instante, perguntei-me se poderiam ser eles. Neguei com a cabeça, afastando a ideia de que era apenas um impulso do medo, e apertei os dedos no volante do carro, ouvindo apenas o ruído do vento, seguido pelo som das gotas de chuva no para-brisa.

– Maravilha.

Olhei novamente pelo retrovisor, e o carro que estava ao fundo tinha desaparecido. Franzi o cenho, perguntando-me em que momento ele havia ficado para trás ou entrado em algum lugar. Será que eu estava tão distraída assim? Com um movimento sutil, girei o volante, para entrar em uma estrada de terra que me levaria ao destino final em poucos minutos.

– Tudo bem por aí? – Ruby indagou, através do ponto de comunicação.

– Sim, sem sinal deles até o momento. Tive a sensação de estar sendo seguida, mas o carro desapareceu.

– Estamos monitorando o seu trajeto. Qualquer movimento estranho, informe.

– Pode deixar.

O temporal começou a se intensificar, fazendo com que os limpadores se movessem cada vez mais rápido. Estreitei os olhos, enquanto aumentava a intensidade dos faróis. Enxergar no meio daquela escuridão estava ficando cada vez mais difícil. No painel do GPS, apareceu uma mensagem: *sem conexão com a internet*. Era só o que faltava. Peguei meu celular no banco do carona, e as barras de sinal estavam vazias. Eu estava literalmente sozinha, no meio do nada. Segui o caminho por mais alguns minutos, até finalmente chegar ao lugar marcado, e como um *déjà-vu*, deparei-me com um campo extenso, igualmente afastado da civilização, só que com uma aura um pouco mais sombria. Isso se dava pela presença de uma densa floresta de pinheiros, que se iluminava todas as vezes que um raio rasgava o céu.

Olhei novamente pelos espelhos e, em seguida, para o relógio em meu punho, quando um lampejo me chamou a atenção. Ele partia do centro da floresta, como uma espécie de chamado. Uma faísca branca piscava entre espaços de segundos. Uma, duas, três vezes.

Naquele momento, senti meu coração bater cada vez mais forte, e aquela sensação de temor fez meu corpo inteiro tremer. Respirei fundo, enquanto tateava minha cintura, certificando-me de que ainda estava armada, e abri a porta do carro, sentindo as gotas de chuva me acertarem com força, enquanto retirava, com dificuldade, todas as malas com o dinheiro. De longe e com a pouca claridade oferecida pelos faróis de meu carro, tive a visão parcial dos homens no meio da floresta. Havia cinco deles, todos aparentemente armados, com máscaras sobre o rosto. E no meio, estava ela.

Maya.

Toda a sensação de medo que se esforçava em me dominar se transformou em revolta. Maya estava de joelhos no chão, amarrada como um animal selvagem prestes a ser abatido. Inspirei o ar com força, sentindo meu peito se encher por completo, enquanto apressava os passos entre as poças de lama que cercavam aquele lugar.

– Onde está o meu dinheiro?! – o chefe deles gritou.

Apontei para as malas no chão, em uma resposta silenciosa à sua pergunta.

– Se você trouxe alguém, eu prometo que mato você e ela, ouviu bem?

Pela primeira vez, Maya ergueu a cabeça, deixando-me notar seu rosto abatido e o pano que cobria sua boca. Seus olhos se arregalaram no exato instante que me viu.

– Eu estou sozinha, assim como você pediu. Trouxe todo o dinheiro, só preciso que me entregue ela, e tudo vai ficar bem.

– Como posso ter certeza? – retrucou.

– Precisa confiar em mim.

Ele ficou em silêncio por alguns segundos, depois ordenou que um de seus homens se aproximasse.

– Pegue as malas!

O mandante, que estava junto à Maya, ergueu o fuzil, apontando-o em minha direção, enquanto seu ajudante avançava sob a tempestade. Meu coração batia descontroladamente, atormentado pela incerteza do que poderia acontecer naquele momento.

– Me passe a merda do dinheiro!

Pela estatura e tom de voz, julguei ser o mesmo homem que acertei no momento do sequestro. Seus olhos escuros me encaram fixamente, sem desviar por um só segundo.

– Anda, porra!

– Eu quero que soltem ela primeiro.

— Entregue a droga das malas de uma vez! — o mandante gritou, empurrando o corpo de Maya no chão molhado. — Não tente se fazer de valente, ou vai se arrepender.

Naquele instante, considerei todas as possibilidades de enfrentar aqueles homens, mas em nenhuma delas eu teria a certeza de que Maya ficaria bem. Então, apenas respirei fundo e empurrei as malas com o dinheiro, para que o homem encapuzado pudesse capturá-las. Ele as segurou com firmeza, como se sua vida dependesse daquilo, e as levou até o mandante. Eu os observei atentamente, com aquele sentimento de revolta crescente em mim. Eles se movimentavam, nervosos e aparentemente eufóricos, enquanto a latina permanecia no chão.

— Você vai ficar parada e só vai se aproximar no momento em que todos nós estivermos no carro, entendeu?

— Sim. — Apenas assenti, ansiosa para ter Maya nos meus braços outra vez.

O homem deu alguns passos para trás, mantendo sua arma apontada para ela o tempo todo, como se quisesse ter certeza de que eu não faria absolutamente nada. Um terceiro homem abriu a porta do carro, e ele entrou. Agora, todos estavam dentro do veículo, e tudo que consegui ouvir foi o ronco alto do motor.

— Maya! — Corri em sua direção, ajoelhando-me ao seu lado, para erguer seu corpo do chão úmido, e com rapidez, retirei o pano que cobria sua boca.

— Oh, meu Deus, Eloise — murmurou, nervosa e ofegante. — Que bom que está aqui!

A chuva caía intensamente sobre nós, banhando nossos corpos, agora parcialmente sujos de lama. Com pressa, tentei desamarrar as cordas que a envolviam, com o cuidado de não a machucar ainda mais. Ela tinha hematomas em seu corpo e alguns pequenos cortes na boca e nas sobrancelhas. Ergui a cabeça, observei o carro se afastando ao longe, prestes a desaparecer na escuridão, e puxei as cordas, libertando a mulher, que se agarrou rapidamente ao meu corpo. Ela estava nervosa e chorando ao mesmo tempo.

— Obrigada, obrigada por me salvar — disse, com a voz embargada. — Eu tive tanto medo.

— *Shhh*, não precisa me agradecer. Está tudo bem agora — afirmei, apertando seu corpo contra o meu. — Não vou deixar que nada aconteça com você, Maya.

— Promete?

— Eu prometo.

Maya Collins

Senti os braços de Eloise me envolvendo com cuidado, enquanto a chuva torrencial caía sobre nossas cabeças. O carro com os criminosos se perdeu ao fundo, no meio da escuridão do campo deserto em que eu nos tinha colocado.

Nesse momento, eles seguiam com o plano e encontrariam Sofia, para a divisão do dinheiro que havíamos conseguido. Bom, pelo menos, essa era a intenção inicial.

– Maya, olhe para mim – pediu ela, afastando-se sutilmente para me encarar.

Fitei seu rosto, parcialmente iluminado pelos faróis do carro ao fundo. Seus olhos carregavam um tom de verde mais escuro – quase musgo –, que contrastava perfeitamente com o tom claro de sua pele. Ela tinha alívio no olhar, como se estivesse feliz em me ver novamente.

– Está tudo bem, ok? Eles foram embora.

Mesmo sabendo que nada daquilo era realmente verdade e que eu nunca corri perigo de vida, sentia-me incrivelmente segura nos braços daquela mulher, como se ela fosse a única capaz de me salvar.

Se é que eu ainda tinha algum tipo de salvação.

– Me perdoe por isso.

Eloise franziu o cenho, unindo as sobrancelhas no centro da testa, em uma expressão confusa.

– Pelo quê?

– Por fazer você passar por isso, eu... – Fechei os olhos, sentindo aquele nó se formar em minha garganta, tornando quase impossível continuar.

– Não precisa se desculpar. Está tudo bem, eu vou tirar você daqui.

Com cuidado, Eloise acomodou um de meus braços sobre o seu ombro, para que eu pudesse me erguer. Eu a senti envolver minha cintura com firmeza, dando-me o apoio necessário para nossa caminhada até o carro. O temporal não cessou por um só minuto, muito pelo contrário, a chuva caía sobre nossas cabeças, deixando-nos completamente encharcadas.

– Vem, eu ajudo você – disse, abrindo a porta para que eu me acomodasse no banco do carona.

Eloise correu para o outro lado, entrando no carro de maneira apressada, enquanto respingava água por todos os cantos, e com dificuldade, retirou o casaco impermeável, tornando o estrago em suas roupas um pouco menor. Ela estava ofegante e um tanto agitada.

– Você está bem? Fizeram alguma coisa com você? – indagou, nervosa, enquanto me analisava dos pés à cabeça.

– Não, eu só sinto algumas dores, mas nada com que deva se preocupar. Eles não fizeram nada comigo. E você? – perguntei, repousando minha mão sobre a dela. – Está um pouco acelerada.

Por uma fração de segundos, senti seus olhos sobre aquele contato. Talvez não esperasse ou não quisesse. Não consegui decifrar, até sentir a mulher entrelaçar os dedos com os meus, em um gesto carinhoso, que me fez suspirar.

– Não sei... – Ela ofegou, nervosa. – Me sinto aliviada, mas ainda tenho medo?! Isso faz sentido?

Graças à luz no interior do carro, consegui observar seu rosto com clareza. Ergui uma das mãos, deixando que meu polegar deslizasse lentamente pelas maçãs de seu rosto, fazendo com que ela fechasse os olhos para aproveitar melhor aquele carinho. Seu semblante cansado mostrava como tudo havia sido exaustivo nos últimos dias, como ela estava frágil e como estava se permitindo ser assim para mim.

— Sim, eu também tive, mas eu sabia que você voltaria para me tirar de lá.

Seus olhos se fixaram nos meus, trazendo uma mistura de sentimentos que não pude decifrar. Eu estava completamente perdida.

— Eu não descansaria até conseguir, Maya — suas palavras tiveram um tom firme e decidido.

— *Agente Green na escuta?*

— Agente Green, câmbio. Desculpe, eu tinha me esquecido desse rádio. Na escuta. Missão concluída, estamos retornando — Eloise respondeu. — Melhor vestir isso. Está fazendo frio, e não é bom que fique molhada, pode acabar ficando doente — disse, ao estender um casaco da polícia para mim.

— Mas e você? Está molhada também.

— Não se preocupe, estou bem. Minhas roupas estão mais secas.

Peguei o casaco de sua mão e, mesmo sem levá-lo até o rosto, pude sentir o perfume inebriante impregnado no tecido. Era quase como senti-lo diretamente em sua pele, só que um pouco menos atrativo. Ergui a barra de meu vestido devagar, subindo-a, com certa dificuldade, até minha cintura. O tecido úmido e o espaço pequeno no banco do carro tornavam tudo mais difícil. Recebi os olhos de Eloise, mas diferentemente do habitual, não havia desejo naquele momento, apenas cuidado.

— Quer ajuda?

— Por favor.

Ergui os braços parcialmente, enquanto ela puxava o vestido, retirando-o totalmente de meu corpo, e usei-o para retirar os resquícios de lama da minha pele, antes de vestir e fechar o casaco por completo. Era grande o suficiente para cobrir minha bunda, mas nada que passasse do meio das coxas. Encolhi-me no banco, sentindo uma brisa fria me arrepiar, até que Eloise gentilmente ligou os aquecedores em minha direção.

— Assim é melhor.

— Obrigada — disse, ao me acomodar melhor no banco. — Tem notícias de Christopher?

— Ele está bem e muito ansioso para ver você — seu tom de voz sério e a ausência de seu olhar me fizeram perceber o incômodo evidente pela pergunta.

Eloise nunca gostou de Christopher, mas, nos últimos tempos, estava ficando claro que sua antipatia por ele estava cada vez maior. E de uma maneira estranha, aquilo me deixava satisfeita. Afinal, imaginar que sua aversão pelo homem fosse fruto de ciúme era como constatar que ela sentia algo por mim, certo?

— Entendi — foi a única coisa que consegui dizer.

Ela nada respondeu, apenas ligou o carro e partiu daquele lugar o mais rápido que pôde. Pelo que eu lembrava, ainda estávamos muito longe da cidade, o que nos dava alguns bons minutos sozinhas, antes de começar todo o alvoroço entre hospital e delegacia. Eloise permaneceu em silêncio por um longo tempo. Estava séria, concentrada, como se estivesse remoendo algo no fundo de seus pensamentos. Olhei para ela algumas vezes, enquanto cogitava a possibilidade de me aproximar. Normalmente, eu não precisava de um aval para tomar atitudes, mas sentia que estava entrando em um terreno desconhecido agora.

– Estou quase ouvindo seus pensamentos – ela falou, quebrando o silêncio.

– Está? E o que eles dizem?

– Dizem que você quer se aproximar.

Franzi o cenho, completamente perplexa. Green me fitou tranquilamente, antes de exibir um sorriso leve.

– Nunca mais vou conseguir acertar de primeira assim.

– Idiota. – Acomodei-me na lateral de seu corpo, segurando em seu braço, para senti-la mais perto. Seu peito subiu e desceu, em uma respiração satisfeita, quase relaxante. Ficamos em silêncio por longos minutos, apenas sentindo o calor de nosso contato, quando ela quebrou o silêncio, sem tirar os olhos da estrada.

– Eu não sei se deveria contar isso, mas... – disse, hesitante. – Por um momento, achei que não fosse mais ver você, e isso me deixou assustada.

Sua confissão inesperada pesou sobre meus ombros como tonelada, trazendo aquele maldito sentimento de culpa para meu peito. Uma sensação esmagadora, que me fazia querer gritar. Mentir era uma arte que eu dominava com facilidade, nunca senti remorso, muito menos arrependimento por enganar alguém. Não até Eloise chegar. Talvez Sofia estivesse certa: envolver-me com Eloise estava me transformando, pouco a pouco, em uma versão desconhecida que eu simplesmente não podia controlar.

– Deixou?

– Muito, mais do que eu imaginei que ficaria.

Em um resquício de coragem, me permiti encarar seu rosto. Ela não se moveu, manteve os olhos na estrada, como se estivesse fugindo de meu olhar, embora soubesse que eu a fitava.

– Queria que você não tivesse que passar por isso – disse, sincera. – Eu sinto muito... muito mesmo. – Fechei os olhos e encostei a cabeça em seu ombro, cortando qualquer possibilidade de ela me encarar. Eloise suspirou profundamente, relaxando seu corpo, para que eu me aproximasse cada vez mais. Sem esperar, senti o toque suave de sua mão sobre a minha, entrelaçando nossos dedos devagar, para, em seguida, mover seu polegar, em um carinho sutil.

– Não se preocupe, você está bem agora, e é isso que importa.

Eu apenas assenti e me mantive ali, aconchegada em seu corpo quente pelo restante do caminho. Durante o trajeto, Eloise repassou algumas informações para sua equipe, que tão logo nos encontraria no hospital central de Manhattan.

– Tem certeza de que tenho que ir ao hospital?

— Tenho, sim. Você está cheia de hematomas, precisa cuidar disso — ela falou, enquanto procurava uma vaga no estacionamento.

— Eu poderia fazer isso em casa, pediria ajuda a alguém.

— Para quem? Seu marido? — ela perguntou, séria, fitando-me com uma cara de poucos amigos.

Um sorriso nasceu no canto de meus lábios, os quais umedeci lentamente, antes de inclinar meu corpo em direção ao dela.

— Eu estava pensando em você, na verdade.

— Em mim? — indagou, incrédula.

— Uhum... — murmurei, aproximando-me cada vez mais. — Não quer cuidar de mim? — meu tom de voz soou como um sussurro, que a fez engolir em seco.

Eloise encarou meus lábios e, em seguida, mirou os meus olhos, dando-me a chance de encarar suas pupilas dilatadas. Nossa proximidade era tanta que eu podia sentir nossas respirações se cruzando. Seus lábios, vez ou outra, se comprimiam, como se estivesse buscando as palavras certas para dizer. Estava nervosa, e eu adorava isso.

— Não estamos sozinhas para isso, além de que todos querem um pouco de você agora.

O X da questão era que eu não queria saber de ninguém, não naquele momento. Se eu pudesse, me esconderia de tudo e todos para ter um único maldito minuto de paz. Bom, não exatamente de todos foi o que consegui concluir, ao fitá-la.

— Então, me deixa aproveitar, enquanto ainda estamos — disse, aproximando-me mais.

Eloise não recuou, pelo contrário, permaneceu imóvel, como se esperasse aquilo. Aproximei-me dela, deixando que meus lábios tocassem a pele de seu rosto, em um carinho lento e sutil, fazendo com que seus olhos se fechassem instantaneamente. Ela respirou fundo, à medida que eu trilhava a linha de seu maxilar com beijos curtos e demorados. Parei diante de sua boca, permitindo que meus lábios roçassem sobre os seus lentamente.

— Maya... — ela sussurrou, como quem quisesse protestar.

Não pude evitar o sorriso que nasceu em meus lábios com aquela tentativa. Admito que, em inúmeros momentos, usei de métodos muito mais pesados para fazê-la ceder, mas, naquele momento, Eloise traçava uma batalha com suas próprias vontades. Eu apenas tornava seu trabalho um pouco mais difícil.

— Quieta, Green... — sussurrei e quase suspirei, em agradecimento, ao sentir o toque de seus lábios pressionados contra os meus.

Ela os moveu lentamente, como se desejasse saborear cada segundo naquele momento, depois de todos os acontecimentos nos últimos dias. Eu respirei fundo, completamente atordoada, ao sentir sua língua serpentear sobre a minha com uma delicadeza quase maliciosa, enquanto uma de suas mãos se infiltrava entre os fios úmidos de meu cabelo. Ela os apertou com a pressão necessária para me deixar completamente rendida em seus braços, provocando uma ebulição de sensações e sentimentos que se misturavam, deixando-me cada segundo mais fora de órbita.

– Alguém pode nos ver... – sussurrou, entre um beijo e outro, sem me largar.

– Eu não me importo – retruquei, unindo seus lábios nos meus novamente.

– Maya... — ela protestou, com o último fio de sanidade, antes de abrir os olhos, proporcionando-me a oportunidade de encarar aquele verde profundo que tanto me atormentava.

Tinha consciência de que ela estava lutando internamente com suas emoções, quaisquer que fossem, mas sabia ainda mais claramente o quão complicada era minha situação. Quero dizer, o que poderia ser pior do que isso? Preparei-me quase uma vida inteira para aquele momento, evitando toda e qualquer possibilidade de envolvimento emocional, em uma tentativa de me afastar de uma possível falha, para simplesmente me permitir, mesmo que inconscientemente, sentir coisas por aquela que poderia tornar minha vida um inferno cada vez pior. Não que eu tivesse uma escolha, não mais. O início poderia ter sido evitado, mas o desejo de tê-la desde o primeiro instante me lançou à beira do precipício, como uma espécie de brincadeira do destino – uma péssima brincadeira, diga-se de passagem. Porque cá estava eu, completamente perdida no meio de todos aqueles sentimentos que apenas Eloise Green me fazia sentir.

Maldita policial, xinguei em meus pensamentos, enquanto sentia meu coração bater cada vez mais rápido dentro do peito, fechei os olhos e neguei com a cabeça rapidamente.

– Maya, está tudo bem?

Encarei seu rosto irritantemente bonito, que agora carregava uma expressão confusa.

– Sim, eu só... senti algumas dores, mas tudo bem.

– É, você teve dias melhores – brincou, fazendo-me rir. – Isso deve doer.

Sua mão veio de encontro ao meu rosto, tocando lentamente sobre o canto de meus lábios. Estavam machucados, ainda podia sentir o ardor do corte proposital. Antes de me deixar nas mãos dos capangas, Sofia fez questão de marcar meu rosto com fortes tapas. Era importante que os ferimentos parecessem genuínos, se eu quisesse convencer as outras pessoas de que realmente tinha sido sequestrada. Um corte marcava meu supercílio, e outro, o canto dos meus lábios, além das manchas roxas que adornavam as maçãs do meu rosto.

– Eu estou horrível.

– Mesmo assim, é impressionante como ainda consegue ficar bonita e atraente – completou, com uma risada.

– Não vale, você é suspeita para falar.

– Eu?

– Sim, seu desejo por mim te impede de enxergar a realidade.

– Você que pensa, senhora Collins – retrucou, dando-me uma piscadela.

Semicerrei os olhos em sua direção, completamente confusa com sua brincadeira. O que ela queria dizer com aquilo? Quando pensei em questionar, ouvimos seu telefone tocar. Ela prontamente atendeu, e pelo assunto em questão, deixava claro que se tratava de alguém do departamento. Com o fim daquela ligação, saímos do carro e seguimos em direção à entrada do hospital. Eloise, a todo o momento, cuidava de me manter firme, como se a qualquer momento eu pudesse cair ou desmaiar.

Assim que as enfermeiras souberam do meu sobrenome, foram rápidas em me atender. A influência não fazia mal nessas situações. Após receber o primeiro atendimento do médico de plantão, fui instalada em um dos melhores apartamentos da unidade. De acordo com as informações fornecidas, havia ordens expressas de Christopher para que eu fosse atendida exclusivamente por seu médico que, muito provavelmente, estava a caminho agora. Depois de um banho e roupas limpas, repousei na cama do hospital, enquanto observava Eloise caminhar de um lado para o outro, durante uma ligação.

— Acabei de falar com Brandon. Seu marido está a caminho do hospital.

— Certo. Agora, você pode parar um pouco? — indaguei, sem me importar com aquela informação. Eloise me lançou um olhar confuso. — Vem aqui. — Dei três leves batidas sobre a cama, indicando que ela deveria se aproximar, e assim ela fez, sentando-se ao meu lado.

— Você não parou por um minuto desde que saímos daquele lugar.

Ela suspirou, mordendo o canto dos lábios, em meio a uma careta engraçada.

— Eu só consigo parar quando tenho as coisas resolvidas, Maya.

— Eu sei, mas você precisa lidar com uma batalha por vez. Hoje, sua missão era me resgatar, certo?

Ela assentiu.

— Eu estou aqui, amanhã será outro dia. Chega de bancar a super-heroína por hoje.

— Ok, posso fazer isso se deixar de ser a donzela em perigo — brincou.

— Sou muito mais do que uma donzela em perigo, Green.

Ela ergueu a cabeça para me encarar, e por um instante, senti que ela diria algo, mas isso não aconteceu. Eloise apenas suspirou e sorriu, antes de fazer um carinho sutil em meu rosto.

— Foi nos últimos dias.

— Desculpe por isso.

— Querida? — era Christopher.

Sua voz, seguida pelas batidas à porta, fizeram Eloise se afastar rapidamente, capturando o celular para fingir distração, quando o homem adentrou o quarto e caminhou em minha direção em passos apressados.

— Que bom ver você, amor. Estava tão preocupado! — exclamou em um tom de alívio, ao me abraçar forte. — O que fizeram com você? Está com muitas dores? O nosso médico está a caminho.

A sequência de perguntas e os repetidos abraços me deixaram completamente desnorteada. Franzi o cenho, sem responder nada, enquanto o homem me abraçava forte, trazendo à tona algumas dores pelo corpo. Um gemido baixo o fez se afastar, trazendo seus olhos azuis em minha direção. Por cima de seus ombros, encarei os olhos de Eloise. Ela mantinha uma fisionomia séria e nada amigável, o que não poderia ser uma surpresa, levando em conta todo aquele teatro.

– Desculpe por isso, como sou desastrado. Você deve estar cheia de dores – murmurou, ao sentar-se ao meu lado, no mesmo lugar em que Eloise estava há alguns minutos. – Vou cuidar de você.

Respirei fundo e, com um sorriso fraco, tentei me acomodar melhor na cama, afastando-me ao máximo, mas antes que eu pudesse evitar, Christopher depositou um pequeno beijo em meus lábios. Senti aquele arrepio de nervosismo ao perceber que Eloise ainda estava presente, observando toda a cena do canto da sala.

– Eu estou bem, Chris – disse, afastando-me rapidamente. – Só preciso descansar.

– Não se preocupe, meu bem. A agente Green não se incomoda com isso, não é? Somos um casal, e ela sabe muito bem disso.

– Claro, senhor Collins. É bom que cuide bem da sua esposa, para não a perder – soltou em um tom quase sarcástico.

– Jamais a perderei, pode ter certeza.

Era nítida a energia de animosidade entre os dois. Não que ela não existisse anteriormente, porque Eloise e Christopher nunca foram do tipo amigáveis. A diferença era que agora ambos não disfarçavam mais.

– Bom, vou deixar vocês sozinhos, para conversarem e matarem a saudade. Tenham uma ótima noite – disse ela, antes de se retirar.

Por um momento, pensei em impedi-la, pois não queria que a loira fosse embora, mas não poderia obrigá-la a ficar e testemunhar tudo aquilo. Já a havia torturado demais nos últimos dias. Então, apenas suspirei pesado e encarei os olhos claros de Christopher. Ele parecia confuso, talvez com a minha falta de reação à sua presença.

– Por que você a trata assim? – indaguei, áspera.

– Não gosto dela, Maya. Não tivemos um bom convívio nos últimos dias.

– O que aconteceu?

– Não importa, não quero que se preocupe com isso – comentou, desviando de meu olhar, antes de se afastar.

– Eu quero saber, Chris.

Ele quase rolou os olhos com minha insistência e encarou-me como se eu fosse desistir, mas de nada adiantou.

– Nós discutimos. Estávamos nervosos com sua ausência, e isso gerou certa confusão. Mas não se preocupe, eu falei com Brandon, vamos colocar outra pessoa para cobrir sua segurança. Alguém realmente competente.

Talvez eu tenha demorado alguns segundos a mais para compreender o que ele havia falado. Ele estava mesmo tomando aquela decisão sem me consultar? Encarei seu rosto, buscando palavras para protestar.

– O quê? Você está louco?

Ele voltou seu corpo para a minha direção, colocando as mãos nos bolsos de sua calça azul-royal, enquanto seus olhos me fitavam fixamente, como quem estivesse me analisando.

– Por quê? Ela não fez o que deveria, Maya. Nós fomos sequestrados, e você está na cama de um hospital agora. Quer um melhor motivo? – indagou, sarcástico. – Infelizmente, eu não posso tirá-la do caso antes que ela termine o inquérito, mas se pudesse, com toda certeza, essa mulher teria saído de nossas vidas.

– Isso é loucura! Eloise não teve nada a ver com o sequestro, Christopher! – exclamei, irritada.

– Ela tinha que, como obrigação, ter nos salvado! – retrucou, igualmente furioso.

– De um grupo de homens armados? Quando, na verdade, você deveria estar com seus seguranças?

Christopher franziu a testa, quase unindo as sobrancelhas no centro dela, carregando um aspecto incrédulo e, ao mesmo tempo, furioso.

– De que lado você está? Vai defender aquela detetivezinha?

– Detetivezinha que me resgatou? Que arriscou a vida por mim? Sim, claro! – vociferei, sentindo meu rosto esquentar. – Você não vai trocar minha segurança pessoal, eu te proíbo!

– Posso colocar pessoas mais competentes, Maya! – ele quase gritou. Era notável como odiava ser contrariado.

– Eu não quero. A agente Green vai continuar sendo minha segurança particular. Será que você não consegue enxergar tudo que ela fez por mim?

Ele riu de maneira debochada, deixando-me ainda mais furiosa.

– Ela é paga para isso, não seja tola. Eloise não é sua amiga, não está do seu lado todos os dias porque gosta, mas, sim, porque recebe por isso.

Senti meu corpo inteiro esquentar, como se meu sangue estivesse fervendo no interior de minhas veias. Era quase torturante manter aquele teatro, quando minha única vontade era esganá-lo até o último suspiro de vida. No entanto, não poderia me dar ao luxo de estragar tudo agora, não tão perto do fim. Eu aguentei coisa pior, não era seu discurso prepotente que me tiraria do eixo.

– Não quero mais falar sobre isso.

– Maya...

– Eu não quero mais falar sobre isso – pontuei cada palavra, para encerrar aquele assunto de uma vez.

Por um momento, achei que ele fosse retrucar, mas foi brevemente interrompido pelas batidas à porta. A voz inconfundível de Sofia me trouxe um suspiro de alívio.

– Olá, posso entrar? – Sofia olhou pela brecha da porta, e assim que me fitou, fiz um breve gesto com a cabeça para que ela entrasse. – Oh, Deus! Que bom ver você, meu bem. Fiquei tão preocupada. – Encenou, ao atravessar o quarto. – Olá, Christopher.

– Sofia. – Cumprimentou. – Bom, vou tomar um café, assim vocês podem conversar melhor.

Ele me fitou, como se esperasse que eu o impedisse, mas nada falei. Ele assentiu, desgostoso, e se retirou da sala.

— O que aconteceu? — perguntou, sentando-se ao meu lado.

— Christopher está implicando com Eloise. Quer tirar ela do caso.

— E a leoa está pronta para defender a pobre detetive?

Revirei os olhos de maneira impaciente, recebendo uma risada descontraída da mulher.

— Eu estou brincando, calminha. Isso não é mais uma questão para mim no momento, temos assuntos muito mais importantes do que a sua vida amorosa com a agente Green.

— Certo, vamos acertar tudo antes que aquele infeliz volte.

CAPÍTULO #14

Police Department
Rapids, Mich.
NAME
ALIAS
Date
Classification
Age
RIGHT THUMB
TRUNK
LEFT THUMB
CONFIDENTIAL
TOP

CUIDADOS

Eloise Green

— Está tudo bem? — a voz de Ruby soou um pouco mais alta do que o volume da TV, fazendo-me desviar os olhos da *sitcom* para olhá-la, curiosa.

Depois dos últimos dias, usamos nossa folga em comum para fazer um programa mais caseiro, algo que sempre fazíamos em nossa época de faculdade. Escolhemos nossa série favorita, estouramos pipocas e nos jogamos no sofá, para maratonar aquilo por horas. Normalmente, era uma ótima válvula de escape quando uma de nós estava enfrentando coisas demais, mas, naquele momento, nem mesmo nossa tradição de amizade estava sendo suficiente para pôr minha cabeça no lugar. E minha melhor amiga parecia notar isso muito bem.

— Sim, por quê? — Encarei a TV, enquanto enchia a boca de pipoca.

— Está muito quietinha. Estamos vendo sua série favorita, e até agora, nenhuma risada foi ouvida. Aconteceu alguma coisa?

— Não.

Ela continuou me olhando, como se dissesse "não minta para mim".

— Não me olhe com essa cara.

Ruby arqueou uma das sobrancelhas, erguendo o controle para pausar a série.

— Eu não estou mentindo, realmente não aconteceu nada, eu só estou com a cabeça muito cheia agora.

— Eu imagino que sim, foram dias muito difíceis, mas sei que tem algo a mais te perturbando. E eu, como sua melhor amiga, tenho que saber.

Respirei, derrotada. Eu não sei por que ainda tentava enganá-la, era quase impossível passar por Foster. Ela tinha algum tipo de poder sobrenatural, só isso explicava.

— Você sabe ler mentes? — brinquei.

— Sim, mas até agora só aprendi a ler a sua.

— Idiota. — Lancei uma almofada em sua direção, recebendo outra de volta.

— Vamos lá, isso tem a ver com a toda poderosa?

Deixei o pote de pipoca de lado e me sentei no sofá, para encará-la.

— Ultimamente, tudo tem a ver com ela, não é? — disse, recebendo um sorriso de canto. — Eu não sei o que está acontecendo comigo, existem tantas coisas na minha cabeça que sinto que, a qualquer momento, posso ficar louca.

— Nós já conversamos sobre isso, e você sabe muito bem o que eu acho que está acontecendo...

– Eu sei... – disse, seguido por um suspiro.

– Elo, você evitou se apaixonar durante todos esses anos. E teve ótimas oportunidades, com garotas incríveis que poderiam te proporcionar algo tranquilo, mas parece que isso não foi atrativo – disse, fazendo uma breve pausa, como se analisasse minha reação. – Nenhuma delas conseguiu sua atenção, seus pensamentos e sua preocupação dessa maneira. Você realmente tem dúvida do que isso significa?

Eu não tinha como encará-la, não enquanto ouvia todas aquelas coisas. Era como se Ruby pudesse ver cada maldita camada de meu cérebro, ou nada daquelas coisas estavam realmente escondidas. Eu só me negava a ver.

– Ela pode transar muito bem, mas você não pode mais dizer que tudo isso se trata apenas de sexo.

– Ruby...

– Você precisa aceitar de uma vez por todas que está apaixonada por Maya Collins.

Nós nos encaramos por alguns instantes, quando senti o toque suave de sua mão sobre a minha. Seu gesto soava como algo encorajador, demonstrando que estava ao meu lado naquele momento.

– E eu não digo para assumir isso para as pessoas, mas para si mesma, está bem? Agora, vou deixar você refletir dentro dessa cabecinha, enquanto vou tomar um banho.

Ruby depositou um beijo no topo de minha cabeça e se retirou em direção ao seu quarto, deixando-me completamente mergulhada naquele mar de pensamentos. *Apaixonada*. Era isso, então? Sentimentos descontrolados, preocupação excessiva, vulnerabilidade, desejo desmedido, saudade e ciúme? O que de bom pode surgir disso? *Inferno*. Sentir-me assim por alguém que não era meu nem tinha possibilidade de ser, era burrice.

Ruby tinha razão: dentre todas as possibilidades que a vida me deu, eu optei pela mais difícil. *Qual o seu problema, Eloise?* Mas como não se apaixonar por ela? Maya era do tipo capaz de virar sua vida do avesso, sem muito esforço. Era quase como um evento inevitável. Existia um magnetismo que nos aproximou desde o primeiro instante, como se o destino fosse encarregado de mostrar que ninguém poderia passar ileso no trágico e indispensável acontecimento da vida chamado amor.

O que eu poderia fazer com isso? Não era como se a nossa história tivesse a menor possibilidade de um futuro, certo? Ela é esposa de um dos empresários mais importantes do país, poderia ter tudo e qualquer coisa que desejasse. Talvez, por isso, as coisas não estivessem indo tão bem, pois nós nunca estamos satisfeitos com o que temos. No fim das contas, Maya poderia estar apenas entediada com o casamento e estava aproveitando de minhas boas habilidades para sair da rotina.

Isso é loucura. Reconheço que tivemos alguns momentos mais íntimos e que, a cada momento, nos aproximávamos mais, mas isso não significava que ela realmente sentia algo por mim, além de tesão, é claro. Mas e se ela sentisse? *Chega de pensar nisso, esse sentimento precisa acabar*.

Olhei para aquela pilha de documentos sobre minha mesa. Tratava-se dos depoimentos de todos que estavam no carro no momento do sequestro. O acontecimento estava diretamente ligado ao caso Collins, isso não restava dúvidas, não depois de ouvir o discurso vingativo dos homens que nos mantiveram em cativeiro. Com o nome identificado na conta da Suíça, Heitor Martinez ainda era o nosso principal suspeito, mesmo sabendo que existia uma parte daquela história que ainda precisava ser descoberta. Acontece que seu desaparecimento apenas agravava mais a sua situação diante da polícia, afinal de contas por que se esconder se você é inocente?

– Temos alguma notícia de Heitor?

Oliver ergueu a cabeça e me fitou através das lentes de seus óculos pretos.

– Atuais, não. Eu consegui algumas informações de lugares que ele frequentou antes de sumir, alguns depoimentos, mas nada promissor.

– Acha que ele também é responsável pelo sequestro? – Madson perguntou.

– Há uma grande possibilidade. Se o objetivo de Heitor é acabar com Christopher, o furto e o sequestro são uma boa maneira.

– Eu aposto que é ele – disse com firmeza.

– Tem algo por trás, esse caso não é tão simples assim...

A mulher deu de ombros, como se pensasse naquela possibilidade e, então, voltou a atenção para o notebook à sua frente. Continuei a ler os relatórios em minha mesa, quando a imagem do comissário, do outro lado da porta de vidro, chamou minha atenção. Ele gesticulou com as mãos, pedindo que eu o acompanhasse, e assim fiz.

– Aconteceu alguma coisa? – perguntei assim que me coloquei ao seu lado.

– Não, só preciso que venha até minha sala.

– Tudo bem, eu realmente queria falar com o senhor.

– Algo em especial?

– Ah, sim. É sobre o trabalho de segurança da senhora Collins.

Ele continuou me fitando, como se aguardasse por uma continuação.

– Eu não quero mais fazer isso.

O comissário me encarou, confuso, um tanto descrente, levou a caneca azul-marinho, com o brasão da polícia, até os lábios e tomou um gole do que julguei ser café. O cheiro era inconfundível.

– Por quê?

– Não me sinto apta para isso, senhor. E não foi o que busquei ao vir para Nova Iorque. Está fugindo completamente dos meus planos, e eu entendo que preciso fazer alguns esforços para subir de patente, mas eu não quero continuar com isso.

– Sabe, Eloise... – iniciou, ao caminhar pelo corredor ao meu lado. – Christopher pediu que eu tirasse você desse papel, disse que tiveram desentendimentos nos últimos dias e que não achava uma boa ideia continuar. O seu motivo seria esse também?

Eu não poderia dizer ao comissário que meus motivos iriam muito além daqueles, então apenas assenti.

– Esse é um deles, com certeza, mas sinto que estou fugindo do meu propósito.

– Entendo, agente. Mas não se esqueça de que, para alcançá-los, você precisa fazer alguns esforços, e eles incluem aguentar coisas e pessoas que não gosta.

– Eu sei – disse, seca. – Se quiser, me coloque como segurança particular de outra pessoa, já que o próprio Christopher não me quer na equipe.

– Eu vou ver o que consigo fazer, ok?

– Obrigada, senhor.

Seguimos em direção à sua sala, onde compartilhei algumas atualizações sobre o caso Collins. Brandon estava acompanhando de perto todo o processo, demonstrando um interesse constante na situação. Eu realmente não tinha certeza se esse comportamento era comum entre os outros detetives da unidade ou se ele estava especialmente focando esse caso. Essa incerteza, sinceramente, deixava-me desconfortável. Trabalhar em um caso tão importante como aquele era como ter a sensação de estar sob constante vigilância, como se cada pessoa ao nosso redor fosse um suspeito, especialmente aquelas mais próximas do bilionário. Por isso, me ocupei de passar a visão mais ampla, sem alguns pequenos detalhes.

– Isso me parece muito promissor, Eloise.

– Eu sinto que ainda há mais coisas, mas admito que tivemos um ótimo avanço.

– O Christopher, apesar dos desentendimentos de vocês, vai ficar satisfeito com esse trabalho. Bom, quando ele souber, no final de tudo.

Dei um sorriso fraco em sua direção, enquanto ele ainda observava os relatórios espalhados em sua mesa. Diferente de Brandon, eu não me importava com a opinião de Christopher, tampouco se ele ficaria satisfeito ou não com meu trabalho. Meu único intuito, naquele caso, era revelar o verdadeiro culpado.

– Você o conhece há muito tempo?

– Sim, há quase dez anos. Christopher sempre foi um garoto muito determinado, trabalhou como estagiário em uma antiga empresa muito importante no mercado e hoje é dono da própria empresa. Ele passou por momentos muito difíceis, mas hoje é um homem importante e respeitado.

– Eu imagino que sim. Para conseguir ser um dos empresários mais importantes do país, deve ter se esforçado bastante. – Dei de ombros, fingindo admiração. – Vocês parecem muito amigos.

Brandon tirou os olhos dos papéis e me encarou. Por alguns instantes, considerei a ideia de ter passado dos limites, mas quando um sorriso surgiu em seus lábios, percebi que tudo estava bem.

— Sim, somos velhos amigos, apesar da diferença de idade. — Ele riu. — E é exatamente isso que eu falo para você, agente. Quando temos um objetivo, precisamos fazer coisas que não queremos ou não gostamos para alcançá-los. Infelizmente, essa é a lei da vida — disse, antes de ser interrompido pelo toque estridente do telefone.

Com um gesto de mão, ele pediu que eu aguardasse, e eu apenas assenti.

— Claro, pode deixar que eles entrem. Obrigado! — Ele encerrou a ligação.

— Já que o senhor tem visitas, podemos continuar depois, sem problemas.

— Não se preocupe, você pode ficar. Christopher acabou de chegar com a esposa, e querem falar com a gente.

Ótimo! Era só o que faltava.

Dei um sorriso fraco em concordância, quando ouvimos as batidas leves à porta. Brandon se adiantou para atender, enquanto eu cuidava de organizar todos os papéis, o mais rápido possível, no interior das pastas. A voz de Collins preencheu o ambiente, fazendo-me revirar os olhos quase automaticamente. A antipatia que eu nutria por ele, mesmo que inconscientemente, estava cada vez maior. Respirei fundo, empilhando todas as pastas em um canto da mesa, antes de virar naquela direção.

— Bom dia, agente Green.

Para meu alívio ou não, Maya foi a primeira em que pude colocar meus olhos. Ela me fitou com um sorriso de canto, antes de se aproximar para um cumprimento formal.

— Senhora Collins, senhor Collins — disse, sem tirar os olhos dela.

— Bom dia, agente.

— Eloise, Christopher e Maya estão aqui para esclarecer algumas situações dos últimos dias.

— Desculpe, esclarecer exatamente o quê? — indaguei, confusa.

— O nosso mal-entendido, agente Green — Collins pronunciou, enquanto desabotoava seu paletó para se sentar na cadeira à minha frente. — Creio que deve estar ciente que pedi o seu afastamento do caso, assim como da segurança particular da minha esposa, não é?

— Sim, recebi essa informação, mas devo dizer que não precisava se preocupar. Eu mesma solicitei meu afastamento — rebati rapidamente.

— O quê? — foi a vez de Maya se pronunciar.

Christopher deixou que um largo sorriso enfeitasse sua boca, antes de encarar o rosto de sua esposa, que me olhava completamente confusa.

— Viu, querida? Está me fazendo perder tempo aqui, pedindo para que a detetive fique, quando ela mesma não deseja isso — seu tom de voz debochado me causava ânsia.

Maya engoliu em seco e caminhou em minha direção, parando a um pouco mais de dois palmos de distância.

— E eu posso saber o motivo? — perguntou, visivelmente irritada.

Fitei seus olhos, fazendo um breve e sutil gesto com a cabeça, na tentativa de fazê-la perceber o quão próximas estávamos. Por sorte, Maya captou o sinal, desfazendo sua feição indignada.

— Eu não acho que fique bem continuar sendo sua segurança particular depois do último ocorrido, senhora Collins.

— Eu também acho que não — Collins concordou, recebendo um olhar de Maya.

— Pois eu não vejo problema algum. E é exatamente por isso que Christopher e eu estamos aqui. Ele veio se desculpar pela grosseria dos últimos dias, não é, querido?

Maya o encarou fixamente, como se o ordenasse a continuar. Ele suspirou de maneira desgostosa, deixando claro que aquela não era sua real vontade.

— Claro, creio que fui um tanto grosseiro com você, e isso não condiz com a minha maneira de agir. Então, peço desculpas pelo meu comportamento — disse, levantando-se da cadeira. — Mas quero que saiba que ainda sou contra sua permanência como segurança particular de minha esposa.

— Eu imagino que seja mesmo.

— Sou, sim! Entretanto, Maya acredita no seu trabalho e na garantia de que estará segura com você. Por isso, quero pedir que permaneça no cargo.

Inacreditável.

Era exatamente o que Maya era. A mulher poderia ser persuasiva a ponto de fazer seu marido, um dos homens mais influentes de todo o país, pedir para uma simples policial, como eu, permanecer no caso, mesmo quando sua real vontade era que eu simplesmente desaparecesse para sempre de sua vida. *O que diabos aquela mulher tinha?*

— E então, agente Green? Deseja continuar ou não? — indagou, parando ao lado do homem.

Naquele instante, travei uma batalha interna sobre aquela decisão. Eu não estava desistindo do trabalho pelo sequestro, pois entendia que, mesmo com todos os meus esforços, um único agente não seria capaz de solucionar aquele problema. Meu verdadeiro motivo se tratava única e exclusivamente da necessidade de permanecer longe daquela mulher. Depois de entender que meus sentimentos por ela estavam ultrapassando os limites que eu poderia conter, aquilo parecia arriscado demais, mas, com Maya, tudo parecia bom, até mesmo a possibilidade de dar errado.

Inferno.

— Bom... — Respirei fundo, exibindo um sorriso petulante, e dei apenas três passos lentos para frente, passando pelo empresário, ficando frente a frente com a latina. — Se gostou tanto do meu trabalho, não vejo motivos para deixar de exercê-lo. — Virei em direção ao homem. — É sempre um prazer trabalhar com a senhora Collins.

— Ótimo! — exclamou Brandon. — Então, tudo está resolvido.

Christopher suspirou, a contragosto, exibindo seu descontentamento com aquela decisão, mas nada falou. Por outro lado, Maya apenas meneou a cabeça em um sinal negativo, soltando um sorrisinho quase malicioso.

– Se me permitem, vou para casa com a minha mulher. Ela recebeu ordens expressas de nosso médico para permanecer em repouso, mas foi teimosa o suficiente para vir até aqui.

– Claro, entendemos, Christopher – Brandon murmurou. – Nos vemos em outro momento.

Despedimo-nos, e tão logo pude observar o casal se dirigir ao elevador no fim do corredor. Caminharam lado a lado, com as mãos entrelaçadas, exibindo uma união perfeita, como de costume. Neguei com a cabeça e ri baixinho com meus próprios pensamentos.

– Parece que tudo ficou bem, então – Brandon ponderou. – Você pode ir para casa, tire o restante do dia de folga. Está merecendo.

– Obrigada, senhor.

Depois de uma tarde inteira entre lojas pela cidade de Nova Iorque, cheguei em casa ao anoitecer. Empilhei algumas sacolas na bancada da cozinha, com toda a lista de compras passada por Ruby, e outras sobre a mesa de centro da sala, com objetos decorativos que tornariam aquele apartamento mais nosso. Tomei um banho quente e demorado, em uma tentativa de fazer os músculos do meu corpo relaxarem. Ultimamente, aquilo era a última coisa que sabiam fazer. Escolhi roupas leves, como um short e uma camiseta antiga de banda, e recebi uma ligação de meu pai, reclamando sobre minha ausência nas últimas semanas, e alguns xingamentos de minha irmã, com a mesma justificativa.

Não era segredo que meu trabalho estava me consumindo, Justine era a primeira a receber minhas mensagens de lamentação. Mas eu não poderia chegar à minha família e simplesmente dizer que não liguei, nos últimos dias, porque havia sido sequestrada, não é? Deixá-los em pânico era a última coisa que eu precisava naquele momento. Então, apenas os tranquilizei e fiz a promessa de que em breve os visitaria. Aquilo pareceu ser o suficiente, pelo menos, até o momento.

— Também amo você, Elo — foram as últimas palavras de minha irmã antes de finalizar a ligação.

Deixei o aparelho celular sobre a mesa e me ocupei de organizar todas as compras na despensa, quando o som da campainha me chamou a atenção. Por alguns instantes, perguntei-me se era Ruby. Qual a chance de ela ter perdido as chaves novamente? Não, ela havia deixado uma chave secreta no candelabro do corredor. Dei uma breve olhada no meu reflexo, através do vidro espelhado no forno de micro-ondas, e segui em direção à porta da sala. Quem seria às 22h00? Destranquei a porta e, ao abri-la, dei de cara com quem menos esperava.

– Sentiu saudade?

O sorriso de Maya foi a primeira coisa que observei. Diferentemente do comum, naquela noite, ela usava um short de alfaiataria branco e uma blusa azul-marinho com caimento no ombro direito. Seus cabelos escuros estavam presos em um rabo benfeito, e seu rosto estava livre de maquiagem. Ela carregava algumas sacolas de papel nas mãos, fazendo-me perguntar o que ela havia planejado.

– Não vai me convidar para entrar?

– Desculpe! – Despertei, dando espaço para ela entrar. – Eu só não estava esperando. Você não deveria estar de repouso?

– Sim, mas acho que prefiro fazer isso com você.

Fechei a porta com as costas, deixando que um sorriso abandonasse meus lábios. Ela caminhou até a bancada que dividia a sala da cozinha e depositou as sacolas.

– Desculpe a pergunta, mas seu marido sabe que você saiu?

Ela mordeu o canto dos lábios, fazendo uma careta engraçada.

– Ele não sabe – disse, fazendo-me arquear uma das sobrancelhas. – Digamos que ele está dormindo...

– Maya!

– Qual é, Green?! – disse, ao se aproximar e colocar os braços ao redor do meu pescoço. – É só um calmante. Ele vai dormir muito bem, e eu volto antes do amanhecer.

– Você não pode dopar o Collins sempre que quiser me ver. Você sabe que isso não é permitido e que eu sou uma policial, não é?

– Não foram tantas vezes assim, vai! – murmurou, quase fazendo um biquinho. – Eu só queria passar um tempo com você e não consegui pensar em nada melhor para não arrumar problemas.

– Você precisa parar de fazer isso.

– Eu sei. – Ela deu uma piscadinha e sorriu, sem se desvencilhar de mim.

Encarei seu rosto sacana, notando que os hematomas ainda tinham cores vivas. Com certeza, levaria algumas semanas até que eles desaparecessem totalmente.

– Eu estou horrível, eu sei.

Sorri para ela e neguei com a cabeça, tocando suavemente na lateral de seu rosto. Maya fechou os olhos assim que meu polegar deslizou sobre a maçã de seu rosto suavemente.

– Você está linda, não se preocupe.

Encaramo-nos por alguns segundos que me fizeram sentir algo diferente entre nós. Maya parecia ter sentido o mesmo, pois resfolegou profundamente, antes de abandonar aquele contato e caminhar em direção à bancada.

– Passei no meu restaurante favorito e trouxe comida japonesa. Você gosta, não é? – indagou, retirando as embalagens do interior da sacola.

– Eu adoro, é uma das minhas comidas favoritas.

Ela sorriu, parecendo satisfeita por acertar. Acomodamo-nos ao redor da mesa de centro da sala, onde organizamos toda a variedade de comida que ela escolheu. E com certeza, Maya não havia exagerado em nada ao dizer que aquela era uma das melhores de toda a cidade, pois tudo estava incrivelmente saboroso. E ela parecia concordar, pois se deliciava com as lâminas de salmão em seu prato. Confesso nunca ter visto aquela mulher com um apetite como aquele.

– Não me olhe assim, eu estava com muita fome – murmurou, em meio a uma risada, após limpar os lábios com o guardanapo branco.

— Eu percebi mesmo — retruquei, fingindo estar assustada. — Quase não deixou um pouco para mim.

— Idiota. — Ela amassou o guardanapo e o arremessou em minha direção, fazendo-me rir.

Terminamos de comer o que restava e decidimos partir para a sobremesa. Então, após organizar tudo na cozinha, acomodamo-nos no sofá da sala, com um pote de sorvete em mãos. Entreguei uma colher a ela, ficando com outra, enquanto ela escolhia um filme qualquer na TV. Ele transcorreu por longos minutos que dividimos entre assistir e conversar sobre coisas aleatórias.

— Isso é impossível. Ninguém iria conseguir parar esse tubarão! — exclamei revoltada diante da TV.

— Ele é muito bom e conseguiu.

— Não. Se fosse realidade, ele teria virado comida de peixe. — Apontei para o filme, no qual o homem matava um mega tubarão com uma estaca de madeira.

— Você está subestimando os poderes dele, Eloise.

— Maya, ele não teria forças para isso! Veja!

— Você é muito cética, Green... — Ela sorriu, aproximando-se. — Precisa aproveitar melhor essa obra-prima.

De repente, o filme não era mais uma questão, não quando eu tinha aqueles olhos em minha direção. Maya tomou uma última colher de sorvete, antes de abandoná-la ao lado. Era estranho, mas aquela versão de Maya conseguia ser tão boa como aquela que não me deixava saída. Talvez eu precisasse aceitar que Maya, como um todo, poderia ser bem melhor do que imaginei.

— Por que está me olhando assim? — perguntou, com uma das sobrancelhas arqueadas.

— Nada, só estava pensando...

— E o que você estava pensando?

— Não seja curiosa, senhora Collins — brinquei.

Era quase impossível aceitar a ideia de dividir meus pensamentos com ela, pelo menos naquele momento. Afinal, eu não poderia simplesmente dizer como ela estava mexendo com a minha cabeça nos últimos dias, tornando minha vida um caos.

— Eloise... — disse, ajoelhando-se no sofá, para ficar de frente para mim. — Me conta.

— Não vou.

— Por favor!

Apenas neguei com a cabeça, com uma expressão convencida, que a fez rolar os olhos. Maya deu de ombros e se inclinou para frente, debruçando-se em meu corpo, fazendo-me deitar por completo. Sentir seu corpo em contato com o meu deixava-me imediatamente quente, mesmo que não estivéssemos fazendo absolutamente nada. Era quase como uma resposta automática ao seu toque. Ela se acomodou da maneira mais confortável que poderia, antes de me fitar outra vez.

– Estava pensando em mim?

– Pensei que tinha desistido de saber – respondi, com uma risada.

– Eu até poderia, mas sou muito curiosa.

– Não tem medo de saber a resposta?

Os olhos de Maya não se alarmaram, porque ela sabia muito bem como controlá-los, mas não podia conter os batimentos acelerados contra seu peito. Um suspiro abandonou seus lábios sutilmente entreabertos, dando-me a certeza de que aquele campo também era algo delicado para ela.

– Não se apaixone por mim, Green.

Sorri de canto e, com cuidado, virei-a no sofá. Maya flexionou uma das pernas, para que eu conseguisse me encaixar em seu corpo.

– Não estou apaixonada – sussurrei contra seus lábios, arrancando um sorriso logo em seguida.

Maya ergueu os braços e os envolveu ao redor de meu pescoço, obrigando-me a ficar naquela posição. Era óbvio que eu não tinha certeza daquelas palavras, mas não ousaria pronunciá-las. Assumir que algo em mim havia mudado única e exclusivamente por ela, seria decretar minha derrota.

– Tem certeza? – ela perguntou quase como se soubesse da resposta.

– Tenho – menti.

– Mentirosa.

– Se eu estiver, você está por mim também.

Ela não respondeu verbalmente, apenas continuou me encarando, como se se desafiasse a ler as respostas nos meus olhos, e por alguns instantes, senti receio que ela conseguisse. Pisquei mais vezes do que de costume, em uma tentativa tola de interromper nosso contato visual, mas de nada adiantou. Maya balançou a cabeça em um sinal negativo, ao mesmo tempo que um sorriso se formou no canto de seus lábios.

– O quê?

– Nada.

– Fala! – pedi, cutucando sua cintura com os dedos.

Maya se contorceu em uma risada e me encarou fixamente. Por uma fração de segundos, mergulhei tão fundo naqueles olhos castanhos que quase não pude voltar.

– E se eu estiver? – indagou, séria. – Você estaria também? – suas palavras me acertaram de maneira violenta, fazendo com que meu coração respondesse através de batidas descontroladas.

Resfoleguei, na tentativa de articular qualquer resposta coerente, mas a única coisa que consegui foi arrancar uma risada suave da mulher. Maya me encarou e deixou que sua mão descansasse na lateral do meu rosto. O contato macio da sua pele fez com que eu fechasse os olhos involuntariamente, perdendo-me na sensação reconfortante do seu toque. Ela movimentou o polegar lentamente sobre uma das minhas bochechas, antes de unir seus lábios macios aos meus. Seu beijo era, de longe, uma das melhores sensações que pude desfrutar. Talvez eu nunca fosse capaz de explicar, mas existia um encaixe único entre nós, e ele se tornava cada vez mais intenso com o passar daqueles dias. Como se Maya e eu não pudéssemos mais conter a velocidade com que nos entregávamos uma para outra.

Nosso contato não era violento nem desesperado, nos beijávamos com a intensidade perfeita para nunca mais querer sair dali. Sua língua deslizava sobre a minha com maestria, enquanto minhas mãos a apertavam contra mim, como se pudéssemos nos tornar uma só. O tom irregular de nossas respirações se tornava cada vez mais evidente. Recuperávamos o fôlego a cada pausa insignificante entre um beijo e outro. Embora tivéssemos prometido que não cederíamos à tentação, especialmente quando ela precisava de descanso, a tarefa de parar se tornava cada vez mais difícil. Eu a desejava com cada maldita célula de meu corpo, e Maya demonstrava sentir exatamente o mesmo.

Encaramo-nos, completamente perdidas, enquanto nossas respirações quentes se misturavam no pequeno espaço que havíamos colocado entre nós. Encarei seus olhos que brilhavam de puro desejo, enquanto seus lábios, perfeitamente desenhados, quase suplicavam por mais. Permiti que uma das minhas mãos adentrassem os fios de cabelo da sua nuca e puxei em minha direção. Diferentemente de alguns minutos atrás, nosso beijo agora carregava uma intensidade que não poderíamos mais conter.

— Oh, me desculpe! — Ruby exclamou, com os olhos fechados, no meio da sala.

Maya arregalou os olhos e se sentou no sofá, completamente vermelha, enquanto eu cuidava de vestir minha blusa, que havia sido tirada há alguns minutos.

— Eu não sabia que vocês estavam aqui. Eu juro!

— Eu que sinto muito, este nem é lugar para essas coisas.

— Está tudo bem, Ruby. Pode abrir os olhos, não estamos sem roupa. — Dei de ombros. — Chegou antes disso.

— Eloise!

Senti um pequeno tapa no ombro, arrancando-me uma risadinha perversa. Ruby abriu os olhos e nos encarou. Não parecia mais envergonhada, estava quase feliz por nos pegar no flagra. Aquilo renderia assunto por semanas, eu tinha certeza.

— Não liga, Eloise tem esse jeitinho mesmo.

— Eu sei, ela adora fazer piadinhas.

— Ei! Isso é um complô?

— Eu não acho uma má ideia — Maya completou, lançando um breve olhar para Ruby. — Sua amiga pode ser uma ótima aliada.

— Essa é uma péssima ideia, está totalmente fora de cogitação. — Levantei-me do sofá, ouvindo os burburinhos atrás de mim.

— Ela fala de mim, Ruby?

Estagnei os passos no mesmo instante e voltei minha atenção às mulheres, que agora estavam sentadas, lado a lado, no sofá. Ruby tinha um sorriso presunçoso, como se tivesse o segredo de uma vida nas mãos. Bom, ela realmente tinha e não seria louca de revelar.

— Ah, fala, sim, muitas vezes! Quase o tempo todo!

– Se você falar qualquer coisa, eu prometo que irei demitir você!

– Você joga muito sujo, Green! – Maya retrucou, boquiaberta.

– Prometo que, em outro momento, divido essas coisas com você, senhora Collins. Eu realmente preciso do meu emprego agora. – Minha melhor amiga se levantou do sofá e rapidamente se despediu de Maya. – Foi um prazer vê-la. Pode nos visitar mais vezes, eu posso fazer um jantar para a gente.

– Isso seria ótimo.

– Aviso para Eloise marcar com você! Boa noite, meninas! – foram suas palavras, antes de seguir para o seu quarto. – Sem muito barulho, por favor.

Maya observou Ruby sumir no fim do corredor, para, só assim, se aproximar. Senti seus braços me envolverem pela cintura, obrigando-me a encará-la. Seus olhos carregavam um brilho singular, provocantes e curiosos.

– Então, você anda conversando sobre mim com a sua melhor amiga?

– Me lembre de matar Ruby depois, ok?

Ela sorriu abertamente. Estava satisfeita por saber que era pauta de minhas conversas.

– Vou ser boazinha com você e não vou perguntar do que se trata. Pelo menos, por enquanto – disse, colocando uma mecha de cabelo atrás da minha orelha. – Você tem sorte que eu preciso voltar para minha casa, caso contrário, faria você contar tudinho!

Um suspiro involuntário abandonou meus lábios, em uma resposta automática à sua fala. Não me incomodar com a realidade de Maya estava se tornando uma tarefa cada dia mais difícil. Quanto mais nos aproximávamos, mais árdua era a ideia de vê-la com outro alguém, o que apenas reforçava as palavras de Ruby sobre meus sentimentos por ela.

Inferno.

– Nos vemos amanhã?

Eu apenas assenti, recebendo um beijo sutil sobre os lábios.

– Não faça essa cara. Nem parece que estava me expulsando quando cheguei.

– Eu não estava...

– Eu estou brincando, calminha. Eu preciso mesmo ir. São 02h00, e eu não faço ideia do quanto a medicação pode segurar o Christopher.

– Tudo bem, não tem problema.

– Te espero amanhã, agente Green! – disse ela, com uma piscadinha.

CAPÍTULO
#15
Police Department
Rapids, Mich.
CONFIDENTIAL

DESCONTROLE

Maya Collins

Os portões da mansão Collins se abriram assim que dei sinal, com o carro de Christopher, na câmera principal. Não ousaria sair com um dos meus, não se não quisesse ser questionada. Acelerei o veículo até o estacionamento no subsolo, deixando-o no lugar exato em que o peguei anteriormente. O interior da casa estava mergulhado em silêncio e escuridão. Assim, caminhei em passos cuidadosos até o interior do meu quarto, e no instante em que encostei a porta, o abajur acendeu, iluminando todo o ambiente.

— Posso saber onde estava? — a voz rouca soou em um tom acusativo, trazendo aquela maldita sensação de desespero.

Era como se meu sangue inteiro parasse no interior de minhas veias, alastrando um calafrio por toda a minha pele. Respirei fundo, engolindo em seco o nó de tensão que se formou em minha garganta.

— Fui tomar um ar. — Caminhei até o outro cômodo, mais precisamente o closet do outro lado, agindo da forma mais natural que poderia, como se nada daquilo fosse estranho demais, e ouvi os passos pesados logo atrás, indicando que ele não aceitaria aquela desculpa tão facilmente.

— Não acha que é uma hora um tanto inapropriada para tomar um ar?

— E tem uma hora boa para isso? — indaguei, enquanto tirava minhas roupas.

— Acredito que sim. Sair, no meio da noite, para *tomar um ar* não é muito comum para uma mulher casada.

Larguei as roupas no interior da gaveta e encarei os olhos claros e intensos do homem ao meu lado. Ele mantinha uma expressão séria, enquanto cruzava os braços sobre seu peito.

— Está insinuando alguma coisa, Christopher? Porque, se estiver, quero que seja claro.

— Onde você estava?

— Fui dar uma volta de carro! Preciso pedir sua permissão para isso? — indaguei, indignada.

— Seria bom ao menos me avisar! Acha que gosto de acordar no meio da noite e ver que minha esposa não está na cama comigo?

Rolei os olhos de forma impaciente e caminhei em direção ao banheiro, tentando me afastar o suficiente para interromper aquela sequência de perguntas, mas não pareceu surtir efeito, pois ele continuou a me seguir.

— Está falando como se eu estivesse fora de casa há horas, sendo que não tem nem uma hora!

– Não importa quanto tempo tem, Maya! O problema é que você não me avisou! – esbravejou.

– Eu odeio quando você tenta me controlar! – retruquei, fingindo nervosismo. – Você sabe tudo que passei nos últimos dias. Não ouviu o médico falando que seria normal ter insônia e ansiedade? Parece que não me entende! — Caminhei de um lado para o outro, enquanto tentava controlar minha respiração.

Christopher se calou. Sua expressão confusa quase permitia um semblante de culpa, e era exatamente o que eu queria. Fazer o papel de esposa deprimida e traumatizada, após um duro sequestro, era minha melhor saída.

– Eu não quero brigar com você. Só fico preocupado. Acabamos de sair de um sequestro, não é seguro sair assim.

– Você tem razão, querido... – soltei, melancólica. – Só não queria incomodar você, parecia tão cansado.

Ele me fitou por alguns instantes e, em seguida, se aproximou, envolvendo-me em seus braços fortes.

– Vou tomar um banho para tentar dormir um pouco.

Ele nada falou, apenas assentiu. Desvencilhei-me de seus braços e caminhei para o banheiro. O banho quente demorou tempo suficiente para ter certeza de que ele havia adormecido outra vez. Acomodei-me ao seu lado na cama e me permiti descansar também.

Horas depois, despertei com barulhos por todo o quarto, respirei fundo e pedi aos céus um pouco de paciência, se é que isso era possível. Quando Christopher acordava de mau humor, cuidava de tornar meu dia tão ruim quanto o seu. Era típico dele.

– Não vai descer para tomar café? – perguntou, assim que me viu acordada.

– Não, vou tentar dormir mais um pouco, estou com dor de cabeça.

– Ótimo, eu tomo sozinho – foi a única coisa que disse, antes de sair e bater a porta.

Rolei os olhos de maneira impaciente e me acomodei melhor no centro da cama, envolvendo-me entre as cobertas frias de algodão. Meus pensamentos, agora mais tranquilos, após o susto de ter sido pega, correram até a loira de olhos verdes. De maneira muito particular, Eloise conseguia me roubar os pensamentos com frequência, como se em cada detalhe do meu dia tivesse um pouco dela.

Um sorriso cínico nasceu em seus lábios, fazendo-me soltar outro em resposta. Nós nos encaramos fixamente, instalando uma conexão intensa apenas com nossos olhos. O apartamento estava parcialmente iluminado, dando um ar de intimidade e aconchego entre nós. Inclinei minha cabeça para frente, com seus lábios a poucos centímetros dos meus. Eu podia sentir seu hálito quente contra minha boca e suas mãos descerem de minhas costas, passando por minha cintura, parando sobre minha bunda.

— Acho que estou viciada em você — sussurrei para ela.

— Por que acha isso? — Seus olhos alternavam de minha boca entreaberta para meus olhos.

Ela inclinou a cabeça novamente, em direção ao meu pescoço. Fechei os olhos lentamente, ao sentir seus lábios roçarem em minha pele, subindo em direção à minha orelha. Um gemido baixo escapou, quando senti sua mão puxar algumas mechas de meu cabelo, obrigando-me a ficar mais perto. A língua da loira serpenteou sobre o lóbulo de minha orelha, chupando-o devagar.

— Eu quero você o tempo inteiro, Eloise.

Com delicadeza, ela me obrigou a olhá-la. Minha respiração pesada evidenciava meu estado de puro tesão e entrega. Fechei os olhos, sentindo seus lábios roçarem contra os meus. Ela pressionou sua boca contra a minha e não demorou a pedir passagem com a ponta de sua língua. Sentia meu corpo formigar com a vontade de senti-la por completo.

— E você tem o tempo inteiro.

— O tempo inteiro? — perguntei, perdendo-me em seus beijos e carícias.

— O tempo que quisermos.

O barulho estridente do telefone me arrancou daquelas lembranças, fazendo-me perceber que dormir não era mais uma opção. Arrastei-me pelo colchão, até alcançar o telefone na mesa de cabeceira, praguejando aquele que passou a ligação para o quarto. O nome de Sofia acendeu no visor, fazendo-me questionar se eu havia dormido muito.

— Alô?

— Está me ligando às 06h00? — falei, rabugenta.

— Sim, está na hora de acordar. Temos alguns assuntos para tratar. Você vem à galeria? — Sofia parecia estar na rua ou correndo em uma esteira. Sua respiração ofegante deixava claro que, diferentemente de mim, repouso não era uma opção para ela.

— Não, não posso. O médico pediu para que eu ficasse de repouso.

— Sabemos que você não tem nada, deixe de preguiça!

— Nós sabemos disso, mas as pessoas não. Eu tenho que ficar de repouso para ser convincente. É urgente?

— É sobre o nosso peão.

— Conseguiu alguma coisa?

— Sim, ele abriu a boca. Depois de alguns métodos um tanto incomuns, ele liberou o material sobre a empresa.

— O quê? Combinamos que iria me esperar. Droga, Sofia! — exclamei, irritada.

— Estou com o que precisamos, Maya. Podemos nos livrar de Heitor.

— Não vamos liberá-lo até ter certeza de que temos tudo.

— Tudo bem. Pode me encontrar, então?

— Venha à minha casa, podemos tomar um café da manhã.

— Às 08h00 estou aí.

O céu estava claro e azul, sem nuvens à vista, e o ar estava fresco e puro, com uma brisa suave, que fazia as folhas das árvores dançarem delicadamente. *Um dia perfeito para descansar em qualquer lugar longe de casa*, foi a única coisa que consegui pensar ao sentir os raios de sol tocarem minha pele suavemente, proporcionando um calor reconfortante.

— Finalmente! Como você consegue se atrasar em casa? — Sofia me alfinetou, após bebericar um gole do suco de laranja em seu copo.

Estava sentada diante da nossa mesa de café, com um tablet nas mãos, e diferentemente de mim, devidamente arrumada, com um macacão de alfaiataria em um tom mostarda. Seus cabelos loiros cacheados estavam presos em coque, exibindo uma nuca lisinha e um rosto de invejar.

— Bom dia para você também, viu? — retruquei, depositando um beijo no topo de sua cabeça.

— Alguém está de bom humor.

— Estou mesmo! Está fazendo um dia lindo, e não quero nada estragando isso. — Acomodei-me em uma das cadeiras, notando o farto café da manhã que nos aguardava.

— Perdi alguma coisa? — perguntou, encarando-me sobre as lentes de seus óculos escuros.— Nadinha! Vamos ao que interessa, sim? — perguntei tranquilamente, enquanto me servia de uma boa quantidade de frutas. — O que conseguiu?

— Consegui uma boa papelada das duas empresas, movimentações, contratos, extratos bancários. Temos que nos reunir para estudar tudo isso.

— Faremos isso. Eu não quero apenas provar que eles roubaram e afundaram a CE, mas outras coisas mais.

— Maya, nós conversamos sobre isso...

— Sofia, eu sei que podemos conseguir mais, ok? Heitor está nos dando o que tem de mais supérfluo, e eu sei que tem mais!

— Acredito que ele tenha, mas estamos contando com a ideia de que ele dirá.

— Ele vai dizer — afirmei, encarando-a com firmeza.

— Como pode ter certeza, Maya?

Limpei os lábios com o guardanapo e voltei minha atenção à Sofia.

— É muito simples! Ele terá apenas duas opções: me contar ou morrer — concluí, espetando outro morango com o garfo, para levá-lo até a boca.

— Seria capaz?

Os olhos escuros de Sofia se voltaram em minha direção, como se quisesse se certificar de que eu falava a verdade. Mastiguei e lhe lancei um sorriso cúmplice.

— Sofia, todos nós vamos morrer um dia, eu só estaria dando uma ajudinha a Deus ou ao Diabo, sei lá — meu tom de voz ameno trouxe uma expressão assustada a ela.

– Por Deus, Maya! Sei que somos o que *somos*, mas não me vejo tirando a vida de alguém – repreendeu.

– Não é como se eu fosse virar uma assassina em série. Não tenho interesse em matar ninguém, seria em último caso. Eu estou apenas prestando contas para alguém, e você, melhor do que ninguém, sabe disso.

– Eu sei... – Ela suspirou, sem interromper o balançar enérgico de sua perna. – Só tenho receio de como tudo isso vai terminar. Tenho medo por você.

Dei um sorriso fraco, antes de acariciar sua mão com as pontas dos dedos. Sabia que a preocupação de Sofia era genuína, não havia ninguém neste mundo que estivesse ao meu lado como ela. No entanto, Becker, mais do que ninguém, sabia que não havia nada que pudesse me fazer retroceder, pelo menos, não até aquele momento.

– Você sabe que isso pode custar a sua vida, não é?

– Eu soube desde o primeiro instante, Sofia. Mas é o que eu preciso fazer. Não vou viver tranquila até ter a certeza de que todos saibam quem é Christopher Collins. Ele precisa pagar pelo que fez, e eu serei a pessoa que vai derrubá-lo, custe o que custar.

Ela apenas assentiu, em concordância, lançando-me um sorriso de canto.

– Vou programar nossa reunião.

– Maravilha! Só tente outro horário, as madrugadas não estão funcionando – confessei, tomando mais um gole do suco.

– Como não? Sempre deu.

– Voltei para casa hoje por volta das três, e adivinha quem estava acordado? Acho que coloquei pouco calmante na droga do jantar.

– Não brinca! – exclamou, com os olhos arregalados. – O que você fez? Precisa dobrar a dose.

– Eu disse que saí para tomar um ar. Não sei se ele acreditou nisso, mas foi o suficiente para me deixar em paz. Senti minha alma sair do corpo quando ele falou comigo.

Sofia não conteve a risada. Eu neguei com a cabeça e encarei o visor do celular, que acendeu, sobre a mesa.

– Seu casinho com a policial está ficando cada vez mais sério. O que a paixão não faz, não é? – debochou.

– Está mesmo, viu? Com Eloise, as coisas são diferentes.

– A bandida apaixonada pela policial – zombou. – Trágico.

– Eu diria excitante! – retruquei, com um sorriso. – E não é nada diferente de você, afinal sua namorada é uma policial.

– Vamos com calma! Minha policial é metade bandida e sabe a vida que levo. Já a sua... – rebateu, convencida.

– Se ela descobrir, terei que usar um daqueles uniformes laranjas pelo resto da vida – brinquei, fazendo-a rir. – Por isso, quero aproveitar ao máximo antes que isso aconteça.

– Essa mulher virou sua cabeça... – de repente, a voz de Sofia soou distante, perdendo-se totalmente em meio aos meus pensamentos.

– E falando nela...

Não pude conter o sorriso que se instalou em meu rosto assim que a avistei. Eloise cruzou o jardim, ao lado de Eliza, enquanto conversava sobre algo que não pude decifrar. Ela sorria vez ou outra, enquanto fazia breves gestos com as mãos, na tentativa de enfatizar suas palavras. Estava simplesmente linda, como sempre, seus cabelos loiros brilhantes moviam-se graciosamente a cada balanço de seu corpo em minha direção. A agente ergueu o rosto, e pela primeira vez, seus olhos verdes se encontraram com os meus, trazendo um sorriso que me fez arfar.

– Se controle, mulher. Vai acabar babando – Sofia zombou.

Não poderia negar. Mas afinal de contas, quem não estaria?

– Ainda tem sua casa nos Hamptons? – perguntei, sem tirar os olhos da policial.

– Sim, tem um tempinho que não vou, mas está tudo certo.

– O que acha de me emprestar esse final de semana?

– Maya... – Sofia me repreendeu.

– Christopher não estará em casa, e eu posso alegar que fui para descansar.

– Como você sabe?

– Recebo os e-mails dele, esqueceu? A secretaria confirmou a reunião no Canadá. Ele volta na segunda, tenho tempo suficiente – afirmei, empolgada.

– Bom dia, meninas! – Ela nos cumprimentou com um beijo no rosto, e eu rapidamente gesticulei para que ela se sentasse conosco.

– Estava falando com Sofia que tenho um compromisso em Hampton esse final de semana. Você poderia me acompanhar?

Ela franziu o cenho, um pouco confusa por ser pega de surpresa. Normalmente, Eloise tinha acesso à minha agenda, para conseguir conciliar com seus deveres no Departamento de Polícia.

– Sim, eu posso tentar, mas realmente preciso de um tempo na delegacia.

– Sem problemas. Você me diz a hora que fica bom para você, pode ser? Posso ir com outro segurança até lá, e você me encontra depois.

Eloise me fitou, curiosa. Se estivéssemos sozinhas, provavelmente eu receberia alguns questionamentos, mas ela se controlava na presença de terceiros.

– Algum evento importante?

– Sim, indispensável.

– Tudo bem, posso acompanhá-la, sim! Só preciso passar um tempo na delegacia, para organizar tudo com a minha equipe.

– Perfeito, agente Green.

O visor do meu celular se acendeu com a última mensagem de Christopher. Ele informava sobre sua próxima viagem de negócios para o Canadá, e eu, habilmente, fingi lamentar a notícia, usando isso como pretexto perfeito para passar os próximos dois dias na casa de praia de Sofia, nos Hamptons. E apesar do seu mau humor matinal, ele pareceu aceitar a ideia sem qualquer objeção, desejou um bom descanso e prometeu entrar em contato novamente, assim que fosse possível.

Deixei o celular na mesa de cabeceira e olhei para o monte de roupas espalhadas em cima da mala cinza. Havia peças suficientes para uma semana inteira, embora eu fosse passar apenas alguns dias. Não era exagero me precaver, certo? Quem sabe o que poderia acontecer naqueles dois dias com Eloise. Terminei de arrumar tudo que precisava e usei o restante do tempo livre para organizar as pendências da galeria, enquanto Eloise ainda estava na delegacia. Fechei novos contratos, fiz algumas reuniões, avaliei novos artistas e nenhum sinal dela. Talvez estivesse ocupada demais, e não poderia julgá-la. Ser a minha segurança particular estava tomando seu tempo quase integralmente.

– Com licença, senhora. Podemos descer as suas malas?

– Sim, pode colocar no carro, por favor.

Assim que Eliza se afastou, capturei o celular mais uma vez e busquei pelo número de Eloise. O som insistente da chamada durou por alguns segundos, até a voz robótica surgir no fim. Desliguei e lancei o telefone sobre o colchão.

Ao contrário do que gostaria de transparecer, estava bem ansiosa. E por mais que entendesse as responsabilidades de Eloise, era frustrante não ser uma prioridade em tempo integral. Encarei o carpete do quarto por não mais que três minutos, mas o suficiente para que meu corpo e mente fossem tomados por uma onda de tédio e marasmo. O aparelho de celular estava em minhas mãos novamente, e meus olhos percorriam cada letra, até que o nome se formasse em caixa alta bem na minha frente. Pensei em tentar mais uma vez, mas por Deus! Estava me comportando como uma adolescente mimada quando as coisas fogem de seu controle, e assim que me dei conta disso, respirei profundamente, até que meus pensamentos se organizassem.

Ao mesmo tempo que parecia algo muito fútil, a possibilidade de ter um final de semana inteiro ao lado de Eloise era o suficiente para fazer uma festa nas minhas emoções. Honestamente, não via hora de estar a caminho dos Hamptons sem a sombra do Christopher vigiando os meus passos. Nem notei a impaciência das minhas pernas, que balançavam cada vez que os flashes da noite anterior invadiam meus pensamentos, e me critiquei quase instantaneamente ao também me lembrar do descuido com a dosagem do calmante. Por um momento, temi que meu envolvimento pudesse interferir de modo que eu ficasse menos focada. Talvez eu estivesse ficando um pouco paranoica, e se continuasse alimentando pensamentos assim, meu final de semana iria por água abaixo. E definitivamente não era esse o objetivo, então deixaria para me preocupar com todas essas coisas quando voltasse.

Com o passar do tempo, tive a impressão de que o quarto ficava cada vez menor e que a ausência de notícias, ainda que por não mais que trinta minutos, era a máquina que comprimia cada uma daquelas extensas paredes. Ter que esperar me irritava, mas esperar Eloise aparentemente me deixava dramática. Àquela altura, não existia nada capaz de me centrar, exceto uma ligação e/ou mensagem com a única informação que eu aceitaria receber: estou indo. Foi então que, em meio ao sentimento de frustração e não priorização que só uma adolescente de 15 anos poderia entender, uma ideia surgiu.

Procurei o contato de Sofia entre as ligações recentes e esperei até que o som de chamada fosse interrompido por sua voz.

— *Sua vez de me incomodar!* — Sofia respondeu ao fundo.

Sorri ao perceber seu tom, mas não me prolonguei e fui direto ao assunto.

— Você avisou aos seus funcionários? Posso ir sem problemas? — Não estava em sua presença, mas posso afirmar que seus olhos rolaram.

— *Sim, Maya! Estão todos cientes e aguardando vocês duas, mas não foi pra isso que você me ligou, certo? Desembucha!*

Abafei uma risada contra o aparelho e tomei alguns segundos, antes de começar a explicar o que estava tramando.

— Então, a Eloise não me responde, e eu sei que ela tem suas obrigações na delegacia e que certamente está com mais pendências do que julgou quando aceitou o meu convite, por isso pensei em fazer uma surpresa.

— *Surpresa?* — ela indagou, um tanto desconfiada.

— Sim! Ao invés de esperar ela aqui, pensei em ir até a delegacia buscá-la. Assim, chegaríamos mais rápido e poderíamos comer naquele restaurante que nós fomos da última vez. Sei que faz muito tempo, mas acredito que a comida ainda seja tão boa quanto naquela época.

— *O Cowfish? Nossa, você quer mesmo parecer uma garota local, comendo a entradinha de camarões, enquanto flerta, observando a paisagem da baía?* — Sofia explodiu em uma risada irônica. — *Você não cansa de me surpreender. A sua versão apaixonada é quase um clichê adolescente de streaming popular. Fofo!*

Foi a minha vez de revirar os olhos e depois voltar a encarar minhas unhas perfeitamente cutiladas.

— Não quero saber se me acha fofa, não vou beijar você, só preciso que me responda se acha uma boa ideia. Não quero parecer uma louca, será que devo ligar mais uma vez? — desabafei.

Sofia ficou em silêncio. Parecia ter se comovido com a minha inexperiência em assuntos amorosos.

— *Desde quando você precisa de validação? Você faz o que quer, do jeito que quer, e ninguém questiona. Mas apareça lá de uma vez. Nem pense em ligar pra ela novamente, ou eu vou passar a questionar suas faculdades mentais.*

Abri um sorriso de canto ao ouvir suas palavras que, naquele momento, serviram como uma coroa. Encarei meu reflexo no espelho, antes de pegar rapidamente a minha bolsa e as chaves do carro, e caminhei em passos largos até a garagem. Minhas coisas estavam devidamente acomodadas no porta-malas, e Eliza aguardava, ao lado do veículo, as minhas orientações para os próximos dias.

Assim que entrei no carro, puxei o ar com certa ansiedade, antes de sintonizar o rádio na minha estação preferida. Planos de um fim de semana inteiro correram em alta velocidade dentro da minha cabeça. As possibilidades eram infinitas, e todas elas terminavam em Eloise e eu. Juntas. Olhei o celular mais uma vez, mas nada, então joguei o aparelho dentro da bolsa.

Ora, Maya Collins não era o tipo de mulher que repetia ligações insistentemente sem ser atendida. Existiam meios para que eu conseguisse a atenção que tanto desejava, sem necessariamente parecer uma desesperada, e ainda seria agradecida por isso.

Sorri ao deixar a garagem e cantarolar a música que agora era responsável por embalar pensamentos despreocupados. O tempo estava lindo, e o sol, quente o suficiente para ultrapassar as barreiras do vidro fumê e aquecer instantaneamente a minha pele. Nem mesmo o trânsito que, a essa altura, tomava-me quase vinte minutos a mais do trajeto, era capaz de me incomodar. Praia, bóa comida, boa bebida e boa companhia, sem sinal de um marido que se transformava em espectro de maneira gradativa, conforme Eloise e eu íamos ficando mais próximas emocionalmente.

Estava a cerca de um quilômetro da delegacia, e a impressão era de que quanto mais próxima ficava, mais o tempo parecia demorar. Podia jurar que o GPS havia informado "cinco minutos para o seu destino final" trinta minutos atrás. Já era possível enxergar a fachada da delegacia de onde eu estava, e isso fez com que meu coração errasse o ritmo de algumas batidas. Parei o carro em uma vaga livre, a poucos metros da entrada, e pensei em enviar uma mensagem, informando que estava à sua espera. Não precisei pensar muito a respeito, porque, em questão de segundos, me deparei com Eloise no auge de sua beleza profissional, deixando a porta de vidro. Os longos fios loiros estavam presos em um rabo de cavalo, os olhos verdes, cobertos pelas lentes escuras dos óculos de sol e o distintivo, responsável por tamanha imponência, preso ao jeans que se adaptava ao corpo curvilíneo.

Não contive o sorriso que se estendeu pelos meus lábios nem o calor imediato que se abrigou nas maçãs proeminentes do meu rosto. Minha expressão era de completa felicidade, e já estava pronta para sair do carro, quando percebi que Eloise parou e olhou ao redor, como se procurasse algo ou alguém. Não era possível que tivesse me visto ali, era? Não daquela distância. Continuei observando-a com atenção, até que vi seu rosto acenar em uma direção contrária à minha. Eloise continuou a andar, e meus olhos a acompanharam com certa urgência. Não demorou muito para que ela estivesse em frente à outra mulher, e eu, subitamente, senti meu coração acelerar. As duas se cumprimentaram em um abraço que durou tempo demais para mera casualidade. Obviamente, se conheciam e claramente tinham intimidade, e só quando elas se viraram para minha direção, entendi o que estava acontecendo.

Kiara.

Um misto de sentimentos e sensações tomou o controle do meu corpo e da minha mente. Tudo agia em sincronia, alimentando o caos de um ego ferido, que em questão de segundos, fez com que eu pegasse fogo. Rapidamente, comecei a tentar juntar as peças de um quebra-cabeça ridículo e me questionar se aquilo fazia sentido. Eloise não me respondia porque estava com Kiara? O que ela estava fazendo ali? Teria se mudado para cá? Quanto mais me esforçava para encontrar uma resposta, mais confusa ficava.

Inevitavelmente, senti o amargor do ciúme se estabelecer em minha garganta. Era inadmissível que outra mulher fosse prioridade, quando a primeira opção era eu. Decidi ir embora, pois não conseguia pensar direito ali e não queria servir de plateia para qualquer que fosse o espetáculo barato que aquelas duas iriam apresentar.

Pisei mais forte que o necessário no acelerador, enquanto me esforçava para pensar mais racionalmente. Afinal de contas, quem sairia perdendo, no final de tudo, seria Eloise, não eu. Chamei o número de Sofia e coloquei no alto-falante do carro.

— *Não vai me deixar em paz hoje?* — ela perguntou em tom de brincadeira.

— Sem gracinhas. Está na galeria ainda? Preciso falar com você pessoalmente.

— *Uau, que bicho te mordeu? Hummm, já sei. Sim, estou.* — Ela pareceu pensar um pouco antes de prosseguir. — *Me encontre naquele restaurante que você adora.*

— Certo, chego em quinze minutos!

Desliguei e peguei o primeiro retorno, em direção ao lugar marcado.

Quando cheguei ao estabelecimento, entreguei a chave do carro ao manobrista, que aguardava na cabine ao lado, e cumprimentei a recepcionista, que me perguntava sobre as preferências da mesa, mas já tinha avistado Sofia um pouco mais adiante. Informei que estavam me esperando e segui em sua direção.

— O que houve? — Sua expressão era um pouco confusa.

— Fiz do jeito que combinamos ao telefone, mas quando cheguei, dei de cara com a Eloise e outra mulher. — Sinalizei para que o garçom me trouxesse uma taça de vinho branco, enquanto observava atentamente os itens do menu. Eu sabia exatamente o que pedir, pois sempre comia o mesmo prato: salmão e molho de ervas.

— Elas estavam se beijando ou algo assim? Qual o problema? — Sofia seguia genuinamente confusa.

— Não estavam se beijando ou nada parecido, apenas se abraçaram. A questão é que já tiveram algo. — Dei uma pausa, enquanto o garçom servia a minha taça. — E a Eloise não me respondeu ou atendeu, sequer deu sinal de vida, e nós tínhamos um compromisso firmado. Ela garantiu que iria.

Sofia sorriu com certa empatia, ao mesmo tempo que buscava meus olhos com os seus.

– Maya, você só está com ciúmes.

Revirei os olhos, um tanto contrariada. Eu sabia o que estava sentindo, tinha noção de que era um sentimento caprichoso, mas não conseguia me livrar da ideia de que estavam tentando me fazer de besta.

– E se devo te lembrar... – Sofia prosseguiu – você é uma mulher casada que se envolve com sua segurança particular, não é como se estivesse em condições de exigir algum tipo de fidelidade.

– Eu não tenho contato físico com Christopher há certo tempo. – Ponderei.

– Mas teria se fosse necessário.

Sofia estava certa, ainda que fosse difícil admitir em voz alta naquele momento. De fato, eu não poderia exigir muita coisa. Minha relação com Eloise, inicialmente, aconteceu da maneira mais carnal possível, e depois, ficou tudo muito intenso e confuso demais para que eu conseguisse pensar com clareza. Nem eu nem Eloise devíamos satisfações uma à outra, não poderíamos nem se quiséssemos.

Dei um gole no vinho branco e senti o pequeno percentual de álcool atingir meu paladar de maneira prazerosa.

– Você sabe que não é uma boa ideia seguir com isso. A Eloise, além de ser sua segurança, também investiga o caso. Ela não é idiota, Maya. Você a está subestimando demais. O nível de proximidade que vocês estão atingindo deixa as coisas perigosas. Você pode ficar exposta, pode não conseguir se antecipar. Além dela, tem o Christopher... Se ele imaginar que vocês duas tem um caso... – Sofia parou, por uns segundos, e respirou fundo, meneando a cabeça negativamente. – Eu não quero nem pensar no que ele seria capaz de fazer. A questão é que isso pode custar sua vida, de uma maneira ou de outra.

Eu sabia disso melhor do que qualquer um, melhor do que Sofia, inclusive. Não era como se eu não tivesse pesado todos os prós e contras daquela situação, e por mais que os contras fossem incontáveis e o pró única e exclusivamente para satisfazer desejos pessoais, ainda assim parecia um risco razoável. E teria permanecido assim, se eu não tivesse me apaixonado por Eloise.

Enquanto conversávamos, senti o vibrar do celular sobre a mesa de madeira. Encarei o visor, e o nome de Eloise ocupava a tela. Não hesitei por um segundo em silenciar o aparelho, ao invés da ligação, e deixá-lo tocar insistentemente, não por uma ou duas vezes, mas durante as dez tentativas de contato. Se eu pude esperar, acreditava que ela não se importaria em fazer o mesmo. Foi então que o celular de Sofia tocou, e ela virou o aparelho quase que instantaneamente para mim, como se perguntasse o que fazer.

– Você que sabe, mas se for atender, não diga que estou com você – respondi.

Ela meneou negativamente com a cabeça e colocou o telefone dentro da bolsa. O som seguiu abafado por mais alguns minutos, até que cessasse por completo.

Terminamos nossa refeição e não nos prolongamos muito no restaurante. Sofia precisava voltar à galeria, e eu, de um relaxante banho, para renovar minhas energias e pensamentos. Enquanto nos despedíamos, o celular de Sofia tocou mais uma vez, e diferentemente das vezes anteriores, era uma das funcionárias da galeria.

– Boa tarde! Sim? Não, não nos falamos... Aí? – sua voz acentuou um pouco. – Certo, mas ela já foi?

Encarei suas expressões com os olhos cerrados, como se apertá-los fosse aprimorar minha audição. Sofia me encarou, em resposta, e mexeu os lábios pausadamente, até que o nome de Eloise se formasse. Dei de ombros e permaneci à espera do motorista.

– Eloise esteve na galeria à sua procura – disse, enquanto colocava o celular no bolso da calça de alfaiataria que usava.

– Bom, eu não estava lá. Que pena! – respondi em tom de deboche.

Sofia sorriu.

Nossos carros chegaram quase ao mesmo tempo. Entrei no veículo rápido o suficiente para apenas acenar com as mãos, e seguimos direções opostas. O caminho para casa não era longo, mas àquela altura tudo parecia demorar um pouco mais que o necessário. Alguma música fazia a trilha sonora deprimente do meu retorno, e quanto mais próxima de casa ficava, maior era a insatisfação. Adentrei a garagem com o sentimento de frustração entalado na garganta, azedo, quase tomando forma. Desci do carro e me deparei com uma Eliza esbaforida vindo em minha direção.

– As malas estão no mesmo lugar. Pode retirar e desfazê-las, certo? Precisei cancelar – disse, entregando as chaves do carro em suas mãos.

Eliza parecia querer me dizer algo, mas se conteve, como de costume. Seria de admirar que sua curiosidade falasse mais alto em algum momento. Segui sem olhar para trás e, por mais que minha mente costumasse trabalhar em uma velocidade extremamente incomum, fazendo com que eu pensasse em várias coisas ao mesmo tempo, saí vitoriosa ao conseguir preenchê-la apenas com a imagem do banho que eu estava prestes a preparar. Cruzei os cômodos rapidamente e, ao estar prestes a subir as escadas, fui surpreendida pelo semblante de Eloise à minha espera.

– O que você está fazendo aqui? – perguntei quase que sem pensar.

Ela me encarou confusa.

– Tentei te ligar algumas vezes, mas você não atendeu. Pensei que estivesse com Sofia, mas ela também não atendeu. Fui até a galeria para checar, mas nenhum sinal seu, então decidi esperar aqui até que resolvesse aparecer.

Revirei os olhos, enquanto ouvia sua explicação, e ofereci minha melhor expressão de indiferença.

– Que coisa, não? Lamento que tenha esperado – disse em puro deboche.

Eloise inalou o ar de maneira pesada, passando os dedos rapidamente pelas mechas soltas do cabelo loiro.

— Olha, não foi minha intenção não retornar suas ligações, mas, naquele momento, eu não podia... Mas mandei mensagem, não viu?

Cortei sua explicação com uma risada sonora e aguda. Ela inclinou a cabeça em minha direção e me observou com atenção, como se tentasse decifrar o motivo, mas optou por seguir.

— Trouxe minhas coisas. — Apontou para a mala no canto da sala. — Coloco no carro?

— Nós não vamos a lugar nenhum, Eloise — respondi, com um sorriso formado no canto dos meus lábios.

— Como não? Aconteceu alguma coisa?

— Não sei. Aconteceu? Por que não dá meia-volta para o seu compromisso anterior? Acredito que a Kiara irá adorar te receber.

Eloise franziu o cenho com tanta força que poderia unir as sobrancelhas se quisesse.

— Espera...

— Você não respondia, imaginei que estivesse ocupada, mas quis fazer uma surpresa, então fui até a delegacia. No final das contas, eu quem fui surpreendida por suas prioridades. — Dei de ombros, tentando fingir uma indiferença que era refutada por cada palavra que deixava minha boca.

— A Kiara veio à cidade e foi até a delegacia, para conversarmos um pouco, antes que eu encontrasse você...

— Não precisa se explicar. Não é como se me devesse satisfações ou algo assim, não me importo nesse nível. Não temos nada que mereça isso. — Menti. — Pode ficar tranquila.

Entretanto, Eloise levou minhas palavras muito a sério, e pude perceber suas expressões se transformarem. Se antes me encarava com confusão, no esforço de me compreender, agora seus olhos eram riscados por irritação.

— Realmente, Maya, eu não devo satisfações da minha vida pessoal à esposa do meu empregador — ela respondeu, e a frieza da sua entonação atingiu o centro do meu orgulho. — Não se comporte como se fôssemos mais do que somos — suas palavras me pegaram desprevenida, mas foram incentivadas por mim, e ela me respondia à altura.

Antes que eu pudesse me dar conta, Eloise e eu nos esforçávamos internamente para vencer uma batalha criada pelo acúmulo de sentimentos nunca oralizados.

— Não dê tamanha importância. O Christopher costuma dizer que eu tenho essa síndrome de "o menino que é dono da bola", sabe? No final, não passa disso: um garoto que se ressente quando brincam com seu brinquedo preferido e deixam ele de fora da brincadeira — as palavras se formaram em meu cérebro e deixaram meus lábios quase que instantaneamente, sem que eu tivesse muito tempo para processar o que seria dito e amenizar.

Eloise arregalou os olhos verdes, e o seu rosto incendiou, como se eu tivesse riscado um fósforo no topo de sua cabeça. A pele branca estava vermelha até o pescoço, no qual veias sobressaltadas riscavam a superfície delicada, oferecendo um contraste digno de pintura. Perdi-me um pouco, observando com atenção sua transformação. Às vezes, esquecia a capacidade que eu tinha de instaurar o caos internamente em cada pessoa que me cercasse. Não que fosse motivo de orgulho, e algumas vezes, como esta, me doíam e causavam um arrependimento ainda maior.

Eu queria me desculpar, mas não iria. Não ali, não agora.

– Você me comparou a um brinquedo, Maya? – Ela estava verdadeiramente abalada. – Eu sabia que você era uma pessoa vazia, mas não achei que fosse a esse ponto. Bom pra mim.

Eloise me deu as costas rapidamente, passando os dedos pela alça da mala, e cruzou o cômodo com tanta agilidade que tive dificuldade de acompanhar seus movimentos. Não demorou muito para que estivesse fora da minha casa e do meu campo de visão. Permiti que a tensão deixasse o meu corpo, aliviando a postura e retirando o peso que pairava sobre meus ombros. Bom, Sofia pode comemorar, pois Eloise não seria mais um problema.

Após algumas horas, resolvi ligar para Sofia. Precisava ocupar minha cabeça com coisas realmente importantes, ou poderia enlouquecer a qualquer instante.

– Precisamos resolver a questão do Heitor. Pensei de nos encontrarmos fora daqui para avaliar o material que ele conseguiu – desandei a falar sem demora. – Olá...

– *Nossa, alguém está de péssimo humor.*

Ela não me perguntou nada sobre Eloise ou qualquer coisa que remetesse a ela. Sofia sabia que era a última coisa sobre a qual eu gostaria de falar naquele momento. E no fundo, sabia que estava aliviada pelas coisas terem tomado o rumo que tomaram, assim teríamos algo a menos com que nos preocuparmos.

– Precisa ser o quanto antes... – ela completou. – Nesta madrugada. Te mando o endereço.

– Não tenho mais compromissos para este final de semana, então temos todo o tempo do mundo. – Dei de ombros, antes de me virar de costas e caminhar em direção à cadeira em que costumava me sentar.

CAPÍTULO
#16

O DESPERTAR

Eloise Green

Horas antes

Depois de um café com Kiara, voltei para casa. Não estava em meus planos prolongar aquele momento com a oficial, mesmo quando ela se mostrou verdadeiramente interessada. Eu tinha planos com Maya, passaríamos um final de semana sozinhas nos Hamptons, aproveitando a companhia uma da outra, sem o risco de sermos pegas por qualquer um à nossa volta. As coisas entre nós pareciam estar se intensificando, e estranhamente, sentia-me à vontade com tudo aquilo. Sabíamos que o que fazíamos era errado, mas nada disso era uma questão quando estávamos a sós.

Caminhei em direção ao meu quarto, enquanto buscava por uma mala pequena no armário do canto, e depois capturei uma boa quantidade de roupas – algo além do necessário para quem costumava passar a maior parte do tempo sem elas. Não pude conter o sorriso que se instalou em meu rosto, quando algumas lembranças me vieram à mente. Organizei tudo que precisava, enquanto o celular carregava na tomada ao lado da cama. Deitei-me sobre o colchão macio e puxei o notebook que descansava no canto. Responderia a todos os e-mails antes de me desligar totalmente para aquele final de semana. Não deixaria que nada nos atrapalhasse naquele momento, não quando estávamos na melhor parte da nossa "relação". Liguei o aparelho, e quando o visor acendeu, um dos programas se expandiu no centro da tela. Tratava-se do aplicativo da polícia, mais especificamente, um programa de escutas internas. Franzi o cenho de forma confusa, recordando-me do momento em que o utilizei. Usamos de todos os meios para localizar Maya quando ela havia sofrido o sequestro, e ouvir as conversas telefônicas era uma dessas tarefas. Levei o mouse suavemente até o ícone de gravações, quando cliquei sobre a primeira notificação.

Não havia nada.

Na segunda, uma breve conversa entre os funcionários.

Na terceira, enfim ouvi a voz de Maya e de outra pessoa que julguei ser Sofia.

— Alô?

— Está me ligando às 06h00?

— Sim, está na hora de acordar. Temos alguns assuntos para tratar. Você vem à galeria?

— Não, não posso. O médico pediu para que eu ficasse de repouso.

— Sabemos que você não tem nada, deixe de preguiça!

— Nós sabemos disso, mas as pessoas não. Eu tenho que ficar de repouso para ser convincente. É urgente?

— É sobre o nosso peão.

— Conseguiu alguma coisa?

— Sim, ele abriu a boca. Depois de alguns métodos um tanto incomuns, ele liberou o material sobre a empresa.

— O quê? Combinamos que iria me esperar. Droga, Sofia!

— Estou com o que precisamos, Maya. Podemos nos livrar de Heitor.

— Não vamos liberar ele até ter certeza de que temos tudo.

Fim do arquivo.

Tudo o que eu conseguia ouvir naquele momento era o barulho da minha respiração pesada, acompanhada dos meus batimentos cardíacos violentos. As imagens de Maya se formaram em meus pensamentos como uma sequência de flashes, desde o primeiro instante até o último. Minha cabeça revisitou todos os nossos momentos, absolutamente todos, em uma fração mínima de segundos, como uma explosão catastrófica, desmanchando toda a imagem que construí da mulher. Havia uma fusão de sentimentos que tomava conta de mim agora, e nenhum deles era bom. Encontrava-me surpresa, enfurecida e, principalmente, decepcionada.

Maldita.

Era ela.

Fechei os olhos, sentindo o ar me faltar, e levantei-me da cama devagar, enquanto o áudio continuava a ecoar pela minha mente, com as palavras de Maya e Sofia reverberando como um mantra traiçoeiro. Uma sensação de traição se misturava ao lamento por ter sido ingênua o suficiente para acreditar na fachada que Maya apresentava. Caminhei de um lado para o outro, enquanto sentia meu estômago revirar, fazendo crescer aquela maldita vontade de vomitar. Mantive a cabeça erguida, ao mesmo tempo que controlava a respiração, em uma falsa tentativa de manter o controle, quando, na verdade, ele havia partido.

— Me seduziu tão bem, a ponto de me cegar. Me enganou esse tempo todo – disse, incrédula. – Como pude ser tão tola? – Senti um nó se formar na garganta, tornando difícil engolir qualquer coisa, até mesmo as lágrimas que ameaçavam derramar-se.

Em um impulso, peguei o celular e, sem hesitar, disquei o número dela. O som da chamada ecoou como um tambor em meus ouvidos, enquanto eu esperava que ela atendesse, mas, por sorte ou destino, ela não respondeu. Liguei para Sofia, sem resposta, então me sentei na cama, sentindo aquele peso nos ombros triplicarem. O maldito nó que se formou em minha garganta, agora, era convertido em lágrimas. De repente, tudo que se ouvia naquele cômodo era o barulho de meus soluços ecoando entre as paredes. O sentimento de traição se inflamava a cada instante que minha cabeça reforçava a ideia de que tudo poderia ser diferente se eu não estivesse totalmente cega por todos aqueles sentimentos.

Entregar-me à Maya foi um erro.

O principal deles.

Limpei o rosto, tentando recuperar algum controle sobre mim mesma, e olhei para o celular, ainda na mão. Uma ideia começou a se formar em minha mente, então, sem esperar mais, desbloqueei novamente o celular e digitei uma mensagem para Maya:

Eu:
Estou levando minha mala.
Desculpe pela demora, tive muito trabalho.
Estou ansiosa para o nosso final de semana.

– Isso não vai ficar assim, não vai.

Tempo atual

Remexi-me mais uma vez no banco do carro, enquanto tomava mais um gole do café quente. Aquilo precisava me manter acordada e atenta o suficiente naquela noite. Já passavam das 02h00, e eu estava ali, a apenas alguns metros da mansão Collins. Depois de ouvir todas as conversas entre Sofia e Maya, prontifiquei-me a vigiar a única saída daquele terreno. Elas haviam combinado de se encontrar, e conhecendo Maya relativamente bem, sabia de seus métodos para escapar, sem se preocupar com a possível intervenção do marido.

– Vamos, Maya. Cadê você?

Meu corpo se mantinha em movimento à base de cafeína e açúcar. Eu suspirei pesado, enquanto me debruçava sobre o volante do carro. Eu estava exausta. Por alguma razão, meus pensamentos se voltaram a ela, mas não em seu lado obscuro recém-descoberto; naquele momento, eu recriava, em meus pensamentos, a primeira vez que a vi ao meu lado, enquanto degustava uma bebida.

Lembro-me exatamente do quão fissurada estive somente por observá-la. Maya emanava de si uma sensualidade natural; ela não precisava se esforçar para chamar a atenção, bastavam alguns olhares intensos, alguns sorrisos envolventes, e pronto, você estava presa a ela.

– Merda! Saia da minha cabeça – resmunguei, ao menear a cabeça negativamente.

Quando voltei meus olhos para frente, avistei a claridade vinda do portão. Os faróis do carro iluminavam a passagem mais à frente, indicando que Maya estava passando pelos portões da mansão Collins, ganhando a rua deserta. Com o espaço suficiente para não ser descoberta, segui o mesmo caminho que ela fazia. Foram minutos em direção a uma parte mais isolada da cidade, uma área de galpões de embarcações marítimas, agora desativada. Desliguei os faróis, parando a uma quadra de distância do seu carro, e usei um binóculo para observá-la. Maya diminuiu a velocidade, quase como se quisesse se certificar de que aquele era mesmo o lugar combinado. As luzes traseiras se apagaram, indicando que ela estava acelerando para o galpão correto. Seu carro adentrou a lateral de um deles, perdendo-se em meio àquela escuridão.

Por um instante, senti meu corpo inteiro arrepiar. Estar sozinha com uma versão desconhecida de Maya poderia ser assustador. Inspirei o ar com força para dentro de meus pulmões, como se tomasse coragem. Não era a situação que me amedrontava, era como eu poderia lidar com ela. Abandonei o veículo, certificando-me de meus pertences antes de caminhar em direção ao galpão. Estava devidamente armada, como pedia a situação. Não que fosse minha intenção usar aqueles meios, mas hoje tudo parecia imprevisível.

O lugar era sombrio. Os galpões não tinham iluminação; os únicos indícios de luz eram emanados de um poste elétrico solitário do outro lado da rua, deixando seus arredores mergulhados em uma penumbra intensa. Segui, com passos rápidos e silenciosos, até a lateral da cerca divisória entre um galpão e outro. Ao me aproximar daquele de número dezenove, notei a presença das frestas de luz em seu interior. Mantive-me atenta, com a pistola em punho, antes de me aproximar cada vez mais. Minha respiração era controlada, diferentemente do meu coração que palpitava, frenético, dentro do peito. A cada passo dado em direção àquele lugar, era uma esperança a menos de que tudo fosse diferente do que realmente era. Gostar de Maya me fazia ansiar por sua inocência, mesmo quando isso se mostrava impossível.

Ela era culpada, e isso não iria mudar.

Depois de analisar todo aquele barracão, avistei uma porta menor na lateral e deduzi que Maya havia entrado pela principal, já que seu carro não estava estacionado do lado de fora. Aproximei-me da porta de ferro, observando as correntes soltas que a mantinham fechada, e de forma cautelosa, as retirei dos suportes, fazendo-a ranger baixinho. *Merda!* Suspirei pesado, parando, por alguns segundos, apenas para me certificar de que não havia chamado a atenção, antes de empurrar a porta suavemente, abrindo um espaço mínimo, porém suficiente para minha entrada. O interior estava cheio, havia diversos barcos antigos, alguns cobertos com lonas pretas e outros não; tudo devidamente enfileirado sobre os suportes de sustentação. O cheiro característico de sal misturado ao odor de óleo e madeira envelhecida permeava o ar. Cuidei de me manter escondida atrás dos barcos enormes, caminhando, em passos lentos e silenciosos, rumo ao feixe de luz emanado de uma porta ao fundo, enquanto mantinha a pistola devidamente empunhada para frente. E à medida que me aproximava, pude ouvir os murmúrios indefinidos. Esgueirei-me em um ponto estratégico, em uma tentativa de ver ao máximo quem estava lá dentro, e por pura sorte ou azar, tudo era pior do que eu imaginava.

Não pode ser.

Naquela fração de segundos, senti meu corpo inteiro esfriar, como se meu sangue tivesse parado de circular em minhas veias. Um sopro tenebroso invadiu meu peito, fazendo-me engolir em seco diante daquela visão. Eu não havia sido traída somente por Maya, mas por um dos membros da minha própria equipe.

Madson Carter.

Ela se aproximou lentamente de Sofia, enquanto dialogava sobre algo que não pude decifrar. Pareciam íntimas o suficiente para uma breve troca de carinhos. Maya se manteve do lado oposto, encarando as duas mulheres que estavam verdadeiramente conectadas.

— Maya, acho que precisamos conversar antes de você ver o vídeo – Sofia ponderou.

Lutei para me concentrar nas três mulheres, tentando afastar toda raiva e decepção que me dominavam naquele instante. Minha única vontade era adentrar aquela sala e acabar com o que quer estivesse acontecendo ali, mas sabia que não poderia deixar minhas emoções me dominarem. Eu precisava ser tão fria e calculista como meus adversários.

– Conversar sobre o quê? Estou aguardando por esse vídeo a manhã inteira, Sofia. Eu quero ver o quanto antes.

– É que...

– Sofia, o vídeo.

Sofia e Madson pareciam nervosas, quase receosas. Havia algo muito tenebroso ali, algo que em breve iríamos descobrir. Sofia suspirou e assentiu, recebendo um olhar encorajador de Madson. Maya as fitou tranquilamente, antes de sua melhor amiga estender o notebook em sua direção. Dei apenas mais alguns passos à frente. Queria me manter perto o suficiente para não perder nenhum detalhe daquele momento. Maya encarou as duas mulheres por breves instantes, antes de iniciar o vídeo, e seu semblante passeou entre emoções distintas. E poderia facilmente notar a confusão se instaurando em seu rosto, para, em seguida, ser tomada por pavor. Os olhos da mulher se arregalaram no mesmo instante em que seu rosto empalideceu. Notava-se, mesmo à distância, sua mandíbula travada e seus dedos fincados no estofado da poltrona em que estava.

– Maya...

Ela não reagiu, nem sequer movimentou um músculo. Estava em choque, o que aumentava minha curiosidade por ver o conteúdo daquele vídeo. Sofia se aproximou devagar, temendo a reação de Maya.

– Maya?

– Eu vou matar ele – suas palavras trouxeram uma lágrima solitária em seu rosto, mas nem de longe, parecia tristeza. Suas feições indicavam raiva, revolta e, sobretudo, descontrole.

– Ele vai me pagar por isso hoje! Maldito, desgraçado! – praguejou, nervosa.

– Você não pode perder a cabeça dessa maneira. Fique calma.

– Isso não vai ficar assim, Sofia! — Ela se levantou rapidamente. Estava perdida, transtornada.

Seja lá o que encontrou naquele vídeo, foi o suficiente para tirá-la do eixo. Maya se afastou da mesa, e só então, pude ver claramente a pistola dourada em uma de suas mãos.

Quem diabos era aquela mulher?

– Tente ficar calma! Não podemos dar um passo errado agora. Você pode acabar sendo presa ou até mesmo morrer.

– E você acha que eu me importo?! – gritou. – Aquele maldito acabou com a minha vida, Sofia! – Ela cerrou os olhos, levando as mãos à cabeça de maneira visivelmente transtornada. Maya parecia completamente fora de si.

– Eu sei! Eu sei! E é por isso que estamos fazendo tudo isso! – Sofia exclamou, ao segurá-la pelos ombros.

– Isso é muito pouco para ele. Eu o quero ver completamente destruído, e eu serei a pessoa que vai fazer isso. Eu vou matá-lo como sempre sonhei.

Recuei um passo e me encostei devagar em uma das embarcações. Minha respiração era pesada, intensa, perfeitamente sintonizada com os batimentos do meu coração. O que o diabo Christopher havia feito àquela mulher? Por que ela o odiava tanto? Maya agora não carregava somente seu ar persuasivo, havia algo a mais. Era vingativa, impiedosa e má.

– Você nunca matou alguém. Não pode fazer isso, eu sei que você não é assim – Sofia falou em um tom de súplica, enquanto Maya se afastava para um canto da sala.

Madson encarou Sofia e não ousou se pronunciar. Talvez não fosse tão próxima de Maya a esse ponto.

– Está tentando se convencer disso? Eu não sou mais aquela pessoa, Sofia. Não consegue ver? – indagou aos gritos, virando-se na direção da mulher.

Havia algo muito obscuro nela. E por alguns instantes, quase não pude reconhecê-la. Maya se aproximou de Sofia em passos lentos, enquanto apertava o cabo da pistola com os dedos. Seus olhos eram opacos, e seu rosto ainda era banhado por lágrimas de ódio.

– Eu cansei de tentar ser boa. Cansei! Não sou mais aquela garotinha que você conheceu – vociferou, enquanto limpava as lágrimas com o dorso da mão. – Eu vou acabar com ele custe o que custar.

Assim que ela tomou impulso para se afastar, com a arma em uma das mãos, algo em mim despertou. Eu não poderia simplesmente deixá-la ir e cometer um crime ainda mais grave, por causa do seu nítido descontrole emocional. Respirei fundo e ergui meu corpo num solavanco.

– Pare agora mesmo!

Os passos de Maya se estagnaram quase que automaticamente. Sofia e Madson voltaram os olhos em minha direção, mesmo que ainda não pudessem me ver no meio daquela escuridão. O galpão mergulhou em um silêncio sepulcral, sendo ouvido apenas o barulho de meus sapatos em contato com aquele chão empoeirado. Maya virou-se em minha direção, ficando entre as duas mulheres.

– Não acho que seja uma das coisas mais inteligentes a se fazer, levando em conta que vocês estão encrencadas o suficiente. – Em passos lentos, me aproximei, ganhando a área iluminada da sala.

Os olhos perplexos me encararam sem piscar. Maya respirou fundo, mantendo uma postura firme, ao lado de suas comparsas.

— Eloise, eu posso explicar — Madson começou a falar.

Mantive a pistola erguida, deixando todas em alerta. Um sorriso sarcástico deixou meus lábios, enquanto continuava a me aproximar.

— Chega desse teatro. Chega! — exclamei, irritada. — Fizeram um jogo quase perfeito, meninas. Quase! Acredito que você seja a peça principal, não é, Maya?

— Eloise...

— Diga quem você é! Anda! — exclamei, apontando a arma para o rosto de Maya, que nada falou.

— Eloise, se acalme, por favor! Deixe a gente explicar — Madson insistiu.

— Explicar? Quer me explicar como se tornaram criminosas? Mentirosas? Quer explicar como brincaram comigo esse tempo todo? Eu confiei em você, Madson! — vociferei, furiosa. — E em você! — Encarei os olhos castanhos fixados em minha direção.

Maya não pronunciou nem sequer uma palavra, não demonstrou medo ou receio. Estava perdida demais para lidar com aquelas emoções. Dei um passo à frente, sentindo meu peito subir e descer, em meio a uma respiração descompassada. Minha cabeça fervilhava, em um caos interno.

— Como pode ser tão suja? Se envolveu comigo para tirar informações? Eu acreditei em você.

— Você não sabe o que está falando, Eloise.

— Gostou de brincar comigo? Gostou de me usar como uma peça qualquer no seu jogo?

— Eu não quis isso...

— Não quis? Faça-me o favor! Você me usou. E pensar que... — Meneei a cabeça em um sinal negativo, sentindo aquela raiva me dominar. — Me traíram!

Em um solavanco, virei meu corpo em direção ao dela e segurei na gola de sua camisa, deixando ambas as mulheres alarmadas. Maya não se defendeu, tampouco teve tempo para isso. Eu a empurrei contra um pilar de concreto, arrancando de sua boca um gemido surpreso de dor. Encaramo-nos fixamente, diante de uma mistura de sentimentos e sensações que pareciam desmoronar sem controle.

— Eu não quis usar você...

— Cala a boca! Cala a porra da boca! — exclamei, furiosa.

Eu não queria ouvi-la, não queria explicação alguma. Nada iria amenizar o inferno causado dentro de mim.

— Eloise, por favor...

— Larga ela!

Ouvi o grito enfurecido de Sofia, o que rapidamente me fez erguer a arma em sua direção.

— Se afasta! Agora!

Madson se colocou entre nós, afastando Sofia devagar. Parecia tentar acalmar os ânimos, na tentativa de me fazer confiar.

— Vão embora daqui — Maya alertou.

– Não vamos sair sem você!

– Vão agora!

– Maya... – Sofia insistiu.

– Vai!

Elas relutaram, receosas pelo que poderia acontecer à Maya, mas ela se manteve firme em sua ordem. Madson puxou Sofia pelo braço, e seus olhos escuros me mediram dos pés à cabeça, quase como uma ameaça. Revidei seu olhar à altura, vendo-a ser praticamente levada para fora daquele galpão. Quando o portão de ferro se fechou, o único som que preenchia aquele lugar era os de nossas respirações descompassadas. Encarar aquela mulher agora tinha um novo impacto sobre mim, um impacto violento e indecifrável. Eu odiava Maya. Odiava a maneira como ela havia me manipulado. Era indescritível a sensação de decepção que me dominava, mas eu sabia que aquele sentimento se tornava forte e arrebatador por um único motivo.

Eu a amava.

E amar alguém que pode ser capaz de ferir você tão intimamente é uma das piores experiências humanas.

Maldito sentimento idiota.

– Vai atirar em mim? – indagou, fazendo com que eu a soltasse de uma vez.

Mantive a pistola erguida em sua direção, enquanto ela parecia se recompor do nosso atrito. Maya balançou a cabeça em um sinal negativo, enquanto tocava em seu pescoço, que foi parcialmente pressionado. Quando seus olhos me encontraram, um brilho surpreso se instaurou. Ela encarou o objeto em minhas mãos, quase como se temesse por uma reação, e foi naquele instante que ela revidou. Sua pistola dourada reluzente apontou em minha direção.

– Abaixe essa arma, Eloise.

Dei um passo para trás, buscando controlar minha respiração descompassada. Sentia meus dedos doerem ao redor do cabo da pistola. Quase não percebia a força que empregava por puro instinto.

– E deixar que você me mate? É uma ótima alternativa para concluir o seu plano.

Estávamos frente a frente, ambas segurando nossas armas prontas para encerrar aquele jogo. Maya me encarava intensamente, como se buscasse a força e a coragem necessárias para persistir naquele confronto decisivo. Suas mãos tremiam, seu olhar perdido denunciava a tensão do momento. Surpreendentemente, Maya Collins, que costumava carregar um poder imponente sobre os ombros, agora parecia tão desorientada quanto uma criança órfã.

– Atira!

– Cala a boca! – retrucou, tentando manter a sanidade.

– Atira, Maya!

– Atire você! – gritou inesperadamente. – Não está com raiva suficiente para isso? Não me odeia tanto a ponto de acabar com a minha vida? Faça de uma vez! É um favor que me fará – sua voz estava embargada, sufocada entre uma frase e outra, como se ela fosse desabar em um choro compulsivo a qualquer instante. Seu peito subia e descia em uma respiração pesada, deixando-me ainda mais instável diante de sua presença.

Havia uma guerra dentro de mim, um conflito enlouquecedor entre meus sentimentos por aquela mulher. Nós nos encaramos por um longo instante, como se nossos olhares pudessem transmitir toda aquela carga intensa de sentimentos que nos consumia. Maya suspirou pesado, fechando os olhos, enquanto seu dedo indicador se movia no gatilho da pistola. Suas mãos tremiam a olho nu, como se lhe faltasse coragem para dar o próximo passo.

Ela seria tão fria e calculista?

Eu senti meu corpo inteiro estremecer, e gotas de suor se formavam sobre minhas têmporas. Maya engoliu em seco, e depois de alguns instantes, seus ombros se encolheram e seus braços se abaixaram, desarmando-se por completo.

– Eu não posso fazer isso, não com você, não depois de tudo.

Minha arma ainda permanecia erguida e apontada em sua direção. Eu não demonstraria fraqueza, Maya não merecia isso.

– Mas se for o seu real desejo, termine com isso de uma vez – disse, vencida. – Mas antes... – Maya recuou alguns passos lentamente, até alcançar a mesa no meio da sala, depositou o objeto dourado sobre a superfície e virou o notebook em minha direção. – Assista.

Permaneci alguns segundos sem qualquer reação, analisando se deveria confiar mesmo naquela mulher. Ela deu alguns passos para trás e ergueu as mãos vazias, como um sinal de rendição, permitindo que eu me aproximasse do aparelho sobre a mesa. Olhei em seus olhos e, em seguida, encarei a tela onde iniciava o vídeo de minutos atrás.

As imagens capturadas pela câmera de segurança revelavam um provável estacionamento que, de repente, foi invadido por três homens, e após alguns segundos, um quarto. Três deles foram facilmente identificados: Christopher Collins, Heitor Martinez e Roger Brandon; o quarto homem, apesar de desconhecido, compartilhava quase do mesmo porte físico dos dois primeiros, embora aparentasse ser mais velho, por causa das madeixas grisalhas.

Em poucos minutos, o ambiente se tornou palco de uma discussão acalorada, evidenciada pelos gestos enérgicos e pelas palavras gritadas. Apesar da qualidade um tanto escura das imagens, era possível discernir claramente o confronto entre eles. O desconhecido balançou a cabeça negativamente, demonstrando desequilíbrio e fúria. E mesmo sendo inaudível, seus berros pareciam ecoar pelo lugar, trazendo à tona um Collins furioso em sua direção. No intuito de se defender, o homem empurrou Christopher, fazendo-o perder o equilíbrio e cair no chão de maneira desajeitada. Collins, por sua vez, ergueu-se abruptamente e investiu contra o quarto homem, desencadeando uma sequência de socos agressivos que o deixou prostrado no chão.

Esperei que Brandon tomasse providências, mas aquilo não aconteceu. Heitor, por sua vez, tentou controlá-lo, mas seus esforços foram em vão. Collins só cessou os golpes quando o outro já não tinha forças para se erguer. As cenas se adiantaram com uma edição para encurtar os fatos, agora exibindo Collins andando de um lado para o outro, visivelmente nervoso, enquanto o comissário exclamava algo que permaneceria desconhecido. Christopher o confrontou sem qualquer pudor. Tampouco se importava com aquela autoridade, estava mais do que claro que, para Christopher, Brandon era só um capacho.

Collins desapareceu do campo de visão por alguns instantes, enquanto Brandon e Heitor discutiam, mas logo ele retornou com um objeto em mãos. Aproximei-me mais da tela, olhando brevemente para Maya, que me assistia ao fundo, antes de voltar os olhos ao visor. Em um pequeno espaço de tempo, Heitor se aproximou rapidamente e empurrou seu parceiro, como se quisesse fazê-lo cair em si, mas nada poderia pará-lo. Christopher se pôs ao lado do corpo, murmurou algo que nunca poderíamos decifrar e, então, ergueu o revólver presente em sua mão, disparando seguidas vezes.

As imagens se desenrolaram como se estivessem em câmera lenta. Os tiros perfuraram o peito do homem gravemente ferido no chão, e seu corpo reagiu violentamente ao impacto dos disparos. Em questão de segundos, uma poça de sangue se formou ao seu redor. Heitor, tomado pelo desespero, avançou em direção a Christopher, que o repeliu com um empurrão, fazendo-o cair no chão.

Desviei meu olhar do monitor para Maya, que permanecia imóvel à minha frente, com um semblante vazio e sem vida.

– Agora, sim, faça o que quiser.

Minha cabeça parecia borbulhar com tantos acontecimentos nas últimas horas. Como tudo pode sair do controle assim? Sentia-me totalmente desorientada, incapaz de discernir o caminho a seguir, mesmo quando minhas responsabilidades eram nitidamente delineadas. *Eu teria que entregá-la?* Naquele momento, as linhas entre o certo e o errado tornavam-se um borrão, trazendo à tona o que tanto tentei esconder nos últimos meses. *Eu a amava, e esse era o meu pior castigo.*

Em circunstâncias normais, resolver aquilo seria uma tarefa fácil, mas tudo se tornava complexo quando se tratava de Maya. Após o confronto no galpão abandonado, no qual realmente descobri tudo, incluindo os motivos pelos quais ela havia se tornado aquilo, permiti que ela partisse. Eu sabia que era errado. Maya poderia facilmente juntar todo o dinheiro roubado e desaparecer no mundo, sem deixar qualquer rastro. No entanto, não consegui reagir de outra maneira ao ver seu olhar perdido, após o término do vídeo em que Christopher Collins assassinava aquele homem. O sentimento e a razão me empurravam para um dilema que eu não estava pronta para lidar.

– Por que você tem que ser assim? – murmurei, em meio às lágrimas, apoiando-me no volante do carro estacionado em frente à delegacia.

E se ela tivesse coragem de matar Collins? E se escapasse de fato? Teria arriscado tudo por minha fraqueza, por não entregar a cabeça de Maya numa bandeja de prata à justiça. Até onde eu poderia comprometer minha ética profissional por alguém?

O que você está fazendo, Eloise? Ela não merece!

Experimentar a sensação de ser enganada por alguém importante era angustiante, mais do que eu desejava admitir. Todo sentimento bom, de uma hora para outra, se transformava em um amontoado de raiva, confusão e decepção. E por mais que eu me esforçasse para não sentir e não pensar, aqueles malditos pensamentos me forçaram a enxergar, de maneira cruel, como fui feita de boba por alguém que me permiti sentir. Era desastroso, bem como eu esperava que os relacionamentos fossem. Não que eu tivesse um relacionamento com Maya, mas algo existia entre nós, e isso eu não poderia negar.

– Eloise?

Ouvi a voz de minha melhor amiga, após algumas leves batidas no vidro.

Demorei alguns segundos a encará-la. Não era daquela maneira que eu queria ser vista, mas não era como se eu pudesse esconder algo de Ruby. Um suspiro pesado deixou meus lábios, quando abaixei o vidro do carro. Suas sobrancelhas se franziram no meio da testa, em um semblante confuso, ao mesmo tempo que ela se inclinava para me encarar.

– O que aconteceu? Por que está chorando?

Inspirei novamente, tentando conter as lágrimas teimosas que desciam por minhas bochechas.

– Não quero falar disso, Ruby.

Ela continuou me fitando, ignorando totalmente minha resposta.

– Vai falar, sim! – Ruby se afastou do carro apenas o suficiente para dar a volta nele e ocupar o banco do passageiro, ao meu lado.

Permaneci imóvel, encarando o prédio da polícia e algumas pessoas que circulavam pela calçada, enquanto ela acomodava sua mochila no banco detrás. Não queria falar, não por não confiar em Ruby, mas ainda era cedo para ter uma nova opinião sobre o ocorrido.

– Aconteceu alguma coisa com a sua família? – indagou, fazendo-me balançar a cabeça negativamente. – Algo aconteceu no trabalho?

– Não.

– Então, o que aconteceu?

– Maya. Ela aconteceu.

– Vocês brigaram? – perguntou, sem jeito. Não era comum me ver naquele estado, principalmente por uma mulher.

Eu assenti devagar, enquanto outra lágrima descia pelo meu rosto. Ruby suspirou e me puxou para um abraço apertado, como se eu fosse uma adolescente em minha primeira desilusão amorosa. E como alguém que estava acostumada a reprimir os próprios sentimentos, aquela demonstração de afeto foi o suficiente para me fazer chorar ainda mais.

– Não fica assim, Elo. Logo vocês podem se resolver.

– Eu não quero me resolver com ela, Ru. Foi um erro me envolver com aquela mulher! Eu não sei onde estava a minha cabeça! – vociferei, enquanto limpava as lágrimas com o dorso da mão.

– Eu não sei o que aconteceu, mas não creio que deva se culpar. Você se apaixonou, não pode se culpar por sentir.

– Posso, sim! Claro que eu posso. Eu sempre evitei me envolver para não passar por isso, e agora estou aqui, chorando como uma adolescente idiota – as palavras eram interrompidas por soluços e lágrimas.

– Ei! Pega leve com você. O que essa maluca fez? Terminou com você?

– Eu não quero falar sobre isso, não agora.

O que eu poderia dizer? Que Maya era uma criminosa? Que ela havia nos enganado durante todo esse tempo, nos fazendo de meras peças de um jogo? Não, era humilhante demais, principalmente quando eu ainda não tinha certeza do que fazer com aquela informação, por mais óbvia que fosse a minha obrigação.

Maldito sentimento. Ela não teve compaixão ao me enganar, por que eu teria com ela agora?

– Tudo bem, não vamos falar sobre ela, ok? Mas eu preciso que você se acalme, não pode entrar na delegacia nesse estado. Você dormiu? – Sua expressão era um sinal claro de que eu estava péssima.

– Não, nem sei se consigo – minha voz soava anasalada, deixando-me ainda mais irritada.

– A primeira desilusão amorosa é sempre uma droga e, aos trinta, parece bem pior.

– Obrigada por isso – resmunguei.

– Ei, não tente evitar o que está sentindo. Se está magoada, chore o suficiente, até que essa dor alivie – ela murmurou, enquanto segurava uma das minhas mãos.

– Não gosto de chorar, ainda mais por alguém que não merece. Me sinto idiota! Como eu pude ser tão idiota? Da próxima vez que eu agir dessa maneira por alguém, pode me internar!

– Isso é paixão, Elo. Deixa a gente assim.

– Odeio estar apaixonada, então.

– Vou lembrar você disso.

Depois que chegamos em casa, Ruby preparou um almoço. Naquela manhã, optamos por não fazer absolutamente nada. Ou melhor, ela optou por nós duas. De acordo com minha melhor amiga, eu precisava de algumas horas para descansar mentalmente, e confesso que adoraria conseguir, mas nada nem ninguém pararia os malditos pensamentos que me assombravam. As imagens de Maya se repetiam em minha mente, minuto a minuto, sem descanso, todos os nossos momentos, desde Mount Vernon até a última madrugada. Era como se, depois de tudo aquilo, existissem duas versões de uma mesma mulher, e não saber quem esteve do meu lado em diversos momentos me deixava enjoada.

— Eu estarei no meu quarto. Se precisar de qualquer coisa, me chame, ok? — Ruby murmurou da soleira da porta, arrancando-me de meus devaneios.

Eu apenas assenti, com um pequeno sorriso nos lábios, antes de ver a mulher se afastar. Ruby estava me vigiando, tal como um cão de apoio emocional, devidamente pronto para qualquer tipo de problema. Era um alívio poder tê-la comigo em momentos como aquele, principalmente quando eu estava longe da minha família. E como se eles pudessem ouvir meus pensamentos, o celular vibrou sobre a mesa, reluzindo o nome de minha irmã.

— Oi, Elo. Que saudade! Você está bem? — foram suas primeiras palavras, assim que atendi, e foram suficientes para me fazer desabar.

Eu não sei por quantas horas ficamos naquela ligação, mas sei que foi o suficiente para saber que, naquele momento, eu precisava deles e de um tempo longe de tudo. Talvez eu precisasse me sentir eu mesma outra vez.

Brandon
Maya
Madison
Sofia

Christopher
Heitor

CAPÍTULO #17

REALIDADE

Maya Collins

Silêncio.

Era tudo que preenchia aquele cômodo. Eu não conseguia dormir, não depois de tudo que aconteceu na noite anterior. Minha cabeça estava servindo de abrigo para um emaranhado de pensamentos que se repetiam constantemente, em uma espécie de tortura particular. *Tudo estava perdido.* Algumas pessoas teriam se isolado, chorado, fugido, buscado ajuda, mas, em uma vida em que sempre fui obrigada a permanecer forte por conta própria, recuar não era uma opção viável. Eu não tinha energia para derramar lágrimas, não podia me dar ao luxo de me sentir frágil. Não queria admitir fraqueza, não longe dela, não sozinha. Respirei profundamente, deixando o ar entrar pelas minhas narinas suavemente. Meus olhos se fixaram no corpo de Christopher, inerte sobre a cama. Quantas pessoas teriam a frieza necessária para se casar com o homem que mais odiavam na vida? Unir-se àqueles que lhe causavam repulsa? Ah, não era uma tarefa fácil, nunca foi. Muitas vezes me senti mal, achando que tudo poderia ser um trágico mal-entendido, mas algo dentro de mim insistia para seguir em frente, persistir, e foi exatamente o que fiz. Meu sexto sentido nunca falhou. Aqueles olhos misteriosos ocultavam um passado sujo, repugnante e infernal.

Durante os últimos anos, acreditei ter enfrentado momentos difíceis, presenciado coisas indesejáveis, mas nada se equiparava a esse instante. Naquele momento, todos os motivos lógicos para a execução do meu plano entraram em um conflito. Se anteriormente eu ansiava por derrubar o rei, agora eu desejava destruí-lo com minhas próprias mãos, mesmo com o risco iminente de ver tudo desmoronar a qualquer instante.

Levantei-me da poltrona, no canto da suíte, e caminhei em direção à varanda, que dava acesso a uma ampla visão do jardim. O sol estava escondido atrás de uma espessa camada de nuvens cinzentas, enquanto as gotas insistentes da chuva caíam sobre a piscina um pouco abaixo de mim. Por alguns instantes, perguntei-me como tudo seguiria agora. Será que daqui algumas horas eu teria carros de polícia em minha porta e meu nome estampado em todas as manchetes do país? Arrumei o robe de seda preto em meu corpo quando senti a brisa fria vir de encontro à minha pele.

– Maya?

Fechei os olhos assim que ouvi a voz rouca no fundo, provocando-me aquele súbito tremor, e demorei alguns segundos a encará-lo. Domar as feras que se alimentavam do ódio que sentia, naquele momento, não era uma tarefa fácil. Christopher parecia confuso e estava com uma das mãos na cabeça, quase como se sentisse dor. Não era para menos. Depois da grande dose de calmante que ingeriu na noite anterior, mal-estar era o mínimo que poderia sentir.

— Bom dia, querido! — a última palavra me rendeu náusea.

— Bom dia... — murmurou, com o cenho franzido. — Me sinto exausto, parece que levei uma surra.

— Apenas cansaço da noite anterior.

— O que aconteceu?

— Como assim? Não faça essas brincadeiras — respondi, fingindo receio.

Ele me encarou, visivelmente confuso, talvez tentando resgatar na memória os acontecimentos da noite anterior. Seus olhos se desviaram para o próprio corpo, agora cobertos apenas por uma cueca box. Era quase palpável o desespero em seu olhar. Não se lembrava de nada, pois, de fato, nada havia acontecido. No entanto, para todos os efeitos, tivemos uma longa e íntima noite juntos.

— Chris? Está tudo bem?

— Sim, eu só... — Ele balançou a cabeça em um sinal negativo. — Estou com um pouco de dor de cabeça.

— Deve ser cansaço, tente dormir mais um pouco, ainda está muito cedo.

Sentei-me ao seu lado, acomodando-me embaixo do edredom. Christopher permaneceu em silêncio, mas logo se deitou novamente, puxando-me para mais próximo de si. Deixei que o homem me envolvesse com seus braços, mesmo que eles me causassem repulsa. Faltava pouco para mudar isso, muito pouco. Não durei muito tempo naquele contato e, após um banho demorado, ocupei a mesa de café da manhã, enquanto Christopher se arrumava para mais um dia de trabalho. Folheei as páginas de uma revista, enquanto Eliza cuidava de organizar os últimos detalhes na mesa.

— Precisa de mais alguma coisa, senhora?

— Sim, preciso saber se conseguiu contato com a agente Green.

— Não, senhora. Liguei muitas vezes, mas todas caíram na caixa de mensagem. Deseja deixar algum recado?

— Ligou para a delegacia?

— Sim, mas não consegui informações. Apenas informaram que ela não está.

— Ótimo — retruquei, irritada.

— Sinto muito, senhora.

— Bom dia, bom dia! — disse Christopher, ao descer as escadas.

Ele parecia animado, como alguém que realmente passou uma ótima noite. Estava devidamente trajado com um terno cinza-chumbo, feito sob medida com um dos melhores alfaiates do país. Seus cabelos estavam parcialmente úmidos e perfeitamente alinhados. Christopher cheirava à loção pós-barba.

— Sente muito pelo quê? — indagou, curioso.

Eliza engoliu em seco e me encarou com uma expressão assustada. Mesmo sem ter certeza do que estava acontecendo entre Eloise e eu, ela tinha consciência de que não era algo para ser comentado na presença de Christopher.

— Eliza não conseguiu contato com meu dermatologista. Pelo visto, ele está de férias — murmurei, estressada.

— E não tem outro que você goste?

— Não, eu preciso realmente desse.

Ele arqueou as sobrancelhas, enquanto tomava um gole do café preto em sua xícara.

— Vocês, mulheres, são complicadas, mas tudo bem. Espero que consiga contato com ele.

— É, eu também.

Não ter notícias de Eloise tornava tudo ainda mais instável. Pela primeira vez nos últimos anos, eu estava caminhando em um terreno desconhecido, e em um jogo como o nosso, aquele era um sinal claro de fraqueza. Ela estava tentando me evitar, mas não teria sucesso nisso. Tínhamos muitas coisas para discutir, e se ela não estava disposta a vir até mim, eu iria até ela, por mais perigoso que aquilo pudesse ser. Após me despedir brevemente de Christopher, cuidei de seguir em direção ao Departamento de Polícia de Nova Iorque. Estacionei meu carro na primeira vaga disponível, próximo à escadaria central, atraindo alguns olhares curiosos dos policiais encostados em suas viaturas, peguei minha bolsa sobre o banco do carona, tirei os óculos escuros e dei uma última olhada no espelho, antes de deixar a Ferrari cinza. Talvez eles não esperassem ver uma mulher saindo de um carro como aquele. Pareciam bem atônitos com aquela informação, exceto por um deles, que me encarava com um olhar maldoso.

— Os oficiais perderam alguma coisa?

Nenhum ousou responder.

— Imaginei que não.

Subi as escadarias e adentrei a recepção da delegacia, engolindo toda a apreensão de nunca mais sair dali. Aproximei-me da bancada, na qual um dos policiais tinha a atenção presa a um telefonema, e aguardei até que a ligação chegasse ao fim.

— Bom dia, senhora. Como posso ajudar?

— Bom dia! Eu gostaria de falar com a agente Green, por favor.

Ele franziu o cenho e, logo em seguida, ergueu as sobrancelhas, como se tivesse concluído algo. Meu coração palpitou mais do que deveria, mas tão logo se tranquilizou, quando ele sorriu ameno.

— Só um momento, por favor. — O policial discou o número que julguei ser da sala de Eloise, e não demorou a ser atendido.

— A agente Green se encontra? Estou com uma senhora que deseja falar com ela. — Ele escutou atentamente e assentiu como se pudessem vê-lo. — Certo, um momento. Qual o nome da senhora?

— Maya Collins.

Ele ergueu as sobrancelhas, um tanto surpreso, e voltou à ligação, quando murmurou algo que não pude decifrar.

— Estão vindo falar com a senhora.

— Obrigada! — Afastei-me do balcão e caminhei para o outro lado da sala, enquanto arrumava o terninho vermelho que usava aquela manhã. Fiquei alguns minutos observando o noticiário que estava sendo transmitido na TV, quando senti o toque suave em meu ombro direito.

– Com licença – não era a voz de Eloise.

Respirei fundo e virei na direção da mulher. Kiara arregalou os olhos instintivamente e não proferiu uma única palavra. Mantive meu semblante sério, sem deixar transparecer qualquer emoção. Diferentemente da primeira vez, devo admitir que a presença dela agora me irritava. Percebi como ela estava visivelmente desconcertada ao me reencontrar. Sua respiração estava se tornando lenta, quase inexistente.

– A senhora é Maya Collins?

– Sim, sou eu – afirmei, encarando seus olhos. – Eloise se encontra? Eu preciso falar com ela.

– Lamento, Sra. Collins, mas a agente Green não se encontra.

– Sabe me informar onde ela está? – fiz a pergunta, desejando intensamente que ela não soubesse a resposta.

Por mais que eu quisesse descobrir o paradeiro de Eloise, não era através de Kiara que eu queria obter tais informações.

– Não posso fornecer informações pessoais da agente, sinto muito – seu tom sereno me irritou.

Desviei meus olhos dos seus e respirei fundo, trazendo um sorriso carregado de irritação aos meus lábios.

– Então, você pode fazer a gentileza de chamar alguém que possa me fornecer essa informação? Já que você não tem essa permissão.

Ela comprimiu os lábios, quase trincando a mandíbula, em um sinal claro de desconforto e irritação.

– Ninguém poderá ajudá-la. É uma informação pessoal. Se quiser falar com ela, basta ligar em seu telefone particular.

– Eu não sei se ficou claro, mas se conseguisse contato através do telefone particular, com certeza não estaria parada nesta delegacia, aguardando por uma informação – retruquei com o mesmo tom de voz.

– Sinto muito, Sra. Collins.

O sorriso sarcástico e a calma na voz da garota me fizeram ferver de raiva instantaneamente. Ela sabia onde Eloise estava, mas eu tinha certeza de que não me contaria.

– Espere ela voltar. Se foi e não avisou, deve ser por algum bom motivo.

Quando pensei em responder-lhe, avistei a melhor amiga de Eloise ao fundo. Ruby arregalou os olhos ao ver aquele encontro, talvez prevendo a catástrofe que a situação possivelmente se tornaria. Ela acenou de longe, antes de se aproximar, fazendo-me ter certeza de que não sabia de nada dos últimos acontecimentos.

– Sra. Collins! Que bom vê-la! – Ruby me cumprimentou com um sorriso. – Pode deixar comigo, agente. Eu sigo por aqui.

– Claro! Com licença, senhora Garcia. – Kiara se despediu com um falso sorriso.

Naquele momento, ela deixou claro que sabia exatamente quem eu era. Não se contentou em fingir que nosso passado nunca existiu; pelo contrário, usou meu sobrenome, que descobriu quando nos encontramos pela primeira vez naquele bar. Maldita policial, estava ciente de tudo e não facilitaria meu contato com Eloise. Ressentimento? Talvez. Não ficou satisfeita em ser a segunda opção.

— Como eu posso ajudar você?

— Onde está Eloise?

Ruby olhou ao nosso redor, certificando-se de que ninguém estava por perto.

— Eloise pediu licença por alguns dias. Foi visitar a família em Mount Vernon. Eu não sei o que aconteceu entre vocês, mas ela parecia extremamente perdida. Acredito que tenha ido para esfriar a cabeça.

— É, não estamos muito bem. — Ponderei, retirando os óculos de minha cabeça, enquanto tentava decifrar o que Eloise estava planejando.

— Mandamos outro policial para cobrir os dias sem Eloise. Você não vai ficar sem proteção.

— Ruby, não vamos fingir que se trata disso — sussurrei, aproximando-me dela. — Sei que é a melhor amiga de Eloise, por isso vou pedir que, assim que conseguir falar com ela, peça para me ligar, por favor.

— Eu vou pedir, pode deixar.

— Muito obrigada, Ruby. — Deixei a delegacia com um sabor amargo de insatisfação, misturado a um toque de raiva.

Eloise decidiu viajar repentinamente, depois de nossa última discussão, e deixou aquela maldita garota em seu lugar? Ou era intrometida o suficiente para tomar conta de seus assuntos sem qualquer autorização? Entrei no meu carro e deixei minha mente digerir o que estava acontecendo. Era uma loucura, Eloise estava me enlouquecendo por completo. O que ela estava planejando? Estaria apenas esfriando a cabeça ou planejando a grande jogada final?

— Maldita detetive! — exclamei, golpeando o volante do carro.

O meu tempo estava acabando, tudo estava caminhando para o grande fim. Eu não poderia fraquejar agora, tinha um plano para concluir, com ou sem Eloise Green. Inspirei o ar com força para dentro de meus pulmões, antes de ligar para Sofia.

— O que aconteceu agora?

— Vamos nos reunir hoje. Eu quero adiantar os nossos planos.

— Você enlouqueceu? Não podemos!

— Precisamos, Sofia.

Após administrar cuidadosamente um sedativo em Christopher e acomodá-lo na cama, totalmente desnudo, caminhei em direção ao closet para trocar de roupa. Criar o cenário de uma noite de sexo com ele não era uma tarefa difícil, bastava usar algumas preliminares e algumas doses de whisky, até que o sedativo fizesse efeito e eu pudesse me livrar daquele momento. Eu estava ciente de que o uso frequente de medicamentos poderia acarretar problemas sérios, mas, naquele momento, essa era a última das minhas preocupações. Antes de sair, observei, uma última vez, o corpo inerte na cama, enquanto me vestia com um sobretudo e luvas pretas. Deixei meu celular sobre a mesa de cabeceira e segui para o estacionamento, optando por um dos carros de Christopher. Tracei o caminho familiar em direção ao galpão abandonado, situado nas regiões mais remotas do Queens. Mudar de local com frequência se tornou um hábito necessário em nossos planos, e esta noite seria a última antes de transferirmos todo o equipamento para um novo esconderijo distante.

Após uma viagem tranquila, parei diante do galpão desgastado e acionei os faróis do carro por três vezes, até que as enormes portas de ferro se abriram lentamente, permitindo-me entrar. O galpão estava mergulhado em escuridão e silêncio. Sofia cuidou de me conduzir, com uma pequena lanterna, até a sala em que ficaríamos aquela noite – uma espécie de porão, no qual nossos equipamentos estavam armazenados.

– Onde está Madson?

– Seu Bispo está na delegacia. Mesmo com a descoberta, sentiu que deveria estar lá. Não sabemos o que pode acontecer agora, não é? – Sofia deu de ombros. – Não acha que estamos nos precipitando? Estamos expostas, Maya.

– Por que estaríamos? Temos um plano, e ele será finalizado, independentemente de qualquer coisa.

– Como assim? Depois do que aconteceu, pensei que deixaríamos isso um pouco de lado – ela murmurou em um tom óbvio.

– Eu não posso deixar isso de lado, Sofia. Não suporto mais viver assim. Sinto que vou enlouquecer a qualquer momento.

– O vídeo mudou você.

– Depois de ontem, tudo mudou. Tenho uma corda no meu pescoço e uma contagem regressiva. Ela pode acabar com a minha vida a qualquer instante, e eu preciso fazer isso com Christopher primeiro.

– Não fale assim, por Deus.

Dei um sorriso amargo, me sentei diante da mesa que nos separava e puxei a gaveta de madeira, ganhando a visão da minha pistolada dourada.

– Não tenho mais para onde correr, mas não se preocupe, farei o possível para salvar você e Madson. Tenho tudo planejado. – Segurei a pistola com firmeza e encarei os olhos descontentes de Becker. Ela odiava aquele discurso, sempre dizia que tinha tom de despedida.

– Você sabe muito bem que me preocupo com você, Maya. Eu não quero que você se dê mal com tudo isso.

– Eu sei que se preocupa, mas eu fiz a minha escolha. Sofia, ninguém será mais feliz do que eu, quando Collins estiver derrubado. Eu não me importo de passar os últimos dias da minha vida atrás das grades se ele estiver também.

– Você é louca, Garcia.

Eu sabia que havia uma grande possibilidade de meu plano não sair como esperado, mas também sabia que na batalha contra Christopher eu sairia vitoriosa. Só existia uma pessoa capaz de me derrubar, apenas uma.

– Entre em contato com Madson, ela precisa ficar em alerta. Vamos entrar no sistema da Collins Enterprise. Depois disso, acho melhor ela não voltar à delegacia.

— Eloise vai enlouquecer quando souber. Você sabe disso, não é? — perguntou, certificando-se de que eu tinha certeza do que iríamos fazer. — Ela não vai voltar, foi hoje porque sabe que Green não está lá.

— Eu sei, fui até lá.

— O quê? Você perdeu o juízo?

— Eu precisava de uma resposta, Sofia. Não saber o que pode acontecer está me enlouquecendo. Agora, Eloise sabe de nós e ela simplesmente resolve sumir?

— Eu não sei até que ponto isso pode ser bom ou ruim. Não tenho um bom pressentimento.

— Nem eu. Por isso, é melhor que a gente corra com tudo.

Sofia me fitou, meneando a cabeça em um sinal negativo, enquanto tirava uma garrafa de uísque e dois copos do interior de sua mochila, e nos serviu doses generosas, como um impulso de coragem.

— Essa mulher vai odiar você pelo resto da vida. — Ponderou, entregando-me um copo. — Você vai matar a carreira dela.

Por alguns instantes, tive a sensação de que Sofia estava tentando me fazer mudar de ideia. Talvez nossa última noite tenha mudado o rumo de algumas coisas, mas nada que me fizesse desistir, não depois da prova que encontramos. Era compreensível o seu receio, pois tudo poderia terminar em caos. Diferentemente de mim, Sofia desejava ter um futuro tranquilo ao lado de Madson. Não que eu não quisesse uma vida em paz, esse é o sonho de qualquer pessoa, mas eu sabia que só conseguiria viver a plenitude de uma mente tranquila depois que meu plano estivesse finalizado.

— Por enquanto, sim, mas, depois, Eloise terá tudo que precisa para ser a grande estrela desse caso.

— Como assim?

Beberiquei um gole do uísque em meu copo e encarei os olhos curiosos de Becker.

— É simples! Ela terá todo caminho para descobrir quem realmente é Christopher Collins.

— Você vai fazer dela uma rainha? Isso me parece perigoso.

— Alguém precisa ser — disse, tomando outra dose da bebida. — Eloise é uma ótima policial. Mesmo que eu não fornecesse provas, não tenho dúvidas de que ela chegaria a esse ponto. Ela não sente algo bom vindo de Christopher. Eu não me importo com a ideia de cair para ela, só quero o fim do Collins. Serei condenada pela derrubada do rei. E ainda irei me sentir vitoriosa por isso.

— A cada dia que passa, sinto que você está perdendo sanidade.

— Já perdi há muito tempo. Agora, vamos, quero acabar logo com isso.

Organizamos todos os detalhes meticulosamente para que nada desse errado. Sofia estava diante de seu computador, enquanto eu me ocupava do meu. Madson, por outro lado, estava ao telefone, simultaneamente, desativando o programa instalado na delegacia para o roubo em Collins.

Desta vez, optamos por uma abordagem diferente: a entrada no sistema seria feita através do acesso total do chip que Christopher costumava usar. O silêncio na sala foi interrompido apenas pelos sussurros de investigação técnica e o leve zumbido dos computadores trabalhando em sincronia. O conhecimento de que uma falha poderia significar não apenas o fracasso da missão, mas também consequências perigosas para todos nós, fazia com que meus ombros se fizessem cada vez mais pesados. Enquanto os ponteiros do relógio avançavam, trabalhávamos incansavelmente para garantir que todas as peças se encaixassem perfeitamente.

– Como conseguiu o chip de acesso? Pensei que fosse algo escondido a sete chaves.

Dei de ombros, com um sorriso malicioso, enquanto a via balançando a cabeça em desaprovação. Christopher estava convencido de que eu não tinha conhecimento do cofre secreto escondido por trás de um dos quadros em seu escritório, disfarçado por uma tampa de madeira camuflada com o mesmo papel de parede que revestia toda a sala. Ele jamais admitiu, mas eu era perspicaz o bastante para descobrir não apenas a sua existência, mas também desvendar sua senha a partir das marcas deixadas por seus dedos nos botões escuros do pequeno cofre.

– Tenho meus métodos.

– Claro que tem.

Fixei meu olhar na tela do computador, na qual o emblema acinzentado da Collins Enterprise reluzia. Todos os dispositivos para garantir que não deixássemos nenhum rastro estavam em pleno funcionamento, dando-me caminho livre para acessar toda e qualquer ramificação daquele programa. Sem demora, inseri o dispositivo na lateral do computador, liberando acesso à página financeira, na qual relatórios, extratos bancários e saldo eram visualizados sem qualquer impedimento. Era uma bela conta, diga-se de passagem. A quantidade de dígitos em movimento revelava todo poder concentrado nas mãos de Collins. Poder que nunca foi propriamente seu, visto que ele tirou de outro há alguns anos.

– *Tudo certo por aí?* – Madson perguntou, arrancando-me dos meus devaneios.

– Sim, estou abrindo agora.

Enquanto eu me concentrava na tarefa de alterar os destinos de pagamentos do dia seguinte, Sofia ocupava outra área do sistema, na qual reorganizava todo o histórico de movimentação, desfazendo cuidadosamente todo e qualquer rastro deixado por mim naquele processo. Todos os anos de estudo de Engenharia da Computação e suas variáveis, assim como madrugadas adentro no meio de testes com a própria Extremear, eram de grande importância naquele momento. Becker estudou minuciosamente cada detalhe do sistema da Collins Enterprise, e ainda assim, nada poderia nos garantir o sucesso no final daquela missão.

– Estou na área de transferência. Fiz alterações em quatro movimentações que estão previstas para amanhã. Está me acompanhando?

– Sim, estou excluindo parcialmente e alterando algumas coisas. Só vou ter uma boa visão quando você sair do sistema – Becker informou.

– *Não podemos demorar mais que dez minutos* – Madson alertou.

Não importava quantas vezes havíamos feito aquilo, a sensação era sempre de vida ou morte. Agora, mil vezes mais forte, quando sabíamos o real perigo. Uma mistura de ansiedade e adrenalina, que, a qualquer momento, seria responsável por fazer meu coração parar. Por mais confiante e destemida que eu pudesse ser, nada seria o suficiente para evitar aquele maldito frio na barriga que nos acompanhava.

— Acho que está na hora de Christopher sentir o gostinho do fim.

— Do que está falando?

— Cansei de tirar tão pouco daquele cretino. Deixei que ele sentisse o que é ter seu reino violado, mas agora quero vê-lo implorar por ajuda.

— Maya...

Durante anos, conseguimos colher relatórios para estudo das principais movimentações financeiras da matriz da Collins Enterprise, tal como abastecimento de filiais e novos investimentos. Era o caminho perfeito para a saída do capital sem atrair os alertas de roubo, pelo menos imediatamente. Todo dinheiro que recolhemos no decorrer dos últimos meses, exceto por aqueles que foram descobertos, estavam sendo devidamente tratados por terceiros na compra de propriedades, investimentos em bens, assim como na transformação do dinheiro em fichas de cassinos.

Ter um passado obscuro e conhecer pessoas pelo mundo afora poderia ser de boa serventia naquele momento. No entanto, eu não poderia me deixar levar pela ideia de que tudo aquilo se tratava simplesmente de dinheiro. Honestamente, eu poderia viver uma vida tranquila com o que possuía antes mesmo de conhecer Christopher Collins. O grande X da questão nada mais era do que o desejo de tirar aquilo que ele tinha de mais valioso: seu patrimônio.

— Esse dinheiro não é dele, Sofia. É nosso, meu e seu!

— Você está sendo impulsiva.

Não dei ouvidos a ela, apenas continuei a trocar todas as saídas de dinheiro programadas para as dezenas de contas fantasmas que havíamos feito no decorrer dos últimos meses. Christopher acordaria na manhã do dia seguinte com um rombo de setecentos milhões de dólares no fluxo de caixa.

— Finalizei! Vamos fazer a transferência na base de redes até o paraíso.

O dinheiro seria desmembrado para contas secundárias em diversos paraísos fiscais, até que fosse totalmente lavado e inserido de volta, para os nossos planos futuros.

— Estou retirando o histórico de movimentação. Vou deixar apenas as permissões pelo acesso Collins.

— *Dois minutos até o sistema voltar ao ar* — Madson alertou.

— Só mais um segundo. — Seus olhos acompanhavam a modificação ininterrupta de cada letra, número e sigla, à medida que seus dedos se moviam em uma velocidade quase robótica. — Consegui. Estou fora do sistema.

— *O sistema será liberado em dez segundos* — a voz doce de Madson soou em uma contagem regressiva que nos daria setecentos milhões de dólares.

Pouco a pouco, o reinado de Christopher chegaria ao fim, e eu seria a principal encarregada disso.

CAPÍTULO #18

Police Department
Rapids, Mich.
NAME
ALIAS
Date
Age 19
RIGHT THUMB
TRUNK
MIDDLE
RIGHT RING
LEFT THUMB
LEFT RING

ORDENS DO REI

Christopher Collins

Remexi-me sobre a cama, sentindo um peso incomum no corpo. Os raios de luz filtrados pelas frestas da cortina caíam diretamente sobre meu rosto, fazendo-me estreitar os olhos com força. Virei-me para o lado, sentindo o corpo de Maya tocar o meu, estava adormecida, e pela expressão serena, parecia ter tido uma das melhores noites de sono de sua vida. Com certa dificuldade, mantive os olhos abertos, lutando contra o peso das pálpebras, que pareciam não se sustentar. Nos últimos tempos, aquilo estava piorando. Eu tinha a sensação de que quanto mais eu dormia, mais cansado ficava. Isso seria possível?

Encarei o relógio sobre a mesa de cabeceira, cujos ponteiros indicavam que passava da hora de acordar. Sentei-me na beira da cama, alcançando meu celular ao lado, quando notei a lista de notificações na tela de bloqueio. Um total de trinta e duas ligações. A maioria era do comissário e outras eram de meu advogado. Nem de longe, aquilo era um bom sinal, era quase um alerta vivo de que algo muito ruim estava acontecendo. Entre um suspiro e outro, encarei o amontoado de chamadas perdidas, sentindo um frio perturbador na barriga. Passei os dedos entre os fios de meu cabelo, quando me levantei e segui em direção à varanda do quarto. Naquele momento, eu poderia enumerar os possíveis problemas que envolveriam aquelas chamadas perdidas, mas nenhum deles era tão forte como as lembranças de um passado que me assombrava. Não sei quantos segundos me perdi naqueles pensamentos, mas despertei quando o celular vibrou outra vez. Não era uma ligação, apenas uma mensagem de texto.

John:
Me ligue assim que possível

Respirei fundo, quase como se tomasse forças antes de retornar aquelas ligações. Brandon foi o primeiro. Seu celular tocou cerca de quatro ou cinco vezes, até que sua voz soou do outro lado da linha. Não parecia animado, muito menos tranquilo.

— Bom dia, Comissário. Algum problema? Tenho dezenas de ligações suas.

— Sim, preciso que você compareça à delegacia. É urgente.

— O que aconteceu?

Ele permaneceu em silêncio. Eu podia ouvir o barulho de sua respiração descompassada, assim como os murmúrios nervosos ao fundo. Talvez ele estivesse se deslocando para um lugar mais tranquilo, pois o barulho ficou cada vez mais distante.

– *Christopher...*

– Fale de uma vez, por Deus!

Ele suspirou.

– O que aconteceu?

– *A Collins Enterprises foi roubada novamente nesta madrugada.*

Não escutei o que ele ainda tinha a dizer, apenas abaixei o celular devagar, pressionando meus dedos em volta do aparelho, até sentir as juntas doerem. Eu poderia ouvir o som baixo da voz do comissário chamando pelo meu nome no telefone, até que a ligação chegou ao fim. Meu corpo inteiro vibrava de raiva, ou melhor, de ódio. Os roubos continuavam a me assombrar, deixando-me à beira da ruína. Era como ter uma fortuna amaldiçoada, que nunca seria totalmente minha.

Recusava-me a acreditar que Heitor pudesse ser tão astuto a esse ponto; ele era apenas uma peça insignificante em um jogo muito maior. Invadir um sistema tão grande e seguro quanto o meu não era tarefa para um novato, muito menos para um amador. Quem quer que fosse, não estava para brincadeira, e eu não poderia mais ignorar essa situação. Era hora de agir com determinação, de descobrir quem estava por trás desse inferno que havia se tornado a minha vida.

– Merda! – Bati com força no batente da varanda. – Eu consigo, não vou deixar esse desgraçado me derrubar. Não depois de tudo que fiz para chegar até aqui – sussurrei para mim mesmo, enquanto tentava controlar minha respiração.

– Christopher? Está tudo bem, querido? – a voz serena de Maya soou ao fundo, fazendo-me entrar em nosso quarto outra vez. Estava sentada sobre a cama, encarando-me com uma expressão confusa e sonolenta.

– Se arrume, nós vamos à delegacia.

– O que aconteceu?

– Acordei com inúmeras ligações de Brandon. E pelo que parece, o sistema da CE foi invadido nesta madrugada...

O semblante de Maya tão logo se transformou, e toda a serenidade de minutos atrás agora foi convertida em surpresa e revolta.

– Mas...

– Sim – interrompi, completamente cedo de fúria. – Fomos roubados outra vez! Algum desgraçado está querendo me levar à falência! – gritei, arremessando o celular contra a parede.

– Christopher! – Maya me olhou, assustada. – Não pode ser, vamos ver o que podemos fazer.

– Realmente, isso não poderia acontecer! Mas, pelo que parece, alguém está tirando tudo que tenho. Isso não vai ficar assim – neguei com a cabeça de maneira frenética. – Eu vou matar quem está fazendo isso. – Ela engatinhou sobre a cama, aproximando-se rapidamente, e senti o toque de suas mãos em meu braço, enquanto seus olhos procuravam pelos meus.

– Tente ficar calmo, por favor.

— Como você quer que eu me acalme? Estão em fazendo de idiota! Estavam brincando comigo inicialmente, mas agora querem me destruir, Maya.

— Vamos resolver isso! A polícia vai ajudar.

Maya tentava me acalmar da maneira que podia, mas a única coisa que consegui fazer, naquele momento, foi gargalhar sarcasticamente.

— A polícia nos ajudando? Eu duvido muito! Aquela maldita policial não conseguiu resolver nada esse tempo todo. Pelo contrário, sinto que tudo ficou pior desde que ela chegou! — vociferei, completamente atordoado. — Mas ela vai pagar caro por isso, muito caro.

— O que pretende fazer?

— Se arrume, vamos para lá agora mesmo.

Fizemos o caminho até a delegacia em silêncio. Maya parecia confusa e receosa com tudo que estava acontecendo, diferentemente de mim, que sabia exatamente o que precisava fazer. Meus únicos objetivos, naquele momento, se resumiam em encontrar o maldito culpado pelo roubo e tirar aquela incompetente do meu caso.

— Chegamos — Maya murmurou assim que nosso carro parou diante do departamento de polícia.

Saímos apressadamente e, entrando no prédio, fomos recebidos por um oficial, que nos guiou até a sala do comissário. O ambiente da delegacia parecia mais agitado do que o habitual, talvez as notícias tivessem se espalhado. E todos, naquele momento, soubessem do roubo milionário.

— Christopher.

Ouvi a voz grave assim que cruzamos o corredor.

— Senhora Collins.

Minha esposa o cumprimentou de forma educada, enquanto eu dispensava qualquer contato. Caminhei para o interior da sala e desabotoei o paletó antes de encará-lo. Sua expressão não era das melhores, sua testa estava franzida, evidenciando as rugas ao redor de seus olhos. Parecia cansado, quase como se não tivesse dormido. Ele fez um breve gesto com a mão, pedindo que aguardássemos, como se eu tivesse todo tempo do mundo diante daquele caos. Bufei, irritado, recebendo um olhar de repreensão de Maya. Brandon colocou o telefone no gancho e, enfim, me encarou. Não demorou quase nada até que algumas batidas à porta fossem ouvidas.

— Pode entrar.

— Com licença — a voz inconfundível da policial Green preencheu o ambiente, fazendo-me engolir em seco toda a raiva que sentia naquele momento. Ela cruzou a sala, parando ao lado de Brandon. E diferentemente do que imaginei, Eloise não parecia triste ou culpada. Seu nariz em pé, assim como seus olhos verdes, revelavam uma postura impetuosa, como se estivesse com raiva.

— Sentem-se. Querem tomar alguma coisa? — perguntou Brandon.

– Porra, será que algum dos dois incompetentes pode me explicar o que aconteceu?

Todos me olharam fixamente, como se também pudessem reagir a qualquer instante. Inspirei o ar com força, sentindo certa dificuldade em controlar minha respiração, como se meu peito estivesse sendo comprimido a todo instante, limpei o suor que se acumulava sobre minhas têmporas com a palma da mão e dei um passo à frente, à espera de uma resposta.

– Quanto foi retirado?

– Foi uma quantia significativa, mas não está caracterizado como roubo.

– O quê? Como assim?

Brandon retirou as mãos do bolso e se sentou em sua cadeira.

– Setecentos milhões de dólares foram retirados esta madrugada com o seu acesso da Extremear.

Naquele momento, senti como se o sangue em minhas veias tivesse congelado, paralisando meu corpo. Recuei alguns passos e afundei na cadeira mais próxima. Maya suspirou, surpresa, e se aproximou assim que notou meu estado. Com a mão trêmula, apoiei-me no braço da poltrona, tentando reunir alguma compostura diante da onda de choque que percorria meu corpo. Maya colocou gentilmente a mão no meu ombro, abaixando-se para conseguir me encarar.

– Chris, o que você está sentindo?

Levantei o olhar para ela, sentindo uma torrente de emoções conflitantes borbulhar dentro de mim. Fechei os olhos diversas vezes, balançando a cabeça em um sinal negativo, tentando enxergar nitidamente as feições da mulher preocupada à minha frente. Sua voz ecoou pela sala, interrompida pelo zumbido frenético do ambiente. O comissário estava de pé, com olhos sérios e expressão sombria, chamando-me vez ou outra. Com um esforço para recuperar a compostura, respirei fundo e endireitei a postura, para encará-los.

– Querem que eu chame um médico? – foi a vez de Eloise indagar, visivelmente despreocupada.

– Não! Eu estou bem. – Fechei as mãos em punhos e tomei força para me levantar. Maya me encarava, certificando-se de que eu realmente estava bem. Inspirei o ar com força, ainda sentindo aquele desconforto no peito, mas nada que me fizesse parar.

– Você tem certeza?

– Tenho, Maya. Foi apenas um mal-estar.

– Melhor chamar um médico. – Brandon ponderou.

– O melhor seria você resolver o meu problema. Porque você sabe muito bem que eu não retirei essa quantia absurda da minha empresa e que tem algum filho da puta me roubando! Eu estive a noite inteira dormindo ao lado de minha esposa.

– Tem certeza disso, senhor Collins? – Eloise indagou.

– O que está insinuando?

Seu olhar fixo sobre mim e Maya parecia acusador, uma expressão séria que sugeria desconfiança. O que diabos aquela mulher estava insinuando? Que eu teria roubado minha própria empresa? Não seria surpreendente. Desde o início, Eloise Green se mostrou distante, como se não se importasse com a extensão dos meus prejuízos, estando ali única e exclusivamente para cumprir seu dever. Diferentemente das expectativas de Brandon, ela não era o tipo de policial que se deixaria corromper com facilidade, não por dinheiro. Seu orgulho inflexível afastou qualquer possibilidade de um acordo vantajoso para mim. Acordo que buscava manter, mesmo depois da aposentadoria do comissário, mas era óbvio que não aconteceria com aquela mulher. Ela era como um cão farejador, pronto para achar tudo que pudesse me ferrar.

— Não estou insinuando nada, estou apenas colhendo informações — seu tom de voz carregava uma gota de sarcasmo.

— Eu estou dando as informações, mas se há tanta desconfiança, pode interrogar meus empregados.

— Os que dependem de você para viver? — retrucou.

— Está me acusando, Green? Tem certeza de que quer fazer isso?

— Amor, se acalme — sussurrou, Maya.

— Não estou acusando, senhor.

— Ela não está acusando, só não podemos descartar qualquer informação. Existem provas de que a quantia foi retirada com seu acesso. Um chip de acesso que apenas o CEO pode ter. Se não foi você, foi alguém muito próximo — Brandon murmurou de maneira amena, tentando conter o clima tenso que se instalou entre Green e eu.

— Alguém armou contra mim! — exclamei, nervoso, e caminhei de um lado para outro, enquanto passava as mãos entre os fios desgrenhados de meu cabelo. — Setecentos milhões de dólares. Você tem ideia do quanto isso significa? Tem ideia do que esses malditos roubos vão me causar? Tenho sócios que estão a ponto de me matar.

— Christopher, por favor. Vamos resolver isso, querido.

— Inferno, Maya! Não vamos conseguir resolver. Porque temos a porra de uma policial incompetente neste caso!

— O quê?

Pela primeira vez naquela manhã, Eloise não se conteve e fitou-me, boquiaberta. Poderia notar visivelmente suas narinas infladas em uma respiração raivosa.

— Você! — gritei. — É a culpada de toda a merda! Uma policial de quinta categoria, que me deixou ser massacrado por esse infeliz que está me tirando tudo.

— É melhor você se calar ou eu prometo que vou prender você por me desacatar. E você não vai querer mais um crime na sua ficha criminal! — suas palavras me acertaram sem rodeios.

Ela poderia blefar sobre a retirada do dinheiro com meu acesso, o que seria conveniente para me desestabilizar, mas também poderia saber de algo do meu passado. Eloise era difícil de decifrar.

– Você acha mesmo que eu retirei esse dinheiro? Infeliz! Acha que eu iria me sabotar?

– Christopher, você está perdendo a razão. Ela é uma policial – Maya interrompeu, puxando-me em sua direção.

– Foda-se! Foda-se essa merda! – retruquei, sentindo meu peito arder. – Isso não pode estar acontecendo, eu fui roubado e ainda querem me culpar?!

Brandon se aproximou rapidamente, assumindo o lugar de Maya à minha frente. Seus olhos escuros me fitaram, receosos, enquanto buscava me acalmar. Ele me puxou para um canto da sala e sussurrou:

– Chame o seu advogado, é o melhor que pode fazer para sair desse problema. Eu não posso solucionar tudo sozinho, o caso não é meu, Christopher.

– Pois retire Eloise Green deste caso, acho que tem tempo suficiente.

Brandon se calou por alguns instantes, e se afastou em direção à sua mesa.

– Isso está sendo feito.

– Comissário?! – Green exclamou, surpresa. – Como assim está me tirando do caso? Eu consegui um ótimo avanço!

– Eloise, eu sinto muito. Você conseguiu avanços, mas não o suficiente para resolvê-lo até agora. Peço desculpas, o erro foi unicamente meu em colocá-la em um caso tão grande no início da sua jornada aqui.

Mesmo em meio à turbulência do momento, observar a agente em desespero me trouxe uma satisfação inesperada. Desde o início, a presença de Eloise me incomodava, apesar de nunca ter motivos concretos para afastá-la. No entanto, sua falta de resolução, com as evidências do caso, me possibilitou desfrutar daquele momento. Para alguém que estava ascendendo em sua carreira na polícia, aquilo seria um golpe de misericórdia.

– Christopher, faça alguma coisa. Não deixe que ele faça isso. – Maya estava visivelmente nervosa. – Por favor.

Fitei os olhos castanhos da minha esposa, repletos de apreensão e quase surpresa. Maya, em pouco tempo, havia estabelecido laços com a policial que tão logo precisariam ser desfeitos.

– Você vai mesmo me tirar do caso porque ele está pedindo? Isso não deveria ser proibido?

– Tenha cuidado com o que fala, agente Green. Você está saindo do caso porque não teve a evolução necessária. Mas não se preocupe, existirão outros menores.

– Você sabe o quanto isso será ruim para minha carreira, comissário.

– Sinto muito, Green.

Eloise fechou os olhos por alguns instantes, provavelmente buscando forças para se manter em pé depois daquela notícia. Seu desespero era um doce a ser degustado. Por outro lado, Maya sussurrava pedidos para que eu interviesse, mas apenas observei aquela cena, sabendo que provavelmente seria a única fonte de satisfação do meu dia.

– Certo. – Ela assentiu, desgostosa, antes de erguer seu olhar em minha direção.

Se Eloise Green pudesse me dizimar com um olhar, com toda certeza seria aquele. Estava inflado em suas íris esverdeadas o ódio que nutria por mim, sentimento que tampouco fazia questão de esconder.

– Agente Green... – Maya deu um passo à frente, fazendo com que a mulher recuasse automaticamente, quase como se sentisse repulsa.

– Não encoste em mim.

Algumas coisas boas aconteciam naquele momento. Com Eloise fora do caminho, Maya poderia deixar aquela obsessão de lado de uma vez por todas.

– Isso não vai ficar assim.

– Está me ameaçando, agente Green? – indaguei, aproximando-me dela.

– Quer levar como uma ameaça, senhor Collins? – retrucou, encarando-me sem pestanejar. – Leve.

– Saia do meu caminho.

– Ainda não, Collins. Ainda não – foram suas palavras antes de se retirar. – Você ainda vai me ver.

A porta foi violentamente fechada, fazendo o vidro tremer. Um silêncio pesado tomou conta da sala, carregando um peso palpável no ar. Enfrentei o olhar temeroso de Brandon e, em seguida, testemunhei a expressão decepcionada de Maya. Ela deu alguns passos para trás e se deixou cair no sofá do canto, parecendo incapaz de processar o que tinha acabado de acontecer.

– Eu não quero mais essa mulher envolvida com qualquer coisa deste caso.

– Vou tratar do desligamento dela o mais rápido possível.

– Muito bem! Ela está empenhada em me culpar, e sabemos que eu não fiz isso. Tem alguém que está querendo acabar comigo.

– Eu sei! Eloise é um pouco geniosa, difícil de lidar. Eu vou encontrar alguém maleável para cuidar disso.

– Precisamos de alguém que esteja do meu lado, não contra mim.

– Deixe comigo, Collins.

Maya permaneceu em silêncio o tempo todo, parecendo chateada e distante. Era irritante notar como ela se preocupava com uma agente, aparentemente até mais do que comigo.

– Vou ligar para o John agora.

– Faça isso! Vou pegar algumas papeladas, pode ficar na minha sala.

Algumas gotas de suor formavam-se em minhas têmporas, enquanto experimentava um arrepio gelado percorrendo meu corpo. O estresse contínuo estava me causando um mal-estar tremendo. Caminhei de um lado para o outro, tentando acalmar os pensamentos, quando notei que Maya ainda não havia se pronunciado.

– Vai ficar calada por quanto tempo?

– Eu não tenho nada para falar.

Dei alguns passos em sua direção, escondendo minhas mãos frias e trêmulas nos bolsos de minha calça. Ela continuou a me ignorar, enquanto fitava qualquer objeto naquela sala.

– Por que tanta preocupação com aquela mulher, Maya?

– Não é preocupação, Christopher. Eu só acho que sua reação, quando se trata da agente Green, é exagerada. Você está sendo injusto com ela.

– Injusto? Injustiça é o que estou sofrendo, e ela não fez absolutamente nada. Estou sendo roubado constantemente, e você quer que eu aceite?

Maya virou o rosto, permitindo-me fixar meus olhos nos seus, que agora exibiam um brilho enigmático direcionado a mim. Ela não demonstrava preocupação, a atenção estava claramente voltada para a defesa da nova melhor amiga.

– Você sabe que passou por cima de muitas pessoas, não é? Acha mesmo que tudo isso que está acontecendo é injusto? – Ela ergueu seu corpo da cadeira e se aproximou de mim, rodeando-me em passos lentos, enquanto perdia o olhar em cada detalhe daquele lugar. – Dizem que aqui se faz e aqui se paga.

– Do que está falando? – Virei em sua direção, recebendo seus olhos outra vez.

Por alguns instantes, uma nuvem sombria se instalou entre nós. Maya transparecia indiferença, quase como se estivesse contra mim.

– Como assim do que estou falando? Você me contou que muitos homens se sentiram traídos com sua antiga sociedade. Heitor é um deles, aposto que está fazendo isso. – Ela deu de ombros, aproximando-se a ponto de tocar em meus ombros.

– Heitor não seria tão inteligente a esse ponto. Foi burro o suficiente para perder todo seu dinheiro e, quando pôde fazer algo digno, ficando do meu lado diante do conselho, deu para trás.

– Não subestime as pessoas, meu amor – Maya sussurrou, parando à minha frente, e senti o toque suave de suas mãos em meu rosto. – Elas podem carregar muitos segredos.

– Isso não importa. Eu vou descobrir quem está por trás disso e vou resolver do meu jeito.

– Espero que isso termine o quanto antes, não aguento mais viver neste inferno.

– Vai ficar tudo bem, querida – disse, puxando-a para um abraço.

Permanecemos naquele abraço por alguns minutos, enquanto sentia o mal-estar se intensificar. Minha visão começou a embaçar de repente, uma fraqueza mais forte do que o habitual tomou conta de mim e minhas pernas pareciam ceder sob meu peso, até que tudo escureceu.

Não tenho noção de quanto tempo fiquei inconsciente, mas despertei em um maldito quarto branco, impregnado com o odor de desinfetante barato. Resmunguei algumas vezes, tentando me sentar, mas sem sucesso. Ao olhar ao redor, constatei que estava em um quarto de hospital. Não poderia estar em outro lugar depois do desmaio. Tentei tatear o lençol da cama, em busca do pequeno controle que sinalizava para chamar um enfermeiro, mas antes que pudesse concluir, a porta do quarto abriu.

– Que bom que acordou, senhor Collins.

O rosto familiar de meu médico particular me trouxe certo alívio. Ashton Morgan cruzou a sala, devidamente trajado com seu jaleco branco, para analisar meu prontuário exposto em uma prancheta no suporte ao lado da cama, e ajeitou os óculos que ameaçavam deslizar pelo nariz, antes de me fitar com um sorriso sereno.

– Como está se sentindo?

– Um pouco sonolento e com algumas dores de cabeça, mas fora isso, estou bem. Onde está minha esposa?

– Eu a liberei para ir para casa. A senhora Collins ficou aqui por horas, enquanto você dormia. Estava cansada, mas não se preocupe, ela informou que tomaria um banho e voltaria logo.

– Tudo bem. O que aconteceu comigo?

– Você pode ficar tranquilo, não há nada grave acontecendo com você. Fiz alguns exames, coletamos informações, conversamos com sua esposa. Fiquei sabendo o que aconteceu, e não me resta dúvidas que você teve um pico de pressão, o que ocasionou o desmaio – ele explicou tranquilamente. – Lamento o estresse pelo qual está passando.

– Estresse é a única coisa que venho sentindo nos últimos meses.

– Estou ciente disso, espero que consiga resolver o quanto antes.

– Vou resolver, esse desgraçado não vai se livrar de mim quando o encontrar.

O médico permaneceu em silêncio por alguns momentos, absorto na análise dos papéis que segurava em sua prancheta verde.

– Tenho uma pergunta.

– Sim?

– Anda tomando algum remédio ultimamente?

– Não, nenhum. Por quê?

– Tem certeza? Fizemos alguns exames e encontramos algumas substâncias em seu organismo. Resíduos de ansiolíticos, que são medicamentos conhecidos para o tratamento de distúrbios mentais, como ansiedade – disse tranquilamente, deixando-me ainda mais desconcertado. – Compreendo que você esteja passando por um momento difícil, mas ingerir uma grande quantidade sem prescrição médica não é a melhor opção. Posso descrever alguns remédios naturais que terão um efeito razoável.

Fiquei em silêncio por alguns instantes, enquanto minha mente vagava por entre inúmeros pensamentos. Eu não tomava medicamentos, especialmente tranquilizantes, mas havia uma quantidade significativa deles em meu organismo. De repente, minha mente começou a conectar os pontos, lembrando todos os momentos em que me senti extremamente cansado nos últimos meses.

– Desculpe, tenho tomado em alguns momentos para me manter tranquilo – menti.

– Tudo bem. Como disse, vou receitar outros de origem natural, que possuem um efeito melhor para você.

– Obrigado, doutor Morgan.

– Vou deixá-lo em observação por mais algumas horas, e depois posso liberá-lo.

Ele fez algumas anotações no prontuário e, em seguida, deixou o quarto, deixando-me sozinho mais uma vez. A descoberta da substância em meu organismo desencadeou um turbilhão de pensamentos. Quem quer que estivesse tramando contra mim estava se infiltrando em cada mínimo detalhe da minha vida, com o objetivo de me enfraquecer. Um movimento silencioso e sombrio estava em curso para me derrotar, e por mais que eu tentasse encontrá-lo, mais perdido em meio àquela escuridão ele se encontrava. Era como um vírus letal, que se espalhava por todos os cantos, tornando-se cada vez mais resistente e incurável. O tempo parecia estar se esgotando, não me restavam alternativas, eu precisava agir.

Police Department
Rapids, Mich.
CAPÍTULO
#19
CONFIDENTIAL

EFEITO COLATERAL

Maya Collins

Não sei por quanto tempo fiquei sozinha dentro daquele carro, estacionado em frente ao Departamento de Polícia de Nova Iorque, refletindo sobre a possibilidade de falar com Eloise. Era evidente que, naquele momento, minha presença não seria uma das mais queridas. Não depois de nossa briga, não depois que Christopher arrancou a investigação de suas mãos. Talvez eu fosse uma das últimas pessoas que ela gostaria de ver naquele momento. No entanto, era quase impossível conter o desejo de ter notícias, mesmo que aquilo representasse o possível fim. Os dias longe da sua presença me fizeram perceber como tudo estava dentro de mim: um verdadeiro caos. Por isso, encarei o número de Madson estampado na tela do meu celular mais uma vez, enquanto criava coragem para chamar.

— Vamos, Maya. Não seja covarde — disse a mim mesma, enquanto o visor continuava a exibir o nome dela, pressionei o ícone para iniciar a ligação e aguardei até ouvir a voz de Madson.

— *Oi, Maya. Aconteceu alguma coisa?*

— Não, eu só... — Suspirei. — Estou aqui na frente.

— *Como assim? Você não deveria estar no hospital com Christopher?*

Fechei os olhos por alguns segundos e meneei a cabeça em um sinal negativo.

— Sim, mas ele está dormindo por horas. Eu disse ao médico que iria em casa para tomar um banho e descansar um pouco.

— *Entendi. E ele está bem?*

— Infelizmente, sim. Foi apenas um pico de pressão, está forte como um touro — respondi, irritada.

— *Eu poderia fazer um comentário sobre o animal que escolheu para representá-lo, mas vou ficar calada* — brincou, fazendo-me rir. — *O que está fazendo aqui na frente?*

Talvez eu tenha demorado alguns segundos a mais para lhe responder, mas Madson não parecia se importar.

— Eu preciso falar com ela.

— *Maya...* — seu tom de voz soou quase como uma repreensão.

— Madson, por favor, eu preciso.

— *Eloise está em um péssimo dia. Eu nunca a vi tão transtornada assim antes, não acho que seja uma boa ideia* — disse, visivelmente culpada. — *Me sinto mal por encará-la, você não faz ideia. E ainda mais surpresa por ela não ter feito nada.*

Nada ocorreu como eu planejei. Em meus planos, Eloise enfrentaria apenas um atraso na investigação, não um afastamento completo do caso. Era como se eu tivesse arrancado a maior oportunidade de carreira daquela mulher na polícia. *Maldição.* E como se não bastasse, ainda foi brutalmente xingada por aquele cretino. Ela certamente me odiaria pelo resto da vida. E era exatamente o que eu merecia. O peso da culpa pesava sobre mim como uma âncora, puxando-me para baixo, em um mar de remorso e arrependimento.

– Se quer mesmo saber, ela foi liberada. Provavelmente, está em casa agora.

– Obrigada, Mad – foi o que eu disse antes de desligar.

A sensação de impotência diante daquela situação se agarrava a mim como uma sombra persistente, lembrando-me constantemente do estrago que causei. Golpeei o volante com força, consumida pela raiva de mim mesma por tê-la arrastado para esse caos, mesmo sabendo que não poderia ter feito de outra maneira. Cada passo havia sido meticulosamente calculado desde o momento em que pus meus olhos naquele homem. A presença de Eloise foi uma reviravolta imprevisível. No meio de um jogo perigoso, impregnado de mentiras e rancor, ela se infiltrou, desestabilizando toda a segurança que eu pensava ter construído. Maldito momento em que permiti me envolver com a dona daqueles malditos olhos verdes. Apaixonar-me por Eloise Green foi um erro, um erro jovial e incontrolável.

– Pense, Maya... – sussurrei, enquanto minha mente se perdia em um emaranhado de possibilidades.

E se eu me entregasse?

Eloise continuaria me odiando, e isso certamente me levaria a passar o resto da vida atrás das grades de uma prisão de segurança máxima, em algum lugar onde nunca precisaria encará-la novamente. No entanto, Christopher seria exposto e possivelmente julgado, dependendo da forma como a justiça fosse feita. Não era a escolha mais favorável para mim, mas poderia ser a melhor para ela. Um policial não merece estar envolvido em uma trama tão complexa como essa. Pela primeira vez, percebi que poderia fazer algo genuinamente bom, não por mim, mas por alguém que amava.

Encostei a cabeça no banco do carro e me deparei com meu olhar no reflexo do espelho retrovisor. Uma torrente de memórias de anos passados veio à tona, desde minhas lágrimas, dor, raiva e ressentimento até minha coragem e persistência para chegar aonde cheguei. E contra tudo isso, estava meu sentimento por ela. A verdade crua e indesejada agitou minha consciência, e eu soube, naquele momento, que as consequências de minhas ações poderiam ter um peso insuportável.

Respirei fundo, tentando afastar todos os pensamentos persistentes que teimavam em me assombrar. Antes de tomar qualquer decisão, eu teria que a ver, ouvi-la, e era exatamente o que eu faria agora. Segui pelas movimentadas avenidas de Nova Iorque, enquanto minha mente trabalhava freneticamente, em busca de uma solução para mudar aquela situação. Finalmente, estacionei em frente ao prédio que abrigava o apartamento da policial. O porteiro, um senhor amável, assentiu e alertou quando eu segui em direção ao elevador.

— Vamos lá, Maya. Faça a coisa certa pelo menos uma vez.

O bipe do elevador anunciou a chegada ao andar de Eloise. Caminhei pelo corredor até parar em frente ao seu apartamento. Fiquei ali, imóvel, sem saber por quanto tempo, reunindo coragem para bater à porta. Abanei a cabeça em sinal de negação, pensando em como eu poderia ser tão covarde quando se tratava da loira e, ao mesmo tempo, tão destemida, ao enfrentar um plano de vingança. Ergui a mão e bati três vezes à porta de madeira; aguardei alguns instantes e bati novamente. Um ruído no interior do apartamento indicava que a porta estava prestes a abrir. Recuei dois passos, preparando-me, quando a porta, enfim, abriu.

— Como posso ajudar?

Ao levantar a cabeça, deparei-me com um par de olhos que definitivamente não eram os de Eloise. Kiara me encarava com uma expressão neutra e um leve sorriso desenhado nos lábios. Vestia uma camisa larga, com o sobrenome *Green* abaixo do brasão do departamento de polícia. Pelos seus trajes e comportamento, não era difícil deduzir o que havia acontecido.

— Preciso falar com a agente Green.

— Ela entrou no banho tem pouco tempo, então acredito que seja difícil falar com ela agora. Quer deixar um recado? Eu posso passar.

— Não, eu não quero deixar um recado. Eu vou aguardar.

— Tem certeza? Acho que não é uma...

— Kiara? Quem está aí?

Ouvi a voz de Eloise ao fundo, e imediatamente, um nó se formou na minha garganta. Minhas emoções eram um turbilhão naquele momento, uma mistura intensa de raiva e decepção. Embora soubesse que meu relacionamento com ela não era nada sério, ver aquela cena diante de mim era a última coisa que eu esperava naquele instante. Respirei profundamente e mantive uma expressão impassível, escondendo cuidadosamente qualquer sinal de desconforto. Se havia algo que eu sabia fazer, era fingir.

— A senhora Collins, querida.

Eloise ficou imóvel quando se deparou comigo na porta de sua casa. Pude perceber a surpresa estampada em seus olhos verdes, que se abriram ainda mais.

— O que está fazendo aqui?

Inspirei profundamente, ergui a cabeça, adentrando o apartamento sem hesitação, e passei pela agente, que se encontrava parada na porta, em uma tentativa de me intimidar. Ela não fazia ideia de com quem estava lidando, não é mesmo? O som dos meus saltos ecoava distintamente pelo silêncio do piso de madeira. Lancei um breve olhar pelo apartamento, e tudo parecia perfeitamente organizado. Será que a festa tinha se limitado ao quarto?

– Vim com a preocupação de que estaria se sentindo mal pelo ocorrido de hoje mais cedo, mas vejo que soube pedir consolo – provoquei, lançando um breve olhar à Kiara.

– Você é a pessoa menos indicada para se preocupar, não acha? – retrucou, visivelmente irritada.

– Agora, vejo que sim.

– Você não deveria estar aqui, Maya. E sabe muito bem disso.

– Eu sei que não, mas tinha bons planos, até me deparar com isso.

Nós nos encarávamos fixamente, como se não houvesse outro alguém naquele lugar. Era palpável a tensão que nos segurava, uma mistura complexa de sentimentos que oscilavam entre amor, raiva e decepção.

– Quais planos? Fingir que se importa comigo depois de tudo que aconteceu? – Ela trincou a mandíbula e franziu o cenho, enquanto cruzava os braços embaixo dos seios.

– Acha que eu queria isso? – perguntei, indignada. – Eu tentei impedir.

– Você só pode estar brincando comigo, Maya! Vai mesmo bancar esse discurso? Tem certeza?

– Eu vou deixá-las sozinhas – Kiara se pronunciou, cortando nossos olhares.

– Não, não precisa sair. Maya vai embora – Eloise interrompeu, deixando-me ainda mais irritada.

– Ah, que isso, querida?! Fique, não faça essa desfeita. – Abusei de meu sarcasmo, na tentativa de me manter firme. – Ou só sabe ficar para se deitar com ela?

– Maya!

– O quê? Estou mentindo? Eloise, por favor. Não cansa de deixá-la como segunda opção? – Dei de ombros e fitei os olhos furiosos de Kiara. – Me admira você aceitar isso.

– Seu marido sabe que você está aqui, senhora Collins? – rebateu, desafiadora. – Acho que ele não iria gostar nada.

– Dele cuido eu, não se meta.

– Chega! – Eloise exclamou, caminhando em direção à porta, a qual abriu rapidamente. –Vá embora, Maya. Não me faça olhar para sua cara, não agora.

Eloise estava respirando de forma pesada, talvez relembrando toda a raiva que a consumia. Compreensível, dadas as circunstâncias. No entanto, naquele momento, não podia me permitir sentir compaixão, não ao presenciar aquela cena lamentável entre as duas mulheres e refletir sobre tudo que devia ter acontecido.

– Eu vou, mas porque cansei de presenciar isso. Eu realmente pensei que...

– O quê?

Inspirei profundamente, enquanto travava uma batalha interna sobre como agir. Eu não iria ceder, não iria me humilhar, não para ela. Ergui a cabeça e mantive a expressão mais esnobe que poderia fingir.

– Que você sabia o que realmente era bom, mas me enganei. Talvez seja isso que você merece. Ela realmente é bonita, mas sabemos que fode mal.

– Como você ousa falar assim? – Kiara pronunciou ao fundo, aproximando-se para se colocar entre nós. – Deveria ter vergonha de aparecer aqui, ela não quer você!

Encarei os olhos vacilantes de Eloise e, em seguida, os de Kiara, que me fuzilavam com veemência. Sem qualquer hesitação, deixei que um sorriso diabólico preenchesse meus lábios, trazendo um nível a mais de vermelhidão para o rosto da mais nova.

– Você realmente acredita nisso? Não aprendeu na primeira vez, não é?

– Vai embora, Maya. Chega! – Eloise tomou a frente.

Aproximei-me dela lentamente, em passos calculados, até ficar diante de seu corpo imóvel. Eloise permaneceu estática. Podia sentir a confusão refletida em seus olhos, mesclada à intensa raiva que ela nutria por mim naquele momento. Apesar do sentimento me afetar, mantive o sorriso cínico nos lábios, inabalável.

– Você pode ter saído do caso Collins, mas ainda é minha segurança particular. Então, eu quero você na minha casa antes do anoitecer.

– Está louca? Eu não volto àquela casa.

– Volta, sim. Se ainda quiser ter uma carreira, é bom estar lá. Não quer ser demitida disso também, não é?

– Você tem muita coragem, não acha? Sabe que posso foder você.

– Como? Não há provas contra mim – disse, sugestiva.

– Deixe-a ir embora, Eloise... – Kiara interrompeu, frustrada.

Nem mesmo a súplica da mulher interrompeu o olhar que nos prendia uma à outra. Eu não sei por quanto tempo ficamos ali, sem pronunciar uma única palavra. Havia muitas coisas que não havíamos dito naquele momento, mas que se refletiam em cada maldito reflexo de nossos corpos.

– Não se atrase – foram minhas últimas palavras antes de me afastar.

– Maya?!

Não parei nem voltei para ouvi-la. Segui em direção ao elevador e só me virei quando estava lá, observando-a parada diante de sua porta. Enfrentei seus olhos verdes antes que as portas se fechassem, cortando nosso contato completamente, e depois daquele momento, deixei que todo o ar escapasse dos meus pulmões, como se estivesse finalmente liberando aquela maldita sensação ruim que fingi nunca ter existido.

Você é uma idiota, quase estragou tudo por ela.

Cogitar a possibilidade de me entregar, em uma tentativa de salvar a carreira de Eloise, foi, de longe, a ideia mais tola e impensável que tive durante os últimos anos. O que eu poderia esperar? Que ela estivesse triste e sozinha em seu apartamento? Que talvez ela sentisse o mesmo que eu? Que excluísse a possibilidade de dormir com outra por gostar de mim? Ah,

Maya, tantos anos sem envolvimento emocional, e ainda assim, poderia ser ingênua? Não, eu não poderia.

As portas do elevador abriram, e levei uma das mãos ao rosto, enxugando a única lágrima teimosa que escapou dos meus olhos marejados. Não me permitiria ser tão fraca a esse ponto. Não era Eloise nem esse maldito sentimento que me tornariam vulnerável.

– Você está bem, querida?

Ouvi a voz grave de meu marido ao fundo, enquanto observava o movimento das pessoas na calçada, com seus enormes guarda-chuvas. O céu cinzento derramava uma garoa fina sobre Nova Iorque, prestes a se intensificar em um temporal. Encontrei os olhos claros de Christopher quando senti o toque suave da sua mão na minha.

– Estou, sim, meu bem. Só estou pensativa sobre tudo que aconteceu hoje.

– Não se preocupe, tudo vai se resolver – respondeu, entrelaçando os dedos aos meus.

Deixei escapar um sorriso fraco, aceitando outro em troca. Ele parecia melhor do que nunca, talvez os medicamentos tenham surtido efeito. Apesar do dia cheio, repleto de acontecimentos, ele parecia estar tranquilo.

– Espero que sim.

Não demorou muito até que os portões da mansão Collins se abrissem para nos receber. Estacionamos o veículo na entrada principal da casa, e um dos funcionários se adiantou, abrindo a porta para nós. Corremos para dentro da casa para escapar da chuva que caiu sem trégua. Uma vez no interior, Christopher e eu nos isolamos em nosso quarto, cada um imerso em suas próprias distrações: ele com o computador; eu com um livro qualquer. Passamos algumas horas em silêncio, sem trocarmos uma única palavra. Meus pensamentos estavam longe demais para desempenhar o papel de boa esposa naquele momento. Ao invés disso, meus pensamentos giravam em torno da mulher de olhos verdes, que em breve estaria aqui.

Por um momento, eu questionei se tinha sido um erro ordenar que Eloise viesse aquela noite. O momento não era adequado nem para ela, recentemente afastada do caso, nem para mim, claramente abalada emocionalmente. Atuar para Christopher se havia se tornado algo natural, como interpretar um personagem que eu mesma criei para completar uma história que nunca teve um fim adequado. No entanto, com Eloise, as coisas eram diferentes, muito diferentes. Eu me perdi. Eu me perdi em meus sentimentos, em meus atos, em meus planos. Tudo em relação a ela era genuíno, e eu simplesmente não conseguia agir de outra forma. Era enlouquecedor não ter controle sobre mim quando se tratava daquela mulher.

– Merda...

– Disse alguma coisa? – perguntou, deixando o computador de lado para me fitar tranquilamente.

— Só pensei alto, querido. Você quer que eu mande servir seu jantar aqui?

— Não precisa, podemos comer lá embaixo mesmo. Depois, podemos subir para ficar o restante da noite juntos.

— Tudo bem, vou falar com Eliza para que prepare a mesa — adiantei-me a dizer, assim que me levantei da cama.

— Maya?

— Sim?

— Vem aqui.

Suspirei sutilmente, antes de me aproximar. Christopher estava calmo e visivelmente interessado em minha companhia. O que, com certeza, renderia outras intenções que, honestamente, não estava apta a realizar.

— Quero que fique tranquila. Sei que está nervosa com tudo que está acontecendo, mas eu vou resolver isso — afirmou, antes de envolver seus braços ao redor de minha cintura.

— Não se preocupe comigo agora, eu estou bem. Pode focar você, esteve no hospital e precisa de cuidados.

— Estou forte como um touro, não se preocupe. O Dr. Morgan fez diversos exames, disse que estou bem. Melhor do que nunca!

— Tem certeza?

Ele suspirou e assentiu devagar, enquanto deslizava as mãos pela minha pele. Havia algo diferente em seus olhos, algo que não pude decifrar. Sua mudança de humor repentina e a calmaria desde a saída do hospital nada mais eram do que o reflexo do último acontecimento no hospital. E agora, só me restava lidar com isso.

— Não se apaixone por mim, Green — disse, tentando controlar o nervosismo.

Ela exibiu um sorriso no canto dos lábios, como quem soubesse exatamente os perigos daquela conversa. Eloise se movimentou, virando-me no sofá, para que pudesse se acomodar confortavelmente sobre meu corpo.

— Não estou apaixonada — negou, em um sussurro nada convincente.

Sorri com sua resposta e a puxei, envolvendo seu pescoço com meus braços, em uma tentativa de tê-la mais perto. Seus olhos verdes clarinhos me fitaram com um brilho receoso, tal como uma criança com medo de ser descoberta. Eu não poderia afirmar que ela estava apaixonada por mim, embora fosse inegável o avanço de nossos sentimentos desde a nossa viagem para a Suíça. Em outro momento, ainda estaríamos entre provocações e o falso desdém, nos beijando enlouquecidamente e nos fundindo em uma só em qualquer canto daquele apartamento, mas agora, eu desejava tê-la de outras maneiras que pareciam ainda mais perigosas.

— Tem certeza? — indaguei, sugestiva.

— Tenho.

— Mentirosa.

– Se eu estiver, você está por mim também.

Sua resposta me pegou desprevenida. Não que eu não tivesse gostado de ouvi-la. Sentir que havia a possibilidade de Eloise admitir algo me deixava dividida entre medo e aquele maldito frio na barriga.

– O quê?

– Nada.

– Fala! – insistiu, provocando-me cócegas na cintura.

Contorci-me em meio a uma risada, vendo-a sorrir em resposta.

Abri os olhos, em uma tentativa de afastar todas aquelas lembranças. Sentia-me culpada. Culpada por ter transado com Christopher, culpada por não ter sido com ela. Eloise me odiava agora, e eu não sabia até que ponto aquilo poderia me afetar.

Um suspiro exausto escapou dos meus lábios quando me ergui do colchão. Empurrei o lençol acinzentado que me cobria e caminhei lentamente até o banheiro, desviando das peças de roupas espalhadas pelo chão. Segui em direção à hidromassagem no canto do cômodo e acionei os dispositivos no painel digital, para enchê-la com água morna e alguns sais de banho relaxantes. Larguei o lençol sobre a bancada e encarei meu reflexo no espelho enorme à minha frente. Pela primeira vez em anos, senti um profundo desgosto pelo que vi. Havia marcas avermelhadas espalhadas pelo meu corpo, especialmente no pescoço e nos seios – testemunhas de uma noite que deveria ter sido de prazer, mas que, na verdade, foi um verdadeiro sacrifício para mim.

Sentia-me suja, como se houvesse algo repugnante impregnado na minha pele. O sexo com aquele homem sempre foi uma peça meticulosamente planejada, construída e calculada em minha mente, como parte de um plano que tracei durante muitos anos. Afinal, era algo inevitável já que havia optado por me casar com ele, mas poderia afirmar, com certeza, que em nenhuma das vezes senti algo. Não até permitir que as barreiras de meus sentimentos fossem rompidas por Eloise Green. Hoje, eu poderia dizer que senti nojo.

– Droga... – sussurrei, sentindo algumas lágrimas molharem meu rosto, e encostei-me à bancada, sentindo um aperto sufocante se formar em minha garganta, enquanto a vontade de derramar lágrimas crescia incontrolavelmente. Era como se toda aquela dor, cada lembrança e sentimento doloroso se enraizasse profundamente em mim, marcando minha pele e minha mente. Naquele instante, me senti novamente sozinha, como se nenhum consolo pudesse me libertar daquele emaranhado de emoções tóxicas. Meu desespero se manifestou em soluços dolorosos e lágrimas sinceras, que não podiam ser contidas. O vazio em meu peito era quase palpável, um eco oco de todas as emoções que eu havia suprimido ao longo dos anos.

– Você não pode chorar! – disse a mim mesma, enquanto limpava as lágrimas de revolta que desciam a todo custo. – Não pode, Maya!

Sentia-me fraca, vulnerável. E Eloise era a verdadeira culpada de tudo isso. Foi por ela que me permiti sentir, foi por ela que todas as minhas certezas se transformaram em dúvidas. Em pouco tempo ao lado daquela mulher, experimentei seu carinho, sua atenção, seus cuidados e proteção, despertando um lado em mim que há muito tempo eu acreditava ter desaparecido. Era como se ela tivesse resgatado a Maya de anos atrás, trazendo consigo todas as minhas inseguranças e a sensibilidade que eu havia suprimido para me tornar a pessoa que sou hoje. Eloise se tornou minha fuga, minha libertação, mesmo que momentânea. Ela era meu oásis de paz, e com ela, me sentia verdadeiramente viva novamente. Pensar na possibilidade de perdê-la era como perder a única parte genuinamente boa que restava dentro de mim.

Levantei-me e me dirigi à banheira. A água morna fez com que eu suspirasse, entre soluços, quando a senti em minha pele. Enrolei meus braços em volta das pernas, mantendo-me perto do peito, e permiti que as lágrimas fluíssem livremente, como se estivessem lavando minha alma, por longos minutos. Depois, esfreguei cada centímetro da minha pele, em uma tentativa desesperada de apagar a memória da noite anterior, mas foi em vão. Elas estavam ali, vivas em cada maldita marca em minha pele. No entanto, eu tinha certeza de uma única coisa: aquela havia sido a última vez que Christopher Collins tocou meu corpo.

Após aquele banho, tratei de me recompor. Não tinha tempo para me perder em meio às minhas fragilidades repentinas. Prossegui com o restante da minha rotina de higiene matinal e me dirigi ao closet, no qual dediquei alguns momentos à escolha de um belo conjunto de roupas. Passei uma maquiagem mais pesada, no intuito de esconder as olheiras, depois de longas horas de choro, e pareceu funcionar. Dispensei o café da manhã preparado por Eliza e me dirigi à galeria Garcia ao lado de um novo segurança particular, provavelmente enviado por Eloise.

— Qual seu nome?

— Me chamo Dylan Harper, senhora.

— Você foi encaminhado pelo comissário?

— Na verdade, estou a pedido da agente Green — disse, educadamente. — Cobrirei as próximas semanas, enquanto ela estiver afastada.

— Tudo bem.

Dylan ficou do lado de fora, no início do corredor, enquanto eu me acomodava na minha sala. O ar na galeria parecia muito mais leve do que nos cômodos da propriedade Collins; aqui eu não preciso mais fingir. A quietude e a serenidade do ambiente me envolveram, e por um breve momento, conseguiram me permitir esquecer as complexidades e os conflitos que consumiram minha vida nos últimos dias. No entanto, no fundo da minha mente, eu sabia que não poderia me dar ao luxo de baixar a guarda por muito tempo.

— Estou realmente surpresa em vê-la aqui tão cedo.

Levantei o olhar e observei que ela entrava na minha sala com uma expressão curiosa. Sofia tinha o hábito de chegar cedo ao trabalho, pois desempenhava um papel fundamental na administração e no funcionamento diário da galeria.

– Bom dia.

– Ih, sua cara não está das melhores. Dormiu mal? – indagou, sentando-se à minha frente. – Bom dia.

– Eu realmente não dormi muito bem. Na verdade, não sei o que é dormir bem há um bom tempo.

– Problemas?

– Sempre.

– Isso envolve a sua detetive? As coisas pioraram? – perguntou, enquanto deixava sua bolsa na poltrona ao lado. – Ela vai fazer algo contra nós?

Mencionar o nome de Eloise fez com que meus pensamentos fossem diretamente à imagem de Kiara ao seu lado, provocando aquela faísca de ódio dentro de mim.

– Envolve a minha vida, que é um verdadeiro desastre – disse, ainda com os olhos nas papeladas sobre a mesa.

– Sabemos, mas são raras as vezes que a vejo tão cabisbaixa. O que aconteceu?

– Eu... – Suspirei. – Eu transei com Christopher.

– Você o quê?! – exclamou, assustada. – Não acredito, Maya!

Sofia me encarava com uma expressão confusa, quase com um símbolo de interrogação no meio de sua testa franzida.

– Eu estou esperando uma explicação, porque, honestamente, não acredito que tenha sentido desejo.

– Óbvio que não foi por desejo! Eu não sou maluca.

– E então?

– Eu...

Larguei os papéis, em meio a um suspiro, antes de me levantar de minha cadeira, caminhei em passos apressados até o pequeno bar no canto da sala, servindo-me de uma dose de vodca, e tomei um único gole, criando um calor iminente por minha garganta.

– Não vai me dizer que fez isso para se vingar de Eloise... – Talvez a ausência de uma resposta imediata tenha sido suficiente para esclarecer suas dúvidas. – Maya, por Deus! Você está completamente maluca! Eu sabia que você ia fazer besteira, me ligou aos prantos por ter visto a detetive com outra.

Evitei seu olhar mais uma vez, sentindo o desconforto de ter minhas fraquezas tão expostas, mesmo que fosse para Sofia, a única pessoa que realmente me conhecia por completo.

– Não me olhe assim, não é como se você nunca tivesse errado, não é? – retruquei, afiada.

– Por amor? Nunca.

– Que seja! Eu já fiz, não tem como voltar atrás! – Bufei, voltando para meu lugar inicial. – E se serve de consolo, Eloise não foi o principal motivo. Eu poderia ter mentido que transei e ter dopado ele, como todas as outras vezes.

— E qual seria esse motivo?

Apoiei-me na poltrona e soltei um suspiro pesado. Embora o ciúme tenha desempenhado um grande papel em tudo aquilo, havia motivos bem mais estratégicos que me levaram a agir daquela maneira.

— Depois que saí da casa de Eloise, fui buscar Christopher no hospital. Fiquei por alguns minutos na recepção, aguardando que ele fosse liberado, quando encontrei nosso médico. Entre uma conversa e outra, ele me informou que havia conversado com Collins a respeito dos medicamentos, mais especificamente os calmantes.

— Não pode ser... — Ela fechou os olhos, desacreditada. — E o que você fez?

— Eu não tive muito o que fazer. Eu disse ao doutor que iria monitorá-lo para evitar que ele tomasse essas coisas. Mas sabia que Christopher estaria mais atento, ele não é tão idiota assim. No caminho de volta, ele se mostrou um verdadeiro lorde, o que não combinava em nada com o humor de mais cedo. — Dei de ombros. — Tínhamos discutido por conta de Eloise, e as coisas não estavam bem, a gentileza não fazia sentido algum. Eu sei que ele desconfiou de mim, só acho que não ligaria ao roubo, mas acredito que traição seja uma opção.

— Pode ser, mas não vamos descartar a ideia de ele ligar isso e começar a investigar você. Ele não comentou nada? — Ela se aproximou, parecendo apreensiva.

— Não, foi aí que tive certeza de que ele estava desconfiando de mim. Perguntei como havia sido a conversa, e ele mentiu. Não ia demorar muito até que ele descobrisse, eu só não esperava ser pega desprevenida, sabe? Por isso, me entregar a ele e mostrar que eu não seria capaz de dopá-lo para evitar sexo foi a opção que me veio à cabeça — disse, um tanto melancólica.

— Eu sinto muito por isso. Nem consigo imaginar como deve ser difícil fazer isso a essa altura dos nossos planos — lamentou.

— Você não faz ideia, Sofia. Eu só quero que isso acabe de uma vez, estou enlouquecendo.

Sofia tocou suavemente uma das minhas mãos, oferecendo um gesto de apoio. Sua expressão estava longe de ser alegre, e eu detestava quando ela me olhava daquela maneira.

— Nós podemos desistir, você sabe disso, não é?

— Eu não posso. Não agora.

Sofia assentiu devagar, antes de me fitar outra vez.

— Tudo bem. Seja como for, nós vamos derrotar esse cara.

— Esse é o meu destino, Sofia.

CAPÍTULO #20

NOVOS ELOS

Eloise Green

Não sei por quantas horas estive deitada naquele sofá, totalmente imóvel, sem qualquer tipo de reação. Aquilo parecia ter se tornado um hábito. Depois da descoberta que me tirou dos eixos, passei por uma montanha-russa de sentimentos que me levou a surtos de raiva e dor. Os primeiros dias foram os piores. O sentimento de impotência me levou a chorar como há muitos anos não o fazia, mas em contrapartida, a raiva foi o combustível para me erguer. Ela poderia ser um bom ponto de partida, mas era cruel comigo mesma também. Hoje, senti-me realmente esgotada, em todos os sentidos possíveis. Tudo parecia ter desmoronado em minha cabeça de um dia para o outro, deixando-me completamente perdida no meio daquele furacão. Por alguns instantes, considerei a ideia de que Nova Iorque havia sido um erro, talvez eu ainda não estivesse madura o suficiente para enfrentar tudo que esse lugar fosse me proporcionar, seja do lado bom ou ruim. Era inegável o sentimento de pertencimento, aquela sensação de aqui era o meu lugar, mas a instabilidade de tudo me amedrontava. Mount Vernon era pacata e sem futuro, mas nunca me faria sentir tão sozinha e inconsolável como agora. O que eu faria agora? Encarei o distintivo, cuidadosamente posicionado sobre a mesa de centro da sala, examinando cada letra que compunha aquele objeto, enquanto aquele conflito se inflamava dentro de mim.

Em todos os anos da minha carreira, durante os quais me dediquei e dei o meu melhor, este era, sem dúvida, o momento mais desafiador. Eu não escolhi essa profissão por sua rentabilidade ou reputação, por trás da minha escolha de vida havia um profundo sentimento e propósito. Minha família tinha uma longa caminhada dentro do departamento de polícia, principalmente minha mãe, que era o motivo principal de eu estar ali. Lembro-me de sonhar, dia após dia, em ser tão boa como ela era, mas tinha chegado a hora de entender que nunca seríamos iguais. E isso não fazia de mim alguém ruim, fazia? Eu poderia não ter uma carreira impecável, mas sabia que tinha o mesmo sentimento de compaixão e justiça de minha mãe, e talvez fosse ele o real sentido de tudo. Só havia um caminho a seguir.

Não a ter reforçava o sentimento de solidão, mas de algum modo, sentia que ela sempre me diria o certo a fazer. Inspirei o ar com força, levantei-me do sofá, assim que a campainha tocou, e caminhei em passos desgostosos até a porta, quando me deparei com os olhos de Kiara.

– Desculpe vir sem avisar, precisava saber como estava.

– Não tem problema, pode entrar.

Ela sorriu fraco e assentiu, antes de entrar em meu apartamento. Não estava com uma cara nada boa, mas passava longe de estar triste. Kiara mais parecia confusa ou receosa. Segui seus passos e caminhei para o centro da sala, ocupando um espaço no sofá e fazendo um breve gesto para que ela fizesse o mesmo.

– Sobre o que quer falar? Parece um pouco perdida. Aconteceu alguma coisa?

– Não, quer dizer... – Um suspiro abandonou seus lábios. – Aconteceu, e é por isso que estou aqui.

– Tudo bem, pode falar – encorajei.

– É sobre o caso Collins.

– Ah, não! – Neguei com a cabeça, levantando-me do sofá. Trazer à tona o caos da minha mente era a última coisa que precisava naquele momento. – Me desculpa, mas eu realmente não quero falar sobre isso. Eu não aguento mais ouvir esse nome.

– Eloise, por favor.

– Kiara, eu estou cansada. Consegue me entender? Podemos falar sobre o que quiser, mas não sobre isso. Estou exausta de todos.

– Até de Maya? – sua pergunta veio em tom de acusação, o que me fez engolir em seco, antes de encará-la. *Principalmente Maya*. Eu não queria pensar em nada que pudesse remeter àquela mulher.

– O que disse?

– Nada. Não é sobre ela que quero falar, mas sobre o caso na delegacia.

– O que tem isso? Eu estou fora, todos sabem disso – murmurei, irritada, enquanto caminhava em direção à cozinha. – Quer um café ou chá?

– Eu sei... – ela interrompeu, colocando a mão sobre a minha, fazendo-me parar o que estava fazendo para encará-la outra vez.

– E então?

Kiara estava nervosa, e isso era evidente pela maneira descompassada como seu peito subia e descia a cada respiração. Notei o exato momento em que ela engoliu em seco, antes de sustentar meu olhar.

– O comissário me colocou como detetive responsável pelo caso.

Talvez eu tenha demorado, alguns segundos, a assimilar aquela informação. Um silêncio perturbador se instalou entre nós, trazendo uma tensão incômoda.

– Eloise, eu... – Ela deu um passo à frente, fazendo-me recuar automaticamente. Seu olhar temeroso pousou sobre mim. – Eu sinto muito, não foi minha intenção ao vir para cá.

– O que você... – Balancei a cabeça em um sinal negativo, completamente desacreditada.

– Por favor, não fique irritada comigo. Eu não poderia negar, é uma oportunidade muito boa. Ele estava procurando alguém, e eu me ofereci.

– Se ofereceu para o meu cargo? Para o meu lugar naquela delegacia? – perguntei, incrédula.

– Você foi retirada, e eu sabia que não poderia recorrer. Se pudesse, eu garanto que não me ofereceria, Eloise.

– Você nem sequer me deu tempo para isso, não é?! – exclamei, irritada. – Me deixe sozinha. – Afastei-me, seguindo em passos rápidos em direção à sala, quando senti o toque em meu braço. – Eu quero ficar sozinha!

– Mas...

Não deixei que ela terminasse, apenas segui em passos firmes em direção à porta, que abri em um movimento brusco.

– Eu preciso ficar sozinha. Então, por favor, saia do meu apartamento.

Eu sabia que não estava lidando com a situação da melhor maneira possível, mas a sensação de traição era devastadora, *mais uma vez*. Deixei escapar um suspiro pesado, enquanto observava em silêncio. Ela hesitou por um momento, como se quisesse dizer algo mais, mas acabou se virando lentamente e saindo do apartamento sem dizer mais uma palavra. Assim que a porta se fechou, fui tomada por uma sensação de angústia e revolta. Não propriamente por Kiara, pois nossa relação não era profunda a ponto de me afetar tão intimamente, mas me sentia perdida em relação a tudo ao meu redor. Era tão fácil me enganar? Quando me afastei da porta e segui em direção ao quarto, ouvi o toque da campainha outra vez.

– Inferno! Eu falei que não quero ver ninguém! – exclamei, caminhando em direção à porta, a qual abri de uma vez. – Por Deus, eu não quero falar com você! Eu preciso ficar sozinha.

– Não vou te deixar sozinha agora – ela disse, entrando em meu apartamento. – Nós temos que conversar.

Despejei o café quente dentro das duas canecas, sob o olhar avaliativo de Kiara. Ela ainda parecia receosa com o impacto que sua notícia trouxe para nossa relação. Talvez estivesse esperando uma reação mais amena, levando em conta que minha retirada do caso de nada teria correlação com ela. No entanto, ser pega desprevenida com a ideia de que eu nada poderia fazer para voltar ao caso, me deixou sem chão. O que era de se esperar depois dos últimos acontecimentos. Havia depositado muita energia naquele caso e sabia que muitas coisas ainda iriam acontecer. E eu não poderia ficar de fora delas.

– Está tão pensativa... – murmurou, antes de capturar uma das canecas. – Divida seus pensamentos comigo.

– Só estou com muitas coisas na cabeça. – Apoiei-me na bancada, enquanto sentia o aroma do café se alastrar naquele ambiente.

Kiara reproduziu o mesmo movimento, em uma tentativa de ficar o mais perto possível. Estava me analisando, quase como se buscasse por sinceridade em meus atos. Lidar com as consequências das próprias escolhas nem sempre era uma tarefa fácil.

– Você me perdoa? Eu não quis, em nenhum momento, passar por cima de você. Nós sabemos como essas coisas acontecem, o caso iria para a mão de outra pessoa de qualquer maneira.

Justificar-se, literalmente, não era o forte daquela mulher.

– Kiara, esqueça isso. Eu fui uma idiota quando a tratei daquela maneira – respondi, tranquilamente, levando minhas mãos até as suas.

O contato fez com que seus olhos me encarassem um pouco mais aliviados.

– Fico feliz que tenha ficado com esse caso, quero muito que tenha êxito na resolução dele.

– Mesmo?

– Claro, eu sei o quanto é difícil crescer dentro da polícia. Então, se você tem a oportunidade, não deixe passar.

– Você está sendo maravilhosa, Green.

Lancei o melhor sorriso que poderia, antes de me aproximar e envolvê-la em um abraço apertado. Pude ouvir seu suspiro aliviado, no mesmo instante em que seus braços me apertavam contra si.

– E como prova disso, vou entregar todo material que consegui. Recolhi muitas coisas desde o começo e acredito que será de grande utilidade para você.

Observando a papelada espalhada desordenadamente pela mesa, percebi que aquela bagunça representava a complexidade do caso Collins. Sentei-me na poltrona e comecei a organizar as pastas e os documentos, relembrando os relatórios e as pistas cruciais que havíamos coletado até aquele momento. Kiara estava ao meu lado, examinando cada item com atenção, parecendo realmente empenhada em desvendar aquele caso.

– Essa é a conta na Suíça?

– Sim, foi uma das primeiras provas contra Heitor. O que o coloca como um dos principais suspeitos, levando em conta que há um atrito forte com Christopher.

– Pelo que parece, ele perdeu tudo e culpa o senhor Collins por isso.

– Sim, porque, no final das contas, Christopher se deu bem, ficando com a maior parte da sociedade.

Kiara permaneceu em silêncio, imersa na leitura do relatório. Entregar toda aquela documentação significaria fornecer a ela um avanço além do ponto em que eu havia sido capaz de chegar, mesmo que ele não tenha me levado ao verdadeiro culpado. Apesar da sensação momentânea de hesitação, respirei fundo e decidi continuar. Eu não poderia deixar que as pessoas me deixassem para trás, não é? Aquilo parecia ser fácil para muitos, e não seria diferente para mim. Afinal, ela tinha o direito de acessar todas as informações relevantes do caso, fosse através de mim ou não.

– Existe uma mente diabólica por trás disso tudo. Fico chocada com a habilidade em esconder os rastros do dinheiro.

– Com certeza, quem está fazendo isso, por mais errado que seja, pode ser considerado um gênio – completei. – Eles foram retirados de diversas maneiras, mas, na maioria, não é possível identificar o destino final.

Ela assentiu, completamente compenetrada em todos aqueles documentos. Analisava de um a um, sem sequer piscar.

— Você colocou Collins como suspeito? — sua pergunta tinha um tom surpreso.

— Sim, ele é um homem relativamente inteligente. — Dei de ombros. — E bom, a Collins Enterprises tem um contrato delicado com a Extremear, que é um dos sistemas mais caros do mundo. No contrato, há uma cláusula que atribui à empresa a responsabilidade por uma multa, caso seu sistema seja violado. Essa multa corresponde a uma percentagem significativamente maior do que o valor do roubo.

Seu olhar confuso e as sobrancelhas unidas no centro da testa revelavam que aquela ideia ainda não tinha passado em sua cabeça. Suspeitar de Christopher era realmente difícil?

— Se houver provas de que o sistema foi violado, a Extremear terá que pagar a multa para Christopher.

— Mais ou menos isso, seria especificamente para a empresa. — Olhei para o relatório em suas mãos, agora notando a imagem de John. — Esse é o advogado de Christopher, um de seus homens de confiança. Sempre esteve ao lado dele e é uma das pessoas que tem um bom acesso às movimentações financeiras da CE.

— Nunca se pode confiar totalmente nas pessoas.

— Realmente, nunca. — Voltei minha atenção às outras pastas, enquanto a mulher continuava concentrada nos relatórios em suas mãos. Ela parecia realmente envolvida, já que, por longos minutos, não fez nenhuma pergunta sobre o que estava exposto ali.

— Pensei que ela não chegaria.

O montante de papéis foi depositado à minha frente, formando um aglomerado sobre a mesa. Entre os documentos espalhados, um chamou minha atenção: uma página que apontava Maya como suspeita. Meus olhos se fixaram na foto, presa com um clipe no canto da folha. Na imagem, Maya irradiava uma aura imponente e majestosa, como a de uma verdadeira rainha. Poucas pessoas conseguiram emanar tanto poder com tanta naturalidade, mas, para Maya, isso nem de longe era uma dificuldade. Era uma parte intrínseca de quem ela era e do que poderia se tornar.

— Ela é a esposa do Collins, não poderia ficar de fora — disse, sem dar tanta importância. — Maya parece esconder muitas coisas, mas não creio que seja uma criminosa. Talvez seu único defeito seja a infidelidade.

Kiara torceu os lábios, com uma expressão desgostosa, quando me levantei e segui em direção à cozinha. Ela me acompanhou em passos lentos até o outro cômodo, no qual se recostou à pilastra de madeira. Entregar o pote de ouro seria uma péssima ideia, correto?

— E isso é um defeito para você?

Mantive meu rosto impassível, enquanto derramava uma generosa porção de água quente numa caneca sobre o balcão, e agitei o saquinho de chá dentro da água quente, deixando-a tomar um tom amarelado.

– Não. Isso, com certeza, é um problema para o marido dela, não para mim.

Kiara concordou lentamente e deixou a pasta em algum canto da bancada. Percebi seu olhar desconfortável, parecia quase ciumento. No entanto, nada comentei, apenas levei a xícara de chá morno aos lábios, tomando um pequeno gole.

– Sabia que ela morava em Nova Iorque quando resolveu se mudar? – perguntou, provocando-me surpresa.

Ela realmente estava com ciúme?

– Não, meu último contato com Maya foi naquela noite em Mount Vernon. Reencontrá-la, com certeza, foi uma brincadeira do destino.

– Uma brincadeira peculiar.

– Eu concordo.

– Você gosta dela? – sua pergunta surgiu de maneira inesperada, fazendo-me engolir mais do que conseguiria suportar.

Respirei fundo, tentando suprimir a maldita vontade de tossir, sentindo-me um tanto perturbada ao pensar sobre aquilo.

– Não.

– Mas vocês têm um caso, certo?

Suspirei, um tanto impaciente com todo aquele interrogatório. Será que na investigação de Kiara eu também seria uma suspeita?

– Não exatamente. Nós nos envolvemos algumas vezes, mas não foi nada demais, apenas sexo. – Ocupei um lugar no sofá, logo após depositar a caneca na mesa de centro. – E como você deve imaginar, acabou.

– Acho que é melhor assim, não é? Ela é esposa do Collins, não creio que seja bom arrumar problemas com ele no meio de toda essa confusão do caso.

– Sim, você está certa. Maya ficou para trás.

– Fora que ela é uma suspeita. Aquela mulher é manipuladora e má, não descarto a possibilidade de ter roubado o próprio marido. Afinal de contas, ela o trai.

– São coisas diferentes, Kiara, não creio que ela tenha roubado. Maya tem uma ótima condição de vida, não colocaria tudo a perder.

– Pode ser... – Deu de ombros. – Enfim, não quero mais falar sobre ela.

– É melhor.

Observei Kiara, que dormia com uma expressão tranquila no sofá da sala. Passamos horas discutindo sobre o caso Collins, explorando diversas possibilidades para resolver aquele quebra-cabeça. O tempo passou tão rápido, que nem percebemos o quão tarde havia ficado. Toquei suavemente seu rosto, notando a profundidade de seu sono. Certamente, não acordaria cedo. Levantei-me do sofá com cuidado e comecei a arrumar os papéis espalhados sobre uma mesa de centro. Peguei as canecas e as coloquei na bancada da cozinha, antes de me dirigir ao corredor do meu apartamento. Cheguei à última porta, que dava para uma pequena sala extra, quase um escritório, embora eu a usasse mais como uma despensa, tirei as chaves do meu bolso e destranquei a porta, entrando devagar. Passei as mãos pela parede, em busca do interruptor, e finalmente iluminei o cômodo. Naveguei pelo interior da sala, deixando meus olhos percorrerem todo o organograma espalhado pelas paredes brancas. A sequência de fotos, anotações, documentos e evidências estava toda ali.

Você pode ter me tirado desse caso, mas ainda vou pegar você. Achou mesmo que chegaria até o final desse jogo?

Aproximei-me da mesa de madeira, observei uma pilha de papéis ao lado do meu computador, abri a pasta e peguei a foto que estava no topo. Era uma foto notavelmente bonita, devo dizer. Dirigi-me ao quadro principal, no qual havia um espaço vazio no centro do organograma, removi uma das tachinhas de tamanho médio de um pote sobre a cômoda e posicionei a fotografia em seu devido lugar. Todos têm um lado obscuro, seja em seus mais diversos sentidos, ninguém é completamente inocente. Por trás de olhares ingênuos e comportamentos gentis, existem monstros acorrentados, prontos para arrastarem, para os lugares mais sombrios, os desavisados. Sobreviver é muito mais difícil do que se imagina, especialmente quando se vive cercado por lobos disfarçados de cordeiros.

Você fez um belo jogo, mas subestimou seus adversários.

Afastei-me devagar, recuando alguns passos, sem tirar os olhos do organograma, quando um *pop-up* surgiu no canto da tela:

Nova mensagem.

Ocupei o lugar na poltrona, enquanto colocava os fones de ouvido. O sistema de escuta se expandiu na tela assim que cliquei na notificação, exibindo o arquivo de áudio recém-gravado. Cliquei sobre o ícone, iniciando a escuta, quando as vozes soaram atentas. Uma delas pertencia à Sofia, e a outra, à Maya.

— Consegui todos os equipamentos. Teremos total acesso ao sistema da Collins Enterprise.

— Tudo? Precisamos ter certeza sobre o sistema de infraestrutura.

— Me sinto ofendida desta maneira.

— Desculpe, só estou ansiosa. Nada pode dar errado no nosso plano.

— Não vai, Rainha. Sua jogada final acontecerá em algumas semanas.

— Finalmente esse desgraçado vai pagar pelo que fez. Esse jogo infernal vai acabar.

Fim do arquivo.

Fechei os olhos e respirei fundo, antes de retirar os fones e largá-los sobre a mesa. Enfrentar aquela situação, sem dúvidas, seria um dos momentos mais desafiadores de toda minha carreira. Era como colocar à prova todo meu propósito de vida, tudo que prometi à minha mãe que faria, e eu não poderia decepcioná-la.

– Você tem razão, Maya. O jogo vai acabar.

Um passo à frente para o xeque-mate.

Tres semanas depois

Kiara Brown

Concentrei-me na tela do meu notebook, percorrendo pela terceira vez o último relatório do Banco Nacional Suíço. O gerente geral havia compartilhado os dados de Heitor, semelhantes àqueles que Eloise havia obtido há algum tempo. O caso Collins continuava sendo um enigma perfeito, escondendo a identidade meticulosamente planejada do autor do crime. Apesar da ajuda da equipe policial e do comissário, as pistas legais apontavam consistentemente para Heitor. No entanto, nas últimas semanas, uma nova peça entrou em jogo, abalando os alicerces dessa teoria.

– Bom dia!

Lancei um sorriso cansado para Eloise, que agora estava parada na soleira da porta, com um olhar tranquilo.

– Bom dia, agente Green.

Eloise se aproximou, recostando-se à cômoda logo atrás de mim, e deu um beijo rápido no topo da minha cabeça, provocando-me um suspiro involuntário. Nós mantínhamos uma espécie de amizade com benefícios, sem qualquer compromisso sério, já que, de acordo com ela, um relacionamento não estava em seus planos no momento. No fundo, eu podia sentir que Maya desempenhava um papel significativo nessa decisão. Não de forma direta, uma vez que as duas mulheres haviam perdido completamente o contato desde o *incidente* em sua casa. No entanto, não havia como negar que a senhora Collins ainda habitava os pensamentos da mulher que eu tanto desejava, impedindo-a de se entregar completamente.

– Muito atarefada?

– Bastante, esse caso está acabando comigo.

– Vai por mim, eu entendo perfeitamente – ponderou, sentando-se na cadeira à minha frente. – Mas tenho certeza de que vai conseguir. Lembre-se que estou aqui para você, ok?

– Obrigada, você tem sido maravilhosa.

Eloise sorriu gentilmente, fazendo-me fitá-la por mais tempo que o necessário. Mas quem poderia me culpar? Ela carregava uma beleza hipnotizante. Talvez fossem os olhos verdes intensos ou o sorriso largo, contornado pelos lábios perfeitamente desenhados. Era quase ultrajante como tudo naquela mulher se encaixava em harmonia.

– Com licença, agente Brown – disse uma das policiais.

— Pode entrar.

— Desculpe interromper, estou encarregada de entregar as correspondências hoje. E essa está em seu nome. — Ela estendeu o envelope branco sem remetente. Aquilo não era um bom sinal.

— Obrigada.

— Não tem nada para mim? — Eloise brincou de maneira descontraída, recebendo uma negativa. — Ninguém liga para mim mesmo.

— Isso não é verdade, agente Green. Ruby pediu que fosse à sala dela agora mesmo.

— Tudo bem, eu estou indo. Obrigada, Tania.

Tania se retirou da sala, nos deixando sozinhas outra vez. Eloise se levantou da cadeira e foi até a cômoda no canto da sala, para pegar um copo d'água. Enquanto ela se afastava, eu fiquei em silêncio, analisando o envelope fechado em minhas mãos.

— Está tudo bem? Parece que acabou de receber uma bomba.

— Está tudo bem, não se preocupe. — Menti, com um sorriso ameno. — Só estou cansada.

Eloise ficou parada, me encarando por alguns instantes. Ela era observadora demais para aceitar algo tão facilmente, mas não era intrometida a ponto de pressionar. Pelo contrário, ela apenas assentiu, com um sorriso sereno.

— Sendo assim, tudo bem. Eu vou falar com Ruby, depois nos vemos, ok?

Senti um beijo no topo da minha cabeça, antes que ela caminhasse em direção à saída.

— Podemos almoçar juntas.

— Eu aceito.

Assim que a mulher fechou a porta, deixando-me completamente sozinha, voltei minha atenção ao envelope sobre a mesa.

Mais um.

Desde o momento em que assumi o departamento de grandes casos, a chegada de cartas anônimas tornou-se uma constante, como uma espécie de avisos sobre meus investigados. No entanto, o conteúdo de todas essas cartas se referia a um único alvo: Christopher Collins. Alguém estava claramente interessado em expor o lado obscuro do empresário, possivelmente com o objetivo de incriminá-lo. O que me deixava uma grande dúvida: o autor das cartas seria o nosso criminoso ou uma espécie de justiceiro?

"Está desperdiçando tempo, ele não é tão inocente quanto imagina. Você tem poder para descobrir, procure. Mas se te deixa menos apreensiva, aqui vai uma pista."

Após a breve mensagem, uma sequência de letras e números surgiu, identificando-se como um link. Coloquei o envelope de lado, direcionei minha atenção de volta ao notebook à minha frente e, digitando cuidadosamente cada código na barra de pesquisa do navegador, aguardei, enquanto o botão de busca revelava sua resposta. O monitor exibiu um arquivo, contendo documentos importantes, incluindo contratos, certidões e uma série de fotos e endereços. Passei longos minutos absorvendo cada detalhe desses registros, finalmente percebendo a natureza do conteúdo.

Os documentos relatavam a criação de uma empresa chamada Indústrias Turner que, inesperadamente, faliu há alguns anos. O que Christopher Collins teria a ver com as Indústrias Turner? Balancei a cabeça em negação e continuei examinando o arquivo, observando as imagens de um prédio extenso, de arquitetura antiga e bem-conservada. Salvei todas as informações em locais seguros, antes de fazer uma cópia no meu pen drive, dobrei a carta rapidamente e a coloquei junto às outras, que permaneciam trancadas na gaveta da minha mesa. Quem quer que fosse, essa pessoa sabia muitas coisas e não hesitaria em derrubar o empresário.

Não sei quanto tempo refleti sobre o que estava acontecendo, mas, enfim, decidi que a melhor saída seria reportar os acontecimentos ao comissário. Brandon estava sempre ao meu lado, oferecendo apoio incondicional, e seguir suas orientações, atendendo aos seus pedidos, seria a maneira mais fácil de garantir minha posição no departamento de grandes casos. Afinal, o caso Collins representava um desafio decisivo em relação à minha permanência.

– Posso falar com o senhor, comissário?

– Claro, agente. Entre e feche a porta, por favor.

Eu me aproximei com cuidado, tomando o assento na poltrona em frente à sua mesa. O homem de cabelos grisalhos me encarou com uma expressão curiosa, recostando-se à sua cadeira. Parecia sempre alerta, como um cão de guarda.

– Aconteceu alguma coisa?

– Sim, senhor. Tem acontecido uma coisa importante – respondi, um pouco nervosa, fazendo com que Brandon erguesse as sobrancelhas em uma expressão tensa.

– Me conte para que eu consiga ajudá-la.

A informação que compartilhei com o comissário era de tamanha importância que, imediatamente, entramos em contato com Christopher, que ordenou nos encontrar o mais rápido possível. Já era tarde da noite quando nos reunimos em um refinado restaurante no centro da cidade. O local era verdadeiramente luxuoso, perfeitamente adequado ao estilo do charmoso empresário diante de mim. Christopher Collins exalava uma aura sedutora, com um olhar cativante que refletia seu poder, muito similar ao de sua esposa, que naquela noite não estava presente. Pelo visto, o empresário não compartilhava de certos assuntos com sua esposa, e fazia bem em minha opinião. Maya não me transmitia confiança.

– Há quanto tempo vem recebendo essas cartas? – seu tom de voz era sereno.

– Quase três semanas.

Observei os olhares trocados entre os dois homens ao meu lado, o que me fez perceber certa cumplicidade entre eles. Brandon era como um fiel escudeiro para o empresário, seguindo seus desejos sem questionar ou retrucar. E pelo que pude notar, ele era recompensado generosamente por isso.

— Sabe, Kiara... estou cansado disso tudo. Estão querendo me incriminar por algo que nem sequer tenho envolvimento. Isso são águas passadas, brigas sem futuro. Aconselho deixar essas informações guardadas com o comissário. — Ele realmente parecia cansado.

— Não acha que isso seria um problema? O que aconteceu com as Indústrias Turner?

Christopher me olhou nos olhos profundamente, enquanto erguia a taça com vinho branco até seus lábios.

— Fui um dos sócios das Indústrias Turner quando mais novo. Minha porcentagem era insignificante, porque eu ainda não tinha onde cair morto. Estava ali única exclusivamente para ser reconhecido por alguém, mas, no decorrer do tempo, percebi que eles não passavam de picaretas. — Ele deu de ombros, ainda incomodado. — Perdi o pouco que tinha, assim como outros empresários.

— Por que acham que você fez algo?

— Porque são uns imbecis. Perdi todo meu dinheiro, assim como eles. — Ele tomou outro gole. — Por isso, digo para deixar isso de lado. Brandon lidou com isso no passado e não chegou a lugar algum, não é?

— Sim, eu comentei com ela mais cedo. Estão querendo criar polêmica, como sempre fazem. Todos desocupados! — esbravejou, furioso.

— Eu entendo.

— Veja bem, Kiara...

Senti o toque suave de uma das mãos de Christopher em meu braço, que estava apoiado na lateral da mesa. Seus olhos claros me fitaram com tamanha intensidade que meu corpo inteiro se arrepiou.

— Mantenha seu foco no objetivo principal, está bem? — ele disse, enquanto sua mão repousava confortavelmente em meu braço. — Conversei com Brandon — continuou —, e ele me informou que designou este caso para você como um teste para saber se é digna de um departamento tão importante. Tenho certeza de que você é uma excelente profissional e está buscando o melhor para sua carreira, não é mesmo?

Eu olhei para a mão dele e, em seguida, para os seus olhos, alternando ocasionalmente para o comissário ao nosso lado. Christopher tinha um poder de persuasão incrível.

— Exatamente, estou me dedicando ao máximo para resolver esse caso e conquistar essa posição. Seria um marco em minha carreira, que está apenas começando — respondi sinceramente.

— Isso é ótimo. Ter grandes ambições é o primeiro passo! — Ele parecia entusiasmado. Seria um efeito das taças de vinho? — O segundo é seguir os caminhos corretos. Assim, você poderá alcançar seus objetivos sem tanto esforço.

— Do que está falando? — indaguei, notando seu tom sugestivo.

– Se você conseguir descobrir quem está sabotando minha empresa e levá-lo à justiça, será vista como uma heroína, e eu prometo recompensá-la generosamente. Assim como fiz com o meu amigo Brandon aqui – ele disse, apontando para o comissário ao seu lado. – Ele se tornou um comissário exemplar com minha generosa ajuda.

Brandon sorriu brevemente, recebendo uma batida de leve nas costas do homem ao seu lado. Eu franzi o cenho, enquanto procurava entender o que acontecia. Christopher Collins era um dos mais renomados empresários dos Estados Unidos, e não era tão difícil se intrometer na ascensão da carreira de um policial, quando se tinha tanto dinheiro, certo?

– Sabemos que Brandon vai se aposentar em breve, está cansado desse estilo de vida tão frenético. Seria maravilhoso ter alguém de confiança ocupando o lugar dele.

Ele estava mesmo me prometendo um cargo de comissária?

– Como terei um grande peso na escolha do próximo, tudo pode ser possível, Kiara.

Não pude conter o sorriso que se abriu em meus lábios, e assenti em concordância, diante daquela oportunidade. A ideia de ocupar um cargo semelhante ao do homem à minha frente representava a realização de um dos meus maiores objetivos profissionais. Quando você entra na Academia de Polícia, depois de estudar por meses ou anos, enfrenta os mais variados obstáculos para ser uma simples oficial. Ter a oportunidade de ascender, sem precisar se rastejar ao longo de uma vida inteira, é mais do que qualquer um poderia desejar. Eu sabia que Christopher não era de todo inocente, mas estava longe de ser o verdadeiro vilão. Ele podia ser um homem bom, e Brandon era prova disso.

– Eu vou achar o responsável pelo roubo, custe o que custar – afirmei séria, e recebi o olhar mais encantador daquela noite.

– Eu sabia que você era a escolha certa, Brown. – Christopher acariciou minha mão sutilmente, recebendo o olhar confiante de Brandon. – Isso merece uma comemoração! Vou pedir o melhor espumante desse lugar em sua homenagem!

Depois que Brandon se foi, bebemos duas ou três garrafas de espumante, e Christopher se encarregou de pedir um prato exclusivo do chefe internacional. Naquela noite, degustei a comida de um dos restaurantes mais caros e renomados da cidade, ao lado de um dos homens mais influentes da economia do país. E diferentemente de muitos outros, tratava-se de um homem absurdamente bonito, gentil e galante. *Como Maya ousava traí-lo?* Collins era um verdadeiro sonho de consumo.

– Acho melhor cortar o espumante. Seus olhos estão brilhando mais do que deveriam – brincou, encarando-me fixamente.

– É melhor mesmo, estou começando a ficar fora de mim.

Ele sorriu. Christopher tinha um belo sorriso. Seus dentes brancos e alinhados eram quase um convite para observá-lo, assim como seus olhos azuis, sua barba por fazer e seu cabelo castanho levemente desalinhado. Parecia à vontade em minha presença. Estava sem o paletó e com as mangas da camisa enroladas até o antebraço, exibindo os pelos escuros e lisos naquela região. Suspirei, notando que sua camisa tinha os primeiros botões soltos, exibindo um pequeno espaço de pele. *Droga, Kiara.*

— Isso é ruim? — sua voz rouca e grave, acompanhada do movimento de seus lábios úmidos, estava me tirando de órbita. Talvez fosse efeito do álcool ou dos malditos encantos do empresário.

— Muito, você não faz ideia.

— Talvez eu queira descobrir — ele disse firmemente, antes de repousar a mão sobre minha perna.

Aquele simples contato me fez queimar por inteiro. Um suspiro involuntário escapou por minha boca, entregando o estado em que me encontrava, trazendo para ele um brilho de luxúria.

— Christopher...

— Se quiser, podemos sair daqui.

— Eu quero.

Brandon
Maya
Madison
Sofia

Christopher
Heitor
Kiara
Brown

CAPÍTULO #21

Police Department
Rapids, Mich.
NAME
ALIAS
RIGHT THUMB
LEFT THUMB
Date
Classification
Age 19
MEASUREMENTS
TRUNK
RIGHT RING
LEFT RING
CONFIDENTIA

MATE

Christopher Collins

Não sei por quantos minutos permaneci sentado na beira da cama, pensando sobre a noite anterior. Sentia minhas costas doloridas, talvez estivesse com algumas marcas pelo corpo. Kiara parecia insaciável quando queria, diferentemente de Maya que, nos últimos tempos, pouco estava presente, e quando estava, não era à minha disposição. Olhei brevemente para o corpo adormecido de minha esposa ao lado e depositei um beijo em seu rosto. Parecia estar em um sono profundo, assim como estava quando cheguei. Ela nem sequer se moveu, apenas suspirou, como se não quisesse ser incomodada. Levantei-me da cama e segui para realizar minha higiene matinal. Eu teria um longo dia pela frente.

Naquela manhã, optei por um terno cinza-chumbo, comprado por Maya em sua última viagem para Europa, e após colocá-lo, dei uma última olhada no espelho, certificando-me de que tudo estava bem. Modéstia parte, eu estava ótimo.

– Café, senhor Collins? – Eliza indagou, assim que apareci diante da mesa de café da manhã.

– Por favor.

Eu tinha decidido que enfrentaria o dia com calma, apesar de sentir que o mundo estava desmoronando ao meu redor. E realmente estava. Nas últimas semanas, tudo parecia ter virado de cabeça para baixo. Receber a notícia de que dezenas de filiais foram forçadas a declarar falência, em decorrência dos roubos milionários, estava tirando os últimos fios de sanidade que ainda me restavam, obrigando-me a tomar atitudes drásticas, como me desfazer de inúmeros bens pessoais, para manter a matriz sem qualquer dano aparente. Não poderia enfraquecê-la. Havia um novo investidor em vista, e eu precisava mantê-lo satisfeito, caso quisesse manter a hegemonia do meu reinado.

O Rolls-Royce estava estacionado em frente à porta da minha mansão, aguardando-me, enquanto eu descia as escadarias ao lado dos meus seguranças particulares. Meu motorista se adiantou, abrindo a porta, após um educado cumprimento, que eu prontamente respondi, antes de me acomodar no banco confortável. O trânsito naquela manhã parecia cooperar com meus compromissos. Com poucos carros no caminho, não demorei a parar em frente ao prédio monumental da Collins Enterprise. E diferentemente dos outros dias, reservei alguns segundos do meu tempo para apreciar o resultado de anos de esforços. Senti-me orgulhoso pelo que construí, mas estranhamente nostálgico. Não que eu ousasse sentir saudade do meu passado – só eu sabia os monstros que se escondiam lá.

– Senhor? – indagou um dos seguranças ao abrir a porta.

Encarei-o, um tanto confuso, e saí do veículo para entrar na empresa. Recebi alguns olhares sutilmente curiosos e me perguntei se aquelas pessoas sabiam o que aconteceria naquela manhã. Não era mais um segredo para ninguém que a CE estava em queda, mesmo com nossos esforços desmedidos para que esse assunto fosse mantido em segredo. O boato se espalhou, tornando-se um problema a mais para ser tratado, como se eu não tivesse muitos outros para cuidar. No entanto, optei por ignorar as más línguas. Estava obstinado em resolver o problema principal: encontrar o maldito que estava tentando me derrubar.

– Bom dia, senhor – John falou, ao se aproximar.

– Bom dia.

– Está preparado para hoje? – perguntou, enquanto organizava as pastas em suas mãos. John, como meu melhor advogado, estava encarregado de cobrir toda a reunião.

– Para quê?

– A reunião com os novos investidores. Temos que convencê-los que vamos conseguir sair dessa. Estamos em uma fase crítica em popularidade, sem falar no dinheiro.

– Você acha que eu não sei disso, John?

Ele deu de ombros, insatisfeito, quase bufando ao meu lado. Encarei o painel do elevador, observando as numerações sendo alteradas, à medida que chegávamos no último andar. Eu compreendia a preocupação do advogado, mas não poderia deixar que ninguém fosse tomado pelo medo naquele momento.

– Nós vamos sair dessa. Você, mais do que ninguém, sabe que me desfiz de todos os meus bens pessoais para tapar os rombos que sofremos. Tudo que eu tenho está aqui agora!

– Eu sei, senhor. Eu só fico preocupado, os ambien...

– Foda-se os ambientalistas, não passam de vagabundos!

– Eu não os veria dessa forma, Collins – ponderou, preocupado. – Você sabe o quanto podem impactar na nossa empresa.

– Minha empresa, John.

Recebi seu olhar frio e um breve aceno com a cabeça. Era notável que minha resposta não o agradava em nada, mas tampouco importava. John sempre demonstrou ceder a pressões externas, o que nos colocava vulneráveis em momentos que facilmente poderiam ser resolvidos. Era necessário mantê-lo na rédea, mostrando que não havia ninguém maior do que eu.

– O caso do vazamento está com a justiça, e não há provas, até o momento, que foi por nossa causa. Então, até que provem o contrário, eu sou inocente.

O bipe do elevador soou alto, e as portas metálicas se abriram, permitindo que seguíssemos pelo corredor extenso, em direção à minha sala.

— Eu concordo, mas não posso deixar de alertar que estive observando o movimento pelas redes sociais e tenho receio que eles comecem algo maior. Há alguém financiando aquele maldito do Patrick Williams. Ele tem feito vídeos e passeatas, exigindo uma resposta, e o número de seguidores tem aumentado consideravelmente.

Respirei fundo, tentando abafar qualquer ruído proveniente do advogado. Eu não estava interessado em ouvir sobre ambientalistas, estava farto de todos que tentavam interromper meu trabalho com ideias sobre o que eu deveria ou não fazer com minha empresa. Não me importava com o meio ambiente, tampouco com os desocupados que o defendiam.

— Seguidores? Você acha mesmo que eu tenho que me preocupar com seguidores na internet? — indaguei, sarcástico, antes de ocupar o lugar na cadeira presidencial.

John permaneceu parado à minha frente, sem qualquer resposta aparente.

— Não, senhor. Só estou dizendo que...

— Chega! Eu não quero saber sobre isso, veja com a equipe de marketing. Faça uma campanha defendendo a porra da natureza, só não me perturbe com essa droga! Eu tenho coisas muito mais sérias e importantes para lidar no momento.

— Sim, senhor.

— Ótimo, agora vamos repassar os pontos da reunião. Isso é importante.

Após debater os pontos principais da reunião que se aproximava, John deixou a sala, dando espaço para que a secretária entrasse.

— Senhor Collins, com licença. — Ela se aproximou e depositou duas pilhas de papéis sobre a mesa. — Aqui estão os relatórios que me pediu, assim como as correspondências.

— Obrigado, Lia.

Um suspiro cansado escapou dos meus lábios quando notei o tamanho de toda aquela papelada. Decidi que lidaria com ela em outro momento; não estava com ânimo para nada que tirasse minha atenção naquela manhã. Assim, optei por olhar apenas as correspondências. Examinei uma a uma, até encontrar aquela que fez meu corpo inteiro paralisar. Hesitei por um momento, ponderando se deveria abrir o envelope ou simplesmente ignorá-lo, deixando-o ali, como uma incógnita não resolvida. No entanto, a curiosidade começou a tomar conta, enquanto a lembrança das palavras de Kiara se fez presente. Com as mãos trêmulas, peguei o envelope e o virei, examinando as bordas cuidadosamente. Não havia nenhum sinal de remetente, o que só aumentou a aura de mistério ao redor daquela entrega. Com um movimento lento, abri o envelope e retirei o papel dobrado de dentro. Meus olhos percorreram as linhas escritas, e meu coração disparou, à medida que a gravidade das palavras começava a se infiltrar em minha consciência.

Querido Rei,

Creio que nós ainda não tenhamos sido apresentados oficialmente, mas há quem diga que você está especialmente ansioso para me conhecer. Peço desculpas por tamanho mistério, sou um tipo de adversário que não aprecia a exposição exagerada. Digamos que trabalho melhor na surdina da noite, acho que dei provas suficientes, concorda? Mas gostaria de trazer alívio à sua ansiedade: nós nos conhecemos sim e muito bem. Como poderia esquecer de mim tão facilmente? Estive com você durante tantos anos, em tantos momentos, que posso até me ofender com seu descrédito.

Mas o que esperar de você, não é? Está ocupado demais olhando para o próprio nariz, que pouco se deu conta das peças ao redor. Subestimar peões não é a melhor saída, Rei. Eles podem se transformar para o seu bem ou para o seu mal.

Uma pena que tenha fechado os olhos, ninguém consegue ganhar sozinho. Você se expôs, Rei. E essa é uma falha grave em um jogo como o nosso. Não há mais o que fazer, seus protetores foram inúteis, e agora você está sozinho diante do meu exército.

Prepare-se.

Meus olhos se mantiveram fixos na última linha daquele texto, quase como se não pudesse desviá-los. Meu coração disparou em batimentos violentos, que pareciam se alojar em meus ouvidos. Eu tinha certeza de que os ouvia com exatidão. Inspirei o ar com força, sentindo minhas pálpebras tremerem, antes de amassar o maldito papel. Eu sabia que não estava lidando com um amador, alguém muito poderoso estava trabalhando fervorosamente contra mim.

– Desgraçado! – Ergui meu corpo da cadeira, tentando pensar em uma maneira de me ver livre daquela situação, mas nada parecia ser o suficiente. Os ataques se tornavam cada vez mais frequentes e, de alguma maneira, menos ocultos. O responsável pelos roubos não queria mais se esconder, e eu não sei até que ponto eu poderia lidar com isso. – Merda! Eu preciso fazer alguma coisa. Você não vai me vencer, não mesmo.

Caminhei até a mesa e peguei um copo com uísque, esvaziando-o de uma só vez, sentindo o líquido queimar minha garganta antes de descer até o estômago. Estranhamente, essa sensação me acalmou. Fechei os olhos por alguns segundos, absorvendo a serenidade repentina que o álcool trouxe, mas quando voltei os olhos para a vista ampla de arranha-céus acinzentados da cidade, uma terrível sensação de que algo sombrio estava à espreita me invadiu, como se meu subconsciente disparasse feito um alarme de incêndio.

– Você não vai me derrubar... – repeti a frase, tentando desesperadamente convencer meu subconsciente de que tudo ficaria bem, apesar das evidências contrárias.

De repente, o bipe do meu celular interrompeu meus pensamentos, e uma mensagem de texto de um número desconhecido reluziu sobre a tela, trazendo um arrepio pela minha espinha, como se eu já pressentisse o conteúdo daquele texto, embora não soubesse exatamente do que se tratava. Com certo temor, toquei o ícone na tela, abrindo a janela para ler o conteúdo da mensagem.

Desconhecido:
Seu tempo está esgotando.

Antes que eu pudesse sequer pensar, outra mensagem tomou a tela:

Desconhecido:
Está com medo? É melhor ter.

De alguma maneira, senti o ar pesar sobre meu peito, como se meus pulmões simplesmente não pudessem recebê-lo. Fechei os olhos, mas logo os abri, olhando de um lado para o outro, certificando-me de que estava realmente sozinho naquele lugar.

Desconhecido
Tic Tac! Seu tempo está acabando.
Pense em suas últimas palavras.

Apertei os olhos, segurando o dispositivo firmemente, enquanto as mensagens continuavam a chegar, uma após a outra, em uma tortura psicológica lenta que ameaçava me enlouquecer. Com as mãos trêmulas, digitei minha primeira resposta:

Collins:
Quem é você??

Desconhecido:
Eu sou seu fim.

A resposta veio quase instantaneamente.

— Senhor Collins? — a voz da secretária soou ao fundo, despertando-me daquela confusão de pensamentos.

— Está tudo bem?

— O que você quer? Está aí há muito tempo? — perguntei, enquanto retirava o resquício de suor de minha testa com o dorso da mão.

— Não, senhor. Acabei de chegar para avisar que a reunião vai começar.

Assenti rapidamente e guardei o aparelho celular no bolso da calça.

— Diga que estou indo.

Ela fez um breve aceno com a cabeça e se retirou. Em seguida, cuidei de caminhar até a sala de reuniões e, por alguns instantes, senti como se estivesse prestes a entrar em uma jaula com leões. Parei diante da porta, tentando recobrar o fio de sanidade que ainda me restava, enquanto direcionava todas as mensagens recebidas para Brandon. Ele e Kiara precisavam fazer algo a respeito.

— Christopher? Está tudo bem? — John indagou, ao abrir a porta. — Não vai entrar?

— Vou, sim! Só estava terminando de enviar algumas mensagens.

A reunião transcorria calmamente, pelo menos para os demais presentes. Um dos funcionários da Collins Enterprise discorria sobre a situação atual da empresa, apresentando argumentos baseados no mercado e delineando o rumo que a empresa poderia tomar, mesmo diante das dificuldades financeiras. Os investidores mantinham-se atentos, absorvendo cada detalhe, enquanto eu tentava disfarçar meu estado de desequilíbrio. As mensagens continuavam a chegar sem trégua. Com base nas informações fornecidas por Kiara, o número de celular do remetente mudava constantemente, impedindo qualquer tentativa de identificação, quase como se as mensagens viessem de dezenas de celulares diferentes, espalhados por toda a cidade.

Desconhecido:
Achou mesmo que ninguém poderia
invadir seu palácio? Pobre Rei.
Eu estou em todos os lugares.

Encarei aquela mensagem por alguns segundos, engolindo em seco o nó que se formou em minha garganta seca. Estava me esforçando para não revelar qualquer tipo de desconforto. Não seria bom ter o dono da empresa entrando em colapso na reunião que poderia salvar todo o seu negócio, seria? Observei os demais na sala, notando que nenhum deles segurava um celular. Meus olhos voltaram-se para o aparelho, que estava escondido um pouco abaixo do nível da mesa, e fixaram-se na última mensagem recebida.

Desconhecido:
Não cansa de me procurar?
Se quer uma prova de que
estou aqui, posso dar.

Com receio do que poderia receber a seguir, pressionei o botão lateral do aparelho, vendo a tela se apagar de uma vez. Num gesto de irritação, joguei o dispositivo discretamente em um canto da sala, tentando convencer-me de que eram apenas tentativas de me desestabilizar durante uma reunião crucial para o futuro da minha empresa. Meus olhos se fixaram no funcionário à minha frente, que falava incessantemente sobre os futuros projetos da Collins Enterprise, mas nada do que ele dizia conseguia penetrar minha mente. Tudo o que preenchia meus pensamentos, naquele momento, era a figura de Charlie Cooper trazendo uma série de lembranças que inundavam minha consciência, desorientando-me cada vez mais. E como se isso não fosse suficiente, tive a sensação de ouvir gritos ressoando em minha mente. Eu estava enlouquecendo? As vozes se intensificaram e se tornaram mais constantes. As luzes da sala de reunião começaram a piscar, acompanhando o tumulto que se formava no interior da minha cabeça.

– O que está acontecendo? – um dos investidores indagou, confuso.

– Estão ouvindo isso? – outro perguntou.

A sequência de indagações me fez perceber que aquelas vozes não estavam somente no interior da minha cabeça.

– Não deve ser nada. Podemos trocar de sala, acredito que o sistema de iluminação esteja com algum pequeno problema. – John amenizou, com a esperança de que todos voltassem a atenção para a apresentação, mas de nada adiantou.

– Não, está acontecendo alguma coisa. Não são apenas as luzes, estou ouvindo gritos. Vocês também?

Os homens trocaram olhares receosos, enquanto os sons ao redor se tornavam cada vez mais intensos. As luzes que trepidavam no centro da sala voltaram ao normal, trazendo-me certo alívio.

– O que diabos está acontecendo, Collins? – perguntou Frederick, um dos principais acionistas.

– Eu... Eu não sei – murmurei, nervoso. – Mas não se preocupe, não deve ser nada.

– Christopher...

Engoli em seco e encarei a expressão assustada de John do outro lado da sala.

– É melhor ver isso.

O arrepio que percorreu minha nuca naquele momento foi um breve aperitivo do que estava por vir. Levantei-me da cadeira e caminhei em direção à parede de vidro da pequena sala de reuniões, deparando-me com o inacreditável. Não eram dezenas, nem centenas, mas, sim, milhares de pessoas que gritavam alto e bom som, entoando frases de protesto contra a exploração petrolífera conduzida pela minha empresa. Todos vestidos de preto, segurando cartazes e usando máscaras brancas, como um desafio contra mim.

– Não pode ser...

– O que vamos fazer?

– Que porra está acontecendo? Estão furiosos! – Frederick exclamou, apavorado.

– Frederick, por favor, mantenha a calma – murmurei, enquanto tentava fazer meu coração não sair pela boca.

– Você não pode lutar contra isso, Collins! Veja, são milhares deles! – Ele estava verdadeiramente apavorado, seu olhar perturbado revelava sua agitação interna. Os outros membros e investidores pareciam compartilhar da mesma aflição. Todos ali estavam envolvidos na indústria petrolífera e carregavam consigo parte da culpa pelos danos causados.

– Resolva isso, agora!

Afastei-me do homem, à procura do aparelho celular perdido em algum canto daquela sala. Eu tinha certeza de que aquilo não se tratava de uma simples manifestação. A intensidade do caos não tinha explicação, especialmente considerando que, durante anos, nenhuma manifestação daquela magnitude havia ocorrido. Capturei o aparelho e liguei rapidamente, podendo notar o movimento trêmulo de minhas mãos. O visor, que anteriormente estava apagado, se iluminou, com uma sequência de mensagens de texto.

Desconhecido:
Está começando...

Não diga que eu não avisei.

O jogo está chegando ao fim.

Dê um "olá" para meus amigos manifestantes.

Aprecie sua decoração, Rei.
O espetáculo hoje será por minha conta.

As vozes ao redor misturavam-se aos gritos de protesto do lado de fora, deixando-me ainda mais perdido. E como se isso não fosse suficiente para me enlouquecer, o estridente alarme de incêndio cortou o ar em uma intensidade perturbadora, acompanhado da enxurrada de água, liberada pelos dutos posicionados no teto.

– Oh, meu Deus! – gritou uma das investidoras.

– Christopher! – Frederick berrou. Suas mãos estavam sobre os ouvidos, em uma tentativa de abafar o som ensurdecedor do alarme.

John se aproximou rapidamente, com os olhos arregalados e o paletó completamente encharcado.

– Precisamos evacuar todas as salas. A Collins Enterprise está sendo invadida.

Um sentimento de impotência me envolveu, enquanto observava a sala se esvaziar rapidamente. As vozes dos manifestantes ecoavam ainda mais alto, misturadas ao som estridente do alarme e da água que caía incessantemente. Senti uma onda de desespero crescer em meu peito, sufocando-me. Tentei mover as pernas, mas pareciam pesar toneladas. O que quer que estivesse acontecendo, era muito maior do que eu imaginava.

– Chris! Corra!

Com um esforço, finalmente consegui dar alguns passos trôpegos em direção à porta. A água que caía do teto formava poças no chão. Alcancei o saguão, onde a confusão e o tumulto aumentavam a cada segundo. As pessoas corriam, em pânico, algumas tentando sair do prédio, enquanto outras desejavam entrar.

– A polícia foi acionada! Por favor, fiquem calmos! – Um dos funcionários tentou acalmar a multidão, mas seus esforços foram em vão.

Os gritos desesperados que se espalhavam. Do lado de fora, a população protestava furiosamente, criando um cenário caótico. Era uma representação viva do Inferno do qual eu não poderia escapar.

Maya Collins

No topo do prédio da Collins Enterprise, observei o protesto que se desenrolava lá embaixo. Sentia a adrenalina pulsar em minhas veias, percorrendo meu corpo com uma intensidade eletrizante. Por anos, esperei por esse momento, ansiando por essa sensação como o clímax da minha vida, e agora ele finalmente havia chegado. Nada poderia trazer-me mais satisfação do que vê-lo cair.

– *O Rei acabou de descer no saguão. Não há mais ninguém nos andares da CE* – Sofia murmurou no ponto de áudio posicionado no ouvido de Maya. – *Pode descer.*

– Tudo bem, estou descendo. – Certifiquei-me de que tudo estava em ordem com o dispositivo, antes de descer pelas escadas de incêndio.

Não demorou até que alcançasse o andar presidencial. Os corredores inundados revelavam que todo o meu plano acontecia em perfeita harmonia. Sem esforços, segui em passos apressados até a sala do CEO – o único lugar sem quaisquer resquícios de caos. Pela primeira vez, adentrei aquele ambiente com um sentimento de pertencimento, como se tudo aquilo ao redor fosse meu, e ocupando a cadeira presidencial, me permiti cogitar como tudo seria se Charlie Cooper não tivesse partido. No entanto, tratei de afastar esses pensamentos o mais rápido possível. Não me permitiria fraquejar, não agora.

– *Maya, não demore. A polícia foi acionada* – Sofia alertou. – *Temos viaturas a caminho. E pelas informações da rádio, é a agente Green.*

– Está rastreando? Desgraçada!

– Sim, doze minutos.

– Tudo bem, vou entrar agora.

O visor do computador se acendeu, trazendo acesso restrito por reconhecimento facial. Sabia que aquela poderia ser uma das opções e, por isso, estava devidamente preparada. Pluguei na porta lateral do computador um dispositivo configurado por Madson, que permitiria liberar o acesso com imagens anteriormente capturadas. Após alguns breves segundos de tensão, o acesso foi liberado, trazendo outra barreira no sistema exclusivo da Extremear. O processo de reconhecimento foi repetido, assim como a inclusão do chip de acesso, que liberou a entrada do sistema financeiro. Assim que pus os olhos nos dígitos, que corriam livres no sistema interno da CE, meu coração disparou. Era mais do que poderia imaginar. Christopher havia investido todos os seus bens, com o intuito de impressionar o novo investidor que salvaria seu patrimônio.

– Não vamos conseguir retirar por transferência, há mais do que eu poderia imaginar.

– *Como assim?*

– Bilhões, Sofia.

– *Vamos para o plano B, mantenha o acesso em funcionamento. Vamos repartir essa fortuna.*

Em uma conexão tripla, iniciamos a partilha do dinheiro, que se distribuiria entre as dezenas de contas espalhadas pelo mundo. Com o auxílio de documentos falsos e indivíduos subornados, os bancos receberiam os bilhões de Christopher, considerando-os investimentos a longo prazo. Tanto eu quanto minhas aliadas tínhamos certeza de que jamais poderíamos ter acesso total à fortuna, mas nada nos deixava mais satisfeitas do que a ideia de deixá-lo sem chances de se reerguer. Não importava se, em algum momento, as autoridades recuperassem o dinheiro; o essencial era garantir que nunca poderiam associar o roubo bilionário ao nome das mentes por trás daquilo.

A tarja em um tom de verde avançava lentamente, levando-me a tamborilar nervosamente os dedos sobre a mesa do meu atual marido. Era como uma contagem regressiva para o fim de uma era. Tudo, que ele havia adquirido em seu passado obscuro, estava sendo retirado, como uma espécie de castigo do destino – o famoso Karma. Mas diferentemente do habitual, não esperei que o universo se encarregasse de culpá-lo; eu mesma o fiz. Naquela fração de segundos, eu era dona de um destino. Meu plano grandioso se materializou no momento em que aquela transferência chegou ao fim. Uma mensagem luminosa surgiu na tela, preenchendo meus olhos vingativos de determinação.

"Operações concluídas com sucesso."

"Saldo indisponível."

– Conseguimos.

– *Conseguimos, porra!* – Sofia gritou, fazendo-me rir, completamente extasiada.

– *Não quero estragar nossa comemoração, mas restam cinco minutos* – Madson alertou. – *A polícia está chegando, Maya.*

– Droga!

– *Não se preocupe, vamos eliminar os rastros e reconfigurar o histórico. Trate de sair desse prédio o mais rápido possível!*

Assenti, tocando brevemente com o indicador sobre o ponto em meu ouvido.

– Tem certeza? Preciso fazer algo mais?

– *Deixe com sua equipe, Rainha. Termine o plano.*

Fechei a porta do escritório de Christopher e caminhei calmamente pelo corredor, buscando gravar cada momento daquele triunfo em minha memória. Entrei no elevador, apertei o botão do térreo, que me levaria ao saguão e, durante o pequeno trajeto, permiti-me saborear a vista que só aquele lugar poderia me proporcionar. O espetáculo angustiante no saguão principal exibia centenas de funcionários aflitos com a fúria iminente do lado de fora, enquanto Christopher se escondia atrás das muralhas de seus seguranças, como um verdadeiro covarde. Seu semblante de agonia e desespero era a única satisfação que eu tinha em meio a todo aquele inferno. Ele estava recebendo o que merecia, e aquilo seria apenas o começo daquela manhã.

O elevador parou, abrindo as portas do lado oposto ao saguão. No banheiro do fim do corredor, tive acesso às roupas da equipe de limpeza, as quais vesti rapidamente, para me infiltrar no meio da multidão. O alvoroço ao lado de fora permitia que eu pudesse me infiltrar sem ser facilmente reconhecida, pois todos estavam ocupados demais em manter a própria vida. Com uma coragem desmedida, atravessei o saguão, diante dos olhos desatentos do meu marido, perto o suficiente para que pudesse senti-lo. Embora não me sentisse satisfeita em disseminar o caos entre os inocentes, sentia-me vingada ao vê-lo cair.

— Eles estão entrando! – um dos seguranças berrou.

— Segurem eles!

Lancei um último olhar para meu marido, antes de me camuflar na multidão, que evacuava o prédio em desespero. Os olhos azuis de Christopher miraram em minha direção, mas eu sabia que ele não havia me reconhecido. Do lado de fora, o movimento era ainda maior. Embora uma parte tenha conseguido acesso ao interior da CE, a maioria dos manifestantes ainda estava do lado de fora entre gritos e urros, em protesto. Livrei-me das roupas, permanecendo apenas com o terninho preto que escolhi especialmente para aquela ocasião, e capturei o pequeno celular no bolso de minha calça, para dar continuidade ao meu plano. As torturas ainda não haviam chegado ao fim.

Christopher Collins

Desconhecido:
É melhor correr até sua sala.
Salve o que te resta.

Após ler a mensagem de texto, abandonei todos à minha volta e corri desesperadamente na direção das escadas de incêndio. Eu sabia o que estava acontecendo e, mesmo que, no fundo do meu subconsciente, estivesse em estado de negação, tinha certeza de que nada poderia fazer. Existia algo muito além do meu poder acontecendo, e nem mesmo meus esforços mais profundos poderiam evitar. Assim que adentrei minha sala, notei que ela ainda permanecia intacta, sem nenhum sinal de ruído ou água. Apenas a luz do monitor acesa chamava minha atenção. Com medo do que poderia encontrar, me aproximei, em passos lentos, em direção à mesa e encarei a tela de acesso financeiro da Extremear.

"Operação realizada com sucesso."

"Saldo indisponível."

Tive a sensação de que meu coração parou, congelado, por uma fração de segundos. Não consegui me mover, muito menos reagir. Eu não tinha nada, absolutamente nada. Meus ouvidos deixaram de captar os ruídos da multidão ao fundo, absorvendo apenas os batimentos desalinhados do meu coração. Senti o gosto amargo na boca, enquanto tentava me manter são. Não pude compreender o tempo que se perdeu, em choque, mas fui despertado no instante em que o bipe do meu celular soou, arrepiando-me por inteiro. *Mensagem de texto.* Inspirei o ar, que mal podia sentir, antes de capturar o aparelho outra vez.

Desconhecido:
Qual é a sensação de perder tudo?
Sempre quis te perguntar isso.
Talvez agora entenda como me senti um dia. Você me tirou tudo, Collins. E eu não me refiro a bens materiais, isso pouco me importa. Falo de algo maior, algo que vermes como você nunca poderiam ser capazes de entender.
Por isso, estou aqui, como encarregada do destino, para devolver tudo que você merece.

As mensagens me tiraram de órbita. Era como se o mundo inteiro estivesse paralisado ao meu redor. O nó que estava em minha garganta foi engolido no instante em que li a mensagem seguinte:

Desconhecido:
O jogo acabou, querido.
Você caiu diante do meu poder.
De sua rainha, Maya Collins.

O nome estampado no visor me trouxe um tremor pelo corpo inteiro, como se o sangue que corria em minhas veias congelasse. Por alguns instantes, senti minha visão embaçar, ao mesmo tempo aquele enjoo tomou conta de mim.

– Não pode ser... – Meneei a cabeça em um sinal negativo. – Não! Não pode ser! – gritei, ao arremessar o aparelho contra parede.

Em um impulso, arrastei todos os objetos da mesa para o chão, em um surto de fúria. Minha respiração pesada fazia com que meu peito subisse e descesse em uma velocidade maior. Encarei a sala, completamente transtornado, e tudo parecia girar ao meu redor. Eu havia perdido tudo, absolutamente tudo. E ela era a única culpada:

Maya.

— Você vai me pagar por isso, vagabunda. — Deixei tudo para trás e corri desenfreadamente à procura dela.

Eu sabia que ela estava ali, podia sentir sua presença diabólica. Desci as escadas com velocidade, enquanto meus pensamentos pareciam se perder em um turbilhão. Tudo naquele momento parecia se encaixar, intensificando a sensação de derrota crescente em meu peito. Dormi ao lado do meu pior inimigo por anos e nunca sequer suspeitei. Mantive em meus dias a mulher que me destruiria. Maya sempre soube de tudo, em seus mínimos detalhes. Ela estava presente em cada casa avançada, em cada peça derrubada, construindo seu exército que me derrubaria.

— Desgraçada! — murmurei, ao invadir o saguão lotado outra vez.

Encarei aquela multidão que se movimentava com certo desespero, em busca daqueles olhos castanhos, mas ela não estava ali. Então, caminhei em direção à multidão fervorosa, sem me importar com as consequências. Nada nem ninguém importava, eu precisava encontrá-la.

— Senhor, por favor! Volte!

— Me larga, infeliz!

As centenas de rostos desconhecidos moviam-se como um borrão. Movimentei-me com dificuldade, empurrando os corpos que vieram ao meu encontro, em busca de uma só pessoa. Talvez o calor, o aglomerado de corpos e o estresse excessivo estivessem me impedindo de enxergar com clareza. Sentia-me zonzo, enjoado. Estagnei os passos, apoiando-me em meus joelhos, enquanto tentava respirar. O barulho das sirenes policiais soou ao fundo, fazendo com que os manifestantes se afastassem abruptamente. Eloise saiu da primeira viatura, devidamente uniformizada, enquanto outros soldados se aproximavam, em meio a pedidos de calma. Ela ergueu o distintivo, recebendo atenção dos manifestantes à sua volta, que rapidamente abriram caminho, dando espaço para que seus olhos me encontrassem. Eloise notou o meu estado desnorteado, ainda procurando por minha esposa no meio de toda aquela multidão. Eu a conhecia, sabia que ela não perderia aquele momento nem por um só segundo.

E entre os milhares de corpos que se moviam, inquietos, a encontrei. Meu olhar cruzou aquela multidão, parando sobre aquela mulher que um dia me seduziu com um único propósito. Maya ergueu a cabeça, com um olhar desafiador, quase petulante. Estava magnífica, como se a vitória lhe desse um brilho singular. Ela me encarou fixamente, lançando seu melhor sorriso, antes de pronunciar as palavras que determinariam o ápice de seu espetáculo:

— Você caiu, Rei.

Um estouro ecoou ao céu, atraindo os olhares assustados em direção à explosão. E diferentemente do que poderiam imaginar, do topo do monumental prédio da Collins Enterprise, caíam milhares de cédulas sobre os manifestantes em desespero. Naquele exato instante, milhares de dólares cobriam os corpos dos manifestantes que protestavam contra mim.

– Filha da puta! – vociferei.

De repente, não eram os protestos que impulsionavam aquelas pessoas, era a ganância. Homens e mulheres disputavam as cédulas que caíam sobre suas cabeças, em uma tentativa de acumular o máximo que poderiam suportar. Inspirei o ar com força, notando que Maya se tornava cada vez mais distante, e quando tomei impulso para persegui-la, uma voz soou firme ao fundo, fazendo-me estagnar os passos rapidamente.

– Não dê mais um passo!

Virei em direção à policial, completamente confuso. O que diabos ela estava fazendo?

– O que disse?

– Eu mandei você ficar onde está.

– Eu estou fazendo uma coisa importante, coisa que você deveria estar fazendo!

– Se não parar, serei obrigada a atirar em você – esbravejou com autoridade, obrigando-me a encará-la outra vez. – Eloise Green me encarava fixamente, e seu semblante de acusação deixava-me ainda mais perdido. Ela fez um breve gesto com a cabeça para os policiais, que tão logo caminharam em minha direção.

– O que está fazendo? Me solte agora! – exclamei, exaltado, enquanto os homens me seguraram pelo braço. – Tem ideia de com quem está lidando?

– Sim, com um criminoso repugnante – retrucou, áspera.

– Como ousa falar assim comigo? Me soltem agora!

A policial deu mais alguns passos à frente, antes de retirar os óculos escuros para me fitar diretamente. Seus olhos verdes brilhavam de maneira vitoriosa, como se esperasse por esse momento uma vida inteira. Era quase como se quisesse gravar cada mínimo detalhe em sua memória.

– Você está preso, Collins.

– O quê? Você não pode! – gritei, sentindo os policiais me segurarem com mais força.

– Não tente resistir, não torne as coisas mais difíceis. Você tem direito a um advogado.

– Você enlouqueceu! Eu acabei de ser roubado outra vez, e quem está sendo preso sou eu? Não pode fazer isso! Chame o comissário agora mesmo, eu não vou me dirigir a uma policial de merda! – Com força, puxei os braços, em uma tentativa de me desvencilhar dos malditos policiais, mas nada surtiu efeito. Um deles me segurou, obrigando-me a colocar as mãos para trás, como um criminoso. Eloise suspirou, impaciente, olhou para todos ao redor e tão logo voltou seus olhos em minha direção.

– Eu sou a autoridade agora, e é sobre minha ordem que você está preso.

– Por quais motivos?!

— Você está sendo preso pelo assassinato de Charlie Cooper, pelo desvio de dinheiro das Indústrias Cooper, assim como a criação de empresas fantasmas. Posso continuar ou prefere ouvir na presença do seu advogado? — as palavras da mulher caíram como toneladas em minhas costas.

Fechei os olhos instintivamente, sentindo meu corpo inteiro estremecer. Tudo que conseguia ouvir eram os gritos furiosos de uma multidão que berrava palavras como "assassino" e "criminoso".

— Algemem ele — ela ordenou, fazendo-me encará-la.

— Não! Você não pode! — Neguei com a cabeça freneticamente, quando um dos policiais tentava colocar as algemas em meu punho. — Você a está acobertando. Duas vagabundas! Você é uma policial de merda!

Eloise se aproximou outra vez, agora com uma expressão de poucos amigos. Seus olhos brilhantes agora eram frios e ameaçadores.

— É melhor ter cuidado com o que fala. Posso aumentar sua ficha criminal com desacato. Não que eu ache que você vá sair daquele presídio. — Ela não pôde evitar o sorriso diabólico que nasceu em sua boca. — Você está recebendo o que merece, e eu vou fazer questão de que pague por todo mal que causou.

— Eu vou matar ela — sussurrei, enquanto encara os olhos verdes fixamente. — Custe o que custar.

— Levem ele para viatura e o acompanhem até a delegacia — ela ordenou, fazendo um breve gesto com as mãos. — E vocês, me acompanhem, vamos dispersar essas pessoas.

Enquanto os policiais me arrastavam para a viatura e as algemas apertavam dolorosamente meus punhos, a raiva e a impotência fervilhavam dentro de mim. A multidão continuava a gritar, e eu podia sentir seus olhares de ódio perfurando minha pele. Eloise, por sua vez, se movia com a confiança fria de alguém que estava no controle total da situação. A porta da viatura se fechou com um estrondo, isolando-me dos gritos e dos rostos acusadores. Era assim que tudo ia terminar?

Maya Collins

Depositei uma boa quantidade de espumante em uma das taças presentes no bar, caminhei pelo deque, observando as luzes da cidade, enquanto minha banda favorita tocava ao fundo, e percebi como o novo imóvel de Sofia era agradável. Ela o havia comprado na semana anterior, com a desculpa de que seu dinheiro precisava de um investimento. Talvez eu faça o mesmo depois de um tempo. Ter um lugar só meu parecia incrivelmente acolhedor.

Apoiei-me sutilmente no parapeito, enquanto degustava um delicioso gole de um espumante suíço. Guardei essa garrafa por alguns anos, na expectativa de abri-la em uma ocasião especial, e àquela altura, esse era o momento mais importante da minha confusa existência. Sentia-me realizada, quase totalmente satisfeita, sabendo que ainda precisaria enfrentar alguns pontos do meu plano, mas aliviada por ter certeza de que o grande ato havia sido feito.

Fechei os olhos, sentindo o vento ameno vir de encontro ao meu rosto, dando-me a chance de recordar o último momento em que me senti em paz assim. Em um gesto nostálgico, ergui a taça sutilmente e encarei o céu estrelado.

– Um brinde, Charlie – disse, sem conter as lágrimas que se formaram em meus olhos.

Com a ponta dos dedos, limpei os resquícios de lágrimas e caminhei lentamente para o interior da sala, ocupando um lugar no sofá de tom pastel. Apesar do cansaço evidente, sentia-me eufórica, como se todo o acontecimento daquela manhã ainda emanasse adrenalina pelo meu corpo. Adoraria deitar e descansar na cama grande e confortável do quarto de hóspedes, mas sabia que não era uma opção naquele instante. Talvez após mais algumas taças de espumante, quem sabe.

Tomei outro gole da bebida, troquei uma música por outra, e então, algo chamou minha atenção: um tabuleiro de xadrez. Não sabia se era um item escolhido a dedo ou pura coincidência do destino, mas combinava perfeitamente com aquele lugar e com as pessoas que o habitavam. Sorri involuntariamente, enquanto organizava as peças no tabuleiro de vidro. Não demorou nada até que ficasse a meu gosto. De um lado do tabuleiro, um rei ao lado de dois peões; do outro, uma rainha acompanhada de um bispo e sua torre, e como toque final, um valioso peão.

Encarei aquela configuração, mas ainda não parecia certa, não representava a realidade atual. Tomei um último gole do espumante antes de mover a peça que me acompanhava. O peão atravessou o tabuleiro e se transformou no que almejava.

Outra rainha.

Uma dama.

Senti o toque suave de mãos femininas sobre meus ombros e não pude conter o sorriso largo que enfeitou minha boca, ao encarar os olhos verdes da loira à minha volta. Eloise retribuiu o sorriso, tomando o último gole da taça, e com delicadeza, posicionou a peça da recém-rainha ao lado da minha, derrubando o rei à nossa frente.

– Xeque-mate.

Aquela sensação de poder e cumplicidade entre nós era inebriante. O tabuleiro agora refletia a nossa vitória, um símbolo de tudo o que conquistamos juntas. O espumante, o ambiente luxuoso, a companhia de Eloise: tudo parecia um sonho realizado. Eu sabia que havia mais desafios pela frente, mas, naquele momento, tudo estava exatamente onde deveria estar.

Éramos duas rainhas do mesmo lado do tabuleiro.

CAPÍTULO #22

DEPOIMENTOS

Eloise Green

Encarei a sequência de mensagens trocadas, enquanto reprimia o sorriso que teimava em se instalar. Digitei outra, sendo respondida quase instantaneamente com uma foto, e olhei para os lados, certificando-me de que estava sozinha antes de abrir a imagem. Não poderia arriscar quando se tratava de Maya. E como previsto, o conteúdo não era adequado, não para aquele momento tão crítico. Afinal, como explicaria a imagem da esposa de Collins feliz e satisfeita, enquanto degustava um champanhe caro, a caminho da delegacia? Não condizia em nada com o momento delicado que seu marido estava passando.

Maya:
Estou chegando, me espere
na entrada, agente Green.

O barulho das pessoas ao lado de fora me deu a certeza de que ela havia chegado. Na entrada principal do Departamento de Polícia, havia um aglomerado de jornalistas e repórteres prontos para registrar o passo a passo do famoso caso Collins. Naquele momento, Christopher e Maya Collins eram as grandes estrelas dos maiores veículos de comunicação do país com o escândalo de assassinato e roubo bilionário.

— Ela chegou — Ruby alertou, com um sorriso de canto.

Trocamos um breve olhar, antes que eu pudesse me dirigir à entrada. E como imaginado, o Rolls-Royce preto parou diante das escadarias, sendo alvo de todas as câmeras presentes naquele lugar. Pela pequena demora, imaginei que ela estivesse retocando os últimos detalhes de sua maquiagem, antes de dar a cara àquelas pessoas. O motorista particular de Maya saiu do veículo e, com dificuldade, alcançou a porta do passageiro. Uma equipe de policiais desceu as escadas, criando uma barreira com os próprios corpos, em uma tentativa de abrir caminho até o interior do prédio, como bem ordenado por mim.

— Maya!

— É ela, Maya Collins.

Observei com atenção o exato instante em que ela abandonou o veículo luxuoso e recebeu uma chuva de flashes sobre seu corpo, tal como uma celebridade de Hollywood. Naquela manhã, Maya Collins trajava um terninho de alfaiataria sob medida em um tom de terracota, com um decote sutilmente tentador. Seus cabelos estavam soltos e lisos, dando espaço a uma maquiagem leve e sofisticada, assim como os brincos e anéis em seus dedos. Os fotógrafos e jornalistas moviam-se, desesperados, em busca de seu melhor ângulo, enquanto esperavam, ansiosos, por qualquer informação que a Rainha do Petróleo pudesse fornecer.

— Maya! Você sabia de tudo sobre o seu marido?

— Conhecia a pessoa que ele matou?

— Por favor, responda.

Maya lançou um falso olhar de receio, antes de posicionar os óculos escuros em seu rosto. Ela ergueu a cabeça, encarando-me escada acima, e por um momento, pude jurar que seus lábios se contorceram sutilmente em um sorriso. Ela atravessou o mar de pessoas com certa dificuldade, mesmo sendo assistida por uma equipe de segurança.

— Senhora Collins, você fez parte de tudo?

— Se afastem, por favor! – um dos seguranças exclamou, guiando Maya até a entrada. – Por aqui, senhora.

Ela subiu o último degrau, antes de se aproximar o suficiente para ficarmos frente a frente. Com delicadeza, ela retirou os óculos escuros e permitiu que nossos olhos se cruzassem por um pequeno espaço de tempo, que foi o suficiente para me fazer suspirar. Fiz um breve gesto com a cabeça e gesticulei para que ela entrasse na delegacia. E sob olhares curiosos, caminhamos lado a lado pelos corredores, até que o advogado de Christopher a avistou.

— Senhora Collins! Que bom que chegou, preciso falar com você. – John, apesar do semblante nervoso, suspirou de alívio ao vê-la, diferentemente de sua reação ao me encarar. – Em particular.

– Claro, querido.

– Não demore muito, precisamos do seu depoimento o quanto antes.

– Sim, agente Green. Não se preocupe – a mulher disse.

Maya afastou-se, ao lado do advogado, e entrou na sala de interrogatório. Seria devidamente instruída a depor somente o necessário, para que nada incriminasse ainda mais o seu marido. Era quase cômico a ideia de alguém pedindo especialmente para a latina depor a favor de Christopher. Se pudessem ler seus pensamentos, descobririam que ela seria a primeira a mandá-lo diretamente para o Inferno. E honestamente, aquele era o melhor lugar para ele. Depois de alguns longos minutos, Maya abandonou a sala ao lado de John, sendo guiada instantaneamente para a sala do tenente, agora o responsável pelo caso Collins após o afastamento de Brandon.

– Senhora Collins, sou o tenente Travis e chamei a senhora aqui com intuito de ouvi-la sobre seu marido. — Travis sentou-se em sua poltrona e encarou os olhos da mulher fixamente, talvez no intuito de intimidá-la.

Como recém-chegado, não tínhamos tantas informações a respeito do policial, apenas o vasto histórico de resoluções em casos importantes na Califórnia. O homem parecia estar na faixa dos seus quarenta e cinco anos, muito bem-cuidado e, aparentemente, vaidoso. Seu cabelo era curto e tão escuro como seus olhos, tinha uma barba feita e músculos que dariam inveja a alguns homens por aqui. Era um verdadeiro *partidão* para quem quer que apreciasse o gênero.

— Prazer, Travis — ela disse, antes de ocupar a cadeira reservada especialmente para ela.

Por sorte, recebi autorização para assistir ao depoimento ao lado de Travis e o oficial que tomaria nota de tudo que Maya pudesse falar. Estar ao seu lado, mesmo que secretamente, me trazia tranquilidade. Não que Maya precisasse de apoio moral, estava mais do que preparada para aquele momento. E isso estava mais do que claro, exceto para todos os outros naquela sala. Afinal, Maya fez absoluta questão de manter sua postura desapontada e melancólica, como se estivesse desacreditada dos atos de seu atual marido. Confesso que, em outra ocasião, aquilo poderia me parecer surreal, mas conhecendo os dons adquiridos pela mulher, nada era impossível.

— Certo, senhora Collins, me diga: como soube do ocorrido?

Ela suspirou dramaticamente, enquanto se acomodava melhor diante dos olhos atentos.

— Eu estava em minha galeria de arte com a minha sócia, Sofia Becker, quando recebi inúmeras notificações sobre uma confusão na frente da Collins Enterprises. Uma amiga pediu que eu ligasse a TV, para entender o que estava acontecendo, e mesmo muito nervosa e confusa, fiz. Foi quando me dei conta do que estava acontecendo e fiquei desesperada e com medo de que fizessem algo contra o meu marido. Tentei ligar diversas vezes, mas ele não me atendeu, logo pensei que algo muito ruim havia acontecido e acabei passando mal — disse, fazendo uma pausa dramática, antes de continuar. — Acho que foi a minha pressão, não sei.

Travis encarava Maya atentamente, quase como se buscasse por um deslize que não viria.

— Depois que me senti um pouco melhor, tive vontade de procurar Christopher, mas Sofia disse que eu ainda não estava totalmente bem. Nós assistimos ao acontecimento pelo noticiário, foi quando presenciei o momento da prisão de meu marido. — Maya engoliu em seco, sem encarar os olhos avaliativos de Travis. — Eu fiquei sem chão.

— Então, ficou sabendo de tudo pela televisão?

— Sim, todos os noticiários falavam disso. Foi devastador, eu nem consigo explicar. Fiquei abismada com tudo isso. Estou com Christopher há alguns anos, e jamais poderia imaginar tais atrocidades — murmurou, enquanto limpava as lágrimas que escaparam por seus olhos. — De início, eu não acreditei, achei que a agente Green estava equivocada, mas depois de receber uma ligação de John, informando sobre todas as acusações e provas contra o Chris, não tive como duvidar, mesmo que eu quisesse muito.

Uma atriz. Uma atriz perfeita e inigualável. Maya Collins estava ali, em meio às lágrimas, falando do quão devastador era saber que seu marido não passava de um criminoso. Nada, absolutamente nada em suas ações dava margem a outro pensamento. Tudo nela agora indicava decepção e surpresa.

— Então, acredita que Christopher é capaz de cometer todos esses crimes?

Maya desviou o olhar e os voltou para John. Ele parecia nervoso, não queria que nenhuma fala dela pudesse piorar a situação de seu cliente.

– Se sente desconfortável com a presença do advogado de defesa, senhora Collins? Se quiser, podemos pedir que ele saia.

– Não! – exclamou, remexendo-se devagar sobre a cadeira. – Eu falo.

– Então, continue.

– Agente Travis, eu poderia dizer que essa acusação é infundada e que meu marido jamais seria capaz de cometer tais coisas, mas eu sei que nunca poderia ficar em paz com minha consciência. Eu não suporto mentiras e agora só quero a verdade – ela disse, resfolegando, como se aquelas palavras lhe tirassem todo o ar. – Eu acredito, sim, que ele seria capaz de tudo isso. Collins sempre foi um homem ambicioso, tinha uma gana por dinheiro e poder.

– Seu marido nunca falou de negócios com você?

– Apenas coisas básicas, sem muitos detalhes. Ele odiava a ideia de me relacionar com trabalho, e sempre me senti deixada de lado por isso. Eu queria participar mais da vida dele, mas ele nunca quis. – Outra lágrima. – Talvez por ter coisas demais para esconder.

Esforcei-me para reprimir o riso quando ela estendeu uma das mãos para retirar um lenço na caixa.

– Realmente, havia muitas coisas escondidas – Travis retrucou, erguendo seu corpo da cadeira.

Nós o encaramos tranquilamente, enquanto ele parecia concentrado nos papéis em suas mãos.

– Senhora Collins, você conhecia algum Charlie Cooper?

Por alguns instantes, notei a respiração de Maya se intensificar. Talvez ela não estivesse esperando por aquela pergunta. Seus olhos, que antes encaravam as pontas de seus sapatos, ergueram-se até mim e, em seguida, voltaram-se para Travis.

– Não, não o conhecia, mas ouvi falar sobre ele há um tempo.

– Engraçado, porque o seu marido mencionou algo sobre você o conhecer. Na verdade, ele anda falando muitas coisas sobre você – o tom de voz do homem indicava que Maya não estava passando ilesa por suas desconfianças.

– E o que seriam essas coisas?

– Bom, uma delas é que você é a verdadeira culpada – declarou, antes de apoiar as mãos sobre sua mesa. – Que está por trás de todos os roubos da CE, assim como do protesto e tudo que o colocou atrás das grades.

– Eu não sei por que ele está fazendo isso, tenente. E não posso acreditar que esteja tentando me culpar. Logo eu, que sempre estive ao lado dele! – Maya, agora, não era apenas lágrimas, ela chorava com mais vontade, como se estivesse sofrendo por estar naquela situação. De longe, para quem quer que fosse, tudo aquilo era mesmo a sua verdade. – Mas não sei como posso me surpreender, afinal Christopher havia me deixado de lado há alguns meses.

– Do que está falando?

– Nosso casamento ficou muito desgastado. Estávamos em brigas constantes, e nas últimas semanas, descobri que ele estava me traindo com a agente Brown. Fiquei muito desconfiada, pela maneira como ele estava se comportando, e então, achei uma mensagem no celular.

Como era possível? Ela sempre conseguia voltar a história a seu favor, sem deixar um furo sequer.

— Está querendo dizer que seu marido a está acusando por ser um elo fraco? Por não querer mais ter um relacionamento com você?

— É a única coisa que me vem à cabeça, infelizmente. Não há nada contra mim, tenente. Eu nunca fiz nada para receber tais acusações, isso você pode confirmar com qualquer pessoa próxima a nós. Passei os últimos anos dando o melhor de mim a ele. E me choca tudo isso, ele realmente deve estar desesperado para sair daqui.

Travis permaneceu encarando-a, como se quisesse ter certeza da sinceridade por trás daquelas palavras.

— Então, você nega todas as acusações do seu marido?

— Sim, todas elas.

Maya poderia negar friamente para todos naquela sala e os convenceria de que nada tinha a ver com tais crimes, mas eu sabia que ela estava envolvida até os fios de cabelo em toda aquela confusão. Desde aquela maldita noite em que tive acesso às ligações realizadas em sua casa, o rumo de toda a história mudou.

— Certo. Sugiro que consiga um advogado particular, creio que será necessário daqui para frente — Travis murmurou.

— Estou sendo colocada como suspeita?

— Todos são suspeitos, senhora Collins.

Suspirei, recebendo um olhar rápido e sutil por parte de Maya. Ela se manteve tranquila, não transpareceu qualquer alteração de humor, mas eu sabia que, no fundo, ela temia a possibilidade de ser descoberta outra vez.

— Não se preocupe. Se é inocente, como está afirmando, logo será desligada do caso. Só precisa dizer a verdade. — Travis ergueu as sobrancelhas, em um sinal de ironia.

— Ela foi dita.

Por um instante, uma animosidade os envolveu. Travis ergueu a cabeça, encarando os olhos de Maya, seguido pelos meus. Mantive-me neutra, como se qualquer informação passasse longe de ser valiosa aos meus olhos. Eu sabia que nada daquilo era verdade, mas não ousaria ir contra os nossos planos. Não depois de ter lutado para aceitá-los como deveriam ser.

Algumas semanas antes

Kiara estava nervosa. Era evidente pela maneira descompassada como seu peito subia e descia a cada respiração. Notei o exato momento em que ela engoliu em seco, antes de sustentar meu olhar.

— O comissário me colocou como detetive responsável pelo caso.

Talvez eu tenha demorado, alguns segundos, a assimilar aquela informação. Um silêncio perturbador se instalou entre nós, trazendo uma tensão incômoda.

– Eloise, eu... – Ela deu um passo à frente, fazendo-me recuar automaticamente. Seu olhar temeroso pousou sobre mim. – Eu sinto muito, não foi minha intenção ao vir para cá.

– O que você... – Balancei a cabeça em um sinal negativo, completamente desacreditada.

– Por favor, não fique irritada comigo. Eu não poderia negar, é uma oportunidade muito boa. Ele estava procurando alguém, e eu me ofereci.

– Se ofereceu para o meu cargo? Para o meu lugar naquela delegacia? – perguntei, incrédula.

– Você foi retirada, e eu sabia que não poderia recorrer. Se pudesse, eu garanto que não me ofereceria, Eloise.

– Você nem sequer me deu tempo para isso, não é?! – exclamei, irritada. – Me deixe sozinha.

Afastei-me, seguindo em passos rápidos em direção à sala, quando senti o toque em meu braço.

– Eu quero ficar sozinha!

– Mas...

Não deixei que ela terminasse, apenas segui em passos firmes em direção à porta, que abri em um movimento brusco.

– Eu preciso ficar sozinha. Então, por favor, saia do meu apartamento.

Eu sabia que não estava lidando com a situação da melhor maneira possível, mas a sensação de traição era devastadora, mais uma vez. Deixei escapar um suspiro pesado, enquanto observava em silêncio. Ela hesitou por um momento, como se quisesse dizer algo mais, mas acabou se virando lentamente e saindo do apartamento sem dizer mais uma palavra. Assim que a porta se fechou, fui tomada por uma sensação de angústia e revolta. Não propriamente por Kiara, nossa relação não era profunda a ponto de me afetar tão intimamente, mas me sentia perdida com tudo ao meu redor. Era tão fácil me enganar? Quando me afastei da porta e segui em direção ao quarto, ouvi o toque da campainha outra vez.

– Inferno! Eu falei que não quero ver ninguém! – exclamei, caminhando em direção à porta, a qual abri de uma vez. – Por Deus, eu não quero falar com você! Eu preciso ficar sozinha.

– Não vou te deixar sozinha agora – ela disse, entrando em meu apartamento. – Nós temos que conversar.

Fiquei imóvel ao lado da porta, observando enquanto Maya invadia meu apartamento contra a minha vontade. Seus saltos escuros e finos ecoaram pelo ambiente, enquanto ela se dirigia ao centro da sala, aparentemente em busca de algo. Engoli em seco, esforçando-me para manter a calma, antes de erguer a cabeça e encarar a mulher, que agora ocupava minha sala, observando-me fixamente.

– Posso saber o que diabos está fazendo aqui? Como tem a ousadia de aparecer na minha frente?

– Precisamos conversar.

Uma risada sarcástica escapou dos meus lábios, enquanto eu me encostava no pilar de madeira, que dividia um cômodo do outro. Maya mantinha sua postura firme, algo característico dela. Aquele ar imponente e poderoso prevalecia, mesmo em situações como aquela, na qual ela estava claramente em desvantagem.

– Conversar? Você é a última pessoa desse mundo com quem eu desejo conversar, Maya. Eu dei uma chance de escapar e, pelo visto, você está tentando colocar minha generosidade à prova outra vez – disse, enfurecida.

– E com quem quer conversar? Com Kiara, quem roubou seu lugar na delegacia? Eu sabia que ela não era confiável.

Franzi o cenho pela maneira indignada como ela se referia à Kiara, como se ela mesma fosse sinônimo de caráter. Por Deus, com quantas malucas eu me envolveria?

– Nenhuma de vocês são – murmurei, afastando-me dela. – Aliás, como você sabe que ela está no meu lugar? Sua cúmplice ainda está na delegacia? Está esperando que eu a denuncie?

– Não faça isso, por favor. Se quer castigar alguém, faça comigo.

Estagnei os passos assim que ouvi seu pedido. Maya não parecia me subestimar, sabia que minha reação era imprevisível.

– Ela é uma criminosa também, por mais que você seja a mente por trás de tudo. – Voltei meus olhos em sua direção, e ela ainda me encarava. – Está feliz com isso? Está prejudicando a vida de inúmeras pessoas para alimentar esse jogo nojento contra o seu marido. Não se importa mesmo? Com Madson? Comigo?

– Eloise...

– Pare, não precisa explicar. Acho que tudo é muito óbvio. Pode comemorar ao lado do verme asqueroso do seu marido, não estou mais no caso.

– Não fale o que você não sabe. Eu não estou do lado dele, pensei que isso tinha ficado claro.

– E nem do meu, pelo visto.

Ela fechou os olhos por alguns instantes e deu um passo à frente, em uma tentativa de se aproximar. Recuei dois passos, deixando claro que não queria aquele contato.

– Não existe seu lado. Existe o meu e o dele – seu tom de voz era como uma súplica.

– Agora, existe o meu. Você não está mais lidando com um peão, Maya.

– Me deixe explicar, por favor. – Ela avançou alguns passos novamente, e dessa vez, eu não recuei.

– Não há o que explicar. Eu não vou deixar você me manipular outra vez. Será que não cansa? Será que não há um pingo de consideração comigo? Depois de tudo!

– Eu não estou manipulando você, por Deus! Eu sei que é difícil acreditar agora, mas eu preciso que você me escute, Eloise! – Ela parou diante de mim, encarando-me com aqueles olhos castanhos que carregavam um tom mais escuro.

Maya parecia desesperada. Talvez estivesse temendo pelo seu futuro, afinal só se importava consigo mesma e havia deixado isso claro desde o primeiro instante. Como fui boba.

— Eu não vou escutar as suas mentiras, entendeu? — retruquei, segurando em seus braços. — Não acredito mais em você.

— Eu preciso que você acredite em mim. Eu não poderia fazer diferente...

Qualquer frase dita por Maya, em uma tentativa de se justificar, fazia meu sangue ferver. Ela mentia e mentia sempre. Não era agora que diria a verdade, certo?

— Claro que não poderia. Porque ninguém é mais importante que você, não é?

Ela resfolegou, sem olhar nos meus olhos.

— Sabe de uma coisa? Eu não sei onde estava com a minha cabeça quando me permiti me envolver com você. Quando eu... — as palavras sumiram de minha boca. — Você não faz ideia do que eu sinto por você agora. Mas se me permite dizer...

— Não quero que fale. — Ela cortou o nosso contato, recuando um passo.

— Não quer saber o que eu sinto por você, sra. Collins? — Dei um passo à frente, fazendo-a recuar outro. — Não quer saber como me arrependo do que tivemos? Principalmente de ter achado que eu poderia sentir algo por você?

— Eloise...

De repente, a poderosa Rainha não estava mais ali, havia apenas uma mulher frágil e encurralada com as próprias culpas. Eu poderia acreditar, mas estávamos falando daquela que fingiu ser a esposa perfeita por anos.

— Você me dá nojo. Nojo! Você foi a pior coisa que me aconteceu, Maya. E eu vou me arrepender amargamente, todos os dias da minha vida, por ter entrado no seu caminho. Você não sente. Você não sabe o que é se preocupar com alguém. Você só pensa em si mesma! Deita-se ao lado do seu pior inimigo e vive uma vida de mentiras, para arrancar o dinheiro que um dia foi de outro homem. O que ele era pra você? Hum? — indaguei, enquanto Maya permanecia calada. — Ele era seu amante?

Ela não moveu um músculo, ainda estava olhando para as pontas de seus pés.

— É por ele que faz isso tudo, não é? É por ele que se tornou esse ser desprezível? Que não se importa em machucar ninguém? Que passa por cima de qualquer um por dinheiro?

Maya se manteve em silêncio, mas diferentemente de minutos atrás, sua respiração se intensificava gradativamente, como se estivesse inflamando todas as minhas ofensas em seu interior.

— Responde! — gritei, fazendo-a tremer. — Era seu amante? Marido? Fala!

Ela fechou os olhos e os reprimiu fortemente, enquanto apertava as mãos em punhos. Eu neguei com a cabeça, sentindo minhas têmporas latejarem em uma dor intensa. Meu peito subia e descia cada vez mais forte, enquanto o ar se perdia em meus pulmões.

— Eu sou uma tola! Eu deveria ter colocado você atrás das grades assim que descobri, mas eu sou fraca. Como conseguiu me enganar por todo esse tempo? — Uma falsa risada abandonou meus lábios. — Eu não sei por que ainda acho que posso ter qualquer relevância pra você. Como conseguiu se tornar um objeto do Christopher? Acredito que tenha se rebaixado a coisas humilhantes para entrar na vida daquele verme. Mesmo sabendo que ele matou o seu parceiro, você foi lá e se entregou – as palavras saíam carregadas de um ódio que me matava pouco a pouco.

Sentia meu estômago embrulhar. Tudo se resumia à raiva e ao rancor. Eu estava cega e sabia disso. Estava deixando aquele sentimento dominar cada maldita célula do meu corpo, em uma tentativa fugaz de não sofrer. Naquele momento, eu queria que ela sentisse toda a dor que havia causado em mim. Maya me usou, me enganou e se vingou de mim, sem se importar com o que eu poderia sentir. Ela não merecia perdão nem mesmo compaixão.

– Onde quer que ele esteja agora, deve sentir nojo de você.

– Não... – sua voz soou como um sussurro.

– Acha que ele está orgulhoso do que faz? Se estiver orgulhoso, deve ser tão sujo quanto você.

Ela fechou as mãos em punhos outra vez, e agora eu poderia ver facilmente a veia saltada em seu pescoço. Aproximei-me, a ponto de ficar a poucos centímetros do seu rosto. Havia uma nuvem cinzenta sobre nossas cabeças, deixando mais do que claro que estávamos de lados opostos daquele tabuleiro.

– Não fale dele.

– Ele quem te ensinou a ser assim? Era tão ganancioso e mentiroso como você?

Cada palavra fazia seu peito subir e descer em uma velocidade crescente. Maya reprimiu os olhos, como se estivesse se segurando para não explodir.

– Vejo que sim!

– Cala a boca! Cala a porra da boca! – ela gritou, avançando sobre mim, enquanto distribuía uma sequência de tapas que me fizeram recuar. – Você não sabe de nada! Ouviu bem? De nada! – seus gritos ainda foram acompanhados de tapas descontrolados, que fizeram minha pele arder.

Segurei seus punhos com força, em uma tentativa de fazê-la parar. Maya estava ofegante, seus olhos brilhavam, mas diferentemente de todas as vezes que me fitou, agora carregavam raiva.

– Você pode me xingar, pode falar o que quiser, pensar o que quiser, mas não fale dele! Não toque no nome dele dessa maneira! – gritou, enquanto as lágrimas caíam por seu rosto. – Você não me conhece, Eloise. Você só tem o resultado de tudo, mas não faz ideia do que me fez ser assim.

O choro desesperado de Maya me fez paralisar. De repente, eu estava ali, encarando-a, sem forças para pronunciar nem uma palavra sequer.

– Eu sou, sim, sou a pior pessoa deste mundo e eu sei disso, porque tenho pensado nisso todos os dias da minha vida ao longo de todos esses anos. Eu me tornei mentirosa, falsa e dissimulada, como você disse. Eu me deitei com o meu pior inimigo para entrar na vida dele e tirar o que ele tinha de mais valioso. Eu fiz isso! Eu sou culpada, sim. Eu tenho o meu lugar no Inferno, Green! – ela cuspiu as palavras com dor e raiva. – Nada disso é uma novidade para mim. – Maya recuou e se desvencilhou de meus braços, enquanto buscava acalmar sua respiração irregular.

Nunca, literalmente nunca, havia visto Maya Collins daquela forma. Toda a sua postura firme, seu ar imponente e provocador, caiu por terra, evidenciando uma mulher fraca, solitária e ferida.

– Você pode me odiar pelo que eu fiz. Eu menti pra você, eu te enganei, mas garanto que nunca quis nada disso. Você foi um acaso nos meus planos. Um maldito acaso. – Ela esboçou um sorriso melancólico. – Eu sou ruim com a maioria, sou má, eu sei, mas com você, não.

– Acha mesmo que eu vou acreditar nisso?

Ela umedeceu os lábios e, pela primeira vez depois de seu surto, me encarou.

– Eu não me importo se vai acreditar ou não. Chegamos a um limite, e tudo que eu preciso fazer agora é ser clara a respeito da minha vida com você.

– Eu não quero saber. Vai embora da minha casa – afirmei, afastando-me dela.

– Eu não vou embora até que me escute. – Ela segurou firme em meu braço, obrigando-me a parar. Voltei meu corpo em sua direção, deixando que nossos olhos se encontrassem frente a frente. – Charlie não era meu amante, tampouco meu marido. Foi bem diferente disso.

– Eu não quero mais saber, Maya! – Puxei o braço e caminhei em direção à porta. Eu não queria ouvi-la, não queria deixar que ela me enganasse outra vez.

– Charlie era meu tutor.

Por uma fração de segundos, senti meu coração esfriar. Estagnei os passos instantaneamente, antes de virar em sua direção. Maya estava parada no meio da sala, encarando-me com um semblante perdido, como se estivesse entregando toda a sua vida em minhas mãos.

– Eu morei boa parte da minha infância em um orfanato na Cidade do México. Não me recordo da minha família, não tanto quanto gostaria. Ouvi dizer que morreram em um acidente de carro, outros dizem que foram assassinados. Realmente não sei qual é a história verdadeira. No fundo, tenho algumas vagas lembranças deles, mas já faz tantos anos que não sei se realmente foram reais ou se eu mesma inventei. A grande questão é que, desde muito nova, eu tive que aprender a me virar sozinha. Fui acolhida pelo carinho de voluntários e trabalhadores daquele lugar, mas, ainda assim, sabia que estava sozinha. Sofia foi a primeira a me estender a mão, me segurou firme e me protegeu em diversos momentos. Nos conhecemos lá e, desde então, somos como irmãs – disse, com um sorriso melancólico. – Inseparáveis.

Sentia aquele nó se formando em minha garganta, enquanto minha respiração se tornava cada vez mais pesada. Permaneci imóvel, escutando Maya se revelar no meio da sala.

– Passei minha infância toda lá. E apesar de ter um teto, comida e roupas, não era o suficiente. A sensação era de não pertencer a lugar algum, como se você fosse um mero objeto esquecido em uma casa... – Ela suspirou. – Daqueles que não há utilidade alguma. Experimentar a solidão naquele lugar moldou uma parte de quem eu sou, mas não vou me vitimizar por isso.

Aconteceu, e eu lidei da maneira que pude. E hoje, acredito que não foi a melhor delas.

A atmosfera da sala pareceu se tornar mais densa, enquanto ela continuava a compartilhar sua história. Dei alguns passos à frente, diminuindo a distância entre nós.

— Nos meus dez ou doze anos, o orfanato recebeu uma doação generosa, depois de meses de muita dificuldade. Lembro que o lugar estava caindo aos pedaços, pois só contávamos com o trabalho das irmãs e doações da igreja, o que não estava sendo suficiente, mas, então, ele apareceu. Eu não sei o que o motivou, mas, naquele dia, Charlie mudou a minha vida e a de inúmeras outras pessoas. — Ela inflou o peito, como se tomasse coragem para continuar. — Lembro que fizemos uma festa para recebê-lo, como uma reinauguração do orfanato depois de toda transformação. Ele era um homem alegre e muito bondoso, então todos queriam ficar ao seu redor. Ele conhecia cada criança pelo nome, participou de todas as brincadeiras e provou todas as comidas sem fazer careta, mesmo aquelas que nem estavam tão boas assim. E naquela manhã, nós tivemos o nosso primeiro contato — o tom entrecortado na voz de Maya fez meu coração balançar. Era nítido como ela estava tomada por um emaranhado de sentimentos que a transportavam para muito longe dali. Ela, vez ou outra, interrompia suas próprias palavras, como se estivesse buscando a força necessária para não desabar a qualquer instante. — No início, eu relutei. Não gostava de interagir com estranhos, mas ele soube me ler o suficiente para ganhar minha confiança. — Ela sorriu e se sentou no sofá. — Charlie passou a visitar o lugar com frequência, e sempre reservava um tempo para brincar comigo. Ele me fazia rir, me contava histórias e ouvia as minhas, que quase sempre eram sobre coisas que eu aprontava com as freiras. Aquele se tornou o nosso momento, sabe? E foi então que eu me apeguei a ele, pois em anos, foi a primeira vez que me senti pertencente no mundo. Ele me deu todo amor e apoio que uma criança poderia sonhar em ter, e foi então que eu recebi a melhor notícia da minha vida. — Maya ficou em silêncio por alguns segundos, o que foi o suficiente para eu me aproximar.

Ocupei um lugar ao seu lado, notando seus olhos marejados.

— Ele não pôde me visitar por duas semanas, e o sentimento de abandono e revolta me dominaram. Lembro que não queria falar com ninguém, não queria comer, tampouco beber água. As irmãs estavam enlouquecendo, precisaram ligar para que ele fosse até o orfanato, e no dia seguinte, ele apareceu. Lembro-me exatamente do momento em que ele entrou pela porta do quarto. Seus cabelos, que eram parcialmente grisalhos e lisos, estavam um pouco maiores do que o habitual. Estava de terno, como de costume. Sua expressão era um sinal claro de que eu estava encrencada, mas estava longe de parecer irritado a ponto de me dar uma bronca. Charlie nunca brigou comigo ou sequer levantou o tom de voz. Resolvia tudo em uma conversa, como naquela tarde. Ele se sentou ao meu lado e disse "Recebi ligações das irmãs, estão muito preocupadas com você. Quer me contar o que está acontecendo?". Eu o ignorei por alguns minutos, mas Charlie era mestre em me desvendar. Foi quando assumi que pensei ter sido abandonada outra vez – a última frase fez com que algumas lágrimas teimosas caíssem por seu rosto. Maya o limpou, com o dorso da mão, e tomou fôlego outra vez.

– Você não precisa continuar... – disse, sem saber como reagir.

– Preciso. Eu quero dividir isso com você – afirmou, antes de continuar. – Charlie riu da minha confissão, como se eu fosse uma tremenda boba por achar que ele seria capaz daquilo. Eu recebi um afago e um pedido de desculpas pelo sumiço. Ele disse que pensou em mim todos os dias e, por isso, resolveu me fazer uma surpresa. Toda minha raiva passou em segundos. Estava curiosa pela surpresa, então ele me entregou um envelope com um único papel. Lembro-me de abrir bem devagar, porque estava com medo do que poderia encontrar. Foi quando vi a primeira frase. – Ela riu, enquanto as lágrimas agora eram mais fortes, e com a voz embargada continuou. – "Pedido de adoção" era o que estava escrito em cima do meu nome.

Não pude conter as lágrimas que rolaram por meu rosto. Maya era muito mais do que eu poderia imaginar, e vê-la contar com detalhes as fragilidades da sua vida me trouxe um sentimento de dor e revolta.

– Eu não tenho dúvidas que aquele foi o melhor dia de toda minha vida. Eu lembro que olhei pra ele, sem acreditar, então ele sorriu e disse "Eu quero que você seja minha filha. Você quer?". Não havia nada que eu quisesse mais do que aquilo. E ele fez acontecer. – Maya suspirou, sem me fitar. – Naquele momento, minha vida inteira mudou. Eu havia sido escolhida e acolhida por alguém incrível. Era como realizar um grande sonho. Eu tive uma casa, um quarto só meu, tive um cachorro, brinquedos, tudo que uma criança poderia querer, mas, sobretudo, tinha o amor daquele homem. Charlie se tornou um pai, o melhor deles. Mesmo com uma vida ocupada, ele se fazia presente. Cuidava de mim quando estava doente, me ajudava com a lição de casa e me levava para conhecer diversos lugares. Foi então que eu pedi que ele adotasse Sofia também, porque ela merecia tudo aquilo tanto quanto eu, e assim ele fez. – Ela não chorava mais, suas lágrimas agora davam espaço a um olhar vazio.

– Fomos uma família unida e feliz por muitos anos, até que os negócios se expandiram para os Estados Unidos. Charlie estava sendo consumido pelo trabalho, cada dia mais. Não tínhamos mais tanto tempo juntos, e eu o compreendia, apesar de continuar chateada, pois tinha mais idade nesse momento. Terminei o colegial com Sofia, tendo tudo que uma jovem poderia querer. Iniciamos a faculdade, o que tornava o tempo entre nós ainda menor. Foi quando Charlie sugeriu que passássemos algumas semanas de férias, e o destino era a Suíça, mais especificamente Saint Moritz.

Por alguns instantes, meu coração palpitou. Remeter-se àquele lugar trouxe à tona todas as lembranças dos momentos que compartilhamos naquela cidade. Agora tudo fazia sentido. Não foi com Christopher que ela esteve em Saint Moritz, foi com Charlie, e por isso, aquela cidade tinha um tom especial para ela. Um tom que ela havia dividido comigo.

– Eu vivi momentos incríveis naquele lugar, Eloise. – Ela se voltou em minha direção, dando-me a chance de fitar o castanho-amendoado de seus olhos. – No passado e no presente. Momentos que me fizeram sentir em paz. E se eu pudesse voltar no tempo, reviveria eles durante todos os dias da minha vida, mas infelizmente, as coisas não são assim. Depois de nossas férias na Suíça, Charlie mudou. Vivia cansado e estressado, reclamava constantemente dos problemas da empresa e de como tudo estava indo de mal a pior. Eu pedi que ele se afastasse, deixasse que alguém assumisse aquela filial, mas ele não conseguiu. Dizia que não poderia confiar em ninguém, pois tinha certeza de que estava sendo roubado. E realmente estava. Charlie entrou em uma sociedade a pedido de Christopher e Heitor, e investiu uma grande parte da fortuna em uma empresa chamada Indústrias Turner, mas, no final de tudo, descobriu que nada daquilo era real. A empresa existia, mas havia falido há muitos anos. Então, ele se revoltou. Repetia constantemente que sabia quem era o verdadeiro culpado e que levaria à justiça – Maya riu sem humor ao pronunciar a última frase.

– Nesse mesmo período, Sofia e eu tentávamos, a todo custo, trazer um pouco de leveza aos dias dele, mas ele não era o mesmo, sabe? Charlie não tinha mais aquela alegria. Seus olhos eram opacos e cansados, estava amargurado e impotente. Por mais que ele se esforçasse para ser o seu melhor para nós, sabíamos que algo estava muito errado. Então, decidimos que iríamos nos mudar, logo após a nossa formatura na faculdade, e viveríamos com ele em Nova Iorque. Acreditávamos que ter a família unida faria as coisas melhorarem. – Maya desviou o olhar, agora encarando um ponto qualquer da sala. – E eu acredito que faria, mas não tivemos tempo para concretizar. Três dias antes da nossa formatura no México, recebemos a notícia através de um noticiário na TV. Conversamos, animadas, sobre as surpresas que faríamos para ele naquela semana, fizemos um discurso enorme, em agradecimento por tudo que ele havia feito por nós, um discurso que ele nunca pôde ouvir... – De repente, as lágrimas voltaram outra vez.

Maya apoiou o rosto nas palmas das mãos e permitiu que um choro dolorido fosse escutado. Havia dor em seus soluços, uma dor que fazia meu corpo inteiro arrepiar. Aproximei-me o suficiente para afagar suas costas, em uma espécie de consolo. Eu sabia qual era a sensação de perder alguém, mas não o único alguém da minha vida.

– Naquele dia, enquanto fazia um chá na cozinha, pude ouvir Sofia recitando seu discurso pela casa. Ela estava animada, planejando surpresas para Charlie. Foi então que ela se calou. Ainda na cozinha, eu perguntei se tinha perdido os papéis, e ela não respondeu. Eu fui procurá-la e a encontrei paralisada no meio da sala. De início, eu não entendi, pensei que estava brincando, foi quando ouvi o jornalista falar. – Ela suspirou pesado e, mesmo em meio às lágrimas, continuou. – "Nesta manhã foi encontrado o corpo do Milionário do Petróleo, Charlie Cooper."

– Maya, eu sinto muito... – foi a única coisa que consegui dizer naquele momento. Qualquer resquício de raiva que pudesse ter sentido em relação à Maya simplesmente desapareceu.

– Eu sei que sente. Você sabe como dói, não é? – indagou, tentando controlar o choro. – Sabe como é sentir o chão sumir debaixo dos seus pés. Como se estivesse arrancando um pedaço seu a sangue frio.

Eu a tomei em um abraço apertado, deixando que ela colocasse para fora todos aqueles sentimentos. Maya me apertou contra si e chorou copiosamente, trazendo de volta o luto que não tinha fim. Cada soluço era um eco doloroso da saudade do homem que havia mudado sua vida.

– Eu vi os policiais levando o corpo dele no interior daquele saco preto, Eloise. Eu vi minha vida perder o sentido outra vez. Eu não pude ir ao seu velório, não tive tempo para dizer adeus. Eu não pude fazer nada!

– Você não tinha como saber, Maya.

– Mesmo assim! – Ela se afastou, encarando-me com os olhos vermelhos e marejados. – Eu perdi longos anos longe dele, porque queria estudar e me formar em uma faculdade para mostrar que era grata pelos seus esforços. Eu queria ser a melhor filha que ele poderia sonhar em ter. E eu não consegui – murmurou, revoltada. – Depois que ele morreu, eu fiquei, por meses, trancada em casa, perdi todos os meus amigos e conhecidos. Me afastei do mundo, até mesmo de Sofia, mas ela continuou do meu lado, mesmo sem eu merecer.

Segurei em sua mão, trazendo seus olhos para aquele contato. Ela deslizou as pontas dos dedos sobre minha pele e prosseguiu.

– Fiz apenas uma viagem para os Estados Unidos. Cheguei a visitar sua empresa. Estava sendo comandada por outro homem que, até então, era desconhecido para mim. Nunca pude explicar por que não me apresentei, porque não tomei conta de seus negócios. Eu simplesmente não quis, eu não queria nada daquele lugar maldito. Ali, ninguém sabia que ele tinha filhas. Éramos adotadas, e as pessoas não dão tanta importância a isso. E eu não me movi para interferir – disse, puxando ar para seus pulmões. – Alguns meses depois dessa viagem, recebi informações de que a Cooper Enterprise agora tinha um novo dono e se chamaria Collins Enterprises. De início, não dei tanta atenção, eu realmente estava indiferente com qualquer coisa em relação à minha vida. Foi quando me interessei em buscar lembranças de Charlie. Procurei em suas coisas, documentos, fotos e encontrei seu diário. – Maya me encarou e deixou que outras lágrimas caíssem.

Eu estendi a mão e limpei seu rosto lentamente com o dedo polegar.

– A maioria das páginas falava sobre nós e sobre como tinha uma vida feliz. Isso não durou muito, as últimas não eram tão felizes assim. Eu sentia sua revolta em cada uma das frases. Ele estava sendo roubado, estava sendo enganado e desconfiava do verdadeiro culpado. Christopher Collins foi o grande protagonista daquelas últimas folhas. Foi o responsável por tudo de ruim que aconteceu. Naquele momento, eu enxerguei o verdadeiro culpado e transferi toda a dor daquela perda para uma única pessoa. – Ela fungou e secou suas lágrimas, tentando retomar sua postura firme. – Foi então que eu decidi me vingar. – Ela se levantou em um impulso, enquanto buscava normalizar sua respiração.

Mantive-me sentada, fitando-a.

– Passei meses reunindo informações sobre Christopher. Eu sabia cada mínimo detalhe da vida daquele verme. Por sorte, conheci pessoas importantes e muito inteligentes que puderam me ajudar. Claro, uma grande parte da reserva de dinheiro que Charlie nos deixou foi embora em troca de informações privilegiadas, mas eu não me importava. Eu me preparei dia e noite, por um ano inteiro, até me sentir verdadeiramente pronta para entrar no jogo. – Maya ficou em silêncio, permitindo que eu absorvesse todas as informações que inundavam minha mente. Ela agora era como um livro aberto diante de mim.

Eu respirei fundo, ainda tentando processar tudo. Christopher era o grande causador de todo esse sofrimento e transformação em Maya, e era por causa dele que tudo aquilo havia acontecido. Maya era culpada, isso era inegável, mas também era importante lembrar que ela tinha seus motivos. Motivos intensos, dolorosos e compreensíveis para justificar seu descontrole. De alguma forma, conhecer a história de vida de Maya trouxe certa paz. Paz ao saber que seus objetivos não se limitavam ao dinheiro, muito menos a uma sede desenfreada de poder. Havia significado, havia dor.

Ela se levantou do sofá, enxugando as últimas lágrimas que rolavam por seu rosto, moveu-se lentamente em direção a outro sofá, no qual alcançou sua bolsa de couro preta, de dentro dela, retirou uma pasta de tamanho médio e um pequeno caderno cinza.

– Eu quero que você saiba que não estou abrindo toda minha vida para você em busca de compaixão. Eu estou contando tudo isso porque, se pretende me prender, que seja sabendo a verdade – seu tom de voz foi firme, assim como seu olhar em minha direção.

Engoli o nó que estava em minha garganta, quando ela ergueu os papéis em minha direção.

– Eu sou, sim, todas as coisas que você disse, você tem razão. Eu me tornei isso, mas agora você sabe o verdadeiro motivo.

– Maya...

– Esse é o diário de Charlie e todas as cópias das provas mais importantes que obtive nos últimos anos. São todas suas, agente Green.

De repente, senti um peso estranho, uma culpa por todas as palavras que havia dito. Claro, Maya era dissimulada, mentirosa e incrivelmente calculista, mas entender os verdadeiros motivos por trás de seu comportamento tornava minhas acusações ainda mais cruéis.

– Por que não pediu ajuda? Se conseguiu tantas provas assim, ele poderia ter sido preso há anos – murmurei, fazendo-a fechar os olhos por breves segundos.

– A justiça é falha, Eloise. Eu precisava disso para continuar viva, me entende? Precisava para continuar sentindo o sangue circular nas minhas veias. Eu sou culpada e não me arrependo.

Balancei a cabeça em um sinal negativo, antes de erguer meu corpo do sofá, e dei um passo à frente, parando a malditos centímetros daquele rosto tentador.

– Como pode não se arrepender, Maya? – minha voz soou como uma súplica. – Tudo poderia ser diferente agora, não percebe?

Nós nos encaramos por longos segundos, estabelecendo aquela maldita conexão de olhares que fazia meu coração acelerar. Seus olhos castanhos e intensos transmitiam um mundo de sentimentos, que se misturavam aos meus, como se pudéssemos compartilhar as mesmas emoções. Era estranho pensar como aquela mulher poderia ter tanto de mim em tão pouco tempo.

– Exceto pela morte de Charlie, eu não queria que nada fosse diferente, Eloise – Maya murmurou, com uma tranquilidade assustadora.

– Por quê?

– Porque meus planos me fizeram chegar até aqui. Eles me trouxeram você. E eu não posso me arrepender dos caminhos que me fizeram te encontrar.

Eu engoli em seco, enquanto meu corpo respondia quase que instantaneamente às palavras de Maya. Meu coração batia descontroladamente em meu peito, fazendo-me respirar cada vez mais fundo.

– Eu estou me entregando, detetive. Você tem todas as provas necessárias para me colocar atrás das grades pelo resto da minha vida. Mas antes que o faça, eu quero que você saiba... – Maya suspirou, como se estivesse tomando coragem. Seus olhos ainda estavam fixos sobre os meus, e naquele instante, havia um brilho familiar para mim. – Eu nunca... Nunca quis enganar você. Nunca quis te magoar. No início, você foi, sim, um escape carnal, mas eu me deixei levar por esses malditos olhos verdes, pelas suas investidas e pela maneira como você lutava para me manter longe, mesmo quando seus olhos não desgrudavam de mim.

Eu sentia minha pele aquecer diante do seu olhar e das suas confissões sobre mim. Maya era boa em me enfraquecer, disso eu sabia, mas, naquele momento, não era essa a sua intenção. Ela estava de peito aberto, e pela primeira vez, tive as respostas para todas as minhas dúvidas. Eu só não sabia se estava pronta para ouvi-las.

– Eu me perdi. Me perdi pelo que me permiti sentir por você.

– E o que você sente, Maya?

Aqueles segundos pareceram durar uma eternidade. Maya sorriu, entregue, como se não pudesse mais mentir. Ela desviou os olhos por uma fração de segundo que foi suficiente para me fazer perceber como as palmas de minhas mãos estavam suando por puro nervosismo.

– Sinto que sou perdidamente apaixonada pela mulher que pode acabar com a minha vida – confessou. – Eu te amo, Green.

Havia um misto de emoções que eu não poderia decifrar. Fui tomada por aquele maldito frio na barriga, como uma adolescente em seu primeiro amor. Não era segredo que eu também a amava, mas me render àqueles sentimentos seria renunciar a um código de ética profissional, pelo qual lutei durante longos anos da minha vida. Porém, ir contra o que sentia seria me enganar e perder o que eu realmente precisava para ser feliz. Naquele momento, existia uma batalha no interior de minha cabeça, meus sentimentos confrontavam violentamente os meus ideais.

O que eu deveria escolher?

Fechei os olhos por alguns segundos, sentindo minha cabeça girar.

– Faça o que tem que fazer, eu realmente não aguento mais – sua voz soou como um sussurro. – Eu só preciso que isso acabe de uma vez.

Havia tantas coisas que eu desejava dizer, mas as palavras pareciam morrer em meus lábios. Maya se afastou em direção à porta, enquanto permaneci estática no centro da sala.

— Eloise... eu só preciso pedir uma única coisa — disse, atraindo meus olhos. — Deixe Sofia e Madson fora disso, eu sou a única responsável por tudo e prometo que irei pagar.

Maya não se importava em assumir a culpa, mesmo que aquilo resultasse em anos atrás das grades. Estava destinada a cumprir seu plano em nome de um amor que se transformou em ódio. Não era sobre dinheiro, poder ou traição. Maya Collins sobrevivia pela dor, e não havia maneira mais cruel para se viver. Eu poderia me arrepender das minhas escolhas no futuro, mas, naquele momento, eu só desejava uma coisa.

— Maya, eu... — Quando encarei a porta, notei que ela não estava mais ali. Um medo repentino me tomou o peito, fazendo-me correr em direção à porta de saída. Maya cruzou a linha do corredor, entrando no elevador.

— Maya! Espera! — gritei, ao correr em sua direção.

Seus olhos castanhos me encararam, perplexos, não sei se por medo ou surpresa. Corri o suficiente para que as portas metálicas se fechassem após o encontro de meu corpo com o dela no interior do elevador. Com a respiração ofegante e um coração a mil, encarei seus olhos frente a frente.

— O que você...

— Nós vamos resolver isso juntas — foi a única coisa que pude dizer antes de tomar seus lábios.

O toque doce de seus lábios macios me trouxe uma sensação imediata de alívio, como se aquela fosse a decisão certa a se tomar. Segurei firmemente em sua cintura, em uma tentativa de fazê-la ficar. Eu poderia enfrentar todos os caminhos sinuosos que aquela história me colocou, mas não poderia lidar com sua ausência. Se Maya foi a responsável pela mudança da minha vida, era ao lado dela que eu gostaria de estar. Pela primeira vez em anos, sentia-me verdadeiramente capaz de enfrentar um mundo inteiro.

— Não posso... — ela sussurrou contra meus lábios.

— Do que está falando?

Maya se afastou e negou com a cabeça seguidas vezes, parecendo confusa, quase perdida. Ela caminhou em passos apressados de volta ao meu apartamento, fazendo-me segui-la.

— Eu não posso — Maya disse com firmeza, ao parar no centro da sala outra vez. — Não posso deixar que você se envolva dessa maneira.

— Maya...

— Você é uma policial, esse é o seu sonho. Eu não vou ser a pessoa que vai acabar com a sua vida. Pode achar que não, mas observei você durante todo esse tempo. Você vem de uma família de policiais com princípios e virtudes. Você prometeu à sua mãe.

— Você não pode me impedir — retruquei, quase irritada.

— Se eu te contei tudo sobre mim, foi para saber que eu nunca quis enganá-la e que sempre houve um motivo mais forte por trás de tudo. Então, me deixe fazer a coisa certa — ela suplicou. — Pelo menos uma vez.

Aquele momento definia um ponto crucial em nossa história. Um marco entre seguir em um caminho desconhecido, de futuro incerto, ou voltar para a rota em que tudo parecia mais tranquilo e seguro. De repente, minha cabeça foi invadida por flashes de lembranças daquela maldita noite em Mount Vernon, quando informei Ruby sobre os envios de nossos currículos para o Departamento de Polícia em Nova Iorque.

Desde o início, minha sede por uma vida movimentada era o impulso para me fazer correr atrás de meus objetivos como profissional. Eu queria ser alguém diferente, alguém melhor. Queria sair da pacata cidade do interior para viver uma vida que me fizesse sentir verdadeiramente feliz. De forma inusitada, o destino tratou de me fazer enxergar o que me faltava. Não estava em minha profissão, não era o Departamento de Polícia e seus casos difíceis que faziam eu me sentir realmente viva. Eles me desafiavam, me instigavam a ser uma profissional melhor, mas não me completavam.

– Eloise... – ela murmurou, sem forças, quando me aproximei.

O que me faltava? Hoje, eu sabia aquela resposta. Talvez eu soubesse desde o primeiro instante em que coloquei meus olhos sobre a latina misteriosa naquele bar. No entanto, agora não existia mais confusão, negações ou incertezas. Eu sabia e tinha certeza: minha versão com Maya era o que eu realmente precisava.

– Eu quero você, não entende?

Maya fechou os olhos quando toquei a lateral de seu rosto com o polegar, em um carinho sutil.

– As coisas não são tão fáceis assim.

– Eu sei que não e, ainda assim, estou disposta a estar do seu lado, haja o que houver – disse, recebendo seu olhar profundo. – Minha mãe nunca me fez prometer ser a melhor das policiais, ela me fez prometer sempre buscar a melhor versão de mim. E hoje, ela está ao seu lado, e é onde ficarei até que isso mude.

Maya permaneceu parada à minha frente, mantendo aquele olhar intenso sobre mim. Aquela imensidão castanha agora revelava todos os segredos e sentimentos que se mantiveram ocultos por tantos anos. Hoje, eu sentia que não havia mais segredos entre nós. Eu finalmente conhecia o interior sombrio de Maya Collins.

– Mas, honestamente, espero que não mude. Porque não consigo imaginar uma vida onde você não esteja.

– Por que você me quer? Veja o que eu me tornei, isso não faz sentido.

Eu continuei a fitá-la, enquanto deslizava minhas mãos sutilmente pela pele de seu rosto. Em todos aqueles anos, nunca imaginei viver uma situação como aquela, muito menos sentir tudo aquilo que me preenchia agora. Nem em sonhos, me vi tão entregue a alguém, como eu estava a ela.

– Porque eu sou completamente apaixonada por você, Maya.

– Não faça assim...

– Não faça você! – exclamei, obrigando-a a me encarar. – Eu te amo, e é ao seu lado que desejo ficar.

Nós nos encaramos por longos instantes que me fizeram ter ainda mais certeza. Eu estava perdidamente apaixonada por aquela mulher, e não era o seu passado ou seu possível futuro que me faria mudar tudo que estava sentindo agora. Eu tinha certeza da minha decisão.

— Só não me deixe, por favor — Maya pediu.

— Eu não vou.

Tempo atual

— Tudo bem, senhora Collins. Acredito que, por enquanto, o que temos é o suficiente. A senhora está liberada — Travis murmurou, ao fechar o pequeno bloco de anotações que estava em sua mão.

— Certo, espero ter ajudado em alguma coisa, tenente.

— Toda informação é válida, Maya. Vamos analisar com cuidado, fique tranquila — murmurou, sério. — Agente Green, acompanhe a senhora Collins, por favor.

Assenti para ele e fiz um breve aceno para que Maya me acompanhasse.

— Agente Travis?

— Sim?

— Gostaria de ver meu marido.

— Eu não acho que seja uma boa ideia, senhora Collins — interrompi.

Maya suspirou, desgostosa.

— Dez minutos — Travis retrucou, permitindo.

— Obrigada!

O homem se retirou da sala ao lado de alguns agentes, deixando-nos sozinhas. Lancei um breve olhar em direção à Maya, que silenciosamente me pediu calma, neguei com a cabeça, a contragosto, e a conduzi em direção à ala de celas. Os policiais liberaram o acesso, e eu a acompanhei até a entrada principal.

— Preciso ir sozinha.

— Maya...

— Querida, está tudo bem. Ele está preso, não se preocupe — ela sussurrou ao se aproximar.

Olhei brevemente ao nosso redor, certificando-me de que ninguém nos ouvia.

— Ainda não acabou, Maya. Ele pode sair daqui.

— Ele não vai — afirmou.

— Quer que eu acompanhe você?

— Não precisa. Me espere aqui, está bem?

— Tudo bem. Não faça nada que vá se arrepender, ok?

— Não estou armada, agente Green. Fique tranquila.

Deixei que um suspiro escapasse por meus lábios, antes de assentir em concordância. Maya me lançou um sorriso manhoso para, em seguida, caminhar em direção à cela daquele que mais odiava.

CAPÍTULO
#23

BOAS-VINDAS

Maya Collins

Caminhar em direção à cela de Christopher me fazia experimentar a sensação eufórica de glória, como se todo caminho árduo de uma vida estivesse sendo recompensado. O barulho de meus saltos ecoava sobre o piso escuro e frio, em um ritmo menos acelerado do que as batidas frenéticas do meu coração. Inspirei o ar com força para dentro de meus pulmões, assumindo uma postura ereta e desafiadora. Eu me apresentaria a Christopher como a verdadeira rainha daquele jogo.

— Uau! Estamos recebendo presentes? — um dos presos falou, enquanto ouvia os assobios e falatórios de outros que se alvoroçaram com a minha presença.

Os homens se levantaram e se aproximaram das grades cinzentas para me encarar com um brilho maldoso e repugnante nos olhos.

— Aceito uma visita íntima.

— Você não vai se arrepender, gostosa.

Rolei os olhos e ignorei totalmente os abutres presos nas celas sujas, até ouvir a voz rouca e firme soar ao fundo.

– Se continuarem com isso, algo de muito ruim pode acontecer com vocês! – exclamou Eloise ao fundo, fazendo-me rir.

Ela não se aproximou, mas se manteve na porta, certificando-se de que nada me aconteceria. Sem cessar os passos, dei uma breve olhada para o fundo, recebendo seu olhar cuidadoso, e lancei uma breve piscadinha, antes de seguir caminho até uma das últimas celas. Um sorriso maldoso se formou em meus lábios, enquanto observava aquele ambiente em seus mínimos detalhes. Queria guardar na memória cada precioso segundo do meu momento. Tudo que sentia agora era um misto de prazer e vitória.

– Está gostando das suas novas acomodações, Rei? – minha voz ressoou pelo cômodo com firmeza e malícia, preenchendo o espaço reduzido. Um sorriso presunçoso adornava meus lábios, incapaz de ser contido diante da magnitude daquele momento. Era impressionante o poder que aquela situação exercia sobre mim. Naquele instante, sentia-me revigorada.

Christopher virou-se em minha direção, e seu rosto exibia uma expressão incrédula ao me ver ali. Sua testa estava franzida, e seus olhos claros, estreitados na minha direção, revelando as marcas de uma noite maldormida, com olheiras profundas. Ainda vestia uma camisa social, agora completamente amassada e desalinhada. Era surpreendente como a primeira noite na cela parecia se ajustar perfeitamente a ele. Pelo menos, aos meus olhos, é claro.

– Como ousa aparecer aqui? – indagou, furioso, ao se aproximar das grades que nos separavam. – As mãos do empresário seguravam as barras de ferro com força, enquanto seu rosto se alinhava na direção do meu.

Eu estava parada de frente para ele, fitando cada mínimo detalhe daquela cena, numa tentativa de guardar como uma recordação preciosa. Christopher me fitava com um ódio sombrio, que estava evidente em suas pupilas escuras e dilatadas.

– Achou mesmo que eu iria perder este momento?

Observei seu maxilar se contrair, ao mesmo tempo que suas narinas se inflaram. Ele apertou as barras de ferro com mais força, fazendo com que as articulações de seus dedos ficassem esbranquiçadas.

– Esperei muitos anos por este momento, eu não poderia simplesmente perder a oportunidade de aproveitá-lo.

– Vagabunda! – exclamou, furioso, batendo contra a grade. – Isso não vai ficar assim! Se está achando que vai sair ilesa desse seu joguinho, está muito enganada.

Revirei os olhos com desinteresse, enquanto brincava com a ponta do meu cabelo, enrolando-o lentamente ao redor do dedo indicador.

– Ah, querido! Não se estresse dessa maneira, isso pode te fazer mal. Não deveria ficar tão irritado por receber sua bela esposa, sabia? Muitos aqui adorariam ter o seu privilégio – meu tom de voz sarcástico fazia a veia central de sua testar saltar.

– É porque eles não sabem que você pode levá-los para o Inferno. Você é o Diabo.

– Eu adoro quando você me elogia, Christopher. Me sinto ainda mais... – Fiz-me de pensativa, antes de encará-lo outra vez. – Poderosa.

– Não cante vitória antes do tempo, Maya. O jogo ainda pode virar.

Deixei que uma risada escapasse de minha boca, enquanto recuava alguns passos. Ele achava mesmo que ainda poderia fazer algo contra mim? Collins realmente não sabia com quem estava lidando, sabia?

– Está me ameaçando, meu bem? Se eu fosse você, tomaria muito cuidado com o que fala – disse, enquanto caminhava lentamente de um lado para o outro. – Você não me conhece, Christopher. Não faz ideia de quem eu sou e do que eu posso ser. Durante todos esses anos, tudo que você viu não passou de uma atuação. Não achou mesmo que eu fosse tão ingênua e manipulável por um merda como você, não é?

Num impulso repentino, o homem enfiou o braço entre as barras, na tentativa de me agarrar pelo pescoço. Sem mover nem um músculo sequer, encarei o gesto desesperado de sua mão.

– *Tsc, tsc, tsc...* – Suspirei, entediada. – Quer mesmo aumentar seus delitos, Collins? Não acha suficiente uma vida inteira atrás das grades?

– Desgraçada! Eu vou acabar com a sua vida! – vociferou.

— Chega desse showzinho barato! Você não pode fazer nada contra mim — desdenhei. — Não faz ideia da satisfação que sinto ao ver você aqui. É muito mais prazeroso do que qualquer noite de sexo que tive com você.

A expressão descrente de Collins me rendeu uma boa gargalhada. Talvez o choque, ao testemunhar minha verdadeira natureza — ousada, dominante e perspicaz —, o tenha paralisado. Afinal, ele estava habituado à imagem da mulher submissa, que seguia suas ordens sem questionamentos, como uma tola completa.

— Filha da puta! Cala a boca, cala a porra da boca! — ele gritou.

— Não suporta ouvir as verdades?

— Você está querendo me enlouquecer. É isso que quer!

— Achou mesmo que conseguiria uma mulher tão boa como eu? Com aquele papo sem graça e esse sexo ruim? Você pode conseguir uma lesada, como Kiara, mas eu não. Sou demais para você, Rei. Se é que podemos chamar de rei... — Deslizei os dedos de uma barra à outra, bem devagar. — Eu pesquisei sobre sua vida, vi cada mínimo detalhe do ser medíocre que você é. Eu estudei por meses e meses, para, enfim, te encontrar. Você caiu tão facilmente... — Uma risada baixa deixou minha boca. — Lembro-me do seu olhar galante e deslumbrado em minha direção.

Christopher se manteve de costas para mim. Sua respiração se tornava cada vez mais pesada, notada facilmente pela maneira como seus ombros subiam e desciam.

— Como se sente? Como se sente ao saber que manipulei você durante todos esses anos? — as palavras deixavam minha boca com tamanha satisfação, que eu podia sentir meu corpo inteiro vibrar. — Eu usei você, Christopher — sussurrei. — Eu entrei no seu reino e fiz tudo desmoronar.

O homem negou com a cabeça seguidas vezes, como se tentasse bloquear minha voz de seus pensamentos.

— Não... — ele retrucou baixinho. — Como pude permitir que isso acontecesse? — Christopher negou com a cabeça, visivelmente perdido.

— Não pense que foi fácil para mim. Tem ideia dos anos torturantes que eu tive? Viver ao seu lado era um castigo, querido. Um castigo diário que eu suportei friamente para degustar deste momento. — Ergui os braços e lhe lancei um sorriso. — Confesso que ainda sinto nojo de mim mesma por ter me entregado a você, e apesar de isso ser uma das piores coisas que tive que fazer, não será a mais difícil superar.

Seus olhos azuis se voltaram em minha direção, revelando um pouco mais do ódio que ele nutria por mim. Christopher tinha as veias do rosto saltadas, enquanto gotículas de suor escorriam por suas têmporas.

— Quem mais está ao seu lado? Além daquela policialzinha de merda?!

— Por que acha que eu tenho aliados? Meu reino é feito de uma única rainha.

— Você não fez isso tudo sozinha!

Eu não envolveria outro nome, muito menos o de Eloise. Não por querer o mérito exclusivo, mas por saber que era mais seguro assim. Se houvesse a possibilidade, por mais remota que fosse, de algo dar errado, eu me encarregaria sozinha.

— Ela esteve do seu lado esse tempo todo? Estava se deitando com ela? — indagou, furioso. — Fala, desgraçada!

— Realmente, eu não sei como você consegue fantasiar tantas coisas, sabia? Como pode me acusar de tais coisas? O único bandido que está atrás das grades aqui é você.

— Isso não vai ficar assim!

Dei um passo à frente, parando a poucos centímetros das barras de ferro que nos separavam.

— Não há nada que consiga fazer, querido. E honestamente, eu espero que nem tente. Você não me conhece, não sabe do que sou capaz, mas... — Um suspiro deixou meus lábios. — Eu espero que saiba que eu posso ser muito pior do que você imagina.

— Eu vou matar você! Vagabunda!

— Oh, não se altere tanto, Chris. Sabe que odeio ver você exaltado. Quer que eu pegue um calmante? Está tão acostumado com eles.

Christopher franziu o cenho de maneira confusa, como se as memórias bombardeassem sua cabeça. De repente, tudo parecia claro, como um quebra-cabeça concluído.

— Você... — ele murmurou, ofegante. — Era você! Estava me drogando! — Avançou contra a grade, em uma tentativa ineficaz de me capturar.

— Calminha, querido. Fui tão boazinha, fiz você dormir muito bem em tantas noites, e é assim que me agradece? — perguntei em um tom irônico. — Enquanto você dormia, eu estava me deliciando de noites realmente prazerosas, coisas que você nunca pode me oferecer. Você fode tão mal, eu comentei isso?

— Foda-se, piranha!

— Não se altere. Quer que eu chame um policial?

— Vai chamar a vagabunda da sua amante? — perguntou, fazendo-me sorrir. — Eu sei que vocês tiveram um caso e que ela está ajudando você.

— Você está louco.

— Eu vou acabar com vocês duas.

— Se tocar nela, eu mato você — ameacei.

Christopher sorriu, malicioso, antes de se aproximar outra vez. Seus olhos se fixaram sobre os meus, como se buscasse me decifrar.

— No momento que eu sair desse lugar, você vai se arrepender amargamente de ter se metido no meu caminho. Vou fazer com Eloise exatamente o mesmo que fiz com Charlie. O que ele era pra você? Hum? Seu amante? Seu pai? — seu tom era puro sarcasmo. — Do que importa, não é? Está morto.

Eu sabia exatamente o que ele estava fazendo. Mesmo sem ter todas as informações, Collins sabia que tudo se originou pela morte de Charlie.

— Dói? Dói se lembrar do seu queridinho? É por ele que fez tudo isso, não é? — ele falava, e o som de sua voz fazia meu estômago embrulhar. —

Eu sinto que é por ele. Nada do que eu fiz causaria tanta revolta em alguém como isso.

– É melhor não continuar – avisei tranquilamente.

– Achei seu ponto fraco, Rainha. – Ele riu e se afastou. – Charlie, pobre Charlie. Não passou de um imbecil ingênuo. Me custa acreditar que ele conseguiu todo aquele império, sabe? Era tão bonzinho.

– Nem todo mundo precisa ser repugnante e traiçoeiro como você para alcançar o sucesso.

Ele sorriu abertamente, enquanto caminhava de um lado para o outro.

– Você até pode ter razão, Maya. Mas o mundo é dos mais espertos, e convenhamos, Charlie estava longe disso. Foi muito fácil derrotá-lo. Não como havia planejado, mas ele não me deu alternativas. Você sabe como ele morreu, não sabe? Foram seis tiros.

Num instante, as últimas imagens de Charlie inundaram minha mente, espalhando-se como chamas descontroladas. O timbre da repórter que descrevia o fatídico dia de sua morte ecoou como um eco sombrio. Fechei os olhos com firmeza, buscando controlar a tempestade de lembranças.

– Claro que sabe. Isso acaba com você, não é? – ele continuou a me provocar. – Vou te contar uma coisa. Eu faria tudo outra vez, mataria aquele imbecil quantas vezes fosse necessário! – ele vociferou, fazendo-me abrir os olhos.

Avancei, determinada, contra a grade, prendendo firmemente minhas mãos ao redor de seu pescoço, cravando minhas unhas em sua pele. Collins tentou me conter, agarrando meu punho com firmeza, mas eu não cedi. O ódio ainda pulsava dentro de mim, fervendo, como uma chama descontrolada. Ver o nome de Charlie escapar da boca daquele homem só alimentava minha fúria. Era como se o universo estivesse me punindo, condenando-me a carregar esse peso para sempre. Enquanto Christopher Collins respirasse, aquele sentimento sombrio me dominaria.

– Eu deveria ter matado você quando tive a oportunidade. Foram tantos momentos... – disse, enquanto mantinha as unhas cravadas em seu pescoço. – Mas eu não queria manchar minhas mãos com o seu sangue imundo – cuspi as palavras ao soltá-lo.

– Não teve coragem, Rainha? – debochou. – Fraca! – Ele se afastou, enquanto deslizava a mão pelo pescoço agora arranhado.

Puxei o ar com força para os pulmões, buscando manter-me controlada o suficiente para não cometer uma loucura. Não seria agora que eu colocaria tudo a perder.

– Fraca? – Eu ri ironicamente. – Acha mesmo que sou fraca? Olhe para você e olhe para mim. Não sou eu que vou apodrecer o resto da vida em uma cela. Não fui eu quem foi enganada durante tantos anos. Não fui eu quem foi dopada e traída por inúmeras noites. Não fui eu quem perdeu até os últimos dólares, sem poder fazer nada. – Inspirei o ar com força e o encarei fixamente. – Você não percebe? Você não é nada, absolutamente nada diante de mim. Eu te fiz cair, Rei. Você caiu, e nada do que fizer vai te trazer de volta para esse jogo. Eu dei o xeque-mate.

Christopher não proferiu uma única palavra, permaneceu estático, encarando-me fixamente, como se buscasse gravar cada mínimo detalhe daquele momento.

– O gato comeu a sua língua?

– Eu vou matar você, Maya – afirmou, com os olhos diabólicos. – Nós vamos nos encontrar no Inferno.

– Com certeza, esse será o nosso lugar, mas saiba que até mesmo no Inferno eu vou derrotar você, Collins.

– Senhora Collins, o horário de visita acabou.

Desviei meu olhar do homem furioso diante de mim, dirigindo-o ao oficial no fundo do corredor. Assenti rapidamente, em resposta, antes de voltar a encarar meu marido, e fitei seus olhos por alguns instantes, antes de sorrir, confiante, mesmo que suas palavras ainda estivessem ecoando por meus pensamentos.

– Espero que aproveite seus dias aqui, pois logo terá que dividir seu quartinho de luxo com mais alguns amigos. Mas não se preocupe, vou cuidar bem das nossas coisas. – Lancei um último olhar em sua direção antes de me afastar daquele lugar. Os gritos furiosos de Christopher se fizeram presentes, prometendo uma vingança que eu sabia que poderia acontecer, mas, naquele momento, tudo que realmente me importava estava ali. Os olhos verdes de Eloise me fitaram, atentos, certificando-se de que eu realmente estava bem, e eu não poderia estar melhor.

CAPÍTULO #24

Police Department
NAME
Rapids, Mich.
ALIAS
RIGHT THUMB
LEFT THUMB
Date
Classification
Age 19
TRUNK
MIDDLE
RIGHT RING
LEFT RING
CONFIDENTIAL

OBSESSÃO

Christopher Collins

Meus dedos tamborilavam ritmicamente contra as barras de ferro, enquanto meus pés se movimentavam, inquietos. Todos os meus pensamentos vagavam sobre as possibilidades do futuro. O que tinha até aquele momento era a certeza de que eu seria condenado. Aquelas eram as palavras de meu advogado mais fiel, um dos melhores e mais caros do país. Nem mesmo os diversos anos de estudos e experiência foram suficientes para encontrar uma saída diante daquele tormento. De uma maneira singular, Maya soube amarrar todas as pontas, para que não houvesse escapatória para defesa. Era como se todos os monstros escondidos debaixo do meu colchão fossem libertados por ela.

– Maldita.

A imagem de Maya, agora distorcida, era a personificação de meus pesadelos mais sombrios. Seus olhos castanhos intensos e o sorriso envolvente eram apenas fachada para sua verdadeira natureza. Balancei a cabeça em negação, amaldiçoando-me por não ter percebido antes. Os anos ao lado de Maya não passaram de um verdadeiro teatro, um espetáculo meticulosamente preparado para me enganar, como se eu estivesse preso em meu próprio *Show de Truman*. Cada minuto no interior daquela cela inflamava o sentimento de derrota que crescia em meu peito.

Eu não poderia perder, não para ela.

Encolhi-me no canto próximo à parede, abraçando os joelhos com os braços, enquanto sentia minhas têmporas latejarem fortemente. As horas pareciam se arrastar interminavelmente naquele lugar, e a ideia de que aquele seria meu destino definitivo só aumentava o desejo obscuro que me envolvia.

– Isso não vai ficar assim.

– Falando sozinho, Christopher?

Eu não precisava olhar para saber de quem se tratava. Aquele tom de voz rouco e abusado não poderia ser de alguém diferente. Olhei para a detetive de relance, antes de erguer meu corpo daquele chão imundo e caminhar em direção à grade que nos separava. Os olhos verdes de Eloise me fitavam de maneira avaliativa, como se estivesse tentando me decifrar.

– Veio me visitar, agente Green?

– Sim, acho que temos algumas coisas para conversar.

– Temos? – indaguei, irônico.

– Não seria exatamente uma conversa, eu estou aqui apenas para te dar um aviso – ela deu um passo à frente, à medida que seu tom de voz ficava mais baixo.

Não estávamos totalmente sozinhos, alguns oficiais circulavam ao redor, fazendo uma breve vistoria nas celas a cada hora.

– Se continuar assediando Maya através dos seus advogados, serei obrigada a tomar algumas providências. E espero que não esqueça que, agora, você não tem mais a proteção de Brandon – ela disse em um sussurro ameaçador. – E que estou com certa autoridade nesse departamento.

– Está com medo de que ela volte para mim? Ou que eu faça algo com a sua amada?

Ela desviou os olhos dos meus e riu, debochada. Suas mãos se alojaram nos bolsos de sua calça, antes de erguer o olhar em minha direção. Diferentemente de meses atrás, agora não havia sequer um sinal de submissão.

– Você acredita mesmo na possibilidade de ela voltar para você, Christopher? – ela perguntou, fingindo interesse na resposta. – Maya tem nojo de você, sempre teve.

– Acha mesmo que pode oferecer tudo que ela precisa, Green? Maya está usando você, como me usou. Logo mais, você vai acabar atrás das grades, como eu. – Aproximei-me da grade, segurando as barras de ferro com força. Green ergueu uma sobrancelha, observando-me com uma expressão de desdém, antes de responder:

– Você está desesperado, Christopher. E é compreensível, considerando onde está agora. Mas não adianta tentar me manipular com suas palavras vazias. Maya já deixou claro para todos nós o que ela realmente pensa de você. E eu estou aqui para garantir que você entenda que não vai conseguir mais mexer com ela ou com a vida dela de qualquer forma. Entendeu? – sua voz era firme e autoritária, transmitindo uma sensação de poder que eu não podia ignorar. Os papéis agora pareciam invertidos, e não havia nada que eu pudesse fazer naquele momento.

– Você pode tentar me ameaçar o quanto quiser, Green. Mas você não vai impedir que eu faça o que for necessário para me vingar. E quanto à Maya, ela vai aprender que não pode me descartar tão facilmente – minhas palavras soaram mais como um rosnado do que como uma ameaça articulada, mas eu não me importava. Eu estava disposto a fazer qualquer coisa para fazer Maya pagar pelo que ela havia feito comigo. Green apenas balançou a cabeça, exalando uma mistura de pena e desdém.

– Você está apenas se afundando ainda mais, Christopher. Mas se é isso que você quer, não há muito que eu possa fazer para te impedir. Apenas saiba que todas as suas ações têm consequências, e você vai ter que arcar com elas.

Eu ri amargamente, com a sensação de desprezo borbulhando dentro de mim.

– O que eu tenho a perder? Hum? Acha que eu me importo com alguma coisa?! – gritei, fazendo minha voz ecoar pelas paredes daquele lugar. – Só quero que você e aquela puta paguem pelo que estão fazendo comigo! E eu mesmo vou me encarregar disso, custe o que custar. – Meu peito queimava com a intensidade da minha raiva.

Eu queria ver o medo nos olhos dela, queria ver sua fachada de autoridade desmoronar diante da minha fúria. Ela não era mais do que uma marionete nas mãos de Maya, uma ferramenta para me manter sob controle. Mas eu não seria controlado. Eu não seria detido. Eu faria qualquer coisa, sacrificaria qualquer coisa, para garantir que Maya pagasse por tudo. Mesmo que isso significasse descer aos abismos mais sombrios da minha própria alma.

– Se encostar nela, eu prometo caçar você até no Inferno, ouviu bem? E eu prometo que você vai conhecer uma versão minha que nunca vai esquecer. – Seus olhos verdes agora tinham uma tonalidade escura, e eu podia ver as faíscas de ódio em suas pupilas.

– Vai me matar, detetive? Faça isso! Faça isso agora e revele para todos que você é uma farsa! – gritei. – Deixe que eles vejam o maldito plano de vocês!

– Você está louco, Collins – retrucou com uma calma irritante.

– Você se apaixonou por ela, não é? Aqueles olhos castanhos, aquele corpo. Eu sei exatamente como ela pode ser boa.

Houve um momento de silêncio tenso entre nós, minhas palavras pareciam pesar sobre seus olhos. Por alguns instantes, notei que suas mãos se fecharam em punhos, como se estivesse buscando forças para se manter tranquila.

– Você não, Collins. Não sabe, porque tudo com você não passou de um teatro. Você não a conhece. Não faz ideia de com quem esteve nos últimos quatro anos da sua vida. – Riu, sarcástica. – Você não teve nada de Maya e nunca terá.

Meus dedos se fecharam com mais força ao redor daquelas barras geladas, fazendo com que as juntas se esbranquiçassem com a pressão. Inspirei o ar com força para dentro de meus pulmões, enquanto sentia aquele ódio me consumir de maneira quase sufocante.

– Eu espero que eu tenha conseguido deixar claro. Esqueça que ela existe, e as coisas não serão tão difíceis para você aqui. – Com um último olhar de desprezo, ela se afastou, deixando-me engasgado com todas aquelas palavras.

Minha mente estava uma tempestade de emoções, raiva, traição e um desejo ardente de vingança. Encarei as grades da cela, com minha respiração pesada e irregular, lutando para conter a torrente de pensamentos e sentimentos que ameaçavam me engolir por completo. Com um suspiro pesado, eu me afastei das barras de ferro, me deixei cair no chão frio e sujo e fechei os olhos por um momento, deixando que todo aquele sentimento me envolvesse. Cada palavra de desprezo e desdém proferida pela detetive ecoava por minha mente, como uma espécie de tortura psicológica. Eu não permitiria que ninguém me dissesse quem Maya era. Eu a conhecia melhor do que qualquer outra pessoa. Ela era minha, e eu faria de tudo para tê-la de volta.

Como em todas as manhãs, encarei a fotografia de Maya em minha parede. Seus olhos castanhos, intensos e penetrantes, pareciam me observar de dentro da foto, como se estivessem sussurrando segredos sombrios que só eu poderia compreender. Eu passava horas intermináveis observando aquela imagem, perdendo-me em cada detalhe de seu rosto angelical. Cada traço, cada sombra, cada sorriso, capturados pela câmera, alimentavam minha obsessão por ela. Eu não podia evitar a sensação de que Maya estava me chamando, puxando-me para mais perto dela, com cada olhar capturado naquela fotografia. Eu me sentia como um prisioneiro da sua beleza, incapaz de escapar do feitiço que ela havia lançado sobre mim. Eu ansiava por ela com uma intensidade que beirava à loucura, uma necessidade avassaladora que consumia minha alma. Eu faria qualquer coisa por ela, sacrificaria tudo por ela, só para tê-la ao meu lado mais uma vez.

– Ei, acorde! – a voz áspera do policial cortou o ar, arrancando-me bruscamente do sono. Demorou alguns instantes até que meu corpo desse sinal de uma reação.

– Você tem uma visita.

Levantei-me do colchão fino, sentindo o frio do chão de concreto contra meus pés descalços, e encarei o policial por um momento, tentando decifrar seus olhos duros e impenetráveis, mas não havia nada ali além de indiferença. Ele destrancou e abriu a cela, algemando meus punhos em seguida, antes de me conduzir à sala de visitas. Por um breve instante, senti meu coração acelerar somente com a possibilidade de ser ela.

– Ande mais rápido! – exclamou, irritado, abriu a porta da sala e me empurrou para dentro com um gesto brusco.

Eu me vi diante de uma figura familiar, mas, para meu azar, não era Maya. Era meu advogado, com uma expressão séria e determinada no rosto.

– Que visita inesperada. Alguma boa notícia?

– Não, pelo contrário, sua insistência em falar com Maya está prejudicando o meu trabalho.

Rolei os olhos de maneira impaciente, enquanto me acomodava na cadeira à sua frente, e repousei os braços algemados sobre a mesa, atraindo o olhar avaliativo de John.

– Você precisa deixar essa mulher em paz. Se ela está mesmo com Eloise Green, tudo pode ser pior para você. Não temos mais o apoio da polícia!

– Você quer que eu deixe a minha esposa em paz? É isso mesmo?

– Christopher... – Ele suspirou, impaciente. – Ela não é sua esposa, Maya é o inimigo – seu tom de voz denunciava toda sua aversão por Maya, e eu não poderia culpá-lo. John era como um fiel escudeiro, estava pronto para me defender mesmo sem qualquer pedido. Prova disso era que, mesmo com os meus bens totalmente bloqueados, ele estava lá, trabalhando ferozmente por mim.

– Por enquanto, Maya não percebeu que está no caminho errado, mas eu vou cuidar de mostrar isso a ela.

– Você não tem que mostrar nada. Precisa se concentrar no seu julgamento, que acontecerá daqui a alguns dias, ou passará o resto da sua vida neste lugar.

– Eu não vou ficar aqui, John. Não se preocupe.

– Eu não ficaria tão confiante, as coisas não estão favoráveis. Não vou iludir você com a ideia de que temos muitas chances – disse, preocupado.

– Eu vou resolver isso. Eu só preciso que você me faça um único favor. Prometo que será recompensado com uma quantia que resolverá todos os seus problemas por um longo tempo.

Ele fechou os olhos e negou com a cabeça por alguns instantes.

– O que você quer?

– Eu a quero, John. E para isso, eu preciso que fale com algumas pessoas.

– Christopher... você não está bem, cara. Isso está virando uma obsessão.

– Eu sei que serei condenado em alguns dias e acho que mereço um último pedido, não é?

– Não um que possa acabar com a sua vida!

– Eu só preciso disso.

Sabíamos que nada do que fizéssemos seria suficiente para me livrar da culpa. Havia provas concretas contra mim, uma montanha de evidências que ameaçava me engolir por completo. E naquele momento, nada daquilo me importava. Meu único desejo era tê-la comigo outra vez. E mesmo que o mundo inteiro se voltasse contra mim, mesmo que as chances de a ter de volta fossem mínimas, eu não desistiria. Maya seria minha, nem que fosse a última coisa que eu precisasse fazer.

CAPÍTULO #25

PRESSENTIMENTO

Maya Collins

Remexi-me entre os lençóis desalinhados na cama de Eloise pela vigésima vez naquela noite, com o máximo de cuidado para não a despertar. Depois de uma noite maravilhosa ao seu lado, tudo que poderia oferecer seria a oportunidade de descansar sem interrupções, já que no dia seguinte enfrentaríamos uma manhã movimentada. Virei-me suavemente para observar seu rosto sereno, mergulhado em um sono profundo e tranquilo.

Observá-la dormir estava sendo uma maneira estranhamente fácil de me tranquilizar durante as últimas madrugadas, como se sua presença fosse suficiente para afastar todo medo e preocupação de meus pensamentos. Dormir uma noite inteira vinha sendo uma tarefa quase impossível, principalmente quando aqueles malditos pesadelos se faziam presentes. Era sempre a mesma história, contada de formas diferentes. Um fim trágico para um reinado turbulento. Seria esse o meu destino? Depois de tudo, ele ainda poderia me vencer?

Balancei a cabeça em um sinal negativo, procurei o calor do corpo de Eloise e envolvi sua cintura com um dos braços, sentindo suas costas contra meu peito nu. O contato de nossos corpos fez com que ela suspirasse de satisfação, mesmo inconsciente, o que me fez rir baixinho. Havia duas semanas que compartilhávamos a mesma cama todas as noites; desde a prisão de Christopher, aquilo não era mais um empecilho para nós. Passávamos boa parte do nosso tempo livre na companhia uma da outra, desfrutando de momentos que nunca mais pensei que pudesse ter.

Em alguns momentos, me questionava se realmente merecia a sorte de ter Eloise ao meu lado. Minha vida parecia tão tumultuada, repleta de mentiras e rancor, que duvidava que qualquer ação minha pudesse gerar algo positivo. Às vezes, me perguntava se não era um ato de misericórdia divina ter cruzado com ela, como se Deus tivesse decidido interceder para me salvar de um destino solitário. Seja o que for, eu não poderia reclamar, era muito mais do que eu merecia, disso eu tinha certeza.

— Aconteceu alguma coisa? Por que ainda está acordada?

Ouvi sua voz rouca e sonolenta.

— Fui apenas beber água, não se preocupe.

Eloise se remexeu devagar, virando-se em minha direção, e com certa dificuldade, abriu os olhos, após uma breve careta que me fez sorrir.

– Está mentindo pra mim?

– Por que acha que estou mentindo? – Engoli em seco diante da sua pergunta repentina.

– Está há dias sem dormir uma noite inteira, Maya. Por que não me conta o que está acontecendo? Prometemos que não teríamos mais segredos, lembra?

Desviei de seu olhar minucioso, enquanto concordava, com um balançar de cabeça. Não era minha intenção guardar segredos, sentia-me verdadeiramente confortável para dividir qualquer assunto com ela, mas também não queria me transformar em um fardo. Eloise estava lidando com a ideia de ir contra seus princípios pelos sentimentos que nutria por mim, isso era mais do que ela poderia suportar. Havia batalhas minhas que só eu poderia enfrentar.

– Eu sei, eu só...

– O que está perturbando você?

– Nada... – Sentia-me culpada por mentir, como me senti durante todos esses meses, mas eu não queria preocupá-la.

Não queria dizer que, durante longas semanas, eu me via acordada, em meio à madrugada, por ter despertado diante do pesadelo que relatava minha morte. Eu não queria que ela soubesse o medo que se apoderava de mim sem uma razão explicável. Não queria desperdiçar nossos momentos juntas mergulhando em inseguranças de meu futuro.

– Maya... confie em mim. Eu estou aqui por você.

– Eu sei, eu estou bem, amor.

– Amor? – Eloise indagou, com um sorriso largo.

– Ai, não.

Eloise ergueu seu corpo em um solavanco para se sentar sobre meu quadril, dando-me a chance de encarar seus olhos verdes, agora brilhantes. Estavam clarinhos aquela manhã, carregavam um verde quase mesclado em um tom de azul. Eu os amava pela manhã. Na verdade, eu os amava sempre.

– A toda poderosa Rainha me chamou de amor? – seu tom de voz era de uma surpresa exagerada. – É isso mesmo?

– Foi um deslize! – retruquei em meio a uma risada. – Não se acostume, Green.

– Um deslize? Eu sei que está contando os minutos para assumir nossa relação publicamente. Quer sair de casalzinho pelas ruas com as suas amigas?

– Ah, cala a boca!

A risada de Eloise ecoava pelo quarto, enquanto eu tentava fazê-la parar. Com dificuldade, tentei tapar sua boca com a palma da minha mão, mas ela estava em vantagem sobre mim.

– Desde que fez amor gostosinho comigo, ficou toda romântica! – zombou, enquanto fazia cócegas em mim.

Eloise era rápida o suficiente para não me deixar escapatória. Eu segurava a risada, em uma tentativa ineficaz de manter a postura, mas os espasmos do meu corpo evidenciavam meu ponto fraco.

– Para de ser ridícula! Eu não sou assim coisa nenhuma!

Ela riu, divertida, do meu desespero, quando, enfim, me deixou respirar. Quando abri os olhos em sua direção, ergui as sobrancelhas, em uma tentativa de fingir indignação, mas logo ela se derreteu. A visão de Eloise Green sentada em meu colo, com seus cabelos dourados desalinhados de forma irresistivelmente encantadora, fez meu coração disparar. Ela sorria abertamente, evidenciando o contorno delicado de seus lábios, que carregavam um tom rosado. Suas feições delicadas ornavam em perfeita harmonia com todo o restante, como se qualquer divindade tivesse perdido horas no seu melhor e mais perfeito trabalho.

– Não minta para mim, senhora Collins – ela sussurrou, antes de levar minhas mãos ao topo de minha cabeça, sobre o colchão.

O sorriso que estava em sua boca cessou, trazendo apenas um olhar intenso. Eu não sei por quantos segundos nos encaramos, mas garanto ter sido o suficiente para trazer aquela sensação efervescente em meu peito. Seus olhos eram brilhantes, amorosos e incrivelmente acolhedores. Sentia-me única diante deles, como um dia me senti diante dos olhos de Charlie. Claro que os de Eloise acarretavam outros sentimentos e sensações que se distanciavam drasticamente de uma relação entre pai e filha, mas ambos tinham amor. Um amor sincero, feito exclusivamente para mim.

– Eu...

– Queria dizer que... – falamos ao mesmo tempo, fazendo-nos rir outra vez.

– Pode falar – ela concedeu.

– Quero que hoje seja a última página deste capítulo ruim. Daqui pra frente, quero que tudo seja diferente.

– Vai ser, meu bem. Eu prometo.

Recebi seus lábios em um beijo carinhoso. Eloise se aconchegou em meu corpo, pousando sua cabeça em meu peito.

– Eloise?

– Sim?

– Eu quero agradecer tudo que fez e está fazendo por mim.

Ela ergueu seu corpo parcialmente, agora nos deixando frente a frente. Seu olhar era um tanto confuso, mas ainda assim, tranquilo.

– Não precisa me agradecer, Maya.

– Preciso. Fui muito ruim para você durante esse tempo todo, fiz coisas de que não me orgulho. O mínimo que eu posso fazer é agradecer por ter me dado uma chance de me explicar e contar a minha versão da história para você. E principalmente, te agradecer por me entender e ficar do meu lado. Você me acolheu e me protegeu quando eu nem sequer mereci.

Eloise não se pronunciou, sua expressão ainda era de surpresa e compaixão.

– Então, obrigada. Eu quero que saiba que você foi a melhor coisa que me aconteceu desde o momento em que perdi o Charlie. Você é a única razão pela qual desejo sair dessa enorme confusão que estava vivendo, para ter uma vida verdadeiramente feliz e em paz.

– Por que está me falando tudo isso agora? Está me deixando um pouco assustada, parece que está se despedindo – disse, visivelmente inquieta. – Não precisa mais se sentir culpada, Maya. Eu compreendi os seus motivos e os aceitei, por isso estou aqui, com você.

– É uma despedida.

– Maya – ela protestou, sentando-se na cama.

Suspirei com sua reação, antes de me sentar ao lado dela, e segurei em suas mãos, trazendo seu olhar em minha direção.

– É uma despedida dessa fase ruim. Hoje é o julgamento do Christopher, e algo em mim diz que tudo vai mudar. Por isso, estou aqui, agradecendo por tudo que fez por mim até agora. Se não fosse você, nada disso seria possível.

– Eu estou do seu lado. Senti que era o certo a fazer.

Senti os dedos da mulher se entrelaçando aos meus, como um sinal de cumplicidade, e sorri abertamente, antes de trazê-la para perto de mim.

– Eu te amo, Green.

– Eu também te amo, Maya.

Naquela manhã ensolarada, o quarto estava mergulhado em um silêncio quase palpável. Os espaços da mansão Collins sempre ostentavam uma grandiosidade exagerada, adornados com os mais luxuosos itens de decoração, em pura demonstração de poder e soberba. Sem a presença de Christopher, o lugar se tornava mais leve para mim, como se eu pudesse respirar tranquilamente, ainda que esse ambiente fosse palco de um passado tenebroso. Encarei meu reflexo no espelho, enquanto terminava de colocar os brincos de diamante que ganhei no nosso primeiro aniversário de casamento. Escolhi um vestido elegante, levemente justo, com alças finas, em um tom de vinho que realçava o tom bronzeado da minha pele. Estaria impecável, preparada exclusivamente para ele. Afinal, hoje era o seu tão esperado dia.

O julgamento.

Christopher entraria no tribunal após duas semanas no presídio de Nova Iorque, cercado pela melhor equipe de advogados do país. Os relatos iniciais sobre sua estadia na prisão eram sombrios, exigindo até mesmo a intervenção de reforços para conter sua fúria. Após alguns embates no interior das celas, Christopher agora havia se tornado um verdadeiro e maligno enigma. Tudo que se sabia era que ele carregava algo de muito ruim no fundo dos olhos, uma aura diabólica que clamava ardentemente por um único nome: o meu.

– Com licença, senhora. – Eliza adentrou o quarto, parando ao lado da porta. – Seu motorista está pronto.

Terminei de deslizar o batom suavemente por meus lábios, contornando os detalhes com delicadeza, certificando-me de que tudo estava perfeito. Eliza me encarou com um semblante surpreso. Talvez não esperasse por uma produção como aquela, não para aquele momento tão delicado.

– Como estou?

– Está linda, senhora. Como sempre! – afirmou, com um sorriso educado.

— Obrigada, querida. Tenho que estar deslumbrante hoje – respondi, enquanto borrifava uma boa quantidade de perfume – o favorito de Eloise.

– Para a volta do senhor Collins?

Observei o reflexo da mulher através do espelho, lançando-lhe um sorriso que passava longe de ser fraternal. Não era exatamente para a volta de Christopher que eu estava me preparando, mas a mulher não precisava ter conhecimento disso. Apesar de ter certeza de que ela sabia muito mais do que demonstrava, não ousaria compartilhar os segredos mais obscuros que aquele lugar reservava. Vivíamos em um pacto de silêncio. Eliza guardava meus segredos, sem qualquer esforço, quase como se compartilhasse de certo carinho por mim.

— Não sabemos se ele vai voltar. Tudo está muito difícil, e as acusações contra Christopher são graves. Se for realmente culpado, não há o que possamos fazer.

— Eu entendo, senhora. Espero que fique tudo bem, seja como for — ela murmurou tranquilamente.

— Vai ficar, sim, não se preocupe — afirmei, com um sorriso. — Não precisa ficar até mais tarde, termine o que tem para fazer e pode ir para casa, está bem? Pode dispensar os outros. Todo mundo está de folga hoje!

— Claro, senhora. Muito obrigada.

Lancei dois beijinhos no ar, um gesto de despedida que mal disfarçava a urgência que eu sentia ao abandonar aquele cômodo. Na porta de saída, o motorista aguardava ao lado do Rolls-Royce Phantom, no qual me acomodei rapidamente, ansiosa para escapar em direção ao tribunal. O trajeto transcorreu lentamente. O trânsito massivo de Nova York oferecia-me a oportunidade involuntária para mergulhar nos pensamentos que eu tanto lutava para evitar. Todos os sinais apontavam para o fim do reinado dos Collins, mas uma sensação incômoda remoía dentro de mim, sussurrando que as coisas não seriam tão simples como eu desejava. O que de tão ruim poderia acontecer? Será que Christopher ainda tinha chances de ser absolvido? A justiça poderia ser tão falha?

Sacudi a cabeça, tentando afastar esses pensamentos sombrios, enquanto me agarrava a qualquer fio de esperança que conseguisse encontrar. Talvez essa inquietação fosse apenas o nervosismo e a ansiedade por viver um dos momentos mais importantes de toda minha vida.

— A senhora quer que eu desligue?

Encarei o motorista, um pouco confusa, quando ele apontou para as telas instaladas nas costas dos bancos dianteiros. Naquele momento, era transmitida uma matéria de um jornal sobre o caso Collins e o aguardado julgamento. Era evidente que o país inteiro estava ansioso pela resolução desse caso, tudo para descobrir se o magnata do petróleo era realmente um criminoso.

— Não, pode deixar.

As imagens e as palavras piscavam diante dos meus olhos, como se cada frame da reportagem ecoasse por meus pensamentos, deixando-me em uma mistura de expectativa e apreensão. Havia inúmeros repórteres e fotógrafos em frente ao tribunal, aguardando ansiosamente pelas primeiras informações.

— *O empresário está a caminho do tribunal, sendo transportado em um veículo blindado e acompanhado por uma equipe de segurança da penitenciária* — anunciou o locutor na tela, com voz solene. — *Hoje é o dia em que finalmente descobriremos se Christopher Collins é realmente culpado pela morte de seu antigo sócio, Charlie Cooper.*

— Ainda restavam dúvidas?

— Disse alguma coisa, senhora? — perguntou o motorista.

— Não, Carlos. Não se preocupe — respondi, voltando minha atenção para o noticiário.

— *Agora vamos ouvir a palavra da detetive encarregada de desvendar todas essas informações sobre o empresário* — anunciou a outra apresentadora com solenidade. — *Eloise Green é líder da equipe de investigações de grandes casos da delegacia de Nova York.*

Não pude conter o sorriso que se formou em meus lábios quando a policial surgiu na tela à minha frente. Eloise estava deslumbrante naquela manhã, vestindo um elegante terninho de alfaiataria azul-marinho, feito sob medida exclusivamente para ela. Seus cabelos loiros e levemente ondulados caíam como uma cascata sobre seus ombros, enquadrando seu rosto, que agora ostentava uma maquiagem leve, realçando ainda mais seus intensos olhos verdes.

— *Bom dia, agente Green!* — cumprimentou a repórter. — *O que devemos esperar da resolução do caso Collins?*

— *Bom dia, Ashley. Antes de mais nada, gostaria de agradecer o convite ao Departamento de Polícia. Sobre sua pergunta, esperamos que a justiça seja feita no dia de hoje. Existem muitas provas contra o senhor Christopher Collins que o incriminam, diante de uma série de acontecimentos no decorrer dos últimos dias.*

A elegância natural de Eloise combinava perfeitamente com sua postura profissional e determinada, fazendo-a parecer ainda mais impressionante diante das câmeras. Era difícil desviar o olhar dela. Não que eu estivesse fazendo algum esforço para isso.

— *Temos a informação de que você foi recentemente retirada da investigação da Collins Enterprises pelo ex-comissário de polícia, Roger Brandon James, que agora está sendo acusado de diversos crimes, inclusive de ser cúmplice nos feitos ao lado de Christopher Collins. Ele também será julgado hoje?*

— *Não. Tenho a informação de que Brandon será julgado em outro momento. Por se tratar de um membro da Academia de Polícia, há outros assuntos a serem tratados em Tribunal* — ela respondeu tranquilamente, como se estivesse habituada a toda aquela atenção.

— *Sabemos que, durante um período, você foi designada a cobrir a segurança particular de Maya Collins, atual esposa de Christopher. Você acredita que exista alguma ligação dela com os crimes aos quais ele está sendo julgado?*

De maneira instintiva, me inclinei um pouco mais para frente, como se pudesse observá-la melhor. Eloise aguardou até que a repórter finalizasse a pergunta e, com a expressão mais neutra que poderia ter, lhe respondeu:

— Não encontramos qualquer prova que incriminasse a senhora Collins. Então, não.

— Mesmo com o marido a acusando? — a repórter insistiu.

— O senhor Collins, no momento, não está em posição de acusar alguém. A polícia está a par de todos os acontecimentos, assim como versões de pessoas envolvidas, e até o presente momento, a senhora Collins está livre de qualquer indício de envolvimento com os crimes julgados — seu tom de voz era firme, porém suave, transmitindo uma autoridade serena.

A repórter assentiu, em concordância, e agradeceu à Eloise antes de encerrar a entrevista. Eu não pude deixar de me sentir ainda mais impressionada e satisfeita ao vê-la defender minha posição em rede nacional. Seu instinto protetor deixava-me cada dia mais envolvida por ela.

Maldita policial.

— Estamos chegando, senhora Collins.

Com cuidado, arrumei o sobretudo preto e depositei os óculos escuros em meu rosto, para, em seguida, capturar os pertences que estavam no banco ao lado. O Rolls-Royce parou diante do Tribunal Thurgood Marshall, recebendo os olhares curiosos de todos os fotógrafos e jornalistas presentes naquela ocasião. Alguns policiais se aproximaram do veículo, criando uma barreira para que eu pudesse sair sem qualquer tumulto.

— Maya Collins!

— Acha que seu marido será condenado?

— Ainda pretende continuar casada com ele?

Uma onda de flashes banhou meu corpo no momento em que pisei fora do carro. O ruído das câmeras e dos repórteres era perturbador. A queda de Christopher era um espetáculo público, com centenas de pessoas testemunhando o desfecho que eu havia planejado meticulosamente ao longo de muitos anos. E embora nenhum deles soubesse que eu era uma das arquitetas por trás de tudo, isso não diminuía o delicioso sabor de vitória que preenchia cada fibra do meu ser naquele instante.

— Por aqui, senhora — indicou o policial.

Com a cabeça erguida, fui conduzida, entre a multidão de pessoas, pelas escadarias, até o interior do tribunal.

— Eu sabia que era você chegando — Sofia afirmou ao se aproximar.

Trocamos um breve cumprimento, sem qualquer demonstração de expectativa ou animação. Precisava manter a postura de esposa enganada e traída.

— Está uma loucura lá fora, quase não consegui entrar.

— Todos querem um posicionamento, Rainha. A derrota do Rei é o assunto do momento.

— Espero que seja por muito tempo — sussurrei, fazendo-a rir baixinho. — Você viu Eloise?

— Sim, ela estava aqui comigo há alguns minutos, mas foi chamada pelo tenente do departamento. Algum problema?

— Não, eu só queria vê-la.

— Por Deus! Não passaram essa noite juntas?

— Sim, mas...

— Você, no modo apaixonada, é um problema.

— Fica quieta! — retruquei, observando todos à nossa volta.

O interior do tribunal estava movimentado. Alguns rostos eram conhecidos: funcionários antigos e outros que ainda tinham seus cargos, assim como a equipe de defesa montada especialmente para aquele momento. Muitos deles pareciam genuinamente acreditar na inocência de Collins, enquanto outros fingiam apoio para proteger seus interesses financeiros. E havia também aqueles que conheciam bem a verdadeira extensão de sua culpa. Christopher nunca foi um homem ingênuo, tampouco íntegro, e quem o conhecia mais a fundo, estava ciente de todos os métodos utilizados para se manter no auge dos negócios.

O caminho até a primeira fila foi regado por olhares curiosos e outros claramente hostis. Após me recusar a participar do discurso inventado para a defesa de Christopher, fui excluída da equipe, sendo rotulada como uma esposa ingrata. Não era algo que me abalava, na verdade, sentia-me aliviada. Tomei meu lugar ao lado de Sofia, observando impacientemente a chegada de outras pessoas. Por mais que eu tentasse controlar minhas emoções, a ansiedade me consumia por inteiro. Imaginar que, após aquela manhã, minha vida tomaria um rumo totalmente diferente me enchia de medo. Vingar-me de Christopher foi, por muitos anos, o grande plano da minha vida, mas todo o rancor e o sofrimento nunca me permitiram considerar como as coisas seriam após a conclusão daquele feito. Quer dizer, não até a chegada dela.

— Veja só quem chegou...

Mesmo de longe, pude notar seu olhar em minha direção. Eloise curvou os lábios em um sorriso cúmplice, antes de ocupar seu lugar ao lado de outros policiais. Na frente de todos, mantínhamos um contato estritamente profissional, sem qualquer tipo de interação, diferentemente do que acontecia entre quatro paredes. Era excitante e animadora a ideia de estar ao seu lado quando todos ao redor nem sequer imaginavam.

— Quer um babador? — Sofia zombou, fazendo-me revirar os olhos.

No instante em que eu estava prestes a responder, fomos interrompidas pelo oficial de justiça, anunciando a chegada do juiz. Um silêncio pairou sobre a sala, enquanto todos se posicionavam em seus lugares. Sentir aquele frio percorrer minha nuca, só de pensar em vê-lo novamente, foi um lembrete de como esperei por aquele momento.

Christopher adentrou o tribunal, escoltado por uma equipe de policiais, e se dirigiu ao seu lugar, ao lado do advogado de defesa. Seu olhar intenso e diabólico pousou sobre mim, trazendo aquele maldito frio na barriga. Estava mudado, uma transformação quase chocante. Não havia mais vestígios do poderoso magnata do petróleo. No lugar de seus ternos importados, ele vestia um uniforme alaranjado de tamanho exagerado, com o número estampado em seu peito – seu novo nome, sua nova identidade. Seus cabelos mais curtos denotavam os efeitos do tratamento que havia recebido nas mãos dos oficiais, em sua nova "residência". As olheiras profundas e seu corpo visivelmente magro eram a prova clara de que, finalmente, estava recebendo o tratamento que merecia. E nada poderia me deixar mais feliz e satisfeita do que ter a oportunidade de presenciar aquele momento.

A audiência teve início, e o promotor iniciou sua argumentação de acusação, apresentando ao júri e ao juiz todas as evidências e os pontos que sustentavam a culpa de Collins. Sua voz ecoou pelo tribunal com firmeza:

— Senhoras e senhores do júri, as provas são claras e contundentes — declarou o promotor, respaldando-se em imagens e documentos. — Christopher Collins não é mais um mero suspeito, mas, sim, um criminoso que, deliberadamente, burlou nossas leis. Temos documentos que comprovam a criação da Indústrias Turner, uma fachada que serviu apenas para extorquir dinheiro de um homem, agora falecido pelas mãos do réu que se encontra diante de nós.

Sofia segurou na minha mão, em um gesto de apoio, mas, pela primeira vez, relembrar a história de Charlie não me trouxe um sentimento negativo. Era evidente que sempre sentiria saudade, afinal ninguém poderia preencher o vazio que sua ausência deixou. No entanto, naquele momento, tudo que eu carregava era a sensação de dever cumprido.

— Charlie Cooper foi assassinado há mais de cinco anos, e o caso foi arquivado. Mas por quê? Porque Christopher soube escolher as pessoas certas para protegê-lo. Brandon James, que era tenente da polícia de Nova Iorque na época, foi cúmplice! Ele utilizou métodos ilegais para encobrir o caso Cooper. Isso é uma falha grave em nosso sistema, Meritíssimo. No entanto, graças à investigação de uma policial, que foi recentemente retirada do caso do roubo da Collins Enterprise pelo mesmo comissário, que agora está preso, temos evidências que mostram quem é realmente o culpado. Eu gostaria de chamar a testemunha de acusação, Eloise Green.

Eloise avançou lentamente em direção à área de testemunhas, sendo conduzida por um dos oficiais com cuidado. Era evidente que este era um dos momentos mais difíceis para a policial. Eu sabia que sua escolha de permanecer ao meu lado não era, de forma alguma, a mais fácil ou vantajosa. Eloise tinha uma carreira promissora e uma vida a ser construída, que agora estava sendo interrompida. Eu sabia que era egoísta por mantê-la ao meu lado, mas o medo de perdê-la superava qualquer racionalidade. Enquanto aguardava ansiosamente seu depoimento, uma parte de mim desejava que ela nunca tivesse se envolvido em toda essa confusão. Mas, ao mesmo tempo, eu sabia que não poderia ter feito isso sem ela ao meu lado.

— Eloise Green, você jura dizer a verdade, somente a verdade?

— Sim, meritíssimo. Juro dizer somente a verdade.

— Consegue dizer a verdade, Green? Mente igual àquela vagabunda da minha esposa! — Collins gritou.

— Silêncio! Mais respeito no meu tribunal, senhor Collins!

— Ela vai mentir! Não percebem? Está sendo cúmplice de Maya.

O murmúrio se espalhou pela sala do tribunal, enquanto os presentes digeriam a declaração do réu. O advogado de Christopher se aproximou, em uma tentativa de acalmá-lo, antes que tudo estivesse perdido. *Ele realmente acreditava na possibilidade de ele ser inocentado? Por Deus!*

Após comentar sobre o comportamento deplorável de Collins, o promotor se aproximou de Eloise, pedindo que ela relatasse como havia reunido todas as provas contra Christopher. E com uma calma impressionante, ela começou a narrar os fatos. Iniciou seu discurso dizendo que o próprio Christopher despertou diversas interrogações em sua mente e que, desde o início, sentiu que o homem guardava mais segredos do que gostaríamos de aceitar. Mas que, após presenciar uma briga no interior da Collins Enterprise, com seu antigo sócio e cúmplice, Heitor Martinez, ela conseguiu extrair informações que sugeriam conduta criminosa por parte do empresário. A partir desse ponto, sua investigação ganhou mais um foco, direcionando-se a descobrir os segredos ocultos pelo magnata do petróleo. O promotor cuidava de, a todo instante, seguir o roteiro ensaiado, para que o discurso de Eloise fosse preciso, atraindo, assim, a atenção do júri para o seu lado.

— O que pode nos dizer sobre as indústrias Turner?

— Temos provas de que Christopher criou as Indústrias Turner com a promessa de uma parceria lucrativa com Charlie Cooper. No entanto, o verdadeiro propósito por trás dessa iniciativa era desviar os fundos de um contrato bilionário. Esse contrato foi responsável pelo início da queda da Cooper Enterprises. Embora haja evidências fotográficas, registros de endereço e documentos que confirmem a falência das Indústrias Turner há anos, Christopher conseguiu habilmente encobrir esses fatos para manter Charlie na ilusão de que a empresa estava prosperando. E com a confiança que o empresário tinha em Collins, não se permitiu averiguar os fatos.

— E como encontrou todas essas provas?

— Na casa de Heitor. Depois que encontramos uma conta na Suíça em seu nome, conseguimos uma ordem de busca e apreensão. Não recebemos tudo completo, fiz uma investigação mais a fundo para concluir toda situação.

— Foi nesse período que encontrou o vídeo do assassinato do senhor Cooper?

Aquela pergunta desviou os olhos de Eloise em minha direção por uma fração de segundos. Eu suspirei e assenti sutilmente, em um sinal de que tudo estava bem.

— Não, no primeiro instante consegui os documentos. Com eles, pude estruturar minha investigação e, assim, encontrei lugares frequentados por eles. Lá, eu consegui novas provas. Os documentos que evidenciam a sociedade com a Cooper Enterprise, os extratos bancários, mostrando retiradas de dinheiro suspeitas, e até mesmo um vídeo que captura o momento exato em que Charlie foi assassinado — disse ela, em um tom firme e tranquilo.

— Por que acha que Heitor guardou tudo isso? — O promotor se aproximou, fazendo com que ela se movesse sutilmente em sua cadeira.

— Acredito que Heitor sabia exatamente com quem estava lidando e, por isso, deixou todo esse material guardado, como uma maneira de se proteger.

— Protesto, meritíssimo! O promotor está incitando opiniões pessoais da testemunha! — alertou o advogado de defesa, atraindo o olhar de todos ao redor.

Christopher estava ao seu lado, e sua expressão era uma mistura de inquietude e fúria. Cada palavra proferida por Eloise parecia ser um golpe em seu ego, e eu conhecia o suficiente para perceber que ele estava lutando para não explodir de raiva ali mesmo. Seus movimentos de cabeça, em negação, ecoavam sua frustração, enquanto ele tentava manter a compostura.

Os murmúrios na sala se intensificaram, forçando o juiz a intervir, batendo com o martelo para restabelecer a ordem. O depoimento de Eloise atingiu o alvo com precisão, encaminhando Collins para a inevitável queda. Não havia como escapar das acusações que o cercavam.

— Senhores do Júri, não há escapatória para este homem. Um cidadão respeitável perdeu a vida nas mãos dele, vítima da ganância desmedida por poder! E ao longo dos anos, ele foi protegido por agentes da lei corruptos! Primeiro, o comissário, e mais recentemente por uma policial, que foi completamente afastada do Departamento. Christopher carrega sobre si acusações de fraude, roubo e assassinato. E para aqueles que não estão cientes, a fraude continuou acontecendo.

— O quê?! — A reação exaltada de Christopher trouxe um lampejo de alívio no meio daquela tensão. Eloise talvez não tenha sido tão precisa quanto aos eventos anteriores, mas suas palavras estavam longe de serem mentiras descabidas. As provas eram reais, embora não tivessem sido obtidas da maneira mais íntegra, pelo menos, não aos olhos da justiça. Isso marcava uma diferença significativa do que o júri e todos os presentes ouviriam dali em diante.

— O que o senhor quer dizer com isso, promotor? — perguntou o juiz.

— Meritíssimo, temos provas de que o réu forjou um roubo bilionário em seu próprio sistema.

— Protesto! Isso é um absurdo! — John exclamou, exaltado.

— Ordem! Ordem no tribunal. Protesto negado! — declarou o juiz, enquanto o advogado de defesa bufava, incrédulo.

— Conte para eles, Agente Green — instigou o advogado de acusação, dirigindo-se à Eloise, que assentiu com seriedade.

— A maior parte do dinheiro retirado da Collins Enterprise desapareceu — começou ela, dando uma breve pausa e suspirando sutilmente. — No entanto, uma parte do valor retirado no último roubo foi rastreada até uma conta no exterior, registrada em nome de Christopher Richard Collins. Todos os dados se encaixam perfeitamente, e o sistema comprova a transferência para essa conta.

— Alguém poderia ter feito isso, Meritíssimo. Acusar meu cliente com base em provas tão frágeis é totalmente inviável — protestou John.

— Temos a assinatura dele, além do vídeo das câmeras de segurança da Collins Enterprise, que mostram a retirada do dinheiro do computador usado no último roubo — respondeu o promotor.

John, assim como Collins, franziram o cenho, desacreditados. O último roubo aconteceu no mesmo dia em que a Collins Enterprise foi invadida por manifestantes ambientalistas.

— Foi ela! — Christopher sussurrou para seu advogado, antes de me lançar um olhar furioso.

E pela primeira vez, naquele dia, eu o sustentei, com a melhor expressão que poderia oferecer. Um sorriso malicioso enfeitou meus lábios, fazendo com que seu peito subisse e descesse, em uma respiração descompassada.

— Isso está fora de cogitação, eu estava lá! E ele não roubou! — exclamou John.

— Prove — retrucou o promotor com superioridade. — Porque Eloise Green tem provas concretas de que seu cliente cometeu essa fraude, não é, agente Green?

— Sim — afirmou ela. — Com a ajuda da minha equipe policial, conseguimos acessar o sistema e recolher as informações necessárias, como o horário da retirada, o destino da transferência e o endereço da máquina que cometeu a violação. Notamos que o roubo partiu do computador de Christopher, mesmo com a tentativa de mascarar o endereço IP — a voz de Eloise soou como música para meus ouvidos.

De repente, aquelas palavras me levaram até o exato instante de nossa última jogada.

Dia da queda do Rei

— Liberem as câmeras, eu quero que gravem tudo. Atrasem o horário, preciso que tudo ocorra no momento exato da transferência.

— *Estamos controlando isso, Rainha. O tempo está em nossas mãos agora* — respondeu Madson, enquanto alterava o relógio de gravação das câmeras.

O sistema interno da Collins Enterprise voltou ao normal no exato instante em que ele invadiu as escadas de incêndio, seguindo em direção à sua sala. Naquele instante, as câmeras de segurança registravam cada passo do Rei para sua derrocada. Sofia e Madson continuavam a alterar os códigos e numerações necessárias, para que tudo ocorresse de acordo com o plano traçado por Maya.

— *Ele acabou de entrar na sala dele.*

— *Sua transferência foi feita às 10h13. Mesmo que ele tente mexer em alguma coisa no sistema, estará impossibilitado. Deixei o sistema do computador totalmente congelado* — Madson sussurrou.

— O tempo é meu. Liberem as câmeras. Voltamos para o momento do roubo — ordenei.

A alteração no horário das câmeras começou a ser feita. Para todos os efeitos, Collins estaria fazendo uso do computador no horário exato do roubo bilionário.

— *Parece que alguém está encrencado* — cantarolou Madson animadamente, fazendo-me sorrir.

— Cortem as câmeras novamente, salvem os dados. E as deixem paradas daqui em diante, só precisamos desse material.

— *Entendido!*

— Agente, na escuta?

— *Na escuta, Rainha* — respondeu Eloise.

— É sua vez de entrar em ação.

— *Deixe comigo.*

Julgamento

— Isso é mentira! Estão armando contra mim. Essa policial é uma farsa! — Christopher exclamou, exaltado. — Isso é culpa sua! — Collins levantou-se de maneira alvoroçada. Seus olhos faiscavam de raiva, enquanto ele partia em minha direção.

Os policiais presentes agiram rapidamente, interceptando-o antes que pudesse chegar perto de mim. Os murmúrios de todos ao redor tornavam a situação ainda mais tensa.

— Vagabunda! Você vai pagar caro por isso! — gritou a plenos pulmões, enquanto era arrastado pelos policiais.

Encarei-o com a expressão mais amedrontada que poderia fingir, como se estivesse genuinamente surpresa com a súbita explosão de raiva. Aos olhos dos presentes, Collins parecia ser apenas um homem descontrolado, enquanto eu, a esposa inocente e indefesa diante de suas acusações injustas.

Imbecil.

— Você está bem? — Sofia indagou, entrando naquele teatro.

— Eu não sei por que ele está fazendo isso comigo.

— Eu vou matar você!

— Ordem! Tirem o réu da sala imediatamente!

Christopher foi arrastado pelos policiais, que se esforçavam para contê-lo, enquanto todos ao redor testemunhavam a cena. Naquele momento, Collins havia acabado de assinar sua carta de condenação, trazendo-me um alívio quase imediato. O juiz daquela audiência concedeu uma pausa momentânea para que os ânimos fossem acalmados, fazendo com que todos deixassem seus lugares, em busca de ar.

De longe, lancei um breve olhar para Eloise, que retribuiu com um pequeno sorriso. Não ousamos nos aproximar, não diante de todas aquelas pessoas. Tínhamos um plano a ser finalizado e não poderíamos falhar agora. Permaneci ao lado de Sofia, mesmo quando meus olhos, vez ou outra, pousavam sobre ela.

O tempo naquele tribunal parecia se arrastar. Encarei os ponteiros do relógio, e eles pareciam se mover preguiçosamente em direção ao momento que tanto esperei. A sensação de euforia, misturada ao nervosismo, deixava-me à flor da pele. Era como se finalmente estivesse enxergando a linha de chegada após uma longa e cansativa corrida.

— Acho que é agora — murmurou Sofia.

Collins voltou à sala do tribunal com os punhos algemados, escoltado por dois policiais, que o conduziram até seu assento. Assim que o juiz e o júri retomaram seus lugares, o julgamento prosseguiu. Os olhares dos jurados permaneciam fixos em Christopher, enquanto ele parecia imerso em seus próprios pensamentos. Os policiais permaneceram vigilantes ao seu redor, ao mesmo tempo que o advogado de defesa se preparava para sua argumentação. Foram horas de um embate de provas e suposições que levavam as pessoas a se questionarem sobre tudo e todos.

Eu respirei fundo, enchendo meus pulmões com todo o oxigênio que podia reunir, numa tentativa desesperada de manter a calma diante de toda aquela ansiedade. O balançar incessante da minha perna era um sinal claro daquilo. Por mais que tudo estivesse indo como planejado, o sentimento de medo ainda me preenchia o peito, como se as coisas não fossem se resolver tão facilmente para mim.

Talvez, em outro momento, aquele sentimento não me assustasse. Imaginar a ideia de ser presa ou morrer, quando tudo que eu tinha era o desejo de cumprir o meu plano, não me abalava. Mas, agora, com a possibilidade de ter uma vida tranquila e em paz, ao lado de pessoas que amo, poderia ser pior do que imaginava. Ter esperança e amor pelas pessoas me tornava fraca.

Depois de poucos minutos de uma nova pausa, o senhor de mais idade sentou-se novamente diante de todos, com o tão esperado veredito. Os murmúrios cessaram gradativamente, enquanto ele desandava a pronunciar um discurso que antecederia o fim. Naquele momento, fui atingida por um turbilhão de memórias que me levaram até aquele momento, uma sequência de acontecimentos que mudaram todo o destino da minha vida: meus últimos minutos ao lado de Charlie, os momentos em que estive mergulhada em uma depressão profunda, assim como o momento em que decidi que me vingaria, até o primeiro encontro com o Rei. Foram longos anos friamente calculados até a chegada daquele momento, e ele, enfim, estava acontecendo. Eu sentiria o sabor delicioso da vitória.

O plano de uma vida seria concluído.

Charlie Cooper seria vingado.

O juiz, em um tom de voz firme, iniciou a leitura da sentença para que todos pudessem ouvir:

— O tribunal do júri, reconhecendo a existência do crime de fraude, estelionato, homicídio e supressão de documento, declara o réu culpado. Desta maneira, segundo a dosimetria prevista em lei, declaro que Christopher Richard Collins passará cinquenta e dois anos na penitenciária de Downstate, em cumprimento de sentença condenatória em regime fechado.

Esforcei-me para conter o sorriso de satisfação ao ouvir o veredito que o condenava. Era como se cada peça colocada no tabuleiro finalmente se encaixasse com perfeição. Cada palavra proferida pelo juiz era como uma doce melodia aos meus ouvidos, trazendo aquela sensação triunfante de poder. Meus olhos encontraram os de Christopher, capturando a expressão de descrença e desespero que se espalhava por seu rosto. Ele baixou a cabeça, e suas mãos se fecharam em punhos, enquanto o som do martelo do juiz preenchia a sala. Cada batida era como um acorde, marcando o destino cruel que ele merecia, um destino que eu mesma tracei.

Em um sinal de desespero, Christopher ergueu a cabeça, e seus olhos agora queimavam, em uma mistura de raiva e descontrole. Suas mãos, antes cerradas com firmeza, começaram a tremer violentamente, enquanto o suor escorria por sua testa.

– Não, isso não pode estar acontecendo...

Sua descrença me deixava ainda mais satisfeita. Mantive o olhar fixo em sua direção, aproveitando cada segundo da imagem que guardaria por toda minha vida.

– Ela deveria estar sendo presa! – gritou. – Ela me roubou!

Os olhares curiosos ao redor me fizeram esboçar uma expressão de surpresa fingida. Encarei Christopher com uma mistura de mágoa e incredulidade pintada em meu rosto, enquanto, por dentro, saboreava o doce sabor da vingança alcançada.

– Será que não conseguem ver? Ela está armando contra mim! Ela conheceu Charlie! Está se vingando!

Os policiais se aproximaram dele, puxando-o com força.

– Me soltem! Inferno. Ela e aquela policial são culpadas! – os gritos desesperados de Christopher diminuíam gradualmente, à medida que era levado. Seus olhos enfurecidos me encaravam com intensidade, como se tentassem gravar cada mínimo detalhe do meu rosto na memória.

Em resposta, ofereci um sorriso vitorioso, em um gesto breve, porém carregado de superioridade. Era essa imagem que eu desejava que ele carregasse consigo durante todos os seus dias na prisão. O retrato perfeito da minha vitória, imortalizado em seus pensamentos como uma lembrança constante do preço de ter entrado no meu caminho. E foi aquela imagem que teve antes das portas se fecharem entre nós.

– Senhora Collins, é melhor ir para casa – a voz de Eloise soou ao fundo, arrancando-me daquele contato.

– Claro, detetive. Eu não quero mais ficar aqui – respondi com pesar.

CAPÍTULO #26

VITÓRIA

Assim que as portas do tribunal de Thurgood Marshall se abriram, fui banhada por uma onda de flashes que competiam pelo melhor ângulo. Naquele momento, o país inteiro ansiava por qualquer informação privilegiada sobre a sentença do Bilionário do Petróleo, transformando a disputa entre repórteres e jornalistas em um espetáculo quase brutal.

— O que vai acontecer agora que seu marido foi condenado? Você assumirá os negócios?

— Acredita mesmo que seu marido é culpado por tudo?

— Senhora Collins, você pedirá o divórcio?

– Se afastem, deixem ela passar! – exclamou um dos policiais, enquanto os outros me escoltavam em direção ao Rolls-Royce à frente.

Arrumei os óculos escuros em meu rosto, enquanto o clarão das máquinas fotográficas ainda estava em minha direção.

— Maya, você será a nova presidente da Collins Enterprise?

– Ela não tem nada a declarar, respeitem o momento! – Sofia respondeu com firmeza, antes de entrarmos no carro.

Os vidros escuros impediam que os jornalistas tivessem acesso ao interior do veículo, nos deixando à vontade para expressarmos nossa verdadeira reação.

– Está famosa, senhora Collins – ela brincou.

– Famosa por ser mulher de um criminoso. Poderia ser famosa por ter colocado ele lá.

– Maya! — Sofia me repreendeu assim que o motorista ocupou seu lugar no banco.

– Nos leve para casa, Carlos.

– Sim, senhora.

O interior da mansão Collins agora tinha um novo ar. Caminhar pelos corredores com a certeza de que, em breve, nada daquilo estaria na minha vida, fazia com que me sentisse estranhamente em paz. O silêncio que pairava ali era quase ensurdecedor, contrastando com o tumulto do lado de fora das paredes imponentes da mansão. Sentei-me em uma poltrona, deixando-me envolver pela tranquilidade momentânea. Fechei os olhos por um instante, permitindo-me saborear a calmaria que há tanto tempo me escapava. Era como se estivesse prestes a deixar para trás todo um mundo de caos e desespero, abrindo caminho para uma nova fase de minha vida.

A voz de Sofia interrompeu meus devaneios, trazendo-me de volta à realidade. Ela se aproximou, com um olhar de preocupação nos olhos.

– Está tudo bem?

– Está. Só estava processando tudo isso.

Ela assentiu compreensivamente.

– Parece algo inacreditável, não é? Chegamos ao final.

– Sim! Nós conseguimos, Sofia – afirmei, incrédula. – Eu nem sei o que estou sentindo. Uma espécie de alívio, alegria e, ao mesmo tempo, saudade dele.

– Eu também sinto, todos os dias, mas sei que ele está feliz por termos uma à outra. – Ela se abaixou, ficando à minha altura, permitindo-me encarar seus olhos amorosos.

Ninguém jamais poderia compreender a ligação profunda que compartilhávamos. Sofia e eu éramos o claro reflexo da salvação mútua. Quando tudo parecia desmoronar ao nosso redor, nos encontramos e nos unimos como irmãs, em um amor sincero e fraternal que nos sustentaria. Sabíamos que nada nem ninguém poderia nos separar. Se houvesse, de fato, outra vida, eu só desejava que fôssemos irmãs outra vez.

– Obrigada por não ter desistido de mim. Eu realmente não sei o que seria de mim sem você, Sofia Cooper.

– Estarei ao seu lado pra sempre, lembra?

– Eu também estarei do seu – disse, antes de puxá-la para um abraço apertado.

Nós nos soltamos assim que o seu celular começou a tocar. Ela sorriu em minha direção, antes de virar a tela do aparelho com o nome de Eloise.

– Sua amada chegou.

Não pude conter o sorriso que se formou nos meus lábios, fazendo com que minha irmã revirasse os olhos.

– Honestamente, vê-la tão apaixonada assim era uma das últimas coisas que pensei que aconteceria no meio de toda aquela confusão! – Sofia ergueu o corpo, e eu prontamente fiz o mesmo.

Havíamos marcado uma pequena comemoração após o julgamento. Afinal, todo trabalho precisava ser recompensado de alguma maneira.

– Vem, vamos. Temos um espumante para estourar.

Por mais perigosa que fosse a ideia de comemorar na mansão Collins, aquele ainda era o meu lugar escolhido, como um símbolo de encerramento de ciclo. Estava decidida a me mudar dali e começar uma nova vida, longe de tudo que me remetesse ao passado. Mas, antes, me permitiria aproveitar os últimos momentos da minha festa de vitória.

Recebemos um banquete com os mais diversos tipos de comida e algumas boas garrafas de espumantes e vinhos. Sentamo-nos todas ao redor de uma mesa na área externa da casa, desfrutando da companhia uma da outra, enquanto conversávamos e nos deliciávamos com aquele momento, como se estivéssemos criando novas memórias para substituir as sombras do passado. Se no passado, alguém me falasse que Eloise estaria ao meu lado após tudo que a fiz passar, provavelmente eu não acreditaria. Mas, de alguma maneira, pude ter a sorte de receber uma segunda chance para provar que eu poderia ser diferente.

E por ela, eu seria.

— Eu não posso beber muito, ainda tenho que voltar à delegacia hoje — Eloise murmurou, enquanto eu depositava um beijo suave na curva de seu pescoço.

— Tem mesmo que ir? Queria comemorar só com você essa noite.

— Só comigo? — Ela ergueu as sobrancelhas, e um sorriso sugestivo nasceu em sua boca.

— Sim, preciso agradecer a coragem e o esforço que fez por mim hoje — disse, em um tom de voz mais envolvente. — Eu imagino como deve ter sido difícil para você ir contra tudo e todos por mim. Então, acho justo que seja recompensada. — Meus dedos deslizavam sutilmente pela linha de sua clavícula, em um carinho malicioso.

Eloise sorriu de canto. Sabia exatamente as minhas intenções e as adorava. Seus olhos se voltaram aos meus com um brilho e uma intensidade mais do que familiar.

— Acho que mereço esse agradecimento — disse, arrancando-me um sorriso.

Olhei brevemente ao redor, certificando-me de que ninguém prestava atenção em nós. Madson e Sofia também estavam mergulhadas em uma bolha muito particular. Aproximei-me um pouco mais dela e sussurrei em seu ouvido.

— Merece. E por isso, estou disposta a agradecer da maneira que você quiser.

Eloise soltou um suspiro pesado, e seus olhos se fecharam momentaneamente. Ela levou a taça de vinho até os lábios, tomando um gole generoso, em uma tentativa desesperada de manter o controle da situação.

— Maya...

— Sim?

— Eu não posso ficar, não faz isso comigo.

— Isso o quê? — minha pergunta veio acompanhada de uma carícia intensa em uma de suas coxas. Eloise as fechou com força, encarando-me fixamente, antes de interromper o caminho que minha mão faria.

— O que você quer? — perguntou baixinho.

Seus olhos verdes agora carregavam um tom mais intenso, e suas pupilas dilatadas e sua respiração levemente acelerada denunciavam o desejo que sentia. Observei cada mínimo detalhe de seu rosto irresistivelmente atraente, desde o movimento sutil de sua mandíbula até o contorno delineado de seus lábios, agora levemente umedecidos pelo álcool. *Policial infernal.*

— Quer mesmo ouvir, Green?

— Quero — sua resposta decidida me rendeu um arrepio por todo o corpo.

Por mais que eu tentasse manter o controle da situação na maioria das vezes, era quase impossível não me sentir diretamente afetada pela maneira como ela me correspondia. Respirei fundo, olhando mais uma vez para o casal de mulheres do outro lado da sala, antes de voltar meus olhos em direção à Eloise, ao meu lado, e me aproximei devagar, deixando que meus lábios roçassem suavemente em sua orelha.

– Eu quero que você se levante desse sofá e me leve até o quarto... – Fiz uma breve pausa, deixando que uma lufada de ar quente fosse de encontro à sua pele. – E me coma naquela cama até eu pedir pra parar.

A mulher fechou os olhos e, por puro instinto, cravou as unhas no estofado macio do sofá. Senti suas pernas se pressionando com firmeza, tentando conter o calor que se concentrava ali. Havia uma tensão pesada e prazerosa entre nós, acompanhada do desejo desmedido uma da outra. Eloise engoliu em seco e abriu os olhos em minha direção.

– Vem comigo – ordenou, ao se levantar.

Estendi a mão em sua direção, entregando um sorriso animado e provocante.

– Nós vamos dar uma volta – ela avisou, recebendo algumas piadas do casal do outro lado.

Dei de ombros, com um sorriso satisfeito, lançando uma breve piscadinha para as meninas ao fundo. Caminhamos, em um silêncio envolvente, pelos corredores até o quarto principal. De início, ela pareceu desconfortável com o ambiente, mas tão logo cuidei para que nada daquilo fosse um impedimento. Eloise sentou-se na beira da cama, enquanto me dirigi até o closet extenso do outro lado. Havia reservado uma surpresa especial em agradecimento, exatamente da maneira como ela gostava. De uma caixa vermelha na parte superior do armário, tirei uma lingerie francesa de renda preta, com cinta-liga, e de outra caixa, capturei um par de *louboutin* preto com solado vermelho-sangue. Um sorriso maldoso enfeitou meus lábios assim que observei as peças em meu corpo. Honestamente, eu não poderia me queixar de nada, carregava uma genética generosa, independentemente de quem quer que fosse.

– Temos pouco tempo – a voz de Eloise me despertou um sorriso.

Precisava cuidar de arrumar os últimos detalhes para, só assim, encontrá-la. Ao entrar no quarto, deparei-me com ela sentada sobre a cama, ainda vestida e com os pés descalços.

– Temos tempo suficiente – disse, atraindo sua atenção.

Seus olhos percorreram cada centímetro de minha pele, trazendo aquele calor por todo meu corpo. Um sorriso perverso nasceu em seus lábios, os quais umedeceu sutilmente, antes de se aproximar de mim em passos lentos, parando a poucos centímetros do meu corpo. Estávamos perto o suficiente para que eu sentisse o perfume emanado de sua pele macia.

– Gostou? – perguntei, provocante. – Comprei especialmente para você.

– Só pra mim?

– Sim, essa será sua recompensa, Green. – Com cuidado, desatei o nó do robe e o retirei por completo, exibindo a cinta-liga em minhas coxas e o objeto dourado reluzente preso em minha perna.

Eloise sorriu, maldosa, assim que seus olhos desceram até a pistola.

– Você capturou uma criminosa. O que fará a respeito disso? – Dei um passo à frente, repousando os braços ao redor de seu pescoço, obrigando seu corpo a se unir ao meu.

O contato de nossas peles, mesmo que por cima de algumas roupas, ainda me causava um tremor prazeroso. Senti as mãos de Eloise deslizarem pela minha cintura, apertando-me com desejo. Seus dedos desceram até minha bunda, contornando os detalhes da calcinha minúscula que eu havia escolhido especialmente para ela, antes de seguir até minha perna. Em um movimento rápido e firme, ela me virou de costas para si. O contato firme de seu peito contra minhas costas me arrancou um suspiro excitado e surpreso. Não demorou nada até que pudesse sentir a ponta de ferro gelada no meio de minhas costas. Com uma habilidade impressionante, ela havia me desarmado sem eu sequer notar.

– Você terá sua sentença, senhora Collins – ela sussurrou, fazendo com que sua respiração acariciasse minha nuca. – Foi tão imprudente – sua voz carregava desejo e uma pitada de perigo.

Seus lábios roçaram meu ouvido, enquanto suas mãos percorriam meu corpo, explorando cada curva com uma destreza que me deixava arrepiada. A sensação de vulnerabilidade, misturada ao calor que se alastrava por meu corpo, era quase viciante. Eu me sentia totalmente entregue, sem qualquer possibilidade de relutar.

– Mas é isso que me faz querer você ainda mais – ela murmurou, com sua voz rouca e carregada de luxúria.

Senti um arrepio percorrer minha espinha quando suas mãos me conduziram em direção à cama à nossa frente.

– Talvez o problema seja eu, não acha? – ela indagou.

Com agilidade, suas mãos alcançaram meus ombros, girando-me delicadamente para encará-la. Em uma ordem silenciosa, ela me obrigou a sentar na cama, sem cortar o olhar que nos mantinha conectadas. Sua postura firme e provocante deixava-me cada minuto mais hipnotizada. Talvez as taças de vinho não tenham causado efeito exclusivamente em Eloise, mas em mim também. Mesmo sem sequer ter sido tocada, sentia meu corpo inteiro vibrar, ao mesmo tempo que aquele calor aumentava no meio de minhas pernas.

– Talvez você não seja tão boazinha como todos acham – minha resposta trouxe um sorriso diabólico para os lábios dela.

– Acha que não sou? – sua pergunta veio acompanhada do movimento lento da pistola dourada sobre meu busto. Deslizou o objeto frio pela linha da minha clavícula, descendo pela curvatura de meus seios, agora apertados no sutiã preto.

Engoli em seco, sentindo minha boceta pulsar com toda a tensão que nos envolvia. Observei-a movimentar a arma sobre minha pele com atenção, até sentir sua mão segurar meu rosto com um pouco mais de firmeza, obrigando-me a fitá-la. Senti o toque gélido da pistola na linha do meu maxilar até alcançar meu lábio inferior. A cena parecia hipnotizá-la, pois seus olhos assistiam com atenção, derretendo-se em um tesão quase incontrolável. Eloise sabia como conduzir aquela situação, mas eu sabia exatamente como dominá-la. Segurei firme em seu punho, me inclinei para frente bem devagar e, sem cortar o nosso contato visual, deslizei a língua lentamente do início ao fim do cano da pistola dourada.

– Filha da puta – xingou em um sussurro.

– E se ainda posso responder, você não é, mas eu sou muito pior do que você.

Um riso malicioso escapou de seus lábios, enquanto ela se afastava, por um momento, para colocar minha arma sobre o aparador, ao lado de suas coisas. Em seguida, retornou ao meu encontro, pousando uma de suas mãos macias na curva do meu pescoço. Os dedos de Eloise subiram por minha nuca, infiltrando-se em meus cabelos, e ela os apertou com mais firmeza, tornando quase impossível a ideia de conter o gemido que se alojou em minha garganta. Minha respiração acelerou no instante preciso em que seus lábios começaram a desenhar um caminho ardente pela pele do meu pescoço, descendo com uma intenção clara, até alcançarem meus seios, induzindo-me a me deitar na cama para aproveitar tudo o que ela desejava me oferecer. Com destreza, acomodei-me melhor na maciez dos lençóis, recebendo Eloise sobre mim. Ela se posicionou sobre meu quadril, apoiando-se nos joelhos sobre o colchão, antes de erguer meus braços até acima da minha cabeça.

– Eloise...

– Quieta, senhora Collins. Agora, precisa lidar com as consequências dos seus atos – ela disse, antes de permitir que eu me deliciasse com tudo que ela poderia me oferecer naquela noite.

Nossas respirações ofegantes se misturavam com a proximidade. Um sorriso pequeno brotou nos meus lábios, antes de depositar um beijo leve nos dela e recostar minha cabeça em seu peito. Seu braço me envolveu naturalmente, criando um abraço reconfortante.

– Eu não tenho forças para sair desta cama. Como vou trabalhar dessa maneira? – Um riso baixo escapou de seus lábios, acompanhado por um leve aceno de cabeça, enquanto acariciava sua barriga com as pontas dos dedos, como se estivesse fazendo pequenos desenhos em sua pele.

– Não vá, fique comigo a noite inteira.

– Era tudo que eu mais queria, mas infelizmente eu não posso, meu amor.

Ergui e a cabeça e encarei seus olhos, tentando conter o sorriso idiota que se formava em minha boca. Por Deus, me relacionar sentimentalmente com Eloise era provar para mim mesma que não tinha maturidade suficiente para lidar com minhas próprias emoções. O simples fato de ser tratada com carinho me causava borboletas no estômago.

– O que houve? – perguntou, com uma das sobrancelhas arqueadas.

– Você me chamando de "meu amor".

– Não gosta?

— Eu adoro, só não estava esperando... — disse, envergonhada.

— Ao contrário de você, eu não tenho vergonha.

— Eu não tenho vergonha! — Menti. — Só não tenho costume. Quer dizer... nunca chamei alguém assim com sentimentos reais. Você foi a primeira.

Ela ergueu uma das sobrancelhas novamente, em uma expressão desconfiada.

— Nunca se apaixonou, senhora Collins?

Remexi-me sutilmente, um pouco desconcertada por compartilhar aquelas informações. Afinal, não era comum uma mulher perto de seus trinta anos não ter tido qualquer relacionamento sério de verdade, não é?

— Não, essa é a primeira vez. Acho que nunca me permiti ter experiências comuns. Estava tão focada em encontrar meu lugar no mundo e depois em me vingar de Christopher, que isso se tornou um segundo plano.

— Como o quê? — ela perguntou, tranquilamente, enquanto acariciava minhas costas devagar.

Repousei minha cabeça em seu peito novamente, tentando interromper o contato direto de nossos olhares.

— Ah, uma vida normal. Eu tive muitos privilégios me casando com Christopher, isso eu não posso negar. Fui aos melhores lugares do mundo, tive as melhores roupas e objetos de luxo, mas nada daquilo era real pra mim, entende? Tudo não passava de um tormento diário. Hoje, consigo ver nitidamente que perdi muitos anos e experiências reais da minha vida por ódio e rancor — confessei, um tanto melancólica.

Eloise suspirou e gentilmente levou uma das mãos ao meu rosto, fazendo com que eu a encarasse.

— Ou porque você estava esperando eu chegar — brincou.

Revirei os olhos em tom de brincadeira, fazendo com que ela se aproximasse para me beijar. Eloise fixou seus olhos sobre mim, enquanto seus dedos deslizavam delicadamente por meus cabelos com carinho.

— Engraçadinha!

— Acha mesmo que seria bom com qualquer uma? Tinha que ser eu!

— Tinha? Se não chegasse logo, perderia o lugar, viu?

Eloise arqueou uma das sobrancelhas, com uma expressão enciumada que me fez rir.

— Posso saber para quem?

— Não, senhora — respondi, sorrindo.

— Maya...

— Eu estou brincando! — alertei, antes de erguer meu corpo para me sentar sobre o seu quadril.

Os olhos verdes de Eloise estreitaram-se em minha direção, como se estivesse me analisando. Ainda tinha uma expressão profundamente séria, mas havia um brilho travesso neles. Notava-se facilmente pela maneira como suas pupilas se moviam, ao me observar por inteiro.

— Acho bom!

— Não seja, boba. Você foi a única por quem me apaixonei. Acho que as loucuras que cometi por você foram provas disso, não é? – Inclinei-me para frente, debruçando-me sobre seu corpo, até que nossos rostos estivessem frente a frente.

O toque suave de suas mãos veio de encontro às minhas costas, em um carinho que me arrepiou por inteiro

– Acho que posso considerar como provas circunstanciais. Será que você se entregando a uma policial, como demonstração de amor, é suficiente? — o tom de voz cínico lhe rendeu uma mordida que a fez rir.

— Ai! Isso doeu! – A mulher franziu o cenho, tentando conter uma risada, enquanto acariciava a região levemente avermelhada em sua barriga.

— Você é um perigo.

— Não é a primeira vez que escuto isso — brinquei, antes de tomar seus lábios em um beijo.

Talvez eu nunca pudesse descrever o que seus beijos me provocavam. Diferentemente dos primeiros, agora seus lábios carregavam um sabor viciante de familiaridade e conforto, como se beijá-la fosse uma maneira de me sentir em paz.

– Gosto do seu lado romântico, Green.

– Não me faça ficar com vergonha – ela resmungou, desvencilhando-se dos meus braços.

Não contive a risada divertida que abandonou meus lábios com sua reação. Eu poderia ver as maçãs de seu rosto corarem violentamente.

– Não estou fazendo nada! Pare! – Continuei rindo. – Estou falando sério! Eu gosto.

– Você está zombando de mim – retrucou, defensiva. Sua testa estava franzida em uma careta engraçada. Aproximei-me mais dela, obrigando-a a me encarar, enquanto carregava uma expressão emburrada.

– Não estou zombando. Eu realmente gosto – afirmei carinhosamente. – Gosto de me sentir importante pra você, e não só de uma maneira sexual. Me faz sentir coisas que nunca pensei que sentiria, e isso me deixa estranhamente feliz.

– Deixa?

– Sim, muito! Eu sinto que nunca vou poder agradecer completamente tudo que você está fazendo por mim.

– Você não tem que me agradecer nada.

– Eu tenho. Hoje, você teve que mentir por mim naquele tribunal, e eu sei que isso vai contra tudo que prometeu no início da sua carreira, mas eu garanto que não vou permitir que passe por isso outra vez.

– Não pense nisso. Eu fiz uma escolha e não me arrependo dela. Eu escolhi esse sentimento, escolhi ser feliz ao seu lado. E se, pra isso, eu tiver que abrir mão de certos pensamentos nesse momento, eu farei. Eu quero você. Eu te amo, Maya – suas palavras tão certeiras me tomaram o ar.

– Eu também te amo.

CAPÍTULO #27

O FIM DO REINADO

Christopher Collins

— Entre logo, porra! – exclamou um dos policiais, impaciente.

Fechei os olhos, tentando conter a frustração diante do agente que me conduzia, mas fui empurrado com força para dentro do furgão da polícia. Os policiais, armados e prontos, algemaram meus punhos e me acomodaram no banco traseiro. Depois de ser sentenciado pela justiça, estava sendo transferido para a prisão de Downstate, na qual cumpriria cinquenta e dois anos de pena pelos meus crimes.

– Poderíamos estar em casa, mas temos que levar esse fodido para a prisão.

– Não reclame tanto, Bryan. Deixamos lá e voltamos para a cidade.

– Soube que é um empresário importante, veja só onde vai terminar a vida – zombou Bryan, enquanto se acomodava no banco do passageiro.

– Eu li sobre o caso dele. Há quem diga que a própria mulher o colocou atrás das grades, acredita? Fui olhar a foto dela e não duvidei de nada. Ela tem cara de quem acaba com a vida de um homem.

– Ela é uma gostosa, isso, sim. Eu adoraria tê-la pra mim – comentou, entre risadas debochadas. – Você deixa, não é, amigo? Agora, que vai morrer em uma cela, eu posso fazer o seu papel.

As vozes dos policiais ecoavam no fundo dos meus pensamentos, irritantes e inconvenientes, como buzinas estridentes em um trânsito infernal. Permaneci calado, imóvel, sem expressar qualquer tipo de reação. Não eram dois infelizes como esses que iriam me tirar do sério, não quando eu tinha algo muito maior para lidar:

Minha doce e perigosa Maya.

Não pude conter o sorriso que se formou em meus lábios quando a imaginei. Por mais que nossa relação tenha sido abalada nos últimos meses, pela interferência daquela policial maldita, eu sabia que poderíamos ficar bem. Afinal de contas, havíamos nascido um para o outro, e isso nunca iria mudar. Nem mesmo Eloise Green poderia reescrever aquela história.

– Cala a boca, Bryan! Quer perder o emprego? – o moreno indagou, receoso.

– Para esse fodido? Fala sério!

– Fica quieto, vamos resolver isso de uma vez.

– Você é um babaca! Vai dizer que não achou a mulher dele uma gostosa? Como será que ela deve ser na cama?

— Bryan... — alertou o motorista.

— Safada ou quietinha? — indagou, sarcástico, em meio a uma risada estrondosa. A voz soou um pouco mais firme e incômoda, interrompendo todas as minhas lembranças com Maya e trazendo outras não tão agradáveis assim.

Imaginar minha esposa nos braços de outro era, de longe, um dos meus piores pesadelos. E lembrar que Eloise Green a tocou dessa maneira foi o suficiente para me despertar. Eu não iria errar, não dessa vez.

O caminho transcorreu em calmaria. Bryan havia se acomodado no banco do passageiro, em uma tentativa de descansar. O som monótono do motor, que quebrava o silêncio da noite, foi acompanhado pelas batidas ritmadas de meus pés, seguido pelo assobio de uma melodia qualquer. O policial no banco da frente, que até então estava adormecido, despertou, irritado. Ele bateu com o cano da arma na grade que nos separava.

— Pare com isso! — rosnou, com um olhar de desdém.

Encarei-o por um momento, sem dizer nada, e continuei a pisar com força, aumentando a velocidade gradativamente, enquanto observava o painel do carro. Passava da primeira hora da madrugada, e o GPS indicava que estávamos longe do centro da cidade. O som constante das batidas começava a se tornar perturbador, deixando os agentes cada vez mais impacientes.

— O que esse filho da puta pensa que está fazendo?!

— Ele quer morrer antes de chegar à prisão!

Um sorriso largo e diabólico enfeitou meus lábios, enquanto continuava a pisar com toda força. Bryan, o policial com o temperamento mais explosivo, sacou a pistola e a apontou diretamente para mim, berrando ordens para que eu parasse.

— Pare com isso agora! — ele gritou, com a voz cheia de raiva e desespero.

O grito me obrigou a encará-lo outra vez, mas diferentemente do momento anterior, agora eu o fitava fixamente, sem piscar. Bryan não teve outra reação além de engolir em seco, enquanto me observava caminhar para o centro do furgão. Bati os pés pausadamente com mais força, enquanto chacoalhava as correntes presas em meus braços.

— Bryan? Mande-o parar, agora!

Bryan não respondeu, parecia perdido, quando ouviu a risada gutural que explodiu dentro de mim. De repente, um clarão preencheu a cabine, seguido por uma batida forte na lateral. O barulho metálico e o som do veículo deslizando pela estrada preencheram o ar, enquanto o furgão era impulsionado para o lado da rodovia. Fomos jogados de um lado para o outro, e os policiais tentavam desesperadamente manter o equilíbrio em meio à turbulência. A força do impacto me lançou contra a parede do furgão, fazendo-me grunhir de dor. Por um momento, tudo era caos, e o som dos gritos e do metal retorcido criavam uma cacofonia ensurdecedora. Quando a poeira baixou e a confusão se dissipou, o silêncio se abateu sobre o interior do furgão.

— Que merda foi essa?!

— Ligue o carro, ligue a porra do carro! — Bryan gritou, mas era tarde demais.

— Saiam do carro agora! — a voz de um homem soou de maneira estridente, seguido pelo instante em que a porta se abriu.

O motorista arregalou os olhos e puxou a pistola para atirar no desconhecido, mas foi rapidamente atingido no peito. Bryan foi puxado para fora do veículo e desarmado em seguida.

— Não! Me solte!

Com dificuldade, ergui meu corpo do chão do furgão, sentindo uma pontada aguda no canto da cabeça. O impacto da colisão causou alguns cortes na sobrancelha.

— Quem diabos são vocês? — Bryan gritou.

— Isso não importa. É melhor ficar quieto se quiser continuar vivo! Abra o furgão!

Suspirei, enquanto alongava o corpo. Sentia minhas costas doerem. O barulho do lado de fora indicava a movimentação na parte de trás do veículo. Após um estouro, as portas metálicas se abriram, dando a visão dos três homens encapuzados.

— Estão atrasados — murmurei, ao descer do carro, pisando na areia.

— Não façam isso, desgraçados! — exclamou Bryan, antes de receber um chute no estômago.

Com uma das ferramentas, o capanga cortou a corrente das minhas algemas, libertando meus braços. Observei os punhos marcados, sentindo uma leve dor nas áreas avermelhadas da minha pele, e caminhei lentamente até Bryan, deitado no chão empoeirado.

— O que devemos fazer com ele? — perguntou um dos capangas.

Observei brevemente ao redor, analisando a situação como um todo. Estávamos distantes de qualquer civilização possível, e isso era um ponto positivo. Voltei meu olhar para o capanga mais alto à minha frente, antes de pedir a pistola presa à sua cintura. Ele franziu o cenho de maneira confusa — talvez não confiasse em mim —, mas acabou entregando a arma sem questionar. Eu a recebi com um sorriso malicioso nos lábios, encarando o reflexo de meus olhos no metal prateado.

— Acho que você finalmente vai se calar — sussurrei, apreciando o terror nos olhos dele. — Isso é para você aprender que nunca terá a chance de tocar nela. — A adrenalina corria pelas minhas veias, e naquele momento, senti um poder indescritível. Eu estava de volta ao controle, e nada me impediria de seguir com meu plano. Nada nem ninguém.

— Não! Não!

— Me encontre no Inferno. — Puxei o gatilho duas vezes, trazendo o som dos disparos que ecoaram pelo campo aberto. O sangue tão logo começou a surgir, colorindo toda a areia ao redor do seu corpo.

— Levem o furgão pelo caminho indicado no GPS. O veículo está sendo rastreado, e não quero que seja encontrado antes do amanhecer, entenderam? — ordenei com firmeza.

– Sim, senhor. Tem certeza de que não há câmeras de segurança? – perguntou um dos capangas.

– Sim, meu advogado garantiu que um dos agentes internos me colocaria em um dos carros mais antigos. Apenas os novos possuem sistema de segurança – expliquei, serenamente. – Onde está o carro? Trouxe as roupas?

– Sim, está tudo aqui – respondeu o capanga.

O líder fez um breve sinal, e um dos comparsas se aproximou, com uma mala cheia e a chave de um carro.

– Perfeito. Procure John, ele está com seu pagamento. Espero que faça bom uso da quantia.

– Se precisar dos meus serviços outra vez, sabe como me encontrar – respondeu o capanga.

Peguei a maleta e as chaves das mãos do homem e me afastei.

– Não precisarei, posso terminar isso com as minhas próprias mãos.

O caminho pareceu breve, quase insignificante diante da ansiedade por aquele momento. Finalmente, eu a teria de volta. Maya estaria ao meu lado, como deveria ser. Pisei no acelerador, aumentando a velocidade pelas ruas de Nova Iorque, até chegar em casa. Com a autorização de um dos seguranças de confiança, os portões não demoraram a abrir.

– Ela está aí dentro? – perguntei com a voz baixa, mas firme.

– Sim, senhor. Está sozinha – respondeu o segurança, carregando um olhar receoso. – Quer que avise que o senhor está aqui?

Não pude conter a risada diante de sua pergunta.

– Não, eu quero fazer uma surpresa para minha esposa, Will. E quero que você vá para casa e chame os outros também.

Ele me encarou de maneira confusa e arregalou os olhos assim que depositei uma boa quantia de dinheiro em sua mão.

– Entendeu?

Ele nada respondeu, apenas assentiu freneticamente, antes de recuar alguns passos, para pegar sua mochila e se perder no portão afora. Estacionei o carro em minha vaga pessoal, como de costume, tirei todo material do porta-malas e adentrei a minha casa. Como era bom estar de volta.

– Lar, doce lar.

O silêncio me obrigava a ser extremamente cauteloso. Eu não queria acordar a fera antes do espetáculo final, não em meu grande retorno. Com passos lentos e precisos, atravessei a sala de estar, observando atentamente a desordem que reinava no ambiente. Garrafas, taças, roupas e almofadas estavam espalhadas pelo chão. Peguei uma das taças com um resquício de algo que julguei ser vinho tinto, notando a marca rosada de batom em sua borda, e por alguns instantes, me perguntei quem poderia tê-la usado, mas as possibilidades não me agradaram. A imagem de Maya nos braços de Eloise me atormentava profundamente, como uma espécie de tortura particular. Como ela ousou tocar em minha mulher enquanto trabalhava para mim? Apertei o objeto com certa força, sentindo-o trincar em minhas mãos, e o sangue quente escorreu entre meus dedos, fazendo-me largá-lo sobre o tapete felpudo e claro da sala. Talvez Maya não se importasse com algumas gotas de vinho e sangue, não é? Inspirei profundamente e caminhei em direção ao pequeno bar no canto da sala. Eu também merecia uma bebida.

– Você não devia ter feito isso comigo, querida. Fui um marido tão bom para você – murmurei, enquanto deslizava o polegar pela fotografia dela exposta em um porta-retratos. – Mas não se preocupe, acredito que todos merecem uma segunda chance, e eu vou garantir que você aproveite a sua ao meu lado. Nós nascemos um para o outro, meu bem. – Encarei seu rosto angelical, recordando todos os nossos momentos no interior daquela casa.

E por alguns segundos, aquela maldita sensação de traição correu por minhas veias, fazendo meu corpo inteiro estremecer. De repente, os olhos castanhos e intensos, antes apaixonados, transformaram-se em pedras frias e diabólicas, acompanhados de um sorriso perverso. Engoli até a última gota do álcool presente em meu copo, sentindo o líquido descer, ardente, por minha garganta, antes de erguer meu corpo da poltrona e caminhar em direção aos galões de gasolina deixados ao pé da escada. Havia conseguido como parte do plano final.

O líquido inflamável se espalhava pelo piso de madeira de lei, cobrindo cada canto por onde eu passava. Uma sensação de satisfação me invadiu, como se finalmente estivesse prestes a realizar meu maior desejo. Teria Maya exclusivamente para mim. Ninguém mais poderia tê-la, nem mesmo Eloise Green.

– Estou chegando, querida – murmurei, enquanto despejava o segundo galão de gasolina sobre os móveis e as cortinas da casa.

Peguei os dois galões restantes e avancei em direção aos outros cômodos da mansão. Enquanto espalhava a gasolina, minha mente fervilhava com pensamentos sobre a traição. Por quanto tempo Maya me traiu? Por quais lugares elas passaram? Quantos momentos íntimos ela compartilhou com Eloise, enquanto eu dormia, despreocupado? Todas aquelas dúvidas se repetiam em um mantra, fazendo com que aquela fúria crescesse dentro de mim. Eu poderia não saber aquelas respostas, mas tinha certeza de uma única coisa: Eloise nunca mais tocaria em um fio de cabelo de minha mulher.

Após esvaziar os galões de gasolina, retornei à sala principal, onde o cheiro penetrante de combustível permeava todo o ambiente. Um sorriso satisfeito adornou meus lábios, ao avistar dois pequenos objetos. Com passos decididos, me dirigi à escadaria e parei no primeiro degrau, lançando um olhar sobre o restante da casa, para me certificar de que tudo estava conforme planejado. Mergulhei a mão em um dos bolsos, retirando um pequeno isqueiro prateado que acendi brevemente. A chama vibrante dançava graciosamente com o vento, enquanto a observava, hipnotizado. Para mim, aquele momento seria minha grande vitória – imutável e indiscutível. Nesse jogo, só um poderia sair ganhador.

– Eu sou o rei, Maya – disse, antes de lançar o isqueiro no chão umedecido.

O líquido inflamável rapidamente deu origem a um fogo voraz. As chamas se espalharam com uma rapidez alarmante, transformando a mansão Collins em uma visão clara do Inferno. Sorri com entusiasmo enquanto observava o fogo consumir cada centímetro da residência. Meu coração batia, descontrolado, dentro do peito, enquanto minha mente se perdia em pensamentos frenéticos. Virei-me em direção à escadaria e subi lentamente até o extenso corredor que levava à suíte principal. A porta estava parcialmente aberta, facilitando ainda mais meu trabalho. Ao entrar no amplo cômodo, avistei o corpo de minha esposa deitado serenamente sobre a cama. Maya ainda dormia um sono profundo, alheia ao destino que a aguardava, enquanto esperava por Eloise, talvez.

Aproximei-me, observando o corpo seminu de minha esposa, envolto em uma lingerie delicada e um robe preto que realçava sua beleza. Um sorriso brotou em meus lábios, ao relembrar todas as noites que tive aquele corpo unicamente para mim. Enquanto o barulho no primeiro andar crescia, os sons de objetos se quebrando ecoavam cada vez mais alto, mas, naquela suíte, tudo ainda parecia tranquilo e intocado. Gentilmente, coloquei uma rosa solitária sobre a mesa de cabeceira, ao lado da cama, e então, me afastei, indo me sentar em uma poltrona do outro lado do quarto. Eu apreciaria aquele momento até os últimos suspiros de sua vida que tão brevemente seria consumida pelo fogo.

Maya Collins

Remexi-me, sentindo-me estranhamente inquieta. Meu coração batia apressadamente e uma sensação ruim se instalou em meu peito, trazendo consigo os sinais da insônia. Lentamente, abri os olhos, espreguiçando-me sobre os lençóis, que ainda exalavam o perfume de Eloise. Um sorriso instantâneo surgiu em meus lábios ao avistar a flor solitária repousada sobre a mesa de cabeceira.

– Gostou, querida? – a voz rouca ecoou pelo ambiente, fazendo-me saltar da cama em um solavanco.

O quarto escuro ocultava o rosto da figura, mas eu não precisava de mais detalhes para reconhecer quem estava ali. Era um pesadelo, só podia ser um maldito pesadelo.

– O que... – as palavras pareciam sumir em meus lábios. – O que diabos está fazendo aqui?

– Não está feliz em ver o seu marido? – Collins perguntou, saindo da escuridão, com um ar sombrio.

– Isso só pode ser um pesadelo. – Fechei os olhos com firmeza repetidas vezes, numa tentativa de acordar.

– Não me magoe dessa maneira. Estou aqui especialmente para te encontrar, e é assim que sou tratado?

Recuei alguns passos, enquanto sentia meu corpo inteiro tremer. Meu coração chacoalhava dentro do peito, como se fosse sair pela boca a qualquer instante.

– Não sabe o quanto esperei por este momento. Achou mesmo que eu deixaria você ir assim? Não. Fomos feitos um para o outro, lembra? Prometemos, em nosso casamento, que ficaríamos juntos até que a morte nos separe.

– Você está louco! Não faça nada que vá se arrepender, Collins! – alertei.

Ele inspirou o ar com força para dentro de seus pulmões, enquanto tentava manter a tranquilidade. Seu esforço em parecer ingênuo inflou ainda mais o ar doentio que o cercava. Seus olhos claros agora traziam uma escuridão profunda e apavorante.

– Não tenho absolutamente nada a perder.

Senti meu peito subir e descer, em uma respiração pesada e densa, enquanto meus olhos buscavam desesperadamente por algo para me defender. De repente, um estrondo ensurdecedor ecoou pelo primeiro andar, fazendo-me encolher de susto. Uma explosão, seguida pelo estilhaçar das vidraças, preencheram o ambiente, como se algo muito grande estivesse acontecendo lá fora.

– O que você fez?! – gritei de maneira desesperada.

– Um presentinho para você, meu amor.

A adrenalina corria pelo meu corpo. Tentei me orientar, mas a confusão e o medo tomavam conta de mim. O cheiro de fumaça começou a invadir o quarto, despertando em mim puro desespero. Olhei para tudo ao redor e, quando pensei em correr para longe, senti sua mão me puxar com força, jogando-me ao chão.

– Não pense em fugir de mim! Seu destino é ao meu lado, pagando por tudo que fez! – ele vociferou. – Não adianta correr, a não ser que queira ser consumida pelo fogo.

Arrastei-me pelo chão de madeira, enquanto meu coração batia descompassadamente no peito. Collins avançou rapidamente, segurando-me pelo braço mais uma vez. Lutei para me libertar, mas os braços fortes me mantiveram imobilizada, sem chance de escapar.

– Me solta! Me solta!

– Grite! Grite mais alto! – ele zombou, com uma risada maldosa. – Ninguém pode ouvi-la, somos só você e eu, Rainha.

Meu corpo foi arremessado com força contra a cama, e quando tentei me levantar, Collins se aproximou, prendendo meu corpo junto ao dele.

– Está tão bonita hoje. Foi para sua amante que se arrumou assim, não foi? Fodeu com aquela vagabunda na minha cama?! Na minha casa?! – ele gritou, fazendo com que eu me encolhesse entre seus braços.

A fumaça escura começou a invadir o quarto, dando sinais de que o fogo agora consumia todo o segundo andar.

– Me solta, porra!

– Eu devia matar aquela mulher, devia fazer você sofrer novamente com a dor da perda! Mas eu não ia sujar minhas mãos, quando posso ter você só para mim, hum? Você é minha, Maya. – As mãos grandes e firmes de Collins deslizavam maliciosamente sobre minha pele.

Fechei os olhos, sentindo as forças se esvaindo a cada maldito minuto em seus braços. O grito desesperado morria em minha garganta a cada toque indesejado. Collins segurava firmemente meus punhos, enquanto sua outra mão subia lentamente pelas minhas coxas expostas. Era assim que tudo iria terminar? A luta de uma vida não podia ter sido em vão.

– Me larga... – Fechei os olhos, enquanto um turbilhão de imagens passava pela minha mente, e senti vontade de chorar de desespero, medo e, sobretudo, revolta. Collins libertou meus punhos e rapidamente me segurou pelo pescoço com força.

– Infeliz! – vociferei quase sem ar.

Um sorriso sarcástico enfeitou seus lábios, enquanto sentia seus dedos ao redor da minha garganta, apertando com uma força suficiente para me tirar o ar. Engasguei, sentindo o ar sumir dos meus pulmões a cada segundo nas mãos daquele homem.

– Você não pode me vencer, Maya. Morrerá pelas mesmas mãos que tiraram a vida do seu amado Charlie.

Ouvir o nome de Charlie sendo pronunciado por aqueles lábios me trouxe um último suspiro de coragem e força, impulsionado por todo o ódio que nutri durante tantos anos ao seu lado. Eu não poderia deixá-lo vencer, não foi para isso que me preparei durante toda a minha vida. Mesmo quase sem ar em meus pulmões, encarei seus olhos sombrios fixamente, antes de golpeá-lo com força, acertando o meio de suas pernas com a minha. A dor fez com que ele me largasse por uma fração de segundos que foi o suficiente para afastá-lo.

Engasguei, à medida que sentia o ar preenchendo meu peito, e quando tomei impulso para me levantar, o senti em cima de mim outra vez. Em uma tentativa fugaz de me desvencilhar de seus braços, observei o objeto reluzente sobre o lençol, acendendo uma fagulha de esperança de que nem tudo estava perdido. Estiquei o braço em direção à arma, sentindo seu corpo frio com as pontas dos dedos, e puxei o lençol com uma das mãos, dando-me a chance de segurá-la com firmeza, para, assim, acertá-lo com um golpe forte na cabeça. Christopher tombou para o lado, após um urro de dor, dando-me a chance de me levantar em um solavanco.

– Se afasta! – gritei, erguendo a pistola em sua direção, sendo imediatamente agredida com um tapa.

A força do golpe me levou ao chão, afastando o revólver de mim. O sangue escorreu por meus lábios, mas recusei-me a ceder. Meus braços continuaram a empurrá-lo, a golpeá-lo com o restante de força que possuía. Collins ergueu meu corpo, obrigando-me a encará-lo frente a frente. O sabor metálico do sangue misturava-se com o suor e a adrenalina, alimentando minha vontade de sobreviver. Mas outro golpe me acertou. Agora, tudo que conseguia enxergar era o brilho do revólver apontado em minha direção.

— Você devia ter ficado do meu lado, mas não! Me traiu com ela!

Mesmo à distância, podia sentir as chamas avançando pelo corredor. Não havia escapatória, aquele era o fim. Christopher tremia incontrolavelmente, gotas de suor escorriam por sua testa, enquanto seu olhar doentio permanecia fixo em minha direção. A sensação de impotência me sufocava, enquanto eu observava o inevitável se aproximar.

— Eu nunca ficaria ao lado de um verme como você! — exclamei, ao cuspir em seu rosto.

— Vagabunda! — Collins me empurrou com certa força, enquanto limpava o rosto com o dorso da mão.

Observei o exato momento em que ele repousou o dedo sobre o gatilho do revólver apontado em minha direção e permaneci imóvel, encarando-o com autoridade, apesar dos pensamentos frenéticos que explodiam em minha mente. De certa forma, me sentia preparada para aquele momento, como se estivesse aguardando o desfecho inevitável de meu reinado.

Desde o início, estava ciente das possíveis consequências desse jogo perigoso e não sentia arrependimento. A morte não me assustava, era o que viria depois que me preocupava. Em meio à tensão do momento, um único rosto invadiu minha mente, fazendo meu peito arfar pesadamente. Os momentos ao lado de Eloise vieram como uma sequência de imagens torturantes em um espaço mínimo de tempo, fazendo-me perceber que, mesmo com a morte, eu estava salva. Eloise havia me salvado e consagrado minha vitória.

— Você sempre vai cair pra mim.

Uma explosão, seguida pelo desabamento de uma parte da casa, deu início ao fim.

Eloise Green

Deslizei suavemente o mouse para baixo, com meus olhos fixos em cada modelo do objeto exibido na tela do computador. Estava profundamente concentrada em encontrar aquele que se adequasse perfeitamente ao gosto de Maya. Mesmo depois de horas ao seu lado, ainda sentia um vazio pela sua ausência, como se temesse que não a visse novamente. Esse sentimento estranho me invadiu, mas eu o ignorei, suspirando pesadamente. Não iria perturbar o sono de Maya apenas para ouvir sua voz, certo? Seria bobagem demais para uma mulher de trinta anos.

— Eu não tenho tempo. Me deixem passar!

Franzi o cenho ao perceber uma movimentação agitada do lado de fora. Vozes alteradas e uma circulação suspeita de pessoas me deixaram confusa, e foi quando Foster entrou na sala, como um furacão. Seu rosto estava pálido, mostrando claramente seu estado de pânico.

— Eloise?!

— O que aconteceu? Por que está assim? — perguntei, assustada.

– Você precisa ir... – Foster alertou, com sua voz trêmula, enquanto lutava para encontrar as palavras certas. – Há um incêndio! Um incêndio enorme.

Eu me ergui da cadeira rapidamente, aproximando-me da minha melhor amiga, sem entender o que estava acontecendo. Foster parecia transtornada, trazendo consigo um semblante confuso e perturbado.

– Ruby, eu preciso que você se acalme e me explique o que está acontecendo. Podemos acionar os bombeiros!

– Você não entende!

– Eu entendo, mas não podemos cuidar desse Departamento – retruquei, tentando manter a calma, enquanto me dirigia à porta. – Eu vou ligar para eles, me passe o endereço.

Quando pisei fora daquela sala, em busca de alguém que pudesse ajudá-las, a voz de Ruby ecoou pelos corredores, como um sussurro sem vida.

– O incêndio é na mansão Collins.

Num breve instante, senti um arrepio percorrer todo o meu corpo, como se o fluxo do meu sangue tivesse sido congelado subitamente. Engoli em seco, paralisada, incapaz de reagir. A notícia atingiu-me como uma explosão, e meus batimentos, acompanhados de um zumbido, foram as únicas coisas que ouvi com clareza. Os olhos de Ruby encheram-se de tristeza e tremor, trazendo aquela sensação esmagadora de perda.

– Maya...

A imagem de Maya envolta em chamas fez com que eu despertasse em um estalo, que me trouxe de volta a uma realidade desesperadora e me fez correr em direção à saída da delegacia. Desci as escadas com pressa, afastando bruscamente um dos policiais, para conseguir ocupar o lugar na viatura mais próxima.

– Green! Você não pode dirigir assim! – gritou o policial.

Girei a chave na ignição do veículo e pisei fundo no acelerador, fazendo os pneus cantarem de forma estridente contra o asfalto. Não havia espaço para preocupações com as consequências, meu único foco era salvar a mulher que amava.

– Não, não! Não! – repeti, nervosa – Me diz que você está bem...

A viatura cortava o asfalto como uma flecha, ultrapassando todos à minha frente, sem qualquer tipo de hesitação. As luzes dos outros veículos não passavam de borrões de cores, os rostos dos pedestres se tornavam meras sombras à beira da estrada. Mantinha os olhos fixos à frente, mesmo quando as lágrimas os tomavam sem piedade, enquanto meus pensamentos me torturavam com todas as opções que poderia encontrar. Sentia o peito arder, acompanhado da maldita vontade de gritar.

– Eu não devia ter deixado você sozinha! Isso é minha culpa... – murmurei, enquanto as lágrimas escapavam por meus olhos. – Minha culpa! – exclamei, golpeando o volante com força.

Sentia o ar me faltar, enquanto os soluços do choro angustiado escapavam pela minha garganta violentamente. Meu pé permanecia pressionado sobre o acelerador, forçando o automóvel a correr o máximo que poderia suportar.

— O furgão destinado à penitenciária foi encontrado ao leste da cidade. O detento Christopher Collins está foragido! Dois policiais foram mortos a tiros — alertou um dos policiais pelo rádio preso ao painel, confirmando meus temores. Ele estava determinado a se vingar.

— Viaturas, sigam em direção à mansão Collins. Temos um incêndio total.

Os carros ao redor buzinavam, furiosos, enquanto eu me permitia ignorá-los. Cruzei o centro da cidade em uma corrida contra o tempo, ignorando qualquer regra ou limite que pudesse existir. Por um momento, diminuí a velocidade e fechei os olhos brevemente, afastando as teimosas lágrimas que me embaçava a visão, mas foi o estridente barulho dos pneus que me fez voltar à realidade, pisando bruscamente no freio. Os dois veículos se chocaram parcialmente, fazendo a viatura rodopiar descontroladamente pela avenida, até colidir contra um poste. O forte impacto fez o som da batida ecoar pela rua, enquanto destroços eram arremessados. Colidi com força contra o volante, sentindo uma dor se espalhar por meu corpo, e lutei para manter a consciência. Minha mente girava, em meio à confusão, enquanto piscava repetidas vezes para afastar a névoa que obscurecia minha visão.

— Droga... — gemi, sentindo uma fisgada em meu braço.

Naquele momento, apesar do machucado, percebi que nada de grave havia acontecido comigo. Meus olhos vasculharam o meu redor, em busca de algum ferido, mas tudo que havia ali era um aglomerado de pessoas, na tentativa de ajudar. Meus olhos foram para o GPS, que indicava a distância exata até a casa em chamas. Suspirei, sentindo o corte em meu supercílio, mas ignorei a dor. Abandonei o veículo, apesar dos protestos dos envolvidos no acidente, e corri desesperadamente pelas ruas, em busca de encontrar Maya viva. Sentia as lágrimas banharem meu rosto, enquanto recordava os momentos que antecederam aquela tragédia. Recordava precisamente o sorriso largo de Maya, seguido pelas declarações que fizemos uma à outra.

— Porque eu sou completamente apaixonada por você, Maya.

— Não faça assim...

— Não faça você! — exclamei, obrigando Maya a me encarar — Eu te amo, e é ao seu lado que desejo ficar.

— Só não me deixe, por favor.

— Eu não vou.

Eu estava sendo invadida violentamente pelas lembranças de Maya, enquanto buscava forças para continuar a correr. Meu peito ardia com a falta de ar, mas nada me faria parar. Eu só precisava encontrá-la.

— Maya... confie em mim. Eu estou aqui por você.

— Eu sei, eu estou bem, amor.

— Amor? — perguntei, não contendo o sorriso que se instalou em minha boca.

– Ai, não.

– A toda poderosa Rainha me chamou de amor? É isso mesmo?

– Foi um deslize! Não se acostume, Green.

– Um deslize? Eu sei que está contando os minutos para assumir nossa relação publicamente. Quer sair de casalzinho pelas ruas com as suas amigas?

– Ah, cala a boca!

– Desde que fez amor gostosinho comigo, ficou toda romântica! – zombei.

– Para de ser ridícula! Eu não sou assim coisa nenhuma!

– Você não pode me abandonar agora... – sussurrei, em um choro descontrolado, quando finalmente parei diante da mansão completamente consumida pelo fogo.

– Então, obrigada. Eu quero que saiba que você foi a melhor coisa que me aconteceu desde o momento em que perdi o Charlie. Você é a única razão pela qual desejo sair dessa enorme confusão que estava vivendo para ter uma vida verdadeiramente feliz e em paz.

– Por que está me falando tudo isso agora? Está me deixando um pouco assustada, parece que está se despedindo – falei, incomodada – Não precisa mais se sentir culpada, Maya. Eu compreendi os seus motivos e os aceitei, por isso estou aqui, com você.

– É uma despedida.

O chão sumiu sob meus pés, ao testemunhar a devastação daquele lugar. Partes da casa desmoronavam, enquanto os carros de bombeiros e os soldados lutavam para conter o fogo que enchia o ar com uma fumaça sufocante. Meus pulmões pareciam esvaziar-se, trazendo aquele aperto esmagador no peito.

– Não... Maya! – Corri entre o aglomerado de pessoas, atravessando a faixa de segurança para invadir o território fechado da equipe de bombeiros.

Meus olhos permaneciam fixos nas labaredas de fogo que ainda ardiam no interior da casa. E sem me importar com o perigo, avancei de forma determinada em direção à entrada, até que um dos homens me segurou firmemente pelo braço, impedindo que continuasse.

– Você não pode entrar aí!

– Eu preciso entrar! Maya está aí dentro, por favor! – minha voz soou atordoada.

– Me desculpe, senhora. Mas não posso permitir, tudo está tomado pelo fogo.

– Você não está entendendo! – insisti, enquanto o homem se colocava à minha frente, como uma parede de concreto. – Minha mulher está aí dentro, eu não posso deixá-la morrer! Por favor, me solte! Eu preciso entrar – supliquei, tentando me desvencilhar dos braços do homem.

– Eu sinto muito – retrucou de maneira contida. – Não posso arriscar sua vida.

– Foda-se a minha vida, me deixe entrar! – As lágrimas desciam pelo meu rosto descontroladamente, enquanto minha voz embargada suplicava por uma chance de salvá-la. Eu sentia uma dor quase física apenas com a ideia de tê-la perdido. Não poderia suportar aquilo, não outra vez.

– Não posso, lamento.

– Vocês a estão deixando morrer! Não consegue ver? Ela está morrendo, porra!

Outros dois bombeiros se aproximaram para conter-me, assim que notaram a confusão. Eu gritava, desesperada, enquanto as chamas continuavam a dilacerar tudo que restava na mansão diante dos meus olhos. Maya estava morrendo, e não havia nada que eu pudesse fazer para impedir.

– Tudo lá dentro foi destruído. Não há mais o que fazer, agente.

– Ela não pode ter morrido. Não pode acabar assim... – repetia para mim mesma, como se as palavras pudessem desfazer a cruel realidade diante de mim. Mas o fogo continuava a devorar tudo, indiferente aos meus apelos desesperados.

– Levem-na, por favor – ordenou um deles. – Ela precisa de ajuda.

– Não! Façam alguma coisa! – supliquei sem forças, deixando que meu corpo caísse de joelhos no chão.

Inclinei meu corpo para frente, levando as mãos até a cabeça, em um ato de desespero, sentindo minhas forças se esvaírem a cada soluço que escapava pela minha garganta. Todos ao redor pareciam se compadecer da minha dor, me observavam mergulhada diante de um sofrimento tão profundo, mas nada poderiam fazer para impedir. De uma maneira cruel, o destino cuidava de nos separar.

– Eloise! – a voz de Ruby ecoou como um som distante em meio ao caos, enquanto as chamas violentas dançavam diante dos meus olhos, consumindo minha esperança com uma velocidade brutal. – Eloise, olhe pra mim! – Ruby se ajoelhou diante de mim, segurando meu rosto entre as mãos para arrancar-me daquele transe.

Nossos olhos se encontraram, antes de me entregar a um abraço apertado, permitindo que minha dor agora fosse compartilhada.

– Me ajuda, Ruby! Por favor, me ajude!

– Eu estou aqui com você, Elo.

– Eu prometi que iria cuidar dela. Isso é culpa minha! – Resfoleguei. – Eu disse que iria salvá-la.

– E você a salvou, Green.

CAPÍTULO #28

Police Departm
Rapids, Mich.
NAME
ALIAS
Date
Classification
Age
TRUNK
RIGHT THUMB
LEFT THUMB
LEFT RING
CONFIDENTIA

A PERDA

Eloise Green

— Eloise! Socorro! Me ajude, Eloise – aquela voz agonizante se fazia cada vez mais nítida. Seu pedido de socorro soava em um tom desesperado, quase perturbador.

Eu não conseguia vê-la, tudo era completamente escuro, como se estivéssemos perdidas em um lugar totalmente desconhecido.

— Por favor, me tire daqui!

Eu conseguia ouvir o estalar sutil das chamas sendo ofuscado pelos gritos de puro sofrimento daquela mulher. Ela queimava no fogo, enquanto implorava pela salvação.

— Maya! — gritei.

— Não me deixe morrer. Por favor, me salve!

Meu coração batia violentamente, como se a qualquer momento pudesse parar em uma falha repentina. Eu corria em meio à escuridão, seguindo o rumo em que aquela voz clamava por socorro. No entanto, meu corpo parecia não responder, e de uma maneira curiosa, eu nem sequer havia saído do lugar. Estava presa dentro de mim mesma, enquanto a ouvia queimar.

— Onde você está?! Maya? — minha voz estava trêmula e desesperada.

Entre os gritos aterrorizantes da mulher, ouvi o som estridente do despertador, arrancando-me do pesadelo. Encarei os lençóis da cama, os móveis perfeitamente organizados e os raios de sol que se infiltravam entre as cortinas parcialmente abertas, fechei os olhos por alguns instantes, tentando acalmar meu coração, que batia freneticamente, e ergui uma das mãos até a cabeça, deslizando o dorso sobre a testa, para retirar os resquícios de suor causados por aquele maldito pesadelo.

— Maldito pesadelo — resmunguei, desligando o despertador.

Não era a primeira vez que aquilo acontecia. Mesmo depois de um ano após a noite do incêndio, aquele momento ainda me atormentava. Os pesadelos não eram constantes, surgiam sempre que eu me via recordando aquela situação. Talvez vasculhar algumas coisas do passado, no dia anterior, não tenha sido uma boa ideia.

Suspirei pausadamente, antes de afastar os lençóis da cama e me pôr de pé sobre o piso amadeirado, e notei uma quantidade de papéis sobre a mesa no canto do quarto – mais especificamente recortes velhos de jornais.

Aproximei-me e capturei um deles, pousando meus olhos atentamente sobre as letras garrafais:

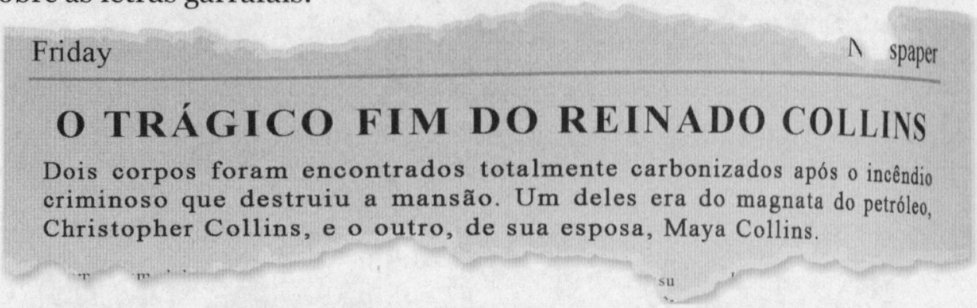
Friday spaper

O TRÁGICO FIM DO REINADO COLLINS

Dois corpos foram encontrados totalmente carbonizados após o incêndio criminoso que destruiu a mansão. Um deles era do magnata do petróleo, Christopher Collins, e o outro, de sua esposa, Maya Collins.

Soltei um suspiro pesado, deixando o ar escapar lentamente pelos meus lábios, antes de engolir em seco. Desde a madrugada daquela infeliz tragédia, todos os noticiários ecoavam a mesma notícia pelo mundo: o casal Collins nos deixou de forma inesperada e trágica. Lembro-me vividamente de como foi torturante ver aquelas palavras estampadas em todos os jornais naquela manhã, mas nada se comparava à dor dilacerante que senti ao ter a certeza do ocorrido.

Um ano antes

— Eloise... — Ruby se aproximou novamente. — Vamos embora daqui. Você precisa ir ao hospital.

— Chamem o restante da equipe. Vamos entrar na casa!

— Pegue os equipamentos. Há riscos de desabamento.

— Precisamos verificar se há corpos.

O alvoroço ao lado de fora da mansão Collins não era o suficiente para me despertar. Depois de desabar em um choro desesperado e agonizante, eu havia entrado em estado de choque, uma espécie de paralisação total de meu corpo, exceto por minha mente. Meus olhos se encontravam fixos sobre a casa, agora totalmente destruída e sem vida. As labaredas de fogo não estavam vibrantes como quando cheguei, agora tudo ali era cinza.

Apenas cinzas.

— Não, eu vou ficar. Vou esperar pelo laudo dos bombeiros.

— Eu cuido disso, conheço alguns e...

— Eu quero ter certeza, Ruby — interrompi, antes de me levantar.

Uma equipe de bombeiros se dirigiu ao interior da casa, com seus trajes e equipamentos, em busca pelo que restou daquele lugar.

— Eloise...

— O quê?

— Não faça isso com você... — ela suplicou. — Não se machuque assim.

— Ela pode estar viva, Ruby. Eu sinto, ela não morreu.

— Eu sei que é difícil aceitar, mas por favor.

— Pare! Não me diga que ela morreu! — exclamei, virando-me em sua direção.

As lágrimas, que haviam desaparecido, voltaram outra vez. Foster me encarava com uma expressão dolorosa, como se me ver daquela maneira a quebrasse em mil pedaços. Talvez ela não tivesse esperanças, mas eu tinha. Maya não iria morrer assim, ela não iria me abandonar agora que havíamos ganhado. Era o seu jogo, era a sua vitória.

— Eu preciso que você acredite nisso comigo.

Recebi os braços de minha melhor amiga em volta de meu corpo, apertando-me contra si, em um gesto amoroso. Ruby não acreditava naquilo, eu estava sozinha com a minha esperança. Sozinha com aqueles sentimentos que esmagavam meu peito sem dó.

Maya tinha mesmo partido?

— Eu queria muito poder dizer isso...

— Então, diga, por favor. — Os soluços vieram com força, rasgando-me a garganta, em meio ao choro desesperado. — Diga que ela não se foi e que eu vou vê-la outra vez.

Ela permaneceu em silêncio, negando-me a única resposta que eu precisava ter. Ruby tinha receio que eu soubesse o verdadeiro estado de Maya, pois sabia o quanto isso poderia me devastar. Mas, diferentemente do que ela imaginava, algo dentro de mim insistia que Maya ainda estava viva. Eu deveria desistir? Abandonar meus sentimentos, meus planos e o meu amor? Quão cruel isso poderia ser? Foram necessários trinta e dois anos para me descobrir profundamente apaixonada pela mulher mais incrivelmente inteligente e bela que esta Terra já teve o prazer de conhecer, apenas para que, num instante, o destino cruel roubasse a chance que ela teve de ter uma vida verdadeiramente feliz.

— Vocês são da família? — perguntou um dos bombeiros.

— Sim.

Ele nos observou com certo receio, provavelmente preocupado com meu estado claramente perturbado. Sua pele estava marcada pelas cinzas da casa, deixando manchas escuras por todo seu corpo. Ele lançou um olhar ao redor. Todos se moviam incansavelmente ao redor da casa, tentando conter qualquer ameaça de desabamento do que restava daquela propriedade. Ele hesitou, como se estivesse se preparando para dar a pior notícia

— Foram encontrados dois corpos carbonizados.

— Não... — a voz de Ruby soou em um fio.

Aquelas palavras caíram sobre mim como um peso esmagador, tirando-me o ar instantaneamente. Recuei um passo, sentindo como se o chão estivesse desaparecendo sob meus pés. Meus olhos fixaram-se na entrada da mansão, onde avistei o grupo de bombeiros carregando uma maca com o primeiro corpo, envolto em plástico preto.

— Abram o carro! — exclamou um deles.

Ruby repousou a mão sobre a boca, com um semblante assustado, para, em seguida, me fitar com os olhos arregalados. Naquele instante, senti meu corpo inteiro esfriar, enquanto as imagens à minha frente pareciam acontecer em câmera lenta. Engoli em seco, totalmente em choque, quando, em uma mudança súbita, meu coração explodiu em batimentos descontrolados, trazendo consigo uma falta de ar sufocante.

— Não pode ser... — Dei um passo à frente. — Não! – Sentia-me enjoada, como se não pertencesse àquele lugar. Meu corpo parecia pesado, meus ouvidos zumbiam dolorosamente com o som das sirenes estridentes. Avancei entre o grupo de bombeiros e policiais, que se dirigiam ao furgão que transportaria os corpos. As luzes azuis e vermelhas piscavam intensamente, tornando tudo ainda mais vivo.

— Eloise! — Ruby gritou.

— Agente, você não pode!

Meu corpo colidiu com um dos bombeiros, em um impacto brusco. Recebi seu olhar confuso, antes de me desvencilhar e correr em direção ao corpo no interior daquela capa escura.

— Ma-Maya! – Tateei os plásticos com as mãos trêmulas, sentindo-me completamente perdida, quando dois oficiais me afastaram rapidamente.

— Façam alguma coisa! Por Deus! — exclamei, em desespero, enquanto o ar parecia me faltar.

Os braços fortes me puxaram, enquanto eu tentava desesperadamente me aproximar dela.

— Ela está morta, agente — disse o policial.

Um zumbido intenso tomou conta de meus ouvidos, acompanhado da voz repetitiva do policial que me segurava. Minhas pálpebras pesaram, enquanto meu corpo dava sinais de fraqueza. A voz de Foster foi a última coisa que ouvi antes de tudo se apagar.

Quatro meses antes

O barulho de minhas botas sobre a grama molhada tornava-se cada vez mais irritante. A água respingava sobre a borda de minha calça, enquanto tentava me agasalhar, em meio à ventania fria. Nova Iorque havia amanhecido em um dia chuvoso, cinzento, coberto por nuvens carregadas de um clima melancólico.

– Tem certeza de que não quer ir embora? – Ruby indagou, analisando-me.

– Tenho, não se preocupe. Eu estou bem.

Respirei fundo, enquanto seguia, com o guarda-chuva, entre as pedras de mármore enterradas no chão. As lápides encontravam-se distribuídas de forma bem organizada pela extensão do Trinity Church Cemetery. O lugar tinha um aspecto ainda mais monótono, pesado, arrancando-me um suspiro involuntário. Para alguns, visitar o túmulo de alguém próximo poderia ser uma espécie de consolo, levando em consideração que seria a única forma de sentir a "presença" da pessoa outra vez. Para mim, aquilo nada tinha de reconfortante; pelo contrário, era massacrante a sensação de dor e perda que ali se instalava. Durante anos, fui praticamente obrigada a visitar um lugar como aquele e recordar, a cada segundo, que minha mãe havia partido. Era torturante o sentimento de solidão ao sair de lá, sentimento esse que eu não sabia lidar. Contudo, depois de alguns anos, decidi que jamais voltaria a frequentar um cemitério. Eu poderia me lembrar de minha mãe sem ter que olhar para a evidência clara de sua ausência. No entanto, a vida cuidava de nos mostrar que as coisas nem sempre acontecem da maneira como queremos.

Haviam se passado oito longos meses desde aquela maldita noite que trouxe tantos estragos. Eu não conseguia medir em palavras a saudade que habitava em meu peito. Oito meses longe dela.

Agachei-me próxima à pedra de mármore, sentindo meu peito inflar em uma respiração profunda ao ver aquelas letras. "Vadia má" era a frase pichada no túmulo, próximo ao nome bem lapidado. Com a manga de meu casaco, esfreguei sobre a tinta vermelha, retirando com dificuldade o ataque desrespeitoso sobre o túmulo de Maya Collins.

As gotas de chuva agora caíam sobre minha cabeça, finas, quase imperceptíveis – uma garoa lenta e preguiçosa. Suspirei, satisfeita, assim que as marcas em vermelho deixaram a lápide por completo. Existia alguém bem determinado em manchar a imagem deixada por Maya, alguém que, no fundo, sabia do que ela havia sido capaz. O sentimento de ódio e vingança ainda se proliferavam. Na surdina da noite, entre as lacunas mal vigiadas, o mal ainda crescia. Mas, agora, contra quem iriam lutar? Quando a Rainha havia sido derrubada, restaria outra?

– Sinto sua falta, Maya. – Encarei a lápide, vendo as gotas de chuva deslizarem sobre o seu nome. – Juro que não estou mais aguentando de saudade.

Desde o momento em que cheguei à cidade de Nova Iorque, Maya havia se tornado parte quase integral de meus dias. Eu tinha o seu olhar penetrante, acompanhado do seu sorriso sedutor sobre mim cada dia da minha semana. Ela havia se tornado uma espécie de necessidade para tornar meus dias completos. Agora, com sua ausência, eu sentia que uma grande parte de mim me faltava. Deitar-me com a cabeça no travesseiro, sem ter certeza de que a veria no dia seguinte, não era uma das melhores sensações. No início, foi bem mais difícil, eu não conseguia me acostumar com a ideia de não a ter por perto, mas eu não tinha muito o que fazer. As coisas acontecem como têm que ser.

– Por que me faz vir aqui? Você sabe que eu odeio esse lugar – resmunguei, enquanto observava os túmulos ao redor.

Eu sorri de canto, sentindo aquele aperto de saudade tomar conta do meu peito. Maya Collins tinha uma presença marcante demais para ser esquecida tão facilmente. Ela não precisava fazer esforço para se destacar; sua mera existência bastava para que fosse o centro das atenções. Na trama complexa da minha vida, ela assumiu o papel de protagonista, envolvendo-me em sua teia de intrigas apaixonantes.

– Queria tanto que você estivesse aqui. – Por um breve momento, fechei os olhos, permitindo que o vento fresco acariciasse meu rosto.

Tempo atual

Balancei a cabeça em um gesto negativo, antes de abrir a gaveta da estante e guardar todos aqueles recortes dentro de uma pequena caixa de madeira. Respirei fundo, encarando meu reflexo no espelho à frente, antes de seguir em direção à porta do banheiro ao lado, e tomei uma ducha morna, deixando a água relaxar meus músculos tensos. Hoje seria um dia importante, um dia para deixar as lembranças ruins de lado.

Saí do box, envolta em uma toalha branca, enquanto secava meus cabelos com outra menor. Depois, gastei alguns minutos escolhendo roupas adequadas para o evento que me aguardava naquela manhã, quando recebi a ligação de Sofia.

– *Pelo amor de Deus, Green! Onde você está?* – indagou, visivelmente nervosa.

– Estou me arrumando.

– *Ainda? Não há mais despertador nesse país?*

Franzi o cenho, enquanto escutava as reclamações de Sofia no celular. Depois de tudo que vivemos no último ano, desde aquela tragédia, Sofia e eu resolvemos dar uma trégua e deixar que uma amizade fluísse. Hoje, poderíamos dizer que todo nosso embate inicial se transformou em uma bonita e forte irmandade. Tudo por Maya.

– Por que está tão irritada?

– *Você vai mesmo perder o meu discurso? Está lembrando que agora eu serei a presidente de uma multinacional?*

– Não tem a menor possibilidade de eu esquecer, quando você só fala disso nas últimas semanas – brinquei, sabendo que ela estaria rolando os olhos agora.

Depois da morte de Christopher, Sofia, com uma parte dos milhões de dólares roubados, comprou as ações da empresa falida para reerguê-la em homenagem ao pai adotivo. Não estava sozinha nessa empreitada, contava com o apoio de Madson e outros empresários e sócios internacionais. Segundo as notícias, ela estava se saindo muito bem no ramo petrolífero.

– Você pode se acalmar? Não vou perder seu discurso, você vai apresentar minha namorada como presidente dessa filial.

– *Então é só por isso? Nossa amizade já foi mais forte, Green* – resmungou, provocando-me um riso involuntário.

– Chego aí em trinta minutos, não se preocupe. Reserve meu lugar na primeira fila, não posso perder esse momento importante para Katherine – respondi tranquilamente, enquanto espalhava as roupas sobre a cama desarrumada.

– *Eu estou tentando, mas não é uma tarefa fácil. Você conhece muito a sua namorada.*

A ligação foi abruptamente encerrada antes que eu pudesse responder. Ri suavemente, balançando a cabeça em negação, enquanto deixava o celular sobre a mesa de cabeceira, ao lado de um porta-retratos. Sentei-me na cama e peguei o porta-retratos, fixando meus olhos no rosto feliz de Katherine. Seus braços estavam ao redor do meu pescoço, e seu olhar, apaixonado. Um sorriso involuntário surgiu em meus lábios ao lembrar o momento em que a vi pela primeira vez.

Alguns meses antes

O vento congelante soprou contra o meu rosto assim que pus os pés para fora do jatinho particular de Sofia Becker. Havíamos decidido que voltaríamos para a Suíça quando o inverno se fizesse presente, e cá estávamos nós, desembarcando naquele lugar tão repleto de lembranças.

– Bom dia, senhora – o motorista particular murmurou, ao abrir a porta do carro para mim.

– Bom dia – falei antes de entrar no veículo, agradecendo mentalmente por ter os aquecedores ligados.

Naquele instante, um *flash* de lembrança tomou meus pensamentos, fazendo-me recordar a minha primeira vez naquele lugar. Eu sorri, assim que o sorriso de Maya se fez presente no interior da minha cabeça.

– Eu vou congelar, meu Deus – resmungou, ao pedir que ligassem o aquecedor.

– Vem cá, deixe-me ajudar.

Maya aproximou-se rapidamente, dando-me a oportunidade de segurar em suas mãos, para esfregá-las junto às minhas. Em seguida, assoprei uma lufada de ar quente entre suas mãos, que buscavam por calor. Seus olhos castanhos me fitaram por alguns segundos, os quais sustentamos por uma razão desconhecida. Naquele curto espaço de tempo, nos encaramos com uma energia diferente. Os olhos dela não expressavam imponência, muito menos sarcasmo, pelo contrário: eu poderia jurar que eram doces e sutis. Ela deslizou a ponta de sua língua sobre o lábio inferior, umedecendo-o lentamente, para, logo em seguida, engolir em seco. Maya piscou mais vezes do que deveria e logo tirou suas mãos de perto das minhas, acomodando-se no seu lado do banco.

– Obrigada – foi a única coisa que falou.

– Tudo bem aí? – indagou Sofia, com um olhar curioso.

Neguei com a cabeça, mas, em seguida, assenti, deixando-a com uma expressão confusa.

– Estou bem! Só lembrei...

– De Maya? – perguntou, mesmo sabendo a resposta.

– Sim...

Ouvi um suspiro vindo da mulher, que se acomodou ao meu lado no banco traseiro do carro luxuoso. Ela não se importava em falar sobre Maya, parecia conformada com toda aquela situação. Já eu, não. Os oito meses não foram suficientes para me fazer compreender ou até mesmo aceitar o que vivíamos hoje. O sentimento de impotência ainda corria dentro de mim, a cada segundo de meu dia. Não ter conseguido evitar a partida de Maya foi uma das piores sensações que tive o desprazer de viver. Sentia-me irritada e revoltada em certos momentos, por não ter tido escolha.

– Eloise... Já conversamos sobre isso, e...

– Eu sei – interrompi. – Eu não tive escolha, certo?

– Certo – ela retrucou tranquilamente.

– Eu poderia ter evitado, mas ela...

– As coisas acontecem como têm que ser. Você não pode ficar presa ao passado, pensando no que poderia ter feito. Você simplesmente não teve escolha, a não ser aceitar. Pense nisso.

Senti o afago sutil de Sofia em um de meus ombros, mas não a encarei, apenas continuei a avistar todos aqueles prédios e casas cobertos pela grossa camada de neve, enquanto o aquecedor do carro se esforçava para nos manter quentes. Zurique tinha um charme único, especial. Na verdade, todo aquele lugar possuía uma energia diferente para mim. Tudo graças a ela.

Encarei minha imagem no espelho, sentindo-me satisfeita com o que via externamente. Naquela noite, eu vestia um longo vestido vermelho, com alças finas e um decote quadrado. Uma fenda lateral sobre a coxa esquerda adicionava certa sensualidade a um traje social e elegante, que se encaixava perfeitamente em meu corpo.

– Está pronta, Green?

– Estou, só mais um instante! – Olhei para meu reflexo no espelho pela última vez, antes de pegar a pequena máscara sobre a estante. O evento beneficente tinha como tema um baile de máscaras, e Sofia fez questão de seguirmos as diretrizes da festa.

– Nossa, você está incrível – exclamou a mulher, assim que saí do quarto.

– Vocês também estão maravilhosas.

– Gostou? – Madson indagou, rodopiando à nossa frente para mostrar seu vestido em um tom de verde-musgo. Madson havia deixado o Departamento de Polícia e não precisava mais viver na luta constante de uma agente. Agora, era uma parte importante da Cooper Enterprises, gerenciando com eficiência o setor financeiro, como um membro leal do time criado por Maya há meses.

– Sim, está perfeita. Sofia é uma mulher de sorte.

– Ela é mesmo. É bom que se lembre disso, viu?

Becker ergueu as mãos em rendimento, enquanto eu tentava conter a risada.

— Chega de enrolação, vamos logo!

O trajeto até o evento não demorou muito. Após alguns minutos, nosso motorista particular estacionou o carro em frente ao local. Era um edifício imponente, com características arquitetônicas europeias, como se tivesse sido construído há séculos. *É evidente o bom gosto*, pensei. Depois de um suspiro tranquilo, observei o fluxo de carros importados, enquanto os convidados deixavam seus veículos e seguiam apressadamente para o interior do prédio, protegendo-se do frio rigoroso daquela noite.

— O melhor desse evento, além das bebidas importadas e, obviamente, da causa dele, é a privacidade. Não há jornalistas — Sofia murmurou, enquanto tirava seu sobretudo.

Um dos funcionários do local se aproximou do nosso carro, abrindo a porta para que saíssemos do automóvel. Assim que pus os pés para fora, senti o vento congelante contra o meu corpo, fazendo-me arrepiar por completo.

— Céus! Eu vou congelar com esse frio — Madson resmungou.

— O interior é quente, querida. Se não for, eu esquento você.

— Meu Deus! Eu não mereço isso — resmunguei, arrancando algumas risadas. — Maya, você faz falta!

— Não seja exagerada, você e ela eram muito piores.

— Por aqui, senhoras.

Ao entrar no saguão extenso e bem aquecido, deparei-me com uma decoração luxuosa, que evidenciava o nível do evento no qual Sofia havia nos colocado. O local mais parecia um palácio real, com seus quadros antigos, papel de parede requintado e detalhes dourados por toda parte, criando um ambiente perfeito para uma rainha. Eu me permiti observar alguns dos convidados, que circulavam pela área aberta do segundo andar. Uns conversavam, outros apenas observavam a entrada principal, como fazia um homem magro e alto, que se portava ao lado de uma mulher loira tão distraída.

— Por aqui, meninas. Nossa mesa é aquela da frente — Madson se adiantou, assim que cruzamos o salão.

Concordei com um breve aceno de cabeça, seguindo em direção à nossa mesa, situada a apenas duas fileiras do palco central. O salão de festas estava repleto de convidados, todos elegantemente vestidos com seus trajes sociais e suas máscaras obrigatórias. Uma banda animava o ambiente com músicas contemporâneas, tornando o clima do lugar ainda mais acolhedor. Um dos garçons se aproximou, servindo-nos com algumas taças de espumante escolhido a dedo pela CEO.

— Adoro bailes de máscara, esse clima de mistério.

— Gosto de solucionar mistérios — brinquei.

— Bem sua cara, Green. Espero que desvende algum que anime sua noite.

— Duvido muito. — Dei de ombros.

– Eu não.

Em pouco tempo, eu estava completamente imersa na festa, envolvendo-me em conversas animadas com alguns amigos de Becker, que também estavam na nossa mesa, aproveitando tudo o que a noite tinha para oferecer.

– Não podemos exagerar na bebida, afinal estamos diante dos olhos da CEO e da presidente – comentou Jeremy, enquanto saboreava sua bebida.

Jeremy Tyler tinha uma presença encantadora, facilmente sociável com qualquer pessoa. Além disso, era um homem belo, de pele preta e porte físico invejável. Ele trabalhava no setor de relações internacionais na filial da Cooper Enterprise, na Suíça, e era um velho amigo de Sofia.

– Hoje é dia de festa, e você sabe que quanto a isso não tenho limites! – Sofia alertou, em meio a uma risada. – Mas parece que Katherine é diferente.

– Muito diferente! Ela é bem mais séria e não se mistura muito, principalmente conosco, os meros mortais – brincou. – Estou brincando. Ela é uma líder de primeira, tem ótimas ideias e boa relação com os funcionários, mas a vida pessoal de Katherine é um verdadeiro mistério – sua última frase soou com um sussurro.

– Tão misteriosa assim? – indaguei, curiosa.

– Um verdadeiro enigma. Você vai notar assim que a conhecer.

– Eloise é boa com mistérios, Jeremy.

– Se desvendar esse, me conte.

– Pelo que está falando, ela deve ser incrível – Madson comentou, impressionada.

– Se eu não fosse gay, estaria louco por ela. Mas o destino não quis assim. – Ele riu, divertido.

Eu apenas observava a maneira deslumbrada como Jeremy se referia a essa tal Katherine, como se ela fosse a mulher mais linda e atraente que já habitou aquela terra. Talvez ele falasse isso por não ter tido a oportunidade de conhecer Maya Collins.

– Ela já chegou? – Madson, indagou.

– Ouvi dizer que sim!

– Pode deixar que eu cuido de apresentá-la a vocês. Katherine é a responsável pelo evento e não deixaria de nos cumprimentar.

– Claro que não.

– Elo, você pode me acompanhar até o banheiro? – Madson sussurrou, fazendo-me assentir brevemente.

Cruzamos o salão lotado, desviando dos inúmeros grupos de convidados, que se divertiam em conversas entretidas e danças envolventes. Atentei-me a seguir os passos de Madson, quando, em um descuido, esbarrei suavemente no ombro de uma das mulheres no meio do salão. Eu não tive tempo de me desculpar, a mulher de cabelos loiros foi rapidamente puxada por seu parceiro, quando outros entraram em minha frente. Ela me encarou por breves segundos, antes de sumir em meio à multidão.

Apenas dei de ombros, voltando a seguir os passos de Madson até um dos corredores daquela mansão.

— Você vem?

— Eu vou esperar aqui.

— Tudo bem, volto logo.

Concordei com um gesto de cabeça, observando a mulher se afastar em direção a uma das portas, enquanto algumas pessoas circulavam pelo corredor mal iluminado. O som da música alta preenchia o ambiente, mesclado com risadas e vozes que ecoavam pelas paredes. Eu me permiti mergulhar na atmosfera, apreciando os detalhes da decoração requintada, que tornavam o local ainda mais luxuoso. Aproximei-me de um dos espelhos fixados à parede, ajustando a máscara preta no rosto, antes de perceber a falta de batom. Com cuidado, retirei-o da bolsa e deslizei suavemente sobre os lábios, focando os contornos delicados. Enquanto me observava no espelho, meus olhos captaram algo ao fundo.

— Katherine, por aqui, por favor — uma voz grave soou pelo corredor.

Aquilo me pareceu familiar, pois Jeremy havia mencionado o mesmo nome há poucos minutos. A mulher que caminhava pelo corredor virou-se na direção oposta, respondendo ao pedido de um homem alto com cabelos ruivos. Em apenas um breve instante, não pude deixar de notar sua postura ereta e elegante, destacada por um corpo esguio. Katherine ostentava cabelos loiros presos em um coque um tanto desalinhado, porém extremamente sofisticado. Seu rosto estava parcialmente coberto por uma máscara branca. Por mais estranho que parecesse, da breve visão que tive da mulher, fiquei convencida de que Jeremy não estava exagerando; ela realmente possuía uma presença deslumbrante.

— Aconteceu alguma coisa?

— Não, Mad. Eu só... — Neguei com a cabeça. — Acho que vi a tal Katherine.

— E como ela é?

Fiquei em silêncio por alguns instantes, repassando na mente o exato momento em que ela caminhava na mesma direção que a minha. Será que ela falaria comigo? Balancei a cabeça negativamente por alguns instantes, rejeitando tal hipótese.

— Pelo visto, ela deve ser tudo o que falaram, te deixou sem palavras.

Os olhos de Madson se fizeram penetrantes e firmes, mas nada respondi. Em poucos instantes, retornamos à nossa mesa, ocupando nossos lugares inicialmente. Mesmo sem querer, me vi examinando o ambiente como um todo, em busca da loira que, há poucos minutos, estava no corredor. Era uma tarefa difícil, considerando a quantidade de convidados no salão. No entanto, eu poderia reconhecê-la facilmente, se ela estivesse realmente presente. Katherine tinha uma presença marcante, assim como Maya.

— Senhoras e senhores, sejam bem-vindos ao nosso baile de máscaras beneficente!

— Vamos começar a abrir as carteiras! — Sofia exclamou, animada.

— Este ano, o clube de empresários da Suíça traz como objetivo a construção de novos orfanatos e o completo melhoramento dos antigos! Vale ressaltar que a ideia inicial do projeto partiu da gerência de nossa filial petrolífera da Suíça. A Cooper Enterprise tem o projeto beneficente em diversos países, incluindo Estados Unidos, México, Canadá e agora nossa bela Suíça.

Estreitei os olhos para Sofia, que apenas sorriu. A mulher deu de ombros e voltou a atenção para o apresentador, que logo iniciou o leilão da primeira peça. Tratava-se de um colar luxuoso, com pedras de diamante, fornecido pelo dono de uma das principais empresas de itens esportivos da Suíça, a Intersport. Mantive-me entretida com os lances altíssimos dados de mesa a mesa, quando meus olhos repousaram sobre a imagem da loira do outro lado do salão.

Era ela.

Katherine.

– Sofia... – sussurrei, atraindo seu olhar em minha direção, antes de fazer um breve gesto com a cabeça na direção da empresária.

– Ela está muito longe, usando máscara, mas, no geral, parece ser maravilhosa.

Katherine dialogava de maneira entretida com o mesmo rapaz que a chamou no corredor. Devia ser seu namorado, noivo ou algo do gênero. Ela parecia séria, muito atenta ao local. Portava-se de maneira elegante e imponente, até mesmo familiar. Por alguns instantes, uma ideia surgiu em meus pensamentos, mas tão logo a afastei. Os minutos se passaram, e mais peças foram leiloadas. A quantia em dinheiro subia de maneira absurda, deixando-me incrivelmente feliz pela causa. Mas, naquela noite, uma única coisa chamou minha atenção, e ela estava agora caminhando graciosamente para a lateral do palco. Quem era aquela mulher? Por que estava me deixando assim? Eu simplesmente não conseguia parar de encará-la.

– Você está bem? – Os olhos de Sofia pousaram sobre mim de maneira avaliativa.

– Sim, tudo ótimo.

– Não consegue tirar os olhos da mulher daquele ruivo. Não queira arrumar confusão, Eloise.

– Eu não estou fazendo nada, só estava olhando...

– Para aquela mulher.

– Finalmente, vamos saber o valor arrecadado esta noite! — o mestre de cerimônia exclamou animadamente, recebendo os aplausos, que atraíram nossa atenção.

Balancei a cabeça e direcionei meu olhar de volta para o centro do palco. A nova sócia de Sofia emanava um ar misterioso e instigante que me prendia de forma inexplicável. Por vezes, tive a sensação de que seus olhos estavam sobre mim, observando-me da mesma forma que eu a observava. No entanto, eu não queria parecer louca ou invasiva, então me policiei para não a encarar novamente, mesmo que, por dentro, meu instinto gritasse para não tirar os olhos dela.

— Para este momento, quero chamar ninguém menos que a fundadora desta ideia. A mulher que deu início a uma causa tão importante! Ela que está se destacando a cada dia como vice-presidente da filial da Suíça.

Enquanto o mestre de cerimônias fazia seu discurso de apresentação, senti meu coração acelerar repentinamente. As batidas frenéticas eram audíveis, e minha boca começava a ficar seca. O que diabos estava acontecendo? Suspirei, tentando acalmar o turbilhão de pensamentos desordenados que inundava minha mente, e então, alcancei a taça sobre a mesa. Num lapso, meus olhos percorreram o salão, em busca de alguém que não estava lá.

— E com muita honra, eu chamo ao palco nossa deslumbrante...

Fixei o olhar no centro do palco, sentindo aquele maldito frio no estômago.

— Katherine Cooper!

A mulher entrou no palco, sendo recebida pelo holofote, que destacava seu corpo esguio, enquanto uma salva de palmas ecoava por todo o salão lotado. A senhorita Cooper caminhou graciosamente até o centro do palco, parando ao lado do homem sorridente e abobalhado. Ela estava simplesmente impecável. Vestia um longo vestido, perfeitamente moldado ao seu corpo magro, adornado com bordados de pedrarias prateadas sobre um tecido tule transparente. As alças finas seguravam um decote frontal pronunciado, em harmonia com uma fenda que se estendia ao longo da coxa direita.

— Uau! — Madson exclamou.

Katherine encarou a multidão através de sua máscara branca, exibindo um sorriso hipnotizante. Meus olhos se fixaram sobre ela, fazendo-me sentir estranhamente presa à sua beleza.

— Não pode ser...

A empresária, com uma postura impecável, assumiu o comando do microfone preso ao suporte, no centro do palco.

— Muito obrigada, Derick. É um enorme prazer estar aqui, nesta noite memorável, com todos vocês. Estou imensamente feliz de criar esse projeto com uma causa tão importante. Destinar um pouco dos lucros para essas organizações trará, para milhares de crianças órfãs, a oportunidade de ter um futuro digno e uma estadia de qualidade em seu lar atual. Hoje, mais do que nunca, será um novo começo para elas! — Katherine fez uma breve pausa, visivelmente emocionada. — E para mim também! — completou, com um sorriso.

Depois do discurso e da revelação do valor arrecadado, Katherine despediu-se da plateia com um olhar direcionado a mim, seguindo em direção à lateral do palco para descer a escadaria que a levaria de volta ao meio do público. Mesmo entre a multidão, eu conseguia observá-la atentamente. Ela não parecia incomodada; ao contrário, parecia querer ser notada. Katherine se aproximou do ruivo que a acompanhava, sussurrando algo em seu ouvido, antes de voltar seu olhar para mim e depois se afastar. Engoli em seco, travando uma batalha interna sobre o que fazer a seguir, peguei meu celular, que estava sobre a mesa, e notei várias notificações na tela. Era a hora. Olhei ao redor, percebendo que todos estavam muito concentrados na apresentação para notar minha ausência.

– Vou ao banheiro. – Levantei-me da cadeira e segui para a lateral do salão, procurando, entre as dezenas de pessoas, algum sinal dela. Como se pudesse ler meus pensamentos, Katherine permaneceu parada diante do arco que dividia o salão do hall. Tomei coragem para me aproximar, atraindo o olhar enigmático da loira, que logo voltou a se afastar. Parecia que ela estava me desafiando, como se quisesse que eu a seguisse, e era exatamente o que eu faria.

No corredor vazio, apenas o som dos nossos passos ecoava pelo ambiente. Todos haviam ficado para trás; agora era apenas ela e eu. Katherine, com sua postura singular, parou no final do corredor mal iluminado e contemplou a vista oferecida pela enorme e solitária janela à sua frente.

– Posso saber por que está me seguindo? – indagou, fingindo inocência.

Um sorriso nasceu em meus lábios, fazendo com que meus passos agora fossem mais lentos. Levei a taça de espumante até a boca, tomando um gole sutil, tudo sob seu olhar avaliativo.

– Estou um tanto curiosa sobre você. Parece tão misteriosa.

– Gosta de mistério? – Katherine ergueu o rosto para me encarar fixamente, antes de abrir um sorriso provocador.

– Posso dizer que é a minha paixão.

Ela suspirou profundamente assim que parei à sua frente, permitindo que nos encarássemos sem hesitação.

– Vejo que temos algo em comum – respondeu, antes de capturar a taça de minha mão e bebericar um gole de minha bebida.

Tempo atual

Eu reconhecia que minha atração inicial por Katherine, naquela noite, tinha sido despertada pela semelhança com Maya. Ambas as mulheres possuíam personalidades marcantes e únicas que me atraíam intensamente. Ela transmitia a mesma intensidade no olhar, porém devo admitir que ainda preferia os reflexos dos olhos castanhos sobre mim. Contudo, a imagem de Maya Collins em minha mente não conseguiu conter a força daquilo que Katherine me provocava. Ela era extraordinariamente inteligente e bela, assim como meu antigo amor.

Hoje, posso afirmar, sem hesitação, que, apesar de inicialmente ter sido desafiador me adaptar a uma nova mulher, considerando que minha referência era Maya, Katherine Cooper revelou-se surpreendentemente tão boa ou, até quem sabe, superior à Maya.

Deixei nossa fotografia sobre a mesa de cabeceira outra vez, enquanto recordava a nossa última noite. Depois de me perder por longas horas entre memórias do passado, Katherine se mostrou disposta a me fazer olhar para o futuro. O que mais eu poderia desejar?

— Acho que isso está bom.

Olhei para o par de roupas sobre a nossa cama desarrumada. Antes de começar a vesti-las, percebi que meu celular vibrava suavemente sobre o pequeno móvel. Ao pegá-lo, vi a pequena barra de notificações, indicando uma mensagem da minha namorada.

Katherine:
Não se atrase, preciso vê-la antes
de me apresentar.
Estou uma pilha de nervos!!

Eu:
Saio em dez minutos, querida.
Não se preocupe!

Após responder à mensagem, coloquei o celular de lado, reservando os minutos restantes para me preparar adequadamente para o evento. Hoje, seria apresentada a nova presidência da filial das Indústrias Cooper na cidade do México. Como Sofia era a presidente da matriz em Nova Iorque, ela estava encarregada de passar as honras de um cargo tão importante para a pessoa que dirigiria a segunda parte mais relevante das empresas no ramo petrolífero.

O trajeto pelas ruas movimentadas me fez dirigir com certa pressa, em meio a um trânsito apertado. Embora nada se comparasse à loucura das ruas de Nova Iorque, eu já estava acostumada ao ritmo daquele lugar. O estacionamento central estava lotado, indicando a magnitude do evento que estava por acontecer. Estacionei em frente à entrada principal, atraindo a atenção dos jornalistas e curiosos, que aguardavam ansiosamente por uma imagem. Entrei no monumental prédio da Cooper Enterprise, observando o movimento agitado do saguão naquela manhã, e cumprimentei algumas pessoas pelo caminho — todas conhecidas de Katherine —, até finalmente avistar Madson do outro lado.

— Finalmente! Sofia e Katherine estão à beira de um colapso — exclamou Madson, visivelmente nervosa.

— Parece que você também está — comentei, dando de ombros.

— Você sabe como elas ficam quando estão nervosas.

— Ei! Respire fundo e tente relaxar, está bem? — falei com firmeza, ao tocar nos ombros dela. — Está tudo sob controle! Eu vou cuidar de um lado para você.

Madson assentiu, com um breve sorriso, antes de se dirigir para o auditório lotado. Olhei ao redor, observando o fluxo de pessoas que circulavam pelo local, e então, segui em direção ao elevador central. Ao entrar na cabine metálica e pressionar o botão do último andar, uma onda de lembranças invadiu minha mente.

Por um breve instante, me permiti voltar no tempo e recordar a primeira vez que entrei no antigo reino dos Collins. E com essa lembrança, veio a sensação de ser inundada por ela.

Maya Collins tinha se tornado apenas uma lembrança. Uma lembrança inconfundível na mente de todos aqueles que tiveram o privilégio de conhecê-la. Não era segredo que seu nome carregava um peso singular, como uma marca registrada que a distinguia como um ser único. Afinal, quantas Maya Collins você já tinha conhecido?

Apenas uma, não é mesmo?

Isso porque ninguém, absolutamente ninguém, tomaria o lugar dela. Maya Collins era a personificação de seus desejos mais obscuros. Você não acredita? Então, olhe para si mesmo, faça uma análise. Você pode até tentar negar, com base em suas virtudes aparentemente inabaláveis e puras, mas não se engane. Você não é tão inocente quanto pensa. Você é cúmplice, e sabe por quê?

Desde o primeiro momento daquele jogo perfeitamente planejado, você se rendeu diante dos encantos sedutores de Maya. Era impossível não se deixar seduzir por ela, não é mesmo? Você, mais do que ninguém, sabe que se curvou diante da Rainha ao perceber a magnitude de seu poder. Por mais que a voz de sua consciência alertasse sobre o quão errado isso poderia ser, você se uniu em uma aliança silenciosa, para que as estratégias resultassem em um xeque-mate triunfante.

Você era cúmplice, assim como eu.

— Senhora Green — disse a secretária quando me aproximei. — Vou informar sua entrada.

— Obrigada, Amber — murmurei, com um sorriso nos lábios.

E, como bons cúmplices, alguns segredos devem ser guardados...

Police Department
Rapids, Mich.
NAME
ALIAS
RIGHT THUMB
LEFT THUMB
CAPÍTULO
#29

KATHERINE COOPER

Fenix

"A Fênix é uma ave mítica, símbolo universal da morte e do renascimento. Também representa o fogo, o Sol, a vida, renovação, ressurreição, imortalidade, longevidade e invencibilidade. Originária da Etiópia, a Fênix possui uma cauda adornada com belas penas vermelhas e douradas, retratada como uma ave sagrada que emerge das chamas. Ela tem a capacidade única de renascer de suas próprias cinzas após ser consumida pelo fogo."

Fechei o livro cuidadosamente sobre a mesa, deixando meu olhar vagar sobre as palavras impressas em papel envelhecido. Um suspiro escapou de meus lábios, absorvendo cada detalhe daquele parágrafo que ecoava tanto dentro de mim. Removi meus óculos e os coloquei sobre a pilha de papéis na mesa presidencial. Com os dedos, toquei suavemente na madeira escura e me levantei da cadeira, dirigindo-me lentamente até a estante de mogno no canto da ampla sala.

Servi-me de um copo generoso de café. Algo precisava me manter acordada. Aquela manhã carregava um peso significativo, marcava o início dos planos que tracei, após o desastre de um ano atrás. Este seria o dia em que todos veriam meu renascimento, a revelação do que sou e do que ainda posso ser. O caminho de vida que me foi destinado e tão brevemente interrompido.

– Com licença, senhora.

– Sim, Amber?

– A senhora Green está aqui e deseja entrar – disse minha secretária particular.

Avancei em direção à parede de vidro maciço, que me oferecia uma vista ampla do horizonte do centro comercial da Cidade do México. Meus olhos acompanharam o fluxo de carros adentrando o estacionamento frontal da minha empresa, as Indústrias Cooper.

– Pode deixá-la entrar, estou esperando.

– Sim, senhora.

À medida que me aproximava da vidraça, pude vislumbrar parcialmente meu reflexo. Meus cabelos, ainda longos, caíam, como uma cascata graciosa, pelas minhas costas, agora em um tom loiro, que representava uma mudança radical em minha aparência. As madeixas claras contrastavam perfeitamente com o vestido preto que eu vestia, com mangas três quartos e um decote frontal retangular. A peça, feita de um tecido leve e elegante, ajustava-se perfeitamente ao meu corpo, conferindo-lhe um ar social e, ao mesmo tempo, atraente.

Com modéstia, poderia afirmar o quão exuberante eu estava naquela manhã? Afinal, não era um crime uma mulher se reconhecer incrivelmente bela, especialmente quando, em poucos minutos, se tornaria o centro das atenções de centenas de pessoas ansiosas no auditório. Naquela manhã, anunciaríamos minha nova gestão como presidente e sócia da Cooper Enterprise na cidade do México. Foi um dos desejos de Charlie, antes de partir, e que eu não poderia deixar de cumprir.

– Katherine?

Deixei escapar um suspiro pesado, liberando o ar que enchia meus pulmões. Os sons dos sapatos de Eloise ecoavam no piso de carvalho, sinalizando sua aproximação e despertando em mim uma ansiedade pelo seu toque. Finalmente, suas mãos encontraram minha cintura, trazendo aquela sensação reconfortante de pertencimento.

– Está pronta, Rainha?

Um sutil arrepio percorreu minha coluna, embora eu tentasse disfarçar qualquer tremor em meu corpo. Tomei outro gole do café antes de me virar na direção dela, encontrando seus olhos verdes hipnotizantes. Eloise estava incrivelmente deslumbrante naquela manhã, como sempre. Ela vestia um elegante terninho azul-escuro, com linhas de giz verticais, que conferiam um ar de sofisticação ao tecido. O contraste com a camiseta de seda perolada, que usava por baixo do blazer aberto, realçava ainda mais sua beleza.

– Acho que estou.

– Acha? – Ela arqueou uma das sobrancelhas.

– Tenho certeza?! – Aquilo soou mais como uma pergunta do que como uma afirmação.

Eloise riu abertamente e me puxou para seus braços outra vez.

– Vamos de novo?

Eu assenti, aguardando sua pergunta.

– Está pronta, Rainha?

– Sempre estou pronta, Green!

– Isso me lembrou alguém. – Ela franziu o cenho, encarando-me com um semblante confuso. – O meu primeiro amor – sussurrou, fingindo ser um segredo.

Não pude conter uma risada ao vê-la falar daquela maneira. Avancei em sua direção, deixando que meus braços repousassem ao redor de seu pescoço, permitindo que ficássemos cada vez mais próximas.

– Sente saudade dela?

– Sinto que ela ainda está comigo. Espero que não fique chateada.

– De forma alguma, você sabe que eu entendo todo seu amor e desejo por aquela mulher. Eu também ficaria dessa maneira se tivesse a conhecido – zombei. – Ela é incrível.

– Ela é, não é? Não sei como pude resistir por tanto tempo.

— Deveria ter aproveitado mais, Eloise. Mas não se preocupe, eu cuido de você agora. Tenho certeza de que a senhora Collins não iria se incomodar — minha voz soou com um sussurro.

Senti a respiração de Eloise falhar por breves instantes — um sinal claro do efeito que eu ainda causava nela. Mesmo com o passar do tempo, ela não tinha se tornado imune ao meu poder, especialmente aos meus toques. Um sorriso malicioso brincou em meus lábios, enquanto me inclinava sutilmente para frente, aproximando-me da curvatura de seu pescoço. Ela engoliu em seco, evidenciando sua ansiedade com a proximidade, mas permaneceu em silêncio. Depositei um beijo lento, permitindo que minha língua tocasse suavemente sua pele.

— Com certeza, ela iria. Maya era um tanto possessiva.

Os olhos verdes de Eloise exibiam um brilho de luxúria, quase excitação. Ela inspirou o ar com força, como se buscasse manter sua sanidade.

— O que devo esperar de você, senhorita Cooper?

— O que esperava de Maya Collins? — rebati com uma pergunta que a fez sorrir. — Ainda somos uma só, Green. Agora você terá as duas. — Desvencilhei-me de seus braços para caminhar para o outro lado da sala, enquanto tentava me recompor diante daquela mulher. Não era só Eloise que precisava se controlar.

— Sinal de que devo me preocupar — afirmou. — Duas de você é um sinal claro de confusão. É como se eu vivesse isso em outra vida — completou, fazendo-me rir.

— Senhorita Cooper? — a voz masculina soou do outro lado da porta. Permiti a entrada, para, logo em seguida, encarar os olhos de William.

— Estão todos prontos, somente à sua espera.

— Estou descendo em dez minutos.

Ele assentiu, após um cumprimento à Eloise, e tão logo se retirou. Caminhamos juntas, lado a lado, em direção ao elevador principal. Eloise me encarou por alguns segundos, certificando-se do meu estado, que parecia mais do que perfeito. Eu sabia de seu receio quanto à minha exposição exagerada, especialmente após o que aconteceu há um ano. No entanto, havíamos combinado de que aquele momento precisava acontecer, e ela estaria ao meu lado, em um sinal claro de apoio. Eu havia vencido aquele jogo e merecia desfrutar da minha vitória.

— Quando quiser, senhora — disse um dos seguranças.

Eloise se posicionou ao meu lado, deixando-me no centro das portas. Seu olhar transmitia confiança, como se toda a segurança do mundo pudesse ser encontrada naqueles olhos verdes.

— Hora de começar o jogo — foram suas palavras, antes que as portas se abrissem.

— Apresento a vocês nossa mais nova sócia majoritária e presidente da Cooper Enterprise México, Katherine Cooper — anunciou o mestre de cerimônias, enquanto flashes banhavam meu corpo.

Naquele breve momento, minha ascensão ao cargo de presidente das Indústrias, inicialmente fundada por meu pai, Charlie Cooper, foi o ápice da minha vitória sobre Christopher Collins. Depois de longos anos de sofrimento, planejando estratégias perfeitas para um jogo perigoso, movido por interesses e vingança, era aqui que eu me encontrava.

Maya Collins podia ter morrido ao lado de seu marido corrupto e assassino, vítima de um incêndio criminoso há cerca de um ano, mas no mesmo dia em que ela deixou seu posto de Rainha, designou a coroa a um outro lado seu. Um lado tão inteligente, eficaz e poderoso quanto o anterior. Afinal, ninguém seria capaz de segurar o fardo pesado daquele reinado, seria? Nenhuma daquelas pessoas poderia suportar com tanta frieza o que Maya havia vivido. Apenas eu, Katherine. Se vocês estiverem curiosos sobre como tudo aconteceu, posso explicar como a nova presidente das Indústrias Cooper nasceu, ou melhor, ressurgiu.

Um ano antes

Contorci-me lentamente, arrastando-me pelo assoalho escuro, sentindo uma pontada aguda na parte superior da costela, acompanhada do ardor na minha coxa esquerda. Um gemido de dor escapou de meus lábios, enquanto eu lutava para manter os olhos abertos. Naquele momento, meu corpo parecia pesado, quase imóvel, como se não estivesse respondendo plenamente aos meus comandos para me tirar dali. Talvez fosse o efeito do medo e do desespero que me dominava naquele instante ou talvez fosse a pancada violenta que levei, após a explosão no cômodo ao lado. Outro gemido de dor escapou de meus lábios quando tentei me sentar, mas falhei e caí de volta no chão. Tentei focar minha visão turva, lutando contra a escuridão que parecia me envolver.

O clarão das chamas intensas começava a adentrar o quarto, consumindo tudo ao seu redor. O fogo se aproximava cada vez mais, fazendo-me observar com horror como eu iria morrer. Era uma sensação desesperadora ver a morte tão de perto e não poder fazer nada para detê-la.

– Não posso morrer... – murmurei com dificuldade. – Não posso. – Um acesso de tosse violenta me dominou, fazendo-me sufocar no ar poluído do quarto em chamas.

Minha respiração estava pesada, e a sensação de sufocamento aumentava a cada segundo. Fechei os olhos brevemente, tentando bloquear o som ensurdecedor do zumbido e do estalar das chamas, que ecoavam em minha mente. Entre os ruídos perturbadores, ouvi os gritos de pavor, como se estivessem ecoando de longe.

Virei o corpo de lado, sentindo aquela dor insuportável tomar conta de mim. Minha mão deslizou sobre a pele de minha coxa, encontrando um líquido escuro e viscoso. Ergui a mão trêmula, observando a vermelhidão que escorria entre meus dedos.

Sangue.

– Isso é culpa sua, Maya – grunhiu o homem. Seu tom desesperado aumentava minha agonia.

Minha respiração ofegante parecia encher o quarto, enquanto eu lutava para respirar o ar sufocante. Minha mente trabalhava freneticamente, mas meu corpo não respondia da mesma forma. As forças pareciam ter me abandonado quando mais precisava delas. Sentia-me desamparada e desesperada. A morte estava ali, iminente, torturante. Estaria mesmo morrendo? Seria esse o meu fim?

Um lado de mim dizia que não havia alternativa, que eu estava resignada a deixar o fogo me consumir. Era para o Inferno que eu iria, não era? Depois de uma vida regida por sentimentos tão obscuros, nada e ninguém poderia me salvar agora. Durante todo aquele tempo, imaginei que algo poderia dar errado, mas nunca pensei que seria dessa forma.

– Você vai morrer comigo! – a voz ecoou, fazendo com que lágrimas de revolta enchessem meus olhos.

Não eram lágrimas de tristeza. Eu não podia me permitir ficar triste naquele momento. Minhas lágrimas eram de pura raiva. Eu estava prestes a cair, mas levaria o responsável por tudo isso comigo.

– Você vai para o Inferno comigo... – sussurrei.

As labaredas cresciam, os ruídos se intensificavam, indicando que tudo poderia desabar a qualquer momento. Minha respiração tornou-se lenta e pesada, como se meu corpo estivesse perdendo as forças. A dor era insuportável, deixando-me fraca e sem esperanças de lutar. Christopher Collins havia me derrubado.

– Como se sente, Rainha? Como se sente morrendo pelas minhas mãos? – sua voz soou grossa e sarcástica. Ele iria morrer, mas pisaria em mim o quanto fosse necessário antes de partir.

Um único suspiro deixou meus lábios, enquanto minhas mãos se fechavam em punhos cerrados. Eu o vi se aproximando. Christopher carregava uma expressão doentia, enquanto se esforçava para atravessar a suíte com todos os seus machucados. Minha respiração voltou bruscamente, fazendo-me fechar os olhos por puro impulso. Eu iria morrer.

– Você é fraca, como Charlie foi.

Aquela pequena frase soou de maneira violenta e intensa, sobrepondo-se aos meus pensamentos, como um tiro certeiro, provocando aquela dor imensurável. Mas diferente de todas as outras dores, aquela não me atingiria de uma maneira ruim. Pelo contrário, as palavras proferidas por Collins vieram como um surto de adrenalina, e era somente isso que me faltava. Meus olhos se abriram em um único ato, fixando-se sobre as chamas vibrantes que consumiam tudo que restava. Ele não iria manchar Charlie com a minha derrota.

Virei meu corpo de bruços, apoiando-me com as mãos no piso trêmulo. O fogo estava cada vez mais próximo, as chamas queimavam sobre os tecidos, cortinas e carpetes. Rangi os dentes, sentindo aquela pontada de dor em minha coxa. Eu suportei, assim que meus olhos foram de encontro ao objeto prateado e reluzente a poucos metros de mim.

– O seu fim chegou, Maya.

Dizem que momentos antes da morte, sua vida passa como um filme diante de seus olhos, desde o primeiro instante até o último. Eu não sabia se aquele seria o meu momento de partir, mas no interior de meus pensamentos, toda minha trajetória passou como um flash. Minha chegada ao orfanato, minha união à Sofia, meu primeiro encontro com Charlie. Seu sorriso largo, acompanhado de seus olhos claros, se materializaram em minha mente de maneira tão nítida que eu poderia jurar tê-lo visto. "Você consegue, Maya", disse ele. No entanto, sua expressão tão alegre e viva se transformou em um rosto melancólico, opaco, morto, trazendo consigo os olhos malignos do homem a poucos metros de mim. Aquela sensação de revolta inflou meu peito, arrancando-me o fio de felicidade que se instalou em meio àquele caos. Eu abri os olhos, voltando àquela realidade violenta que nos cercava, sentindo minha respiração pesada que bombardeava meus pulmões. Por alguns segundos, as imagens de Eloise se fixaram em minha cabeça, lembrando-me de tudo que ainda poderíamos viver.

– Eloise... – sussurrei, arrastando o dorso da mão para limpar o sangue que escorria próximo à minha boca. – Eu fechei uma das mãos firmemente ao redor do revólver trazido por Collins e ergui meu corpo, sendo rodeada pelas chamas vibrantes que ele mesmo havia provocado.

– O jogo só acaba quando o rei é derrubado – foram minhas palavras quando ergui a arma reluzente em sua direção.

Christopher estagnou os passos, fitando-me com os olhos malignos e perversos. Eu podia notar facilmente sua respiração ofegante, enquanto ele apertava os próprios punhos. Nós nos encaramos por segundos valiosos, que me fizeram recordar todo o sentimento de repulsa que ele me provocou durante todos esses anos.

– Você não teria coragem – provocou, dando um passo à frente.

– Não se aproxime!

Collins expandiu os lábios em um sorriso diabólico, que me fez tremer. Por alguns instantes, considerei mentalmente que foi aquela imagem que Charlie teve antes de morrer. Eu não poderia ter o mesmo fim.

O estalar sutil emanado pelo revólver indicou a falha inacreditável daquele momento. Meus olhos se arregalaram, em um ato desacreditado. Christopher gargalhou diabolicamente, fazendo-me tremer por completo. Eu recuei um passo, apertando o gatilho que novamente falhou. O homem fixou os olhos demoníacos sobre mim, carregando em sua íris clara o brilho da morte.

– Não, não pode ser... – minha voz soou com um fio.

– Acabou, Rainha.

Quando Christopher avançou sobre mim, em um ato impulsivo, o fogo violento ocasionou uma explosão próximo ao telhado, fazendo com que uma parte dele desabasse entre nós. Meu corpo foi bruscamente arremessado para o chão, arrancando-me um grito de dor que rasgou minha garganta. Gemi dolorosamente, enquanto me afastava do fogo, que resvalou por meu braço esquerdo. Virei de bruços e ergui meu corpo do chão novamente, com os resquícios de forças que me restavam. A fumaça, misturada à poeira, alastrou-se pelo ambiente, em meio às chamas vibrantes, dificultando minha visão naquele cômodo destruído. Dei um passo à frente, mesmo sentindo o fisgar intenso em minha coxa direita, quando, por fim, meus olhos encontraram o que eu realmente precisava.

Afastei as peças grossas de gesso que desabaram do detalhado, para, enfim, capturar minha pistola dourada, que reluzia de maneira brilhante, em meio à destruição. Assim que tomei posse do objeto, ouvi os gemidos enfurecidos de dor. Apressei os passos, com dificuldade, arrastando minha perna direita, para, então, vê-lo reclinado sobre o piso, entre os destroços.

– Me tire daqui! Maya! – exclamou de forma sufocada, enquanto tentava afastar a enorme viga de madeira que esmagava suas pernas. – Sua vagabunda, me tire daqui!

Mesmo sabendo que aquele lugar estava prestes a sucumbir em meio ao fogo, me permiti observar aquela cena com certo prazer. Naquele momento, por uma fração de segundos, não senti qualquer sinal de compaixão, muito menos de solidariedade. Christopher não merecia que eu me compadecesse de seu estado, pelo contrário, era meu dever deixá-lo queimar. A misericórdia não seria dada por mim, seria? Quem eu deveria ser agora? Maya Garcia ou Maya Collins?

– Vai me deixar queimar aqui? – perguntou, em meio aos gemidos de dor. – Você é tão perversa como eu!

Meu peito subiu e desceu, em uma respiração pesada, enquanto meu coração palpitava freneticamente. Olhei ao meu redor, notando que não havia muitas opções. Sabia que meu lugar no Inferno estava reservado, não seria uma boa ação que me tiraria de lá. No entanto, permitir que Christopher sentisse as chamas o consumindo, em uma tortura lenta e dolorosa, faria de mim alguém muito pior do que ele. Collins não tinha escapatória, e eu não poderia morrer naquele incêndio. Então, me restava apenas uma opção.

– Eu não sou como você. – Ergui uma das pernas com dificuldade e a pressionei, com a ponta do pé, sobre sua barriga, recebendo um grunhido doloroso. Ergui a cabeça e o encarei com uma expressão desafiadora, para, então, apontar a pistola dourada em sua direção.

– Eu deveria deixá-lo queimar no fogo, porque é isso que você merece, mas não vou me igualar a você. Me agradeça por acabar com o seu sofrimento quando nos encontrarmos no Inferno! – vociferei, ao repousar o dedo no gatilho.

– Ma-Maya...

– Xeque-mate, Collins – foram minhas palavras, antes de disparar duas vezes em seu peito.

O corpo do homem recebeu o forte impacto dos tiros emanados por minha pistola, dando fim ao seu sofrimento e, consequentemente, ao meu.

– Acabou... – Suspirei, largando a pistola no chão.

Em um espaço mínimo de tempo, analisei todas as prováveis saídas do lugar, constatando que não me restavam muitas. O fogo tomava conta de tudo que havia pela frente. Afastei-me do corpo, seguindo em direção à parede, parcialmente arrebentada, que daria passagem ao quarto do lado. O espaço ainda não era suficiente para que eu me deslocasse para o aposento à frente, havia algumas vigas finas de madeira que não foram totalmente arrebentadas.

– Inferno! – Aproximei-me de uma das estantes e, com pressa, amarrei uma camisa sobre meu nariz e boca.

Em seguida, capturei uma das cadeiras de madeira presentes no quarto e, movida pela adrenalina, arremessei o objeto com força contra as vigas. Só após três tentativas, o material se partiu. Com as mãos, afastei os retalhos da madeira fina e me inclinei para frente, sentindo minha coxa sangrar cada vez mais. Gemi de dor assim que meu corpo foi de encontro ao chão, próximo às labaredas de fogo vivo, que por pouco não tomaram conta do robe que me cobria.

Quando tomei impulso para suspender meu corpo do chão, a porta do banheiro foi arremessada com o impacto de outra explosão. Abaixei-me novamente, completamente apavorada, quando meus olhos foram de encontro ao que havia no interior do pequeno cômodo.

Um corpo.

Meus olhos se arregalaram, fazendo-me levantar de uma só vez. O grito sumiu em minha garganta, assim que vi o rosto parcialmente queimado de Eliza. Levei uma das mãos à boca, sentindo meu corpo inteiro tremer diante da visão assustadora do corpo sendo consumido pelo fogo intenso. Eliza tinha a pele sendo devorada pelas labaredas, sem esperanças de salvação. Fechei os olhos por alguns instantes, sentindo aquele maldito aperto no coração. Eu não poderia deixar que a culpa me derrubasse agora. Eliza não morreu por culpa minha, certo?

– Me perdoe por isso, Eliza. – Levei uma das mãos ao colar preso ao meu pescoço, arrancando-o de uma só vez.

O objeto valioso se partiu, deixando que algumas de suas pedrarias tão caras caíssem no chão. Apertei-o com as mãos, antes de jogá-lo próximo ao corpo que, em pouco tempo, se tornaria irreconhecível, e recuei alguns passos, vendo o fogo tomá-la por completo, antes de ir em direção à varanda. Com certa dificuldade, abri a porta dupla, deixando que o vento daquela noite pavorosa viesse de encontro ao meu rosto, e repousei minhas mãos no batente da varanda, debruçando-me para frente.

Meus olhos se prenderam na piscina estendida alguns metros adiante. Sabia que as chances de sucesso eram mínimas, já que a piscina não estava diretamente abaixo da pequena varanda em que eu estava. Debrucei-me novamente sobre o corrimão, sentindo meu peito sendo bombardeado com as batidas frenéticas do meu coração.

– Eu consigo – repeti aquela frase seguidas vezes, enquanto me colocava do lado oposto da varanda, agora pisando com as pontas dos pés no espaço mínimo em frente ao corrimão.

Eu me encontrava pendurada do lado de fora da varanda, encarando a grande extensão de água um pouco mais à frente. Senti aquela maldita fisgada na perna direita, fazendo-me duvidar ainda mais do meu plano de fuga. Meu salto para o fundo da piscina teria enormes chances de falhar, visto que uma de minhas pernas se encontrava ferida. Fechei os olhos e respirei fundo seguidas vezes, em uma tentativa falha de tomar coragem para pular. Meu corpo tremia descontroladamente. Naquele espaço mínimo de tempo, as imagens de Eliza sendo queimada tomaram minha mente, fazendo-me presumir que Christopher logo estaria da mesma forma. Eu não poderia ter aquele fim, não por medo ou fraqueza. Maya Collins havia enfrentado coisas piores, não seria um salto de uma mansão em chamas que faria seu fim, seria?

– Esse não é o fim – foram as minhas palavras, antes de tomar impulso e saltar.

A sensação assustadora trazida pela queda livre foi apagada quando meu corpo afundou na água. Por poucos segundos, o silêncio, no fundo da piscina, me trouxe uma calmaria que me fez tomar impulso para emergir até a borda. Tossi violentamente, enquanto me segurava na borda, lutando para sair da água. Com esforço, ergui meu corpo encharcado, vestindo apenas minha lingerie e um robe rasgado, e girei sobre os calcanhares, sentindo a água escorrer, enquanto encarava a visão aterradora da mansão Collins sendo engolida pelo fogo.

Aquela cena, tão repleta de cores vibrantes, carregava um simbolismo profundo, além do óbvio. Ver a mansão Collins ser devorada pelo fogo me proporcionava uma sensação de encerramento, como se fosse o desfecho de um ciclo meticulosamente planejado e executado. Enquanto o fogo consumia o lugar, uma parte de mim também se desfazia ali. Em um sentido figurado, Maya Collins não estava escapando, mas, sim, sendo consumida pelo fogo da vingança. A rainha estava se transformando em cinzas, dando lugar a um novo eu.

Que Maya eu poderia ser?

Encarei meu reflexo no espelho do banheiro, deparando-me com as marcas violentas daquela noite estampadas pelo meu corpo. Ao descer o zíper do macacão industrial preto, que havia sido retirado de uma das salas de manutenção nos fundos da mansão Collins, observei as escoriações e as queimaduras espalhadas por toda a minha pele. Com dificuldade, deixei o restante da peça de roupa cair até o chão, e um gemido escapou dos meus lábios quando o tecido grosso roçou sobre o corte em minha coxa. Quase sem forças, me permiti sentar no chão do banheiro, apoiando-me na parede fria, para encontrar um pouco de alívio.

– Por favor, atenda – sussurrei, enquanto tentava ligar mais uma vez para o telefone de Eloise.

Naquele momento, o incêndio que consumiu a mansão Collins já não era mais um segredo. Equipes do corpo de bombeiros e carros da polícia se movimentavam pelas ruas de Nova Iorque em direção ao local destruído. Sabendo que Green desempenhava um papel importante no Departamento de Polícia, eu tinha certeza de que ela já havia sido informada. A mera ideia de vê-la sofrendo por minha suposta morte apertava meu peito, pois eu conhecia o impacto que isso poderia ter sobre ela.

– Vamos, por favor! – Cliquei mais uma vez sobre o seu número na tela do celular descartável.

– *Oi, aqui quem fala é Eloise Green. Eu não posso atender no momento, mas deixe seu recado.*

A mensagem repetida do celular só aumentou minha frustração. *Mortos não deixam recados*, pensei, enquanto tentava ligar para ela várias vezes, assim como para Madson e Sofia, mas nenhuma delas atendeu.

– Inferno! – exclamei, afastando o celular com força, e suspendi meu corpo do chão, apoiando-me em todos os móveis ao alcance, para seguir em direção ao interior do pequeno box.

Um suspiro escapou de meus lábios quando a água fria do chuveiro encontrou minha pele e escorreu de maneira constante e relaxante. Após tudo o que aconteceu naquela noite, sentir algo de temperatura mais baixa era reconfortante. Fiquei debaixo do chuveiro por alguns minutos, deixando meus pensamentos vagarem sobre o que precisava ser feito em seguida.

Depois do banho, procurei por minhas roupas, guardadas em algum cômodo da casa alugada que usávamos para nossos planos, durante as madrugadas de roubo à Collins Enterprises. Terminei os curativos em minha perna, seguido por alguns nos braços e na costela, e encarei minha imagem no espelho, reconhecendo que não era um dos meus melhores momentos. Com cuidado, vesti meu casaco preto, coloquei o boné sobre minha cabeça e, depois de estar totalmente pronta, me dirigi à pequena dispensa no porão da casa, onde reuni todos os materiais necessários dentro de uma mochila: roupas, sapatos e dinheiro.

– Onde está? – perguntei a mim mesma, vasculhando apressadamente as maletas, até finalmente encontrar o que precisava.

Meus olhos se fixaram nos documentos falsificados, acompanhados de nossos rostos familiares. Havia várias opções para uma nova identidade, mas uma, em particular, me chamou a atenção.

– Katherine Maya Cooper... – sussurrei, tocando suavemente a foto de meu rosto impressa no documento.

Todos os documentos foram falsificados durante a minha última viagem à Suíça. Enquanto Eloise se dedicava ao trabalho, eu estava em um almoço de negócios com um dos melhores falsificadores do país. Era uma alternativa segura, especialmente quando a detetive estava determinada a encontrar o culpado. Depois de guardar tudo que precisava, saí do lugar e entrei em uma caminhonete simples estacionada na garagem da casa. Durante o caminho, ouvi as notícias sendo anunciadas pelos locutores de rádio, atualizando os possíveis interessados na grande tragédia da mansão Collins.

– *De acordo com informações policiais, a mansão Collins foi incendiada pelo próprio magnata do petróleo. O empresário foi condenado por uma lista de crimes e, depois de um surto psíquico, fugiu a caminho da penitenciária de Downstate. Sua esposa, Maya Collins, teve o corpo totalmente carbonizado. Há boatos de que a polícia não conseguiu identificar o DNA, visto que nenhum de seus parentes próximos foi encontrado. Mas, de acordo com o depoimento de alguns informantes, ela era a única pessoa presente no interior da mansão* — informou a voz emanada pelo alto-falante.

Mantive os olhos atentos na avenida, enquanto meu cérebro processava todas aquelas informações. Para o mundo inteiro, naquele momento, Maya Collins foi morta em um incêndio criminoso provocado por seu marido. Suspirei pesadamente e diminuí a velocidade, ao parar do outro lado do prédio do Departamento de Polícia. Meus olhos se fixaram na entrada, avistando o fluxo frenético de policiais, que entravam e saíam do local. Bufei, impaciente, e saí do veículo, em busca de um telefone público. Disquei o número da recepção do lugar e logo fui atendida. Inicialmente, não pude obter qualquer informação sobre Eloise, somente após uma enorme insistência, fingindo ser sua irmã mais nova, descobri que ela estava internada no Hospital Central.

Minutos depois, me vi entrando no saguão do Hospital Central, mesmo com a enorme possibilidade de ser descoberta, sob o disfarce de casaco, capuz e boné. A recepcionista me deu o número do quarto em que a detetive estava, mas logo depois se corrigiu, dizendo que eu não podia visitá-la. Engoli minha frustração e fingi aceitar suas ordens, esperando pelo momento certo.

Quando ela se distraiu com a chegada de uma ambulância, aproveitei para fugir pelos corredores, em busca do quarto da minha mulher. Meu coração apertou ao vê-la completamente desacordada na cama do hospital. Seu rosto não mostrava emoção, mas eu sabia o quanto ela podia estar sofrendo. Respirei fundo, sentindo os olhos úmidos, enquanto tocava suavemente seu rosto.

— Me perdoa. Eu não queria fazer você passar por isso. — Com o polegar, contornei suavemente a maçã do seu rosto, subindo até o pequeno curativo em seu supercílio. O quarto estava envolto em um silêncio quase palpável, quebrado apenas pelo som regular da sua respiração, acompanhado pelo persistente bipe da máquina ao lado. — Estou feliz em ver você. Achei que nunca mais faria isso de novo — murmurei, enquanto acariciava seu rosto.

Era reconfortante estar ao lado de Eloise depois de ter enfrentado a proximidade da morte. Mesmo nessas circunstâncias sombrias, sua presença doce me trazia um alívio indescritível. A detetive, talvez percebendo minha presença, moveu lentamente as pálpebras, como se tentasse me fitar.

— Não se esforce, está tudo bem.

— Maya... — sua voz estava embargada, e seu esforço para me ver fez com que algumas lágrimas escorressem dos meus olhos.

— *Shhh*, eu estou aqui com você.

Ver Eloise tão fragilizada me despertava uma culpa esmagadora. Nunca planejei que ela sofresse dessa forma. Na verdade, ela nem sequer estava nos meus planos até aquele encontro em Mount Vernon. O destino, de forma surpreendente, mostrou-me que nenhum plano é infalível.

– Não me deixou... – sussurrou.

– Eu nunca vou deixar você.

Após sair do hospital, me dirigi à cafeteria próxima ao apartamento de Eloise, no qual planejava me infiltrar. Com o descuido do porteiro, entrei no prédio e no apartamento, usando suas chaves de reserva.

O apartamento estava vazio e silencioso, exatamente como eu esperava. Era estranho estar ali sem a presença de Eloise, mas eu sabia que ela logo chegaria. Não mexi em nada, evitando deixar pistas de minha presença para sua melhor amiga, que poderia aparecer a qualquer momento. Permaneci no quarto, desfrutando o conforto familiar de sua cama, por longas e intermináveis horas. Mesmo exausta, não podia me dar ao luxo de dormir e ser descoberta. Estar em qualquer lugar, naquele dia, poderia ser perigoso demais para alguém considerada morta. Por fim, me ergui da cama de maneira preguiçosa e hesitante, permitindo-me caminhar pela extensão da casa, enquanto a tarde caía lá fora.

Um suspiro escapou dos meus lábios, enquanto eu observava o tranquilo fluxo de carros na avenida à frente. Em poucas horas, minha vida tomaria um rumo diferente, e eu não poderia seguir em frente sem me despedir. Conhecia bem a relutância de Eloise, mas, naquele momento, não podia me dar ao luxo de escolher. No início, deixar aquele lugar e aquelas pessoas parecia um alívio, como se eu estivesse me libertando de todo o mal, mas agora tudo era diferente. Eloise transformou minuciosamente meus planos em estratégias frágeis, diante dos sentimentos que nutria por ela. Após a morte de Charlie, prometi a mim mesma que ninguém poderia me deter ou me fazer desistir. Transformei a dor e o desespero em ódio, mas foi o amor de Eloise que, de maneira inesperada, me fez sobreviver.

Recuei alguns passos, absorvendo cada detalhe do lugar, com uma sensação estranha de nostalgia. Todas as vezes que visitei aquele apartamento foram guiadas por impulsos descontrolados, uma montanha-russa de emoções e desejos profundos. Não me arrependi de nenhum deles, faria tudo de novo, só para tê-la ao meu lado.

– Green... – sussurrei, enquanto segurava uma fotografia, e olhei para o retrato, no qual Eloise sorria animadamente ao lado de sua melhor amiga, Ruby Foster. Ela estava tão vibrante em seu uniforme policial, como se estivesse vivendo um dos melhores dias da sua vida.

Antes que eu pudesse colocar a fotografia de volta à estante, ouvi o leve tilintar das chaves do outro lado da porta. Meus olhos se arregalaram de puro susto, impulsionando-me a correr dali. Em passos rápidos, me refugiei no banheiro de visitas no final do corredor. O silêncio no apartamento permitia que eu ouvisse os passos suaves sobre o piso de madeira, indicando a presença de apenas uma pessoa. Respirei fundo, tentando controlar o nervosismo que ameaçava me dominar. O som de copos indicou claramente a presença de alguém na cozinha. Eu suspirei lentamente e comecei a caminhar, em passos cuidadosos, pelo corredor parcialmente iluminado. Parei abruptamente quando a pessoa se moveu, agora mexendo em outros objetos que não pude identificar.

— Por que você tinha que ir? – a voz angustiada de Eloise ecoou pela cozinha.

Sentada no chão, com as costas apoiadas na bancada, ela tomava grandes goles da bebida alcoólica em seu copo. Seus soluços eram tão dolorosos que me causavam uma dor quase física. Vê-la tão abalada, por minha ausência, me fez perceber a magnitude dos sentimentos que ela nutria por mim. Não que houvesse duvidado. A policial havia provado diversas vezes o que sentia, especialmente quando se uniu a mim. Antes que eu pudesse chamar seu nome, ela se ergueu bruscamente do chão, fazendo-me dar um passo para trás. Transtornada, ela rasgou um amontoado de papéis, espalhando os pedaços pelo chão. Os soluços, acompanhados do choro descontrolado, rasgou-me o peito sem piedade alguma. Ela pôs as mãos sobre a bancada, inclinando seu corpo para frente, como se buscasse forças.

— Por que você me deixou, Maya?

— Eu não deixei.

De repente, ela se levantou abruptamente, virando-se para mim num movimento rápido. Seus olhos verdes se arregalaram, causando um impacto que fez o copo em suas mãos se estilhaçar, ao cair no chão. Seu rosto assumiu uma expressão de espanto e incredulidade. Eloise ergueu uma das mãos até sua boca, fazendo-me perceber o quão trêmulas estavam.

— Calma... – Dei um passo à frente, fazendo-a suspirar. – Sou eu, estou aqui com você. – Avancei em sua direção, tomando seu corpo em um abraço apertado. Por um momento, ela pareceu atônita, como se ainda estivesse processando o que estava acontecendo. Inclinei-me na direção de seu rosto e a beijei com urgência, deixando que as lágrimas escorressem livremente pelos meus olhos. – Eu nunca te deixei – sussurrei, enquanto nossos lábios se separaram por um instante.

— Maya, meu Deus! – disse, tocando meu rosto de maneira desesperada, como se precisasse se certificar de que eu era real. – Não pode ser... Eu vi... seu corpo.

Fechei os olhos, permitindo que suas mãos trêmulas percorressem meu rosto, transmitindo um misto de desespero e alívio.

— Eu escapei, consegui fugir dele. Eu estou aqui, meu bem.

— Você está viva! – Ela sorriu em meio às lágrimas. – Me diga que não estou sonhando, por favor. – Abraçou-me com tanta força, que não pude conter o gemido de dor, fazendo com que ela me soltasse no mesmo instante. – Me desculpa. – Afastou-se sutilmente. – Eu pensei que tinha perdido você, foi horrível.

— Eu sei, me perdoa. Eu estou bem agora. – Eu a puxei para mim, encaixando-me em seu corpo caloroso, em um abraço que se estendeu por longos minutos.

Durante aquele tempo, me senti verdadeiramente aliviada, como se todo aquele mal, enfim, tivesse terminado. Era como chegar ao final de uma batalha violenta, com a faísca de esperança por algo melhor. Nós havíamos ganhado? Aquele era mesmo o fim?

Libertei o corpo da mulher, permitindo que ela me encarasse. Seus olhos ainda estavam marejados, mas agora carregavam um brilho de felicidade e alívio. Levei ambas as mãos até sua face, deixando que meus polegares deslizassem por sua pele lentamente, afastando as lágrimas que ainda desciam.

– Não chore...

– Ver aquele lugar em chamas e pensar que você tinha morrido foi horrível. E pior ainda sentir que não pude fazer nada para impedir.

– Não se sinta assim, você não teve culpa. – Segurei seu rosto, obrigando-a a me encarar. – Foram apenas consequências...

– Esse jogo acabou, Maya. Agora, vamos fazer do meu jeito. – Seus olhos brilhantes se mantiveram firmes e confiantes. Eu os encarei por alguns instantes, antes de me afastar lentamente. Eloise engoliu em seco, agora com um semblante confuso.

– Não posso...

– Do que está falando? – Ela deu um passo à frente.

Deslizei uma das mãos pelo meu braço, sentindo-me estranhamente nervosa. Traçar um plano agora não era tão simples como antigamente. Hoje, minhas ações rendiam maiores consequências, não só para mim, mas também para a policial.

– Eu não posso deixar que as coisas sejam do seu jeito, não ainda. Não é seguro.

– Maya, por favor... – Ela se aproximou, segurando-me com delicadeza. – Christopher está morto, acredite em mim.

– Eu sei, Eloise. Christopher está morto porque eu o matei – confessei, com medo do que ela poderia pensar.

Ela ficou em silêncio, deixando escapar um suspiro pesado, enquanto suas mãos deixavam meu corpo devagar. A expressão em seu rosto era um verdadeiro enigma, impossibilitando qualquer certeza sobre seus pensamentos. Talvez sua mente tentasse processar o erro que havia cometido, ao se apaixonar por mim. Eloise carregava uma reputação digna de uma pessoa íntegra, com virtudes invejáveis, que agora seriam manchadas por mim, uma assassina. O quão injusto aquilo poderia ser?

– Antes que pense o pior, eu queria dizer que... eu não o matei por vingança.

– Maya... – interrompeu.

– Me escute, por favor. – Segurei sua mão, atraindo aqueles olhos verdes em minha direção. – Eu só quero que acredite em mim. Eu não sou um monstro! Depois que brigamos, uma explosão fez com que uma parte da casa desabasse sobre nós. Christopher tinha uma das pernas esmagadas por uma viga de madeira. Lembro-me dos seus gritos desesperados, pedindo socorro. – Fiz uma breve pausa, tentando conseguir forças para continuar. – Por alguns instantes, pensei em salvá-lo, mas não conseguiria. O fogo estava se espalhando tão rápido... Eu sei que ele nunca faria isso por mim, mas morrer queimado é cruel até mesmo para alguém como ele. Então, eu... – as palavras sumiram dos meus lábios, temendo o que poderia acontecer dali para frente.

– Eu atirei. Eu o matei da mesma maneira como ele fez com Charlie.

Eloise suspirou profundamente, antes de me puxar para seus braços.

– Não foi da mesma maneira. Você o salvou de uma morte lenta e dolorosa, Maya. Foi melhor assim.

– Eu nunca quis ser uma assassina – confessei, diante de um choro repentino, e agarrei-me ao corpo de Eloise, sentindo os soluços rasgarem a minha garganta. – Podem me culpar por todo o resto, mas eu não queria isso.

– Eu sei que não. Você fez o que tinha que fazer, e agora isso acabou. – Ela se inclinou para frente, unindo sua testa à minha.

Eu conseguia ouvir sua respiração forte, enquanto ela mantinha os olhos fechados.

– Eu estou aqui com você.

Era dolorosa a sensação de saber que eu ainda não poderia simplesmente me render a ela, que tudo ainda precisava de um verdadeiro final, ou até mesmo um novo começo. O nosso momento ainda não havia chegado.

– Eu não posso mais ficar.

– O quê?

Senti as suas mãos soltarem meu rosto, em um movimento lento.

– Eu não posso mais viver aqui. Todos acham que eu estou morta.

– Nós podemos esclarecer isso. Podemos ir à delegacia agora mesmo – sugeriu, nervosa.

– Não, não podemos. Maya Collins está morta, e é assim que precisa continuar. Não vai me entender agora, mas me escute... é o melhor. Christopher morreu, mas ainda há outras pessoas que estão envolvidas nisso tudo. Eu não estou segura, Green.

Eloise meneou a cabeça em um sinal negativo, inconformada.

– Podemos dar um jeito nisso.

– É o que vou fazer – disse com firmeza.

– Juntas, Maya.

– Não vou envolver você em mais um crime. Não é justo! Não com você.

– Eu não me importo!

– Mas eu, sim! – retruquei, tentando conter as lágrimas que preenchiam os meus olhos. – Já está feito, não entende? Existem dois corpos naquela mansão, e um deles será o meu. Eliza morreu no meu lugar.

Eliza, assim como eu, não tinha mais ninguém. Mudou-se para os Estados Unidos em busca de trabalho, há alguns anos, e conseguiu uma vaga para trabalhar na mansão Collins. Naquele momento, seu desaparecimento não seria notado e seu corpo não poderia ser identificado. Não havia familiares para o recolhimento de DNA que pudessem comparar com o corpo completamente desfigurado. Eliza era o corpo de Maya Collins.

– Eu estou cansada de viver assim. Eu preciso de um recomeço.

– E nós? – Ela recuou alguns passos, virando as costas para mim.

Eloise respirava fundo, como se tentasse se manter firme diante de tantos acontecimentos. Eu me sentia ainda mais culpada por fazê-la passar por situações como aquela, mas, agora, não havia como ser diferente. Nós ficamos em silêncio por instantes que pareceram intermináveis, entao eu resolvi me aproximar. Lentamente, aconcheguei-me nas costas da mulher, permitindo-me sentir o calor de seu corpo. Ao envolvê-la com os braços, a senti soltar todo o ar de seus pulmões, em um sinal claro de cansaço.

– Eu ainda vou estar com você. Eu só preciso que me espere.

– Eu não quero que seja assim... – ela falou, e seu tom de voz melancólico trouxe aquele aperto em meu peito. – Eu quero você, Maya. – Ela se soltou de meus braços, virando-se em minha direção.

Um arrepio percorreu minha coluna quando ela se aproximou mais, ficando a poucos centímetros de mim.

– Eu sou sua.

Eloise puxou o ar para seus pulmões, sem tirar os olhos dos meus. Havia uma conexão única entre nós. Eu encarei aquele par de olhos tão intensos, até o momento em que uma de suas mãos repousou delicadamente na lateral do meu rosto, e com o polegar, senti o carinho sutil em minha pele, fazendo com que meus olhos se fechassem, em uma busca gananciosa por mais. E mesmo com os olhos fechados, percebi a aproximação da mulher, que agora deslizava seus lábios macios sobre os meus.

– Então, não me deixe – sua voz soou como uma súplica, contrastando-se com o ato impulsivo de suas mãos cercando minha cintura.

Eu também precisava de Eloise até mais do que ela precisava de mim. No entanto, eu sabia que, naquele momento, ceder aos meus sentimentos não era uma opção, por mais tentadora que fosse a ideia de ficar. Eu precisava partir, por ela e por mim.

– Eu te amo, ouviu bem? Você foi a melhor coisa que me aconteceu, Eloise.

– Não fala assim...

– Eu me sinto idiota por pedir isso, mas... – Suspirei. – Me espera? Eu prometo que vou voltar pra você.

Eloise sabia que aquela era nossa despedida. Eu conseguia ver a decepção em seus olhos marejados.

– Promete pra mim também?

– Eu prometo.

Os ponteiros do relógio pareciam correr aquela noite, enquanto minha vontade clamava para que eles se movessem o mais lentamente possível. Infelizmente, eu não podia controlar o tempo; tudo que me restava era aproveitar cada segundo daqueles últimos momentos ao lado daquela mulher. E era exatamente o que eu faria. Aconcheguei-me em seus braços, repousando a cabeça sobre seu ombro, enquanto seus braços me envolviam calorosamente. Estar em seus braços me fazia sentir incrivelmente segura, como se a policial pudesse resolver todo o caos que minha vida conturbada apresentava, mas eu sabia que não era assim. Eloise poderia ter toda a força de vontade e desejo para resolver, mas nem tudo estava em suas mãos. Eu precisava tomar um rumo diferente para que as coisas voltassem ao seu devido lugar.

Encarei o rosto sereno da mulher, notando o pequeno machucado coberto pelo curativo em sua sobrancelha e deslizei o polegar sutilmente por ele, antes de escorregá-lo até seus lábios macios. Um sorriso brotou em meus lábios, no exato momento em que as lembranças de nossos primeiros meses juntas se fizeram presentes. Era um tanto nostálgico recordar como tudo havia começado. Nossas brigas, provocações e noites inteiras de um sexo que transformaria nossa história.

— Eu te amo, Eloise. — Com todo cuidado, afastei-me de seus braços, evitando fazer qualquer tipo de movimento que pudesse acordá-la.

Eloise apenas se moveu, respirando fundo e virando seu corpo de lado. Eu me permiti observá-la por alguns instantes, antes de arrumar minhas coisas espalhadas pelo quarto. Não faltava muito para amanhecer, e ao clarear do dia, eu precisava estar longe de Nova Iorque. Voltei meus olhos para a detetive mais uma vez, antes de me aproximar da mesa no canto de seu quarto, na qual deixei um pequeno bilhete.

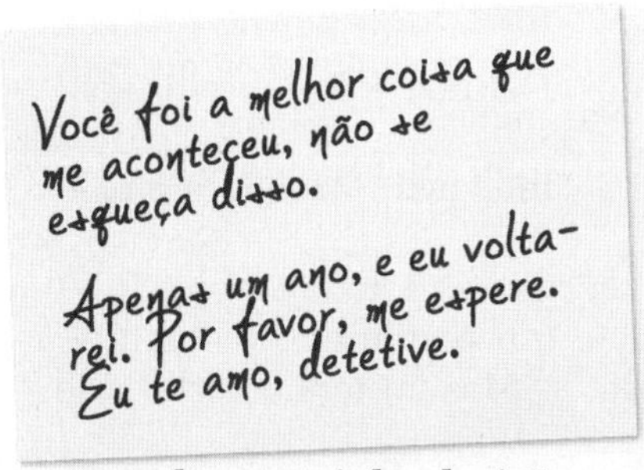

Meu encontro com Sofia e Madson, naquela madrugada, trouxe consigo uma mistura de explicações e lágrimas. Ambas as mulheres, aliviadas ao me ver, entenderam minha decisão e concordaram em seguir minhas instruções, conforme planejado. Becker, especialmente, não estava contente em me ver partir, mas compreendia a necessidade de eu seguir sozinha nessa nova jornada.

E foi exatamente o que fiz.

Enquanto a aeronave decolava, observei os prédios cinzentos de Nova Iorque ficando para trás, sob os raios da manhã ensolarada. Por um momento, senti um aperto no peito ao pensar no que estava deixando para trás. Durante as horas exaustivas de viagem, acabei adormecendo. Quando acordei, me deparei com uma paisagem completamente diferente pela janela do jatinho particular.

Um suspiro escapou de meus lábios, enquanto meus olhos encontravam o pequeno diário que repousava em minhas pernas. Suas páginas em tons de caramelo combinavam perfeitamente com a capa de couro marrom. Com cuidado, toquei as letras cuidadosamente escritas por Charlie, interrompidas pelo vazio das linhas abaixo. Era estranho pensar que, a partir daquele momento, minha vida tomaria um rumo completamente diferente mais uma vez. Deixar Nova Iorque agora representava o início de uma nova fase para mim.

Tempo atual

— Sem mais perguntas! — exclamou meu secretário particular aos jornalistas frenéticos.

— Katherine, por favor!

— Senhora Cooper! Só mais uma pergunta! — o repórter insistia, apontando seu celular em minha direção.

Eu apenas sorri e me afastei do púlpito no centro do auditório da Cooper Enterprise. A apresentação da nova presidência tinha sido longa, repleta de discursos e planos, tudo organizado pelos funcionários da minha empresa.

— Inspirador — murmurou Eloise quando me aproximei. — Mas agora posso ter minha mulher de volta?

— Você sempre a tem, Green — respondi, beijando seus lábios.

— Não no momento! — Sofia interrompeu, enfiando-se entre nós. — Preparamos uma comemoração para este momento.

— Sofia...

— O quê? — Fingiu desentendimento.

— Você é a Rainha disso agora, precisamos celebrar! — Sofia continuou.

— Ela está certa — Madson completou.

— Você é suspeita, sabe disso, não é? — indaguei, fazendo-a rir. — Você sabia disso?

Encarei os olhos brilhantes de Eloise, que apenas deu de ombros.

— Não seria exatamente hoje. O lugar é um pouquinho distante — Becker respondeu, com um sorriso animado. — Mas eu tenho certeza de que você vai amar.

— O que estão aprontando? — Arqueei uma das sobrancelhas, recebendo olhares divertidos.

Diferentemente do que imaginei, a festa organizada por minhas amigas e minha mulher não foi grandiosa, muito pelo contrário, elas optaram pela discrição e liberdade. Depois de toda aquela exposição, estávamos realmente precisando de um momento para relaxar. Por isso, embarcamos em uma viagem relâmpago para a Suíça, mas especificamente, Saint Moritz. Essa noite nos encontrávamos reunidas em uma espécie de pub no centro da cidade.

— Este lugar não mudou nada — Becker murmurou, bebericando um gole de sua cerveja.

— Costumava vir aqui?

— Sim! Maya e eu passamos um período morando aqui, antes de tudo acontecer, e sempre frequentávamos este lugar.

— Eles têm alguns drinks quentes que são divinos — completei, com um sorriso.

– Oh, céus! Eu tinha esquecido. Três rodadas é o mínimo para iniciar.

– Nem pensar! Sou eu quem cuida de você depois, senhorita – Madson a repreendeu, fazendo-me rir.

Eu me permiti observá-las por alguns instantes, notando como era bom ter a oportunidade de ver pessoas tão importantes desfrutando de momentos como aquele. Sofia e Madson haviam enfrentado momentos difíceis, mas se mostraram verdadeiramente conectadas. A forma como trocavam olhares cúmplices e sorrisos sinceros era um testemunho do laço especial que compartilhavam. Era reconfortante ver que elas encontraram conforto e apoio uma na outra.

– Digam que eu serei a madrinha do casamento de vocês.

– Claro que será, você e a outra loira lá! – Madson afirmou sobre os olhos confidentes de sua namorada.

– Falando nela, vocês viram Eloise? Tem um tempinho que ela saiu.

– Ela foi pegar mais bebida. A fila estava um pouco grande, deve ser por isso.

Observei parcialmente entre o aglomerado de pessoas, mas nenhum sinal da mulher.

– Eu vou atrás dela, meninas. Já volto!

– Elas não vão voltar.

Ouvi as duas murmurarem, me afastei e me infiltrei entre as pessoas no ambiente. O interior do Bobby's Pub estava caloroso e envolvente como sempre. Havia uma banda americana ao fundo, animando o público que ansiava por calor humano. Algumas pessoas dançavam alegremente no meio da área mais aberta, enquanto outras apenas se perdiam em uma conversa enérgica. Persisti em meu caminho, e um sorriso brotou em meus lábios, ao avistar Eloise próximo ao bar.

Por alguns instantes, aquela imagem me levou de volta ao passado, no exato momento em que coloquei meus olhos naquela mulher pela primeira vez. Recordo-me perfeitamente do quão atraída me senti ao fitá-la com aquele ar tão misterioso e envolvente, o mesmo que ela ostentava agora. Diferentemente do passado, Green já não tinha os cabelos tão longos; hoje, batiam um pouco abaixo de seus ombros, dando-lhe um ar mais leve e atraente. Ela parecia distraída, como da primeira vez. E foi então que resolvi me aproximar.

– Duas cervejas e duas piñas coladas, por favor! – exclamei, sendo prontamente atendida.

– Aqui estão as cervejas. Vou preparar os outros, ok?

Ela voltou sua atenção para mim, entregando-me uma das garrafas, com um sorriso que fez meu coração fraquejar. Seus olhos verdes pousaram sobre mim com um brilho provocante e familiar. Ela sabia exatamente o que eu estava tentando fazer. Era como se o tempo não tivesse passado, como se estivéssemos presas em uma eterna dança de destinos entrelaçados.

– Como sabia que eu não queria uma piña colada? – perguntou, e um sorriso brincou nos seus lábios, iluminando seu rosto de maneira encantadora.

– Observei você e acredito que você não faça o estilo de uma piña colada, pelo menos, não neste momento – completei com a mesma frase que disse no dia em que nos conhecemos.

– Cerveja faz mais meu tipo, então? – Ela deu um passo à frente.

Repeti o seu movimento, dando outro passo à frente. Nossos olhares permaneceram conectados, transmitindo uma tensão palpável entre nós. Eu podia sentir a eletricidade no ar, enquanto ficávamos ali, imersas em um mundo só nosso.

– E vinho.

– Vinho é realmente bom.

– Eu adoro, mas o vinho é bom para uma situação mais íntima, sabe? – disse, sugestiva, arrancando um sorriso perverso de sua boca.

E em um tempo perfeito, a voz do barman cortou o ar, informando que nossas bebidas estavam prontas. Desviei de seu olhar e me aproximei do homem, para pegar nossos copos. Confesso que, naquele momento, senti meu corpo inteiro estremecer somente com a tensão que nos envolvia.

– Ganhou as bebidas? – ela indagou, em um sussurro, próximo ao meu ouvido, fazendo com que um arrepio percorresse toda a minha nuca.

– Sim – foi a única coisa que consegui responder.

– Você será encarregada de pegar bebida pelo restante da noite!

Voltei meu corpo em sua direção, agora podendo encarar novamente sua expressão cínica. Talvez eu tenha cometido o erro de ensinar coisas demais àquela mulher.

– Terei que ganhar algo para compensar o trabalho.

– E o que quer? – Sua pergunta veio de encontro aos meus lábios, em um roçar instigante.

– Acho que não estávamos tão próximas assim da primeira vez.

– Não mesmo, mas garanto que essa era a minha vontade. – Ela sorriu abertamente e me beijou mais uma vez. Por um breve instante, o mundo ao nosso redor desapareceu, deixando apenas nós duas ali, envoltas em nossa própria bolha de desejo.

– Era? – perguntei, fingindo desconfiança.

– Desde o primeiro segundo que coloquei meus olhos em você.

– Não sei se acredito – brinquei.

– Pois acredite, é a verdade. – Ela suspirou e voltou seus olhos para o restante do bar, antes de tomar um grande gole de sua cerveja – Eu estava pensando... Quer sair daqui?

Franzi o cenho em sua direção, para fitá-la com um olhar sagaz. Ela negou com a cabeça, um tanto risonha, e aproximou seu rosto do meu ouvido.

– Diz que sim, quero te mostrar uma surpresa – sussurrou em um tom de voz arrastado.

– Que surpresa?

– Se vier comigo, vai descobrir.

– Odeio quando você me deixa curiosa – resmunguei, ao receber um carinho sobre os cabelos.

— Pode matar sua curiosidade, basta vir comigo. — Eloise tinha uma expressão divertida, parecendo ansiosa, quase nervosa. Seus olhos estavam em um tom de verde-claro, com um brilho tão convidativo que fazia meu coração se aquecer. Eu suspirei e segurei sua mão.

— Eu vou.

— Não vai se arrepender.

Nós pagamos a conta e, em seguida, caminhamos em direção à saída, com nossos agasalhos, para enfrentar aquele frio congelante do lado de fora. Eloise me conduziu em direção ao nosso carro, enquanto eu digitava uma breve mensagem para Sofia, informando que não iríamos mais voltar para o bar aquela noite.

— O que está aprontando, Green? — perguntei, enquanto colocava as luvas em minhas mãos, e recostei-me ao carro, observando o movimento do lado de fora do Bobby's Pub. Eloise continuava a vasculhar o interior do porta-luvas, à procura de algo que eu não conseguia decifrar.

— Uma surpresa — disse, animada, ao abandonar o carro. — E para isso, vou precisar que você confie em mim.

— Como assim?

Eloise retirou um lenço de seda do bolso de seu casaco e estendeu em minha direção, fazendo-me questionar suas intenções por trás daquilo.

— Vou precisar vendar você.

— De jeito nenhum! Me conta de uma vez o que está planejando.

— Maya... — ela suplicou. — Por favor, confie em mim.

Eu encarei seu rosto suplicante e, após um suspiro pesado, assenti, concordando com sua condição. Com um sorriso encantador, Eloise estendeu o lenço em direção ao meu rosto e o repousou sobre meus olhos com cuidado. Após fazer um breve laço, a mulher pediu que eu aguardasse, e assim eu fiz. Ouvi alguns ruídos e, logo em seguida, a senti me envolver delicadamente com um dos braços.

— Vamos!

Caminhamos por longos metros, parecendo uma eternidade. Meu corpo tremia, não sei se por nervosismo ou pelo frio cortante de Saint Moritz. Sendo guiada apenas pelos meus outros sentidos e pelos braços de Eloise, imaginei as surpresas que ela poderia ter preparado, mas nenhuma delas me parecia a opção correta.

— Estamos quase chegando...

— Tem certeza?

— Sim, amor.

Ri baixinho ao ouvir murmúrios ao redor, indicando que havia pessoas próximas. Eloise parou e senti suas mãos nos meus ombros.

— Prontinho, pode tirar.

Levei uma das mãos até meu rosto e retirei o lenço que cobria meus olhos. Um sorriso se formou em meus lábios, assim que avistei a extensa pista de patinação no parque central de Saint Moritz. O local estava deslumbrante, completamente diferente de todas as vezes que estive ali. Sobre o imenso lago congelado, a decoração natalina era perfeita, com milhares de pequenas lâmpadas amarelas que pontilhavam o céu escuro, criando a ilusão de um céu estrelado sobre nossas cabeças.

Eloise me observou com uma expressão receosa, mas também com um brilho de expectativa nos olhos, enquanto flocos de neve dançavam ao nosso redor.

– Sei que recusei seu pedido antes, mas agora quero me redimir. Quer patinar comigo? – ela perguntou, colocando sua mochila no chão, revelando dois pares de patins novos.

– Eu não acredito que está mesmo fazendo isso – disse, enquanto tentava conter o sorriso que nascia em minha boca.

– Não gosta da ideia?

– Está brincando? Eu amei! – afirmei, transformando seu olhar receoso em um sorriso satisfeito.

– Então, me acompanhe, senhorita Cooper.

A ansiedade e a emoção borbulhavam dentro de mim, enquanto nos aproximávamos do lago congelado. A atmosfera mágica do lugar parecia se intensificar a cada passo. Eloise me ajudou a calçar os patins com habilidade, e logo estávamos prontas para deslizar pela pista. Segurando sua mão firmemente, dei os primeiros passos com cautela, tentando equilibrar-me na fina lâmina dos patins.

– Talvez eu não seja boa nisso.

Eu a ouvi murmurar, enquanto tentava se manter de pé.

– Eu sou, não se preocupe. – Segurei firmemente a mão de Eloise e a conduzi lentamente para o centro da pista de patinação. Ela ainda parecia um pouco nervosa, pisando sobre o gelo com cautela, como se temesse que ele pudesse rachar a qualquer momento sob nossos pés. Nós nos movíamos devagar, sentindo o som suave dos nossos patins deslizando sobre o gelo.

– Já faz tantos anos que eu não faço isso... – confessei, com um sorriso nostálgico iluminando meu rosto, enquanto girava com destreza.

Com passos leves, circulei ao redor dela, observando o olhar intenso de Eloise sobre mim, como se admirasse cada detalhe do meu corpo e dos meus movimentos sutis, e sorri de volta para ela, recebendo aquele sorriso luminoso em resposta. Deveria expressar o nervosismo que sentia diante daquele olhar? Não era um nervosismo ruim, pelo contrário, era incrivelmente reconfortante. Eu simplesmente não estava acostumada a me sentir tão amada por alguém dessa maneira, como se não houvesse sentimentos maiores para compartilhar. Tudo era tão intenso que eu simplesmente não conseguia controlar.

– Por que está me olhando assim?

Ela sorriu e balançou a cabeça assim que parei na sua frente. Nós nos encaramos profundamente, completamente envolvidas em uma conexão só nossa.

– Porque eu sou completamente apaixonada por você, Maya. Há algum tempo, você me trouxe aqui, e naquela ocasião, eu não conseguia entender plenamente o que estava acontecendo entre nós. Cheguei a pensar que era apenas uma maneira de escapar um pouco da realidade do seu casamento, o que, de certa forma, era verdade. Mas hoje eu compreendo perfeitamente o verdadeiro motivo de tudo aquilo. – Ela suspirou, sem desviar os olhos dos meus. – Mesmo sem saber, foi aqui que eu senti quem era você de verdade.

Cada palavra, que lhe saía da boca, acelerava meu coração, e aquele frio na barriga se intensificava de forma assustadora.

– Desde o primeiro instante em que pus os olhos em você, naquele bar em Mount Vernon, senti uma atração imediata e visceral. Eu a queria, porque você era a mulher mais linda e cativante que já tinha conhecido em toda minha vida. Mas aqui... – Ela olhou brevemente ao redor, antes de voltar a me fitar fixamente. – Aqui, eu a quis de verdade. E quando digo isso, quero dizer que a quis por inteiro.

Ela engoliu em seco, e um sorriso nervoso se formou em seus lábios.

– Eu a queria para mim. Não apenas em momentos passageiros ou apenas fisicamente. Eu me conectei a você de uma maneira que nem mesmo sabia ser possível. Neste mesmo lugar onde estamos agora, percebi que estava profundamente apaixonada por você. Por mais improvável que fosse, eu queria sentir isso. E sabe por quê? Porque, ao longo de toda minha vida, nenhuma outra mulher conseguiu despertar em mim essas emoções.

Um suspiro pesado escapou de meus lábios, e minhas lágrimas começaram a se acumular. Não era minha intenção chorar, mas suas palavras provocaram um turbilhão de sentimentos que eu não consegui conter. Green ainda parecia nervosa, buscando as palavras certas para expressar seus sentimentos.

– De todas as circunstâncias em minha vida, foi aqui, no lugar mais improvável, que esse sentimento surgiu. E ele cresceu e se fortaleceu de uma forma que eu simplesmente não conseguia ignorar, mesmo tentando... e muito. – Ela sorriu, e seu sorriso me fez sorrir também. – Mesmo depois de tudo que descobrimos e de todos os desafios que enfrentamos desde então, esse sentimento ainda está aqui, crescendo sem controle. Ele se tornou maior do que qualquer dilema que já tivemos que enfrentar. E é por isso que estou aqui agora – ela disse isso entre um suspiro, antes de enfiar as mãos nos bolsos de seu casaco.

– Eloise... – Eu respirei fundo, enquanto meu coração pulsava com agitação ao observar seus movimentos.

– Eu quero que saiba que não importa o que aconteceu – afirmou, com seus olhos tão penetrantes nos meus. – Eu aceitei seu passado e seu presente, mesmo quando você tentou me fazer desistir. E não importa o que aconteça, eu vou permanecer aqui, porque só consigo pensar em quanto quero passar o resto da minha vida com você, mas para que isso aconteça, eu preciso perguntar algo muito importante. – Ela abaixou a cabeça e, então, olhou ao redor, deixando aquela sensação indescritível crescer em meu peito.

Respirei fundo, em uma tentativa tola de controlar as lágrimas que escorriam pelo meu rosto. Eloise remexeu a mão novamente no bolso de seu casaco, retirando um pequeno objeto de lá. Naquele pequeno espaço de tempo, senti meu corpo inteiro tremer, enquanto minha respiração parecia falhar quase que de imediato. Ela ergueu a pequena caixinha de veludo preto e a abriu sem demora, mostrando-me o primeiro passo do nosso tão esperado futuro.

– Você aceita ser minha para sempre?

Eu queria gritar "sim" com toda a força que tinha, queria dizer a ela que não poderia imaginar nada que eu desejasse mais do que passar o resto da minha vida ao seu lado, mas as palavras ficaram presas na minha garganta, afogadas em uma mistura de emoções. Então, sem dizer uma palavra, apenas assenti com a cabeça, deixando que meus olhos transmitissem toda a resposta que eu precisava dar. E no momento em que nossos olhares se encontraram, vi a mais pura felicidade brilhando nos olhos verdes da mulher da minha vida.

– É o que eu mais quero nesta vida – disse, em um fio de voz.

Ela suspirou, aliviada, quando eu a envolvi em um abraço apertado, numa tentativa fugaz de eternizar aquele momento tão intenso para mim. Mesmo sentindo meu corpo pulsar de pura euforia, eu me sentia como se estivesse flutuando fora de órbita. A imensidão do que ela me fazia sentir era indescritível, mas eu tinha certeza de que ela compartilhava da mesma sensação. Seu coração acelerado, batendo contra o meu peito, era a prova disso.

– Prometo que vou fazer de você a mulher mais feliz deste mundo – ela afirmou, antes de deslizar o anel de brilhantes em meu dedo. – Eu te amo.

Naquele precioso instante, percebi que era a primeira vez, em anos, que me sentia genuinamente completa e feliz. Sob o olhar encantado daquela detetive, me sentia verdadeiramente amada. Era como se todas as peças do quebra-cabeça da minha vida finalmente se encaixassem, criando uma imagem de plenitude e alegria que eu nunca antes havia experimentado. Nos olhos dela, eu encontrava um amor tão puro e sincero que iluminava até os cantos mais sombrios da minha alma. Era como se, ao seu lado, eu tivesse encontrado meu lar, meu porto seguro, meu lugar no mundo. E ali, nos braços de Eloise Green, eu sabia que tudo estaria bem, porque tínhamos uma à outra, e isso era tudo que importava.

– Eu te amo muito mais – disse, antes de selar seus lábios com um beijo.

#EPÍLOGO
Police Department
Rapids, Mich.
CONFIDENTIAL

EPÍLOGO

Quatro meses depois

— Tem certeza de que quer vender este lugar? – Eloise perguntou, enquanto amarrava seus cabelos em um rabo de cavalo improvisado.

Estávamos no interior do apartamento em que Sofia e eu havíamos morado durante nossa juventude, antes de nos mudarmos para a Suíça. Ele havia sido comprado por Charlie, como um presente de boas-vindas à nossa nova vida.

– Sim! Eu tenho. Inclusive, ele está vendido.

– Vendeu por um valor baixíssimo, mas não vou reclamar. Sei que fez isso por se tratar de Ruby.

– Sim, tenho que me redimir depois do susto que demos a ela, ao descobrir que eu estava viva – murmurei, enquanto colocava alguns dos últimos itens em uma caixa. – E por ter roubado a melhor amiga dela também.

– Ela ficou realmente assustada, mas saber toda a sua história fez com que admirasse você. Claro que ela ficou revoltada por eu não ter voltado para Nova Iorque, mas agora que sabe que vamos nos casar, quis se mudar para a mesma cidade.

– Ela realmente ama você, e isso é lindo. São como irmãs, tipo Sofia e eu – comentei, vasculhando a sala inteira com os olhos.

– Sim, é exatamente desse jeito. Você sabia que Ruby, desde o início, achou que eu iria me apaixonar por você? É engraçado lembrar-me de todas as vezes que cogitamos sobre. E principalmente, todas as vezes que neguei.

– Vemos claramente quem é a mais sensata dessa relação. Por isso, decidi contar toda a minha vida para ela.

Eloise se aproximou devagar e envolveu minha cintura com os braços. Eu sorri para ela e lhe dei um beijo rápido nos lábios.

– Não ficou com receio de que ela contasse a alguém? – perguntou, com um semblante curioso.

– Honestamente? Não. Fiquei com mais receio de contar a você e ser presa no minuto seguinte. Mas para Foster, não. Ela é mais compreensiva e menos cabeça-dura.

Eloise arqueou uma das sobrancelhas, em uma expressão clara de indignação, que me fez rir. Virei meu corpo em sua direção, deixando que meus braços repousassem ao redor de seu pescoço, aproximando-nos mais.

– Daqui a pouco, vai dizer que escolheu a mulher errada na nossa primeira noite – resmungou.

– Pensando bem... acho que pode ter raz...

Ela me interrompeu quase imediatamente, ao tapar minha boca com uma de suas mãos. Não pude conter a gargalhada que ecoou pelo ambiente, enquanto tentava me desvencilhar dos seus braços.

– Fica quietinha.

– Estou brincando! Obviamente que eu escolheria você. Kiara era bonita, mas não tem aquela coisa, sabe? – disse em um tom sugestivo.

– E o que seria *aquela coisa*? – Seus olhos me fitavam de maneira avaliativa, trazendo um maldito nervosismo para meu peito.

– Energia de mulher que acabaria com a minha vida – respondi rapidamente, fazendo-a rir.

– Estou acabando com a sua vida, Maya? – Ela me puxou para si novamente, fazendo com que nossos corpos cambaleassem para trás. Senti minhas costas baterem suavemente contra a parede de concreto, enquanto seu corpo se colava ao meu. Uma onda de calor percorreu meu corpo, e meu coração acelerou com a proximidade dela.

– Uhum! De uma maneira muito gostosa, diga-se de passagem.

Ela fechou os olhos e assentiu devagar, enquanto se inclinava para que seus lábios viessem de encontro ao meu pescoço. Engoli em seco com aquele contato, ao mesmo tempo que sentia suas mãos se encaixando em minha cintura, descendo maliciosamente até minha bunda.

Maldita.

– As meninas estão logo ali, não me faça cometer uma loucura – sussurrei, um tanto perdida.

– Estamos mesmo e não estamos longe o suficiente! – Ruby exclamou, ao entrar ao lado de Sofia.

Eloise rolou os olhos assim que nos afastamos. Estávamos todas reunidas naquela manhã, com a tarefa árdua de realizar a mudança de Ruby para o México. Depois do fim do caso Collins, Eloise recebeu uma proposta para se tornar tenente do Departamento de Polícia de Nova Iorque, mas logo recusou. De acordo com ela, nada daquilo fazia mais sentido. Embora ainda carregasse um grande amor pela profissão, ao perceber como todos nós, seres humanos, éramos falhos, preferia trabalhar por conta própria. Não se sentia digna de representar uma instituição, quando sabia as escolhas que fez. Por um longo período, me senti culpada por aquela mudança, mas, com o passar do tempo, me dei conta de que todos nós fazíamos escolhas individuais diariamente, e cabia a nós mesmos lidarmos com elas. Eloise havia lidado com a sua e parecia extremamente satisfeita com ela.

Afinal, hoje, sem sombras de dúvidas, ela era uma das mais renomadas detetives particulares de toda a Cidade do México. O legado do caso Collins brilhou em sua carreira, que agora carregava outros feitos tão grandiosos quanto, fazendo com que todos procurassem por seu trabalho de investigação criminal. Já Ruby, permaneceu no Departamento, ganhando a possibilidade de ascender como detetive, agora tendo a chance de ser transferida para outro país, com a possibilidade de trabalhar diretamente com Eloise outra vez.

– Não importa quantos anos passem. Vocês não perdem essa mania de se agarrarem pelos cantos!

– Não é como se vocês não fizessem o mesmo com as suas namoradas, não é?

Sofia pensou em retrucar, mas sabia que não tinha a resposta para aquele contra-ataque. Então, se calou, arrancando uma risada de todos à nossa volta.

– Chega de brincadeira! Vamos terminar logo isso, que estou faminta.

– Hoje é tudo por conta da Ruby! – Eloise brincou, vendo as duas mulheres saindo mais à frente, com as caixas nas mãos.

– Acho melhor você ir para o segundo andar, ainda falta o seu quarto.

Eloise envolveu minha cintura com os braços e depositou um beijo em meu rosto. Encarei seus olhos, notando como estavam clarinhos aquela manhã. Ela estava feliz de poder compartilhar aquele momento com Ruby, e vê-la satisfeita deixava-me da mesma forma.

– Não quero mais... – resmunguei de maneira preguiçosa.

– É o último, querida. E só você pode decidir o que vai levar ou não – disse ela, fazendo-me suspirar, vencida. – Vou deixar você à vontade, ok? Qualquer coisa, estou lá embaixo com aquelas malucas.

Assim que a porta fechou completamente, me vi sozinha naquele lugar. Uma onda de nostalgia me atingiu, admito. Todos os móveis e papéis de parede me transportaram para o exato dia em que cheguei ali.

Sofia e eu havíamos feito uma prova para conseguir bolsas integrais em uma das melhores faculdades da Cidade do México. Mesmo sabendo que Charlie poderia pagar por elas, estávamos determinadas a provar que não éramos tão dependentes. No começo, Charlie foi contra, mas logo entendeu e nos apoiou, como sempre fazia. Aquela pequena casa foi nosso lar durante todos os anos da faculdade, até recebermos a notícia da morte do nosso pai.

– Você acha que ele vai ficar orgulhoso? – perguntei, enquanto balançava o lápis de um lado para o outro, passando-o de um dedo para o outro.

– Tenho certeza que sim! Você foi a melhor aluna da turma, está encarregada do discurso e ainda vai receber, no palco, o diretor de uma das melhores galerias de arte dos Estados Unidos, que está de olho em seu trabalho como um leão faminto! Ele vai ficar deslumbrado! – Sofia comentou, enquanto arrumava sua roupa para a festa, que seria em poucos dias.

Estava revisando os últimos detalhes do meu discurso de formatura, no qual expressaria minha gratidão por ter sido acolhida por um homem tão bom, que me deu a oportunidade de um futuro promissor e feliz.

– Estou nervosa – murmurei com receio.

Becker me encarou de longe e tão logo se aproximou. Era o início de uma nova etapa de nossas vidas. Em breve, ambas estaríamos formadas, prontas para moldar o curso de nossas trajetórias.

— Sabe, às vezes, paro para pensar em como somos sortudas. Temos sorte por termos nos encontrado na vida.

— Não comece! — exclamei, ao me levantar do sofá. — Você sabe o quão emocional eu estou nos últimos dias. Tenho chorado com facilidade, e se vier falar sobre essas coisas, prepare-se para me aguentar com as lágrimas depois — alertei, fazendo a garota rir, e balancei a cabeça em sinal negativo, enquanto caminhava até a cozinha.

— Tem razão, vamos deixar as lágrimas para o pós-festa! Aliás, quando chega?

— Ele disse que chegaria amanhã pela tarde. Disse que tem uma surpresa! — exclamei da cozinha, enquanto despejava uma boa quantidade de chá na caneca.

— Sempre com surpresas!

Eu a ouvi exclamar da sala, dei de ombros e provei um pouco do líquido morno, que emanava uma sutil fumaça.

— Ele adora surpreender, você sabe disso! Além disso, temos surpresas maravilhosas. Mal posso esperar para contar que teremos uma mulher formada em Engenharia da Computação na família! — disse, com um sorriso no rosto.

— Sofia, você viu a caixa de chá? Este aqui é terrível! — murmurei, ao sentir o gosto azedo.

Sofia, por sua vez, não respondeu.

— Sofia? — Franzi o cenho e bufei. Por que diabos ela não respondia? Segurei a caneca e caminhei em passos apressados até a sala.

— Será que a senhorita poderia me responder? — resmunguei, ao vê-la sentada no sofá, parada como uma estátua. — Este chá que você comprou é terrível, pelo amor de Deus!

A garota parecia desligada.

— Sofia?

Ela virou seu rosto em minha direção, e pude notar claramente sua expressão aterrorizada. A garota estava pálida, com um semblante perdido.

— O que houve? — indaguei, nervosa.

— Maya...

Corri em sua direção e me deparei com as imagens no noticiário, acompanhadas da manchete na televisão da sala. Naquele momento, tudo parou, e o único som que restou foi o estilhaçar da caneca de porcelana, que se partiu no chão, seguido pela voz contida da jornalista.

— Nesta manhã foi encontrado o corpo do magnata do petróleo, Charlie Cooper.

Um suspiro escapou dos meus lábios, enquanto eu me movia para o centro da sala, lembrando-me da posição exata da TV. Eu podia recordar claramente as imagens transmitidas pelo noticiário no dia em que Charlie se foi. O estilhaçar do porcelanato no chão, os olhos assustados de Becker... Foi um dos momentos mais dolorosos da minha vida. Afastei-me daquele cômodo e subi as escadas, percorrendo-as lentamente e recordando as fotografias de família que adornavam as paredes. Havia abraços e sorrisos em quase todas, exatamente da maneira que costumávamos viver. Passei pelo quarto de Sofia, pelo de Charlie, que foi pouco utilizado, visto que suas visitas se tornaram cada vez mais raras, e finalmente, cheguei ao meu. Parei diante da porta de madeira, girei a maçaneta devagar e adentrei o cômodo lentamente, ouvindo o sutil ruído do assoalho antigo sob meus pés. O quarto ainda mantinha os mesmos pequenos detalhes da última vez que estive ali. Becker, em suas visitas, não havia mudado nada, ao contrário da mudança drástica que eu fiz, nos últimos meses, naquele lugar.

Quando Charlie me entregou o quarto, suas paredes tinham um tom claro de verde, pintado por ele, com suas próprias mãos. Anos depois, todo seu trabalho foi encoberto pelo meu. As paredes perfeitamente pintadas agora eram cobertas por rabiscos, linhas, colagens, papéis de bilhetes, fotos e recortes de jornal. Um enorme organograma, minuciosamente elaborado por mim durante longos meses de planejamento e preparo, dominava o espaço.

— Me perdoe por estragar sua pintura — disse, com um sorriso, como se ele pudesse me ouvir.

Avancei em direção à minha antiga cama e, consequentemente, em direção a uma das estantes do quarto. Sobre ela, repousavam alguns pequenos objetos decorativos, pelúcias e um porta-retratos. Peguei o objeto empoeirado e, com o dorso da mão, limpei o vidro sujo. Um suspiro escapou dos meus lábios quando meus olhos encontraram a foto ali exibida. Um aperto no peito me atingiu ao ver sua imagem tão alegre. O homem sorria abertamente, assim como eu naquela foto. Seu corpo estava inclinado para frente, enquanto Sofia e eu escalávamos suas costas. Um sorriso involuntário brotou em meus lábios, quando toquei nossos rostos felizes com as pontas dos dedos.

— Eu queria tanto que você estivesse aqui, pai — disse, com tristeza. — Queria tanto que pudesse conhecer a Eloise, nós vamos nos casar daqui a um mês.

Caminhei, com o retrato em mãos, até a única janela presente no quarto.

— Será que gostaria de mim loira? Tive que mudar um pouco e, bem, mudei meu nome também. Lembra quando me disse que, se tivesse uma filha, colocaria seu nome de Katherine? Pois agora você tem — afirmei, ao fitar seu rosto por alguns instantes. — Espero que um dia me perdoe por tudo que fiz...

Apenas o perdão de Charlie me importava. Sabia que nada mudaria o meu passado sombrio, nem mesmo minhas boas atitudes agora. Deus teria que ser muito misericordioso com uma alma como a minha.

– Me perdoe, porque eu me perdoei – declarei firmemente, ao caminhar para o centro do quarto, parando em frente à escrivaninha.

Naquela parede estava o meu plano de vida. Todos os meus passos foram minuciosamente descritos durante inúmeras noites em claro. Foi naquele pequeno quarto que um dos maiores roubos dos Estados Unidos foi planejado. No meio de toda aquela dor e sofrimento, um reinado foi erguido, no qual apenas uma mulher poderia comandar, e sob suas ordens, o mundo poderia girar.

– Foi aqui que surgiu a melhor versão de mim. – Dando um passo à frente, encarei a imagem de Christopher no centro do organograma, sendo apontado por todas as setas presentes naquela parede. Ergui uma das mãos, arrancando a fotografia de uma só vez, antes de a amassar por completo.

– Que Deus o tenha. Ou o Diabo, nunca se sabe para qual lado você se foi, querido – disse, antes de jogá-la no lixo.

Ao recuar alguns passos, notei uma caixa sobre a mesa. Era de tamanho mediano, com uma aparência sofisticada e luxuosa, totalmente revestida de veludo preto, lembrando uma caixa de joalheria. Sobre ela, repousava um pequeno cartão com um envelope vermelho.

À sra. Collins

Engoli em seco ao avistar o sobrenome perfeitamente rabiscado no envelope. Com uma curiosidade insaciável, retirei o pequeno pedaço de papel branco dobrado no meio. Era a letra de Eloise. O que ela estava tramando? Perguntei-me, com um sorriso malicioso, ao abrir o envelope.

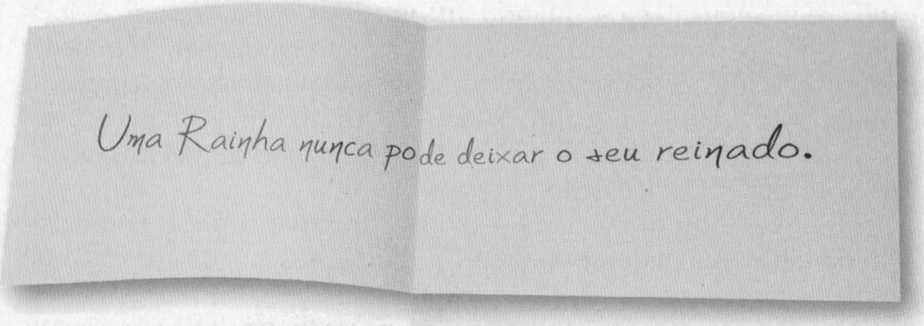

Levei ambas as mãos até a caixa misteriosa, puxando-a para mais perto. Era pesada, bem compacta. Franzi o cenho e destravei os dois suportes dourados na área frontal, para, então, abrir completamente. No centro da caixa luxuosa estava uma pistola Desert Eagle dourada, ao lado de uma peça de xadrez banhada a ouro: uma Rainha.

– Eloise...

Um sorriso se formou em meus lábios assim que toquei o objeto reluzente. Era mais robusto do que aquele que abandonei no incêndio, mas trazia o mesmo ar de poder e sofisticação que o anterior. Era estranho ter contato direto com algo que remetia unicamente ao passado, como se uma ponte para viagem no tempo se abrisse diante de mim, trazendo à tona memórias e emoções que há tempo foram enterradas. Aquela pistola dourada e a rainha de xadrez representavam fragmentos de uma identidade que eu havia deixado para trás, mas não o suficiente para esquecê-la.

Um suspiro abandonou meus lábios, enquanto sentia aquela agitação me dominar de pouco a pouco. Com cuidado, ergui a pistola para analisar seus mínimos detalhes, todos perfeitamente delineados. Por alguns instantes, ter aquele objeto em mãos trouxe a sensação instigante do poder. Um poder que experimentei unicamente através de quem eu era e talvez nunca deixasse de ser.

– Senhora Collins?

O nome pronunciado por Eloise enviou um arrepio pelo meu corpo. Um sorriso perverso se espalhou em meus lábios quando me virei em sua direção.

– Sim, agente?

Eloise se deslocou da soleira da porta em minha direção, encarando-me com um olhar desafiador.

– Que prazer vê-la novamente, Rainha.

Naquele instante, compreendi que não importava o tempo que passasse, Maya Collins nunca seria esquecida. Ela estava arraigada em mim, como uma parte intrínseca e pulsante do meu ser. Ela era meu ponto mais alto, minha coragem, minha força e, sobretudo, minha resistência. Maya Collins representava o poder que fluía em minhas veias, e disso eu não abriria mão.

– É bom estar de volta, agente Green.

Biografia:

Evelin Sousa nasceu em 1995, é natural de Santa Izabel do Pará, mas, hoje, vive no Rio de Janeiro e, além de escrever, é mãe de três Golden Retrievers (Kiara, Frederico e Simba). Tem como passatempo favorito assistir a séries e filmes e tem a escrita como sua paixão.

Começou a escrever por volta de 2010 e, em 2015, sua paixão se tornou evidente, especialmente por influência do grupo feminino Fifth Harmony. Desde então, Evelin se dedicou ao mundo da escrita, criando personagens e histórias que encantam os leitores.

Ela encontrou seu primeiro público na plataforma online Wattpad, onde suas obras conquistaram mais de 68 mil seguidores e impressionantes 28 milhões de visualizações. Xeque-Mate é uma de suas obras mais reconhecidas, elogiada por sua narrativa envolvente e personagens cativantes. Tornou-se uma websérie de grande sucesso pela Produtora Ponto Ações, responsável por adaptar várias outras obras sáficas advindas de fanfictions de Fifth Harmony.

Redes sociais do autor:

Twitter: @shewantscamila

Instagram: @evelinsousx

Agradecimentos:

Talvez tenha demorado mais do que o previsto para este momento chegar, mas continuo acreditando que tudo acontece na hora certa. Após esta longa jornada, marcada por empolgação e lágrimas, finalmente tenho em mãos o meu primeiro livro. Estou realizando o sonho da garota que, há muitos anos, imaginava cenários fictícios e que, por uma feliz coincidência do destino, decidiu compartilhá-los com inúmeras outras pessoas.

Gostaria de começar expressando minha profunda gratidão aos meus pais, que foram os responsáveis por mudar o rumo da minha vida aos meus 15 anos, quando me presentearam com meu primeiro computador. Hoje, reconheço que tudo poderia ser diferente, se isso não tivesse acontecido.

Agradeço também à Editora Euphoria pela oportunidade de elevar Xeque-Mate a um patamar que sempre almejei.

Não posso deixar de mencionar a Sindy e a Larissa, que estiveram comigo no início de tudo, contribuindo com ideias mirabolantes para compor o enredo da maior criminosa de Nova Iorque. E um agradecimento especial à Juliana, que esteve ao meu lado do início ao fim, divulgando o projeto por meio de suas artes, que deram vida aos meus personagens. Vocês foram essenciais!

Sou grata também às minhas amigas, que me apoiaram ao longo dos anos, impulsionando-me constantemente até este momento. Espero desfrutar de todas as alegrias que este livro pode oferecer ao lado de vocês. Obrigada Natalia, Carolina, Pamela e Maysa.

Não posso me esquecer de agradecer àquela que inicialmente serviu de inspiração para a composição da minha personagem favorita: minha melhor amiga, Gabriella Medina! Maya Collins não seria a mesma sem você.

Por fim, quero expressar minha imensa gratidão a todos os leitores que estiveram ao meu lado desde o início desta jornada. Sem vocês, nada disso seria possível. Espero que todos aqueles, que um dia se encantaram com Xeque-Mate e ansiavam por este momento, possam matar a saudade agora, com o livro físico em mãos.

Este livro é o resultado de muitas horas de dedicação, sacrifício e, é claro, amor pela escrita. Cada página carrega um pedacinho de mim e de todos aqueles que me apoiaram ao longo do caminho.

Que este livro seja mais do que uma simples história, mas, sim, um convite para que muitas outras autoras continuem sonhando e buscando realizar seus próprios sonhos.

A todos que acreditaram em mim e nesta jornada, meu eterno “obrigada”. Este é apenas o começo de uma trajetória que espero compartilhar com cada um de vocês.

Com carinho,

Evelin Sousa

CONHEÇA A
EDITORA EUPHORIA

E fique por dentro de todos os lançamentos!

@editoraeuphoria

editoraeuphoria.com.br